BASTEI
LÜBBE
Paperback

David Gemmell

DER LÖWE VON MACEDONIEN

Fantasy-Roman

Ins Deutsche übertragen
von Wolfgang Neuhaus

BASTEI LÜBBE
Paperback

BASTEI-LÜBBE-PAPERBACK
Band 28 212

Erste Auflage:
März 1993

Deutsche Lizenzausgabe 1993
Bastei-Verlag Gustav H. Lübbe
GmbH & Co., Bergisch Gladbach
Originaltitel: Lion of Macedon
Lektorat: Reinhard Rohn
Titelillustration: Geoff Taylor
Umschlaggestaltung:
Quadro Grafik, Bensberg
Satz: KCS GmbH,
Buchholz/Hamburg
Druck und Verarbeitung:
Clausen & Bosse, Leck
Printed in Germany

ISBN 3-404-28212-4

Der Preis dieses Bandes
versteht sich einschließlich der
gesetzlichen Mehrwertsteuer.

Widmung

Die Geschichte *Der Löwe von Macedonien* wurde auf einer griechischen Insel geboren, im Schatten einer verfallenen Akropolis und unter den Mauern einer von Kreuzrittern errichteten Festung. Die ersten Gedanken zu diesem Buch sind in einer Bucht herangereift, in welcher der Legende zufolge der heilige Paulus auf seiner Reise nach Rom Station gemacht hat. Lindos, auf der Insel Rhodos, ist von stiller Schönheit und großem Reiz – wie auch die Menschen, die dort leben.

Ich möchte diesen Roman von ganzem Herzen jenen Freunden widmen, die meine Reisen nach Lindos zu zauberhaften Erlebnissen gemacht haben: Vasilis und Tsambika aus Flora's Bar; ›Crispy‹ und ›Jax‹, Kate und Alex.

Und nicht zuletzt Brian Gorton und seiner reizenden Frau Kath, für die Gabe des ›Auges‹.

Danksagungen

Mein Dank gilt meiner Lektorin Liza Reeves, meiner Korrektorin Jean Maund, sowie Val Gemmell, Edith Graham und Tom Taylor für die Durchsicht des Manuskripts, und schließlich dem ›jungen Jim von Penguin‹, der mich gezwungen hat, den Roman mehr als einmal umzuschreiben. Auch Stella Graham, die Recherchen für mich angestellt hat und sich durch so manchen dicken Wälzer arbeiten mußte, möchte ich meinen Dank aussprechen, wie auch Paul Henderson, der das Manuskript auf seine historische Authentizität geprüft hat.

Vorwort des Verfassers

Das antike Griechenland war eine Welt der Kriege und Aufstände, der Intrigen und des Verrats. Es gab kein einheitliches griechisches Staatsgebilde; das Land wurde von einer Reihe mächtiger Stadtstaaten beherrscht, die fortwährend um die Vormachtstellung kämpften.

Jahrhundertelang bekriegten sich die großen Städte Athen und Sparta zu Lande und zur See, um zur Führungsmacht Griechenlands aufzusteigen. Theben, Korinth, Orchomeneos, Plataea – sie alle wechselten wieder und wieder die Seiten, wie auch die Siegesgöttin sich ständig schwankend zeigte und jedem der kriegführenden Rivalen ein Versprechen gab, das sie niemals gehalten hat.

Das Geld für diese Kriege wurde von den Persern beigesteuert; schließlich mußte Persien befürchten, daß ein geeintes Griechenland ihm als stärkste Macht der damaligen Welt den Rang ablief. Persien war reich; sein Einfluß erstreckte sich von Asien bis Ägypten, und seine Macht war in jeder Stadt der zivilisierten Welt spürbar. Doch immer hielten die Perser ein wachsames Auge auf die Geschehnisse in Griechenland – zweimal waren persische Heere auf griechischen Boden vorgestoßen, und beide Male hatten sie vernichtende Niederlagen erlitten.

Die Athener und ihre Verbündeten schlugen die Armee des Darios auf der Ebene von Marathon. Darios' Sohn, Xerxes, marschierte mit einer riesigen Streitmacht von einer Viertelmillion Mann gegen die Griechen, um sie ein für allemal zu unterwerfen.

Am Thermopylenpaß verhinderte eine kleine spartanische Einheit zwei Tage lang den Vormarsch dieses übermächtigen Gegners. Doch als der Paß genommen war, fielen die persischen Armeen ins Land ein, plünderten Athen und verwüsteten das Umland, bis sie in zwei Schlachten entscheidende Niederlagen hinnehmen mußten: zu Lande durch fünftausend Spartaner unter dem Befehl Pausanias' und zur See bei Salamis, durch eine athenische Flotte unter Themistokles.

Es folgten keine weiteren persischen Kriegszüge gegen Griechenland; statt dessen versuchten die Perser, ihre Macht durch Intrigen zu sichern.

Die Ereignisse, die in *Der Löwe von Macedonien* geschildert werden, basieren vielfach auf historischen Tatsachen (z. B. die Eroberung der Kadmea, die Schlacht an den Thermopylen, bei Leuktra und Herklea Lynkestis). Auch die wichtigsten Protagonisten (Parmenion, Xenophon, Epaminondas und Philipp II. von Macedonien) haben tatsächlich gelebt. Sie sind durch jene archaische Landschaft gezogen, wie sie in diesem Roman geschildert wird, und sind dabei ihren ureigenen Pfaden der Ehre, Treue und Pflichterfüllung gefolgt.

Die Geschichte um den *Löwen von Macedonien* stammt jedoch von mir. Die Historie hat Parmenion so gut wie vergessen. Niemand weiß, wer dieser Mann ursprünglich gewesen ist: ein pelagonischer König, ein macedonischer Abenteurer oder ein thessalischer Händler.

Doch wie die Wahrheit auch immer aussehen mag: Ich hoffe, in der Ruhmeshalle der Helden lächelt sein Schatten über diese Geschichte, sollte sie ihm jemals zu Ohren kommen.

David A. Gemmell
Hastings 1990

ERSTES BUCH

Die Athener sind seltsame Menschen. In jedem Jahr wählen sie zehn neue Generäle. Ich habe in meinem Leben nur einen einzigen General kennengelernt – und das ist Parmenion.

Philipp II. von Macedonien

Im Frühling 389 v. Chr.

Sie kannte den Tag ihres Todes. Mit diesem gleichermaßen faszinierenden wie erschreckenden Wissen hatte es begonnen. Im Geiste hatte sie die ungezählten Wege beschritten, welche die Zukunft noch bieten konnte; sie hatte sich die Myriaden verschiedener Möglichkeiten vorgestellt, wie das Morgen aussehen mochte. In einigen ihrer Tagträume war sie an einer Krankheit oder der Pest gestorben; in anderen Träumen war sie das Opfer eines Mörders geworden. Einmal hatte sie sich sogar von einem galoppierenden Pferd stürzen sehen, obgleich sie das Reiten haßte und sich nicht einmal vorstellen konnte, sich auf den Rücken einer solchen Bestie zu schwingen.

Doch als sie jetzt wieder einmal daran dachte, wann und wie sie sterben mußte, erkannte sie eine neue, düstere Möglichkeit ihres letzten Tages. Gleichgültig, wann sie starb – der dunkle Schatten blieb. Und dieser Gedanke begann sie zu peinigen. Warum schwand dieser Schatten nicht, wo es doch tausend verschiedene Tode gab? Zögernd konzentrierte sie sich; sie ließ die Tage ihres Sterbens im Geiste immer näher rücken, sah, wie die Zukunft sich verzweigte, vielgestaltiger wurde. Doch der Schatten wurde bedrohlicher und dunkler, das Böse greifbarer. Und dann, in einem Augenblick erschreckender Gewißheit, erkannte sie, daß sie diesem düsteren Tod nicht entrinnen konnte, daß der Schatten sie erwartete.

Doch Tamis ließ sich nicht entmutigen. Sie wappnete sich, wählte einen der ungezählten Wege in die Zukunft und drang tief ins Herz des Schattens ein. Sie spürte, wie die Macht des Dunklen Gottes ihre Seele wie ein loderndes Feuer verzehrte. Sie hielt es nicht lange aus an diesem Ort des Grauens, sondern floh zurück in die flüchtige Sicherheit der Gegenwart.

Das Wissen jedoch, das sie erworben hatte, lastete schwer auf Tamis, der alten Priesterin. Und sie konnte dieses schreckliche Wissen mit niemandem teilen: Im gefährlichsten Augenblick, wenn das Böse zum Kampf gestellt werden mußte, würde sie tot sein.

So betete sie, inbrünstiger als je zuvor, und ihre Gedanken schweiften hinaus in den Kosmos. In ihrem Innern breitete sich Dunkelheit aus. Dann erstrahlte ein Licht in dieser Finsternis, und sie sah ein Gesicht, verwittert, faltig und gezeichnet, aber stark und entschlossen. Unter einem Helm aus Eisen blickten blaßblaue Augen sie an. Das Gesicht wurde undeutlich und verschwand, und an seine Stelle trat das Antlitz eines Jungen. Doch auch bei diesem Jungen war der durchdringende Blick der blauen Augen geblieben, und der entschlossene Zug um die Mundwinkel. Tamis erkannte einen Namen. War es der Name des Erretters oder eines Vernichters? Sie wußte es nicht; ihr blieb nur die Hoffnung. Doch der Name hallte wieder und wieder durch Tamis' Geist, wie ferner Donner.

Parmenion!

Sparta, im Sommer 385 v. Chr.

Sie drangen lautlos auf ihn ein, aus den Schatten. Ihre Gesichter waren maskiert, und die hölzernen Keulen zum Schlag erhoben.

Parmenion wich blitzschnell nach links aus – doch zwei weitere Angreifer traten ihm in den Weg, und eine Keule zischte an seinem Kopf vorbei und streifte seine Schulter. Er hämmerte die Faust in eines der maskierten Gesichter; dann wich er nach rechts aus und rannte zur Hauptstraße. Die kalten, marmornen Augen des Standbilds der Athene starrten auf den fliehenden Jungen hinunter, zogen ihn zu sich heran. Parmenion sprang auf den Sockel des Standbilds und klammerte sich an die steinernen Beine der Göttin.

»Komm herunter! Herunter mit dir!« brüllten seine Verfolger. »Wir haben was für dich, Mischling!«

»Dann kommt rauf und gebt es mir«, rief er zu ihnen hinab. Die fünf Angreifer stürmten los. Parmenions Fuß schnellte vor; er trat dem ersten Jungen ins Gesicht und schleuderte ihn zurück. Dann aber traf ein Keulenhieb Parmenion am Bein. Er ging in die Knie, trat wild um sich und traf einen weiteren Angreifer. Dann plagte er sich auf, sprang hoch über die Verfolger hinweg und landete hart auf der Straße. Einer der Jungen schleuderte ihm die Keule hinterher und traf ihn an der Schulter. Parmenion stolperte. Augenblicke später waren die Angreifer über ihm und drückten ihn zu Boden.

»Jetzt haben wir dich«, sagte eine Stimme, gedämpft durch den wollenen Schal, den der Junge sich über den Mund geschlungen hatte.

»Du brauchst die Verkleidung nicht, Gryllos«, keuchte Parmenion. »Dich erkenne ich am Geruch.«

»Und du wirst morgen nicht am Feldherrnspiel teilnehmen«, sagte eine andere Stimme. »Hast du verstanden? Man hätte dich von vornherein von den Wettkämpfen ausschließen sollen. An den Kampfspielen dürfen nur Spartaner teilnehmen, keine Bastarde.«

Parmenions Gegenwehr erlahmte. Seine Muskeln wurden schlaff, seine Haltung unterwürfig. Er ließ den Kopf zu Boden sinken. Der Griff der Hände, die seine Arme hielten, lockerte sich . . . und plötzlich entwand der Junge sich dem Griff, schmetterte Gryllos die Faust ins Gesicht und sprang auf. Doch die anderen warfen sich auf ihn, schlugen und traten den Jungen und schleuderten ihn erneut zu Boden. Gryllos packte ihm ins Haar und zerrte ihn auf die Füße, während die anderen ihm die Arme auf den Rücken drückten.

»Du hast es nicht anders gewollt«, sagte Gryllos, holte aus und schlug zu. Der Schmerz explodierte an Parmenions Kiefer, und seine Knie gaben nach. Doch die Angreifer hielten ihn auf den Beinen und prügelten auf ihn ein – schnelle, wuchtige Schläge in den Leib und ins Gesicht.

Parmenion gab keinen Laut von sich. *Es tut nicht weh,* sagte er sich. *Es tut nicht . . . weh.*

»Was geht da vor sich?«

»Die Nachtwache!« flüsterte einer der Maskierten. Die Halbwüchsigen ließen Parmenion zu Boden fallen und rannten davon, verschwanden in einer Gasse. Parmenion wand sich im Staub. Die schweigende steinerne Statue der Athene ragte über ihm auf. Stöhnend kämpfte der Junge sich auf die Füße, als zwei Soldaten zu ihm gerannt kamen.

»Was ist geschehen?« fragte einer der beiden und hielt Parmenion an der Schulter fest.

»Ich bin gestürzt.« Parmenion schüttelte die hilfreiche Hand ab und spuckte Blut.

»Und deine Freunde wollten dir auf die Beine helfen, was?« erwiderte der Mann. »Komm, begleite uns ein Stück.«

»Ich brauche kein Geleit«, sagte Parmenion.

Der Soldat blickte in die blaßblauen Augen des Jungen. »Sie sind immer noch in der Gasse dort drüben«, sagte der Krieger mit gesenkter Stimme.

»Ich weiß«, erwiderte Parmenion, »aber sie werden mich kein zweites Mal überrumpeln.« Als die Soldaten davongingen, holte Parmenion tief Atem und rannte los, stürmte geduckt durch enge Gassen und lief im Zickzack in Richtung Marktplatz. Eine Zeitlang hörte er die Schritte seiner Verfolger, doch schon bald umgab ihn nur noch die nächtliche Stille der Stadt.

Gryllos und die anderen würden damit rechnen, daß er entweder den Weg zu den Kasernen oder zum Haus seiner Mutter einschlug. Sein Ziel aber war weder das eine noch das andere; statt dessen rannte er über den menschenleeren Marktplatz und hinauf zur Akropolis, dem heiligen Hügel der Stadt.

Unten an der Straße, am Standbild der Athene, trat eine alte Frau ins Mondlicht, auf ihren langen Gehstock gestützt. Sie seufzte und setzte sich auf den Marmorsockel der Statue. Die Alte war schwach und gebrechlich, und ihre Gedanken waren sorgenvoll.

»Es tut mir leid, Parmenion«, sagte sie. »Du bist stark und entschlossen, aber das genügt nicht. Ich muß dafür sorgen, daß du hart wie Eisen wirst. Du bist ein Mensch, den das Schicksal erwählt hat.« Sie dachte an die anderen Jungen in der Kaserne. Wie einfach es doch gewesen war, ihren Haß auf den Mischling Parmenion zu entfachen, dachte die alte Frau. Einen Furunkel zu heilen kostete mehr Kraft, als Haß zu schüren. Es war ein beunruhigender Gedanke, und Tamis schauderte. Sie schaute zum Standbild auf, blickte in die blinden, marmornen Augen der Göttin, die auf sie hinunterstarrten. »Sei nicht so hochnäsig«, flüsterte die Alte. »Ich kenne deinen wahren Namen, Frau aus Stein. Ich kenne deine Schwächen und deine Begierden, und ich bin mächtiger als du.«

Tamis erhob sich, auf den Stock gestützt.

Vor ihrem geistigen Auge erschien ein Gesicht, und sie lächelte. Trotz Tamis' Bannspruch hatte Parmenion einen Freund; einen Jungen, der gegen das Feuer des Hasses gefeit war. Wenngleich dies nicht in Tamis' Pläne paßte, war dieser Gedanke süß und beruhigend.

»Guter Hermias«, sagte sie. »Wären alle Menschen so wie du, bräuchte ich meine Arbeit nicht zu tun.«

Parmenion saß auf einem Felsblock und wartete auf das erste Licht der Morgendämmerung. Er war hungrig, doch sein Kiefer schmerzte zu sehr, als daß er einen Bissen vom harten Brot hätte essen können, das noch vom Frühstück des gestrigen Tages übrig war. Schließlich erhob die Sonne sich langsam über die roten schimmernden Gipfel des Parnon-Gebirges, und glitzernd und funkelnd erwachten die Wasser des Eurotas zum Leben. Die morgendliche Wärme ließ Parmenions hageren, ausgemergelten Körper schaudern. Die harte Ausbildung zum spartanischen Krieger lehrte einen Mann, Schmerz zu ignorieren und den Geist vor Hitze und Kälte zu verschließen. Auch Parmenion hatte diese Fähigkeiten bereits in hohem Maße erworben; diesmal aber erinnerte die morgendliche Wärme ihn nur daran, wie bitterkalt die lange Nacht gewesen war, die er auf dem heiligen Hügel über der Stadt verbracht hatte.

Das Standbild des Zeus, des Göttervaters – acht Armlängen hoch, majestätisch und ehrfurchtgebietend –, blickte hinaus über das weite Land im Westen der Stadt; der höchste aller Götter schien den aufragenden Berg Ilias zu betrachten. Wieder erschauderte Parmenion und nahm vorsichtig einen Bissen vom trockenen, dunklen Brot. Er unterdrückte ein Stöhnen, als der Schmerz wie eine Feuerlohe durch seinen verletzten Unterkiefer raste. Der Schlag, den Gryllos ihm versetzt hatte, war hart und brutal gewesen; Parmenion hatte dem Hieb auch durch Zurückweichen nichts von seiner Wucht nehmen können. Er hob die Hand, führte einen Finger zum Mund. Links, wo der Schlag ihn getroffen hatte, hatte sich ein Zahn gelockert. Parmenion riß kleine Bissen vom Brot ab und kaute vorsichtig auf der rechten Seite des Kiefers. Nachdem er sein kärgliches Frühstück verzehrt hatte, erhob er sich. Links spürte er einen stechenden Schmerz. Er hob seine *chiton*-Tunika ein Stück an und betrachtete die Verletzung: Die Haut war geschwollen und blau verfärbt, und über der Hüfte klaffte eine blutende Rißwunde.

Parmenion biß die Zähne zusammen, reckte sich – und erstarrte, als er die Bewegung auf dem Pfad sah, der hinauf zum heiligen Hügel führte. Rasch sprang er vom Felsblock und rannte zum Tempel der Musen, duckte sich und spähte über den marmornen Sockel hinweg. Sein Herz klopfte beinahe schmerzhaft. Er nahm einen gezackten Stein in die Faust; eine Seite war so scharf wie die Klinge einer Streitaxt. Falls Gryllos und die anderen kamen, würde einer von ihnen sterben.

Dann sah Parmenion, wie ein schlanker Junge in einer blauen Tunika sich näherte. Er hatte ein hübsches Gesicht, dunkles, lockiges Haar und dichte Brauen. Parmenion erkannte Hermias, seinen

Freund, und eine Woge der Erleichterung durchströmte ihn. Er warf den Stein zu Boden und erhob sich mühsam und unter Schmerzen. Hermias sah ihn sofort, kam herübergeeilt und legte Parmenion die Hand auf die Schulter. »O Savra, mein Freund, wieviel Schmerz mußt du denn noch ertragen?«

Parmenion lächelte mühsam. »Heute wird es ein Ende haben ... vielleicht.«

»Nur wenn du das Feldherrnspiel verlierst, Savra. Und du *mußt* es verlieren. Sie könnten dich sonst töten. Und ich fürchte, sie tun es!« Hermias blickte in die blaßblauen Augen seines Freundes und sah die Unnachgiebigkeit darin. »Aber du wirst die Schlacht nicht verlieren, stimmt's?« sagte er traurig.

Parmenion zuckte mit den Achseln. »Vielleicht doch – falls Leonidas geschickter und klüger ist als ich und falls die Kampfrichter ihn bevorteilen.«

»Natürlich werden sie ihn bevorteilen. Gryllos hat gesagt, daß Agesilaos kommt, sich das Feldherrnspiel anzuschauen. Du glaubst doch nicht im Ernst, die Kampfrichter werden es zulassen, daß der Neffe des Königs besiegt wird?«

Parmenion streifte die Hand des Freundes ab. »Wenn es so ist – warum machst du dir dann Sorgen? Vielleicht wird Leonidas mich besiegen. Na und? Aber ich werde nicht *zum Schein* verlieren.«

Hermias setzte sich am Fuß der Zeus-Statue nieder und nahm zwei Äpfel aus einem Beutel an der Hüfte. Einen reichte er Parmenion, der vorsichtig hineinbiß. »Warum bist du nur so dickköpfig?« sagte Hermias. »Liegt es an deinem macedonischen Blut?«

»Warum nicht am spartanischen Blut, Hermias? Beides fließt zu gleichen Teilen durch meine Adern.«

»Ich wollte dich nicht beleidigen, Savra.«

»Ich weiß. Du nicht«, sagte der größere der beiden Jungen und nahm die Hand seines Freundes. »Und dennoch nennt ihr alle mich Savra – *Eidechse* – und betrachtet mich als Mischling, als halben Barbaren.«

Hermias riß die Hand weg, die Parmenion hielt, und blickte ihn zornig an. »Du bist mein Freund!«

»Darum geht es nicht, Hermias, und es ist auch keine Antwort auf meine Frage. Niemand kann über seine Herkunft bestimmen. Du bist reinblütiger Spartaner aus einer alten, vornehmen Familie. Deine Ahnen haben vor langer Zeit an den Thermopylen gekämpft. Dein Vater hat unter Lysander gedient und ist nie besiegt worden. Gewiß, du hast Freunde unter den Heloten und anderen Menschen niederer

Herkunft. Aber du betrachtest diese Freunde noch immer als Sklaven.«

»Auch dein Vater war Spartaner!« erwiderte Hermias hitzig. »Auch er hat für Sparta gekämpft, und er hat seine Wunden mit Stolz getragen. Du *bist* Spartaner!«

»Mit einer macedonischen Mutter.« Parmenion zog seine Tunika aus. Er stöhnte unterdrückt, als er sie sich über den Kopf streifte. Sein hagerer Körper war von Narben, Wunden und Prellungen gezeichnet, und sein rechtes Knie war geschwollen. Auch sein kantiges Gesicht zeigte die Spuren des nächtlichen Kampfes; das rechte Auge war verquollen und verfärbt. »Diese Wunden trage ich meines Blutes wegen. Als man mich aus dem Haus meiner Mutter geholt hat, war ich sieben Jahre alt. Seit jenem Tag habe ich die Sonne nur auf Körper scheinen sehen, die Narben und Wunden tragen.«

»Aber das gilt doch auch für mich«, sagte Hermias. »Alle spartanischen Jungen müssen lernen, Schmerz zu ertragen, zu kämpfen und zu leiden. Sonst gäbe es keine spartanischen Krieger, und wir wären nicht mehr die führende Macht Griechenlands. Aber ich verstehe, was du sagen möchtest, Sav ... Parmenion. Mag sein, daß Leonidas dich haßt. Und er ist ein gefährlicher Gegner. Aber du könntest zu ihm gehen und ihn bitten, ein Wort für dich einzulegen. Dann hätte aller Streit ein Ende.«

»Niemals! Er würde mich auslachen und hinauswerfen lassen.«

»Ja, könnte sein. Aber dann hätten wenigstens die Prügeleien ein Ende.«

»Würdest du zu ihm gehen, wenn du an meiner Stelle wärst?«

»Nein.«

»Warum sollte ich es dann tun?« Parmenion richtete den Blick aus seinen blaßblauen Augen auf den Freund.

Hermias seufzte. »Du machst es einem nicht leicht, Parmenion. Aber du hast recht. Ich liebe dich wie einen Bruder, und dennoch betrachte ich dich nicht als Spartaner. In meinem Herzen, ja – aber mein Herz ...«

»Wenn du es als mein Freund nicht tust – wie können die anderen mich dann als ihresgleichen betrachten?«

»Du mußt uns Zeit lassen. Uns allen. Aber verlaß dich darauf – was immer du tust, ich stehe auf deiner Seite«, sagte Hermias leise.

»Daran habe ich nie gezweifelt. Na, dann nenne mich ruhig wieder Savra. Aus deinem Mund hört es sich richtig freundlich an.«

»Auch beim Feldherrenspiel werde ich auf deiner Seite stehen. Und ich werde zu Athene beten, daß sie dir den Sieg schenken möge«, sagte

Hermias lächelnd. »Möchtest du, daß ich bei dir bleibe, bis das Spiel beginnt?«

»Nein. Ich werde allein hier bleiben, hier bei Vater Zeus. Ich werde nachdenken, und ich werde beten. Wir treffen uns, wenn der Kampf beginnt. Drei Stunden nach Mittag vor dem Haus Xenophons.«

Hermias nickte und machte sich auf den Rückweg zur Stadt. Parmenion beobachtete, wie er den Pfad hinunterging; dann ließ er den Blick über die erwachende Stadt schweifen.

Sparta. Die Heimat der Helden, Geburtsort der tapfersten Krieger, die je über die Erde gewandelt waren. Von hier aus war weniger als ein Jahrhundert zuvor der legendäre König und Feldherr Leonidas mit dreihundert Kriegern und siebenhundert Heloten zum Paß an den Thermopylen gezogen. Dort hatte diese kleine Streitmacht sich einem 250 000 Mann starken persischen Heer entgegengestellt.

Und dennoch waren die Spartaner nicht gewichen; sie hatten ausgeharrt, hatten die Angreifer zurückgeschlagen, bis der persische König Xerxes schließlich seine ›Unsterblichen‹ ins Feld geschickt hatte: zehntausend der tapfersten Krieger des riesigen persischen Königreichs, die bestausgebildeten Kämpfer. Die Elite. Doch die Spartaner hatten selbst diese ›Unsterblichen‹ gedemütigt. Parmenion fühlte Stolz in sich aufsteigen, als er sich die spartanischen Helden vorstellte, wie sie in ihren bronzenen Helmen mit geschlossenem Visier, ihren großen, ovalen Schilden, ihren blutroten Umhängen und den funkelnden Schwertern furchtlos dem Tod ins Auge geblickt hatten. Die Macht Persiens – die Macht der ganzen Welt! – war an den Schwertern von dreihundert Spartanern zerbrochen. Er wandte den Blick nach Südosten. Dort lag das Grabmahl des Königs, der bei der Schlacht sein Leben gelassen hatte. Von einem Griechen verraten, waren die Spartaner schließlich vom Gegner eingekesselt und niedergemacht worden. Leonidas und seine Krieger hatten von diesem Verrat gewußt, und der König war von seinen Verbündeten gedrängt worden, vom Paß zu fliehen. Seine Antwort war auf ewig in die Herzen seiner Landsleute eingebrannt: ›Ein Spartaner verläßt ein Schlachtfeld nur als Sieger oder als Gefallener. Es gibt keinen Rückzug.‹ Für Parmenion war es bittere Ironie, daß sein größter Held und sein schlimmster Feind denselben Namen trugen und demselben Geschlecht entstammten – Leonidas. Und manchmal fragte er sich, ob der legendäre König genauso grausam gewesen war wie sein Nachkomme und Namensvetter.

Parmenion erstieg den höchsten Punkt der spartanischen Akropolis und blickte auf die Stadt hinunter, die den Hügel kreisförmig umgab. Weniger als 30 000 Menschen wohnten dort unten, und dennoch waren sie von Arkadien bis nach Kleinasien, von Athen bis nach Illyrien gefürchtet. Noch nie war eine spartanische Armee einem zahlenmäßig gleichstarken Gegner auf dem Schlachtfeld unterlegen. Jeder einzelne der spartanischen Fußsoldaten, der *Hopliten*, wog drei Athener auf, fünf Thebaner, zehn Korinther und zwanzig Perser. Die Zahlen wurden den spartanischen Kindern wieder und wieder vor Augen gehalten, und voller Stolz erinnerte man sich seiner ruhmreichen Geschichte.

Macedonier waren es gar nicht erst wert, als daß man sie in dieses Zahlenspiel mit einbezogen hätte. Die Macedonier wurden kaum als Griechen betrachtet; sie waren barbarisch und undiszipliniert. Ein unzivilisiertes Volk aus einem unwegsamen Hügelland im Norden.

»Ich bin Spartaner«, sagte Parmenion. »Ich bin kein Macedonier.«

Die Statue des Zeus blickte noch immer zum fernen Berg Ilias, und Parmenion erschienen seine Worte plötzlich sinnlos und leer. Der Junge seufzte und dachte an das Gespräch zurück, das er eben mit Hermias geführt hatte. *»Du machst es einem nicht leicht, Parmenion. Aber du hast recht. Ich liebe dich wie einen Bruder, und dennoch betrachte ich dich nicht als Spartaner. In meinem Herzen, ja – aber mein Herz ...«*

»Wenn du, als mein Freund, es nicht tust – wie können die anderen mich dann als ihresgleichen betrachten?«

Als kleiner Junge war Parmenion mit Gleichaltrigen gut ausgekommen. Doch im Alter von sieben Jahren, wenn alle spartanischen Jungen ihren Eltern fortgenommen und in die Kasernen gebracht wurden, um körperlich ertüchtigt und in der Kriegskunst ausgebildet zu werden, hatte er zum erstenmal zu spüren bekommen, daß macedonisches Blut in seinen Adern floß. Damals hatte Leonidas selbst – der Nachkomme des ruhmreichen Königs – Parmenion verhöhnt und von ihm gefordert, daß er vor ihm niederknien sollte, wie es für jemanden aus dem Sklavenstand Pflicht sei. Obwohl jünger und schmächtiger, hatte Parmenion sich auf Leonidas gestürzt und ihn fürchterlich verprügelt – wie seitdem mehrere Male. Doch Leonidas stammte aus einer der edelsten spartanischen Familien, und viele andere Jungen in der Lykurgos-Kaserne hatten sich auf seine Seite gestellt und sich bei ihm einzuschmeicheln versucht. Parmenion war ein Ausgestoßener geworden, einsam, gehetzt, von allen gehaßt – mit Ausnahme von Hermias. Selbst Leonidas hatte es nicht gewagt, sich auch noch gegen Hermias zu wenden, denn dieser war der Sohn des Parnas, eines Vertrauten und Freundes des Königs.

Acht Jahre hatte Parmenion nun das Leben eines Geächteten

geführt, hatte die Schmähungen und Demütigungen über sich ergehen lassen in der Überzeugung, daß die anderen ihn eines Tages doch als einen der Ihren akzeptieren würden. Vergeblich. Heute aber sollte die Stunde des Triumphes kommen. Parmenion hatte sich bei den Kampfspielen der Jugend gegen alle Gegner durchgesetzt und das Finale, das Feldherrnspiel, erreicht. Und gegen wen mußte er antreten? Wer war sein Feind in der nachgestellten Schlacht – ein Feind, der aus Hunderten junger Spartaner hervorgegangen war? Niemand anders als Leonidas.

Und Hermias hatte recht mit seiner Warnung. Ein Sieg über Leonidas würde Parmenion nur noch mehr Leid und Schmerz einbringen. Aber er konnte sich nicht ... wollte sich nicht ... zum Schein besiegen lassen. Für alle jungen spartanischen Krieger in den vielen Kasernen waren die Kampfspiele der Höhepunkt eines jeden Jahres. Dem Stärksten und Besten wurden der Lorbeerkranz und der Siegerstab verliehen. Er war der *strategos* – der Meister!

Beim Feldherrenspiel mußten die beiden Gegner eigene Armeen in die Schlacht schicken und führen. Parmenion und Leonidas würden die Rollen feindlicher Generäle übernehmen, Befehle erteilen, Kampfformationen bilden und umbilden, taktieren und fintieren. Ihre ›Krieger‹ waren aus Holz geschnitzte Figuren; es gab keine Gefallenen, es floß kein Blut. Über die Verluste der feindlichen Armeen würden zwei Kampfrichter entscheiden.

Parmenion nahm einen Zweig vom Boden und malte ein Rechteck in den Sand. Er zeichnete eine spartanische Phalanx – mehr als 1000 Krieger, die ihre Speere vorgereckt und die Schilde dicht aneinander hielten, so daß sie eine undurchdringliche, waffenstarrende Mauer bildeten. Die Phalanx war die Hauptstreitmacht der beiden Gegner; die Reiterei kam erst an zweiter Stelle. Auf der rechten Seite zeichnete Parmenion einen zweiten, geschlossenen Block: die Hopliten – spartanische Vasallen aus unterworfenen Völkern, die immer an der Seite ihrer Herren kämpften. Es waren unerschrockene Männer, verwegen und todesmutig; doch niemals hatten sie das Recht, in der Schlacht an vorderster Front zu kämpfen – sie waren keine Spartaner und galten daher kaum mehr als Sklaven.

Beide Armeen waren dreitausend Mann stark: spartanische Fußsoldaten – *Hopliten* –, dann die Reiterei und schließlich die Heloten als Eingreiftruppe.

Parmenion schloß die Augen und rief sich den Verlauf des letztjährigen Feldherrnspiels ins Gedächtnis, das in der Menelaos-Kaserne stattgefunden hatte. Die Schlacht hatte zwei Stunden gedauert, bis endlich die Entscheidung gefallen war. Doch Parmenion hatte sich schon nach kurzer Zeit gelangweilt und war hinaus auf den Marktplatz geschlendert. Die Gegner hatten sich eine Zermürbungsschlacht geliefert, hatten sich nur auf ihre Phalanxen konzentriert und die Krieger wild aufeinander einhauen lassen. Die Kampfrichter hatten sich darauf beschränkt, die ›Toten‹ vom Schlachtfeld zu nehmen, bis schließlich die weiße Armee die rote erdrückt hatte.

Was für ein sinnloses, einfallsloses Gemetzel, hatte Parmenion damals gedacht. Was war ein solcher Triumph wert? Der Sieger hatte zum Schluß nur noch hundert Krieger gehabt. Wäre es eine wirkliche Schlacht gewesen, hätte der Feind diese erschöpften Überlebenden mit einer kleinen Reservetruppe niedermachen können.

Nein, so sollte keine Schlacht geschlagen werden.

Ich werde es heute ganz anders machen, dachte Parmenion. Ob Sieg oder Niederlage – an seine *Strategie* sollte man sich noch lange Zeit erinnern. Langsam begann Parmenion, die Bewegungen seiner Truppenteile in den Sand zu zeichnen und über die Manöver nachzudenken. Doch seine Gedanken schweiften ab, und wieder sah er das Große Rennen vor Augen, das vor drei Wochen im Rahmen der Kampfspiele stattgefunden hatte. Parmenion hatte sich dafür gequält, hatte Laufübungen gemacht und davon geträumt, den Lorbeerkranz des Siegers zu tragen.

Das Große Rennen: Ein Lauf von zwanzig Meilen unter der sengenden Sommersonne, hinaus aus der Stadt und ins Hügelland, die geröllbedeckten Hänge der Ausläufer des Parnon-Gebirges hinauf und hinunter, schweißüberströmt, mit ausgedörrter Kehle, schmerzenden Beinen und keuchenden Lungen. Alle jungen Männer Spartas hatten an diesem Rennen teilgenommen, an dieser härtesten Bewährungsprobe für Körper, Willenskraft und Mut.

Und Parmenion hatte sie alle hinter sich gelassen: Leonidas, Nestos, Hermias, Learchos und die Besten aus den anderen Kasernen. Sie hatten den Staub geschluckt, den seine Füße aufgewirbelt hatten, und waren hinter ihm her getaumelt. Leonidas war der hartnäckigste Verfolger gewesen; er hatte sich mit verbissener Entschlossenheit an Parmenions Fersen geheftet, doch nach zwölf Meilen hatte auch Leonidas nicht mehr mithalten können.

Parmenion war das Rennen einsam und allein an der Spitze gelaufen, hatte seine Kraftreserven für die letzten Meilen aufgespart, um das letzte Stück bis zur *agora* leichtfüßig laufen zu können, dort, wo der König mit dem Lorbeerkranz für den Sieger gewartet hatte.

Als die Stadt in Sicht kam, verlockend und weiß, hatte Parmenion am Rand des Olivenhains, der sich am Fuß des Hügels befand, den alten Mann gesehen, der seinen Handkarren über die Straße zog. Er hatte beobachtet, wie das rechte Rad sich löste, wie der Karren umstürzte und die Ladung in den Staub rollte. Voller Mitleid hatte Parmenion seine Schritte verlangsamt, als er sah, wie der alte Mann verzweifelt versuchte, einen Lederriemen zu lösen, den er sich um den Stumpf des rechten Arms gebunden hatte. Der Alte war ein Krüppel. Doch Parmenion riß den Blick von ihm los, starrte auf das nahe Ziel und rannte weiter.

»Hilf mir, Junge!« rief der Mann. Und diesmal blieb Parmenion stehen und wandte sich um. Leonidas mußte weit hinter ihm sein, denn er war nicht zu sehen ... Parmenion versuchte abzuschätzen, wieviel Zeit ihm blieb. Dann stieß er einen Fluch aus, rannte den Hang hinunter und kniete neben dem Wagen nieder. Das Rad hatte sich gelöst und lag auf der Straße, doch Parmenion versuchte, den Wagen so weit anzuheben, daß er das Rad wieder auf die Achse schieben konnte. Kaum hatte er es geschafft, als die hölzernen Speichen zerbrachen. Wieder kippte der Wagen zur Seite, und diesmal wurde der alte Mann vom Lederriemen zu Boden gerissen. Parmenion blickte auf ihn hinunter, schaute dem alten Mann in die Augen und sah seinen Schmerz, sein Leid und seine Verzweiflung. Die Tunika des Mannes war schmutzig und verschlissen; die Farben von ungezählten Winterregen ausgewaschen und von der Hitze vieler Sommer gebleicht. Seine Sandalen waren dünn wie Pergament.

»Wohin willst du?« fragte Parmenion.

»Zu meinem Sohn«, erwiderte der alte Mann und zeigte nach Süden. »Er wohnt in einer Ansiedlung, eine Stunde Fußweg von hier.« Parmenion sah die faltige Haut des Arms – und die vielen Narben, die von Schwerthieben stammten. Es waren alte Wunden. »Bist du Spartaner?« fragte der Junge.

»Helot«, gab der alte Mann zur Antwort. Parmenion blieb stehen, starrte hinunter auf den zertrümmerten Handkarren, der mit Töpfen und Krügen, ein paar alten, verschlissenen Decken, einem Brustharnisch und einem seltsam geformten Helm beladen war, wie Parmenion ihn nur von Wandgemälden und Vasenmalereien kannte.

»Ich werde dir nach Hause helfen«, sagte Parmenion schließlich.

»Es gab eine Zeit, da ich deine Hilfe nicht gebraucht hätte, Junge«, sagte der alte Mann.

»Ich weiß. Komm jetzt. Ich halte die Achse in die Höhe, und du ziehst den Wagen, wenn du kannst.«

Parmenion hörte Laufschritte und hob den Blick. Oben, am Rand des Hangs, rannte Leonidas in Richtung Ziel; er schaute starr geradeaus. Parmenion schluckte seine Enttäuschung hinunter und hob die Achse des Karrens an jener Seite, an der das zerbrochene Rad gewesen war. Der alte Mann zog an, und langsam rollte der Karren auf dem einen Rad in Richtung Süden.

Die Dämmerung senkte sich über Sparta, als Parmenion Stunden später mit müden Schritten durch das Stadttor kam, wo er von vielen Kameraden aus seiner Kaserne bereits erwartet wurde.

»Was ist denn geschehen, Bastard? Hast du dich verirrt?« rief einer der Jungen.

»Wahrscheinlich hat er im Schatten ein Schläfchen gehalten«, höhnte ein anderer. »Barbaren haben keinen Mumm in den Knochen.«

»Halte durch! Halte durch!« riefen die Jungen lachend, als Parmenion zum Marktplatz rannte, wo sein Ausbilder, Lepidos, bereits auf ihn wartete.

»Beim Hades, was ist mit dir geschehen?« fragte der Krieger zornig. »Unsere Kaserne hätte den Tagessieg erringen können. Deinetwegen haben wir nur den sechsten Platz belegt!«

Parmenion schwieg. Was hätte er auch sagen sollen?

Doch das war Vergangenheit – und die Vergangenheit war tot. Parmenion wurde hungrig und ging zum Marktplatz hinunter, dann in Richtung Kasernen. Im Speisesaal der Lykurgos-Kaserne reihte er sich in die Schlange der Jungen ein, die sich ihr Essen holten, und setzte sich mit einer Schüssel Suppe und einem Stück dunklem Brot allein an einen der Tische. Niemand redete mit ihm. Leonidas saß auf der gegenüberliegenden Seite des Saales zusammen mit Gryllos und einem Dutzend anderer Jungen; sie würdigten Parmenion keines Blickes. Parmenion aß schweigend; dann verließ er die Kaserne und schlenderte zum kleinen Haus seiner Mutter. Sie saß im Hof, im hellen Sonnenschein. Als sie ihren Sohn sah, lächelte sie. Sie war schrecklich mager, und ihre Augen lagen tief in den Höhlen. Parmenion streichelte ihr über die Schulter und küßte sie sanft auf die Wange; unter der trockenen, dünnen Haut spürte er ihre Knochen unter den Lippen.

»Du ißt nicht genug«, sagte er besorgt.

»Ich habe keinen Appetit«, erwiderte sie mit schwacher Stimme. »Aber die Sonne tut mir gut. Sie gibt mir das Gefühl, zu leben.« Er brachte ihr einen Becher Wasser und setzte sich neben sie auf die steinerne Bank. »Findet heute dein Feldherrenspiel statt?« fragte sie.

»Ja.«

Sie nickte, und eine Strähne ihres dunklen Haars fiel ihr ins Gesicht.

Parmenion strich sie zurück. »Deine Stirn ist heiß. Du solltest ins Haus gehen.«

»Noch nicht. Warum ist dein Gesicht so zerschunden?«

»Ich bin bei einem Wettlauf gestürzt. – Wie fühlst du dich?«

»Ich bin müde, mein Sohn. Sehr müde. Wird der König zum Haus Xenophons kommen, um dich siegen zu sehen?«

»Soviel ich weiß, kommt er. Ich weiß aber nicht, ob ich siege.«

Sie nickte. »Der Stolz einer Mutter hat aus mir gesprochen. Aber du wirst dein Bestes geben, und das ist genug. Bist du bei den anderen Jungen immer noch so beliebt?«

»Ja.«

»Das hätte deinen Vater sehr gefreut. Auch er war ein beliebter Mann. Aber das Feldherrnspiel hat er nie erreicht. Er wäre stolz auf dich.«

»Kann ich irgendwas für dich tun? Soll ich dir etwas zu essen holen?« Parmenion nahm ihre Hand, hielt sie ganz fest und wünschte sich sehnlichst, er könnte seine Kraft in ihren ausgemergelten, zerbrechlichen Körper strömen lassen.

»Ich brauche nichts. Weißt du, ich habe in den letzten Tagen viel an Macedonien gedacht . . . die Wälder, die weiten Ebenen. Und immer wieder habe ich von einem weißen Pferd geträumt, das am Hang eines Hügels steht. Ich sitze auf einer Wiese, und das Pferd kommt zu mir herüber. Ich würde es schrecklich gern reiten. Ich möchte den Wind im Gesicht spüren und hören, wie er in mein wehendes Haar flüstert. Es ist ein großes, edles Pferd, mit schön geschwungenem Rücken. Aber immer wache ich auf, bevor es mich erreicht.«

»Pferde sind gute Vorzeichen«, sagte Parmenion. »Komm, ich helfe dir ins Haus. Und dann hole ich Rhea. Sie wird dir etwas kochen. Du mußt essen, Mutter, oder du wirst nie mehr zu Kräften kommen.«

»Nein, ich möchte nicht ins Haus. Laß mich noch in der Sonne sitzen und versuchen, ein wenig zu schlafen. Komme wieder, wenn dein Kampf vorüber ist, und erzähle mir alles.« Eine Zeitlang blieb er neben ihr sitzen, doch sie lehnte den Kopf an ein fadenscheiniges Kissen und schlief ein. Parmenion ging leise ins Haus, wusch sich den Staub vom Körper und kämmte sein dunkles Haar. Dann zog er eine saubere *chiton*-Tunika an und schlüpfte in sein zweites Paar Sandalen. Der *chiton* war nicht mit Stickereien verziert und war ihm ein wenig zu klein, und der Saum reichte ihm nicht einmal bis zu den Knien. Er kam sich wie ein Helot vor – ein Sklave. Parmenion ging zum Nachbarhaus und klopfte mit Knöcheln an den Türrahmen. Eine kleine, rothaarige Frau trat ins Freie; sie lächelte, als sie Parmenion sah.

»Ich gehe zu ihr«, erklärte die Frau, bevor Parmenion auch nur ein Wort gesagt hatte.

»Sie ist draußen im Hof«, sagte Parmenion. »Rhea, sie ißt nichts! Sie wird von Tag zu Tag magerer.«

»Das war nicht anders zu erwarten«, erwiderte Rhea leise, und in ihrer Stimme lag Trauer.

»Nein!« sagte Parmenion mit scharfer Stimme. »Jetzt, wo der Sommer gekommen ist, wird es ihr besser gehen. Ich weiß es.«

Ohne eine Antwort Rheas abzuwarten, wandte Parmenion sich um und rannte los, an den Kasernen vorüber bis zum Haus Xenophons.

Am Tag des Feldherrnspiels erwachte Xenophon früh am Morgen. Die ersten Sonnenstrahlen ließen die Gipfel im Westen rot erglühen, und lange, dünne Lichtspeere fielen durch die Ritzen der von Wind und Wetter verzogenen hölzernen Fensterläden vor dem Schlafzimmerfenster. Er drehte sich auf die Seite und gähnte. Xenophon genoß es immer, mit dem König zu Mittag zu speisen, doch wie für so vieles im Leben mußte man auch für dieses Vergnügen bezahlen. Xenophon holte tief Luft und setzte sich auf, schob die dünne Decke zur Seite und blickte auf seinen Körper hinunter. Die Bauchmuskeln waren gut ausgebildet und straff und ließen nicht erkennen, daß er schon siebenundvierzig Jahre alt war, und die Haut seines Gesichts und seines Körpers hatte eine goldbronzene Farbe: der Lohn ungezählter Gymnastikübungen, die er nackt in der morgendlichen Sonne vollführt hatte.

Der General erhob sich und reckte sich vor dem bronzenen Spiegel. Seine Sehkraft hatte nachgelassen; seine Augen besaßen nicht mehr die Schärfe der Jugend, und so mußte er sich weit vorbeugen, um sich betrachten zu können. Mit Widerwillen stellte er fest, daß seine einst so schlaffe Haut unter den blauen Augen schlaff zu werden begann und daß sich die ersten grauen Strähnen in seinem dunkelblonden Haar zeigten. Er haßte das Altern und fürchtete den Tag, wenn die Knaben nicht mehr aus Pflichtgefühl zu ihm kamen, oder aus Lust, sondern nur noch gegen Bezahlung.

Der junge Mann jedenfalls, mit dem er letzte Nacht das Bett geteilt hatte, war von Xenophons männlicher Schönheit angezogen gewesen, von seinem Ruhm als Held des legendären Marsches zum Meer, seinem Ruf als athenischer Rebell und als größter Feldherr seiner Zeit. Bei diesem erhebenden und tröstlichen Gedanken lächelte Xenophon und wandte das Gesicht rasch vom Spiegel ab. Er öffnete die Fensterläden und spürte die Wärme der Sonne auf der Haut. Dann setzte er sich wieder aufs Bett.

Der Marsch zum Meer: das Jahr des Ruhmes. Haben die Schicksalsgöttinnen mir damals zur Seite gestanden? fragte er sich. Oder Athene? Oder war es nur Glück gewesen? Wie konnte ein Mensch das jemals ergründen? Draußen schien die Sonne, und der Himmel war wolkenlos. Es war ein Tag wie jener in Kunaxa, als all seine Träume, seine Wünsche, sein Glaube auf die Probe gestellt worden waren; damals, als Kyros um das Recht gekämpft hatte, das ihm von Geburts wegen zustand. Xenophon sah die Bilder von damals vor dem geistigen Auge: Kyros, schön wie Apoll und tapfer wie Herakles, hatte seine Truppen nach Persien geführt, um für die Krone zu kämpfen, die von Rechts wegen ihm gehörte. Xenophon hatte gewußt, daß Kyros die Schlacht nicht würde verlieren können, denn die Götter standen immer auf der Seite der Tapferen und Gerechten. Und der Feind, obwohl zahlenmäßig überlegen, besaß weder das strategische Geschick noch die Waffenkunst und den Heldenmut, um die griechischen Söldner zu besiegen, die ihren Feldherrn Kyros liebten. Schon bevor die Heere aufeinanderprallten, war der Ausgang der Schlacht entschieden gewesen.

Die feindlichen Armeen waren sich unweit des Dorfes Kunaxa begegnet. Damals war Xenophon noch Offizier unter General Proxenos gewesen, und er erinnerte sich jetzt daran, wie die Furcht ihn gepackt hatte, als er das feindliche Heer sah, das zu einer breiten Gefechtsreihe auseinandergezogen war. Er hatte seinen Kriegern befohlen, dichte, geschlossene Kampfformationen zu bilden und auf weitere Befehle zu warten. Die Perser hatten furchterregendes Geschrei angestimmt und mit den Schwertern dröhnend gegen die Schilde geschlagen, während die Griechen still und regungslos verharrten. Kyros war vor der Front entlanggaloppiert und hatte gerufen: »Für die Götter und den Ruhm!« Dann war die griechische Phalanx vorgerückt und wie ein Donnerkeil des Zeus in die persischen Reihen gefahren. Das Heer des Feindes wurde gesprengt, und die Perser ergriffen die Flucht. Kyros, der in seiner funkelnden Rüstung wie ein Gott auf seinem Schimmelhengst saß, hatte daraufhin einen massiven Angriff auf das Zentrum der feindlichen Armee geführt, das noch immer standgehalten hatte; Kyros' verräterischer Bruder – Artaxerxes, der König – war daraufhin vom Schlachtfeld geflüchtet. Der Ruhm des Sieges hatte den Griechen gehört; das Schicksal hatte sich erfüllt.

Xenophon schauderte und trat ans Fenster, blickte über die Dächer hinweg ... doch er sah sie nicht. Statt dessen sah er das Sonnenlicht auf den Speerspitzen der Krieger funkeln, hörte die Schreie der Sterbenden, das Klirren und Rasseln und Dröhnen der Schilde und Waffen bei der Schlacht von Kunaxa, als die Griechen, in Formationen zu jeweils vier Reihen, die Barbaren vernichtet hatten.

Der Sieg hatte ihnen gehört. Die Gerechtigkeit hatte triumphiert, wie Xenophon und alle tapferen, gottgläubigen Männer es schon vorher gewußt hatten. Und dann?

Xenophon seufzte. Dann hatte ein gemeiner persischer Krieger – ein Bauer, der sich weder Rüstung noch Schwert hatte leisten können! – einen scharfkantigen Stein geworfen und Kyros an der Schläfe getroffen. Der siegreiche Feldherr war vom Pferderücken in den Staub gestürzt, und der Feind, schon in wilder Flucht, hatte Kyros fallen sehen und innegehalten, hatte sich neu formiert und einen Gegenangriff unternommen. Die Barbaren hatten den tapferen Kyros in dem Augenblick erreicht, als er sich benommen und wankend erhoben hatte. Er war von feindlichen Speeren durchbohrt worden; dann hatte man ihm die rechte Hand und den Kopf abgeschlagen.

Und die Siegesgöttin hatte das Haupt von den Griechen abgewandt.

An jenem Tag waren in Xenophons Herz die Götter gestorben, wenngleich sein Verstand darum kämpfte, daß er nicht auch noch den *Glauben* verlor. Denn ohne die Götter war die Welt ein leerer, trister Ort; eine Stätte der Qualen und Leiden und Scheinbilder, sinnlos, ordnungslos, hoffnungslos. Nach der Schlacht von Kunaxa hatte Xenophon, von Zweifeln an der göttlichen Ordnung geplagt, nie mehr im Leben inneren Frieden gefunden.

Der General holte tief Atem und versuchte, die bitteren Erinnerungen zu vertreiben. Jemand klopfte leise an die Tür. »Tritt ein«, sagte Xenophon, und Tinos, sein ältester Diener, kam ins Zimmer und brachte ihm einen Krug mit Wasser vermischten Weins. Xenophon dankte Tinos lächelnd.

Zwei andere Diener holten inzwischen Wasser aus dem Brunnen, um ihrem Herrn das Bad zu bereiten; nachdem er gebadet hatte, trockneten sie ihn mit weichen Tüchern ab. Seine Rüstung war geputzt worden, bis die Bronze in goldenem Glanz erstrahlte, und der eiserne Helm funkelte, als wäre er aus reinem Silber. Ein Diener half Xenophon in seine weiße Tunika aus Leinen, während ein anderer ihm den Brustharnisch über den Kopf hob und mit Lederriemen an den Schultern und seitlich am Brustkorb festschnallte. Dann wurde ihm ein lederner, mit Bronzeleisten verstärkter Waffenrock um die Hüfte gelegt und an der Taille verschnürt. Bronzene Beinschienen wurden an seinen Unterschenkeln befestigt. Schließlich winkte Xenophon die

Diener fort und nahm den Schwertgurt. Das Leder war alt und rissig, die bronzene Scheide zerkratzt und schartig, doch das eiserne Schwert war scharfgeschliffen. Er zog es aus der Scheide, hielt den lederumwickelten Griff in der Faust und genoß das Gefühl, das die wohlausgewogene, kurze Klinge ihm vermittelte. Seufzend stieß er die Waffe in die Scheide zurück; dann schnallte er sich den Schwertgurt um, nahm den Helm und strich über den Helmbusch aus weißem Pferdehaar.

Xenophon klemmte sich den Helm unter den Arm und wandte sich zur Tür, die Tinos ihm öffnete. Der General trat hinaus auf den sonnenüberfluteten Hof. Drei Dienerinnen verbeugten sich, als Xenophon an ihnen vorüberschritt; er dankte ihnen mit einem Lächeln und hob das Gesicht der Sonne entgegen. Es war ein schöner Tag.

Drei Heloten bereiteten die Sandgrube für das Feldherrnspiel nach den Anweisungen der Kampfrichter vor; sie formten Hügel, Täler und Flüsse. Xenophon blieb stehen und betrachtete ihre Arbeit. »Mach den Hügel dort höher und steiler«, sagte er zu einem der Männer, »und die Talsohle muß breiter sein. Dort wird die Schlacht gefochten, und die Feldherren brauchen Platz für ihre Manöver.«

Er setzte seinen Weg fort, verließ die Stadt durch eines der Tore, stieg den Pfad zum heiligen Hügel hinauf und blieb vor dem Heiligtum der Allsehenden Athene stehen. Es war ein kleiner Tempel; nur drei Säulen stützten das niedrige Dach, doch im Innern befand sich der geheiligte Altar der Göttin. Xenophon stieg die Stufen hinauf und zog das Schwert aus der Scheide. Im Eingang zum Tempel lehnte er die Waffe an die Mauer; dann ging er zum Altar und kniete davor nieder. Auf dem Altar befand sich ein Standbild der Göttin aus Silber: eine hochgewachsene, schlanke Frauengestalt, die einen dorischen Helm trug, weit aus der Stirn zurückgeschoben; in der Rechten hielt sie ein scharfes Schwert.

»Heil dir, Athene, Göttin der Weisheit und des Krieges«, sagte Xenophon und schloß die Augen, im Gebet versunken. Wieder und wieder sagte er stumm jene Worte, die er fünf Jahre zuvor gesprochen hatte, bevor er aus dem Land der Perser zurück nach Sparta gezogen war.

»Ich bin Krieger, hohe Göttin. Laß dies nicht das Ende meines Ruhmes bedeuten. Ich habe erst wenig erreicht. Laß mich lange genug leben, um dein Standbild ins Herz des Barbarenreiches zu bringen.«

Er schlug die Augen auf, blickte zur Statue hinauf und hoffte auf Antwort – wohl wissend, daß diese Antwort aus Schweigen bestand. Schließlich erhob sich Xenophon und bewegte sich rückwärts gehend vom Altar zum Ausgang des Tempels. Draußen angelangt, sah er eine Bewegung auf der Akropolis und beobachtete, wie zwei Jungen sich dort oben umarmten. Er beschirmte die Augen mit der Hand und erkannte, daß einer der beiden Halbwüchsigen Hermias war. Also konnte der andere nur dieser Mischling sein, den alle Savra nannten. Ein seltsamer Junge, den Xenophon nur zweimal aus der Nähe gesehen hatte. Mit seiner leicht gebogenen Hakennase war er nicht so hübsch wie Leonidas oder gar so schön wie Hermias, aber er hatte irgend etwas an sich. Der Blick aus seinen blauen Augen etwa – wachsam und herausfordernd zugleich, erinnerte sich Xenophon. Und der Junge besaß einen inneren Stolz, dem auch sein ärmliches Erscheinungsbild keinen Abbruch tun konnte. Einmal hatte Xenophon beobachtet, wie der Junge über die Hauptstraße gerannt war, verfolgt von vier anderen Halbwüchsigen. Bei einer anderen Gelegenheit hatte er diesen Savra zusammen mit Hermias am Tempel der Aphrodite sitzen und hin und wieder über eine Bemerkung Hermias' lächeln sehen. Und dieses Lächeln hatte den düsteren Ausdruck seines Gesichts auf beinahe erschreckende Weise verändert, hatte sich gelöst und erhellt, so daß Xenophon stehengeblieben war und den Jungen angestarrt hatte. Savra hatte gespürt, daß er beobachtet wurde. Er hatte Xenophons Blick erwidert. Von einem Moment zum anderen war seine Miene wieder verschlossen und düster geworden, und der Ausdruck seiner blaßblauen Augen hatte dem athenischen Feldherrn einen Schauder über den Rücken gejagt.

Xenophons Gedanken wandten sich dem Gegner dieses Jungen zu, Leonidas, diesem Urbild eines Spartaners: hochgewachsen, kräftig, mit athletisch durchgebildetem Körper, von stolzer Haltung und mit goldblondem Haar. Leonidas besaß Größe, äußerlich und in seinem Innern – eine edle Größe, wie nur die Götter sie einem Sterblichen schenken können. Es kam selten vor, daß der athenische Feldherr das Finale der Kampfspiele der spartanischen Jugend mit Spannung erwartete, doch heute war es der Fall. Er sehnte den Beginn dieser Schlacht sogar herbei.

Der General verließ den heiligen Hügel und wandte sich in Richtung Übungsgelände. Auf diesem freien Platz fand die Waffenausbildung der spartanischen Jugend statt, zumeist in der Abenddämmerung; die Jungen führten mit hölzernen Schwertern und Speeren Scheingefechte. Und am Morgen jedes sechsten Tages wurde auf diesem Platz das spartanische Heer gedrillt. Aber heute ist ein ganz besonderer Tag, dachte Xenophon, als er über die niedrige Brücke schritt, die zum südlichen Teil des Übungsplatzes führte. Denn heute fand die Parade der Vollbürger statt. Der militärischen Ausbildung der Spartaner und ihrer Kriegskunst galt Xenophons uneingeschränkte Bewunderung – obwohl er eben dieser militärischen Macht seine Verbannung aus

Athen zu verdanken hatte. Die Spartaner hatten eine geradezu unschlagbare Armee aufgebaut und sich dabei Regeln der Strategie und Taktik zunutze gemacht, die so grundlegend einfach waren, daß es Xenophon wie ein Wunder erschien, daß kein anderer Stadtstaat es Sparta auf dem Feld der Kriegskunst gleichzutun vermochte. Entsprechend ihrem Alter an Jahren wurden die Jungen ab dem siebenten Lebensjahr in Altersklassen eingeteilt; vielfach kämpften Männer, die als Kinder zusammen aufgewachsen waren, die zusammen gespielt und gelernt und Freundschaft geschlossen hatten, Seite an Seite in der Phalanx. Mit zwanzig wurden die Spartaner schließlich in den Kreis der Vollbürger aufgenommen, sofern sie sich als Jugendliche bei der Ausbildung in den Kasernen bewährt hatten.

Dieses System, in dem die enge kameradschaftliche Bindung eine tragende Rolle spielte, machte die spartanische Armee so gut wie unbesiegbar. Die berühmte Phalanx war eine Gefechtsformation, die aus mehreren Reihen hintereinander vorrückender Krieger bestand: in der vordersten Reihe kämpften die Männer in den Dreißigern – Krieger in der Blüte ihrer Manneskraft; gestählte, waffengewandte, erfahrene Soldaten, die immer noch die Kraft der Jugend besaßen, eiserne Disziplin gewöhnt waren und in vielen Schlachten gekämpft und gesiegt hatten. Hinter ihnen kamen die Veteranen; stolze, kampferprobte Krieger. In den nächsten Reihen kamen die Krieger im Alter von zwanzig bis dreißig – darunter die Jungkrieger, die Erfahrungen auf dem Schlachtfeld sammeln und aus nächster Nähe erleben sollten, wie spartanische Soldaten kämpften. Und sie alle waren so gut ausgebildet wie keine anderen Krieger in Griechenland. War es da verwunderlich, daß noch kein spartanisches Heer von einem zahlenmäßig gleich starken Gegner in der Schlacht besiegt worden war?

»Warum werdet *ihr* das nie begreifen?« fragte sich Xenophon laut und dachte an das Heer seiner Geburtsstadt Athen. »Ihr wolltet die führende Macht sein. Ihr *solltet* die führende Macht sein. Aber ihr wollt ja nicht von euren Feinden lernen.« Athen und Sparta hatten auf dem Peleponnes lange und verlustreiche Kriege geführt. Es war die schlimmste und bitterste Zeit in Xenophons Leben gewesen, als die Spartaner vor zwanzig Jahren seine Heimatstadt Athen belagert hatten. Und Athen, diese von den Göttern gesegnete Stadt, hatte sich schließlich ergeben müssen. Niemals würde Xenophon diesen Tag der Schande vergessen.

Doch er war Soldat; er war Feldherr, der sich mit der Kunst der Kriegsführung beschäftigte. Wie konnte er da die Spartaner hassen? Sie hatten die Kriegskunst zu unglaublichen Höhen geführt.

»Du bist wie immer für die Schlacht gerüstet, wie ich sehe«, sagte Agesilaos lächelnd, als er Xenophon erblickte, der mit den Gedanken ganz woanders gewesen war und dümmlich grinste. Der König von Sparta saß auf einer kleinen, steinernen Bank im Schatten einer Zypresse.

»Verzeih, mein König«, sagte Xenophon und verbeugte sich. »Ich war in Gedanken.«

Agesilaos schüttelte den Kopf und erhob sich; erst jetzt konnte man erkennen, daß sein linker Fuß leicht nach innen verdreht im Gelenk saß. Der König war ein schöner, stattlicher Mann mit dunklem Vollbart und stechenden blauen Augen; er war der erste spartanische König mit einer körperlichen Mißbildung – sie hätte ihn den Thron gekostet, hätte der Feldherr Lysander sich nicht bei den Göttern und Menschen für ihn eingesetzt.

»Du denkst zuviel nach, Athener«, sagte der König und ergriff Xenophons Arm. »Was hat dich heute morgen beschäftigt? Athen? Persien? Die Sehnsucht nach Schlachtgetümmel? Oder hast du dir gewünscht, auf deinem Landsitz bei Olympia zu sein und uns nicht mit deiner Anwesenheit zu beehren?«

»Ich habe an Athen gedacht«, gab Xenophon zu. Agesilaos nickte und schaute seinem Feldherrn in die Augen.

»Es ist ein schweres Los, von den eigenen Landsleuten als Verräter bezeichnet und aus der Heimat verbannt zu werden. Aber mit der Zeit sieht man viele Dinge anders, mein Freund. Wärst *du* damals hoher Offizier in Athen gewesen, wäre der Krieg vielleicht nicht so grausam verlaufen – er hätte vielleicht gar nicht erst stattgefunden. Dann wärst du ein Held gewesen. Doch was mich betrifft, ich bin froh, daß du keine Armee gegen Sparta geführt hast. Dann hätten wir viel höhere Verluste erlitten.«

»Aber du glaubst, daß ihr den Krieg niemals hättet verlieren können?« fragte Xenophon.

»Allenfalls ein paar kleine Gefechte«, erwiderte Agesilaos lächelnd. »Denn der Ausgang eines Krieges wird nicht nur durch das Geschick eines Feldherrn, sondern auch durch den Mut und die Tüchtigkeit seiner Soldaten entschieden.«

Die beiden Männer schlenderten zur Kuppe eines niedrigen Hügels und nahmen auf der untersten Reihe der steinernen Sitzbänke Platz, die den Übungsplatz im Halbrund umgaben.

Eine spartanische Jungkrieger-Einheit, zweihundertvierzig Mann an der Zahl, bildete unter den lautstarken Befehlen der Ausbilder soeben eine Achterformation, und Xenophon beobachtete interessiert, wie gut die jungen Soldaten ihre Manöver bereits beherrschten: den Schwenk und den Gleichschritt, den Flanken- und den Sturmangriff.

Die schwitzenden, keuchenden jungen Männer wurden sichtlich eifriger, als sie den König oben auf der Hügelkuppe sahen. Doch Agesilaos beobachtete die Männer gar nicht; er wandte sich an Xenophon.

»Wir sind zu abgesondert gewesen«, sagte der König, nahm seinen Helm mit dem roten Federbusch ab und legte ihn neben sich auf die steinerne Bank.

»Abgesondert?« Xenophon runzelte die Stirn. »Aber ist das nicht Spartas größte Stärke?«

»Die Stärke und die Schwäche, mein Freund, leben oft so eng zusammen wie Ehegatten. Wir sind stark, weil wir stolz sind. Wir sind schwach, weil dieser Stolz uns nie erlaubt hat, uns auszubreiten.« Er streckte die Arme in einer umfassenden Geste zur Seite aus. »Das ist Sparta. Aber *wo* sind wir? Weit im Süden, fernab der großen Handelswege. Ein kleiner Stadtstaat. Der Stolz hat uns daran gehindert, Bündnisse zu schließen, obwohl kein Gesetz es uns verbietet. Und die Zahl der reinblütigen Spartaner nimmt kaum mehr zu. Sparta verfügt über knapp zehntausend Krieger. Mit einem Heer von dieser Stärke können wir zwar Schlachten gewinnen, aber niemals ein Weltreich erobern. Denk an Athen, Xenophon. Wir haben diese Stadt besiegt, gewiß. Doch sie wird wieder erblühen und wachsen, wenn Sparta schon längst zu Staub zerfallen ist. Athen ist eine Seemacht. Der Mittelpunkt der Welt. Das Herz Griechenlands. Wir könnten Athen in tausend Schlachten schlagen, und dennoch würden wir den Krieg verlieren.«

Agesilaos schüttelte den Kopf und schauderte. »Die Bestie aus Eis ist über meine Seele gekrochen«, sagte er. »Verzeih, daß ich so düsterer Stimmung bin.«

Xenophon blickte gedankenversunken auf die Krieger, die mittlerweile Kampfübungen mit Schwert und Speer vollführten. In den sorgenvollen Worten des Königs lag sehr viel Wahrheit. Trotz all seiner militärischen Macht war Sparta ein kleiner Stadtstaat geblieben, dessen Einwohnerzahl immer wieder durch die schrecklichen Kriege dezimiert worden war, die auf dem Peloponnes getobt hatten. Xenophon nahm den Blick vom Exerzierplatz, schaute seinen Freund, den König, an und wechselte bewußt das Thema.

»Wirst du nach dem Feldherrnspiel unserer zwei besten jungen Krieger den Siegerpreis überreichen?«

Agesilaos lächelte, und die melancholische Stimmung fiel von ihm ab. »Heute habe ich für den Sieger ein besonderes Geschenk – eines der sieben Schwerter von König Leonidas.«

Xenophon riß die Augen auf. »Ein wahrhaft fürstliches Geschenk«, sagte er ehrfurchtsvoll.

Agesilaos zuckte mit den Achseln. »Mein Neffe stammt von Leonidas ab und trägt sogar dessen Namen. Es ist also nur recht und billig, wenn er diesen Siegerpreis bekommt. Ich hätte ihm das Schwert ohnehin in drei Wochen zum Geburtstag geschenkt. Aber diese Gelegenheit ist günstig, es ihm in Ehren zu überreichen. Es wird den Jungen sein Leben lang an den Tag erinnern, da er beim Feldherrnspiel gesiegt hat. Ich selbst habe das Schwert vor dreißig Jahren als Siegespreis errungen.«

»Aber ... was ist, wenn er seinem Gegner unterliegt?«

»Laß diese Scherze, Xenophon. Leonidas ist diesem macedonischen Mischling weit überlegen. Wie kommst du nur auf den Gedanken, daß Leonidas ihm nicht gewachsen ist? Er ist Spartaner von königlichem Geblüt. Außerdem wirst du als Oberkampfrichter für ein angemessenes Urteil sorgen, da bin ich sicher.«

»Angemessen?« erwiderte Xenophon und versuchte, sich seinen Zorn nicht anmerken zu lassen. »Ich möchte ein *ehrliches* Urteil fällen.«

»Oh, geh nicht so streng mit mir ins Gericht«, sagte Agesilaos und legte seinem Freund den Arm auf die Schulter. »Es ist doch nur ein Spiel. Ein Spiel zweier Kinder. Was ist schlimm daran?«

»Ja, was?« erwiderte Xenophon.

Parmenion verlangsamte seine Schritte, als er sich dem Haus des Xenophon näherte, dessen Wände in strahlendem Weiß leuchteten. Die ersten Zuschauer hatten sich bereits eingefunden, und Parmenion sah Hermias am Rand der Menge stehen und mit Gryllos reden. Zorn stieg in Parmenion auf, als er an die brutalen Schläge dachte, und er verspürte den brennenden Wunsch, sich auf Gryllos zu stürzen, ihn bei den Haaren zu packen und seinen Kopf gegen die Wand zu schmettern, bis das Blut über die Mauersteine floß.

Beruhige dich! Parmenion wußte, daß Gryllos unter den Zuschauern sein würde. Schließlich war Gryllos der Sohn Xenophons, und seines Vaters Haus war auch sein Haus. Außerdem war er Leonidas' Adjutant in der Schlacht und würde den schwarzen Umhang für ihn tragen. Doch der Gedanke, daß Gryllos von den anderen Jungen in der Kaserne geachtet wurde, erfüllte Parmenion mit Zorn. Wie kommt es, fragte er sich, daß ein Athener die Herzen der anderen gewinnen kann, ich aber nicht? In Gryllos Adern fließt kein Tropfen spartanisches Blut, mein Vater hingegen war ein Held. Gewaltsam verscheuchte er diese Gedanken und bahnte sich einen Weg durch die Menge zu Gryllos und Hermias. Gryllos sah ihn zuerst; das Lächeln gefror ihm auf den Lippen, und seine Miene wurde kalt und abweisend.

»Willkommen zu deiner Hinrichtung«, sagte er.

»Geh mir aus dem Weg, Gryllos«, erwiderte Parmenion, und seine Stimme zitterte vor Wut. »Bei deinem Anblick dreht sich mir der Magen um. Und laß dir eins gesagt sein. Solltest du mir noch einmal nachstellen, werde ich dich töten.«

Xenophons Sohn wich mit schwankenden Schritten zurück, als wäre er ins Gesicht geschlagen worden; er ließ den schwarzen Umgang fallen, den er in der Rechten trug. Blitzschnell hob er ihn auf und stürmte ins Haus.

Parmenion drehte sich zu Hermias um und versuchte zu lächeln. Doch er brachte nur eine Grimasse zustande, denn seine Gesichtsmuskeln waren verzerrt und angespannt. Er streckte die Hand aus, seinen Freund zu umarmen, doch Hermias wich einen Schritt zurück. »Sei vorsichtig«, sagte er und hielt den rechten Arm in die Höhe, über den er Parmenions dunklen Umhang gelegt hatte. »Es ist ein schlechtes Omen, den Umhang zu berühren!«

Parmenion starrte auf die dunkle Wolle. »Es ist nur ein Stück Stoff«, flüsterte er und strich mit der Hand darüber. Man würde den Verlierer des Feldherrnspiels, in diesen schwarzen Umhang gehüllt, durch die Stadt führen, um die Schmach und Schande seiner Niederlage darunter zu verbergen. Doch Parmenion wußte nur zu gut, daß kein Verbergen möglich war; die Blicke aller Spartaner würden voller Verachtung auf den gedemütigten Verlierer gerichtet sein. Doch es kümmerte ihn nicht. Von Leonidas besiegt zu werden wäre die schlimmste aller Demütigungen – viel schmählicher, als im schwarzen Umhang durch die Stadt gehen zu müssen, den verächtlichen Blicken der Bürger preisgegeben.

»Komm«, sagte Hermias und nahm Parmenions Arm. »Laß uns ein Stück spazierengehen. Es ist noch Zeit genug.«

Seite an Seite schlenderten sie über die Straße. Hinter ihnen ertönten plötzlich laute, aufmunternde Rufe. Die beiden Jungen blickten über die Schulter zum Haus zurück und sahen den leuchtend blonden Haarschopf von Leonidas. Parmenions Gegner war soeben eingetroffen. Voller Neid beobachtete Parmenion, wie die Männer den Jungen umringten, ihm wie ihresgleichen auf die Schulter klopften und ihm Glück wünschten.

Hermias und Parmenion gelangten zum Tempel des Ammon; ein kleines, rundes Bauwerk aus weißem Gestein, vor dem Statuen aus Marmor – *Hopliten* – als Wächter standen. Von hier aus konnte man den heiligen See in der Ferne schimmern sehen und, hinter Bäumen verborgen, den Tempel der Aphrodite, der Göttin der Liebe.

»Bist du nervös?« brach Hermias schließlich das Schweigen, nachdem sie sich unter einen der marmornen *Hopliten* vor dem Tempel des Ammon gesetzt hatten.

»Ich habe das Gefühl, mir liegt ein Stein im Magen, aber mein Kopf ist klar«, erwiderte Parmenion.

»Welche Formation wirst du wählen?«

»Eine neue.« Mit knappen Worten erklärte Parmenion seine Angriffsstrategie.

Hermias hörte schweigend zu; dann schüttelte er den Kopf. »Das kannst du nicht tun, Savra! Bitte, hör auf mich! Das geht nicht gut!«

Obwohl die Reaktion des Freundes ihn überraschte, kicherte Parmenion. »Es ist doch nur eine nachgestellte Schlacht mit Kriegern aus Holz, Hermias. Nur der Sieg ist entscheidend.«

»Ja, sicher, aber ... man wird dir nicht erlauben, so vorzugehen. Bei allen Göttern, Savra, siehst du das nicht selbst ein?«

»Nein«, erwiderte Parmenion. »Außerdem möchte niemand die übliche, zwei Stunden lange Tortur über sich ergehen lassen. Ob ich siege oder besiegt werde – diesmal wird es nicht lange dauern.«

»Das glaube ich nicht«, flüsterte Hermias. »Komm, gehen wir zurück.«

Im Hof vor Xenophons Haus hatte sich derweil eine Menschenmenge versammelt; die geladenen Gäste nahmen auf Holzbänken Platz, die an der Westwand im Schatten aufgestellt waren. Parmenion fühlte sich unbehaglich, als ihm in dieser vornehmen Gesellschaft sein ärmliches Äußeres bewußt wurde, denn sein *chiton* war alt und abgetragen. Doch seine Mutter besaß nur ein kleines Stück Land unweit ihres Hauses, und der Ertrag, den diese Ackerfläche abwarf, reichte gerade aus, um Nahrung, Kleidung und Parmenions Ausbildung bezahlen zu können.

Die Eltern aller spartanischer Jungen mußten für Unterkunft und Essen in den Kasernen bezahlen; wenn eine Familie nicht genug Geld aufbringen konnte, verlor sie an Ansehen und Achtung. Dies führte so weit, daß eine Familie, die in Armut geriet, das Bürgerrecht verlieren konnte, sich nicht mehr als Spartaner bezeichnen durfte und mit den Heloten auf eine Stufe gestellt wurde. Dies war die größte Schande, die einem Spartaner und dessen Familie widerfahren konnte.

Der Sohn wurde aus der Kaserne gejagt, mußte bei einer anderen Familie als Tagelöhner schuften und galt als kaum mehr als ein Sklave.

Parmenion verscheuchte diese trüben Gedanken und starrte auf die drei mal drei Meter große Sandfläche, die das Schlachtfeld darstellte, neben dem bereits die alten, holzgeschnitzten Krieger aufgestellt worden waren: die gelben zur Linken, die roten zur Rechten. Parmenion ging zur Sandgrube, bückte sich und hob eine der gelben *Hopliten*-Angriffslinien auf: zehn kleine Soldatenfiguren, die an einem schmalen Brett befestigt waren. Diese zehn Krieger standen für hundert schwer bewaffnete Fußsoldaten, ausgerüstet mit Kurzschwert, Speer und Rundschild. Die Farbe, mit denen die Figuren bemalt waren, war mit den Jahren verblaßt und abgeblättert, doch sie waren kunstvoll geschnitzt und einem Krieger bis ins Detail nachgebildet. Obwohl diese Figuren schon sehr alt waren, hatte sich kaum etwas geändert, was Bewaffnung und Rüstung betraf. Die Helme allerdings waren mittlerweile veraltet; sie besaßen noch keinen Nacken- und Wangenschutz wie jene, mit denen die Spartaner heutzutage in die Schlacht zogen. Doch die hölzernen Krieger galten beinahe als heilig. Der große, legendäre Leonidas hatte mit diesen Figuren im Feldherrnspiel der elften Jugendkämpfe Spartas gesiegt.

Parmenion stellte die *Hopliten*-Angriffsreihe wieder zu Boden und ging zu den Heloten-Figuren hinüber. Sie waren nicht so kunstvoll geschnitzt wie die der spartanischen Krieger; die Heloten waren zudem nicht mit Speeren bewaffnet und trugen statt der Helme aus Eisen runde, lederne Kappen.

Ein Schatten fiel über Parmenion; er blickte auf und sah einen hochgewachsenen Mann in einer gelben Tunika mit goldenem Saum hinter sich stehen. Nie zuvor hatte Parmenion einen so beeindruckenden Krieger zu Gesicht bekommen: Sein Haar war goldfarben, mit silberglänzenden Strähnen, und seine Augen hatten die blaue Farbe des sommerlichen Himmels. Der große Mann lächelte den Jungen an. »Du bist Parmenion, nicht wahr?« sagte er. »Willkommen in meinem Haus, junger General.«

»Danke, Herr. Es ist eine Ehre, dein Gast zu sein.«

»Ja, so ist es«, gab Xenophon selbstbewußt zur Antwort. »Aber du hast dir diese Ehre verdient. Komm mit mir.«

Parmenion folgte Xenophon in eine schattige, ruhige, mit purpurfarbenen Blumen geschmückte Nische in der Hauswand.

»Das Los hat entschieden, daß du beginnst. Also, gib mir die ersten drei Befehle an deine Truppen«, sagte Xenophon. Parmenion holte tief Atem. Zum erstenmal hatte er Angst, die Nerven zu verlieren. Er bemerkte, daß er, ohne es zu wollen, auf die Menge starrte, die sich im Hof um die Sandgrube geschart hatte. Nach Beginn einer richtigen Schlacht war es so gut wie unmöglich, schnell genug die Taktik zu wechseln, um aus einer Falle des Feindes zu entkommen – nicht, wenn Tausende von Männern mit ihren Waffen aufeinanderprallten, wenn Schwerter klirrten, Schilde dröhnten, Schreie hallten. Aus diesem Grunde wurden bei dieser nachgestellten Schlacht die ersten drei Befehle an einen Kampfrichter weitergegeben, so daß keiner der beiden Gegner es sich plötzlich anders überlegen konnte, wenn er sich mit einem besseren, überlegenen Zug des Widersachers konfrontiert sah.

»Ich warte auf deine Befehle, junger Mann«, flüsterte Xenophon. Parmenion richtete seine blaßblauen Augen auf das schmale, gebräunte Gesicht des großen Mannes. Dann erteilte er seine ersten drei Befehle und beobachtete voller Spannung, wie der athenische Feldherr darauf reagierte.

Doch Xenophons Gesicht zeigte keine Regung, als er Parmenion zuhörte. Erst als der Junge geendet hatte, seufzte der General und schüttelte den Kopf. »Es ist zwar nicht die Aufgabe des obersten Kampfrichters, Ratschläge zu erteilen«, sagte er dann, »aber soviel möchte ich dir sagen: Leonidas hat nun vier – vielleicht fünf – verschiedene Möglichkeiten, dir eine verheerende Niederlage beizubringen. Das hast du doch gewußt und bei deinen Entscheidungen in Betracht gezogen, oder nicht?«

»Das habe ich, Herr.«

»Aber hast du bei deinen Befehlen auch an die Tradition und den Stolz der Spartaner gedacht?«

»Ich habe nur ein Ziel, Herr. Die Schlacht zu gewinnen.«

Xenophon zögerte. Er hatte seine Befugnisse bereits überschritten. Schließlich nickte er und sagte: »Mögen die Götter dir Glück schenken, Sparta.« Parmenion blieb in der Nische stehen und beobachtete, wie der Athener zur anderen Seite des Hofes ging, wo Leonidas schon auf ihn wartete. Er schluckte schwer. Falls der General auf Leonidas' Seite stand und nur eine bloße Andeutung machte, was Parmenions Schlachtplan betraf...

Denk nicht einmal daran! gemahnte er sich. Xenophon ist ein großer Feldherr, der niemals so etwas Niederträchtiges tun würde. Schließlich war er derjenige, der nach der Niederlage bei der Schlacht von Kunaxa hilflos hatte zusehen müssen, wie seine Freunde niedergemetzelt worden waren, und der dennoch die Kraft aufgebracht hatte, sich mit den Resten des geschlagenen griechischen Heeres durch die endlosen Ebenen und das unwirtliche Bergland des persischen Königreichs bis zur Küste durchzukämpfen. Nein, Xenophon würde ihn nie betrügen.

Aber er ist Gryllos' Vater, ging es Parmenion durch den Kopf, und ein Freund der Familie des Leonidas ...

Die Zuschauer erhoben sich, und Parmenion beobachtete, wie Agesilaos den Hof betrat, begleitet von zweien seiner Generäle und zwei Lustknaben. Der König verbeugte sich, als die Menge ihm applaudierte; dann humpelte er zu seinem Sitz in der Mitte der vordersten Reihe, direkt neben der Sandgrube. Parmenions Mund wurde trocken, als er zu Hermias hinüberging. Diesmal mied Parmenion den Blick auf den schwarzen Umhang.

Xenophon rief die beiden anderen Kampfrichter zu sich. Einige Minuten redete er zu den Männern, die sich auf zustimmendes Nicken beschränkten; dann nahm der athenische Feldherr seinen Platz neben dem König ein. Der erste der beiden Kampfrichter, ein älterer Mann mit kurzgeschorenem weißem Haar und sorgfältig gestutztem grauem Vollbart, trat auf Parmenion zu.

»Ich bin Klearchos«, sagte er, »und ich werde deine Krieger so aufstellen, wie du befohlen hast, General. Du darfst mich bitten, dir längere Bedenkzeit zu gewähren, mehr aber nicht.« Er öffnete einen Beutel, den er an der Hüfte trug, und nahm drei Knöchelbeine heraus. In jedem dieser Knochen befanden sich sechs Einkerbungen, und in jede Kerbe waren winzige Zahlen gemalt, von drei bis acht. »Wenn ich auf ›Verlust‹ entscheide, werde ich diese Knochen auf das Schlachtfeld werfen. Die jeweils größte und kleinste Zahl wird nicht gewertet, doch die dritte Zahl steht für deine Gefallenen. Hast du das verstanden?«

»Ja, sicher«, sagte Parmenion.

»Du darfst nur mit ja antworten«, erwiderte Klearchos streng.

»Ja«, sagte Parmenion.

Klearchos wandte sich um, ging zum Sandgeviert und stellte sich auf jene Seite, an der die gelben Krieger standen; der zweite Kampfrichter nahm gegenüber Aufstellung, hinter dem roten Heer.

Zum erstenmal trafen sich Parmenions und Leonidas' Blicke. Der Spartaner grinste seinen Gegner an, und auf seinem Gesicht spiegelte sich Siegesgewißheit. Leonidas wurde allgemein als ausgesprochen schöner Jüngling betrachtet, doch ungeachtet seines hübschen Gesichts und seines goldblonden Haares sah Parmenion den häßlichen, grausamen Zug um den Mund seines Gegners.

Nach alter Tradition traten nun die beiden Rivalen an das Sandgeviert und nahmen zu beiden Seiten der Grube Aufstellung.

»Willst du nicht vor dem Heer Spartas weichen, um deiner Männer Leben willen?« fragte Parmenion, dem Ritual gemäß.

»*Ich* bin Spartaner, und ein Spartaner weicht niemals zurück«, erwiderte Leonidas. »Mach dich bereit zu sterben.«

Die Menge spendete Beifall, und der König stand auf und hob schweigengebietend die Arme. »Meine Freunde, heute werde ich dem Sieger ein ganz besonderes Geschenk überreichen. Eines der sieben Schwerter des König Leonidas!« Er hielt die Waffe in die Höhe, und das Sonnenlicht schimmerte auf der geschliffenen Klinge und schien sie in reines Silber zu verwandeln. Lautes Gemurmel erhob sich.

Leonidas beugte sich so weit zu Parmenion vor, wie es ihm möglich war, und sagte: »Ich werde dich zerschmettern, Barbar.«

»Dein Atem stinkt widerlicher als Schafskot«, gab Parmenion zurück und sah mit Genugtuung, wie das Gesicht seines Gegners rot anlief.

»Fangt an!« befahl Xenophon mit lauter Stimme, nachdem unter den Zuschauern Stille eingekehrt war.

Klearchos trat vor. »General Parmenion hat seinem Heer den Angriff auf Leonidas' fünfte Formation befohlen. Seine Heloten rücken an der linken Flanke vor, sechzehn Gefechtsreihen tief, die Spartaner in der Mitte, mit ebenfalls sechzehn Gefechtsreihen, und auf der rechten Seite greift die Reiterei an, unterstützt von den Söldnertruppen. Der General selbst bleibt *hinter* der Hauptmasse seiner Armee zurück.« Parmenion sah, wie mehrere Zuschauer mißbilligend die Köpfe schüttelten, und er konnte ihre Gedanken nachvollziehen. Kein Feldherr blieb hinter seinen Soldaten, sondern kämpfte gemeinsam mit ihnen in vorderster Reihe.

Drei Heloten traten an die Sandgrube und stellten die Holzfiguren gemäß Parmenions Befehl auf.

Nun wandte der zweite Kampfrichter sich an die Zuschauer. »General Leonidas hat seiner Truppe befohlen, die Agesilaos-Formation einzunehmen. Die Spartaner rücken zur Rechten vor, mit zehn Gefechtsreihen, die Reiterei greift in der Mitte an, und die Heloten am linken Flügel, gemeinsam mit den Söldnern. Der General selbst kämpft in Mitte der zweiten spartanischen Gefechtsreihe.« Beifall brandete auf, und Leonidas verbeugte sich. Wie es sich für einen spartanischen Feldherrn geziemte, kämpfte er in vorderster Front.

Die Zuschauer beobachteten gespannt die Aufstellung der Holzfiguren auf dem Schlachtfeld, die sich gegenüberstehenden Formationen. Es war offensichtlich, daß Parmenion sich für eine defensive Taktik entschieden hatte und einen Großteil seiner Truppe in Bereitschaft hielt, um einen möglichen Sturmangriff Leonidas' auf das Zentrum seines Heeres zurückschlagen zu können. Leonidas hingegen hatte seine Armee weit auseinandergezogen; er hatte die Absicht, ein klassisch spartanisches Umfassungsmanöver zu vollziehen: den Feind einkesseln, ihm die Fluchtwege abschneiden und ihn durch einen massiven Vorstoß über die linke Flanke zu vernichten. Jetzt hing viel davon ab, wie das Schicksal sich entschied, wenn die Kampfrichter die Knöchelbeine warfen.

Klearchos räusperte sich. Alle Zuschauer wußten, was er nun verkünden würde – die Formation auf dem Schlachtfeld ließen es deutlich erkennen: keine Truppenbewegung bei der gelben Armee. Parmenion würde sich darauf beschränken, auf Leonidas' Angriff zu warten – und er würde darauf hoffen, daß ihm das Glück hold war, wenn die Knöchelbeine geworfen wurden und eine Vorentscheidung brachten. Doch als Klearchos sprach, breitete sich atemlose Stille aus.

»General Parmenion hat seiner Reiterei den Angriff auf das Zentrum des feindlichen Heeres befohlen.« Aller Augen richteten sich jetzt auf Leonidas. Er konnte seine ersten drei Befehle nicht mehr rückgängig machen, und nun hing sehr viel davon ab, wie er seine Reiterei einsetzte. Es war ungewöhnlich, daß ein Angriff der Reiterei gleich zu Beginn einer Schlacht geführt wurde, wie Parmenion es soeben getan hatte.

»General Leonidas befiehlt seinen Söldnern und den Heloten, nach links auszuweichen.«

Erstauntes Flüstern unter den Zuschauern: Leonidas hatte offensichtlich keinen Angriff der feindlichen Reiterei erwartet und seinen eigenen berittenen Truppen diesmal keinen Befehl erteilt.

Ein Helot trat mit einer roten Meßlatte vor und schob die gelben Reiterfiguren nach vorn. Die Kampfrichter berieten sich; dann wandte Xenophon sich an die Zuschauermenge.

»Wir sind einhellig der Meinung, daß der massive und überraschende Angriff von General Parmenions Reiterei die berittenen Truppen des Gegners zerschlagen und die Überlebenden gezwungen hat, bis an die Kampflinie der *Hopliten* zurückzuweichen. Die Knöchelbeine besagen: sechzig Gefallene auf Seiten Leonidas', neun auf seiten Parmenions.«

Über das Stimmengewirr hinweg ertönte Klearchos' lautes Organ: »General Parmenion hat befohlen, daß die Formationen der Spartaner und Heloten sich vereinigen sollen – zu zweiunddreißig Kampflinien, die einen Sturmangriff auf die rechte Seite des feindlichen Heeres führen sollen.«

Parmenion stand vollkommen regungslos da, den Blick auf Leonidas' Gesicht gerichtet, auf dem sich Entsetzen abzuzeichnen begann, als er seine Armee einem derart massiven Angriff ausgesetzt sah. Parmenion konnte sich sehr gut in die Lage seines Gegners versetzen: Leonidas sah sich jetzt mit *zwei* Überraschungsangriffen konfrontiert. Kein Spartaner hätte jemals auch nur in Betracht gezogen, was Parmenion gerade getan hatte – Spartaner und Heloten *gemeinsam* angreifen zu lassen; zudem würde kein griechisches Heer die rechte Seite des Feindes attackieren, denn die war bekanntermaßen der stärkste Punkt einer Armee. Doch Parmenion *hatte* so gehandelt und dadurch die linke Flanke seines Heeres entblößt und verwundbar gemacht, denn die Schilde wurden am linken Arm getragen, und seine vorrückende Phalanx war auf der linken Seite nicht mehr gedeckt und Angriffen durch Pfeile, Speere, Steine und andere Wurfgeschosse preisgegeben. Aber diesmal nicht! dachte Parmenion. Nicht hier und nicht heute. Denn das Zentrum von Leonidas' Armee war bereits durch Parmenions Reiterangriff geschwächt und sah sich jetzt durch die riesige Phalanx bedroht, so daß Leonidas keine Krieger entbehren und nach rechts schicken konnte, um die linke Flanke der feindlichen Phalanx anzugreifen. Parmenion hob den Blick vom Schlachtfeld und schaute zu seinem Gegner hinüber; er wollte dessen Furcht sehen, dessen Verzweiflung, dessen Eingeständnis der Niederlage; er wollte sich den Gesichtsausdruck des gedemütigten Leonidas sein Leben lang einprägen.

»General Leonidas befiehlt den sechs hintersten Gefechtslinien, nach beiden Seiten auszufächern und den Feind zu umschließen.«

Parmenion hätte am liebsten laut aufgelacht, beherrschte sich aber und behielt sein maskenstarres Gesicht bei. Nur sein rasender Herzschlag und sein keuchender Atem verrieten die Erregung, die ihn gepackt hatte. Leonidas war geschlagen. Der massive Angriff auf der rechten Seite seines Heeres hatte ihm das Genick gebrochen – und nun sandte er sechs Gefechtsreihen zu einem sinnlosen, hoffnungslosen Umfassungsmanöver aus, das nur bewirkte, daß seine Hauptstreitmacht noch weiter geschwächt wurde. Sie war nur noch vier Gefechtsreihen stark – gegenüber den zweiunddreißig von Parmenion.

Der Helot schob die Holzfiguren über den Sand. Selbst der größte Dummkopf konnte jetzt Leonidas' hoffnungslose Lage erkennen. Die Kampfrichter berieten sich erst gar nicht mehr, und die Knöchelbeine blieben in den Hüfttaschen. Jeder der Zuschauer wußte, was geschah, wenn zweiunddreißig Gefechtsreihen auf nur *vier* des Gegners prallten. Kein noch so großer Siegeswille, kein noch so großer Mut konnten hier etwas retten. Leonidas war nicht nur geschlagen, er war zermalmt worden. Der goldblonde Junge starrte auf die Holzfiguren; dann trat er von der Sandgrube zurück und sagte hastig ein paar Worte zu einem der Kampfrichter. Als dieser Kampfrichter sich mit lauter Stimme an die Versammelten wandte, traf es Parmenion wie ein Schlag in den Magen.

»General Leonidas bittet die Kampfrichter, den zweiten Befehl General Parmenions für nichtig zu erklären, da er unglaubwürdig ist. Wäre dieser Befehl in einer wirklichen Schlacht erteilt worden, hätten die spartanischen Soldaten ihn verweigert.«

Parmenion errötete heftig und blickte zum König hinüber. Agesilaos hatte sich zurückgelehnt und begann, mit dem jungen Mann zu seiner Rechten zu reden. Xenophon rief die beiden Kampfrichter zu sich und entfernte sich mit ihnen so weit wie möglich von den Zuschauern, doch jeder konnte sehen, daß zwischen den drei Männern ein hitziges Streitgespräch entbrannte.

Parmenion verließ der Mut, während er auf das kleine Schlachtfeld hinunterblickte, auf dem sich die winzigen gegnerischen Soldaten regungslos gegenüberstanden. Konnten die Kampfrichter Leonidas' Wunsch stattgeben? Natürlich. Er ließ den Blick über die Zuschauer schweifen. Wer bist du, Parmenion, fragte er sich? Du bist ein armseliger Mischling niederer Herkunft. Wie könnten diese Menschen sich auf deine Seite stellen? Heute sollte Leonidas seinen großen Tag feiern, und du hast ihm den Triumph verdorben.

Xenophon kam zum Sandgeviert zurück. Die Menge wartete auf seinen Urteilsspruch. Sogar der König beugte sich gespannt vor und richtete den Blick auf den Athener.

»Es ist eine interessante Herausforderung«, sagte Xenophon, »und die Kampfrichter haben sich nicht leicht getan, ihre Entscheidung zu treffen. Was Leonidas behauptet, trifft zu. Kein spartanischer Krieger würde Seite an Seite mit einem Heloten in einer Phalanx kämpfen. Es wäre unehrenhaft.« Er hielt inne. Parmenion sah, daß viele Zuschauer zustimmend nickten, und er spürte Leonidas' Blick auf sich gerichtet. Auf dem Gesicht seines Gegners lag ein triumphierendes Lächeln. Parmenion schluckte schwer.

»Dennoch«, fuhr Xenophon fort, »bin *ich* der Ansicht, daß es hier nicht um Tradition und Ehre, sondern um Strategie und Taktik geht. Es geht allein darum, ein feindliches Heer zu besiegen! General Parmenion hat sich für eine ungewöhnliche Kampfesweise entschieden, aber ist *das* der entscheidende Punkt? Ich bin Athener, wie ihr alle wißt, doch ich spreche als oberster Feldherr Spartas und im Namen des Königs und all seiner Untertanen. Und bei dieser Schlacht ging es um die Disziplin, meine Freunde! Die Entscheidung steht oder fällt mit der Antwort auf die Frage: Hätten spartanische Soldaten einem Befehl, wie Parmenion ihn erteilt hat, gehorcht oder nicht? Die Antwort ist einfach. Wann haben spartanische Soldaten in ihrer ruhmreichen Geschichte einem Befehl ihres Feldherrn *nicht* gehorcht?« Wieder hielt Xenophon inne, blickte über die Reihen der Zuschauer hinweg und schaute dann den König an. »Die Entscheidung ist gefallen«, sagte Xenophon. »General Leonidas ist geschlagen. Er selbst ist in der Schlacht gefallen, da er in der zweiten Gefechtsreihe gekämpft hat. General Parmenion ist der oberste *strategos*.«

Schweigen. Keine Hand rührte sich, um Beifall zu spenden, doch Parmenion war es gleichgültig. Er rannte zu Hermias hinüber, der den schwarzen Umhang zur Seite schleuderte und seinen siegreichen Freund stürmisch umarmte.

Die Zuschauer warfen sich ungläubige Blicke zu. König Agesilaos starrte Xenophon mit finsterer Miene an, doch der Athener zuckte nur mit den Achseln und wandte sich um. Und nun begannen die ersten Veteranen unter den Zuschauern mit flüsternder Stimme über die Strategien der gegnerischen Generäle zu diskutieren. Leonidas stand wie vom Donner gerührt am Rand der Sandgrube. Gryllos trat zögernd auf ihn zu, um ihm den schwarzen Umgang der Schande zu reichen, doch Leonidas stieß seinen Freund zurück und stürmte vom Hof.

Ein älterer Helot trat aus dem Schatten einer Hauswand zu Parmenion, berührte ihn an der Schulter und sagte: »Herr, am Tor wartet eine Frau auf dich. Sie bittet dich, rasch zu ihr zu kommen.«

»Eine Frau? Was für eine Frau?« fragte Parmenion.

»Es geht um deine Mutter, Herr.«

Parmenions Hochgefühl verflog von einem Augenblick zum anderen. Er schwankte, als wäre er geschlagen worden. Dann rannte auch er vom Hof, wie zuvor sein besiegter Gegner.

Das Gemurmel der Menge verstummte, als Leonidas und, Augenblicke später, Parmenion durch das Tor vom Hof stürmten. Agesilaos sprang auf und eilte hinkend zu Xenophon hinüber. In den dunklen Augen des Königs loderte Zorn.

»Das hätte niemals geschehen dürfen!« sagte er mit schneidender Stimme.

Xenophon nickte. »Ich weiß, Herr«, erwiderte er in gedämpftem

Tonfall, »aber wer konnte ahnen, daß Leonidas sich als ein so unfähiger Feldherr erweist? Er hat keinerlei strategische Begabung gezeigt und seinen Gegner dennoch verächtlich behandelt. Aber du bist der König. Du bist der oberste Richter Spartas. Dir allein steht es zu, mein Urteil für nichtig zu erklären ... falls dies dein Wunsch ist.«

Agesilaos schaute hinunter auf die stummen, vergessenen Kriegerfiguren in der Sandgrube. Schließlich hob er den Blick und sagte: »Nein. Dein Urteil war gerecht, Xenophon. Aber eher soll ich zum Hades fahren, als daß *ich* diesem Mischling das Schwert des Leonidas überreiche! Hier. Gib du es ihm.«

Xenophon nahm die Waffe und verbeugte sich. Der König schüttelte den Kopf und ging davon. Als er den Hof verlassen hatte, zerstreute sich auch die Zuschauermenge. Xenophon setzte sich in den Schatten unter dem Vordach der Veranda und starrte ins Leere; seine Gedanken weilten bei Parmenion. Dann riß ihn die Stimme seines Sohnes in die Wirklichkeit zurück. »Das war schändlich, Vater«, sagte Gryllos.

»Allerdings«, erwiderte der General. »Leonidas hat den Umhang der Niederlage nicht getragen. Das ist noch schändlicher, als *hätte* er ihn getragen.«

»Das habe ich nicht gemeint, und das weißt du. Kein spartanischer Krieger würde Seite an Seite mit einem Heloten-Bastard in einer Phalanx kämpfen. Leonidas konnte nicht damit rechnen, daß Parmenion ein solches Manöver befiehlt. Die Schlacht hätte abgebrochen und neu begonnen werden müssen.«

»Geh jetzt, Junge«, sagte Xenophon, »und rede nicht über Dinge, von denen du nichts verstehst.«

Gryllos blieb stehen; sein Gesicht lief rot an. »Warum haßt du mich, Vater?«

Die Worte trafen Xenophon tief. »Ich hasse dich nicht, Gryllos. Es schmerzt mich, daß du so etwas denkst.« Der Athener erhob sich, trat auf seinen Sohn zu und breitete die Arme aus, um ihn an sich zu drücken.

»Rühr mich nicht an!« rief Gryllos und wich zurück. »Ich möchte nichts mehr mit dir zu tun haben!« Er wirbelte herum und rannte über den Hof und durch das Tor hinaus auf die Straße. Xenophon seufzte. Er hatte sich mit der Erziehung des Jungen so viel Mühe gegeben, hatte ihn die Kriegskunst und das Waffenhandwerk gelehrt und ihm zu vermitteln versucht, was Ehre und Treue, Tapferkeit und Gehorsam bedeuteten. Doch ohne Erfolg. Statt dessen hatte Xenophon beobachten müssen, wie Eitelkeit und Hochmut, Grausamkeit und Unehrlichkeit mehr und mehr von dem Jungen Besitz ergriffen hatten. »Ich hasse dich nicht«, flüsterte er, »aber ich kann dich auch nicht lieben.«

Xenophon wollte gerade ins Haus gehen, als er einen alten Mann neben der Sandgrube stehen und auf die Holzfiguren hinunterstarren sah. Das Gebot der Gastfreundschaft ließ Xenophon kehrtmachen und zu dem Alten hinübergehen.

»Darf ich dir eine Erfrischung anbieten?« erkundigte er sich freundlich.

Der alte Mann blickte auf und schaute dem Feldherrn fest in die Augen. »Erinnerst du dich an mich?« fragte er und hob den Stumpf seines rechten Arms.

»Pasian? Pasian – bei allen Göttern! Ich hielt dich für tot!«

»Manchmal wünsche ich, es wäre so«, sagte der Alte. »Die Feinde haben mir den rechten Arm abgeschlagen und mich liegen lassen, auf daß ich verblute. Aber ich habe es geschafft, nach Hause zu kommen . . . nach sechzehn Jahren.« Pasian lächelte und zeigte dabei seine fauligen, schadhaften Zähne. »Nach Hause«, sagte er noch einmal leise und wehmütig. »Wir haben uns mit einer kleiner Gruppe durch die Reihen der Perser gekämpft und uns in einem Wall aus Felsbrocken verschanzt. Wir konnten Agesilaos und unsere Hauptstreitmacht sehen und hofften, sie würden uns zu Hilfe kommen. Aber sie kamen nicht. Wir waren ja nur Heloten. Die Perser haben uns getötet – einen nach dem anderen. Ich selbst hatte an jenem Tag elf Feinde gefällt. Du kannst dir wohl denken, daß ich mir die Perser damit nicht gerade zu Freunden gemacht habe, Xenophon. Sie haben mir den rechten Arm abgeschlagen. Ich konnte die Blutung stillen und mich davonmachen. Dann traf ich einen Bauern, der die Wunde bedeckt hat – mit siedendem Pech.«

»Komm ins Haus, mein Freund. Ich werde dir Wein holen und ein gutes Mahl bereiten lassen.«

»Ich danke dir, aber ich will deine Gastfreundschaft nicht. Ich bin nur wegen des Jungen gekommen. Ich wollte ihn siegen sehen.«

»Leonidas?«

»Nein, den anderen – Savra. Er ist kein Spartaner, Xenophon, und den Göttern sei Dank dafür!«

»Woher kennst du den Jungen? Als wir gegen die Perser zogen, war er noch nicht geboren.«

»Ich habe ihn unten an der Straße getroffen, am Olivenhain, General . . . als ich fast zu Hause war. Ich habe gar nicht gewußt, wie alt ich geworden bin, bis ich die Stadt meiner Kindheit sah, die Hügel, den Fluß. Sechzehn Jahre Mühsal und Kampf lagen hinter mir, als ich am Olivenhain anlangte – ein einarmiger, zerlumpter Krüppel mit einem alten Handkarren, der plötzlich ein Rad verlor. Da sah ich den

Jungen. Ich rief ihn um Hilfe, und er kam. Er hat mich zum Haus meines Sohnes gebracht. Und er hat mit keinem Wort erwähnt, daß er wegen mir das Große Rennen verloren hat. Kannst du dir das vorstellen?«

»Ich glaube, er ist bei dem Rennen Letzter geworden«, sagte Xenophon.

»Als er mir zu Hilfe kam, war er der erste und hatte schon das Stadttor vor Augen. Aber ich konnte ihm seine Hilfe nicht danken. Was sollte ich ihm auch geben? Ich besitze nichts, nicht eine einzige Münze. Aber ich werde meine Schuld begleichen, Xenophon, indem ich jetzt eine andere Schuld einfordere. Ich habe dir zweimal das Leben gerettet. Wirst du mir das vergelten?«

»Das weißt du doch. Und ich hoffe, du weißt auch, daß *ich* dir in Persien zu Hilfe gekommen wäre, hätte ich an Agesilaos' Feldzug teilgenommen.«

Pasian nickte. »Das bezweifle ich nicht, General. Was diesen Jungen betrifft ... ich habe gehört, er ist ein Mischling. Arm und ohne Freunde. Hilf ihm, Xenophon.«

»Das werde ich. Ich verspreche es dir.«

Pasian lächelte und wandte sich zum Gehen, hielt dann aber noch einmal inne und blickte auf die Sandgrube. »Die Schlacht hat mir gefallen«, sagte er über die Schulter. »Es hat mir gutgetan zu sehen, wie auch einmal Spartaner gedemütigt werden.«

Parmenion stürmte durch die Straßen, die jetzt, in der Gluthitze des Mittags menschenleer waren. Doch er spürte die sengenden Sonnenstrahlen nicht auf der Haut und auch nicht seinen immer noch schmerzenden Unterkiefer. Er sah keines der Häuser, an denen er vorüberrannte, und er hörte nicht das Kläffen der Hunde, die nach seinen Fersen schnappten.

In seinem Innern war bohrende Angst, und vor dem geistigen Auge sah er nur das Gesicht seiner Mutter – sanft und lächelnd, gütig und verständnisvoll.

Sie lag im Sterben.

Sterben ...

Das Wort dröhnte in seinem Kopf wie rollender Donner, und Tränen verschleierten seinen Blick, doch er rannte und rannte. Ihm wurde klar, daß er es schon immer gewußt hatte. Als ihr einst so schönes Gesicht mehr und mehr verfallen war, als ihr Körper immer schwächlicher geworden war, als ihre Kräfte zunehmend geschwunden und ihr einst so klarer Blick trüb geworden war – da hatte er gewußt, daß der Tag ihres Todes nicht mehr fern sein würde. Und dennoch konnte er der Wahrheit jetzt nicht ins Auge sehen; die ganze Zeit über hatte er den Blick zur Seite gewandt, hatte es nicht wahrhaben wollen.

Er gelangte auf die Hauptstraße und nahm eine Abkürzung zum Armenviertel; als er um eine Hausecke stürmte, prallte er gegen einen fetten Ladenbesitzer und stieß den Mann zu Boden. Die Flüche des Dicken folgten Parmenion über die leere Straße.

Im Türeingang zum Haus seiner Mutter drängten sich Nachbarn. Niemand sagte ein Wort. Parmenion schob sich durch die Gaffer und sah Rhea neben dem Bett seiner Mutter sitzen. Astion, der Arzt, stand draußen im Hof und wandte Parmenion den Rücken zu. Der Junge blieb in der Tür zum Schlafzimmer stehen; das Herz klopfte ihm bis zum Hals, als Rhea den Kopf hob und ihn anschaute.

»Sie hat es überstanden«, sagte die Nachbarin, erhob sich, kam zu Parmenion herüber und schloß ihn in die Arme. »Leid und Schmerz haben ein Ende.«

Parmenion liefen die Tränen über die Wangen, als er den ausgemergelten Körper der Mutter betrachtete. »Sie hätte noch die kurze Zeit auf mich warten können«, flüsterte er.

Rhea drückte ihn noch einmal an die Brust; dann ging sie zur Eingangstür, verscheuchte energisch die neugierigen Nachbarn, bat die Freunde der Familie zu gehen und schloß die Tür. Sie ging zurück zum Bett, setzte sich auf die Kante und nahm Artemas schmale Hand in die ihre. »Komm her«, sagte sie zu Parmenion. »Setz dich auf die andere Seite. Sag ihr Lebwohl.« Parmenion ging mit unsicheren Schritten zum Bett und ergriff die rechte Hand seiner Mutter. Dann saßen er und Rhea längere Zeit schweigend da. Astion kam ins Schlafzimmer, doch die beiden sahen ihn gar nicht, und so verließ der Arzt leise den Raum.

»Ihre letzten Worte galten dir«, sagte Rhea. »Sie hat gesagt, sie ist sehr stolz auf dich. Sie wollte warten, dich noch ein letztes Mal sehen und dich fragen, ob du tapfer gekämpft hast.«

»Ich habe gesiegt, Mutter«, sagte Parmenion und drückte ihre schlaffe Hand. »Ich habe sie alle besiegt.« Er blickte auf Artemas regloses Gesicht. Sie hatte die Augen geschlossen.

»Sie sieht so friedlich aus«, flüsterte Rhea.

Parmenion schüttelte den Kopf. *Frieden* konnte er nicht auf ihrem Gesicht entdecken; er sah nur die schreckliche Endgültigkeit des Todes, die völlige Regungslosigkeit und die ewige Trennung. Doch die Hand der Mutter war noch immer warm, und die Finger waren noch nicht erstarrt. Wie oft hatte diese Hand ihn gestreichelt, um ihn zu trösten, um Schmerz zu lindern? Wieder stiegen ihm Tränen in die Augen, und er schluckte schwer.

»Sie hat von einem weißen Pferd geredet«, sagte Rhea. »Sie hat es auf der Kuppe eines Hügels gesehen. Es kam zu ihr herunter, und sie hat gesagt, daß sie sich auf den Rücken des Pferdes schwingen und bis in die Heimat reiten wolle, nach Macedonien. Ich weiß nicht, ob es ein Trost für dich ist. Und daß sie deinen Vater wiedersehen wird, der schon auf sie wartet, hat sie gesagt.«

Parmenion brachte kein Wort hervor; statt dessen streckte er die Hand aus und streichelte zärtlich die Wange seiner Mutter.

»Sag ihr Lebwohl«, flüsterte Rhea. »Du mußt ihr jetzt Lebwohl sagen.«

Parmenion schluchzte. »Ich kann nicht ... noch nicht. Laß mich mit ihr allein. Nur ein paar Minuten. Bitte, Rhea.«

»Aber ich muß die Vorbereitungen treffen, um sie ... Ich komme später wieder.« Sie ging zur Tür, hielt kurz inne und sagte: »Auch ich habe sie geliebt. Sie war eine prächtige Frau und eine gute Freundin. Ich werde sie vermissen, Parmenion. In ihrem Innern gab es nichts Böses. Sie hätte ein besseres Leben verdient gehabt.«

Als er hörte, wie Rhea die Tür schloß, ließ Parmenion seinen Tränen freien Lauf. Er drückte die Hand der Mutter an seine Wange, und vor seinem inneren Auge zog eine Flut von Bildern aus der Vergangenheit vorüber. An seinen Vater konnte er sich nur verschwommen erinnern: ein hünenhafter, dunkler Mann, der an Körpergröße alle anderen Männer weit überragt hatte. Doch seine Mutter war immer bei ihm gewesen. Als man ihn mit sieben Jahren, wie in Sparta üblich, in die Kaserne holte, hatte seine Mutter bittere Tränen geweint und hatte ihn an sich geklammert, als wäre sein Leben bedroht. Und Parmenion war später oft aus der Kaserne geschlichen, war über Dächer und Mauern geklettert, um seine Mutter zu sehen.

Jetzt würde er sie nie wieder sehen. Er blieb bei ihr, bis die Dämmerung sich über die Stadt senkte. Als er hörte, wie die Eingangstür geöffnet wurde, warf er einen Blick über die Schulter, um Rhea zu begrüßen.

»Ich bin gekommen, dir deinen Siegespreis zu bringen, General«, sagte Xenophon leise. »Bedecke ihr Gesicht und komme mit mir auf den Hof.«

»Ihr Gesicht bedecken?« Parmenion schluchzte leise. »Das kann ich nicht.«

Xenophon trat an das Bett heran. »Sie ist nicht mehr hier, Junge. Sie ist weit fort. Was du dort siehst, ist nur eine leere Hülle. Bedecke ihr Gesicht. Es ist besser für sie – und für dich.« Seine Stimme war ungewohnt sanft, und Parmenion wischte sich die Tränen aus den Augen und blickte zum Athener auf.

Dann zog er behutsam die weiße Leinendecke über das fahle Gesicht Artemas'.

»Und jetzt komm mit. Ich muß mit dir reden«, sagte Xenophon, führte den Jungen hinaus auf den Hof und nahm auf der steinernen Bank Platz. Der Athener trug jetzt einen langen Umhang aus blau gefärbter Wolle über einer Tunika aus weißem Leinen, dazu Sandalen aus feinstem Leder, die an den Waden geschnürt waren. Dennoch sah er Zoll für Zoll wie ein Soldat aus. Er trug das Schwert des Leonidas, hielt Parmenion die Waffe hin und legte sie ihm in die Hände.

Der Junge stellte das Schwert zur Seite, ohne einen Blick darauf zu werfen. Xenophon nickte.

»Es werden Zeiten kommen, da diese Waffe dir sehr viel mehr bedeutet«, sagte er. »Du bist jung, Parmenion, und das Leben hält noch viel Schmerz und Leid für dich bereit. Doch kein Kummer wird so groß sein wie der, den du jetzt verspürst. Du bist ein empfindsamer junger Mann. Alle Menschen müssen sterben, Parmenion. Ich habe mit deinen Nachbarn gesprochen. Sie haben mir gesagt, daß deine Mutter große Schmerzen hatte.«

»Ich kannte ihren Schmerz. Ich wußte, welch harten Kampf sie durchstehen mußte. Ich wollte ... Ich wollte noch so viel für sie tun. Ich wollte sie glücklich sehen. Ihr all die Dinge schenken, die sie sich gewünscht hat. Da war eine Rolle Stoff ... sie hat ihn auf dem Markt gesehen. Stoff mit goldenem Saum. Ein Kleid aus diesem Stoff sei einer Königin würdig, hat Mutter gesagt. Aber wir hatten kein Geld, ihr diesen Stoff zu kaufen. Da habe ich die Rolle gestohlen. Doch Mutter hat sie zurückgebracht. Sie hat nichts besessen. Nur den Schmerz.«

»Und dich«, sagte Xenophon lächelnd. »Einen Sohn, den sie bewunderte. Und einen Mann, den sie liebte. Hast du *daran* nie gedacht? Hast du geglaubt, sie wollte mehr?« Er hielt nachdenklich inne. »Ja, kann sein. Vielleicht hatte sie noch Wünsche. Doch diese Welt ist grausam, Parmenion. Das höchste Geschenk für jeden Menschen ist ein wenig Glück. Und falls deine Nachbarn recht haben, war deine Mutter eine glückliche Frau. Sie wußte nichts von deinen ... Schwierigkeiten ... mit den anderen Jungen. Sie hat gesungen und gelacht; sie hat bei den Festen getanzt. Sie ist tot, ich weiß, und ihr Sterben mag qualvoll gewesen sein. Aber für sie hat nun aller Schmerz ein Ende. Sie muß nicht alt und gebrechlich werden wie viele andere Mütter, die ihre Söhne vielleicht sogar überleben. *Das* ist grausam, Parmenion.«

»Warum bist du hierhergekommen?« fragte der Junge. »Du hättest mir das Schwert von einem Boten bringen lassen können.«

Wieder lächelte Xenophon. »Gewiß, du hast recht. Komm mit zu mir, Parmenion. Wir werden zu Abend essen, und du wirst mir von deiner Mutter erzählen. Es ist wichtig, daß wir über sie reden . . . und für sie beten. Damit die Götter erfahren, was für eine gute Frau sie gewesen ist, und sie mit einem Becher vom besten Wein willkommen heißen – und in einem Kleid aus feinstem Stoff mit goldenem Saum.«

»Ich will sie nicht allein lassen«, sagte Parmenion.

»Du läßt sie nicht allein, wenn du mit mir kommst. Ihren Körper, ja. Aber den müssen ihre Freundinnen jetzt für die Beisetzung vorbereiten, und es geziemt sich nicht für einen Mann, dabeizusein. Komm jetzt.«

Parmenion folgte dem General vom Hof des Hauses. Schweigend gingen sie über die Hauptstraße, überquerten den Marktplatz und gelangten in jenen Teil der Stadt, wo die größeren, schöneren Häuser der vornehmen Bürger standen.

Das Haus des Xenophon machte auf Parmenion einen ganz anderen Eindruck als am Morgen, als er hier im Hof vor der großen Zuschauermenge Leonidas besiegt hatte. Die Sandgrube war mittlerweile entfernt worden. Der Duft der Blumen an den Hauswänden lag schwer und süß in der Abendluft, und ein Diener stellte ein paar Öllampen auf, um den Hof zu beleuchten. Es war ein warmer, klarer Abend, und Xenophon hörte aufmerksam zu, als Parmenion nun von seiner Mutter erzählte.

Diener brachten mit Wasser vermischten Wein und Obst, und der Mann und sein junger Gast saßen bis tief in die Nacht zusammen. Schließlich führte Xenophon den Jungen in ein kleines Zimmer auf der Rückseite des Hauses.

»Schlaf gut, mein Freund«, sagte der General. »Morgen werden wir uns um deine Angelegenheiten kümmern.« An der Tür hielt Xenophon noch einmal inne. »Sag mir, junger Mann«, fragte er plötzlich, »warum bist du beim Großen Rennen Letzter geworden?«

»Weil ich einen Fehler gemacht habe«, gab Parmenion zur Antwort.

»Bedauerst du diesen Fehler?«

Wieder blickte Parmenion ins Gesicht des alten Mannes, und in seinen Augen lag Verzweiflung. »Nein«, sagte er. »Es gibt wichtigere Dinge als den Sieg.«

»Vergiß das nie«, erwiderte der Athener.

Tamis saß am niederbrennenden Feuer und betrachtete die verblassenden Schatten, die auf den weißgetünchten, grob behauenen Wänden des kleinen Zimmers tanzten. Die Nacht war still bis auf das trockene Rascheln des Laubes im Wind, der in den Kronen der Bäume flüsterte.

Die alte Frau saß am Feuer und wartete.

Es war nicht falsch! sagte sie sich trotzig. Ein Zweig schlug klappernd gegen das Fenster, als der Wind stärker wurde, und die Flammen loderten auf, um dann wieder zusammenzusinken. Die alte Frau legte Reisig nach und zog sich den dünnen Schal enger um die Schultern.

Ihr fielen die Augen zu, und tiefe Müdigkeit überkam sie, doch sie kämpfte dagegen an. Ihr Atem ging flach, und ihr Herz schlug rasend schnell.

Tief in der Nacht hörte sie die Schritte eines Pferdes – das langsame, rhythmische Pochen von Hufen auf dem hartgebackenen Boden. Mit einem Seufzen erhob Tamis sich mühsam, nahm ihren Gehstock und ging zur offenen Tür. Dort blieb sie stehen und beobachtete die dunklen Schattenrisse der Bäume.

Das Hufgetrappel war näher gekommen, doch nirgends war ein Pferd zu sehen. Die Seherin schloß die Augen ihres Körpers, öffnete die Augen ihres Geistes und erblickte den großen weißen Hengst, der über eine Lichtung auf sie zukam. Es war ein riesiges Tier; seine Schulter war fast achtzehn Hand hoch, und seine Augen hatten die Farbe von Opal.

Tamis seufzte, wickelte ihren Schal ab und warf ihn zur Seite. Dann nahm sie einen Umhang aus grauer Wolle, legte ihn sich um und befestigte ihn mit einer Spange aus Türkis an der Schulter. Sie ließ die Tür hinter sich offen, als sie hinaus in die Nacht trat und in Richtung Stadt ging. Das geisterhafte Pferd trottete hinter ihr her.

Sie war von düsteren Gedanken erfüllt, als sie den menschenleeren Marktplatz überquerte, wobei ihr Gehstock laut auf den Pflastersteinen pochte. Parmenions Mutter war eine gute Frau gewesen, freundlich und liebevoll. *Und du hast sie getötet,* flüsterte eine Stimme in ihrem Innern.

»Nein, habe ich nicht«, sagte sie laut.

Du hast sie sterben lassen. Kommt das nicht aufs gleiche heraus?

»Viele Menschen sterben. Bin ich für ihrer aller Tod verantwortlich?«

Du hast Artemas' Tod gewollt. Du hast gewollt, daß der Junge sein Leid allein trägt.

»Um ihn stark zu machen. Er ist die Hoffnung der Welt. Er ist dazu bestimmt, gegen den Dunklen Gott zu kämpfen. Er muß ein gewaltiger, mächtiger Mann werden.«

Die Stimme schwieg, aber sie war von Tamis' Worten nicht überzeugt; das wußte die greise Seherin. Du wirst alt, sagte sie sich. Da ist keine *Stimme*. Du redest mit dir selbst, und Selbstgespräche sind bedeutungslos. »Ich spreche mit der Stimme der Vernunft«, sagte Tamis. »*Sie* redet mit der Stimme des Herzens.«

Und für die Stimme des Herzens ist in deinem Innern kein Platz?

»Laß mich in Ruhe! Ich tue, was getan werden muß!«

Eine Gruppe von Männern saß am Straßenrand im Mondlicht; sie würfelten mit Knöchelbeinen. Ein paar von ihnen blickten auf, als die alte Frau vorüberging, und einer machte verstohlen das Zeichen des Kreises zum Schutz gegen finstere Mächte. Tamis entging es nicht, und sie lächelte, dachte aber nicht weiter über diese Männer nach.

Als sie zum Haus Parmenions gelangte, schloß sie die Augen und entsandte ihren Geist ins Innere des Gebäudes, ließ ihn über dem Totenbett schweben, auf dem Artemas Leichnam lag, und umwickelte ihn mit dem weißen Leinen des Todes. Doch was Tamis im Zimmer suchte, fand sie nicht, und so kehrte ihr geistiges Auge in ihren Körper zurück. Mit müden Schritten ging sie über die vom Mond beschienenen Straßen, gefolgt vom weißen Hengst, bis sie ans Tor vor dem Haus Xenophons gelangte. Wieder schickte sie ihr körperloses Auge aus, ließ es durch die Zimmer schweben und die Treppe hinauf bis in einen kleinen Raum, in dem Parmenion in Träumen verloren schlief.

Neben dem Bett stand eine bleiche Gestalt, weiß und ätherisch, gesichtslos und strahlend wie ein aus Nebel geformtes Standbild. Tamis spürte den überwältigenden Sturm aus Gefühlen, der das Zimmer durchtobte: Trauer, Liebe, Sehnsucht. Parmenion stöhnte laut im Traum; die Gestalt wurde verschwommen, und augenblicklich spürte Tamis Bestürzung und Schmerz. Der Schemen streckte einen bleichen Arm nach dem Jungen aus, konnte ihn aber nicht erreichen.

»Komm, es wird Zeit«, flüsterte Tamis.

»Nein.« Das Wort schien in der Luft zu schweben, zu verharren; es klang nicht wie ein Widerspruch, sondern wie eine flehentliche Bitte.

»Er kann dich nicht sehen. Nicht einmal, wenn er wach ist. Komm jetzt. Ich werde dich führen.«

»Wohin?«

»An einen Ort der Ruhe.«

Die Gestalt wandte sich wieder dem Bett zu. »Mein Sohn.«

»Aus ihm wird einst ein großer Mann. Er wird die Welt vor der Finsternis bewahren.«

»Mein Sohn«, flüsterte die Erscheinung, als hätte sie Tamis' Worte gar nicht vernommen.

»Du bist nicht mehr von dieser Welt«, sagte Tamis. »Sag deinem Jungen jetzt Lebwohl, denn die Morgendämmerung ist nicht mehr fern.«

»Er ist so einsam«, wisperte die Erscheinung. »Ich muß bleiben und ihn trösten.« Die nebelhafte Gestalt verdichtete sich, und die Gesichtszüge Artemas wurden schemenhaft sichtbar. Sie wandte sich Tamis zu. »Ich kenne dich. Du bist die Seherin.«

»Ja, die bin ich.«

»Warum willst du mich von meinem Sohn trennen? Das kann ich nicht ertragen.«

»Du bist nicht mehr von dieser Welt«, wiederholte Tamis und stemmte sich gegen den Orkan aus Gefühlen, der von der Erscheinung ausging. »Du bist . . . gestorben. Und jetzt folge mir!« befahl sie und kehrte in ihren Körper zurück. Eine Zeitlang stand sie schweigend unten am Tor und wartete, bis die nebelhafte Gestalt schließlich hinaus auf den Hof schwebte.

»Einst wird ein großer Mann aus ihm, hast du gesagt«, flüsterte Artema. »Aber wird er glücklich sein?«

»Ja«, log Tamis.

»Dann bin ich's zufrieden. Wird er wieder mit seinem Vater vereint?«

»Ich weiß es nicht. Denn an den Ort, zu dem du reiten wirst, kann ich dir nicht folgen. Aber ich werde beten, daß dein Wunsch in Erfüllung geht. Steig jetzt auf das Pferd. Denn nur dieser Hengst kennt die Pfade des Todes, und er wird dich sicher und behutsam tragen.«

Die nebelhafte Gestalt schwebte auf den Rücken des Hengstes. »Wirst du dich um meinen Sohn kümmern?« fragte Artema. »Wirst du seine Freundin sein?«

»Ja, ich nehme mich seiner an«, versprach Tamis. »Ich werde dafür sorgen, daß er alles bekommt, was er braucht, um seine Bestimmung zu erfüllen. Geh jetzt!«

Der Hengst hob den Kopf und trottete langsam in Richtung Begräbnishügel. Tamis beobachtete Pferd und Reiterin, bis sie mit der Dunkelheit verschmolzen waren; dann ließ sie sich erschöpft auf eine marmorne Bank sinken.

Aber wird er glücklich sein?

Die Frage quälte sie. Ihre Stimmung schlug um, und aus Besorgnis wurde Zorn.

»Der Starke muß nicht glücklich sein. Ihm wird Ruhm und Ehre zuteil, und überall auf der Welt werden die Menschen seinen Namen mit Ehrfurcht flüstern. Durch ihn werden Generationen ein Leben in Freude und Zufriedenheit führen, und *das* wird ihm Glück genug sein.«

Sie blickte hinauf zum Fenster des Zimmers, in dem Parmenion schlief. »Es muß dir Glück genug sein, *strategos,* denn mehr kann ich dir nicht geben.«

Parmenion erwachte in der Nacht. Er fühlte sich benommen, und seine Gedanken waren wirr. Der Junge setzte sich auf und blickte sich um. Im ersten Moment wußte er nicht, wo er sich befand. Das Mondlicht fiel durchs offene Fenster. Er schaute hinauf zum Mond und wieder sah er das Gesicht seiner Mutter, kalt und totenstarr. Bei diesem Gedanken kehrte er in die Wirklichkeit zurück – gewaltsamer und schmerzhafter als die schlimmsten Schläge, die er von Gryllos und den anderen hatte einstecken müssen. Er sprang auf, trat ans Fenster und schaute hinunter auf das leere Geviert des mondbeschienenen Hofes vor dem Haus Xenophons. Er betrachtete jene Stelle, wo die Sandgrube gewesen sein mußte, in der er seinen Sieg errungen hatte, doch die Bilder seines Triumphes zerfielen bereits wie verwitterter Fels. Es war keine Freude mehr in ihm, nur noch Schmerz und Trauer. Die Schlacht gegen Leonidas erschien ihm nun wie ein Spiel zweier Kinder. Wie hatte es ihm und den anderen nur so viel bedeuten können? Er wandte sich um, starrte auf das Bett und fragte sich, was ihn geweckt hatte. Dann erinnerte er sich.

Er hatte von einem weißen Pferd geträumt, das über grüne Hügel galoppierte.

Wieder blickte er hinauf zum Mond und zu den Sternen. So weit fort. Unerreichbar, unberührbar.

Wie seine Mutter . . .

Das Gefühl, sie nie mehr wiederzusehen, war unerträglich. Er setzte sich auf einen Stuhl mit hoher Rückenlehne und spürte die kühle Nachtluft auf der Haut. Was spielte es jetzt noch für eine Rolle, daß er verachtet wurde? Den einzigen Menschen, der ihn geliebt hatte, gab es nicht mehr.

Was wirst du tun, Parmenion? Wohin wirst du gehen? fragte er sich.

Er blieb bis zum Anbruch der Morgendämmerung am Fenster sitzen und beobachtete, wie die Sonne sich über die Gipfel des Parnon-Gebirges erhob.

Hinter ihm wurde die Tür geöffnet. Parmenion wandte sich um und sah Klearchos, seinen Kampfrichter vom gestrigen Tag. Der Junge stand auf und verbeugte sich.

»Du brauchst mir keinen Respekt zu bezeugen«, sagte der Mann. »Ich bin in diesem Haus nur wenig mehr als ein Diener. Xenophon lädt dich ein, mit ihm zu frühstücken.«

Parmenion nickte, und der Mann wandte sich zum Gehen, hielt dann aber inne. Die harten Züge seines Gesichts wurden weicher. »Vielleicht hat es keine Bedeutung für dich, Junge, aber es tut mir leid, daß deine Mutter gestorben ist. Ich selbst habe die Mutter verloren, als ich elf Jahre alt war. Es ist ein Verlust, den man niemals vergißt.«

»Danke«, sagte Parmenion und kämpfte gegen die Tränen an, als er Klearchos nun hinunter in den Hof folgte, wo Xenophon ihn bereits erwartete. Der General erhob sich aus dem Stuhl und lächelte. »Ich hoffe, du hast gut geschlafen, junger *strategos*.«

»Ja, Herr. Danke.«

»Setz dich. Nimm dir Brot und Honig. Es ist ein gutes Frühstück, wie ich beim Feldzug gegen die Perser festgestellt habe. Es macht dich kräftig für die Aufgaben, die der Tag bereithält.«

Parmenion schnitt ein paar Scheiben Brot vom frischen Laib und bestrich sie dick mit Honig.

»Ich habe eine Nachricht zur Kaserne geschickt«, sagte Xenophon. »Heute brauchst du nicht dort zu erscheinen. Was hältst du von einem Ritt zum Berg Illion?«

»Ich bin kein guter Reiter, Herr«, gab Parmenion zu. »Wir konnten uns kein Pferd leisten.«

»Wie willst du dann wissen, ob du ein guter Reiter bist oder nicht? Jetzt genieße erst einmal dein Frühstück – dann werden wir sehen, wie gut du dich auf einem Pferderücken machst.«

Als sie ihr Mahl beendet hatten, gingen sie hinter das Haus, wo sich die Ställe befanden; fünf Pferde standen dort.

»Wähl dir eines aus«, sagte Xenophon. »Sieh sie dir an und entscheide dich.«

Parmenion ging in jeden der fünf Verschläge und sah sich die Tiere der Reihe nach genau an. Er wußte nicht, worauf ein Reiter achten mußte, deshalb streichelte er jedem Pferd die Nüstern, die Mähne und den Rücken. Eins der Tiere war von grauer Farbe, mit schön geschwungenem Hals und breiter Brust, doch das Pferd starrte Parmenion tückisch an – ein Blick, der nichts Gutes versprach. Schließlich entschied der Junge sich für eine braune Stute von fünfzehn Hand Stockmaß.

»Sag mir, warum du dich für dieses Tier entschieden hast.« Xenophon streifte der Stute das Zaumzeug über den Kopf und führte sie in den Hof.

»Als ich ihr das Maul gestreichelt habe, hat sie meine Hand gestupst. Die anderen haben sich nicht gerührt – bis auf den Grauen. Ich glaube, er hätte mir am liebsten die Finger abgebissen.«

»Beinahe hätte er's wirklich getan«, gab Xenophon zu. »Aber du hast eine ausgezeichnete Wahl getroffen. Die braune Stute ist gutmütig und gehorsam. Und durch nichts aus der Ruhe zu bringen.« Der General legte dem Tier eine Schabracke aus Ziegenleder auf. »Diese Decke wird nicht verrutschen«, sagte er zu Parmenion. »Aber denk daran, daß du beim Reiten die Oberschenkel fest gegen den Pferdeleib drücken mußt und nicht die Waden.« Xenophon selbst hatte sich für den grauen Wallach entschieden; er legte ihm eine prächtige Satteldecke aus Leopardenfell auf. »In Persien«, sagte er, »benutzen viele Reiter Sitze aus Leder, die sie den Tieren auf den Rücken schnallen. Aber die Perser sind Barbaren, Parmenion. Ein spartanischer Soldat reitet nur mit einer Decke. Und die Besten setzen sich auf den bloßen Pferderücken.«

So früh am Morgen war die Luft noch frisch, doch in wenigen Stunden würde die Sonne sengend heiß vom Himmel scheinen. Sie führten die Pferde nach Norden aus der Stadt und über die Ebene bis an den Fuß der niedrigen Hügel. Xenophon verschränkte die Hände und half Parmenion auf den Rücken der braunen Stute. Dann packte er die Mähne des grauen Wallachs, stieß sich mit dem linken Fuß vom Boden ab und schwang sich aufs Pferd. Es war eine geschmeidige, fließende, fast anmutige Bewegung, wie Parmenion bewundernd feststellte.

»Wir werden die Pferde zuerst Schritt gehen lassen«, sagte Xenophon, »damit sie sich an das Gewicht auf ihrem Rücken gewöhnen können.« Er beugte sich vor und tätschelte den schlanken Hals des Grauen.

»Die Pferde bedeuten dir viel, nicht wahr?« sagte Parmenion. »Du behandelst sie wie Freunde.«

»Sie *sind* Freunde. Es gibt viel zu viele Narren, die der Meinung sind, man könne sich ein Pferd nur mit der Peitsche untertan machen und es zum Gehorsam zwingen. Die Peitsche macht ihnen das Tier untertan, gewiß. Doch in diesem Falle wird das Pferd zu einem Wesen ohne Seele, und ein solches Tier ist eine arme, wertlose Kreatur. Sag mir, *strategos* – auf wen würdest du dich in der Schlacht eher verlassen? Auf einen Mann, der dich liebt, oder auf einen Mann, den du gequält und geschlagen hast?«

»Die Antwort ist einfach, Herr. Ich hätte lieber einen Freund an meiner Seite.«

»So ist es. Und warum sollte es bei Pferden anders sein? Oder bei Hunden?«

Sie ritten durch das Hügelland, bis sie auf eine mit trockenem Gras bewachsene Ebene gelangten. »Und nun lassen wir *ihnen* ihren Willen«, sagte Xenophon und trat dem Wallach die Fersen in die Flanken. Das Tier galoppierte los, und die Stute preschte hinterdrein. Parmenion beugte sich weit vor, hielt sich an der Mähne fest und drückte die Schenkel so fest er konnte gegen den Leib des Tieres. Er hörte nur noch das Donnern der Hufe, spürte den Wind in Gesicht und Haar, und eine Woge des Hochgefühls überkam ihn. Er fühlte sich auf wundersame Weise lebendig wie nie zuvor.

Nach einigen Minuten bog Xenophon mit dem Grauen nach rechts ab und galoppierte auf einen Zypressenhain zu, der in östlicher Richtung lag. Dort angelangt, zügelte er das Pferd und verlangsamte das Tempo; kurz darauf brachte Parmenion die braune Stute neben Xenophons schwitzendem Grauen zum Stehen. Der Athener schwang sich vom Rücken des Tieres und lächelte zu dem Jungen hinauf. »Du bist ausgezeichnet geritten.«

Parmenion stieg ab. »Sie ist ein liebes Tier. Sehr lieb«, sagte er.

»Dann streichle sie und sag es ihr.«

»Kann sie mich denn verstehen?«

»Natürlich nicht. Aber wenn sie den Tonfall deiner Stimme hört und deine Berührung spürt, weiß sie, daß du zufrieden mit ihr bist.«

»Hat sie einen Namen?« fragte Parmenion und kraulte die dunkle Mähne der Stute.

»Sie heißt Bella und stammt aus macedonischer Zucht. Sie hat das Herz eines Löwen.«

Sie banden die Tiere mit Lederschnüren an einer Zypresse fest und setzten sich in den Schatten des Baumes. Parmenion fühlte sich plötzlich unbehaglich. Ein Verdacht keimte in ihm auf. Warum war er hier, fernab der Stadt? Warum opferte dieser legendäre athenische Feldherr seine Zeit für ihn? Einerseits wollte er sich nicht von Xenophon verführen lassen, andererseits konnte er es sich nicht leisten, einen so mächtigen und einflußreichen Freier zurückzuweisen.

»Woran denkst du?« fragte der General plötzlich.

»Ich habe an die Pferde gedacht«, log Parmenion.

Xenophon nickte. »Du brauchst dich nicht vor mir zu fürchten, junger Mann. Ich bin dein Freund – nichts weiter.«

»Bist du ein Gott, daß du meine Gedanken lesen kannst?«

»Nein. Ein Feldherr. Und deine Gedanken sind leicht zu lesen, denn du bist jung und naiv. Bei der Schlacht gegen Leonidas hast du dich bemüht, dir deine Begeisterung und dein Hochgefühl des Sieges nicht anmerken lassen. Das war ein Fehler, denn du hast aus deinem wahren Gesicht eine Maske gemacht, obwohl man in deinen Augen die wilde Freude und Genugtuung lesen konnte. Wenn du deine Gefühle verbergen willst, mußt du zuerst dich selbst betrügen, und wenn du einem verhaßten Feind ins Gesicht schaust, mußt du dir einreden, deinem besten Freund gegenüberzustehen. Dann wird deine Miene sanfter, dein Lächeln natürlicher. Versuche niemals, ein ausdrucksloses Gesicht aufzusetzen, denn es verrät deinem Feind nur, daß du irgend etwas verbergen willst. Wann immer möglich, mußt du versuchen, wenigstens ein bißchen ehrlich zu sein; denn dies ist die beste aller Masken. Aber laß uns ein andermal über solche Dinge reden. Du fragst, warum Xenophon so viel Interesse an dir zeigt? Die Antwort ist einfach. Ich habe miterlebt, wie du Leonidas besiegt hast, und deine Klugheit und Voraussicht auf dem Schlachtfeld haben mich sehr beeindruckt. Der Krieg ist eine Kunst, keine Wissenschaft, und du beherrscht diese Kunst schon jetzt, ohne sie erlernt zu haben. Du hast Leonidas' Taktik durchschaut, hast seine Schritte vorausgesehen und seine Schwächen erkannt. Du hast viel gewagt – und alles gewonnen. Vor allem hat mir imponiert, wie geschickt du deine Reiterei eingesetzt hast. Das ist bei Spartanern eine seltene Gabe.«

»Aber die Zuschauer habe ich nicht beeindruckt«, sagte Parmenion.

»Auch daraus kannst du lernen, *strategos*. Du hast zwar gesiegt, aber den größten Ruhm hast du den Heloten zukommen lassen. Das war unklug. Denn sollte Menschen niederer Herkunft ein solcher Ruhm zu Kopf steigen, oder würden sie sich gar als den Spartanern ebenbürtig betrachten, könnte das neue Sklavenaufstände zur Folge haben. Und das wiederum könnte bedeuten, daß Stadtstaaten wie Athen oder Theben sich verbünden, ein gemeinsames Heer aufstellen und – wie schon geschehen –, in Sparta einfallen. Es ist eine Frage des Fingerspitzengefühls, mit Menschen niederer Herkunft umzugehen – und es hat den Zuschauern nicht gefallen, wie du mit den Heloten verfahren bist.«

»Dann habe ich also einen Fehler gemacht?« fragte Parmenion.

»In einem Spiel? Nein. Im wirklichen Leben? Ja.«

»Warum hast du mir dann den Sieg zugesprochen?« wollte der Junge wissen.

»Weil du in der Schlacht gesiegt hast«, erwiderte Xenophon, erhob sich und ging zu den Pferden hinüber. Parmenion folgte ihm.

»Wirst du mein Lehrer sein?« fragte der Junge, bevor er die Worte zurückhalten konnte.

»Vielleicht«, sagte Xenophon. »Laß uns jetzt reiten.«

Leonidas nahm drei Schritte Anlauf und schleuderte den Speer hoch in die Luft, er beobachtete, wie er einen Bogen beschrieb und wie das Sonnenlicht auf die eiserne Spitze funkelte. Dann bohrte die Waffe sich tief in den von der Hitze harten Boden – zwölf Schritte weiter vom Abwurfpunkt entfernt als der weiteste Wurf seiner Kameraden. Leonidas riß die Arme hoch, und die anderen Jungen spendeten ihm Beifall.

Der Wurf war so weit, daß Leonidas dem Ausbilder, Lepidos, einen herausfordernden Blick zuwarf.

Lepidos schüttelte seufzend den Kopf, nahm seinen Speer und ging zu der Gruppe hinüber. Er trat sieben Schritt hinter die Abwurfmarke zurück, wog den Speer in der zum Wurf erhobenen Hand, nahm Anlauf und schleuderte die Waffe mit einem lauten Stöhnen. Kaum hatte der Speer seinen Flug begonnen, legte sich ein triumphierendes Lächeln auf Leonidas' Gesicht.

Lepidos beobachtete, wie die eiserne Spitze drei Schritt hinter Leonidas' Speer in den Boden fuhr. Er wandte sich um und verbeugte sich vor dem Jungen. »Dein Arm ist stark«, sagte er und lächelte freundlich, »aber beim Abwurf beugst du den Oberkörper nicht weit genug zurück. Dein Speer könnte mindestens zehn Schritt weiter fliegen, wenn du das Gewicht deines Körpers in den Wurf hineinlegst. Üb es!«

»Das werde ich, Herr«, versprach Leonidas.

»Und nun möchte ich sehen, wie schnell die Spartaner auf den Beinen sind«, sagte Lepidos. »Zwanzig Runden auf der Laufbahn, wenn's genehm ist.«

»Und wenn nicht?« rief ein Junge, den Lepidos vergeblich auszumachen versuchte.

»Fünfundzwanzig Runden«, sagte der Ausbilder. Ein Stöhnen ging durch die Gruppe, doch die Jungen gehorchten und gingen zur Startmarke des Rundkurses. Lepidos schlenderte zu einer hölzernen Bank im Schatten, setzte sich und beobachtete die Läufer. Gryllos hatte sich an die Spitze gesetzt, gefolgt von Learchos. Doch Leonidas hatte sich schon auf den vierten Platz hinter Hermias vorgearbeitet.

Lepidos kratzte sich an der Schulter, dort, wo eine abgebrochene persische Lanzenspitze seit langer Zeit unter dem Knochen im Fleisch steckte. Im Winter tat ihm das Schultergelenk schon weh, wenn er sich einmal nicht rührte, und selbst im Sommer verursachte die alte Verletzung bei körperlicher Anstrengung einen dumpfen Schmerz.

Der Ausbilder betrachtete die Jungen, als sie keuchend und schwitzend an ihm vorüberrannten. Er neidete ihnen ihre Jugend und ihre unverbrauchte Kraft, und er dachte an die Jahre zurück, als er selbst in einer Kaserne gedrillt worden war und sich danach gesehnt hatte, endlich in einer Phalanx gegen einen Feind zu marschieren.

Er sah, wie einer der Jungen immer weiter hinter den anderen zurückblieb. »Streng dich ein wenig mehr an, Pausias!« brüllte er, und sofort schloß der Junge zur Gruppe auf, um sich dem kritischen Auge des alten Ausbilders zu entziehen.

Wieder schweiften Lepidos' Gedanken in die Vergangenheit, und wieder hatte er seine eigene Jugendzeit vor Augen. Damals ist Sparta anders gewesen, sagte er sich, ehrlicher und treuer seinen Prinzipien gegenüber, die vom göttlichen Lykurgos selbst stammten. Zu Lepidos' Jugendzeit hatten die Jungen in den Kasernen nur zwei Tuniken besessen: eine für den Winter und eine für den Sommer. Zu jener Zeit waren im Mamortheater noch keine Schauspiele aufgeführt worden; damals hatte es noch keine öffentlichen Vergnügungen gegeben, keine Feste in den Häusern der Reichen. Eine Schüssel Blutsuppe am Tag für die Rekruten, Schläge mit der Rute, eiserne Disziplin. Eine Menschenrasse, die nur für den Krieg und die Schlacht geboren war, für nichts sonst. Er beobachtete die Jungen, die über die Rennbahn liefen. Prächtige Jungen, stark und stolz. Aber Leonidas etwa besaß Dutzende von Tuniken und sogar einen dicken wollenen Umhang zum Schutz gegen den Winterwind. Oder Hermias, der die meisten Abende zu Hause bei den Eltern verbrachte, gutes Essen vorgesetzt bekam und mit Wasser vermischten Wein. Oder Learchos, der einen Dolch aus Theben besaß, dessen Griff mit Einlegearbeiten aus Gold verziert war. Oder der träge Pausias, der sich am liebsten den Bauch mit Leckereien vollschlug und sich mit der Geschwindigkeit einer kranken Schildkröte über die Rennbahn schleppte. Diese Jungen hätten mit einer Schüssel Suppe am Tag nicht lange überlebt.

Lepidos richtete den Blick auf Leonidas und stellte fest, daß der Junge sich an die zweite Stelle hinter Gryllos vorgeschoben hatte. Der Athener war ein ausgezeichneter Läufer, doch Lepidos wußte, daß Leonidas ihn in der letzten Runde überholen und ihn keuchend und taumelnd hinter sich lassen würde. Nur Parmenion konnte mit Leonidas Schritt halten – aber nicht über fünfundzwanzig Runden, denn Leonidas war körperlich der Stärkere, und das würde den Ausschlag geben.

Und dann diese Sandkastenschlacht, die Parmenion und Leonidas geschlagen hatten! Heloten Seite an Seite mit reinblütigen Spartanern in einer Phalanx kämpfen zu lassen! Lepidos schüttelte den Kopf. Erst heute morgen war er zum Kommandanten der Kaserne gerufen worden, um über diesen Vorfall Rechenschaft abzulegen.

»Ich habe nichts damit zu tun, Herr«, hatte Lepidos zum Kommandanten gesagt, einem mürrischen alten General.

»O doch!« hatte der Kommandant gewettert. »Schließlich bildest du die Jungen auch in der Kriegskunst aus! Der König war höchst ungehalten, und einer unserer besten Rekruten wurde zum Gespött gemacht! Hast du mit diesem Parmenion denn nicht über seine Taktik beim Feldherrnspiel gesprochen?«

»Leider nicht, Herr«, erwiderte Lepidos, und sein Unbehagen wuchs. Der Kommandant hatte immerhin sieben Feldzüge befehligt, und wenngleich die beiden Männer auf die Sechzig zugingen, vermochte der General noch immer Schuldgefühle bei Lepidos zu wecken.

»Dann wasch ihm gründlich den Kopf, Lepidos. Wie stehen wir da, wenn wir zukünftigen spartanischen Offizieren derart ungeheuerliche Manöver erlauben?«

»Er ist ein Mischling, Herr. Er wird nie ein spartanischer Offizier.«

»Sein Vater war ein hervorragender Soldat«, erwiderte der General, »und seine Mutter war eine achtenswerte Frau. Aber du magst recht haben. Seine Abstammung wird ihm hohe Ämter verwehren. Schick den Jungen zu mir.«

»Er ist bei Xenophon, Herr. Heute wird seine Mutter beigesetzt, und der Feldherr hat den Jungen als Gast in seinem Haus aufgenommen.«

Der Kommandant hämmerte die Faust auf den Tisch. »Ich wünsche nicht, daß dieser Athener einen meiner Rekruten zu seinem Lustknaben macht!«

»Ich werde dafür sorgen, daß er morgen wieder in der Kaserne ist.«

»Ich hoffe es für dich!« rief der alte Mann. »Noch was, Lepidos. In diesem Jahr wird der junge *strategos* nicht vor allem Volk den Siegesstab erhalten.«

»Herr?«

»Es findet keine öffentliche Verleihung des Siegesstabes statt!«

Lepidos blickte dem alten Mann in die Augen und schluckte schwer. »Ich mag den Jungen nicht besonders, Herr, aber er hat beim Feldherrnspiel gesiegt. Wie können wir ihm da den Siegesstab verweigern?«

»Wir müssen ein Exempel statuieren. Meine Diener – Heloten –

reden von nichts anderem mehr, daß ein Mischling bei den Kampfspielen der Jugend gesiegt hat. Sie würden ihm am liebsten einen Tempel errichten!« Lepidos hatte geschwiegen. Und jetzt saß er hier im Schatten einer Zypresse und beobachtete die Jungen beim Wettlauf. Er hegte für Parmenion, diesen hochgewachsenen, wortkargen Jungen, wirklich keine besonderen Sympathien, aber er *hatte* sich den Siegesstab ehrlich verdient, bei allen Göttern, und es war einfach nicht gerecht, ihm diese Ehrung vorzuenthalten. Lepidos fragte sich, wie die anderen Jungen darüber denken mochten. Parmenion war ein Außenseiter, gewiß, doch die abendliche Siegerehrung war bisher immer ein fröhliches Fest gewesen, auf das sich alle freuten.

Der Wettlauf ging jetzt in seine entscheidende Phase. Lepidos stand auf und schlenderte zur Mitte des Übungsplatzes, um den herum die kreisförmige Rennbahn angelegt war.

Gryllos lag immer noch in Führung, doch Leonidas hatte inzwischen zu Hermias aufgeschlossen, und die beiden kämpften um die zweite Position. Leonidas lag neben seinem Gegner und versperrte dem größeren Hermias den Weg nach außen, so daß er den führenden Gryllos nicht angreifen konnte; Leonidas drängte Hermias sogar immer weiter auf die Innenbahn und rempelte ihn. Hermias geriet ins Straucheln und stürzte, während Leonidas nun zum Spurt ansetzte und Gryllos kurz vor der Ziellinie überholte. Hermias, der sich aufgerappelt hatte, belegte nur den fünften Platz.

Lepidos wartete, bis die Jungen halbwegs zu Atem gekommen waren; dann rief er sie zu sich.

»Ihr habt euch ein gutes Rennen geliefert – nur du nicht, Pausias. Noch fünf Runden, wenn's genehm ist.« Die Jungen riefen dem fetten Pausias Schmähungen hinterher, als er sich keuchend und schnaufend auf seine einsamen Runden machte. »Nun denn, Freunde, kommen wir zu den Ergebnissen. Erstens: Bei der Jugendolympiade werden Leonidas und Parmenion unsere Kaserne auf den Mittel- und Langstrecken vertreten. Leonidas und Nestos treten im Speerwurf an. Hermias und Asiron starten auf der Kurzstrecke. Zweitens: Vier von euch sind gestern erst nach dem Appell in die Kaserne gekommen. Das ist kein gutes Beispiel für eure jüngeren Kameraden in dieser Kaserne, Freunde! Wir sind Spartaner, meine Herren, und das bedeutet, daß wir eiserner Disziplin unterworfen sind. Also, das kommt mir nicht noch einmal vor! Drittens: Die Verleihung des Siegesstabs . . .« Lepidos warf einen kurzen Blick auf Leonidas, und ein flüchtiges Lächeln huschte über das Gesicht des Jungen. Er weiß es also schon, dachte Lepidos, und der Zorn loderte in ihm auf wie eine grelle Flamme. »Die öffentliche Übergabe findet dieses Jahr nicht statt.« Zu Lepidos' Erstaunen brachen alle Jungen in Jubelrufe aus. Das Gesicht des Ausbilders wurde dunkel vor Wut. »Rekruten!« brüllte er und hob die Arme. Sofort breitete sich Stille aus. »Ehrlich gesagt, ich weiß nicht, warum ihr euch so sehr darüber freut. Könnte mir jemand den Grund nennen? Du da!« er deutete mit dem Finger auf Learchos.

»Der Mischling hat gemogelt«, sagte Learchos, und die anderen Jungen nickten zustimmend.

»Er hat *nicht* gemogelt!« rief Lepidos mit Donnerstimme. »Er hat gesiegt! Und genau das erwartet man von einem wahren Spartaner! Ich möchte eines klarstellen. Hört mir jetzt gut zu. Hätte Leonidas seiner eigenen Reiterei den Angriff befohlen, hätte sie die Attacke des Feindes verhindern können, wenn sie dessen Reitertruppe vom Heer abgeschnitten hätte. Weiter: Beim Vormarsch von Parmenions Phalanx war deren linke Flanke ungeschützt gegen Speere und Pfeile. Parmenion hätte vernichtend geschlagen werden können. Ich will hier nicht rechtfertigen, daß er Spartaner und Heloten Seite an Seite hat kämpfen lassen, aber wenn ich Spartaner winseln höre: ›Wir haben die Schlacht verloren!‹, packt mich die schwarze Verzweiflung! Ihr könnt gehen. Fort mit euch!«

Er machte auf den Hacken kehrt, marschierte vom Übungsgelände und ließ eine Gruppe verdutzter Jungen hinter sich zurück.

»Ich dachte immer, er kann Savra nicht leiden«, flüsterte Learchos.

»Was er gesagt hat, war richtig«, erklärte Leonidas.

»Nein, der Mischling hat gemogelt«, sagte Gryllos.

Leonidas wandte sich zu den anderen um. »Lepidos hatte recht! Ich habe Savra unterschätzt, und er hat mich ehrlich besiegt. Ich hätte den Umhang der Schande tragen müssen. Es gab ein halbes Dutzend Möglichkeiten, sein Heer zu vernichten, wenn ich seine Taktik durchschaut hätte – und ich hatte sogar drei Möglichkeiten, die Schlacht zu gewinnen, wenn ich seine Pläne *nicht* erkannt hätte. Ich habe meine Chancen nicht genutzt. Und nun laßt uns dieses Thema beenden.«

Leonidas ging davon. Gryllos drehte sich zu Learchos um und beugte sich nahe an ihn heran. »Der Mischling ist heute Gast im Haus meines Vaters«, flüsterte er. »Aber heute wird er zur Beisetzung seiner Mutter gehen und Trübsal blasen.«

»Und?«

»Falls er sich die Beine verletzt, kann er nicht an der Jugendolympiade teilnehmen.«

»Ich weiß nicht.«

»Er hat unseren Freund lächerlich gemacht!« sagte Gryllos haßerfüllt.

»Und wenn dein Vater es herausfindet?«

»Wie denn? Wir werden ihn im Dunkeln überraschen. Und Savra wird keine Namen nennen.«

»Also gut, heute abend«, erklärte Learchos sich einverstanden.

Der Körper, mit weißem Leinen umwickelt, wurde vom Bett gehoben und auf eine Plane gelegt, die zwischen zwei Holzpfähle gespannt war. Parmenion schaute zu, wie die Frauen den Leichnam seiner Mutter aus dem Totenhaus trugen und sich in Richtung Begräbnishügel wandten. Vier weißgekleidete Frauen trugen die Bahre, und die dickliche Rhea ging als beste Freundin der Toten laut klagend hinterdrein. Hinter Rhea folgte Parmenion, und an dessen Seite schritt der athenische General Xenophon.

Der Beisetzungshügel lag hinter dem Marmortheater, außerhalb der Stadt im Osten, und die kleine Prozession zog über den belebten, von Lärm erfüllten Marktplatz und am Denkmal zu Ehren des Pausanias und Leonidas vorbei.

Schließlich gelangten sie zum Höhleneingang, vor dem eine alte Frau saß und die Gruppe bereits erwartete; ihr weißes Haar flatterte im Wind.

»Wen bringt ihr da ins Reich der Toten?« fragte die Alte.

Rhea trat vor. »Meine Freundin Artema«, erwiderte sie.

»Wer gibt dem Fährmann seinen Lohn?«

»Ich, Parmenion.« Er legte der alten Frau ein silbernes Vierdrachmenstück in die ausgestreckte Hand. Sie hob den Kopf und starrte den Jungen mit ihren trüben Augen an. Für einen Moment saß sie so still und regungslos wie der Tod da; dann richtete sie den Blick auf Xenophon, ohne den Kopf zu bewegen.

»Der Eine, der *ist*, und der Eine, der *werden* soll«, flüsterte die Alte. »Lade mich in dein Haus ein, General.«

Die Abweichung vom gewohnten Ritual entsetzte Xenophon. Er holte tief Atem. »Wie du wünschst, ehrwürdige Mutter.«

»Bringt die Tote nun zu ihrer Ruhestätte«, sagte die Alte. Rhea und die vier Trägerinnen schritten voran und wurden von der Finsternis des Höhleneingangs verschluckt. Der Mann und der Junge blieben vor dem Eingang stehen.

»Ich konnte keine Klageweiber bezahlen«, sagte Parmenion. »Ob die Götter meiner Mutter das übelnehmen?«

»Eine interessante Frage«, erwiderte Xenophon. »Sind die Götter zornig, wenn keine vorgetäuschten Tränen fließen und kein bezahltes

Jammern ertönt? Das bezweifle ich. Viele gute Menschen sterben unbeweint und unbemerkt, wohingegen so mancher reiche Schurke sich von Hunderten gut bezahlter Trauernder zu Grabe geleiten läßt. Es ist tröstlich zu wissen, daß die Götter ein wenig feinfühliger als wir Menschen sind.«

»Glaubst du das wirklich?«

»Ich glaube an Mächte, die über unser aller Leben bestimmen. Wir können ihnen viele Namen geben.«

»Du glaubst also, meine Mutter wird weiterleben?«

»Ich möchte es gern glauben. Komm, gehen wir ein Stück. Noch ist es angenehm kühl.« Die beiden gingen zurück zur Stadt und blieben vor dem Denkmal des Pausanias und Leonidas stehen. Es sah wie ein riesiger Würfel aus Marmor aus; auf dem Dach stand die Statue eines spartanischen *Hopliten,* und an den Wänden, in den Stein gemeißelt, wurde die Geschichte der gewaltigen Schlacht von Plataea erzählt, als ein persisches Heer, das die Stadt gleichen Namens zu erobern drohte, durch die Angriffswucht einer spartanischen Phalanx zerschmettert worden war. Xenophon zog seinen weißen Umhang aus und setzte sich in den Schatten. Eine alte Frau bot ihnen Granatäpfel zum Kauf an. Xenophon drückte ihr eine Münze in die Hand und nahm drei Früchte. Eine warf er Parmenion zu.

»Welche Lehre kann man aus der Schlacht von Plataea ziehen?« fragte Xenophon, zog einen Dolch aus der Scheide am Gürtel und zerschnitt den Apfel in vier Teile.

»Welche Lehre?« sagte Parmenion. Er zuckte mit den Achseln. »Die Spartaner sind gegen das Zentrum des persischen Heeres vorgerückt, haben es zersprengt und die Feinde in die Flucht geschlagen. Was kann man groß daraus lernen?«

»Warum sind die Feinde geflohen?«

Parmenion setzte sich neben den General und biß in den Apfel. »Weiß ich nicht. Weil sie Angst hatten?«

»Natürlich hatten sie Angst!« sagte Xenophon mit plötzlichem Zorn. »Gebrauche deinen Verstand!«

Parmenion fühlte sich beschämt, und sein Gesicht lief rot an. »Ich weiß nicht genug über diese Schlacht«, gab er zu. »Ich kann dir keine Antwort geben.«

Xenophon seufzte und schien sich zu entspannen. Er aß den Apfel auf und lehnte sich zurück gegen den kühlen Marmor. »Finde die richtige Antwort, Parmenion.«

»Das kann ich nicht!«

»Wenn du mir diese Frage beantworten kannst, werde ich deine Bitte erfüllen und dein Lehrer sein. Wenn du mir keine Antwort geben kannst . . . hätte es keinen Sinn, dich zu lehren. Denk darüber nach, und komme heute abend zu mir.« Xenophon erhob sich und ging davon.

Parmenion blieb lange im Schatten sitzen und dachte über die Frage nach, doch er konnte die Antwort nicht finden. Er schlenderte zum Marktplatz, verkroch sich hinter einem der Stände, nahm blitzschnell zwei Pasteten und rannte los. Der Markthändler entdeckte ihn und nahm die Verfolgung auf, doch Parmenion lief in eine Gasse, bog auf die Hauptstraße ab und rannte davon, bevor der Mann ihn packen konnte. Spartanische Jugendliche wurden dazu angehalten, ihr kärgliches Essen durch solche Diebstähle zu bereichern. Doch wenn man sie erwischte, wurden sie hart bestraft – nicht wegen des Diebstahls, sondern weil sie sich hatten fangen lassen.

Auf der Hauptstraße sah Parmenion zwei ältere Männer, die in der Nähe zum Eingang des Königspalastes saßen. Parmenion ging zu ihnen hinüber und verbeugte sich. Einer der Männer schaute zu ihm auf. »Was ist?« fragte er.

»Herr«, sagte Parmenion, »welche Lehre kann man aus der Schlacht von Plataea ziehen?«

»Lehre?« erwiderte der Mann. »Was für eine Lehre? Den Persern ist eine Lehre erteilt worden und allen Feinden Spartas. Niemand darf so dumm sein, ein spartanisches Heer anzugreifen und damit zu rechnen, den Sieg davonzutragen! Welch eine dumme Frage, Junge.«

»Danke, Herr«, sagte Parmenion, verbeugte sich und ging davon.

Was für eine Art Rätsel hatte Xenophon ihm aufgegeben? War die Antwort so offensichtlich? Und sollte dies der Fall sein – warum hatte der Athener ihm dann diese Frage gestellt? Parmenion rannte zur Akropolis. Dort aß er die Pasteten und blickte auf die fernen Taygetus-Berge.

»Finde die richtige Antwort«, hatte Xenophon gesagt. Welche Antwort? Fünftausend spartanische Krieger hatten auf dem Schlachtfeld von Plataea gegen die persische Armee gekämpft. Die Perser waren besiegt und der Krieg gewonnen worden. Pausanias war damals der spartanische Feldherr gewesen.

Welche Lehre konnte man daraus ziehen?

Parmenion erhob sich und ging den Hügelhang bis zum Denkmal hinunter. Er las die steinerne Inschrift, die den Verlauf der Schlacht schilderte, erfuhr aber nichts, was er nicht schon wußte. Wie lautete die Antwort, beim Zeus!

Zorn stieg in ihm auf. Der Athener *wollte* gar nicht sein Lehrer sein und suchte nur einen Grund, ihn abweisen zu können! Deshalb hatte er ihn, Parmenion, vor ein unlösbares Rätsel gestellt. Dann aber erkannte Parmenion die Unsinnigkeit dieses Gedankens. Xenophon brauchte keine Entschuldigung. Ein schlichtes ›nein‹ hätte gereicht.

Das Denkmal des Pausanias und Leonidas...

Es ragte über ihm auf, und seine Geheimnisse schlummerten tief im Gestein. Parmenion blickte hinauf zum Standbild des *Hopliten*. Der lange Speer des Kriegers war zerbrochen, und dennoch sah er furchterregend und gewaltig aus.

Stellt diese Statue Leonidas oder Pausanias dar? fragte sich Parmenion. Oder nur einen gemeinen Krieger?

Leonidas? Warum sollte jenem König, der bei den Thermopylen gefallen war, hier am Denkmal für die Schlacht von Plataea ein Standbild errichtet werden? Leonidas hatte schon Monate zuvor sein Leben gelassen. Damals hatten die Griechen die Spartaner gebeten, ihr Heer mit dem der anderen griechischen Stadtstaaten zu vereinen, um der persischen Streitmacht entgegenzutreten. In jenen Tagen aber war in Sparta ein religiöses Fest gefeiert worden, und die Priester hatten ihre Einwilligung zum Kriegszug verweigert. Immerhin wurde dem spartanischen König, Leonidas, zugestanden, mit seiner dreihundert Mann starken Leibgarde zum Thermopylenpaß zu ziehen. Und dort hatte diese kleine Streitmacht den Vormarsch des riesigen persischen Heeres zwei Tage lang aufgehalten. Und sogar als sie verraten und vom Feind eingekesselt worden waren, hatten Leonidas und seine Krieger standgehalten, bis die Perser einsehen mußten, daß der Gegner durch einen direkten Angriff nicht zu besiegen war. So hatten sie die Spartaner aus sicherer Entfernung mit Speeren und Pfeilen niedergemacht...

Parmenion sah die Antwort so plötzlich, so hell und leuchtend, wie ein Sonnenstrahl durch eine Wolkenlücke fällt. Was lehrte die Schlacht von Plataea? Daß sogar in der Niederlage ein Sieg liegen kann. Die Perser hatten schon am Thermopylenpaß zuviel Angst gehabt, die Überlebenden der kleinen, nur dreihundert Mann starken spartanischen Einheit direkt anzugreifen. Bei Plataea aber hatten sie sich einer Phalanx von *fünftausend* Spartanern gegenüber gesehen, die Speere erhoben, die Schilde dicht zusammen, langsam und unaufhaltsam vorrückend... und die Perser hatten die Flucht ergriffen. Darum war das Denkmal den beiden Helden – Leonidas und Pausanias – gemeinsam geweiht! Denn der Sieg bei Plataea war auch König Leonidas' Sieg gewesen; ein Sieg, den er und seine Krieger durch ihr Beispiel an Mut und Standhaftigkeit und durch ihren Heldentod gesetzt hatten.

Parmenion blickte hinauf zum marmornen *Hopliten.* »Heil dir, Leonidas«, sagte er.

Xenophons Diener wichen zurück, als die alte Frau durch das Tor auf den Hof des Hauses trat. Keiner wagte es, sich ihr zu nähern. Sie konnte die Furcht auf den Gesichtern sehen und lächelte freudlos, während sie auf ihren Gehstock gestützt dastand und auf den Hausherrn wartete.

Sie spürte die Blicke aus vielen Männeraugen auf sich ruhen. Es hatte eine Zeit gegeben, da diese Blicke begehrlich gewesen waren; eine Zeit, als der bloße Anblick Tamis' eine solche Leidenschaft in den Männern entflammt hatte, daß sie bereit gewesen wären, für das Recht, um Tamis' Hand anhalten zu dürfen, den eigenen Bruder zu ermorden. Die alte Frau räusperte sich und spuckte auf den Boden. Es war einmal... Wen kümmerte es noch, was einmal gewesen war? Tamis' erster Mann war im Krieg gegen die Athener gefallen; ihr zweiter Mann auf einem Schlachtfeld in Thrakien. Ihr dritter Gemahl war in einem heißen Sommer, als das Wasser knapp und faul und brackig geworden war, an Fieber erkrankt und unter schrecklichen Qualen gestorben. Sie, Tamis, war in Delphi gewesen, als er starb. Hätte sie von seiner Krankheit gewußt, hätte sie ihn retten können. Hätte? Sollte? Was spielte das jetzt noch für eine Rolle? Die Vergangenheit war tot.

Sie hörte, wie eine Tür geöffnet wurde und wie sich ihr die forschen Schritte des athenischen Generals näherten. Sie betrachtete ihn mit den Augen ihres Körpers, aber auch mit ihrer Gabe, ins Herz des Menschen zu schauen: Tamis sah sowohl seinen schönen männlichen Körper als auch die Glut des Feuers, das in seinem Innern loderte.

»Willkommen in meinem Haus, Ehrenwerte«, sagte er.

»Führ mich bitte in den Schatten und laß mir etwas zu trinken bringen«, erwiderte Tamis. Er legte der alten Frau die Hand auf den Arm, und sie spürte seine innere Kraft. Die Berührung verwirrte Tamis, denn sie erinnerte die greise Seherin an ihre ferne Jugend. Die Hitze und das grelle Licht der Sonne wichen angenehmer Kühle und Schatten, als Xenophon seinen Gast in eine Nische in der Wand zur Rechten führte. Tamis konnte den Duft der vielen Blumen riechen und den kühlen Stein der Mauer spüren. Sie wartete schweigend, bis ein Diener ihr einen Becher mit kaltem Brunnenwasser brachte.

»Sollst du mir eine Botschaft von der Göttin überbringen?« wollte Xenophon wissen.

Tamis nippte am Becher. Das kalte Wasser traf auf den entzündeten Nerv eines fauligen Zahns, und sie stöhnte und stellte den Becher auf den steinernen Tisch. »Du wirst nicht bekommen, wonach du begehrst, Athener. Für dich wird es in der Zukunft keine Kriege mehr geben. Keinen Ruhm mehr auf dem Schlachtfeld.« Sie spürte seine Enttäuschung wie einen Dolchstich. »Kein Mensch kann all seine Träume verwirklichen«, sagte sie mit sanfterer Stimme. »Doch man wird sich noch in tausend Jahren an dich erinnern.«

»Wie kann das sein, wenn ich keinen Ruhm mehr erlange?«

»Ich weiß es nicht, Xenophon. Aber du kannst meinen Worten Glauben schenken. Aber ich bin nicht gekommen, über dich zu reden. Ich bin gekommen, über das Junge zu reden.«

»Das Junge? Welches Junge?«

»Der Knabe, der heute seine Mutter zu Grabe getragen hat. Den Einen, der *werden* soll. Er wird so viel Ruhm und Glanz, Schmerz und Bitterkeit erleben wie nur wenige Sterbliche. *Er* ist wichtig.«

»Er ist nur ein Kind. Er ist kein König. Er ist nicht einmal edler Herkunft. Wie kann er da so wichtig sein?«

Tamis leerte den Becher Wasser. Sie fühlte sich wohl hier – und doch war sie nicht willkommen. Wie schön es wäre, den Tag hier müßig im Schatten zu verbringen und an glücklichere Zeiten in ihrem langen, langen Leben zurückzudenken. Sie seufzte. »Seine Bestimmung ist Kampf und Ruhm. An seinen Namen jedoch werden spätere Geschlechter sich nicht erinnern – wie an den deinen, obgleich der Junge gewaltige Heere bis an die Grenzen der Erde führen wird. Es ist deine Pflicht, ihn zu lehren, was du weißt, und ihm zu geben, was dein ist.«

»Was mein ist?« sagte Xenophon und versuchte, die Worte der alten Frau zu begreifen. »Aber ich besitze nichts. Und mir untersteht kein Heer.«

»Du hast alles, was der Junge braucht. In deinem Herzen, Athener, und in deinem Verstand. Du kennst das Innere der Menschen und weißt um das Wesen des Krieges. Mache dem Jungen dies zum Geschenk. Nimm dich seiner an.«

»Wird er Sparta zum Ruhm führen?«

»Sparta?« Sie lachte leise. »Spartas Tage sind gezählt, Xenophon. Die Zeit des verkrüppelten Königs ist gekommen. Sparta hat nicht auf die Worte des Orakels gehört. Lysander hat geglaubt, es besser zu wissen – wie es schon immer war und wie es immer sein wird. Für Sparta wird es keinen neuen Ruhm mehr geben. Nein, der Junge wird fortgehen von hier. Du wirst erfahren, wo sein Ziel liegt, und du selbst wirst ihn dorthin schicken, wenn die Zeit gekommen ist.« Tamis stand auf.

Auch Xenophon erhob sich. »Ist das ... alles?« fragte er. »Du hast mir nichts als Rätsel aufgegeben. Warum kannst du mir nicht mehr sagen?«

»Weil ich mehr nicht weiß, Athener. Oder glaubst du, die Götter teilen all ihr Wissen mit ihren Dienern? ich habe getan, was ich tun mußte. Das ist alles, was ich weiß.«

Mit dieser Lüge auf den Lippen ging Tamis zurück ins Sonnenlicht und durch das Tor auf die Straße.

Auf ihren Stock gestützt, ging Tamis gemächlich durch die Gassen Spartas und hinaus aus der Stadt, am heiligen See und dem kleinen Tempel der Aphrodite vorüber. Schließlich stieg sie den schmalen Pfad hinauf, der zur Tür ihres Hauses führte – einer niedrigen, schäbigen Hütte mit nur einem Raum, in dessen Mitte sich die Feuerstelle befand; darüber war eine Öffnung im Dach, die als Rauchabzug diente.

In einer Ecke stand eine ärmliche Pritsche; es war das einzige Möbelstück. Tamis hockte sich vor das niedergebrannte Feuer. Sie hob eine Hand und sprach drei Worte, und augenblicklich schlugen Flammen aus der erkalteten Asche und loderten hell auf. Eine Zeitlang starrte Tamis in das tanzende Feuer, bis das Gewicht der Einsamkeit so schwer auf ihr lastete, daß es sie niederdrückte. Sie ließ die Schultern sinken.

»Wo bist du, Kassandra?« flüsterte sie. »Komm zu mir.«

Die Flammen schlugen höher und schienen an einem unsichtbaren Holzscheit zu lecken, der in Mannshöhe über der Feuerstelle schwebte. Langsam formte sich ein Gesicht inmitten der Flammen – ein majestätisches, feingeschnittenes Gesicht mit langer Adlernase; es war kein ausgesprochen schönes Antlitz, aber würdevoll und ernst und umrahmt von feingelocktem blondem Haar.

»Warum hast du mich aus dem Schlaf gerufen?« fragte die Frau aus Feuer.

»Ich fühle mich einsam.«

»Du setzt deine Kräfte zu leichtsinnig ein, Tamis. Und unklug.«

»Warum hätte ich dich nicht rufen sollen?« fragte die alte Frau. »Auch ich brauche Freunde – Gesellschaft.«

»Die Welt ist erfüllt von Leben«, gab die Frau in den Flammen zur Antwort. »Du solltest dir Freude unter den Menschen suchen. Aber wenn du reden mußt, dann muß ich dir zuhören.«

Tamis nickte und erzählte Kassandra von dem Schatten, der in der Zukunft lauerte, und von der baldigen Ankunft des Dunklen Gottes.

»Was hat das mit dir zu tun?« fragte Kassandra. »Das alles ist Teil der ewigen Schlacht zwischen dem Quell der Macht und dem Herrscher des Chaos.«

»Ich kann die Geburt des Dunklen Gottes verhindern. Ich weiß, daß ich es kann.«

»Die Geburt verhindern? Was redest du denn da? Du hast geschaut, was kommen soll. Wie willst du etwas daran ändern?«

»Und wie kannst du mir diese Frage stellen?« gab Tamis zornig zurück. »Du weißt so gut wie ich, daß die Zukunft tausend mal tausend verschiedene Wege nehmen kann und daß der Verlauf eines jeden Weges durch die ungezählten Entscheidungen von Männern und Frauen, sogar Kindern und Tieren bestimmt wird.«

»Genau das wollte ich dir zu verstehen geben, Tamis. Dir ist deine Macht nicht verliehen worden, um Geschehnisse zu beeinflussen; das hat selbst der Quell der Macht niemals getan.«

»Dann hätte er's vielleicht tun *sollen*«, sagte Tamis wütend. »Ich habe Hunderte verschiedener Wege in die Zukunft beschritten. Auf mindestens vier dieser Wege kann der Dunkle Gott aufgehalten werden. Ich brauchte nur den Pfaden in die Vergangenheit zu folgen, bis ich zu jenem Einen gelangt bin, der den Lauf der Geschichte zu ändern vermag. Und das habe ich getan!«

»Du sprichst von dem Kind Parmenion«, sagte die Frau aus Feuer traurig. »Du irrst, Tamis. Misch dich nicht in diese Geschehnisse ein. Sie übersteigen deine Fähigkeiten; das alles ist größer, als Worte zu sagen vermögen; es ist Teil des kosmischen Kampfes zwischen Chaos und Harmonie. Du kannst dir nicht einmal vorstellen, wieviel Unheil du anrichten . . .«

»Unheil?« sagte Tamis zornig. »Ich weiß, wieviel Unheil *hereinbrechen* wird, sollte der Dunkle Gott erst in fleischlicher Gestalt über die Erde wandeln! Die höchsten Berge werden überflutet mit Strömen von Blut, und die Flüsse werden Rauch ausspeien. Die Erde selbst wird zum Totenreich.«

»Ich verstehe«, sagte Kassandra. »Und natürlich hast nur du die Macht, dieses Ungeheuer aufzuhalten?«

»Sei nicht so herablassend! Soll ich denn ein Leben führen wie du? Prophezeiungen machen, an die ohnehin niemand glaubt? Welchen Nutzen haben denn all deine Warnungen gebracht? Welchen Nutzen hast *du selbst* gebracht? Scher dich fort!«

Das Feuer brannte nieder, und das Gesicht verschwand.

Tamis seufzte. Ob falsch oder richtig – die Dinge waren in Gang gebracht worden, die Vorbereitungen abgeschlossen. Parmenion würde der Krieger des Lichts sein, der sich gegen die Finsternis stemmt.

Misch dich nicht ein! Wer, glaubten Kassandra und die anderen denn, hatte das Kommen des Dunklen Gottes schon einmal verhindert, vor mehr als zwanzig Jahren, als das Kind vom persischen König gezeugt worden war? Wer hatte nach der Zeugung, noch in derselben Nacht, den Geist der Konkubine übernommen und dafür gesorgt, daß sie zur höchsten Spitze eines Turmes stieg und von dort in den Tod sprang?

»Das war ich!« rief Tamis. »Ich!«

Und das war falsch! sagte eine leise Stimme tief in ihrem Innern. *Und jetzt begehst du diesen Fehler noch einmal. Laß Parmenion sein eigenes Leben führen. Es steht dir nicht zu, sein Schicksal nach deinem Willen zu lenken.*

»Ich lenke sein Schicksal nicht nach meinem Willen«, sagte Tamis laut. »Ich helfe ihm, seine Bestimmung zu erfüllen.«

Aber du mußt ihm die Wahl lassen.

»Das werde ich. Im Zenit seines Lebens, in den wichtigsten Augenblicken, werde ich zu ihm gehen und ihm die Wahl zwischen verschiedenen Möglichkeiten lassen.«

Und wenn du dich irrst, Tamis?

»Ich irre mich nicht. Der Dunkle Gott muß aufgehalten werden. Und er wird aufgehalten! Laßt mich jetzt allein!«

In der plötzlich einsetzenden Stille ließ Tamis den Blick durch das armselige Zimmer schweifen, und ihr Herz wurde schwer. Mit ihren Kräften hätte sie sich einen Palast erschaffen können, schöner und größer als der des Königs; sie hätte ein Leben in Reichtum und Glanz führen können. Statt dessen hatte sie sich für das hier entschieden.

»Ich habe dem Quell der Macht gegeben, was ihm zusteht«, sagte sie laut, »und das Licht ist mein Begleiter, was ich auch tue.«

Tamis seufzte. Stimmte es, was sie gesagt hatte? Sie war sich nicht mehr sicher. Wieder entfachte sie das Feuer und rief einen Namen. Das Gesicht eines Mannes erschien.

»Spiel mir ein Lied, Orpheus. Mach mir das Herz leicht.«

Und als die süßen Klänge der Leier das Zimmer erfüllten, ging Tamis zu ihrer Schlafstelle, legte sich nieder und dachte über jene Wege in die Zukunft nach, die sie beschritten hatte. Am Ende von dreien dieser Wege war der Dunkle Gott in Sparta geboren worden, dem mächtigsten Stadtstaat Griechenlands.

Drei mögliche Väter. Learchos, der das Zeug hatte, ein großer

Mann zu werden. Nestos, der mit der königlichen Familie verwandt war. Und Kleombrotos, der nächste König.

Tamis schloß die Augen. »Und jetzt werden wir sehen, was deine Bestimmung ist, Parmenion«, flüsterte sie. »Jetzt werden wir sehen.«

Parmenion lag an einem Hügelhang im Osten der Stadt und beobachtete die jungen Mädchen beim Spiel. Daß er sich zunehmend dafür interessierte, was die Mädchen taten, versetzte ihn selbst in Erstaunen; einen solchen Zeitvertreib hätte er sich im letzten Sommer nicht einmal vorstellen können. Er rief sich einen Tag ins Gedächtnis, als eine bis dahin unbekannte Erregung in sein Leben getreten war. Er war bei seinen Laufübungen einen Hügelhang hinauf und hinunter gerannt, als eine Stimme, so süß und klar wie der frühe Morgen, ihn angerufen hatte.

»Was tust du da?«

Parmenion blieb stehen, schaute sich um und sah ein junges Mädchen von etwa vierzehn Jahren. Sie trug eine schlichte weiße Tunika, durch die er nicht nur ihren kleinen Busen hatte sehen können, sondern sogar die Spitzen der Brüste, die gegen das Leinen drückten. Die Beine des Mädchens waren gerade und gebräunt, ihr Körper schlank, die Taille schmal. Er schaute sie schuldbewußt an, spürte, wie er errötete – und konnte den Blick nicht von den großen, grauen Augen in ihrem unbeschreiblich hübschen Gesicht nehmen.

»Ich bin . . . gerannt«, stammelte er.

»Das habe ich gesehen«, sagte sie, hob eine Hand und strich sich das rotgoldene, gelockte Haar aus der Stirn, das in der Sonne schimmerte. »Und warum?« fragte sie dann. »Du bist den Hügel hinaufgerannt. Dann den Hügel hinunter. Dann wieder hinauf. Das ist doch sinnlos.«

»Lepidos . . . das ist mein Ausbilder . . . hat gesagt, daß es die Beine stark macht. Ich bin schnell.«

»Und ich bin Derae«, sagte sie.

»Nein . . . Ich heiße nicht ›schnell‹. Ich . . . äh.«

»Ich weiß. War nur ein Scherz.«

»Ah . . . ich muß . . . muß gehen.« Und damit hatte er kehrtgemacht und war den Hügel hinauf geflüchtet, als wären die Perser hinter ihm her. Dabei legte er ein Tempo vor, wie er es niemals für möglich gehalten hätte.

Seit jenem Tag vor fast einem Jahr war er oft hierher an diesen Hügelhang gekommen, der sanft in den See auslief, und hatte die Mädchen beim Laufen und Schwimmen und anderen Übungen beobachtet. Lepidos hatte ihm gesagt, daß es in ganz Griechenland nur Spartanerinnen erlaubt sei, ihren Körper durch Läufe und andere waffenlose Wettkämpfe zu formen und zu stählen. Andere Stadtstaaten betrachteten so etwas als anstößig und behaupteten, daß es die Männer dazu verleite, schlimme Taten zu begehen. O ja, dachte Parmenion jetzt, als er auf dem Bauch lag und Derae beobachtete, das kann ich mir gut vorstellen.

Die Mädchen nahmen nun zum Wettlauf auf der Kurzstrecke Aufstellung. Derae rannte auf der Innenbahn, zu Parmenions großer Freude, denn so konnte er sie ungehindert betrachten: ihre schlanken, braunen Beine, ihren schlanken Körper. Sie siegte mit Leichtigkeit, und Parmenion lächelte zufrieden.

Seit ihrer ersten Begegnung vor knapp einem Jahr hatte er nur zweimal den Mut aufgebracht, Derae anzusprechen, als sie auf dem Weg zu den anderen Mädchen war. Aber sie hatte nie ein Wort gesagt, hatte ihn immer nur freundlich angelächelt und ihm zugewinkt und war losgerannt, bevor Parmenion seine sorgsam zurechtgelegten Worte hatte loswerden können. Aber das störte ihn nicht weiter. Es genügte ihm, sie jede Woche beobachten zu können. Außerdem würde es nur weh tun, wenn er sie näher kennenlernte, denn spartanische Männer durften erst mit zwanzig heiraten, wenn sie Vollbürger wurden.

In seinem Fall also in vier Jahren. Eine Ewigkeit.

Nach einer Stunde beendeten die Mädchen ihre Übungen und trafen Vorbereitungen, sich auf den Heimweg zu machen. Parmenion wälzte sich auf den Rücken und schloß die Augen, denn die Sonne schien grell vom Himmel. Und als er so dalag, die Hände im Nacken verschränkt, gingen ihm viele Dinge durch den Kopf. Er dachte an seine Schlacht gegen Leonidas, an die endlose Schinderei in der Kaserne, an Xenophon, an Hermias und an Derae. Er versuchte, die Gedanken an seine Mutter zu verscheuchen, denn die Wunde war noch zu frisch, und wenn er ihr Gesicht vor sich sah, kamen ihm noch die Tränen, und das erschien ihm unmännlich.

Ein Schatten fiel über ihn.

»Warum schaust du mich immer an?« fragte Derae. Parmenion zuckte zusammen und setzte sich ruckartig auf. Sie kniete neben ihm im Gras.

»Ich habe dich gar nicht kommen hören.«

»Das ist keine Antwort auf meine Frage. Schnell.«

»Ich schaue dich gerne an«, erwiderte er grinsend. »Du bist eine sehr gute Läuferin. Wenn du die Arme nicht so stark bewegen würdest, wärst du noch schneller.«

»Dann beobachtest du mich also nur, um mir Ratschläge für den Wettlauf geben zu können?«

»Nein, so habe ich das nicht gemeint.« Parmenion holte tief Luft und atmete langsam aus. »Du weißt doch die Antwort, nicht wahr? Ich glaube, du willst mich wieder auf den Arm nehmen.«

Sie nickte. »Aber nur ein bißchen, Parmenion.«

Er konnte es vor Freude nicht fassen. Sie kannte seinen Namen. Also mußte sie sich nach ihm erkundigt haben, und das konnte nur bedeuten, daß sie sich für ihn interessierte.

»Woher weißt du, wie ich heiße?«

»Ich habe deine Schlacht gegen Leonidas gesehen.«

»Oh«, sagte er enttäuscht. »Wie denn? Frauen dürfen doch gar nicht zuschauen.«

»Mein Vater ist ein enger Freund Xenophons, und der General hat mir und zwei anderen Mädchen die Erlaubnis gegeben, bei eurer Schlacht aus einem Fenster zuzuschauen. Wir mußten uns abwechseln, denn wir durften nicht gesehen werden. Du hast ein interessantes Spiel gespielt.«

»Ich habe gesiegt«, sagte Parmenion ein wenig eingeschnappt.

»Ich weiß. Ich habe doch gerade gesagt, daß ich zugeschaut habe.«

»Ich . . . dachte, du hättest das anders gemeint. Jeder hat an meinem Sieg irgendwas auszusetzen.«

Sie nickte ernst. »Wegen der Heloten. Du hättest sie gar nicht einzusetzen brauchen. Du hättest auch ohne sie gesiegt. Immerhin hast du mit sechzehn Gefechtsreihen die vier letzten Reihen von Leonidas angegriffen, nachdem er sein Heer viel zu weit auseinandergezogen hatte.«

»Das weiß ich auch.« Er zuckte mit den Achseln. »Aber ich kann's nun mal nicht mehr ändern.«

»Hast du das Schwert noch?«

»Natürlich. Warum fragst du?«

»Weil es sehr wertvoll ist. Du hättest es verkaufen können.«

»Niemals! Es ist eins der sieben Schwerter unseres größten Helden. Ich werde es mein Leben lang wie einen Schatz hüten.«

»Das ist schade«, sagte sie, und erhob sich geschmeidig. »Denn ich hätt's dir gern abgekauft.«

»Was willst du denn mit einem Schwert anfangen?« fragte er, sprang auf und stellte sich dicht vor sie hin.

»Ich will es doch nicht für mich. Ich würde es meinem Bruder schenken«, sagte sie.

»Das wäre ein wirklich schönes Geschenk. Stört es dich eigentlich, wenn ich dir beim Wettlauf zuschaue?«

Sie lächelte. »Sollte es mich stören?«

»Bist ... bist du versprochen?«

»Noch nicht, aber mein Vater redet manchmal schon darüber. Soll das ein Heiratsantrag sein, Parmenion?«

Bevor er antworten konnte, packte eine Hand seine Schulter und riß ihn nach hinten. Blitzschnell wirbelte Parmenion herum, schlug Leonidas die Faust an den Unterkiefer und brachte ihn ins Taumeln. Der goldblonde Spartaner rieb sich das Kinn; dann machte er sich zum Angriff bereit.

»Hört auf!« rief Derae, doch die Jungen schienen sie gar nicht zu hören. Sie standen sich lauernd gegenüber. Plötzlich sprang Leonidas vor, täuschte einen Schlag in den Magen an, hämmerte Parmenion dann aber die Rechte ins Gesicht. Parmenion, der kleinere der beiden, wurde zu Boden geschleudert, doch er bekam Leonidas' Tunika zu packen, zerrte ihn zu sich heran und trat ihm das Knie in den Unterleib. Leonidas stöhnte vor Schmerz laut auf und krümmte sich, als Parmenion auch schon aufsprang und ihm die Stirn ins Gesicht rammte. Leonidas ging in die Knie, und Parmenion stieß ihn mit aller Kraft zur Seite. Als Leonidas sich noch am Boden krümmte, sah Parmenion einen großen, scharfkantigen Stein im Gras liegen. Er hob ihn auf und ging zum benommenen Gegner hinüber, um ihm den Schädel einzuschlagen.

Derae trat ihm in den Weg und gab ihm eine schallende Ohrfeige. Die Finger seiner linken Hand schlossen sich um ihre Kehle, und er hob den Stein zum Wurf ... und erstarrte, als er das Entsetzen in ihren Augen sah.

Parmenion ließ den Stein fallen und taumelte zurück. »Es ... Es tut mir leid ... Er ... Er ist mein Feind.«

»Er ist mein Bruder«, sagte sie, und ihr Gesicht war so kalt wie der Stein, den Parmenion hatte fallen lassen.

Leonidas kam schwankend auf die Beine und trat neben das Mädchen. »Wenn du meiner Schwester noch einmal zu nahe kommst«, brachte er mühsam hervor, »wirst du mir mit dem Schwert gegenübertreten müssen.«

Plötzlich lachte Parmenion, doch ohne jede Spur von Humor. »Es wäre mir ein Vergnügen«, erwiderte er gepreßt, »denn du weißt so gut wie ich, mit welchem Schwert ich kämpfen würde. Ein Schwert, das dir niemals gehören wird, sosehr du auch danach verlangst. Aber keine Angst, Leonidas, ich will nichts von dir – oder deiner Familie.«

»Glaubst du, ich fürchte mich vor dir, du Bauerntrampel?«

»Wenn nicht, *solltest* du dich vor mir fürchten. Tritt gegen mich an, wann immer du willst, du überheblicher Hund. Aber glaube mir – ich werde dich vernichten!«

Parmenion wandte sich um und ging davon.

Hermias verließ das Übungsgelände und ging mit eiligen Schritten durch die Straßen und über den Marktplatz. Er gelangte zum heiligen See, als die Mädchen sich gerade auf den Heimweg machen wollten. Von Parmenion war weit und breit nichts zu sehen, und Hermias war schon im Begriff, sich hinter einem der Bäume zu verstecken, als Derae ihn sah und ihm zuwinkte. Mit einem schüchternen Lächeln trat Hermias vor. Derae kam auf ihn zu gerannt und küßte ihn auf die Wange. »Du kommst nur selten hierher, Vetter. Interessierst du dich nicht für Mädchen?«

Zwei Freundinnen Deraes traten neben den verdutzten Jungen, strichen über seine Tunika und taten so, als würden sie den Stoff begutachten.

Hermias errötete. »Ich suche meinen Freund . . . Parmenion.«

Deraes Miene wurde düster. »Er war hier. Jetzt ist er fort«, sagte sie schroff.

»Hat er dich beleidigt?« erkundigte Hermias sich ängstlich.

Derae schwieg für einen Augenblick. Leonidas würde vor Wut toben, sollte er erfahren, daß sie über seine Niederlage gegen Parmenion gesprochen hatte, doch Derae konnte nicht anders – sie mußte über den Vorfall reden. Sie hakte sich bei Hermias ein und führte ihn fort von den anderen Mädchen. Am Ufer des heiligen Sees setzten sie sich in den Schatten eines Baumes, und sie erzählte Hermias, was geschehen war.

»Aber du kannst dir nicht vorstellen, was er durchgemacht hat, Derae«, sagte Hermias, als sie geendet hatte. »Aus irgendeinem Grund, den ich nicht begreife, wird er von allen gehaßt. Was er auch tut, er kann es niemandem recht machen. Wenn er beim Wettlauf siegt, jubelt niemand ihm zu – selbst dann nicht, wenn er gegen Jungen aus anderen Kasernen gewinnt. Dabei ist er freundlich und gutherzig. Aber die anderen tun sich zu Banden zusammen und jagen ihn, verprügeln ihn mit Stöcken. Denn nur wenige haben den Mut, ihm allein gegenüberzutreten.«

»Aber mein Bruder würde bei einer solchen Gemeinheit niemals mitmachen«, sagte Derae. »Leonidas ist stolz und stark. Er würde sich nie und nimmer einer Meute anschließen.«

»Das stimmt. Ich habe Leonidas immer . . . geachtet. Aber Parmenion ist in seinem Namen verprügelt worden, und Leonidas hat nicht einmal versucht, die anderen davon abzuhalten! Das letzte Mal haben sie Parmenion am Abend vor dem Feldherrnspiel in Xenophons Haus verprügelt, und er mußte die ganze Nacht auf dem heiligen Hügel verbringen. In der Kälte und mit Schmerzen. Du hast bestimmt seine Wunden gesehen.«

Derae nahm einen flachen Stein vom Boden, schleuderte ihn über den See und beobachtete, wie er über das funkelnde blaue Wasser hüpfte. »Niemand wird ohne Grund gehaßt«, sagte sie. »Parmenion ist eingebildet, obwohl er von niederer Herkunft ist. Leonidas hat mir gesagt, daß er ein Mischling ist, ein Bastard, und daß er trotzdem auf die reinblütigen Spartaner herabblickt.«

Hermias nickte. »In gewisser Weise stimmt das. Aber versetze dich in seine Lage. Wenn alle Welt dich haßt und dir deinen Lohn versagt, bleibt dir nur der Stolz. Und seinen Stolz wird Parmenion sich niemals nehmen lassen, und wenn man ihn noch so sehr verachtet und demütigt. Ich habe ihm geraten, das Feldherrnspiel gegen deinen Bruder freiwillig zu verlieren, aber er wollte nicht. Und sieh dir an, was geschehen ist. Jetzt haßt ihn jeder nur noch mehr! Was kann die Zukunft ihm bieten, Derae? Er hat kein Geld, kein Ansehen . . .«

»Und keine Freunde. Bis auf dich, nicht wahr?«

»Das stimmt. Aber ich glaube, es gibt da ein Mädchen. Er beobachtet es jede Woche von dort droben, vom Hügel aus. Wenn er über sie redet, wird ein ganz anderer Mensch aus ihm. Aber ich kenne ihren Namen nicht, und ich bezweifle, daß er jemals ein Wort mit ihr gewechselt hat.«

»Doch, er hat ein Wort mit ihr gewechselt«, sagte Derae. »Er hat sie sogar an der Kehle gepackt und sie mit einem Stein bedroht.«

Hermias schloß die Augen, lehnte sich zurück und legte den Kopf ins Gras. »Dann bist du dieses Mädchen? Bei allen Göttern, das begreife ich nicht! Ist Parmenion denn von Geburt an von einem bösen Geist verflucht? Ich muß ihn finden.«

»Ich glaube, du solltest ihm besser aus dem Weg gehen, Hermias. Ich habe in seine Augen geblickt und den Tod darin gesehen. Mir ist das Blut in den Adern gefroren.«

»Er ist mein Freund«, erwiderte Hermias und erhob sich geschmeidig, »und ich habe Neuigkeiten für ihn. Aber zuerst muß ich mit Leonidas sprechen. Weißt du, wo er ist?«

»Er wollte zur Kaserne, hat er gesagt. Den Speer- und Schwertkampf üben. Wenn du ihn dort findest, dann sag ihm nicht, was ich dir erzählt habe.«

»Bitte, Derae. Leonidas wird natürlich glauben, daß Parmenion mich geschickt hat!«

Derae schüttelte den Kopf und stand auf. »Also, gut, Hermias. Dann sag ihm, daß du mit mir gesprochen hast. Aber sei gewarnt! Leonidas betrachtet Parmenion jetzt als seinen Todfeind. Und nichts und niemand wird ihn davon abbringen können.«

Leonidas – in Brustharnisch, ledernem Waffenrock und Beinschienen – kämpfte auf dem Übungsplatz gegen einen Jungen namens Nestos. Das helle Klingen der Schwerter und das Dröhnen der Schilde hallten weit übers Gelände, denn beide kämpften mit scharfen Waffen – den Kurzschwertern der *Hopliten*. Gebannt verfolgten die Zuschauer, wie die Gegner sich belauerten, sich umkreisten, nach einer Blöße in der Deckung des anderen suchten. Der kräftige, gedrungene Nestos war Kasernenmeister im Schwertkampf, doch Leonidas war ihm an Kraft nur um weniges unterlegen, war schneller auf den Beinen und größer als der Gegner. Die beiden Halbwüchsigen atmeten schwer. Nestos hatte eine Schwertwunde am Oberarm davongetragen, und sein Blut tropfte in den Sand. Wieder schlug Leonidas zu, doch Nestos sprang vor, rammte den Gegner mit dem Schild und stieß ihn zu Boden. Mit zwei schnellen Schritten war Nestos über dem Liegenden und drückte Leonidas die Schwertspitze an die Kehle. Gedämpfter Jubel wurde laut. Leonidas lächelte, erhob sich mühsam und senkte Schwert und Schild. Er trat auf Nestos zu, umarmte den Gegner und beglückwünschte ihn zum Sieg. Dann ging er davon und trat in den Schatten eines Unterstandes, wo die mit Wasser gefüllten Ziegenbälger über einer Stange hingen.

Hermias rannte zu Leonidas hinüber und half ihm, den Brustharnisch abzulegen.

»Danke, Vetter«, sagte Leonidas und wischte sich den Schweiß aus dem Gesicht. »Bei allen Göttern, Nestos ist ein guter Schwertkämpfer. Aber es dauert nicht mehr lange, und ich bin besser als er. Was meinst du?«

»Das bist du schon jetzt«, erwiderte Hermias. »Du hattest eben die Gelegenheit zu einem Stoß auf seinen Magen. Aber du hast den Stoß nicht geführt. Wäre es ein echter Kampf gewesen, hättest du nicht gezögert – und ihn getötet.«

»Das hast du gesehen? Ja. Er hält seinen Schild immer zu hoch. Aber was führt dich hierher? Du möchtest doch nicht kämpfen oder?«

»Nein«, sagte Hermias und holte tief Atem. »Ich bin gekommen, über Savra zu reden.« Er nahm den Blick von Leonidas' Gesicht und wappnete sich gegen den Wutausbruch, der nun mit Sicherheit folgen würde.

»Hat er mit dir gesprochen?« fragte Leonidas leise.

»Nein. Derae hat mir erzählt, was am See geschehen ist.« Er blickte Leonidas an und sah zu seiner Verwunderung keinen Zorn auf dem Gesicht des anderen.

»Was willst du von mir?«

»Daß die Jagd auf Savra ein Ende hat. Die Prügeleien und die Gewalt.«

»Ich habe nichts damit zu tun. Mir gefällt es auch nicht, doch ich erfahre immer erst hinterher davon. Aber Savra ist nun mal unbeliebt.«

Leonidas zuckte mit den Achseln. »Was kann ich dagegen tun?«

»Sag Gryllos und Learchos, daß diese ... Prügeleien dir ... zuwider sind.«

»Warum sollte ich?«

»Weil du ein ehrenhafter Mann bist. Weil du kein Feigling bist. Du hast es nicht nötig, andere deine Schlachten schlagen zu lassen.«

Leonidas lächelte. »Schmeicheleien, Hermias?«

»Ja. Aber ich glaube, es ist trotzdem die Wahrheit. Die anderen können Parmenion nicht die Ehre aus dem Leib prügeln. Niemals. Also werden sie ihn eines Tages töten – und warum? Nur weil sie glauben, dir damit zu gefallen. *Würde* es dir gefallen, Vetter?«

»Ja«, gab Leonidas zu. »Aber du hast recht. Es ist feige, und ich würde mich niemals daran beteiligen. Ich werde dafür sorgen, daß es ein Ende hat, Hermias. Das hätte ich längst schon tun sollen. Es hat mich beschämt, daß Parmenion verwundet zum Feldherrenspiel gekommen ist.«

»Ich stehe in deiner Schuld, Vetter.«

»Nein«, sagte Leonidas. »Ich stehe in *deiner* Schuld. Aber laß dir gesagt sein, Hermias: Parmenion ist mein schlimmster Feind, und eines Tages werde ich ihn töten.«

Zwei Stunden lang suchte Hermias seinen Freund und fand ihn schließlich unter dem Standbild der Athene auf einem Felsblock sitzend. Hermias nahm neben ihm Platz. »Warum so trübsinnig, *strategos*?« fragte er.

»Nenn mich nicht so! Eines Tages vielleicht, aber jetzt noch nicht.«

»Dein Gesicht ist finsterer als die Nacht, Savra. Denkst du an den Kampf mit Leonidas unten am See?«

»Woher weißt du davon?«

»Ich habe mit Derae gesprochen. Ich wußte ja nicht, daß sie dabei war.«

Parmenion nahm einen Stein, schleuderte ihn auf ein Stück Ackerland und scheuchte einen Schwarm großer schwarzer und grauer Vögel auf. »Ich hasse Krähen. Schon als Kind habe ich mich vor ihnen gefürchtet. Ich hatte Angst, sie würden durchs Fenster in mein Zimmer fliegen und meine Seele fressen. Ein paar Nachbarn haben mit erzählt, daß die Krähen meinem toten Vater auf dem Schlachtfeld die Augen ausgepickt haben. Ich habe damals oft in der Nacht geweint, und ich konnte das Rauschen ihrer Flügel hören.«

»Möchtest du allein sein, Savra? Soll ich gehen? Ich bin dir nicht böse.«

Parmenion zwang sich zu einem Lächeln und legte dem Freund den Arm um die Schulter. »Ich möchte nicht allein sein, Hermias – aber ich bin's.« Er erhob sich, nahm wieder einen Stein vom Boden und schleuderte ihn auf den Acker. »Was kann Sparta mir geben, Hermias? Worauf kann ich hoffen?«

»Was wünschst du dir denn?«

Parmenion schüttelte den Kopf. »Ich weiß es nicht. Ehrlich. Früher war es mein sehnlichster Wunsch, einmal spartanischer *Hoplit* zu werden und Schild, Speer und Schwert zu tragen. Ich wollte mit dem König in ferne Länder ziehen, Eroberungen und reiche Beute machen. Aber in letzter Zeit habe ich seltsame Träume, die ...« Er verstummte abrupt.

»Erzähl weiter«, drängte Hermias. »Manche Träume sind Botschaften der Götter. Hast du von Adlern geträumt? Adler sind gute Vorzeichen. Genau wie Löwen.«

»Ich habe nicht von Tieren geträumt«, sagte Parmenion, »nur von Männern, die für den Krieg gerüstet waren. Ich habe zwei Heere auf einer weiten Ebene gesehen – und ich war der Feldherr. Die Phalanxen sind vorgerückt, Staub wölkte auf, gedämpftes Kampfgeschrei ertönte. Die eine Armee kam aus Sparta, denn die Krieger trugen blutrote Umhänge. Das Gemetzel ist ... schrecklich. Ich sehe den König tot und verstümmelt auf dem Schlachtfeld liegen. Und immer dann wache ich auf.«

Hermias schwieg eine Zeitlang; dann grinste er. »Du bist der General, hast du gesagt. Das ist doch ein gutes Omen, nicht wahr? Und ich könnte mir vorstellen, dein Traum erfüllt sich, denn du bist der beste Stratege aller Jungen aus sämtlichen Kasernen, Savra. Und wenn *du* die spartanische Armee in die Schlacht führst, wie kann sie da besiegt werden?«

»Genau darum geht es, mein Freund! Ich bin der General der *feindlichen* Armee – und es ist der König von Sparta, der sein Leben läßt.«

»Bei allen Göttern«, flüsterte Hermias. »So etwas solltest du nicht sagen. Denk nicht mehr daran. Es ist gar kein Omen ... ich habe mich geirrt. Du hast vom Feldherrnspiel gegen Leonidas geträumt, natürlich! Es hat dich viel zu lange beschäftigt und dir sehr viel Kummer bereitet. Vergiß diesen Tag, Savra. Sprich nie wieder über diese Schlacht. Außerdem ... ich habe gute Nachrichten für dich. Du wirst dich sehr darüber freuen, das verspreche ich dir.«

»Dann sag es mir, mein Freund. Ich kann Aufmunterung gebrauchen.«

»Leonidas hat sich heute auf dem Übungsplatz für dich eingesetzt. Auch Lepidos. Leonidas hat zugegeben, daß er seine Schlacht schlecht geführt hat und daß du den Sieg verdienst. Die anderen haben gesagt, du hättest gemogelt – aber Leonidas hat sich auf deine Seite gestellt. Na, ist das nicht schön?«

»Ich kann die Götter vor Freude singen hören«, erwiderte Parmenion trocken.

»Aber begreifst du denn nicht? Sie werden dich nicht mehr jagen und verprügeln! Damit ist endlich Schluß.«

»Abwarten. Ich will erst einmal sehen, wie viele Jungen an meiner Siegesfeier teilnehmen.«

»Äh ... was diese Feier angeht, habe ich weniger gute Neuigkeiten«, sagte Hermias traurig. »Es fällt mir nicht leicht, es dir zu sagen, Savra, aber die Siegesfeier findet nicht statt.«

Parmenion lachte grimmig. »Na, das nenne ich eine Überraschung!« Mit verzerrtem Gesicht sprang er vom Felsblock, wandte sich um und blickte hinauf zum steinernen Standbild der Göttin.

»Was habe ich getan, Athene, daß die Götter mich hassen? Bin ich schlecht? Ja, vielleicht ... Aber eines Tages werde ich allen ihre Grausamkeiten heimzahlen. Das schwöre ich!«

Hermias schwieg, doch er verspürte einen plötzlichen, schmerzhaften Stich der Angst, als er Parmenion ins Gesicht blickte und den Haß in seinen Augen sah. Hermias kletterte vom Felsblock und stellte sich neben seinen Freund.

»Hasse mich nicht auch!«

Parmenion blickte ihn erstaunt an und schüttelte den Kopf. »Dich hassen, mein Freund? Wie könnte ich dich jemals hassen? Du bist wie ein Bruder zu mir gewesen, und das werde ich dir nie vergessen. Nie! Wir sind Brüder gewesen, und wir werden Brüder sein, solange wir leben. Das verspreche ich dir. Jetzt aber muß ich gehen, zu Xenophon. Wir treffen uns später. Komm heute abend zum Haus meiner Mut ... zu meinem Haus.«

»Ich komme. Sei vorsichtig.«

»Warum sollte ich vorsichtig sein?« erwiderte Parmenion. »Hast du nicht gesagt, daß der Krieg vorbei ist?«

Xenophon führte Parmenion in ein großes Zimmer im östlichen Teil des Hauses; der Raum war kühl und hell. »Nun?« fragte der General und nahm auf einer Liege Platz. »Hast du die Antwort auf Plataea gefunden?«

Parmenion nickte. »Die Schlacht an den Thermopylen hat den Gedanken an die Niederlage in die Herzen der Perser gesät.«

»Gut! Gut. Ich bin sehr zufrieden mit dir. Ich habe dir gesagt, daß der Krieg eine Kunst ist – und das stimmt. Aber die Kunst besteht darin, die Schlacht zu gewinnen, bevor auch nur ein Schwert aus der Scheide gezogen wurde und auch nur ein Speer zum Wurf erhoben ist. Wenn dein Gegner glaubt, zu unterliegen, dann *wird* er unterliegen. Genau das ist bei Plataea geschehen. Die Perser – die sich nicht einmal 300 Spartanern im Nahkampf zu stellen wagten – wurden von Entsetzen gepackt, als sie sich 5000 Kriegern gegenübersahen. Ein General muß die Herzen der Menschen zu formen verstehen – nicht nur das seine und die seiner Krieger, sondern auch die Herzen des Feindes.«

»Heißt das, du wirst mein Lehrer sein?« fragte Parmenion.

»Ja. Kannst du lesen?«

»Sehr schlecht, Herr. Meine Mutter hat es mir beigebracht, so gut sie konnte – und das Lesen ist eine Fertigkeit, die bei der Ausbildung in den Kasernen keine Rolle spielt.«

»Dann mußt du es lernen. Du wirst viele Bücher lesen und dir den Verlauf großer Schlachten einprägen müssen. Ein General ist wie ein Schmied, Parmenion. Er hat viele Werkzeuge und muß den Wert, den Nutzen und den richtigen Gebrauch jedes einzelnen kennen.«

Parmenion holte tief Luf. »Ich muß dir eine Frage stellen, Herr. Ich hoffe, du faßt sie nicht als Beleidigung auf.«

»Das werden wir erst wissen, wenn du die Frage gestellt hast«, erwiderte der General lächelnd.

»Ich bin weder reich noch beliebt. Ich muß also damit rechnen, daß ich kein Offizier werde, vielleicht nicht einmal spartanischer Krieger, wenn ich alt genug bin. Deshalb, Herr . . . warum willst du mein Lehrer sein, wo es doch sinnlos ist?«

Xenophon nickte ernst. »Deine Frage ist berechtigt, junger *strategos*. Bestenfalls kannst du es bis zum niedersten Offiziersrang bringen, schlechtestenfalls bis zum gemeinen Soldaten. Doch du hast die Fähigkeiten zu weit Größerem. Du hast das Zeug zu einem Feldherrn. Das weiß ich, denn niemand vermag so etwas besser zu erkennen als ich. Aber deine Zukunft liegt möglicherweise nicht in Sparta – und das wäre ein herber Verlust für diesen Staat. Was wünschst du dir denn am meisten?«

»Geachtet zu werden, Herr«, erwiderte Parmenion. »Ich möchte hocherhobenen Hauptes durchs Leben gehen können. Ich möchte die Leute sagen hören: ›Das ist Parmenion, der Spartaner.‹«

»Mehr wünschst du dir nicht? Na, komm schon, sei ehrlich zu mir, *strategos.*«

Parmenion schluckte schwer; dann hob er den Blick und schaute in die stechenden Augen des Generals. »Du hast recht, Herr, das ist nicht mein einziger Wunsch. Ich will meine Feinde verzweifelt sehen, sie in den Staub treten, sie zermalmen. Ich möchte General werden, wie du. Ich möchte Männer in die Schlacht führen.« Plötzlich lächelte er. »Ich hatte einen Traum, den ich mir sehr, sehr gern erfüllen würde.«

»Mag sein, daß nicht jeder deiner Wünsche in Erfüllung geht«, sagte Xenophon, »aber ich werde dich all das lehren, was ich weiß. Ich werde dir Wissen vermitteln, doch die Entscheidung, wie du es benutzt, liegt bei dir selbst.«

Ein Diener brachte ihnen Speisen und mit Wasser vermischten Wein, und Parmenion lauschte Xenophon, als der General nun von seinem Marsch zum Meer erzählte und all die Bedrohungen schilderte, denen das griechische Heer ausgesetzt gewesen war. Er legte in groben Zügen die Strategien seiner Schlachten dar und zählte seine Erfolge als Feldherr auf, doch er nannte auch seine Fehler und die Gründe für seine Mißerfolge. Die Stunden vergingen wie im Flug. Parmenion kam sich wie ein Verdurstender vor, der die rettende Quelle gefunden hatte.

Er konnte alles klar und deutlich vor dem geistigen Auge sehen – die demoralisierten Griechen nach der Schlacht von Kunaxa, die dennoch ihre Abwehrreihen aufrecht hielten. Den persischen König Artaxerxes, wie er den Griechen sicheres Geleit durch sein riesiges Reich versprach und dann ihre Generäle hinterhältig ermorden ließ in dem Glauben, daß die griechischen *Hopliten* ohne ihre Feldherren eine leichte Beute für die persischen Reitertruppen würden. Doch die Griechen hatten standgehalten. Sie hatten neue Generäle gewählt, und einer davon war Xenophon gewesen. Im Laufe der nächsten Monate war die dezimierte griechische Streitmacht durch Persien marschiert, hatte Armeen vernichtet, die sich gegen sie gestellt hatten, und war durch Landstriche gezogen, die noch keines Menschen Fuß betreten hatte. Die Gefahren, denen diese Männer getrotzt hatten, waren mittlerweile legendär – ungezählte Feinde, der drohende Hungertod, eisbedeckte Ebenen und glutheiße, wasserlose Wüsten. Doch Xenophon hatte seinen Männern immer wieder Mut gemacht, hatte seine Truppen zusammengehalten, bis sie schließlich das Meer erreichten – und die Sicherheit.

»Es gibt keine Krieger auf Erden«, sagte Xenophon, »die den griechischen an Kraft und Tapferkeit gleichkommen. Denn nur wir Griechen haben das Wesen der Disziplin begriffen. Das ist der Grund, warum jeder kluge König versucht, griechische Söldner anzuwerben – als Rückgrat seines Heeres. Und von den griechischen Kriegern wiederum sind die Spartaner die besten. Weißt du, warum?«

»Ja«, gab Parmenion zur Antwort. »Unsere Feinde wissen – in ihren Herzen –, daß wir unbesiegbar sind. Wie auch *wir* es in unseren Herzen wissen.«

»Sparta wird niemals erobert werden, Parmenion.«

»Es sei denn, ein Feind rückt an, der dieselbe Entschlossenheit besitzt – und uns an Zahl überlegen ist.«

»Aber das wird nie geschehen. Griechenland ist in Stadtstaaten zersplittert, und der eine fürchtet den anderen. Und falls Athen und Theben sich noch einmal zusammentun, weitere Verbündete gewinnen und wieder gegen Sparta ziehen, werden die anderen Stadtstaaten dieses Bündnis fürchten und sich mit *Sparta* zusammenschließen. In unserer Geschichte gibt es viele solcher Auseinandersetzungen und Kriege. Bündnisse wurden geschlossen und wieder gelöst. Es wurde belogen, betrogen und hintergangen, und nie hat eine Stadt einen vollkommenen Sieg errungen. Wir Griechen könnten die Welt erobern, Parmenion, aber das wird nie der Fall sein. Wir sind zu sehr damit beschäftigt, uns gegenseitig zu bekämpfen.« Xenophon stand auf. »Es ist spät geworden. Du mußt jetzt nach Hause, junger Freund. Komm in drei Tagen wieder zu mir. Wir werden zu Mittag essen – und ich werde dir die Bücher der Zukunft zeigen.«

»Bist du auch der Lehrer deines Sohnes?« fragte Parmenion und erhob sich ebenfalls.

Xenophons Gesicht verdüsterte sich. »Ich werde *dein* Lehrer sein, und du wirst mir Fragen über die Kriegskunst stellen. Aber keine Fragen über meine Familie!«

»Verzeihung, Herr. Ich wollte dir nicht zu nahe treten.«

Xenophon schüttelte den Kopf. »Und ich sollte nicht so ungeduldig sein. Gryllos ist ein bedauernswerter, bekümmerter junger Mann; er hat keine Heimatstadt. So wie du möchte er respektiert und bewundert werden. Aber er hat keinen Verstand! Seine Mutter war eine wunderschöne Frau, Parmenion, aber auch sie war von den Göttern mit einem beschränkten Geist geschlagen... mag sein, daß die Götter zuviel auf ihr Äußeres verwandt haben und zu der Ansicht gelangten, daß ein so wunderschönes Wesen nur wenig Hirn braucht. Und mein Sohn kommt ganz auf die Mutter. So, und jetzt laß uns nie wieder darüber reden.«

Die Stille der Nacht hatte sich über die Stadt gelegt, als Parmenion über die mondbeschienenen Straßen schlenderte. Hoch oben auf dem heiligen Hügel, neben der Akropolis, konnte er die gewaltige Zeus-Statue ausmachen und die Säulen vor dem bronzenen Haus. Parmenion gelangte auf die breite Hauptstraße, blieb vor dem Königspalast stehen und beobachtete aus dem Schatten die Wachen, die vor den Toren patrouillierten. Der ›Palast des Rindviehs‹, das Heim des Agesilaos. Ein seltsamer Name für den Wohnsitz eines Königs, dachte Parmenion. Einst war einem spartanischen König das Geld ausgegangen, und er hatte die Tochter eines reichen Händlers aus Korinth geheiratet, um auf diese Weise an die Mitgift zu kommen: 4000 Rinder, die der König dann schleunigst verkauft hatte, um vom Erlös diesen Palast fertigstellen zu lassen. Parmenion starrte auf das prächtige Gebäude mit seinen gewaltigen Stützpfeilern, die das lange, geneigte Vordach trugen. Früher war er der Ansicht gewesen, daß der längst verstorbene König und Erbauer dieses Palasts ein humorvoller Mann gewesen sein mußte, der dem Bauwerk vielleicht selbst den Namen ›Palast des Rindviehs‹ gegeben hatte; jetzt aber wurde ihm klar, daß die Geschichte ganz und gar nicht lustig gewesen sein konnte. Denn der damalige König war gezwungen, eine Nicht-Spartanerin zu heiraten, und dadurch hatte er Schande über sein ganzes Geschlecht gebracht.

Die Spartaner sind seltsame Leute, dachte Parmenion.

Sie waren das einzige griechische Volk, das die männlichen Kinder von klein auf für den Krieg ausbildete; das einzige Volk, das den Frauen Übungen zur Kräftigung des Körpers erlaubte, auf daß sie stark wurden, um Krieger gebären zu können, die Spartas Ruhm bewahren sollten.

Parmenion setzte seinen Weg fort und gelangte auf jene Straße, die parallel zur Gasse verlief, an dem sein Haus stand. Er blieb stehen und blickte sich um. Dann kletterte er eine hohe Mauer hinauf, wobei seine Finger die Risse und Fugen im Mörtel ertasteten. Schließlich schwang er sich auf ein Dach aus Lehmziegeln. Vorsichtig kroch er bis zum Dachrand vor und blickte hinunter auf das kleine Tor vor seinem

Haus. Hermias hatte zwar gesagt, daß der Feldzug des Hasses vorüber sei, den Gryllos und die anderen gegen ihn, Parmenion, unternommen hatten, doch Parmenion glaubte nicht daran. Er hielt sich in den tiefen Schatten, lauschte und beobachtete weiter, behielt die schmale Gasse aufmerksam im Auge.

In dem Moment, als er zu der Ansicht gelangt war, daß niemand ihm auflauerte, sah er am westlichen Ende der Gasse eine Bewegung und erkannte Hermias, der über die Pflastersteine rannte. Er wollte den Freund anrufen, als dieser genau unter ihm war. In diesem Augenblick sah er, wie fünf Gestalten aus den Schatten der Hauswände hervorstürzten, sich auf Hermias warfen und mit Stöcken und Keulen auf ihn einschlugen. Hermias versuchte zu fliehen, doch ein Hieb gegen den Kopf schleuderte ihn zu Boden. Parmenion sprang mit einem mächtigen Satz vom Dach und prallte mit verheerender Wucht auf den Rücken einer der Gestalten. Er hörte das widerliche Geräusch zerbrechender Knochen; sein Opfer stieß einen gräßlichen Schrei aus und stürzte auf die Pflastersteine. Parmenion rollte sich ab und sprang auf. Ein Stock zischte auf seinen Kopf zu, doch Parmenion duckte sich und schmetterte die Faust in ein maskiertes Gesicht. Das Tuch, das der Getroffene sich umgebunden hatte, verrutschte, und Parmenion erkannte Gryllos. Obwohl dem Athener das Blut aus den aufgeplatzten Lippen spritzte, warf er sich nach vorn, um Parmenion zu packen, doch der Mischling wich zur Seite aus und schlug dem taumelnden Gryllos die Faust in den Magen; dann hieb er ihm den Ellbogen ins Genick. Gryllos wurde aufs Pflaster geschleudert. Im gleichen Augenblick traf ein wuchtiger Keulenhieb Parmenion im Rücken und warf ihn nach vorn, doch er konnte den Sturz verhindern, wirbelte herum und blockte den nächsten Schlag mit den Unterarmen ab. Dann packte er den Umhang des Gegners, zerrte ihn zu sich heran und stieß ihm die Stirn ins Gesicht. Parmenion hörte, wie das Nasenbein des anderen brach. Der Angreifer heulte auf, riß sich los und taumelte zurück. Parmenion nahm einen zu Boden gefallenen Knüppel in die Faust und drosch auf die Maskierten ein, als sie erneut auf ihn einstürmten. Er traf den Nächststehenden am Arm und schleuderte ihn zur Seite. Der Junge, auf dessen Rücken Parmenion heruntergesprungen war, lag bewußtlos am Boden. Gryllos hatte die Flucht ergriffen, und auch der Gegner, den die Keule am Arm getroffen hatte, humpelte davon. Parmenion stand nur noch zwei Widersachern gegenüber.

Ohne Vorwarnung griff er die beiden an; er rammte dem einen den Knüppel in den Magen und warf sich auf den zweiten, riß ihn zu

Boden und schlug auf ihn ein. Der andere aber zog einen Dolch hervor; die Klinge schimmerte im Mondlicht.

»Jetzt mußt du sterben, Bastard!« erklang Learchos' Stimme. Parmenion ließ von seinem Gegner ab, der daraufhin die Flucht ergriff und die Straße hinunterstürmte. Parmenion stand langsam auf und hielt den Knüppel mit beiden Händen. Learchos stach zu, doch Parmenion wich blitzschnell zur Seite aus und hämmerte dem Gegner den Knüppel auf das Handgelenk. Der Dolch fiel klirrend zu Boden. Parmenion hob ihn rasch auf und drang nun seinerseits auf Learchos ein.

Learchos wich hastig zurück, verfolgt von Parmenion, bis er mit dem Rücken gegen eine Hauswand stieß.

Parmenion warf einen raschen Blick auf Hermias, der regungslos auf der Straße lag. Er sah, wie dem Freund das Blut aus einer Wunde an der Schläfe strömte.

»Jetzt seid ihr zu weit gegangen«, sagte er zu Learchos; seine Stimme war kaum mehr als ein Flüstern, und seine Augen funkelten. »Zu weit«, wiederholte er. Seine Linke zuckte hoch, und er zerrte dem Gegner das Tuch vom Gesicht.

Der Dolch traf Learchos in den Leib. Parmenion riß die Klinge hoch und zerfetzte die Lungen des Gegners. Dann trat er ganz nahe an Learchos heran; sein Gesicht war nur eine knappe Handbreit von den weit aufgerissenen Augen des sterbenden Jungen entfernt, in denen sich Schmerz und Unglauben spiegelte. »So fühlt es sich an, wenn der Tod kommt, du Sohn einer spartanischen Hure.«

»Bei . . . allen . . . Göttern . . .!« keuchte Learchos und rutschte mit dem Rücken die Wand hinunter. Parmenion packte in sein Haar und zerrte ihn wieder auf die Beine.

»Gebete werden dir jetzt nicht mehr helfen.«

Learchos tat ein paar rasselnde Atemzüge und schloß die Augen. Dann erstarb das Röcheln, und der Körper wurde schlaff. Parmenion ließ den Leichnam zu Boden gleiten. Sein Zorn verrauchte. Er starrte auf den Toten hinunter und ließ den blutigen Dolch zu Boden fallen. Dann hörte er Hermias' Stöhnen, rannte zu ihm und kniete sich an seine Seite. »Wo bist du verletzt?« fragte er.

»Mein Kopf . . . tut so weh . . .«

»Komm, ich helfe dir.«

»Deine Hand . . .« sagte Hermias, als er das warme Blut spürte.

»Es ist nicht mein Blut«, murmelte Parmenion und wies auf den toten Learchos.

»Du hast ihn getötet? Das kann ich nicht glauben. Parmenion!«

»Ich bring dich ins Haus, und dann hole ich Lepidos.«

Binnen einer Stunde hatte man den Leichnam von der Straße geschafft, und Parmenion war von Lepidos unter Bewachung zur Kaserne geführt worden, wo der Kommandant bereits wartend im Eingang zum Schlafsaal stand. Ohne ein Wort zu sagen, wandte der alte General sich um und stieg eine Treppe in ein Zimmer hinauf, von dem aus der Innenhof überblickt werden konnte. Er setzte sich hinter einen Tisch auf eine Bank und bedeutete Lepidos, ebenfalls Platz zu nehmen. Parmenion mußte sich vor den Tisch stellen. Er blickte in die Gesichter der beiden Männer, die vom flackernden Licht der Öllampen beschienen wurden. Was Lepidos betraf – ihn kannte Parmenion sehr gut. Der Ausbilder war hart, aber gerecht. Den General hingegen kannte er nur von Ansehen: als einen alten Zuchtmeister mit weißem Borstenhaar, einen Veteranen aus ungezählten Schlachten. Der alte Mann starrte Parmenion an.

»Was hast du uns zu sagen?« fragte er, und seine Stimme klang so kratzig, als würde ein rostiges Schwert aus einer Scheide gezogen.

»Fünf maskierte Jungen haben einen Freund von mir angegriffen«, sagte Parmenion. »Was hätte ich denn tun sollen? Ich bin ihm zu Hilfe gekommen.«

»Du hast einen spartanischen Mitbürger getötet – einen Jungen aus guter Familie.«

»Ich habe einen Feigling getötet, der zusammen mit seinen Kumpanen einen unbewaffneten Jungen aus dem Hinterhalt angegriffen hat – mit Knüppeln und einem Messer.«

»Sei nicht so vorlaut, Junge!«

»Dann behandle mich nicht so herablassend, Herr!«

Das Gesicht des Generals wurde finster wie die Nacht. Er ballte die mächtigen Fäuste. Parmenion rechnete damit, daß der Kommandant aufsprang und ihn zu Boden schlug, doch der alte Mann holte tief Luft und zwang sich zur Ruhe. »Erzähl mir genau, was passiert ist.« Parmenion tat wie geheißen, erwähnte aber nicht die Worte, die er zu dem sterbenden Learchos gesagt hatte.

»Stimmt es«, fragte der General, »daß du bei den anderen Jungen nicht beliebt bist?«

»Ja.«

»Und es stimmt auch, daß du schon längere Zeit ein Opfer ihrer ... Nachstellungen bist?«

»Ja.«

»Dann hast du also gewußt, daß sie Jagd auf dich gemacht haben, bevor du sie angegriffen hast, und daß der Anschlag auf deinen Freund ein Irrtum gewesen ist?«

»Natürlich. Hermias ist sehr beliebt.«

»Wenn ich richtig verstehe, hättest du also nur zu warten brauchen, bis die Jungen ihren Irrtum erkannten. Dann wäre es gar nicht zur Schlägerei gekommen. Stimmt das?«

»Ich hatte nicht die Zeit, lange darüber nachzudenken ... obwohl ich zugeben muß, daß du recht hast, Herr. Aber ich habe gesehen, wie mein Freund getroffen zu Boden stürzte, und bin ihm Hilfe geeilt!«

»Du bist auf einen der Jungen hinuntergesprungen und hast ihm das Schlüsselbein gebrochen. Einem anderen hast du mit dem Knüppel einen Arm zerschmettert. Einen dritten hast du mit dem Dolch getötet. Das alles ist deine Schuld, Mischling! Hast du das begriffen? Ein vielversprechender Junge mußte sterben, weil du nicht nachgedacht hast. Und nur ein Wilder könnte zu seiner Verteidigung anführen, seinen Verstand nicht gebraucht zu haben! Wenn es nach mir ginge, würde ich dich zur Strafe hinrichten lassen. Und jetzt geh mir aus den Augen!«

Lepidos wartete, bis er hören konnte, wie Parmenion mit schweren Schritten die Treppe hinunterstieg. Dann erhob er sich, ging zur Tür und stieß sie zu.

»Er ist ein Schandfleck«, sagte der alte Mann.

»Nein, General«, erwiderte Lepidos traurig. »Was heute nacht in diesem Zimmer geschehen ist, das war eine Schande.«

»Du wagst es, mich zu kritisieren?«

Lepidos starrte den Kommandanten an. »Das ist mein Recht als Spartaner. Der Junge ist einem Freund zu Hilfe geeilt und hat ohne zu zögern sein Leben aufs Spiel gesetzt. Gerade du, General, müßtest das erkennen! Der Junge wird morgen *nicht* vor Gericht gestellt. Und falls doch, werde ich mich für ihn einsetzen!«

Lepidos wandte sich um und verließ das Zimmer, ging hinaus in die Nacht und mußte wieder an die Schlägerei denken, als er sich auf den Weg zu Parmenions Haus machte. Im Fenster war das flackernde Licht einer Öllampe zu sehen. Lepidos klopfte laut gegen den Torpfosten.

Parmenion öffnete das hölzerne Tor und trat zur Seite, um seinen Ausbilder hindurchzulassen. Lepidos betrat das kleine Gebäude und setzte sich auf die schmale Pritsche. Parmenion bot ihm einen Becher Wasser an, doch Lepidos winkte ab.

»Ich möchte, daß du nicht mehr daran denkst, was heute nacht in der Kaserne geschehen ist«, sagte der alte Ausbilder. »Und es würde mich freuen, wenn du dem General verzeihen könntest. Learchos war sein Neffe, und er hat den Jungen geliebt. Was du getan hast, war bewundernswert. Verstehst du, was ich meine?«

»Ja, Herr. Bewundernswert.«

»Setz dich, Parmemion. Hier, neben mich.« Der Junge gehorchte. »Jetzt gib mir deine Hand, und laß mich in deine Augen schauen.« Parmenion tat, wie geheißen. Im Händedruck des älteren Mannes spürte er dessen gewaltige Kraft, und er sah die Sorge auf Lepidos' Gesicht. »Hör mir zu, Junge. Mir scheint, es gibt nur noch wenige Menschen, die das wahre Wesen Spartas begreifen. Wenn wir kämpfen, dann nur, um zu siegen. Wir stehen unseren Freunden bei, was auch sein mag, und wir töten unsere Feinde. Der Angriff auf Hermias war feige. Du hast recht gehandelt. Ich bin stolz auf dich.«

»Ich hätte Learchos nicht zu töten brauchen«, sagte Parmenion.

»Sag das niemandem! Hast du verstanden?«

»Ja«, erwiderte Parmenion mit leiser Stimme, denn die Erinnerung an die Ereignisse der letzten Tage stürmte nun mit Macht auf ihn herein und drohte ihn zu überwältigen; der Tod seiner Mutter; der Sieg über Leonidas; die zerbrochene Freundschaft mit Derae – und jetzt der Mord an Learchos. »Ja, ich habe verstanden.«

»Hör zu! Du hast um das Leben deines Freundes gefürchtet und dich deshalb auf die Angreifer gestürzt. Das war mutig. Ja, gewiß, du hast jemanden getötet. Doch die wichtigste, die alles entscheidende Frage ist: Hat es dir Freude gemacht, den Gegner zu töten?«

»Nein«, sagte Parmenion.

»Dann braucht es dich nicht zu kümmern.«

Parmenion blickte Lepidos in die Augen und nickte.

Aber es *hat* mir Freude gemacht, dachte er, mögen die Götter mir verzeihen. Am liebsten hätte ich sie *alle* getötet.

Tamis stand auf ihren Gehstock gestützt und starrte auf den Diener, der zu ihren Füßen kniete.

»Mein Herr fordert dich auf, zum Hause des Parnas zu kommen«, sagte der Mann und mied Tamis' Blick.

»Ach, er fordert mich auf? Wo sein Sohn im Sterben liegt? Er *bittet* mich zu kommen, wolltest du sagen, oder?«

»Der edle Parnas würde niemals bitten. Dann ... bitte *ich* dich, Ehrenwerte. Rette Hermias!« bettelte der Diener mit Tränen in den Augen.

»Vielleicht kann ich ihn retten – vielleicht auch nicht«, erwiderte Tamis. »Aber sag deinem Herrn, daß ich erst die Götter um Beistand bitten werde. Geh jetzt!«

Tamis machte kehrt und verschwand im dunklen Innern ihrer armseligen Hütte. Die Flammen waren fast erloschen, als sie sich vor die Feuerstelle hockte; dann aber loderte das Feuer auf, und die Flammen bildeten das Gesicht Kassandras. »Ich habe dich nicht gerufen«, sagte Tamis. »Fort mit dir!«

»Du mußt den Jungen heilen, Tamis. Es ist deine Pflicht.«

»Erzähle mir nichts von meinen Pflichten. Learchos ist tot, und ich habe dem Dunklen Gott einen der möglichen fleischlichen Väter vorenthalten. *Das* war meine Pflicht. Und Hermias – er hemmt nur die Entwicklung des Jungen. Ihrer Freundschaft wegen besitzt Parmenion immer noch ein zu sanftes Gemüt. Ich habe die Verletzung Hermias' nicht verursacht. Mich trifft keine Schuld; es war der Wille des Quells der Macht. Deshalb muß der Junge sterben. In seinem Hirn ist ein Klumpen geronnenen Blutes. Sobald dieser Klumpen zu wandern beginnt, wird er den Jungen töten.«

»Aber du kannst ihn heilen«, sagte die Frau aus Feuer.

»Nein. Wenn er tot ist, wird Parmenion zu einem Mann aus Eisen – so, wie ich ihn brauche.«

»Glaubst du wirklich, daß dies auch der Wunsch des Quells der Macht ist? Daß ein Junge sterben soll, der nichts Böses im Herzen trägt?«

»Hör jetzt auf, mich zu bedrängen, Kassandra. Schon seit Anbeginn der Zeiten mußten Kinder mit reinem Herzen ihr Leben lassen. Sie sind in Flammen gestorben, durch Seuchen, durch Dürre, durch Kriege. Hat der Quell der Macht das verhindert? Nein. Und ich beklage mich schon längst nicht mehr darüber. Dies ist Seine Welt. Wenn Er entscheidet, daß Unschuldige sterben müssen, dann ist es Sein Recht. Ich habe Hermias nichts Böses getan – wenngleich er mir im Wege stand. Jetzt muß er sterben, und ich betrachte seinen Tod als Antwort auf meine Gebete.«

Tamis schloß die Augen und entließ ihren Geist aus dem Körper; er schwebte durch das niedrige Dach der Hütte und hoch über die Stadt hinweg.

Das Haus des Parnas lag im Ostteil Spartas. Tamis flog darauf zu und verharrte schwebend über dem mit Blumenkränzen geschmückten Hof, auf dem sich eine Gruppe von Hermias' Freunden versammelt hatte. Parmenion stand abseits an einer Wand des Hauses, von den anderen mit Verachtung gestraft.

»Ich habe gehört, Hermias hat sich in der Nacht übergeben«, sagte der fette Pausias. »Und dann ist er bewußtlos geworden. Sein Gesicht ist erschreckend bleich. Der Arzt hat ihn zur Ader gelassen, aber ohne Erfolg.«

»Er ist stark«, sagte Nestos. »Ich bin sicher, er wird wieder gesund.« Der Schwertkampfmeister der Kaserne warf einen Blick auf Parmenion; dann ging er zu ihm hinüber.

»Was ist gestern nacht geschehen?« fragte Nestos. »Bis jetzt habe ich nur Gerüchte gehört.«

»Hermias wurde angegriffen«, erwiderte Parmenion. »Jemand hat ihn mit einem Knüppel niedergeschlagen. Als ich ihn nach Hause brachte, war er benommen, fast schon bewußtlos.«

»Man sagt, du hast Learchos getötet. Stimmt das?«

»Ich wußte nicht, daß es Learchos war«, log Parmenion. »Er war nur einer aus der Horde, die Hermias angegriffen hat.«

Nestos seufzte. »Das ist schlecht, Savra. Sehr schlecht. Ich will nicht behaupten, daß ich dich jemals leiden konnte, aber du weißt, daß ich nie bei den Angriffen auf dich dabei gewesen bin.«

»Das weiß ich.«

»Falls Hermias stirbt, wird man die anderen des Mordes anklagen.«

»Er wird nicht sterben!« erwiderte Parmenion mit scharfer Stimme. Im Augenwinkel sah er eine Bewegung am Tor, blickte hinüber und sah Derae und zwei ihrer Freundinnen auf den Hof kommen. Derae sah Parmenion, gab jedoch mit keiner Geste zu verstehen, daß sie ihn erkannte, als sie langsam über den Hof ging, um die Tür zum großen Wohnraum, dem *andron* zu öffnen.

Tamis' Geist schwebte ins Hauptgebäude, angezogen vom gleißenden Feuer der Seele des Mädchens; es strahlte wie das Licht von tausend Sternen.

Hermias' Vater saß im *andron* und redete mit Astion, dem Arzt. Er blickte auf, als Derae eintrat, und erhob sich. Sein Gesicht war blaß und ausgezehrt. Er küßte das Mädchen auf die Wange und bot ihr mit Wasser vermischten Wein an.

»Darf ich ihn sehen?« fragte Derae.

»Er stirbt, kleines Mädchen«, sagte Parnas, und seine Stimme brach.

»Er ist mein Freund – mein bester Freund«, sagte Derae leise. »Laß mich zu ihm.«

Parnas nickte und führte sie in den Schlafraum, in dem Hermias lag. Sein Gesicht war so weiß wie das Laken, das seinen Körper bedeckte. Derae setzte sich auf die Bettkante und streckte die Hand aus, um seine Wange zu streicheln.

»Nein!« rief Tamis, obwohl niemand ihre körperlose Stimme hören konnte. Deraes Seelenfeuer erstrahlte heller als die Sonne und tauchte Hermias in blendendes Licht. Tamis konnte nicht fassen, was sie nun sah: auf der Stirn des Jungen nahm das Licht eine goldene Farbe an, dann ein leuchtendes Rot, und der Klumpen geronnenen Blutes unter dem Schädelknochen löste sich auf. Hermias stöhnte und schlug die Augen auf.

»Derae?« flüsterte er. »Was tust du hier? Es gehört sich nicht, daß ein Mädchen ...«

»Man hat mir gesagt, du liegst im Sterben«, erwiderte sie lächelnd. »Aber wie ich sehe, war das ein Irrtum.«

»Ich hatte schreckliche Träume«, sagte Hermias mit schwacher Stimme. »Ich war an einem Ort der Finsternis, wo keine Pflanze wuchs, kein Vogel sang. Aber ich danke den Göttern, daß die Erinnerung verblassen wird ...«

»Ja, denn so soll es sein. Draußen scheint die Sonne, und all deine Freunde sind gekommen.«

»Parmenion?«

»Auch er«, sagte sie, und ihr Lächeln schwand. »Jetzt muß ich gehen, denn du brauchst Ruhe.« Derae erhob sich und kehrte in den *andron* zurück. »Er ist erwacht«, sagte sie zu Parnas, »und sein Gesicht bekommt wieder Farbe.«

Parnas stürmte in den Schlafraum und umarmte seinen verblüfften Sohn.

Der Arzt tippte Derae zögernd auf die Schulter. »Wie ... hast du das gemacht?« fragte er.

»Ich habe gar nichts gemacht. Ich habe ihn angeschaut, und dann ist er aufgewacht.«

Tamis lauschte diesen Worten, und ihr Zorn wuchs. Du *weißt* es nicht einmal, du dummes Ding! Du hast die *Gabe*, und du weißt es nicht einmal!

Wutentbrannt kehrte ihr Geist in den Körper zurück. Das Feuer war erloschen, und das Zimmer lag in völliger Dunkelheit. Wie hätte sie auch damit rechnen können, daß Derae die Gabe besaß! Nun mußte sie vieles – alles – neu überdenken. Die alte Seherin sammelte all ihre Kräfte, um die verschiedenen Wege dieser neuen, unbekannten Zukunft zu erkunden.

Die Abenddämmerung war angebrochen, als Leonidas ins Zimmer des Kasernenkommandanten befohlen wurde. Er war fast den ganzen Tag am Ufer des Eurotas entlang geritten und hatte von den tragischen Geschehnissen der vergangenen Nacht erst nach seiner Rückkehr erfahren – von Lepidos, der bei den Ställen auf Leonidas gewartet hatte.

Lepidos sagte nur wenige Worte, als er mit Leonidas hinüber zu den Kasernengebäuden ging und dann die Treppe zu den Räumen des Generals hinaufstieg. Drinnen wurden sie bereits von dem alten Mann erwartet, neben dem zwei der *Ephoren* Spartas saßen – Volksvertreter, die für die fortwährende Einhaltung der strengen Vorschriften verantwortlich waren, die Spartas straffe gesellschaftliche, rechtliche und wirtschaftliche Organisation betrafen. Leonidas verbeugte sich vor dem General und den beiden Männern. Der eine war Memnas, ein Freund seines Vaters. Memnas war der oberste Richter Spartas und Befehlshaber der Nachtwache und der Bürgerwehr.

Der General erhob sich. »Dein Freund Learchos ist ermordet worden«, sagte er.

Leonidas wurden die Knie weich. »Ermordet? Mir wurde gesagt, er ist im Kampf getötet worden«, erwiderte er.

»Genau über diese Frage müssen wir entscheiden«, meldete Memnas sich zu Wort. Er war ein kleiner, drahtiger Mann mit Spitzbart und dunklem, falkenäugigem Gesicht. Im blauen Umhang des *Ephoren* wirkte er beinahe zerbrechlich, doch er war mit Agesilaos nach Persien marschiert und hatte dort gekämpft wie ein Löwe – erzählte man sich jedenfalls. »Nimm Platz, junger Mann. Wir haben dich herbefohlen, damit du die Behauptung des Mörders bestätigst.«

»Ich war nicht dabei, Herr. Wie soll ich dir da helfen?«

»Zwei Jungen – Freunde von dir – sind verletzt. Dem einen wurde das Schlüsselbein gebrochen, dem anderen ein Arm. Sie wollen nicht über den Mord reden und behaupten, es sei nur ein Handgemenge gewesen. Sie haben ausgesagt, den tödlichen Dolchstoß nicht beobachtet zu haben. Und schließlich behaupten sie, daß Parmenion sie ohne Vorwarnung angegriffen hat, und sie leugnen, Hermias verletzt zu haben.«

»Was hat das alles mit mir zu tun?« fragte Leonidas. »Ich gehöre weder der Bürgerwehr noch der Nachtwache an.«

»Aber du stammst aus vornehmer Familie und wirst in den Kasernen hoch geachtet. Finde die Wahrheit heraus und komme in zwei Stunden wieder zu uns. Andernfalls werden gründliche, öffentliche Nachforschungen angestellt, die dem Ruf der Lykurgos-Kaserne schaden, gleichgültig, ob die Untersuchungen irgend etwas ergeben oder nicht.«

»Ich werde tun, was in meiner Macht steht – aber versprechen kann ich nichts«, sagte Leonidas.

Er traf Gryllos am Orakel des Apoll an; die Nase des Atheners war geschwollen, und die Haut um die Augen schillerte blau und grün.

Leonidas führte Gryllos auf den Platz vor dem Heiligtum und setzte sich neben ihn auf ein Mauerstück, das von den Fackeln, die im Tempel des Orakels brannten, spärlich beleuchtet wurde. Und Gryllos erzählte Leonidas von dem nächtlichen Kampf, so gut er sich erinnern konnte.

»Der Mischling hat ihn ermordet, Leonidas!« sagte er zum Schluß. »Ich kann es immer noch nicht glauben.«

»Du hast ihm nachgestellt und ihn angegriffen – maskiert und aus dem Hinterhalt. Und nicht zum erstenmal, Gryllos. Was hast du denn erwartet? Daß er dich mit einem Blumenstrauß begrüßt?«

»Er hat ihn mit seinem eigenen Dolch ermordet. Ich hab's gesehen. Er hat ihn bis an eine Hauswand zurückgedrängt und ihn dann abgestochen.«

»Du hast es gesehen und nichts dagegen unternommen?«

»Was hätte ich denn tun sollen? Savra ist ein Dämon – besessen. Er kam vom Himmel auf uns heruntergeflogen. Wir wußten ja nicht, daß wir Hermias vor uns hatten. Wir wollte nur dafür sorgen, daß Savra nicht an der Jugendolympiade teilnehmen kann. Wir haben es für dich getan – um deine Schande zu rächen!«

Leonidas' Hand schoß vor; die Finger legten sich um Gryllos' Kehle. »Ihr habt nichts für mich getan!« stieß er hervor. »Ich habe die Schlechtigkeit in deinem Innern schon lange erkannt, Athener. Du fügst anderen gern Schmerzen zu, aber du bist nicht Mann's genug, es alleine zu tun. Deshalb schließt du dich einer Meute an wie ein Hund – und genau das bist du. Ein feiger Hund! Hör mir jetzt gut zu: Morgen wirst du aus Sparta verschwunden sein. Wohin du gehst, ist mir gleichgültig. Solltest du in der Stadt bleiben, werde *ich* dich jagen und dir die Eingeweide mit einem Messer aus dem Leib schneiden.«

»Leonidas, bitte, *bitte* ...!«

»Sei still! Du wirst zu niemandem ein Wort über deine ... Niederträchtigkeit sagen. Du bist schuld an Learchos' Tod, und eines Tages wirst du dafür leiden müssen.«

Leonidas kehrte zum verabredeten Zeitpunkt zu den *Ephoren* zurück.

»Hast du die Wahrheit herausgefunden?« fragte Memnas.

»Das habe ich, Herr. Eine Gruppe Jugendlicher hat Hermias angegriffen, weil sie ihn für Parmenion hielten. Der Mischling ist frei von Schuld. Was er getan hat, galt nur der Rettung seines Freundes.«

»Und wie lauten die Namen der anderen Jungen?«

»Das herauszufinden, hast du mir nicht aufgetragen, Herr. Der Anführer – ein Athener – wird noch heute nacht die Stadt verlassen und nie mehr zurückkehren.«

»Gut«, sagte Memnas. »Wahrscheinlich ist das die beste Lösung.«

Zwei Stunden nach Anbruch der Morgendämmerung wurden fünfhundert Rekruten der Lykurgos-Kaserne im Marschtritt auf das Übungsgelände geführt, wo ihnen von Ausbildern befohlen wurde, in Linie anzutreten und auf den Kommandanten zu warten. Die Rekruten des ersten und zweiten Jahrgangs – die Sieben- und Achtjährigen – durften sich vor die Reihen der Angetretenen setzen, während die Jungen von neun Jahren aufwärts schweigend und regungslos verharren mußten. Alle älteren Rekruten hatten inzwischen von dem tragischen Vorfall erfahren, und seit dem Wecken hatte niemand auch nur ein Wort mit Parmenion gewechselt.

Er blickte rasch nach links und rechts. Die Jungen waren zu beiden Seiten ein Stück von ihm weg getreten, als hätte er die Pest. Parmenion zuckte mit den Achseln, starrte mit steinerner Miene nach vorn und sehnte jetzt schon das Ende des Tages herbei.

Die Jüngsten, die bis jetzt hatten sitzen dürfen, sprangen auf, als der Kommandant nahte, begleitet von den zwei *Ephoren* in den blauen Umhängen ihres Amtes. Parmenion spürte, wie eine heiße Woge der Angst in ihm aufstieg. Die blaugekleideten *Ephoren* schauten grimmig drein, und er stellte sich vor, wie sie ihn packten und ohne Umschweife zum Hinrichtungsplatz führten. Er riß den Blick von den Männern los und starrte den Kommandanten an. In voller Rüstung sah der General sogar noch furchterregender aus als in der vergangenen Nacht, als man Parmenion zu ihm geführt hatte.

Der alte Mann ließ den Blick über die Reihen der angetretenen Jünglinge schweifen. »Viele von euch wissen bereits«, sagte er mit dröhnender Stimme, »daß euer Kamerad Learchos tot ist. Die *Ephoren*«, fuhr er fort und wies mit dem Kopf auf die beiden Männer, »haben gründliche Nachforschungen über diese Sache angestellt und in ihrer Weisheit und Umsicht entschieden, daß der Fall abgeschlossen ist. So sei es. Heute wird der Leichnam unseres toten Kameraden aufgebahrt, und morgen werden wir uns alle am Scheiterhaufen von ihm verabschieden. Leonidas wird das Klagelied singen. Das ist alles!« Er trat zurück, machte eine halbe Drehung und marschierte davon.

Lepidos befahl den Jungen, stehen zu bleiben; dann wechselte er ein paar kurze Worte mit den *Ephoren*, bevor er auf Parmenion zutrat und ihn ein Stück zur Seite führte. »Das war hart für dich, aber du hast daran recht getan, hierherzukommen. Aber da ist noch etwas anderes ... nach Ablauf dieses Tages wirst du von der Lykurgos-Kaserne in die Menelaos-Kaserne versetzt.«

»Aber was ist mit dem Kostgeld? Ich habe es für dieses Jahr im voraus bezahlt, und ich besitze keinen einzigen Obolos mehr.«

»Ich werde dir die nötige Summe leihen«, sagte Lepidos. »Ich wünschte, ich könnte dir das Geld schenken, aber ich bin kein reicher Mann.«

»Nein, ich werde nicht von hier fortgehen«, sagte Parmenion und versuchte, seinen Zorn im Zaum zu halten. »Es gibt keinen Grund, mich zu versetzen. Ich werde mich weigern zu gehen.«

»Hier wäre das Leben unerträglich für dich, Junge! Das siehst du sicher ein, nicht wahr? Wenn du hierbleibst, leidet die Moral der anderen darunter. Und Moral und Disziplin sind in jeder Kaserne das wichtigste – das verstehst du doch, oder?«

»Ja«, antwortete Parmenion leise. »Aber ich möchte gern mit dem Kommandanten über diesen Befehl sprechen.«

»Er will nicht mit dir reden«, sagte Lepidos, der feststellte, daß Parmenion sich irgendwie verändert hatte – nur konnte er nicht sagen, worin diese Veränderung bestand.

»Was er will, spielt keine Rolle. Wenn er nicht mit mir spricht, dann bleibe ich. Sag ihm das, Lepidos!« Und ohne ein weiteres Wort ging Parmenion davon.

Am Nachmittag wurde er ins Zimmer des Kommandanten gerufen. Der alte Mann blickte nicht von seinem Schreibpult auf, als Parmenion eintrat. »Was immer du willst – mach schnell!« sagte er barsch. Dann hörte er das Kratzen eines Stuhlbeins auf dem Fußboden. Er hob fassungslos den Blick und sah Parmenion, der auf dem Stuhl ihm gegenüber Platz genommen hatte. »Was glaubst du, was du da tust?« fragte er.

»Ich verhandle, General«, antwortete Parmenion und hielt dem eisigen Blick des Mannes stand. »Du willst, daß ich gehe? Ich möchte gehen. Aber es bleibt noch die Frage meines Kostgelds offen. Vor drei Tagen habe ich mehr als hundertvierzig Drachmen an diese Kaserne bezahlt. Meine Mutter hat ein Drittel unseres Ackerlands verkauft, um das Geld aufbringen zu können.«

»Das ist nicht mein Problem«, sagte der alte Mann.

»Ist es doch«, erwiderte Parmenion. »Denn weil ich hier bezahlt habe, werde ich hier bleiben. Du hast kein Recht, von mir zu verlangen, daß ich fortgehe. Ich habe gegen keine Vorschrift verstoßen.«

»Vorschrift ... verstoßen? Du hast einen Jungen ermordet!« brüllte der alte Mann und sprang auf.

»Das sehen die *Ephoren* aber anders«, erwiderte Parmenion mit ruhiger Stimme. »Also gut. Wenn du willst, daß ich gehe, dann gib mir zweihundert Drachmen. Ist das deutlich genug für dich . . . Herr?«

Fast eine volle Minute starrte der General Parmenion an; sein Gesicht war tiefrot angelaufen. Dann entspannte sich seine Haltung, und er lächelte. »Aha. Das Macedonierblut gewinnt schließlich doch die Oberhand. Im ganzen Land gibt es keinen Mann, der seine Frau verkaufen würde, um dafür ein Schaf zu erwerben. Also gut, *Bauer,* ich werde dir die zweihundert Drachmen geben – aber sie werden dir nicht sehr von Nutzen sein. Gleichgültig, in welcher Kaserne du dich weiter ausbilden läßt – wenn du die Vollbürgerschaft erhältst, wird dich kein Krieger in einer Zeltgemeinschaft dulden. Aus dir wird nie ein Spartaner, Parmenion. *Nie!*«

Der Junge lächelte. »Soll das eine Beleidigung sein? Ich fasse es nicht so auf. Ich weiß, was ich bin, General – genauso wie ich weiß, wer du bist. Ich wäre dir dankbar, wenn das Geld noch vor Sonnenuntergang zu mir nach Hause geschickt werden könnte.«

Er stand auf und verbeugte sich.

Nach knapp einer Stunde stand Parmenion vor dem anderen alten Mann mit stechenden Augen und einem mürrischen Zug um den Mund. Agenor verschränkte die Hände hinter seinem kahlen Schädel, lehnte sich im Stuhl zurück und betrachtete den jungen Mann. »Daß es mir hier keine Toten gibt!« sagte der alte Offizier mit Nachdruck.

»Das hoffe ich auch, Herr.«

»Aber ich will Kämpfer – und Denker. Man hat mir gesagt, du bist ein schneller Läufer.«

»Ja, Herr.«

»Gut. Such dir eine Pritsche im westlichen Schlafsaal aus, und melde dich morgen bei Solon auf dem Übungsplatz.« Als Parmenion sich zum Gehen wandte, stand der alte Mann auf und winkte ihn noch einmal zu sich. »Lepidos hält große Stücke auf dich, Junge. Er hat gesagt, du hättest schwere Zeiten durchgemacht, dich aber tapfer gehalten. Doch laß dir gesagt sein, daß du hier nur nach deinen Leistungen beurteilt wirst – nicht nach der Meinung anderer!«

»Mehr will ich auch nicht, Herr. Danke.«

Parmenion warf sich die Deckenrolle auf die Schulter und ging zum Westflügel. Auf sämtlichen Pritschen lagen zwei Decken. Parmenion wählte sich jene leere Pritsche aus, die am weitesten von der Eingangstür entfernt stand, und legte sich darauf. Eine Zeitlang betrachtete er die Staubteilchen, die in den hellen Bahnen aus Sonnenlicht tanzten, welche durch einen ramponierten Fensterladen fielen. Dann schloß er die Augen.

Eine Hand legte sich auf seine Schulter, und Parmenion erwachte schlagartig. Durch das geöffnete Fenster sah er die Sterne am dunklen Himmel funkeln, und der Schlafsaal war voll belegt mit jungen Männern. Parmenion blickte den Kameraden an, der ihn geweckt hatte.

Es war Hermias.

»Was hast du denn hier verloren?« rief Parmenion, sprang auf und umarmte den Freund.

»Ich habe mich heute morgen hierher versetzen lassen«, erwiderte Hermias. »Ich wollte nicht, daß du dich einsam fühlst.«

Parmenion war tief gerührt. In die Lykurgos-Kaserne schickten die reichen Eltern ihre Kinder; es war die Kaserne der Elite Spartas. Parmenion war dort der einzige Rekrut aus einem ärmlichen Elternhaus gewesen – für den Sohn eines Helden wurde ein Teil der Ausbildungskosten von der alten Einheit seines gefallenen Vaters übernommen. Parmenion konnte es kaum fassen, daß Hermias diese Eliteschmiede verlassen und sich hierher in die Menelaos-Kaserne, die kleinste in Sparta, hatte versetzen lassen. »Das hättest du nicht tun sollen, Hermias, mein Freund. Aber ich bin froh, daß du's getan hast. Ich kann dir gar nicht sagen, wie froh!«

»Es ist ein neuer Anfang, Savra. Eine Chance, die Vergangenheit zu vergessen.«

Parmenion nickte. »Du hast recht«, sagte er.

Aber er würde nicht vergessen. Er würde sie bezahlen lassen für das, was sie ihm angetan hatten. Er würde nur für den Tag leben, an dem er seine Feinde zu seinen Füßen im Staub liegen sah, winselnd, um Gnade flehend.

»So gefällst du mir schon besser, Savra – wenn du lächelst!« sagte Hermias.

Sparta, im Sommer 382 v. Chr.

Parmenion lebte sich schnell in der Menalaos-Kaserne ein. Obwohl er auch hier seiner Herkunft wegen unter den Kameraden nicht beliebt war, sah er sich im Laufe der nächsten drei Jahre kaum einmal solchen Schwierigkeiten gegenüber wie in der Lykurgos-Kaserne. In jedem Jahr vertraten er und Hermias in ihren Altersklassen die Kaserne bei den Wettkämpfen im Kurz- und Mittelstreckenlauf, doch auf den anderen sportlichen Gebieten taten beide sich nicht sonderlich hervor; sie waren durchschnittlich gute Speer- und Diskuswerfer, Schwertkämpfer und Ringer. Parmenion focht zwar gern mit dem Kurzschwert, denn er war stark und schnell, doch seine wahren Fähigkeiten traten nur dann zutage, wenn der Gegner ihn aus irgendeinem Grund wütend machte. Immer dann wurde Parmenions Geschicklichkeit im Schwertkampf zu einer tödlichen Gefahr. Da er instinktiv erkannte, daß niemand ihn besiegen konnte, kümmerte es ihn nicht, daß einige Kameraden ihn bei den Waffenübungen übertrafen. Tief in seinem

Innern wußte er, daß die Kämpfe anders geendet hätten, wäre auf Leben und Tod gefochten worden.

Doch im Wettlauf war Parmenion der unbestritten beste Athlet Spartas. Zweimal besiegte er bei den Kampfspielen, welche die Kasernen in jedem Jahr veranstalteten, Leonidas im Vier-Meilen-Lauf. Doch ausgerechnet im dritten Jahr wurde Parmenion knapp geschlagen, und Leonidas, der Sieger, durfte Sparta bei den bevorstehenden olympischen Spielen vertreten.

Es war eine bittere Enttäuschung für Parmenion, der während der Ausbildungsjahre in der Menelaos-Kaserne hart trainiert hatte.

»Ich kann deinen Zorn verstehen«, sagte Xenophon, als sie eines Abends im Hof seines Hauses saßen, »aber du hast dein Bestes gegeben. Und mehr können andere nicht von dir verlangen.«

Parmenion nickte. »Aber ich habe einen taktischen Fehler begangen. Ich habe versucht, ihn zweihundert Schritt vor dem Ziel abzuhängen. Er brauchte sich nur an meine Fersen zu heften und sich mitziehen zu lassen.« Er schüttelte den Kopf. »Und dann hat er mich mit drei Schritt Vorsprung geschlagen.«

»Du hast ihn vor drei Jahren bei den Spielen besiegt, und er hat seine Niederlage ehrenvoll getragen. Jetzt gönne auch du ihm diesen Triumph.« Mittlerweile fünfzig Jahre alt, war der Athener noch immer ein gutaussehender Mann, obwohl sein Haar nun vollkommen silbern geworden war und sich auf dem Scheitel zu lichten begann. Er schenkte sich einen Becher Wein ein, gab einen Schuß Wasser hinzu und nahm einen tiefen Schluck. Für Parmenion waren die Stunden, die er mit Xenophon verbrachte, die schönsten und anregendsten seines Lebens; wenn sie über Strategie und Taktik, Gefechtsformationen und Schlachten diskutierten. Der junge Mann lernte, wie man eine Phalanx einschwenken ließ, wenn es galt, mit geschwächten Reihen zu kämpfen; er erfuhr, wann man attackieren oder zurückweichen mußte und wie man die richtigen Krieger auswählte, um die Kampfreihe zusammenzuhalten. Xenophon redete gern, und Parmenion war glücklich, ihm zuzuhören. Manchmal waren sie unterschiedlicher Meinung – bei der Analyse berühmter Schlachten etwa –, und dann diskutierten die beiden Männer bis tief in die Nacht. Parmenion ließ sich letztendlich immer – wenn auch manchmal nur zum Schein – von Xenophons Meinung überzeugen, und so wuchs die Freundschaft zwischen dem alten General und dem jungen Mann. Gryllos war zu Freunden nach Athen geschickt worden, und daher blieb Parmenion manchmal tagelang bei Xenophon und nahm Gryllos' Platz ein, wenn der General im Sommer zu seinem Landsitz am Meer nach Olympia reiste.

Im Laufe der Jahre ging Xenophon mehr und mehr dazu über, mit seinem Schüler über moderne Strategie und Politik zu diskutieren, und Parmenion entdeckte einen wachsenden Zynismus beim Athener.

»Hast du schon die Neuigkeiten aus Theben gehört?« fragte Xenophon eines Tages seinen Schüler.

»Ja«, antwortete Parmenion. »Ich konnte es zuerst gar nicht glauben. Wir haben einen schweren Fehler begangen, und meiner Meinung nach werden wir ihn bereuen.«

»Ich bin geneigt, dir zuzustimmen«, sagte Xenophon. Drei Monate zuvor hatte der König von Macedonien, Amyntas, die Spartaner um Hilfe gegen kriegerische Horden aus Chalkidike gebeten, die in Macedonien eingefallen waren und die Hauptstadt Pella geplündert hatten. Agesilaos sandte den Macedoniern drei spartanische Regimenter zu Hilfe und zerschlug die Chalkidiker. Doch auf ihrem Zug nach Norden hatte eines der spartanischen Regimenter, das von einem General namens Phoebidas geführt wurde, die Kadmea eingenommen, die Zitadelle auf dem Hügel im Zentrum Thebens. Da den Thebanern aber nicht der Krieg erklärt worden war und da sie mit den chalkidischen Invasoren nichts zu tun hatten, wurde die Besetzung der Kadmea durch die Spartaner von vielen griechischen Staaten als ungerechtfertigt, ja hinterhältig betrachtet.

»Agesilaos sollte den Thebanern die Festung zurückgeben«, sagte Parmenion.

»Das kann er nicht«, erwiderte Xenophon. »Der Stolz der Spartaner läßt es nicht zu. Aber ich fürchte mich vor dem, was sich daraus ergeben könnte. Athen hat sich bereits gegen Sparta ausgesprochen, und ich glaube, es dauert nicht mehr lange, bis wir wieder einen Krieg erdulden müssen.«

»Du bist enttäuscht, mein Freund«, sagte Parmenion. »Sparta hat sich als schlechte griechische Führungsmacht erwiesen.«

»Leise!« sagte Xenophon rasch und senkte die Stimme. »So etwas solltest du niemals offen aussprechen. Meine Diener sind mir zwar treu ergeben – aber nur mir und nicht dir! Falls einer von ihnen deine Worte an die Öffentlichkeit trägt, wirst du wegen Hochverrats vor Gericht gestellt. Und dann kämst du nicht mit dem Leben davon.«

»Aber ich habe doch nur die Wahrheit gesagt«, hielt Parmenion dagegen.

»Glaubst du, das spielt eine Rolle? Könnte Sparta nur halb so gut regieren, wie es seine Schlachten zu schlagen vermag, würden alle Griechen ihm liebend gern die Führungsrolle zugestehen. Doch Sparta ist dazu nicht fähig. Das ist zwar die Wahrheit, aber wer sie ausspricht, wird hingerichtet.«

»Aber viele reden offen darüber«, erwiderte Parmenion mit leiser Stimme. »In den Kasernen, zum Beispiel. Sparta hat einige bittere Kräuter schlucken müssen. Es kann sich nur noch durch persische Unterstützung in seiner führenden Machtposition behaupten. Die Nachfolger des großen Schwertkönigs Leonidas sind zu Speichelleckern der Söhne des Xerxes geworden!«

»Die Politik der Zweckdienlichkeit«, flüsterte Xenophon. »Aber laß uns dieses Gespräch noch ein paar Tage aufschieben. Wenn wir erst in Olympia sind, werden wir uns bei den Ausritten darüber unterhalten. Dann können uns nur das Meer und die Sonne lauschen.« Die beiden Männer erhoben sich und gingen zum Tor. »Wie sieht es bei dir mit dem Geld aus?« fragte Xenophon.

»Nicht gut. Ich habe unser letztes Stück Ackerland verkauft. Vom Erlös kann ich bis zum nächsten Frühjahr mein Kostgeld bezahlen.«

»Und dann?«

Parmenion zuckte mit den Achseln. »Dann werde ich Sparta verlassen. Mich würden ohnehin keine Krieger in ihre Zeltgemeinschaft aufnehmen. Wahrscheinlich werde ich mich einem Söldnerheer anschließen und durch die Welt ziehen.«

»Du könntest das Schwert des Leonidas verkaufen«, sagte Xenophon.

»Vielleicht tu' ich's«, erwiderte Parmenion. »Also, mein Freund, bis in zwei Tagen.«

Die beiden Männer schüttelten sich die Hände, und Parmenion ging hinaus in die dunklen Gassen. Obwohl Mitternacht nicht mehr fern war, fühlte er sich nicht müde, und so schlenderte er zur Akropolis, setzte sich unter die Bronzestatue des Zeus und blickte hinauf zum Himmel und den funkelnden Sternen. Der Wind war kühl geworden, und Parmenions dünner, wollener *chiton* bot nur wenig Schutz. Er verschloß seinen Geist gegen die Kälte und ließ den Blick über die Berge schweifen, deren Gipfel im Mondlicht schimmerten.

In den letzten drei Jahren war es ihm gutgegangen. Er war ein hochgewachsener junger Mann geworden, der gewaltige Körperkräfte besaß. Sein Gesicht war hager und hatte alle Jungenhaftigkeit verloren, und seine tiefliegenden, blaßblauen Augen blickten nicht mehr mit Neugier und Unschuld in diese Welt, sondern mit einem nachdenklichen Ausdruck. Doch er besaß kein freundliches oder gar hübsches Gesicht, das wußte er. Sein Antlitz war gefurcht, die Nase stand zu weit vor, und seine Lippen waren schmal, so daß er älter als neunzehn Jahre erschien.

Nach einer Weile, als es sogar Parmenion zu kalt wurde, erhob er sich, um sich auf den Heimweg zu machen. In diesem Augenblick sah er eine vermummte, in einen langen Umhang gehüllte Gestalt, die vom Bronzenen Haus zu ihm herüberkam.

»Guten Abend«, sagte Parmenion und betrachtete die im Mondlicht schimmernde Klinge des Dolches, den die Gestalt in der Faust hielt.

»Wer bist du?« fragte eine Frauenstimme.

»Ich bin Parmenion. Du brauchst dich nicht vor mir zu fürchten, Frau«, erwiderte er, streckte die Arme vor und zeigte seine leeren Handflächen.

»Was tust du hier? Spionierst du mir nach?«

»Aber nein. Die Nacht ist klar, und ich habe die Sterne betrachtet. Warum sollte ich dir nachspionieren, wo ich nicht einmal weiß, wer du bist?«

Derae schlug die Kapuze zurück, und das Mondlicht verwandelte ihr Haar in Silber. »Es ist lange her, daß wir miteinander geredet haben, Parmenion.«

»Das . . . stimmt«, erwiderte er verdutzt. »Was führt dich um Mitternacht hierher ins Bronzene Haus?«

»Das ist meine Sache«, antwortete sie und lächelte, um ihren Worten die Schärfe zu nehmen. »Vielleicht möchte auch ich die Sterne betrachten.«

Parmenion sah eine Bewegung im Augenwinkel; sein Kopf fuhr herum, und er sah einen jungen Mann, der mit hastigen Schritten hinter den Tempel der Musen rannte. Doch Parmenion schwieg.

»Ich wünsche dir eine gute Nacht«, sagte Derae, und Parmenion verbeugte sich und beobachtete, wie das Mädchen zum Pfad ging, der hinunter in die Stadt führte. Sie spielte ein gefährliches Spiel. Ledigen Spartanern war keinerlei geschlechtlicher Kontakt mit Mädchen und Frauen erlaubt, und eine Liebesaffäre konnte mit der Todesstrafe oder der Verbannung enden. Das war einer der Gründe, warum die jungen Männer Spartas ermuntert wurden, sich ihre Liebhaber unter den Kameraden in den Kasernen zu erwählen. Parmenion erkannte jedoch, wie sehr er den jungen Burschen beneidete, der sich hinter den Tempel geflüchtet hatte, und ihm wurde klar, daß auch er sein Leben aufs Spiel setzen würde, bekäme er die Gelegenheit, mit Derae zusammen zu sein. Er dachte an ihren schlanken jungen Körper, an die kleinen, festen Brüste, die schmale Taille . . .

Es reicht! rief er sich zur Ordnung.

Als er nach Hause zurückgekehrt war, setzte er sich auf den winzigen Hof und nahm ein Nachtmahl zu sich: getrockneter Fisch und

Wein, der ihn zwei Obolen gekostet hatte. Der Gedanke, daß ihm bald das Geld ausging, bedrückte ihn. Der Verkauf des letzten Stücks Ackerland hatte ihm einhundertsiebzig Drachmen eingebracht, doch achtzig Drachmen waren schon für das Kostgeld von der Kaserne kassiert worden. Dreißig weitere hatte er zur Seite gelegt, um sich Waffen und Ausrüstung kaufen zu können, wenn er im nächsten Frühjahr Vollbürger wurde. Das restliche Geld brauchte er für Kleidung und zusätzliche Nahrung zum kärglichen Kantinenessen. Er schüttelte den Kopf. Ein neuer Umhang kostete zwanzig Drachmen; ein Paar neue Sandalen waren nicht unter zehn Drachmen zu haben. Er wußte jetzt schon, daß ihm ein langer, harter Winter bevorstand.

Nachdem er ins Haus gegangen war, schloß er die Fenster und zündete eine kleine Öllampe an. Im Licht der Lampe nahm er das Schwert des Leonidas von einem Regalbrett an der gegenüberliegenden Wand und zog es aus der Bronzescheide. Die eiserne Klinge war so lang wie der Unterarm eines Mannes; der Griff war mit goldenen Einlegearbeiten verziert, der Knauf aus reinem Silber, wie der Kopf eines Löwen geformt, und mit Golddraht umwickelt.

Xenophon hatte ihn oft gedrängt, dieses Schwert zu verkaufen. Es gab Familien in Sparta, die mehr als tausend Drachmen für eine Waffe mit so ruhmreicher Geschichte bezahlt hätten. Parmenion schob das Schwert in die Scheide zurück; eher würde er verhungern, als den einzigen Siegespreis seines Lebens zu verkaufen.

Er hatte einen Traum, und das Schwert war ein Teil davon. Er würde als Söldner in einen Krieg ziehen, ein riesiges Vermögen erobern, ein Heer um sich scharen, gegen Sparta ziehen, die Stadt plündern und an allen Feinden aus der Jugendzeit schreckliche Vergeltung üben. Er wußte, daß es der Traum eines Narren war. Dennoch träumte er diesen Traum immer wieder.

Doch höchstwahrscheinlich würde er gezwungen sein, sich als *Hoplit* in einer Söldnerkompanie zu verpflichten und sein Leben damit zu verbringen, durch die endlosen Einöden Persiens zu ziehen, um für den Thronanspruch irgendeines Prinzen zu kämpfen, der Geld genug hatte, sich ein Söldnerheer leisten zu können. Und was würde er dabei verdienen? Sieben Obolen am Tag – wenig mehr als eine Drachme. Und das konnte bedeuten, daß er vielleicht in zwanzig Jahren genug zusammengespart hatte, um ein kleines Stück Ackerland erwerben zu können oder sich in einen Bauernhof einzukaufen. Falls er diese zwanzig Jahre überlebte. Und selbst dann würde sein Besitz kleiner sein als der, den seine Mutter hatte verkaufen müssen, um seine Ausbildung bezahlen zu können.

Parmenion verdrängte gewaltsam die Gedanken an seine Armut. In den kommenden acht Wochen würde er sich der Annehmlichkeiten erfreuen können, die Xenophons Landsitz in Olympia zu bieten hatte. Weiche Betten und gutes Essen, Reiten und Jagen und mit ein wenig Glück ein Schäferstündchen mit einem arkardischen Mädchen. Im vergangenen Jahr hatte Parmenion ein solches Mädchen gefunden; es hatte in den Hügeln bei der elterlichen Schafherde geschlafen. Es war ein dralles, unansehnliches, aber williges Mädchen gewesen – und eine ausgezeichnete Liebeslehrerin für einen unerfahrenen jungen Mann aus der Stadt. Parmenion zog seinen *chiton* aus, legte sich auf die Schlafpritsche und rief sich den Anblick des nackten Mädchenkörpers ins Gedächtnis. Doch er konnte sich nicht mehr an ihr Gesicht erinnern . . . Vor seinem geistigen Auge war das Hirtenmädchen, das sich stöhnend unter ihm wand, Derae.

Einen Tagesritt von der Stadt entfernt, erblickte die kleine Reisegesellschaft eine Gruppe von Reitern, die auf sie zugaloppierten. Xenophon nahm seinen Speer in die Faust, trat seinem grauen Wallach die Fersen in die Flanken und preschte den Reitern entgegen. Parmenion jagte ihm hinterher, während Tinos, Klearchos und drei andere Diener bei den Wagen blieben.

Parmenion holte Xenophon ein und ritt an seiner Seite. »Ich glaube, es ist Leonidas«, rief er. Darauf zügelte der Athener sein Pferd und wartete, doch Parmenion sah die Besorgnis auf seinem Gesicht. Man hatte spartanische Reitersoldaten ausgesandt, nachdem in den Skiritis-Hügeln zwei Dörfer von Räuberbanden überfallen worden waren – verbrecherischen, abtrünnigen Söldnern, die man aus Korinth verstoßen hatte. Angeblich gehörten mehr als dreißig Mann zu der Meute von Marodeuren.

Parmenion beschirmte die Augen mit der Hand und erkannte Leonidas, der an der Spitze eines großen Kriegertrupps ritt; hinter ihm war sein Vater, Patroklian. Xenophon reckte zur Begrüßung eine Hand in die Höhe, und Leonidas fiel seinem Pferd in die Zügel, während Patroklian heranritt.

»Ein schrecklicher Tag, Xenophon«, sagte der rotbärtige Spartaner. »Meine Tochter Derae ist entführt worden.«

»Entführt? Wie?« fragte Xenophon.

»Sie ist mit unserem Trupp geritten, aber ein gutes Stück entfernt an der östlichen Flanke. Bis jetzt haben wir nur herausgefunden, daß sie offenbar vom Pferd gestiegen ist, um einen Fluß zu durchwaten. Ich habe einen thrakischen Diener, der sich aufs Spurenlesen versteht. Er hat gesagt, Deraes Pferd muß davongerannt sein, als sie von den Entführern überrascht wurde. Sie sind in nördliche Richtung gezogen, ins Hügelland.«

»Wir schließen uns eurem Trupp an«, sagte Xenophon sofort.

Parmenion hatte seine Stute bereits herumgerissen und war zurück zu den Wagen galoppiert. »Gib mir den Bogen«, befahl er Tinos.

Der Diener eilte zum Wagen und nahm einen Bogen aus Horn und einen aus Ziegenleder gefertigten Köcher mit zwanzig Pfeilen darin von der Ladefläche. Parmenion spannte sich den Bogen quer über Schulter und Brust und ließ den Blick über den Horizont schweifen. Die Entführer waren nach Norden gezogen, hatte Patroklian gesagt, aber mittlerweile würden sie wissen, daß Derae mit einem großen Trupp Krieger geritten war und daß es gefährlich sein würde, die Richtung beizubehalten, da man mit Verfolgern rechnen mußte. Im Nordosten befand sich dicht bewaldetes Hügelland, hinter dem Parmenion eine hohe Paßstraße erkennen konnte, die nach Norden führte. Ohne auf die anderen zu warten, trieb er seine Stute zum Galopp und preschte auf die bewaldeten Hügel zu.

»Wohin reitet er, beim Hades?« fragte Leonidas.

»Ich weiß es nicht, und es interessiert mich auch nicht«, rief Patroklian zornig. »Los, wir ziehen weiter!«

Die Krieger ritten nach Norden davon.

Parmenion trieb sein Pferd hoch hinauf ins Hügelland; dann bog er in Richtung Paßstraße ab. Hier war das Reiten gefährlich, denn der Pfad war schmal und führte über brüchiges Gestein und loses Geröll an steilen Hängen entlang. Er verlangsamte das Tempo, stieg schließlich ab und führte das Pferd am Halfter hinauf zwischen die Bäume. Als er auf festen Boden gelangte, band er die Stute mit den Zügeln an einen Strauch und kletterte bis unter den Wipfel einer hohen Zypresse. Er spähte über die umliegenden Hügel hinweg, konnte aber keine Bewegung, kein verräterisches Zeichen ausmachen; er sah nur die Staubwolke, die von den Pferden Patroklians, Leonidas' und der anderen aufgewirbelt wurde und sich in nördlicher Richtung entfernte. Eine Zeitlang blieb er auf seinem Beobachtungsposten und war gerade zu der Ansicht gelangt, sich mit seinem Verdacht geirrt zu haben, als mehrere schwarze und graue Krähen aus einem Baum aufflogen, der ungefähr zweihundert Schritt rechts von ihm stand. Die Vögel schienen aufgeschreckt worden zu sein. Parmenion nahm die Gegend genauer in Augenschein und versuchte, durch die Sträucher und Büsche hindurch etwas zu erkennen. Dann plötzlich blitzte ein metallener Gegenstand im Sonnenlicht auf, und er hörte ein Pferd wiehern. Rasch kletterte er den Baum hinunter, schwang sich auf den Rücken der Stute und ritt in wildem Galopp zur Paßhöhe hinauf.

Er gelangte vor den Entführern dort an und zügelte die Stute so hart, daß sie schrill wieherte und auf die Hinterhand stieg. Parmenion sprang vom Pferderücken und band die Zügel hastig um einen Strauch. Er stieg bis zur Spitze eines großen, felsigen Überhangs, von dem aus man auf die Paßstraße hinunterblicken konnte; dann zog er einen Pfeil aus dem Köcher und spannte ihn auf die Sehne.

Sein Herz schlug wild, und er verspürte ein hämmerndes Pochen hinter den Augen. In letzter Zeit waren seine Kopfschmerzen so schlimm geworden, daß sie ihn nachts aus dem Schlaf rissen und er am ganzen Körper zitternd dasaß, von Übelkeit gequält. Jetzt aber war nicht der richtige Zeitpunkt, sich wegen läppischer Kopfschmerzen Sorgen zu machen.

Seine Reaktion auf die Nachricht von Deraes Entführung hatte ihn selbst überrascht. Er hatte oft an sie gedacht, aber niemals daran geglaubt, ihr Herz erobern zu können. Jetzt aber, bei dem Gedanken, daß sie ihm vielleicht für immer weggenommen wurde, stieg entsetzliche Furcht in ihm auf, und er erkannte, daß Derae zu seinen Träumen gehörte. Die Träume eines Narren! rief eine innere Stimme ihm zu, während er, eng an den Fels geschmiegt, auf die Meute wartete. Weder Patroklian noch Leonidas hätten einer solchen Heirat jemals ihre Zustimmung erteilt. Heirat? Er stellte sich vor, wie Derae neben ihm stand, vor dem heiligen Altar der Hera, ihre Hand auf der seinen, und die Priester banden ihre Arme mit zusammengeflochtenen Lorbeerzweigen zusammen . . .

Er wischte die schweißnassen Handflächen an der Tunika ab und starrte auf die Straße hinunter. Einige Minuten darauf kamen die ersten beiden Späher in Sicht. Der eine Mann war sonnengebräunt; er hatte einen dunklen Bart und trug einen phrygischen Helm mit einem Kamm aus Metall; auf die Stirn hatte er sich ein rotes Auge gemalt. Er hielt eine Lanze wurfbereit. Neben ihm ritt ein Krieger mit einem breiten Helm aus gehämmertem Eisen, wie man ihn in Böotien trug; der Mann hielt einen Bogen in der linken Hand, und der Pfeil lag bereits auf der Sehne.

Parmenion duckte sich tief hinter einen Felsblock und wartete, lauschte dem steten, rhythmischen Klappern der Hufe auf dem Gestein. Dann riskierte er einen raschen Blick und sah den Haupttrupp der Marodeure, mehr als dreißig Mann, hinter den Spähern um die Biegung der Paßstraße kommen. Parmenion sah auch Derae; man hatte ihr die Hände im Rücken zusammengebunden und ihr ein Seil um den Hals geschlungen, dessen Ende ein Krieger hielt, der einen großen grauen Hengst ritt. Der Mann trug eine silberne Rüstung unter einem wehenden weißen Umhang. Für Parmenion sah er wie ein Prinz aus einem Märchen aus.

Laris trieb seinen Hengst unter den Bäumen hindurch auf die Straße und zerrte so heftig am Seil, daß das Mädchen beinahe zu Boden gestürzt wäre. Er starrte sie an und lächelte. Welch eine Schönheit! Bis jetzt hatte er noch keine Gelegenheit gehabt, ihre Schreie zu hören und das Gefühl zu genießen, wenn ihr Körper sich unter ihm wand – aber das würde schon noch kommen, wenn sie erst einmal die Verfolger abgeschüttelt hatten. Spartaner! Die feigen Ratsherren Korinths hatten vor Furcht gezittert, als er, Laris, den Vorschlag gemacht hatte, spartanischen Grund und Boden zu erobern. Ob diese Schwächlinge jetzt wohl erkannten, daß die Spartaner nicht unbesiegbar waren? Falls Theben, Korinth und Athen ihre Heere vereinten, konnten sie Sparta ein für allemal vernichten. Aber nein – die uralten Ängste hatten gesiegt. Denkt an die Thermopylen! hatten die Ratsherren gesagt. Denkt an die Niederlage Athens vor zwanzig Jahren! Aber wen kümmerten Geschehnisse, die fast ein halbes Menschenalter zurücklagen? Die Spartaner konnten höchsten zehntausend Mann ins Feld schicken. Korinth allein brachte es auf die Hälfte dieser Zahl, und Athen ebenfalls. Nahm man das thebanische Heer und den böotischen Bund hinzu, so konnte eine Armee von vierzigtausend Kriegern gegen Sparta ziehen.

Und was war geschehen? Man hatte ihn, Laris, aus Korinth verbannt, und diese Schande brannte wie ein loderndes Feuer in seinem Innern. Jetzt aber hatte er es ihnen gezeigt: mit nur vierzig Mann war er tief in spartanisches Gebiet eingedrungen. Sicher, sie hatten nur wenig Beute gemacht, und die Männer waren unzufrieden, doch Laris hatte den Beweis geliefert, daß er recht gehabt hatte. Wenn vierzig Mann ins Land dieser ›Unbesiegbaren‹ einfallen und mit heiler Haut wieder zurückkehren konnten – wie sähe die Sache dann erst aus, wenn vierzigtausend Krieger gegen Sparta ziehen würden?

Er blickte nach vorn und beobachtete, wie die Späher auf die Paßhöhe ritten.

Plötzlich sirrte ein Pfeil durch die Luft und fuhr Xanthios in die Kehle. Mit einem gräßlichen, erstickten Schrei stürzte er vom Pferd. Augenblicklich brach unter den Reitern heillose Verwirrung aus. Männer sprangen von Pferderücken und suchten hinter Felsblöcken Deckung. Auch Laris ließ sich zu Boden fallen, riß Derae von den Füßen und zerrte sie am Seil neben sich.

Ein junger Spartaner stand auf einem Felsvorsprung, für alle deutlich zu sehen.

»Laßt das Mädchen frei!« rief er, »und keiner von euch wird mehr sterben.«

»Wer bist du?« rief Laris.

»Ein Mann mit einem Bogen«, erwiderte der Krieger.

»Und warum sollten wir deinen Worten glauben, Mann mit dem Bogen?«

»Schau hinter dich«, rief der Bogenschütze. »Kannst du die Staubwolke sehen? Ihr sitzt in der Falle. Wenn ihr hier wartet, werdet ihr sterben. Wenn ihr euch zum Kampf stellt, werdet ihr sterben. Laßt das Mädchen frei, und ihr werdet leben. Entscheidet euch.«

»Ich sehe nur dich dort oben, sonst niemanden«, sagte Laris, erhob sich und zog sein Schwert.

»Nur mich? Vielleicht hast du recht. Greif mich an, und finde es heraus!«

»Zeig uns deine Männer!«

»Die Zeit läuft euch davon, und meine Geduld geht zu Ende. Wenn du nicht klug genug bist, dich und deine Spießgesellen in Sicherheit zu bringen, wird dir vielleicht ein anderer von deinen Leuten diese Entscheidung abnehmen.«

Die Worte des Spartaners trafen Laris wie ein Dolchstoß. Seine Leute waren schon unzufrieden genug, und jetzt stellte dieser Bogenschütze auch noch Laris' Autorität in Frage.

Ein Mann erhob sich hinter einem Felsblock. »Um Athenes willen, Laris! Gib das Mädchen frei, und laß uns von hier verschwinden!«

Der Anführer der Meute wandte sich Derae zu. Sein Messer blitzte auf, und er durchtrennte die Stricke, mit denen ihre Hände gefesselt waren; dann schnitt er das Seil durch, das um ihren Hals lag. Laris drehte sich um und wollte feststellen, ob die Spartaner auf ihn zugeritten kamen. Er riß sich den Bogen von der Schulter und ließ den Blick über die Felsen schweifen, konnte aber niemanden sehen. Laris leckte sich die Lippen. Er war sicher, daß der Bogenschütze allein dort oben war, und er wollte nur eins: dem Spartaner das Schwert in den Leib stoßen und beobachten, wie das Blut und das Leben aus seinem Körper strömten.

Der Krieger lächelte zu ihm herunter. »Ich habe den anderen gesagt, sie sollen euch ziehen lassen, und ihr könnt meinem Wort trauen.

Aber an eurer Stelle würde ich mich beeilen. Denn ich spreche ja nicht für jene, die euch verfolgen.«

Die Männer rannten zu ihren Pferden. Laris kämpfte das Verlangen nieder, sie zurückzurufen, denn er konnte bereits das Hufgetrommel der spartanischen Streitmacht hören. Er packte die Mähne seines Pferdes, schwang sich auf den Rücken des Tieres und galoppierte die Paßstraße hinunter. Wie er nicht anders erwartet hatte, lag hier niemand zwischen den Felsen auf der Lauer – keine Bogenschützen, keine *Hopliten*, keine Steinschleuderer. Er konnte den Blick des Mannes droben auf dem Felsvorsprung im Rücken spüren. Ein einziger Spartaner hatte ihn überlistet. Ein einzelner Mann hatte ihn dazu gebracht, seine Beute kampflos herzugeben.

Was würde man in Korinth dazu sagen?

Parmenion beugte sich hinunter, nahm Deraes Hand und zog sie hinter sich auf den Rücken der Stute. Dann drückte er dem Tier sanft die Fersen in die Flanken, und es trottete in den Schutz der Bäume.

Wenige Minuten später kam Patroklian die Paßstraße hinaufgaloppiert, gefolgt von Leonidas und den anderen. Parmenion ritt langsam auf die Straße und hob die Hand. Der rotbärtige Spartaner zügelte sein Pferd, während das Mädchen sich vom Rücken der Stute gleiten ließ. »Was ist hier geschehen?« wollte Leonidas wissen und ritt vor bis zur Spitze der Kolonne.

»Parmenion und die anderen haben die Straße versperrt«, sagte Derae. »Er hat einen ihrer Späher getötet und ihnen den Weiterritt verweigert, falls sie mich nicht freiließen.«

»Welche anderen?« fragte Patroklian.

»Bogenschützen, nehme ich an«, sagte Derae. »Parmenion hat damit gedroht, die ganze Räuberbande zu töten, sollten die Schurken mich festhalten.«

»Wo sind diese Bogenschützen?« fragte Patroklian, an Parmenion gewandt. »Ich möchte mich bei den Männern bedanken.«

»Es gibt keine anderen«, erwiderte Parmenion. Er trieb die Stute an, ritt zwischen den Reihen der Krieger hindurch und die Paßstraße hinunter, bis er zu den Dienern gelangte, die bei den Wagen warteten. Er warf Tinos den Bogen und den Köcher zu, nahm einen mit Wasser gefüllten Ziegenbalg vom Bock und trank in tiefen Zügen.

Xenophon ritt heran und hielt neben Parmenion. »Das hast du gut gemacht, *strategos*. Wir haben die Stelle gefunden, wo die Bande nach Osten abgeschwenkt ist, aber wir wären zu spät gekommen, wenn du sie nicht am Paß aufgehalten hättest. Ich bin stolz auf dich.« Er warf Tinos einen blutigen Pfeil zu. »Ein Schuß in den Hals. Ein wirklich guter Schuß!«

»Nein. Ich habe auf die Brust des Mannes gezielt und die Neigung und Flugbahn falsch abgeschätzt.«

Xenophon setzte zu einer Erwiderung an, als er plötzlich bemerkte, wie Parmenions Hände zu zittern anfingen. Er blickte dem jungen Mann ins Gesicht. Es war ausdruckslos, aber kreidebleich.

»Fühlst du dich nicht wohl?« fragte der Athener.

»Mir dröhnt der Schädel, und vor meinen Augen tanzen Funken.«

»Wir werden hier unser Lager aufschlagen«, sagte Xenophon. Parmenion stieg vom Pferd und machte ein paar schwankende Schritte, bevor er auf die Knie sank und sich übergab. Dann erhob er sich und holte krampfhaft Atem. Xenophon brachte ihm den wassergefüllten Ziegenbalg, und Parmenion spülte sich den Mund aus.

»Fühlst du dich jetzt besser?« erkundigte sich Xenophon.

»Ich schwanke wie ein Schilfrohr im Wind. Ich kann es nicht fassen. Oben am Paß war ich die Ruhe selbst, und jetzt führe ich mich auf wie ein verängstigtes Kind.«

»Droben am Paß hast du die Arbeit eines Mannes getan. Eines tapferen Mannes mit eisernen Nerven«, sagte Xenophon sanft. »Wenn du jetzt Schwäche zeigst, tut es deiner Leistung keinen Abbruch.«

»Ich habe das Gefühl, als würden mir glühende Speere in den Kopf gebohrt. Einen solchen Schmerz habe ich noch nie erlebt.« Parmenion setzte sich zu Boden und lehnte den Kopf an ein Wagenrad. »Und da ist ein Licht – es verbrennt meine Augen.« Tinos stieg vom Bock und hielt Parmenion einen großen Strohhut über den Kopf, um ihm Schatten zu spenden. Doch der Schmerz nahm zu, und um Parmenion versank die Welt in undurchdringlicher Finsternis.

In dieser Nacht erwachte Parmenion mehrere Male, doch sein Kopf schien erfüllt von sengendem Licht, das ihm quälenden Schmerz und Übelkeit bereitete. Doch mit aller Willenskraft zwang er sich immer wieder in den Schlaf und ins Vergessen. Als er schließlich die Augen aufschlug und Licht und Schmerz wie durch ein Wunder verflogen waren, dankte er den Göttern. Er lag in einem kühlen Zimmer; die Läden vor den Fenstern waren geschlossen, und er konnte gedämpftes Stimmengemurmel durch die weiß getünchten Wände hören. Er setzte sich auf und stellte fest, daß sein linker Unterarm verbunden war. Doch er konnte sich gar nicht erinnern, verwundet worden zu sein.

Auf der anderen Seite des Zimmers bewegte sich jemand in einem Stuhl, und der Mann erhob sich und kam zu Parmenion herüber. Er war klein und schlank und hatte strähniges graues Haar. Er lächelte.

»Der Schmerz ist fort, nicht wahr?« fragte der Mann; seine Stimme war tief und paßte nicht zu seinem schmächtigen Körper.

»Ja«, gab Parmenion zurück. »Was ist mit mir geschehen?«

»Die Welt«, sagte der Mann und setzte sich zu Parmenion auf die Bettkante, »besteht aus vier Elementen: Erde, Luft, Feuer und Wasser. Aber sie wird durch den Willen der Götter in einem inneren Gleichgewicht gehalten, in ewiger Harmonie. Ich habe mir sagen lassen, daß du eine außergewöhnlich mutige Tat vollbracht hast. Nun, eine solche Tat kostet sehr viel Kraft, den Körper und den Geist, und das hat in deinem Fall die innere Harmonie gestört und ein Feuer entfacht, das dein Blut erhitzte. Dieses heiße Blut ist durch dein Hirn geströmt und hat dir großen Schmerz und Übelkeit bereitet.«

»Dann hast du mich zur Ader gelassen?« fragte Parmenion und berührte den Verband am Unterarm.

»So ist es. Man weiß seit alters her, daß ein Aderlaß überschüssigen Druck aus dem Körper entweichen läßt. Wenn du dich schwach fühlst, werde ich's noch einmal machen.«

»Nein, mir geht es gut!«

»Schön. Dann werde ich es dem General mitteilen. Aber du solltest jetzt noch ein Abführmittel nehmen, junger Mann; es wäre besser.«

»Ehrlich, ich fühle mich wohl. Der Schmerz ist fort. Ich preise deine ärztliche Kunst.«

Der kleine Mann lächelte. »Ehrlich gesagt, auf die Behandlung von Wunden verstehe ich mich besser. Aber man lernt ja nie aus.«

»Werde ich immer unter Schmerzen und Übelkeit leiden, wenn ich einer Gefahr gegenüberstehe?«

»Das ist unwahrscheinlich. Ich habe schon viele Männer behandelt, die unter Kopfschmerz litten, aber die Anfälle sind für gewöhnlich selten und treten nur unter großer Belastung auf. Häufig auch bei Priestern, die sich über Sehstörungen beklagen oder Lichter vor den Augen tanzen sehen. In diesem Fall ist Opium das beste Heilmittel, sofern man es nach dem ägyptischen Verfahren bereitet. Ich werde Xenophon etwas davon hierlassen, falls deine Schmerzen wiederkehren.«

Parmenion legte sich zurück. Wieder schlief er ein, und als er diesmal erwachte, saß Xenophon neben ihm auf der Bettkante.

»Du hast uns einen ganz schönen Schreck eingejagt, *strategos*. Der Arzt wollte dir zuerst ein Loch in den Schädel bohren, auf daß die

Schmerzen daraus entweichen können, aber ich habe es ihm ausgeredet.«

»Wo sind wir?«

»In Olympia.«

»Soll das heißen, ich habe einen Tag und eine Nacht durchgeschlafen?«

»Noch länger«, erwiderte Xenophon. »Es jetzt fast Mittag des zweiten Tages. Ich hatte gehofft, mit dir auf die Jagd gehen zu können, aber der Arzt hat dir für den Rest des Tages Bettruhe verordnet.«

»Ich fühle mich stark genug zu reiten!« widersprach Parmenion heftig.

»Da bin ich sicher«, sagte Xenophon beschwichtigend, »aber ich werde es dir trotzdem nicht erlauben, sondern die Anweisungen des Arztes befolgen. Übrigens, es ist Besuch für dich gekommen. Und ich bin sicher, daß du nichts dagegen hast, deine Zeit mit ihr zu verbringen, während ich mit ihrem Vater auf die Jagd gehe.«

»Derae? Sie ist hier?«

»Und wartet draußen im Garten.« Er senkte die Stimme. »Ich möchte dir einen Rat geben, mein Junge. Spiele ihr einen schwachen und kranken Mann vor. Um so schneller kommst du zum Ziel.«

»Ich muß baden und mich rasieren.«

»Und dich vor allem anziehen«, sagte Xenophon, als der nackte Parmenion die Decke zur Seite schleuderte und sich aus dem Bett schwang.

Die Gärten waren um einen seichten, kleinen Fluß herum angelegt, der aus den Hügeln im Osten kam und über Xenophons Anwesen zum Meer strömte. Sorgfältig behauene und polierte Steinblöcke waren kreisförmig aufgestellt und zur Hälfte im Boden vergraben, und um diese steinernen Kreise herum waren, nach Art der Perser, Blumenbeete in leuchtenden Farben angelegt. Gewundene Gehwege aus Steinplatten führten zwischen Eichenhainen und Obstbäumen hindurch, und in schattigen Senken waren Bänke aus Stein aufgestellt. An ausgesuchten Stellen standen Statuen aus Korinth und Theben; die meisten zeigten die Göttin Athene in voller Rüstung oder Artemis, die Göttin der Jagd, mit ihrem Bogen. An einem künstlich angelegten Weiher waren zwölf granitene Reliefs aufgestellt, auf denen die zwölf Arbeiten des Herakles abgebildet waren. Hier hielt Parmenion sich am liebsten auf und genoß die Stille und die kühle Brise, die über das Wasser wehte.

Als er das Haus verlassen und sich auf die Suche nach Derae begeben hatte, traf er das Mädchen am Ufer des seichten Flusses im Schatten einer Weide sitzend. Sie trug einen knöchellangen weißen *chiton* mit grünem und goldenem Besatz. Um den Hals geschlungen und an der Hüfte mit einer Spange befestigt war eine meergrüne *chlamys* – ein langes, rechteckiges Tuch aus feinsten Leinen mit kunstvollen Stickereien. Als Derae Parmenion sah, erhob sie sich und lächelte. »Geht es dir wieder gut, Held?« fragte sie.

»Ja. Du siehst wunderschön aus. Dein Gewand ist herrlich.«

»Danke. Aber du bist blaß – du solltest dich wohl besser eine Weile ausruhen.« Für einige Minuten saßen sie in unbehaglichem Schweigen beieinander; dann legte Derae ihm die Hand auf den Arm. »Ich möchte dir danken. Ich hatte schreckliche Angst. Du kannst dir nicht vorstellen, wie erleichtert ich war, als du plötzlich auf dem Felsvorsprung gestanden und meine Freilassung gefordert hast. Als hätten die Götter dich geschickt.«

»Vielleicht haben sie's«, flüsterte er und legte seine Hand auf die ihre.

»Mein Vater war von deinem Mut sehr beeindruckt – und von deiner Entschlossenheit. Und ich ... Ich hatte wirklich geglaubt, daß dir andere Krieger zur Seite stehen.«

Parmenion grinste. »Xenophon hat mich gelehrt, daß ein Sieg dadurch errungen wird, indem man den Gedanken an die Niederlage in die Herzen der Feinde sät. Ihm gebührt die Ehre.«

»Dir aber der Ruhm. Ich mag es, wenn du lächelst, Savra; es macht dich hübsch. Du lächelst zu selten.«

Er fühlte die Wärme ihrer Hand unter der seinen, und er konnte ihre Nähe spüren und den Duft des Öls in ihrem Haar riechen. Sie hatte ihm den Kopf zugeneigt, doch er konnte den Ausdruck in ihren Augen nicht deuten; ihr Gesicht war gerötet, und ihre Lippen leicht geöffnet. Er beugte sich näher zu ihr hinüber. Sie wich nicht vor ihm zurück, und seine Lippen berührten ihre. Er legte ihr sanft den Arm um die Schulter. Zögernd drängte sie sich an ihn, und er spürte ihre Brüste. Parmenion fühlte sich benommen, berauscht und erregt zugleich. Seine Hand glitt ihre Schulter entlang und ihren Arm hinunter, doch sie hob die Rechte und schloß sie um seine Finger. Für einen Moment war er enttäuscht; dann zog sie seine Hand hinunter und drückte sie auf ihre Brüste.

Doch so rasch es begonnen hatte, so rasch endete es – von einem Augenblick zum anderen löste Derae sich aus der Umarmung und wich hastig vor Parmenion zurück.

»Nicht hier. Nicht jetzt«, sagte sie in bittendem Tonfall.

»Wann?« fragte Parmenion und kämpfte darum, seine Erregung im Zaun zu halten.

»Wenn die anderen fort sind. Wir können die Pferde hören, sobald sie reiten.«

»Ja . . . die Pferde.«

Wieder saßen sie in unbehaglichem, peinlichem Schweigen da, warteten und lauschten, während hinter der Gartenmauer einige Bedienstete die Pferde aus den Ställen führten; sie hörten das Lachen der Jäger, hörten, wie Männer sich ihrer Waffenkunst rühmten und sich mit gutmütigem Spott über die anderen lustig machten. Dann erklang das Donnern der Hufe, und Stille senkte sich über die Gärten. Parmenion erhob sich, streckte den Arm aus, nahm Deraes Hand und zog sie sanft zu ihm hoch. Wieder küßte er sie, und dann gingen beide durch das Gartentor zurück zum Haus. Auf seinem Zimmer angelangt, löste Parmenion die *chlamys* von Deraes Schultern, dann den *chiton*, und die weiße, grün und golden verzierte Tunika rutschte bis zu ihrer Taille hinunter.

Er trat einen Schritt zurück und betrachtete ihren Oberkörper. Die Haut ihrer Arme und ihres Gesichts hatte einen goldbronzenen Ton, doch der Busen und der Leib waren weiß wie Marmor. Zögernd streckte er die Hand aus und berührte eine der Brüste, streichelte sanft über die aufgerichtete Spitze. Derae löste die Brosche, die ihren *chiton* an der Hüfte hielt, und er fiel zu Boden. Nackt ging sie zum Bett hinüber.

Sie küßten und liebkosten sich ungestüm, bis Derae sich schließlich zurücklegte und Parmenion auf sich zog. Er stöhnte, als er in sie eindrang, und spürte, wie ihre Beine seine Hüften umklammerten. Ein solches Gefühl des Glücks und der Wonne hatte er noch nie erlebt, und niemals hätte er sich träumen lassen, welche Gipfel der Lust man erreichen konnte.

Seine Leidenschaft steigerte sich so sehr, daß er sich beinahe in sie ergossen hätte, doch er hielt sich zurück; er wollte nicht, daß diese Augenblicke schon endeten, und bewegte sich langsamer, rhythmischer; er hatte die Augen geöffnet und betrachtete ihr Gesicht. Derae hatte die Lider geschlossen, und ihre Wangen waren glutrot. Er rieb seine Lippen auf den ihren; sie öffnete den Mund und stieß ihre Zunge gegen seine. Er spürte, wie er zum Höhepunkt kam, und ergoß sich in sie hinein. Dann ließ er sich von ihrem verschwitzten Körper gleiten.

»Nein«, sagte sie und zog ihn an sich. Er kniete sich neben das Bett und ließ die Zunge über ihren flachen Leib gleiten; dann legte er ihre Oberschenkel auf die Schultern. »Was tust du?« fragte sie und wollte sich aufsetzen. Er stieß sie sanft zurück und senkte den Kopf zwischen ihre Beine. Ihr Haar war blond und gelockt, und er liebkoste sie mit der Zunge. Sie begann zu stöhnen, leise erst, dann immer lauter, und preßte ihren Schoß auf seinen Mund, zerrte in seinem Haar. Er ließ sie los, stieg wieder aufs Bett und drang ein zweitesmal in sie ein. Derae schlang ihm die Arme um den Hals und klammerte sich stöhnend an ihn, bis sie diesmal beide zum Höhepunkt gelangten.

Dann lagen sie schweißgebadet nebeneinander, Arm in Arm. Jetzt, da Lust und Leidenschaft verflogen waren, spürte Parmenion, wie sich in seinem Innern Furcht auszubreiten begann. Sie hatten gegen das Gesetz verstoßen. Was war, wenn einer der Diener beobachtet hatte, als sie Hand in Hand durch den Garten zum Haus geschlendert waren? Oder wenn sie Deraes Schreie gehört hatten, oder das Quietschen des Bettes? Parmenion stützte sich auf die Ellbogen und blickte auf das Mädchen hinunter. Sie hatte die Augen geschlossen, und ihr Gesicht war von zauberhafter Schönheit.

Er wußte, daß sie das Wagnis wert war. Daß sie jedes Wagnis wert war.

»Ich liebe dich«, flüsterte er.

Sie schlug die Augen auf. »Ich hatte einen Traum«, sagte sie. »Vor drei Tagen. Ich habe ihn einer Seherin erzählt. Sie hat mir gesagt, der Traum bedeutet, daß ich in meinem Leben nur einen Mann lieben werde und daß er sich meinetwillen einem Heer gegenüberstellen und ihm trotzen würde.«

»Erzähle mir deinen Traum.«

»Ich war in einem Tempel, und um mich herum war Dunkelheit. Und ich sagte: ›Wo ist der Löwe von Macedonien?‹ Die Sonne schien, und ich sah einen Feldherrn mit einem Helm mit weißem Federbusch. Er war hochgewachsen und stolz, als er einherschritt, und ein strahlendes Licht wandelte hinter ihm. Dann erblickte er mich, kam zu mir und nahm mich in die Arme. Er nannte mich seine einzige Liebe. An mehr kann ich mich nicht erinnern.«

»Warum war es dunkel in dem Tempel? Du hast doch gesagt, die Sonne schien.«

»Ich weiß es nicht. Aber der Traum hat mich verängstigt. Vielleicht hätte ich an dich denken sollen, denn du bist zur Hälfte Macedonier. Du bist der Löwe von Macedonien aus meinem Traum.«

Er kicherte. »Soviel ich weiß, gibt es in Macedonien nur wenige Löwen«, sagte er. »Und das Land ist nicht gerade berühmt dafür, große Feldherrn hervorgebracht zu haben.«

»Glaubst du nicht an meinen Traum?«

»Wir sind füreinander bestimmt – das glaube ich«, erwiderte Parmenion. »Und ich würde mich um deinetwillen einem Heer gegenüberstellen.«

»Das hast du schon.«

»Das war kein Heer, das war eine jämmerliche Bande. Aber jetzt bin ich den Kerlen sogar dankbar, denn sie haben uns zusammengebracht.«

Er beugte sich zu ihr hinunter, küßte sie – und das Feuer der Leidenschaft loderte wieder auf.

Fünf Tage lang trafen die Liebenden sich heimlich und ritten hinauf in die Hügel hoch über den Ebene. Sie bekamen nur ein paar Schäfermädchen zu Gesicht und verbrachten die Tage damit, durch die Wälder zu wandern und sich in geschützten Niederungen zu lieben.

Für Parmenion war es eine Zeit des unvorstellbaren Glücks. Seine Bitterkeit fiel von ihm ab, und er genoß in vollen Zügen das strahlende Licht der Sommersonne, den klaren blauen Himmel und die Schönheit der Landschaft, und er lebte wieder auf. All die Grausamkeiten, die er hatte erdulden müssen, schienen in weiter Ferne – wie die Erinnerung an eine fahle Wintersonne. Zwar konnte er die Bilder noch vor dem geistigen Auge sehen, aber sie strahlten nicht mehr die Eiseskälte der Wirklichkeit aus.

Doch am Morgen des sechsten Tages veränderte sich seine Welt. Er führte die braune Stute aus dem Stall und hinter das strahlend weiß getünchte Gebäude und striegelte ihr Fell.

Xenophon kam zu ihm und legte ihm die Hand auf die Schulter. »Reite heute nicht aus«, sagte er leise.

»Ich möchte aber den Wind im Gesicht spüren. Ich werde schnell zurück sein.«

»Ich habe nein gesagt!« Xenophons Stimme klang schneidend. »Und falls ich dich daran erinnern muß – die Stute gehört mir.«

»Dann gehe ich eben zu Fuß!« erwiderte Parmenion schroff, und sein Gesicht rötete sich vor Zorn.

»Du Dummkopf! Wann wirst du endlich anfangen, deinen Verstand zu gebrauchen?«

»Was willst du damit sagen?«

»Du weißt genau, was ich damit sagen will. Meine Diener wissen, wohin du reitest. Patroklian weiß, wohin du reitest. *Ich* weiß, wohin du reitest. Du hast diese Sache so feinfühlig gehandhabt wie ein wilder Stier.«

»Wie kannst du es wagen!« Parmenion schäumte vor Wut. »Du hast mir nachspioniert!«

»Das war gar nicht nötig, du plumper Narr. Am ersten Tag hast du sie in dein Schlafzimmer gebracht, und man konnte die Schreie durchs ganze Haus hören. Seitdem trefft ihr euch in den Hügeln und geht Händchen haltend spazieren, obwohl ihr meilenweit gesehen werden könnt. Es wäre Patroklians gutes Recht, dich in den Kerker werfen und hinrichten zu lassen, aber er ist ein Mann von Ehre und fühlt sich in deiner Schuld, weil das Mädchen durch deinen Mut befreit wurde.«

»Ich möchte sie heiraten«, erklärte Parmenion ernst. »Es ist nicht so, wie du denkst.«

»Wie ich schon sagte, Parmenion, du bist ein Narr. Jetzt führe die Stute in den Stall zurück.«

»Laß mich zu Derae reiten«, bat Parmenion. »Ich muß mit ihr reden.«

»Du wirst sie nicht mehr treffen. Sie wurde nach Sparta zurückgeschickt.«

Parmenions Kehle wurde trocken, und der Magen lag ihm plötzlich schwer wie ein Stein im Leib. »Zurückgeschickt? Ich muß sofort mit Patroklian sprechen.«

Xenophon holte aus und gab Parmenion eine schallende Ohrfeige. Der Schlag war wuchtig und kam völlig unerwartet, und der junge Mann taumelte zurück. »Hat der Arzt dir das Hirn herausgenommen?« rief Xenophon. »Denk endlich einmal nach, Mann! Du hast eine Jungfrau entehrt! Was willst du ihrem Vater denn sagen? ›Ich möchte sie heiraten?‹ Was hast du denn vorzuweisen? Was ist dein Brautgeschenk? Du bist ein armseliger Schüler ohne ein Stück Land oder gar einen Hof. Du bekommst von niemandem Geld, beziehst keinen Sold. Du hast nur eines getan – das Leben des Mädchens ruiniert, denn nun wird es keinen Mann mehr für sie geben.«

»Wie du es darstellst, hört es sich abscheulich an«, erwiderte Parmenion, »aber das ist es nicht.«

»Du hast immer noch nicht begriffen, wie mir scheint«, sagte der General traurig. »Du kannst oder willst es nicht begreifen. Derae ist Nestos versprochen, und sie sollten im nächsten Frühjahr heiraten. Wenn Nestos von der Schande hört, die du über ihn und seine Familie gebracht hast –, und so wird es sein, weil du dich so dumm benommen hast – wird er die Rückgabe seines Brautgeschenks fordern. Und wenn er Derae öffentlich verdammt, wird sie sterben.«

»Nein. Dann werde ich sie retten. Sie liebt mich, Xenophon. Sie ist ein Geschenk der Götter an mich; das weiß ich. Sie werden es nicht zulassen, daß jemand ihr ein Leid antut. Und du, Xenophon – hasse mich nicht.«

Der Athener legte Parmenion die Hand auf die Schulter. »Ich hasse dich nicht, mein junger Freund. Dein Leben war hart und beschwerlich. Aber hör auf mich und versuche, jenen Teil deines Verstandes zu benutzen, den wir gemeinsam ausgebildet haben. Denk nicht mehr an Derae. Wisch die Gedanken fort, die du als Liebe bezeichnest, und denke an das Leben, wie es gelebt werden muß. Du hast große Schande über Patroklian und seine Familie gebracht. Du hast Schande über mich gebracht und über dich selbst. Liebe? Liebe wird aus Zuneigung geboren, aus Leidenschaft und gegenseitigem Verständnis. Sprich mir nicht von Liebe, sondern sag mir ruhig ganz offen, daß es bei dir nur fleischliche Lust gewesen ist. Du hast das Mädchen in große Gefahr gebracht – und das tut kein wirklich Liebender. Du hast ihren Ruf zerstört und den Namen eines ehrenwerten Geschlechts in den Staub getreten. Wie kannst du da ein Liebender sein?«

Parmenion konnte nichts erwidern; statt dessen führte er die Stute in den Stall zurück und nahm ihr das Geschirr ab. Die Ereignisse der letzten fünf Tage erschienen ihm plötzlich unwirklich, wie in einem Traum. Nun sah er auch ein, daß Xenophon recht hatte: Er, Parmenion, hatte Schande über den Freund gebracht und Deraes Ehre beschmutzt.

Er trat aus dem Schatten des Stalles hinaus ins Sonnenlicht, doch Xenophon war verschwunden.

Parmenion schlenderte in die Gärten und blieb vor der Bank stehen, auf der er Derae zum erstenmal geküßt hatte. Es mußte einen Ausweg aus diesem schrecklichen Dilemma geben; eine Möglichkeit, wie er und Derae doch noch ein gemeinsames Leben führen konnten. Er hatte sich schon zuvor entschlossen, Sparta zu verlassen, sobald er die Vollbürgerschaft besaß, aber nun hatte Derae all diese Pläne vergessen gemacht. Jetzt wollte Parmenion einfach nur Geld genug besitzen, um heiraten, eine Familie gründen und seine Söhne einst zur Ausbildung in die Kasernen schicken zu können.

Den Rest des Tages verbrachte Parmenion damit, dieses Problem wieder und wieder zu überdenken. Er sah nur eine Lösung. Als die Sonne unterging, machte er sich auf den Weg zum Haus. Xenophon saß im Garten und aß Feigen mit Käse zu Abend. Parmenion stellte sich vor den Tisch.

»Es tut mir leid, Herr. Bei allen Göttern, es tut mir leid, daß ich Schande über dich gebracht habe. Es war eine schreckliche Art, dir deine Freundschaft und all das Gute zu vergelten, das du mir getan hast.«

Xenophon zuckte mit den Achseln. »So ist das Leben, Parmenion. Setz dich und iß. Morgen werden wir ans Meer reiten und uns die frische Brise um die Nase wehen lassen.«

»Sobald wir nach Sparta zurückgekehrt sind«, sagte Parmenion, »werde ich das Schwert des Leonidas verkaufen. Mit dem Geld wird es mir möglich sein, Derae zu heiraten.«

»Wir bleiben noch knapp zwei Monate hier«, erwiderte Xenophon traurig und mied Parmenions Blick. »So wird dir Zeit genug bleiben, deine Pläne zu überdenken, und Patroklians Zorn mag sich vielleicht ein wenig legen. In acht Wochen kann viel geschehen. Vielleicht werden die Diener sich weigern, auszusagen. Vielleicht wird Nestos Derae vergeben. Aber wenn du ein erwachsener Mann werden willst, Parmenion, mußt du aus dieser Erfahrung lernen.«

»Und was soll ich daraus lernen? Daß ich mich nicht verlieben darf?«

»Nein. Das kann man von keinem Mann erwarten. Aber du mußt dir darüber im klaren sein, daß die Liebe gefährlich ist; sie kann den Geist beherrschen und einem Mann die Augen vor der Wirklichkeit verschließen. Denk nur an Paris und Helena. Sie haben den Fall des mächtigen Troja verschuldet. Glaubst du, es war ihre Absicht? Nein, sie waren nur Liebende. Du bist einer der intelligentesten und begabtesten Männer, die mir je begegnet sind, und dennoch hast du dich dümmer als der dümmste Narr benommen. Wenn *das* der Preis für die Liebe ist, danke ich den Göttern, daß ich davon verschont geblieben bin.«

»Alles wird ein gutes Ende nehmen«, flüsterte Parmenion. »Ich verspreche es dir.«

»Das ist ja immer noch das Gefasel eines Verliebten! Kein Mann mit gesundem Menschenverstand gibt ein Versprechen, das er nicht halten kann. Iß jetzt, und laß uns heute abend nicht mehr darüber reden.«

Im Laufe der nächsten Wochen stellte Parmenion einmal mehr fest, daß Xenophons kluge Worte sich bewahrheiteten. Die Sehnsucht nach Derae und die Liebe zu ihr vergingen zwar nicht, doch sein Verstand wurde wieder klarer und schärfer, und er schämte sich zutiefst ob seiner Dummheit, daß sein Liebesverhältnis mit Derae so offenkundig gewesen war.

Patroklian hätte die Sache durchaus vor die Volksversammlung bringen können, welche die Entscheidung, ob Parmenion hingerichtet werden soll, dann den *Ephoren* überlassen hätte. Eine Verteidigung wäre in diesem Falle nicht möglich gewesen; das ließen die Gesetze gar nicht erst zu. Jeder Spartaner, der eine Jungfrau schändete, wurde zum Tod durch den Giftbecher verurteilt oder durch das Schwert. Und Derae hätte der Göttin des Todes, Hekate, geopfert werden können.

Mittlerweile aber konnte Parmenion mit kühler Logik auf seine leidenschaftliche Beziehung zu Derae zurückblicken. Wenn er ehrlich zu sich war, mußte er sich eingestehen, daß er ihre gemeinsamen Liebesstunden nicht bereute; sie waren die Höhepunkte seines Lebens gewesen und hatten ihn von den trüben Erinnerungen an seine Kindheit befreit, hatten die Bitterkeit und den Haß aus seinem Innern vertrieben. Er hatte nicht mehr den Wunsch verspürt, Rache an Leonidas zu nehmen, und er hatte nicht mehr davon geträumt, an der Spitze eines Heeres gegen Sparta zu ziehen. Er wollte nur noch eines: mit Derae zusammenleben und Kinder ihrer Liebe zeugen.

Während dieser Tage ritt er mit Xenophon des öfteren ins einsame Hügelland des Peloponnes, und gegen Abend, nach der Rückkehr, ging Parmenion seinen sportlichen Übungen nach, rannte durchs Hügelland und erstickte seine Lust und Leidenschaft durch harte körperliche Anstrengung.

Dann saß er bis spät in den Abend mit Xenophon zusammen und führte Streitgespräche über militärische Taktik oder politische Probleme. Xenophon war zutiefst enttäuscht über Spartas Unfähigkeit, die unumstrittene Führungsmacht Griechenlands zu werden, und er sagte Sparta eine düstere Zukunft und verheerende Katastrophen voraus.

»Agesilaos kann die Thebaner nicht ausstehen und tut seine Abscheu vor ihnen öffentlich kund. Das ist dumm. Ich liebe diesen Mann, aber er ist blind gegenüber den Gefahren. Er kann nicht vergessen, daß die Thebaner seinen militärischen Triumph in Persien vereitelt haben. Und er kann es ihnen nicht vergeben.«

»Dennoch«, sagte Parmenion, »hat seine Rückkehr aus Persien ihm großes Ansehen verschafft. Und er hat die Thebaner zerschmettert und Spartas Führungsposition zurückerobert.«

»So wird es in Sparta gern hingestellt«, erwiderte Xenophon, »aber in Wirklichkeit gab es nur einen Sieger: Persien.«

»Aber am Aufstand haben die Perser nicht teilgenommen, weder direkt noch indirekt, nicht wahr?«

Xenophon lachte laut auf. »Politik, Parmenion. Denk dabei nicht nur an Schwerter und Feldzüge. Agesilaos ist in Persien einmarschiert, und er war auf der Siegerstraße. Doch persisches Gold wurde nach Theben und Athen geschickt. Mit diesem Gold haben diese beiden

Städte ihre Heere ausheben und bezahlen können und Agesilaos dann zum Rückzug aus Persien gezwungen. Er hatte nur noch eine Möglichkeit zu siegen – er schickte Gesandte nach Persien und erklärte Sparta zu einem persischen Vasallenstaat. Daraufhin sagten die Perser sich von Theben und Athen los und führten den Vorsitz bei den Friedensverhandlungen.«

»Eine gute Strategie«, sagte Parmenion. »Kein Wunder, daß dieses Weltreich schon so lange besteht. Nur mit etwas Gold haben die Perser eine Invasion verhindert.«

»Und mehr noch. Sämtliche griechischen Städte in Asien wurden den Persern zugesprochen.«

»Das wußte ich gar nicht«, sagte Parmenion.

»Weil man es die spartanischen Jungen nicht lehrt. Es wäre schlecht für die Moral. Doch Agesilaos ist es ein Dorn im Fleisch. Er weiß, daß Sparta es militärisch nie mehr mit Persien wird aufnehmen können, denn Theben und Athen würden Sparta sofort angreifen, sollte der König gegen Persien ziehen.«

»Aber Agesilaos könnte sich doch gewiß mit den Häuptern Thebens und Athens beraten? Es sind ja auch Griechen! Und wenn er ihre Zusage hat, daß sie Sparta nicht angreifen, könnte er noch einmal gegen die Perser marschieren.«

Xenophon nickte. »Richtig. Aber das wird Agesilaos niemals tun. Sein Haß hat ihn verblendet. Verstehe mich nicht falsch, Parmenion. Agesilaos ist ein guter König und ein aufrechter Mann, gebildet und weise.«

»Das fällt mir schwer zu glauben«, sagte Parmenion.

»Ach, wirklich? Liebe und Haß sind sich sehr ähnlich. Denk an deine eigene Dummheit, die Sache mit Derae. Hast du dir die Zeit genommen, über mögliche Gefahren nachzudenken? Nein. Bei Agesilaos ist es so ähnlich – wenn du in seiner Gegenwart Theben erwähnst, verzerrt sich sein Gesicht, und seine Hand legt sich um den Schwertgriff.«

Diener trugen ihnen das Abendessen auf: Fisch und Käse. Eine Zeitlang aßen sie schweigend, doch Xenophon hatte keinen rechten Appetit, und er schob den Teller zur Seite, schenkte sich einen Becher Wein ein und goß einen Schuß Wasser hinzu. Er trank den Becher auf einen Zug leer und füllte ihn sofort wieder.

»Vielleicht wird Kleombrotos es anders machen«, sagte Parmenion schließlich. Die Spartaner hatten sich seit alters her des Doppelkönigtums gerühmt: Der eine König konnte die Staatsgeschäfte leiten, während der andere an der Spitze des spartanischen Heeres in die Schlacht zog. Agesilaos hatte die Königsmacht zuerst mit seinem Vetter Agesopolis geteilt, der sich jedoch als Mann von beschränktem Verstand erwies und sich nur selten in der Öffentlichkeit gezeigt hatte. Nach dem Tod des Agesopolis vor vier Monaten hatte der Aufstieg des Kleombrotos begonnen, eines hervorragenden Kriegers und Athleten.

»Ich bezweifle, daß Kleombrotos die Meinung des Agesilaos wird ändern können«, sagte Xenophon. »Kleombrotos ist ein unbestreitbar tüchtiger Feldherr, aber er ist einfach nicht klug genug. Ich habe Angst um Sparta. *Wen die Götter vernichten, den erfüllen sie zuvor mit Stolz*«, zitierte er.

»Aber gerade der Stolz ist doch Spartas große Stärke«, wandte Parmenion ein und betrachtete mit Besorgnis, wie Xenophon den Becher schon wieder mit Wein füllte, ohne ihn diesmal mit Wasser zu vermischen.

»Gewiß. Aber weißt du, wie viele echte Spartaner noch in der Stadt wohnen? Weniger als zweitausend. Weil das Kostgeld immer teurer geworden ist und die ärmeren Spartaner es sich nicht mehr leisten können, ihre Söhne in die Kasernen zu schicken. Sieh doch, was deine Mutter tun mußte! Sie besaß ein Stück gutes Ackerland, mußte es aber nach und nach verkaufen, um deine Ausbildung bezahlen zu können. Das ist ein Unding. In zehn Jahren wird die Zahl der echten Spartaner noch einmal um die Hälfte gesunken sein. Wie soll Sparta da seine Führungsrolle in Griechenland behaupten? Und wie lange wird es noch dauern, bis wir erleben müssen, wie ein Feind Spartas jene Taktik auf dem Schlachtfeld in die Tat umsetzt, die du beim Feldherrnspiel gegen Leonidas angewandt hast?«

»Laß dich davon nicht bekümmern, Xenophon. Es liegt sowieso nicht in deiner Macht, etwas daran zu ändern.«

»Und genau *das* bekümmert mich«, erwiderte der General.

Tamis mußte nicht zum erstenmal feststellen, daß ihre Zweifel wuchsen. Die Ereignisse liefen nun immer schneller ab, und sie spürte bereits, wie die Mächte der Schergen des Dunklen Gottes nach ihr tasteten; wie sie eine Möglichkeit zu finden versuchten, den einzigen Menschen, der ihre Pläne durchkreuzen konnte, anzugreifen und zu vernichten.

Doch auch Tamis besaß Kräfte, die jenseits des menschlichen Begriffsvermögens lagen, und sie verhüllte ihre Seele, verbarg sie vor den körperlosen Augen ihrer Jäger und entwich ihrem Zugriff, indem sie an ihnen vorüberhuschte wie eine nächtliche Brise, die in den mondbeschienenen Ästen der Bäume wispert.

Learchos war gestorben – getötet von Parmenion. Tamis hatte an seinem Tod zwar nicht aktiv teilgehabt, aber sie wußte, daß ein Teil der Schuld auf ihren immer schwächeren Schultern lastete. Alle Menschen müssen sterben, sagte sie sich. Und war es nicht Learchos gewesen, der in der dunklen Gasse gelauert hatte, um einen unbewaffneten Jungen anzugreifen? Er hatte sich sein Schicksal selbst zuzuschreiben.

Und dennoch nagte der Zweifel an ihr. Denn ihre Gebete blieben unbeantwortet, und sie fühlte sich allein im Kampf gegen die Schergen des Chaos. Nicht einmal Kassandra konnte sie mehr herbeirufen, oder einen anderen Geist aus der Vergangenheit. Die möglichen Wege in die Zukunft waren ihr verschlossen. Es ist ja nur ein Versuch, redete sie sich ein. Der Quell der Macht gibt mir immer noch Kraft genug. Ich weiß es!

Gewiß ist es besser, daß wenige vorzeitig sterben, als daß viele – Ungezählte – leiden müssen.

Wie oft hatte sie diesen Satz gedacht und gesprochen, hatte ihn immer wieder aufgesagt wie einen Bannspruch zum Schutz gegen ihre Ängste? Zu oft, wie sie nun erkannte. Aber jetzt war sie bereits zu weit gegangen, als daß sie zaudern durfte.

Als Learchos gestorben war, hatten die Diener des Dunklen Gottes ihre Blicke auf Sparta gerichtet, hatten ihren finsteren Zauber um Nestos und Kleombrotos gewoben und über sie gewacht. Nun war es schwieriger für Tamis, die Gefühle der beiden Männer unbemerkt zu beeinflussen, sie zum Leichtsinn zu ermuntern und dazu, ihr Leben aufs Spiel zu setzen.

Doch auch die Wächter des Dunklen Gottes waren nicht allsehend, und Tamis hatte geduldig gewartet, ständig bereit, auch den winzigsten Augenblick der Unaufmerksamkeit zu nutzen. Und dieser Augenblick war nun gekommen. Das Mädchen Derae war öffentlich angeprangert worden, und der junge Mann, dem sie versprochen war – Nestos – war erfüllt gewesen von heiligem Zorn und dem aufrichtigen, heißen Wunsch nach Rache. Nur der Tod jenes Mannes, der Schande über ihn gebracht hatte, würde Nestos' Kriegerherz besänftigen.

Die Wächter des Dunklen Gottes tobten vor Wut; das wußte Tamis. Sie konnte ihren Zorn und ihre Enttäuschung spüren wie ein flammendes Fanal in der Nacht. Tamis öffnete die Läden des einzigen Fensters ihrer Hütte und blickte hinüber zur fernen Akropolis.

Parmenion stand nun der ersten von vielen Gefahren gegenüber, und sie konnte ihm nicht helfen – genausowenig, wie die Wächter des Dunklen Gottes Nestos zu schützen vermochten. Jetzt war die Zeit der

Schwerter gekommen, der männlichen Kraft und der Waffenkunst. Doch die Wächter rückten näher. Bald würden sie Tamis entdecken, und dann würde ihr Angriff erfolgen; Dämonen würden in der Nacht mit scharfen Krallen an ihrer Seele zerren, oder Meuchelmörder würden am hellichten Tag mit funkelnden Klingen ihr welkes Fleisch zerschneiden.

Sie wandte sich um und ließ den Blick durch das armselige Zimmer schweifen, das für so viele einsame Jahre ihr Heim gewesen war. Sie würde es nicht vermissen, und auch Sparta nicht. Nicht einmal Griechenland, die Heimat ihrer Ahnen.

Sie öffnete die Tür und trat hinaus ins Sonnenlicht. »Im Augenblick, Parmenion«, sagte sie, »bist du allein. Jetzt können dir nur deine eigene Kraft und dein Mut helfen.«

Sie stützte sich auf ihren Gehstock, zog den zerlumpten grauen Umhang straffer um ihre Schultern und ging langsam fort aus Sparta. Sie warf keinen Blick zurück, und sie ließ nicht zu, daß auch nur für den winzigsten Moment Trauer ihr Herz berührte. Im Innern ihrer verlassenen Behausung fiel die Temperatur binnen eines Augenblicks; es wurde bitterkalt, als sich ein dunkler Schatten an der hinteren Wand formte und wuchs, sich verdichtete und ausbreitete und dann die halb durchscheinende Gestalt einer hochgewachsenen Frau bildete, mit einer schwarzen Kapuze über dem Kopf und einem schwarzen Schleier vor dem Gesicht.

Die Gestalt löste sich von der Wand und bewegte sich durchs Zimmer, während ihre körperlosen Augen suchend umherschweiften. Dann verschwand die dunkle Frau . . .

. . . und schlug in einem Palast jenseits des Meeres die Augen ihres Körpers auf. »Ich werde dich finden, Tamis«, flüsterte sie mit tiefer, grabeskalter Stimme. »Ich werde dir die Verzweiflung bringen.«

Drei Tage vor der Abreise aus Olympia erlebte Parmenion eine freudige Überraschung, als er Hermias erblickte, der über die große Wiese zum Haus geritten kam. Für gewöhnlich reiste Parmenions Freund mit seiner Familie nach Süden ans Meer, um dort die heißesten Tage des Sommers zu verbringen, doch das Sommerhaus lag mehrere hundert Meilen von Olympia entfernt.

Im letzten Jahr hatten Parmenion und Hermias sich nur selten getroffen, denn Hermias war ein enger Freund des jungen Königs Kleombrotos geworden, und man sah die beiden oft zusammen in der Stadt oder bei gemeinsamen Ausritten in die Taygetos-Berge.

Parmenion eilte Hermias entgegen. Auch Hermias hatte sich im Laufe der Jahre, die sie in der Menelaos-Kaserne verbracht hatten, verändert; jetzt, mit neunzehn Jahren, war er ein strahlend schöner Mann. Doch der einst so ausgezeichnete Läufer zeigte mittlerweile kaum noch Lust an harter körperlicher Anstrengung und wurde auf dem Übungsplatz nur noch selten gesehen. Er hatte sich das Haar lang wachsen lassen, und Parmenion konnte den schweren Duft des persischen Öls riechen, den Hermias's Haar verströmte, noch bevor der Freund sich vom Pferderücken geschwungen hatte.

»Sei gegrüßt, Bruder«, rief Parmenion und breitete die Arme aus, um Hermias an die Brust zu drücken.

Doch Hermias wich rasch einen Schritt vor ihm zurück. »Ich habe schlechte Nachrichten, Savra. Nestos glaubt die Lügen, die über dich erzählt werden. Er ist auf dem Weg hierher. Er will dich töten.«

Parmenion seufzte, wandte sich um und blickte zu den fernen Hügeln hinüber.

»Reite fort!« drängte Hermias. »Du darfst nicht mehr hier sein, wenn er kommt. Sag mir ehrlich, wie alles gewesen ist. Sag mir die Wahrheit, und ich werde versuchen, ihn davon zu überzeugen, daß er unrecht handelt.«

»Die Wahrheit?« erwiderte Parmenion. »Was willst du von mir hören? Ich liebe Derae. Ich möchte ... brauche ... sie zur Frau.«

»Das kann ich ja verstehen«, sagte Hermias, »aber Nestos glaubt, daß du Derae geschändet hast. Ich weiß, du würdest an eine so schreckliche Tat nicht einmal denken, aber Nestos ist geblendet vom Wunsch nach Vergeltung. Wenn du dich eine Zeitlang in den Hügeln versteckst, werde ich mit ihm reden.«

»Derae und ich, wir haben uns geliebt«, sagte Parmenion leise, »und wir waren dumm. Nestos hat alles Recht der Welt, wütend zu sein.«

Hermias starrte den Freund mit offenem Mund an. »Du ... dann ist es also wahr?«

»Ich habe sie nicht geschändet. Wir lieben uns, Hermias. Versuch doch zu verstehen, mein Freund.«

»Was gibt es da zu verstehen? Du hast dich wie ein ... wie ein Barbar benommen. Und das bist du ja auch, Macedonier.« Parmenion trat vor und streckte die Hand nach dem Arm des Freundes aus. »Rühr mich nicht an! Nestos ist ein guter Freund von mir, schon seit unserer Kindheit. Jetzt trägt er eine Schande, die er nicht verdient hat! Ich weiß, warum du es getan hast, Savra: Es war deine Rache an Leonidas. Ich verachte dich dafür. Steig auf ein Pferd und reite fort von hier. Reite irgendwohin. Aber sei nicht hier, wenn Nestos kommt.«

Hermias ging zu seinem Wallach zurück und schwang sich auf den Rücken des Tieres. »Ich habe viel für dich aufgegeben, Parmenion. Jetzt bereue ich den Tag, als ich dich kennengelernt habe. Was du getan hast, war verderbt, und es wird viel Leid über viele Menschen bringen. Ich habe dich geliebt – als Freund und als Bruder. Aber dein Haß war ... und ist ... zu groß.«

»Es ist kein Haß«, widersprach Parmenion, doch Hermias riß den Kopf des Pferdes herum und galoppierte davon. »Es ist kein Haß!« rief der Spartaner. Er stand wie von Donner gerührt da, als er beobachtete, wie Hermias über die Wiese davonritt. Parmenion hörte Schritte hinter sich, doch er drehte sich nicht um, sondern hielt die Augen auf den Freund gerichtet, der allmählich in der Ferne verschwand.

»Das war ein kluger Rat«, sagte Xenophon traurig. »Steig auf die braune Stute und reite nach Theben. Ich werde dir genug Geld für die Reise geben und einen Brief an einen Freund, der in der Stadt wohnt. Es wird ihm eine Freude sein, dich als Gast aufzunehmen und zu beherbergen, bis du dich entschieden hast, wohin du gehen möchtest.«

»Ich kann nicht fortreiten. Es würde bedeuten, daß ich Derae aufgebe.«

»Du hast sie schon verloren.«

»Das nehme ich nicht hin!« Er fuhr zu Xenophon herum. »Wie könnte *ich* es hinnehmen?«

»Bist du bereit, für deine Liebe zu sterben?«

»Natürlich. Hast du etwas anderes erwartet?«

»Und bist du auch bereit, einen unschuldigen Mann dafür zu töten?«

Parmenion nahm einen tiefen Atemzug und versuchte, sich zur Ruhe zu zwingen. Vergeblich. Er kannte Nestos nicht sonderlich gut, aber er hatte nie zu Parmenions Feinden gezählt, hatte ihn nie gedemütigt oder gequält. Und jetzt kam er – wie jeder Spartaner es an seiner Stelle getan hätte –, um sich mit dem Blut jenes Mannes, der ihn entehrt hatte, von der Schande reinzuwaschen. Parmenion blickte den Athener an. »Ich kann nicht fortlaufen, Xenophon. Ohne Derae wäre mein Leben nichts. Das weiß ich jetzt.«

Der General versuchte, sich die Enttäuschung nicht anmerken zu lassen. »Wie gut bist du mit dem Schwert?«

»Ziemlich gut.«

»Und Nestos?«

»Er war – und ist – in der Lykurgos-Kaserne Meister im Schwertkampf. Er ist ein gewaltiger Kämpfer.«

»Kannst du ihn besiegen?«

Parmenion gab keine Antwort. »Bin ich ein schlechter Mensch?« fragte er statt dessen.

»Nein«, erwiderte Xenophon. »Ich kannte einst einen Mann in Persien, den man gebeten hatte, eine von Dürre geplagte Gegend mit Wasser zu versorgen. Der Mann errichtete einen kleinen Damm, der einen Fluß umleitete und die Felder bewässerte, wodurch er ein Dorf vor den Untergang rettete. Die Leute waren dem Mann dankbar, daß er ihnen das Leben zurückgegeben hatte, und zu seinen Ehren wurden Spiele veranstaltet und Feste gefeiert. Der Mann blieb für ein paar Monate bei den Leuten. Als er das Dorf schließlich verließ, gelangte er nach fünf Tagen in eine andere kleine Stadt. Er fand sie verwüstet vor. Er sah Berge von Leichen und einen ausgetrockneten Fluß. Er hatte eine kleine Stadt gerettet und eine andere zerstört. War er ein schlechter Mensch? Es kommt auf die Absicht an, die hinter allem Tun steht. Du hast niemals den Wunsch gehabt, Schande über Nestos oder Derae zu bringen – jetzt aber mußt du die Konsequenzen tragen. Einer von euch beiden muß sterben.«

»Ich will ihn nicht töten. Ich schwöre es, bei allen Göttern des Olymp«, sagte Parmenion. »Aber wenn ich fortreite, verliere ich jeden Anspruch auf Derae. Verstehst du?«

»Ich werde dir meinen Brustharnisch und meinen Helm borgen – vorausgesetzt, Nestos erscheint zum Kampf gewappnet hier. O Parmenion, was hat deine Torheit nur über uns gebracht?«

Parmenion zwang sich zu einem Lächeln. »Sie hat mir Derae gegeben, und das werde ich niemals bedauern, auch wenn sie mir Hermias genommen hat, der seit meiner Kindheit mein bester Freund war.«

»Komm und iß. Mit leerem Magen kämpft es sich nicht gut, glaub mir. Nimm reichlich Honig, er wird dir Kraft geben.«

Es war später Nachmittag, als Nestos und seine Begleiter zum Hause Xenophons geritten kamen, wo Parmenion mit dem General im Schatten der überdachten Veranda saß. Der Athener erhob sich und bedeutete Parmenion, sitzen zu bleiben, während er über den Hof zur Gruppe der Reiter ging.

Nestos war in Begleitung von sechs Männern gekommen, doch Xenophon kannte nur zwei von ihnen: Leonidas und Hermias.

»Willkommen in meinem Hause«, sagte Xenophon.

»Wir suchen Parmenion«, sagte Nestos schroff und schwang sich vom Pferderücken. Er war ein breitschultriger, schmalhüftiger junger Mann – ziemlich gutaussehend, wenngleich seine ausgeprägte Hakennase seiner Schönheit einigen Abbruch tat.

Xenophon ging auf ihn zu. »Haben die *Ephoren* diesem Zweikampf zugestimmt?«

»Das haben sie«, sagte Nestos. Er schob die Hand unter seine Tunika, zog eine Rolle Pergament hervor und reichte sie Xenophon. Der Athener las das Schriftstück durch.

»Kann deine Ehre nur durch Blut wiederhergestellt werden?« fragte er und reichte Nestos die Urkunde zurück.

»Nur durch Blut«, erwiderte Nestos. »Du weißt, welchen Verbrechens Parmenion sich schuldig gemacht hat. Wie könnte ich meine Schande sonst tilgen?«

»Als Ehrenmann bleibt dir in der Tat nur der Zweikampf«, mußte Xenophon zugeben. »Aber – und das sage ich nicht zur Verteidigung Parmenions, nicht einmal mit seiner Erlaubnis – Parmenion hat nicht gewußt, daß die junge Dame dir versprochen war.«

»Sie ist keine Dame, sie ist eine Hure. Und sie wurde in deinem Haus von diesem Mischling zur Hure gemacht.«

Xenophon nickte. »Dann muß Blut fließen. Aber laß uns handeln, wie Männer von Ehre es tun. Du hast einen langen Ritt hinter dir, und du und deine Freunde müssen durstig sein. Mein Haus ist euer Haus; ich werde meine Diener anweisen, euch zu bewirten.«

»Das ist nicht nötig, Athener«, sagte Nestos mit scharfer Stimme. »Schick diesen Bastard zu mir. Ich werde ihn töten und mich mit meinen Freunden auf den Heimritt machen.«

Xenophon trat näher an den jungen Mann heran. »Wenn ich deinen Zorn auch verstehen kann«, flüsterte er, »so ist es dennoch unziemlich für einen Mann von Ehre, einem Älteren gegenüber so grob aufzutreten.«

Nestos blickte in die blaßblauen Augen des Atheners und sah heiße Wut darin lodern. »Du hast recht, Herr. Der Zorn hat aus mir gesprochen – und er sollte nicht dich treffen. Ich danke dir für deine Höflichkeit, und meine Gefährten nehmen dein Angebot, sich zu stärken, gern an. Ich aber möchte in deinen Gärten warten, bis der Zweikampf beginnt.«

Xenophon verbeugte sich. »Ich werde dir einen Krug mit kühlem Wasser bringen lassen. Oder möchtest du lieber Wein?«

»Wasser genügt mir.« Nestos ging mit festen Schritten in den Garten. Die anderen Männer stiegen von den Pferden und folgten Xenophon ins Haus. Niemand bedachte Parmenion mit einem Blick, der allein und schweigend auf einer Bank am Flüßchen saß, die Augen auf Nestos gerichtet.

Nach einigen Minuten hörte Parmenion, wie sich jemand von hinten näherte. Er blickte auf in der Erwartung, Xenophon zu sehen.

»Du hast deinen Haß gut gehegt und gepflegt«, sagte Leonidas, »und dein Pfeil hat mitten ins Ziel getroffen.«

Parmenion erhob sich und blickte seinem alten Feind ins Gesicht. »Ich hasse weder dich, Leonidas, noch deine Familie. Ich liebe Derae. Was ich getan habe, war falsch, und ich schäme mich dafür. Aber ich möchte Derae heiraten.«

Sekundenlang schwieg Leonidas, und seine Miene blieb unbewegt. »Ich liebe meine Schwester«, sagte er schließlich, »auch wenn sie eigensinnig ist. Aber du bist mein Feind, Parmenion, und du wirst es bis zum Tag deines Todes bleiben – und ich flehe zu den Göttern, daß heute dieser Tag gekommen ist. Nestos bist du nicht gewachsen.«

»Wird dein Haß denn niemals enden?« fragte Parmenion. »Wie kannst du diesen Haß im Herzen tragen, wo ich deine Schwester heiraten möchte?«

Leonidas errötete, und Parmenion sah nicht nur Zorn, sondern Kummer und Leid in seinen Augen. »Es wäre nicht recht, vor dem Zweikampf darüber zu reden. Solltest du überleben, sage ich es dir.«

»Sag es mir jetzt, Leonidas, ich bitte dich!«

Leonidas trat einen Schritt vor und packte Parmenion vorn bei der Tunika. »Derae wird bald tot sein – hast du verstanden? Mein Vater hat sie als Opfer für Kassandra bestimmen lassen. Zur Zeit ist sie auf einem Schiff unterwegs nach Troja. Wenn sie sich der Küste nähern, wird man Derae die Hände binden und sie über Bord werfen. Das hat sie dir zu verdanken, du macedonischer Bastard! Du hast sie getötet!«

Die Worte drangen Parmenion wie Dolchstiche ins Herz, und er wich taumelnd vor der lodernden Wut und dem Haß in Leonidas' Augen zurück. Opfer für Kassandra! Jedes Jahr wurde eine junge, unverheiratete Frau von Sparta aus vor die Küste Trojas geschickt, um dort durch Ertränken den Göttern geopfert zu werden. Es war die Sühne für die Ermordung der Priesterin Kassandra nach Ende des trojanischen Krieges vor Hunderten von Jahren. Alle führenden Griechenstädte waren verpflichtet, ein solches Opfer darzubringen.

Die Mädchen wurden mit einem Schiff bis auf eine Meile vor die Küste Kleinasiens gebracht. Dann wurden ihnen die Hände im Rücken gebunden, und man warf sie von Deck. Es gab keine Hoffnung mehr für Derae; selbst wenn sie es irgendwie schaffen sollte, die Fesseln um ihre Hände zu lösen und bis zur Küste zu schwimmen, würden die Einwohner sie jagen und töten – das gehörte zum Opferritual.

»Na, was hast du dazu zu sagen?« fragte Leonidas haßerfüllt, doch Parmenion gab keine Antwort. Er trat aus dem Schatten ins Sonnenlicht und zog das Schwert aus der Scheide, wog es prüfend in der

Hand. Er konnte seinem Todfeind keine Antwort geben; jedes Gefühl war aus ihm gewichen. Er verspürte keine Qualen mehr, keinen Kummer; er fühlte sich seltsam benommen. Man hatte ihm das einzige Licht seines Lebens geraubt – und er würde den Rest seiner Tage in Finsternis leben. Es war besser, daß Nestos ihn tötete.

Nach einer Weile kam Xenophon zu ihm und rief dann Nestos auf den großen Hof vor dem Haus. »Ich habe nach dem Arzt geschickt«, sagte der Athener. »Ich halte es für ratsam, den Kampf nicht eher zu beginnen, bis er hier ist.«

»Kein Arzt kann einem Toten helfen«, sagte Nestos lächelnd.

»Sehr richtig. Aber es ist damit zu rechnen, daß auch der Sieger Wunden davonträgt. Und ich möchte nicht, daß noch ein zweiter Mann verblutet.«

»Ich will nicht auf den Arzt warten«, erklärte Nestos. »Die Sonne geht bald unter. Laß uns beginnen.«

»Ich bin einverstanden«, sagte Parmenion. Xenophon betrachtete ihn mit seltsamen Blick.

»Also gut. Ihr seid beide mit euren Schwertern bewaffnet, und die vorgeschriebene Anzahl von Zeugen ist zugegen. So grüßt euch denn und fangt an.«

Nestos zog sein Schwert und starrte Parmenion finster an. »Ich verweigere dir den ehrenvollen Gruß, Mischling.«

»Wenn es dein Wunsch ist«, erwiderte Parmenion mit ruhiger Stimme. »Doch bevor wir kämpfen, sollst du wissen, daß ich Derae liebe.«

»Liebe? Was weißt denn du davon? Ich werde mich mit tiefer Zuneigung an Derae erinnern – und werde mich besonders an jenen Augenblick erinnern, als ich in ihrer Gegenwart vor ihren Vater getreten bin und ihm gesagt habe, welchen Preis ich für meine Schande einfordern werde. In diesem Moment sah sie nicht mehr besonders hübsch aus, Bastard. Auch nicht, als sie vor ihrem Vater auf die Knie fiel und um ihr Leben gebettelt hat.«

»Dann hast du ihren Tod verlangt?«

»Ich habe ihren Tod *gefordert* – wie ich jetzt den deinen fordere.«

»Gut«, sagte Parmenion und stellte fest, daß seine Hand vor Wut zu zittern begann und daß eine Hitzewoge in ihm aufstieg, »du hast deine Rache an ihr erfüllt. Jetzt laß uns sehen, ob du so gut zu kämpfen verstehst, wie du hassen kannst.«

Mit einem wilden Schrei sprang Nestos vor. Das Schwert des Leonidas blitzte auf, und Eisen klirrte gegen Eisen, als Parmenion den Schlag parierte – wie auch den nächsten Hieb des Gegners.

Die Zuschauer bildeten einen Kreis um die Kämpfer. Xenophon war wieder in den Schatten der Veranda gegangen, wo er nun vorgebeugt saß, das Kinn auf die verschränkten Hände gestützt, und jede Bewegung der Kämpfer beobachtete. Er sah, daß Nestos der Stärkere war, Parmenion aber der Schnellere. Ihre Schwerter prallten klirrend gegeneinander, als sie sich nun mehrere Minuten umkreisten und fintierten, um eine Schwäche des Gegners zu finden ... und dann zuckte plötzlich Parmenions Schwert herunter, und aus einer klaffenden Wunde auf Nestos' rechter Schulter schoß ein Blutschwall und spritzte über die blaue Tunika des jungen Mannes. Xenophon erhob sich und gesellte sich zu der Gruppe der Zuschauer, die Nestos lautstark anfeuerten und ihm Ratschläge zuriefen. Wieder erfolgte einer von Nestos' blitzartigen Angriffen; die Schwertspitze schoß auf die Kehle des Gegners zu, doch Parmenion zuckte zur Seite, zielte auf Nestos' Oberkörper und schlitzte ihm den Brustkorb auf; der Schlag war so wuchtig, daß die Klinge ein Stück Fleisch von den Rippen schnitt. Laut stöhnend vor Schmerz wich Nestos zurück. Jetzt strömte ihm das Blut schon aus zwei tiefen Wunden über den Körper, und seine Begleiter verstummten. Parmenion täuschte einen Hieb zum Kopf vor, senkte dann aber blitzschnell das Schwert und schlug es dem Gegner von links gegen den Leib. Eine Rippe brach unter der Wucht des Hiebes, und diesmal schrie Nestos vor Schmerz auf; er konnte Parmenions nächsten Schlag, der auf die gleiche Stelle geführt war, nicht mehr voll parieren, so daß die Wunde tiefer gerissen und weiter geöffnet wurde. Jetzt sprudelte das Blut nur so hervor, tränkte Nestos' blaue Tunika und strömte ihm die Beine hinunter.

»Genug!« rief Xenophon. »Auseinander!«

Doch die Kämpfer hörten nicht auf ihn. Parmenion drang nun auf den Gegner ein, parierte einen verzweifelten Schlag Nestos' und rammte ihm das Schwert tief in den Leib. Mit einem fürchterlichen Schrei ließ Nestos seine Waffe fallen und sank auf die Knie.

Mit einem Ruck zog Parmenion sein Schwert aus dem Leib des Gegners und blickte auf den blutüberströmten Nestos hinunter. »Sag mir«, flüsterte er, »hat auch Derae so ausgesehen, als *sie* auf den Knien lag und um ihr Leben gebettelt hat?«

Nestos preßte die Hand auf den Leib, als könnte er auf diese Weise den Blutstrom aufhalten. Er hob den Kopf, blickte seinen Bezwinger an und sah den Ausdruck in Parmenions Augen. »Hör ... auf!« bat er flehentlich.

»Du bist gekommen, den Tod zu sehen. Du sollst ihn sehen«, sagte Parmenion.

»Nein!« rief Xenophon, als Parmenion das Schwert des Leonidas hob – und es dem Knienden in die Kehle hieb. Er riß das Schwert zurück, und Nestos rollt auf die Seite.

Parmenion wandte sich vom Leichnam ab und richtete den Blick auf Leonidas. »Nimm sein Schwert«, sagte Parmenion mit schneidender Stimme. »Na los! Nimm es – und stirb, wie er gestorben ist.«

»Du bist ein Wilder, ein Barbar«, sagte Leonidas, als er das irre Funkeln in den Augen Parmenions sah. Der junge Spartaner trat vor und kniete sich neben Nestos zu Boden, rollte den Toten auf den Rücken und strich ihm die Lider zu.

Xenophon nahm Parmenion beim Arm. »Komm jetzt«, sagte der Athener mit leiser Stimme. »Komm jetzt mit mir.«

»Möchte niemand mehr gegen mich kämpfen?« rief Parmenion und starrte die Männer der Reihe nach an, doch jeder wich seinem Blick aus.

»Laß uns gehen!« drängte Xenophon. »Es reicht. Laß die anderen, es schickt sich nicht.«

»Schickt sich nicht?« Parmenion riß sich vom Athener los. »*Schickt sich nicht?* Die dort haben Derae getötet, und sie sind gekommen, auch mich zu töten. Wieso schickt es sich da nicht, wenn ich sie zum Kampf fordere?«

Xenophon wandte sich Leonidas zu. »Hinter dem Haus steht ein kleiner Wagen – ihr könnte ihn nehmen, um Nestos' Leichnam zu seiner Familie zu bringen. Es ist besser, ihr geht jetzt.« Er richtete den Blick wieder auf Parmenion. »Schieb dein Schwert in die Scheide. Es wird keinen Kampf mehr geben. Nestos hat dir die schriftliche Forderung zum Zweikampf überbracht, und dieser Kampf ist entschieden. Noch mehr Blutvergießen führt zu gar nichts.«

»Falsch!« sagte Parmenion. »Sie alle wollten mich töten, also sollen sie's versuchen. Jetzt sofort.«

»Wenn du nicht augenblicklich das Schwert verschwinden läßt, dann kannst du's mit mir versuchen. Habe ich mich deutlich genug ausgedrückt?«

Parmenion runzelte die Stirn und setzte zu einer Erwiderung an, doch es gab keine Worte. Er ließ das Schwert fallen und ging mit schnellen Schritten zum Haus hinüber. Klearchos und Tinos standen im Türeingang, traten aber zur Seite und ließen Parmenion hindurch.

Dann saß er in seinem Zimmer, und seine Gedanken rasten. Derae mußte sterben. Jetzt, in diesem Augenblick, lebte sie noch, war an Bord eines Schiffes irgendwo auf hoher See; aber in wenigen Tagen schon würde sie tot sein, und er würde nicht einmal die Stunde ihres Todes erfahren.

Die Tür wurde geöffnet, und Klearchos trat ein. Er brachte Parmenion eine Schüssel voll Wasser und ein Handtuch. »Du solltest dir das Blut abwaschen«, sagte der Diener, »und eine saubere Tunika anziehen. Was möchtest du zu Abend essen?«

Parmenion schüttelte den Kopf. »Abendessen? Ich habe vorhin einen Mann getötet. Wie kannst du mich da fragen, was ich zu Abend essen möchte?«

»Ich habe viele Männer getötet«, sagte Klearchos. »Was hat das mit dem Essen zu tun? Dein Gegner hat gelebt. Jetzt ist er tot. Er war ein Dummkopf; er hätte auf Xenophon hören und sich erst einmal ausruhen und stärken sollen. Aber er hat es nicht getan. Also ... was möchtest du zu Abend essen?«

Parmenion erhob sich, und er spürte, wie die Anspannung von ihm abfiel, als er in das Gesicht des alten Mannes blickte. »Du haßt mich nicht, Klearchos, nicht wahr? Wie kommt das? Ich weiß, daß du mich nicht leiden konntest, damals, als ich im Feldherrnspiel gegen Leonidas gesiegt habe und du mein Kampfrichter warst. Warum bist du jetzt so freundlich zu mir?«

Klearchos schaute Parmenion in die Augen und lächelte. »Ein Mann kann seine Meinung ändern, Junge. Da du dich offenbar nicht entscheiden kannst, was du essen willst, werde ich dir Fisch in saurer Milch bereiten. Es ist ein gutes Mahl bei nervösem Magen. So, und jetzt bade und wechsle die Kleidung. Morgen hast du einen langen Ritt vor dir.«

»Morgen? Ein langer Ritt? Wohin denn?«

»Korinth wäre für einen neuen Anfang vielleicht das richtige Ziel, aber ich glaube, Xenophon wird dich nach Theben schicken. Dort wohnt ein Freund von ihm, ein Mann namens Epaminondas. Er wird dir gefallen.«

»Es gibt solche Träume«, sagte Xenophon, als sie im hellen Mondlicht Seite an Seite durch die Gärten schlenderten, »und ich glaube, daß die Götter sich mittels dieser Träume manchmal über uns lustig machen. Ich wollte Persien erobern, wollte ein vereintes Heer der Griechenstaaten in das mächtigste Königreich führen, das die Erde je gesehen hat. Und nun führe ich das zurückgezogene Leben eines alten Edelmannes. Du wolltest Liebe und Glück finden; man hat dir beides genommen. Aber du bist jung, Parmenion. Du hast noch viel Zeit.«

»Zeit? Für mich ist das Leben ohne Derae nicht lebenswert«, erwiderte Parmenion. »Sie war die eine und einzige. Das weiß ich, tief in meiner Seele. Mein ganzes Leben waren die fünf Tage, die wir zusammen verbracht haben.«

»Es mag sich vielleicht gefühllos anhören, mein Freund, aber ich glaube, deine Leidenschaft trügt dich. Vielleicht hattest du dich nur ... flüchtig in sie verliebt. Was hast du denn schon von der Welt gesehen? Auch in Theben gibt es viele Frauen, die einen Mann glücklich machen können.«

Parmenion blickte über den künstlich angelegten Weiher hinweg und betrachtete die verzerrte Scheibe des Mondes, die sich auf den Wellen spiegelte. »Ich werde mich nie mehr verlieben«, sagte er. »Ich werde nie wieder den Mut aufbringen, mein Herz zu öffnen – und dann vielleicht noch einmal solchen Schmerz ertragen zu müssen. Als meine Mutter starb, habe ich mich einsam und allein gefühlt, aber tief in meinem Innern hatte ich ihren Tod erwartet und war darauf vorbereitet. Aber Derae? Es ist ein Gefühl, als hätte eine Bestie mit gräßlichen Klauen sich in meine Brust gewühlt und mir das Herz aus dem Leib gerissen. Ich fühle nichts mehr. Ich habe keine Träume mehr, keine Hoffnungen. Bevor ich gegen Nestos kämpfte, hatte ich gehofft, er würde mich töten ... bis er mir sagte, daß er Deraes Tod befohlen hat.«

»Nicht besonders klug von ihm, was?« sagte Xenophon trocken. Parmenion lächelte nicht.

»Als ich Learchos erstochen habe, damals in der nächtlichen Gasse, verspürte ich so etwas wie ... Freude. Ich habe seinen Tod genossen. Heute aber habe ich einen Mann erschlagen, der den Tod nicht verdient hatte. Ich habe beobachtet, wie das Licht des Lebens aus seinen Augen wich. Und das schlimmste ... er hat mich gebeten, ihm nicht den Todesstoß zu versetzen.«

»Er wäre ohnehin an seiner Wunde gestorben – unter schrecklichen Qualen«, sagte Xenophon. »Du hast ihm grausame Schmerzen erspart.«

»Aber das ist nicht der entscheidende Punkt, nicht wahr?« fragte Parmenion und wandte sich um, blickte dem silberhaarigen Athener in die Augen.

»Das stimmt. Du hast ihn vernichtet, und es war furchtbar anzuschauen. Und du hast dir Feinde gemacht. Keiner von denen, die euren Zweikampf gesehen haben, wird je vergessen, wie dein Gegner gestorben ist. Aber in Theben kannst du ein neues Leben anfangen. Epaminondas ist ein gütiger Mann, und er wird eine Unterkunft für dich finden.«

Parmenion ließ sich wieder auf die marmorne Bank am Ufer des

Weihers sinken. »Derae hatte von mir geträumt, aber der Traum war ein Trugbild. Sie hat geträumt, in einem Tempel zu sein . . . und ich bin zu ihr gekommen, gekleidet wie ein General . . . und sie hat mich den Löwen von Macedonien genannt.«

»Das hat einen schönen Klang«, sagte Xenophon, der plötzlich die Abendkälte spürte und schauderte. »Komm, gehen wir zum Haus zurück. Ich habe ein paar Geschenke für dich.«

Klearchos hatte die Geschenke hintereinander auf einen langen Tisch gelegt, und Parmenion ging zuerst zu einem Brustharnisch aus Bronze. Er war schmucklos, schlicht und eng am Körper anliegend; teurere Stücke waren oft so geschmiedet, daß sie die Brust ihres Trägers größer und beeindruckender erscheinen ließen. Doch der Harnisch war solide und fest und würde auch wuchtigen Schwerthieben und Lanzenstößen widerstehen. In der Mitte des Panzers war ein Löwenkopf, aus Eisen gegossen. Parmenion warf Xenophon einen Blick zu.

»Vielleicht hat ihr Traum sie nicht in allem getäuscht«, flüsterte der Athener. Parmenion streckte die Hand aus und strich mit den Fingern über die Kiefer des Löwen. Neben dem Brustharnisch lagen ein Rundhelm, ebenfalls aus Bronze und mit Leder gefüttert, sowie Beinschienen, ein lederner Waffenrock mit Beschlägen aus Bronze und ein Dolch mit kurzer, gekrümmter Klinge.

»Ich weiß nicht, was ich sagen soll«, murmelte Parmenion und schaute den Freund an.

»Das alles wollte ich dir eigentlich erst zur Feier deiner Vollbürgerschaft schenken. Aber ich glaube, jetzt ist der Zeitpunkt besser gewählt. Ach ja, da ist noch etwas. Ich hoffe, es wird dir von Nutzen sein.«

Xenophon reichte Parmenion eine mit dünnen Lederriemen verschnürte Rolle Pergament. Der junge Mann löste die Schnüre und rollte das Schriftstück auseinander. »Darauf sind meine Reisen durch Persien und mein Marsch zum Meer ziemlich genau beschrieben. Ich behaupte nicht, ein großer Schriftsteller zu sein, aber ein Soldat kann aus meinen Aufzeichnungen einiges lernen, und viele meiner Freunde haben mich um Abschriften gebeten.«

»Ich werde deine Großzügigkeit niemals richtig erwidern können.«

»Unter Freunden braucht man so etwas nicht zu erwidern – das macht ja gerade eine Freundschaft aus. So, jetzt bereite dich auf deine Reise vor. Wenn du Glück hast, werden die Spartaner dich mit der Zeit vergessen.«

Parmenion schüttelte den Kopf. »Sie werden mich nicht vergessen, Xenophon. Dafür werde ich sorgen.«

»Du bist ein verbitterter Mann, und solche Gedanken sind dumm. Sparta ist die führende Macht Griechenlands und wird es noch bleiben, solange wir leben. Vergiß deinen Wunsch nach Rache, Parmenion. Selbst die Macht Persiens konnte Sparta nicht in die Knie zwingen.«

»Du hast recht«, erwiderte der junge Mann und umarmte seinen Freund.

Doch als er im ersten Licht der Morgendämmerung von Xenophons Anwesen ritt, dachte Parmenion an Deraes Traum, an Theben und an die dortige spartanische Garnison. Eine feindliche Macht, gehaßt und gefürchtet, die tief ins Zentrum einer Stadt mit dreißigtausend Thebanern ihre Wurzeln gegraben hatte. Er zog sein Schwert und blickte auf die funkelnde Klinge. »Ich gelobe dir die Zerstörung Spartas«, flüsterte er. Er hob die Waffe in Brusthöhe und richtete die Spitze nach Südosten. Und obwohl die Stadt noch weit, weit entfernt war, stellte er sich vor, wie sein Schwert riesenhaft darüber schwebte, und das grelle Licht der Sonne verwandelte die Klinge in loderndes Feuer.

»Ich trage die Saat deines Hasses«, rief er, und seine Worte wurden vom böigen Wind fortgerissen. »Und ich weiß, wo ich sie aussäen muß.«

Ja, dachte er, Theben ist das richtige Ziel für den Löwen von Macedonien.

Theben, im Herbst 382 v. Chr.

»Ich gebe nichts auf Vorzeichen«, sagte der Krieger mit zornbebender Stimme. »Laßt uns ein Heer aufstellen und die verfluchten Spartaner aus der Stadt verjagen.«

Der hochgewachsene Mann am Fenster wandte sich zu dem Mann um, der gesprochen hatte, und lächelte, während der Blick aus seinen dunklen Augen durch das Zimmer schweifte. »Wir drei«, sagte er schließlich, »halten die Hoffnungen unserer Stadt in unseren Herzen. Wir dürfen nicht voreilig handeln.« Er nahm den Blick vom Krieger und schaute in die meergrünen Augen des Ratsherrn und Volksredners Kalepios. »Die Spartaner haben Theben besetzt, weil sie *wußten*, daß wir nicht die Macht haben, uns ihnen entgegenzustemmen. Wir müssen darüber nachdenken, was *sie* von uns wollen.«

»Und wie sollen wir das anstellen?« fragte Kalepios.

»Was sie von uns wollen«, rief der Krieger mit Donnerstimme und sprang auf, »sind scharfe Schwerter in den Leib!«

Der hochgewachsene Mann ging mit schnellen Schritten zum Krieger hinüber und sagte mit gesenkter Stimme: »Warum trittst du nicht näher ans Fenster, Pelopidas? Dann kann die ganze Stadt dich hören!«

»Immer nur reden und reden! Ich habe es satt«, erwiderte Pelopidas, dämpfte aber ebenfalls die Stimme. »Ich kann es nicht mehr mit ansehen, wenn die Spartaner wie unsere Herren durch Theben stolzieren.«

»Glaubst du etwa, dir allein ergeht es so?« fragte der hochgewachsene Mann den Krieger.

Ihre Blicke trafen sich. »Es tut mir leid, mein Freund«, sagte Pelopidas, »aber es bereitet mir Übelkeit und umnebelt mein Hirn. Sprich weiter.«

»Wir müssen herausfinden, was die Spartaner wirklich wollen – und dann das Gegenteil von dem tun, was sie von uns erwarten. Aber wir müssen es mit List und Tücke anstellen, und wir müssen lernen, uns in Geduld zu üben.«

Der hochgewachsene Mann trat wieder ans Fenster und blickte über die Stadt hinweg zum Hügel, auf dem die Kadmea stand, die Zitadelle, auf deren hohen Mauern spartanische Soldaten patrouillierten.

»Mir scheint«, sagte Kalepios, »daß die Spartaner wollen, was sie immer schon gewollt haben – erobern und beherrschen. Agesilaos haßt Theben. Und nun hat er uns in seiner Gewalt.«

»Aber hat er, was er *will*?« fragte der hochgewachsene Mann. »Ich glaube, die Spartaner hoffen darauf, daß wir uns gegen sie erheben und die Kadmea angreifen. Denn wenn wir das tun und spartanisches Blut vergießen, werden sie mit einer Armee über uns herfallen. Sie werden diese Stadt plündern – vielleicht sogar dem Erdboden gleichmachen. Und wir haben kein Heer, uns ihnen entgegenzustellen.«

»Es gibt andere Städte«, sagte Pelopidas. »Wir könnten um Hilfe bitten.«

»Auch in den anderen großen Städten wimmelt es von Spionen und Plappermäulern«, erwiderte der hochgewachsene Mann mit scharfer Stimme. »Nein, wir müssen den Widerstand allein organisieren. Du, Pelopidas, solltest die Stadt verlassen. Reite hinaus aufs Land, sammle Krieger um dich und ziehe nach Norden. Laß dich und deine Männer als Söldner anwerben. In Thessalien, Illyrien, Macedonien – wo, spielt keine Rolle. Baue eine Streitmacht auf. Bereite dich auf den Tag vor, wenn du nach Theben zurückgerufen wirst.«

»Und was ist mit mir?« fragte Kalepios.

»Diejenigen Ratsherrn, die auf seiten der Spartaner stehen, sind jetzt die Beherrscher der Stadt. Du mußt einer von ihnen werden. Ein Mann, der auf ihrer Seite steht.«

»Die Leute werden mich hassen«, protestierte Kalepios.

»Nein. In der Öffentlichkeit wirst du nie über die Spartaner reden. Du wirst sie in deinen Reden weder kritisieren, noch wirst du sie loben. Du wirst vollkommen darin aufgehen, mit den Thebanern zusammenzuarbeiten, ihnen mit Rat und Tat zur Seite stehen. Du wirst keine Spartaner in dein Haus einladen. Vertraue mir, Kalepios. Wir brauchen einen starken Mann im Zentrum der Macht, und deine Fähigkeiten werden allgemein anerkannt. Sie werden dich brauchen – so wie wir dich brauchen.«

»Und was ist mit dir, Epaminondas?« fragte der Krieger.

»Ich werde in der Stadt bleiben und im stillen Menschen um mich sammeln, die unsere Sache unterstützen. Aber denkt daran: Es kommt entscheidend darauf an, daß wir den Spartanern keinen Vorwand liefern, eine Armee gegen Theben marschieren zu lassen. Nicht, bevor wir bereit sind.«

Die Tür zum *andron* wurde geöffnet, und Kalepios erhob sich hastig aus dem Stuhl, als ein Diener eintrat und sich verbeugte.

»Herr«, sagte er zu dem hochgewachsenen Mann, »ein Spartaner möchte dich sprechen.«

»Wissen es die Spartaner?« flüsterte Kalepios, und sein Gesicht rötete sich.

»Ist er allein?« fragte Epaminondas den Diener und ignorierte Kalepios.

»Ja, Herr. Er hat einen Brief von General Xenophon.«

»Führe ihn ins Ostzimmer. Ich komme gleich zu ihm«, erwiderte der hochgewachsene Mann. »Wartet noch ein paar Minuten«, sagte er zu den anderen, »dann verlaßt das Haus durch die Hintertür und geht über Seitengassen von hier fort.«

»Sei vorsichtig, mein Freund«, warnte der Krieger. »Ohne dich sind wir nichts.«

Epaminondas lehnte sich im Stuhl zurück; seine dunklen Augen musterten das Gesicht des jungen Mannes. »Und wie geht es dem General?« fragte er und trommelte mit den Fingern auf das Schreibpult vor ihm.

»Es geht ihm gut, Herr. Er läßt dich grüßen, und ich habe einen Brief für dich.«

»Warum hat er dich ausgerechnet zu mir geschickt, Parmenion? Ich bin nur ein einfacher Bürger ohne Amt und Einfluß in einer Stadt, die von ... anderen regiert wird. Ich kann dir keine große Hilfe sein.«

Der junge Mann nickte. »Das verstehe ich, Herr. Doch Xenophon hat gesagt, du wärst ein Soldat von außerordentlichen Fähigkeiten gewesen. Ich glaube, er hat gehofft, du könntest mir einen Platz im thebanischen Heer verschaffen.«

Epaminondas lachte leise, doch ohne jede Spur von Humor. Dann erhob er sich, ging zum Fenster und öffnete die Läden. »Sieh, dort droben«, sagte er und zeigte auf die Zitadelle auf der Kuppe des Hügels. »Das ist die Kadmea. Sie dient den Spartanern als Garnison – Spartanern, wie du einer bist. Es gibt keinen einzigen Thebaner dort oben.«

»Ich bin kein Spartaner«, erwiderte Parmenion. »Ich wurde als Mischling verachtet, als halber macedonischer Barbar. Wäre ich Thebaner, würde ich nach einer Möglichkeit suchen, wie man die Spartaner . . . überreden kann, die Stadt zu verlassen.«

»Ach, ja?« erwiderte der Thebaner, und seine eingefallenen, pockennarbigen Wangen röteten sich, doch seine Stimme blieb kühl. »Es gibt nur wenige Männer, die einen solchen Versuch unternehmen würden. Was mich betrifft . . . wie ich schon sagte, ich bin Privatmann und habe nur noch wenig Interesse an Politik und Kriegskunst.«

»Dann werde ich dich nicht länger belästigen, Herr«, sagte Parmenion. Er legte Xenophons Brief auf das Schreibpult, verbeugte sich und ging zur Tür.

»Warte!« rief Epaminondas, der verhindern wollte, daß der unwillkommene Besucher seine anderen Gäste zu Gesicht bekam, die gerade das Haus verließen. »Du bist fremd in der Stadt, und du kannst in meinem Haus bleiben, bis wir eine angemessene Unterkunft für dich gefunden haben. Ich lasse dir von einem Diener ein Zimmer herrichten.«

»Das ist nicht nötig. Ich habe nicht die Absicht, in einem Haus zu bleiben, in dem man so unfreundlich begrüßt wird.«

»Du redest frei heraus. Dann will ich's auch tun. Ich mag die Spartaner nicht besonders – ob sie nun Xenophons Freunde sind oder nicht. Aber du bist ein Fremder in einer fremden Stadt. Es wird eine Weile dauern, eine ordentliche Unterkunft zu finden. Also, laß dir mein Angebot noch einmal durch den Kopf gehen – und«, fügte er hinzu und zwang sich zu einem Lächeln, »ich möchte mich für mein unhöfliches Benehmen entschuldigen.«

Parmenions Haltung schien sich angesichts des Lächelns zu entspannen. »Auch ich muß mich entschuldigen. Ich bin hier fehl am Platze, und das ist mir peinlich.«

»Dann laß uns von vorn beginnen, Parmenion. Komm, setz dich und trink einen Becher Wein, während ich den Brief lese.«

Der Thebaner ging zum Schreibpult zurück, rollte das Pergament auseinander und las vom Zweikampf mit Nestos und von Parmenions Wunsch, sein Glück in einer anderen Stadt zu suchen. »Warum hast du gegen diesen Mann gekämpft? Oder ist es eine Privatsache, die mich nichts angeht?« fragte Epaminondas schließlich.

»Er war einem Mädchen versprochen, das ich geliebt habe.«

»Verstehe. Was ist mit ihr geschehen?«

»Sie wurde der Kassandra geopfert.«

»Was für Barbaren wir Griechen doch sind«, sagte Epaminondas. »Ich weiß nicht, ob ich lachen oder weinen soll, wenn ich sehe, wie schnell wir damit bei der Hand sind, Menschen anderer Rassen zu verurteilen und sie als Barbaren zu bezeichnen, wo wir selbst noch immer so widerwärtige, blutige Opfer darbringen.«

»Die Götter fordern diese Opfer«, sagte Parmenion.

»Es gibt keine Götter«, erwiderte der Thebaner. »Das alles ist ein riesiger Schwindel – wenngleich die vermeintlichen Götter von Nutzen sein können.«

»Wie kann etwas von Nutzen sein, das es gar nicht gibt?« fragte der jüngere Mann.

Der Thebaner lächelte. »Wie du siehst, führen zwei Türen aus diesem Zimmer, Parmenion. Wenn ich dir sagen würde, daß hinter der einen Tür ein Löwe lauert und daß die andere ins Paradies führt – welche würdest du wählen?«

»Die Tür ins Paradies.«

»Genau. Den Löwen gibt es gar nicht – aber er hilft mir, dafür zu sorgen, daß du die Tür wählst, die du nach *meinem* Willen nehmen sollst. Es ist ganz einfach. Soldaten glauben für gewöhnlich an Götter und Orakel, aber nach meiner Erfahrung kann man sich jede Prophezeiung zunutze machen, wenn man sie zu seinen eigenen Gunsten deutet.«

Parmenion fühlte sich angesichts dieser Blasphemie unbehaglich und wechselte das Thema. »Xenophon hat mir erzählt, daß du einst auf seiten der spartanischen Armee gekämpft hast.«

»Vor drei Jahren. Damals war ich fünfundzwanzig und viel leichtgläubiger als heute. Theben und Sparta hatten sich gegen die Arkadier verbündet. Nach der Schlacht bekam ich von Agesilaos zehn Goldstücke und das Lob, tapfer gekämpft zu haben . . . für einen Thebaner.«

»Ich weiß von der Schlacht. Die Abwehrreihen wurden durchbrochen«, sagte Parmenion, »aber du und Pelopidas habt euch Schulter an Schulter dem Feind gestellt und seinen Vormarsch aufgehalten. Als

Pelopidas, durch sieben Wunden geschwächt, zu Boden stürzte, hast du dich schützend vor ihn gestellt und die Feinde abgewehrt, bis die Spartaner dir zu Hilfe kamen.«

»Du weißt sehr viel über mich«, sagte Epaminondas, »ich aber weiß nur wenig über dich. War Xenophon dein Liebhaber?«

»Nein, wir waren und sind nur Freunde. Ist das von Bedeutung?«

Epaminondas breitete die Arme aus. »Nur insofern, als ich mich unbedingt auf Xenophons Urteil verlassen muß. Er schreibt, du seist ein begnadeter *strategos*. Stimmt das?«

»Ja.«

»Sehr gut, nur keine falsche Bescheidenheit. Ich kann Männer nicht ausstehen, die ihr Licht unter den Scheffel stellen.« Der Thebaner erhob sich. »Wenn der lange Ritt dich nicht zu sehr ermüdet hat, könnten wir durch die Stadt gehen, so daß du dich mit deiner neuen Heimat ein wenig vertraut machen kannst.«

Epaminondas führte Parmenion durch die Vordertür des Hauses auf die breite Hauptstraße, die nach Süden verlief und bis zum Stadttor, das der Elektra geweiht war. Parmenion war erst vor einer Stunde durch dieses Tor geritten, aber diesmal blieb er stehen und betrachtete die Reliefs, die in den Stein des Torbogens gemeißelt waren. Darunter war die Gestalt eines Mannes mit gewaltigen Muskeln, der einen vielköpfigen Drachen angreift. »Herakles' Kampf mit der Hydra«, sagte der Thebaner. »Das Relief hat Alkamenes geschaffen. Im Nordwesten sind noch andere von seinen Arbeiten zu sehen.«

Seite an Seite gingen die beiden Männer durch Theben, schlenderten über Marktplätze, kamen an Villen aus weißem Marmor und kleineren Häusern aus sonnengetrockneten, weißgetünchten Lehmziegeln vorbei. Überall wimmelte es von Menschen, und Parmenion war von der Vielfalt der Farben ihrer Kleidung und den prächtigen Verzierungen an den Wänden der Häuser beeindruckt. Die Straßen waren gepflastert, und an verschiedenen Stellen befanden sich sogar kunstvolle Mosaike – ganz anders als in den Straßen Spartas, deren Oberfläche zumeist aus harter Erde bestand. Parmenion hielt inne und beobachtete eine junge Frau, die auf einer niedrigen Mauer saß. Sie trug ein rotes Kleid mit goldenem Saum, und von ihren Ohren baumelten silberne Anhänger. Ihre Lippen waren unnatürlich rot, und ihr Haar hatte eine so goldene Farbe, wie Parmenion es noch nie bei einem Menschen gesehen hatte.

Sie blickte auf, sah Parmenion und erhob sich geschmeidig. »Eine Gabe für die Göttin?« fragte sie.

»Was für eine Gabe?« wollte Parmenion wissen. Sie kicherte, und Epaminondas trat hinzu.

»Er ist fremd in Theben. Gewiß wirst du die Gabe ein andermal von ihm bekommen.« Er nahm Parmenion beim Arm und zerrte den jungen Mann von dem Mädchen fort.

»Was für eine Gabe wollte sie?«

»Sie ist Priesterin im Tempel der Aphrodite, und sie wollte mit dir ins Bett gehen. Es hätte dich vierzig Obolen gekostet. Einen Obolos bekommt der Tempel, den Rest die Priesterin.«

»Unglaublich!« flüsterte Parmenion.

Sie setzten den Weg fort und wühlten sich durch die Menschenmenge, die sich vor den Marktständen drängte. »Ich habe noch nie so viele Waren auf einmal gesehen. So viel Tand und Plunder und Gegenstände von geringem Wert«, sagte Parmenion.

»Geringer Wert?« Epaminondas blickte verdutzt. »Sie sind schön anzuschauen ... oder am Leib zu tragen. Das ist doch auch ein Wert, oder? Aber ich vergaß, daß du Spartaner bist. Du wohnst gern in Zimmern mit einem Stuhl, der scharfe Kanten hat, und mit einem Bett, dessen Matratze aus Dornen gemacht ist.«

»Nicht ganz«, erwiderte Parmenion lächelnd. »Manchmal gönnen wir uns das Vergnügen, im Winter nackt auf einem Fußboden aus Stein zu schlafen.

»Ein Spartaner mit Sinn für Humor. Kein Wunder, daß du bei deinen Landsleuten unbeliebt warst.«

Schließlich gelangten sie zu den Statuen des Herakles und der Athene, die am südlichen Fuß des Hügels standen, auf dem die Kadmea errichtet war. Die Standbilder waren aus weißem Marmor gehauen und über zwanzig Fuß hoch.

»Alkamenes' größtes Werk«, sagte der Thebaner. »Wenn du und ich längst zu Staub zerfallen und von der Geschichte vergessen sind, wird die Menschheit diese Kunstwerke noch immer bestaunen.«

»Sie sehen so echt aus. Wie erstarrte Riesen«, sagte Parmenion mit gesenkter Stimme.

»Gäbe es die Göttin Athene wirklich, wäre sie hocherfreut über dieses Werk. Man sagt, daß eine Priesterin der Aphrodite dem Alkamenes Modell gestanden hat. Na ja, bei einem solchen Körper kann das nicht verwundern.«

»Ich wünschte, du würdest nicht so lästerlich reden«, sagte Parmenion. »Hast du denn nie daran gedacht, daß du dich irren könntest? Die Spartaner sind sehr religiöse Menschen, und sie haben nie eine Schlacht zu Lande gegen einen zahlenmäßig gleichstarken Gegner verloren.«

»Ich kann dich gut leiden, Parmenion, und darum möchte ich dir folgende Frage stellen: Sparta ist die einzige Stadt, die ein stehendes Heer unterhält, mit hervorragend ausgebildeten Kriegern von eiserner Disziplin. Könnte nicht *das* der Grund für die Siege gewesen sein?«

»Wahrscheinlich beides.«

»Sehr gut gesprochen. Wie ein Gesandter«, sagte der Thebaner mit breitem Lächeln. Er führte Parmenion auf einen Platz, auf dem Stühle und Tische zum Schutz gegen die Sonne unter aufgespannten Segeltuchplanen standen. Sie setzten sich an einen freien Tisch, und ein Junge kam herangeschlendert und verbeugte sich.

»Bring uns Wasser und ein paar Honigkuchen«, sagte Epaminondas. Beim Essen stellte er Parmenion Fragen über sein Leben in Sparta und wollte die ganze Geschichte wissen, die der Grund dafür gewesen war, daß er Sparta verlassen hatte. Er hörte schweigend zu, als der junge Mann über sein bisheriges Leben und von seiner Liebe zu Derae erzählte.

»Sich zu verlieben ist so, als würde man ein Schwert bei der Klinge packen«, sagte der Thebaner. »Du hast es zwar in der Hand, aber um welchen Preis? Wir Thebaner schicken schon seit dreißig Jahren keine Opfer mehr an Kassandra. Und die Athener haben diesem abscheulichen Brauch vor zehn Jahren ein Ende gemacht. Es ist sinnlos.«

»Es besänftigt die Götter«, sagte Parmenion mit der Andeutung eines Lächelns.

»Ich werde niemals eine Wesenheit verehren, die das Blut Unschuldiger verlangt, um besänftigt zu werden«, erwiderte der Thebaner. Er blickte hinauf zur Zitadelle auf der Akropolis; sie war von hohen Mauern umgeben, auf denen Parmenion Posten patrouillieren sah. »Sag mal, junger *strategos*, wie würdest du eigentlich die Kadmea zurückerobern – wenn du Thebaner wärst?«

»Indem ich die ganze Stadt erobern würde.«

»Wie soll das gehen? Wie kann man eine Stadt erobern, um sie zu retten?«

»Wie viele Bürger wohnen in dieser Stadt oder in unmittelbarer Nähe? Zwanzigtausend? Dreißigtausend?« fragte Parmenion.

»Mehr. Die genaue Zahl weiß ich allerdings nicht«, erwiderte der Thebaner, der sich vorgebeugt und die Stimme gesenkt hatte.

»Und wie viele Spartaner sind in der Garnison?«

»Achthundert.«

Parmenion hob den Becher Wasser an die Lippen und leerte ihn. »Gibt es dort oben einen Brunnen?«

»Nein.«

»Dann würde ich die Bürger ermutigen, sich zu erheben und die Kadmea zu belagern – bis die Spartaner sich aus Hunger und Durst ergeben.«

»Aber wenn die Spartaner die Tore öffnen, ihre Schwerter ziehen und herausgestürmt kommen? Panik würde ausbrechen, und die Menge würde die Flucht ergreifen.«

»Sofern die Spartaner die Tore öffnen *können*«, stimmte Parmenion zu. »Was aber, wenn die von außen verriegelt sind? Dann würde kein Weg mehr aus der Festung führen, es sei denn, die Spartaner ließen sich an Seilen die Mauern hinunter. Und ich kann mich an keine Schlacht erinnern, bei der eine spartanische Phalanx gesiegt hat, indem sie sich auf den Feind hinunterfallen ließ.«

»Interessant«, sagte Epaminondas, »allerdings nur aus rein theoretischer Sicht, versteht sich. Aber du gefällst mir, junger Mann. Ich könnte mir gut vorstellen, daß wir Freunde werden. Jetzt laß uns weitergehen. Es gibt noch viel zu sehen.«

»Theben ist eine wundervolle Stadt«, sagte Parmenion später, als die beiden Männer in Epaminondas' weißgetünchtes Haus zurückgekehrt waren. Ein Diener brachte ihnen Brot und Käse auf hölzernen Brettern, und sie setzten sich auf den Balkon im ersten Stock und genossen die Kühle des Schattens unter der hoch aufragenden Kadmea.

»Du hast noch nicht einmal ein Zehntel gesehen«, sagte Epaminondas. »Ursprünglich war die Kadmea die eigentliche Stadt, und Theben hat sich im Laufe der Zeit um den Hügel herum ausgebreitet. Morgen werden wir uns das Theater anschauen, und ich werde dir das Grab des Hektor und das große nördliche Tor zeigen.«

»Mir allem Respekt, aber ich würde lieber zum Übungsplatz gehen. Meine Muskeln schmerzen vom Ritt, und ich möchte gern Lauftraining machen.«

»Übungsplatz? Was für ein Wort. Hier in Theben nennen wir es Stadion.«

»Egal, wie ihr es nennt, ich möchte mich dort gern ertüchtigen.«

»Dein Wunsch ist mir Befehl.«

In dieser Nacht schlief Parmenion in einem Zimmer im obersten Stock des Hauses, und ein kühler Wind aus dem Osten wehte durchs offene Fenster. Parmenion träumte von einem uralten Tempel, vor dem riesige, eingestürzte Säulen lagen. Im Innern des Tempels war eine alte Frau. Sie lag auf einer Pritsche neben dem Altar; er nahm die Hand der alten Frau und blickte auf sie hinunter und in ihre trüben Augen.

Es war ein eigenartiger Traum, und obgleich Parmenion mitten in der Nacht erwachte, fühlte er sich seltsam ruhig und ausgeruht.

Er legte sich zurück und dachte an Nestos und die schreckliche Angst, die er in dessen Augen gesehen hatte, und er erinnerte sich voller Kummer an den Ausdruck auf Hermias' Gesicht, als er mit dem blutigen Schwert in den Fäusten herumgewirbelt war. Die Freundschaft zwischen ihm und Hermias war zerbrochen. Schlimmer noch – Parmenion hatte den aufkeimenden Haß in Hermias' Miene gesehen.

Über alle Kindheitsjahre hinweg war Hermias sein einziger Verbündeter gewesen, standhaft und treu. Es schmerzte den jungen Spartaner, daß sich eine so tiefe Kluft zwischen ihnen bildete. Aber das ist nur ein Preis von vielen, den ich zahlen muß, um meine Rache zu erfüllen, dachte er.

Rache. Das Wort wand und krümmte sich in seinem Innern wie ein lebendes Wesen; es wuchs und wucherte und verscheuchte die Erinnerungen an seinen Traum und die Ruhe, die ihn überkommen hatte. Die Rache braucht immer viel Zeit, dachte er, und niemals ist sie einfach. Ich muß die Zeit nutzen, muß all das Neue in mich aufnehmen, das diese Stadt mir bieten kann, muß den rechten Augenblick abwarten, muß hier in Theben all jene Rebellen finden, die Spartaner hassen wie ich selbst. Aber ich muß mit Vorsicht handeln. Seine Gedanken schweiften zu Epaminondas. Dieser Mann konnte ihm Beispiel sein – ein großer Krieger, aber auch ein Denker. Parmenion stieg aus dem Bett und zog das Schwert des Leonidas aus der Scheide. Das Mondlicht schimmerte auf der Klinge und verwandelte sie in Silber. Parmenion wurde von dem wilden Verlangen gepackt, das Schwert wieder und wieder in die Herzen seiner Feinde zu stoßen; er wollte die Klinge triefend von ihrem Blut sehen. Bin ich geduldig genug? fragte er sich. Wie lange kann ich warten?

Xenophons Worte hallten in seinem Innern wider: »Ein kluger Feldherr beginnt erst dann die Schlacht, wenn er sich des Sieges sicher ist – sofern er die Wahl hat. Genauso, wie ein Krieger sich niemals mit nur einem Stück Erz in der Faust in den Kampf stürzt. Ein kluger Feldherr wartet ab, bis der Waffenschmied ihm ein Schwert mit tödlicher Klinge gefertigt hat.«

Parmenion holte ein paarmal tief Atem, um sich zu beruhigen, und schob dann das Schwert in die Scheide zurück. »Du hast wie immer recht, Xenophon. Und ich vermisse dich. Ja, ich werde den rechten Augenblick abwarten.« Er legte sich wieder aufs Bett und fiel in einen unruhigen Halbschlaf; Bilder wirbelten durch sein Hirn: das Feldherrnspiel gegen Leonidas; der Tod seiner Mutter; Derae, wie sie am

Ufer des Sees entlangrennt; Derae, wie sie im Eichenhain neben ihm liegt, und der sterbende Nestos, ertrinkend im eigenen Blut.

Und er träumte, unter blutrotem Himmel über einen dunklen Hügelhang zu gehen. Ein weißer Baum wuchs dort; sein Stamm bestand aus aufgehäuften Totenschädeln, und die klaffenden Kiefer grinsten obszön. Schwerter und Speere, von Knochenhänden umklammert, bildeten die Äste des Baumes, und seine Früchte waren abgeschlagene Köpfe, aus deren Halsstümpfen das Blut zu Boden tropfte. Und wo es auf die Erde fiel, wuchsen schwarze Blumen, deren Blüten die Form von Gesichtern besaßen. Kalter Wind wehte seufzend über die Blumen hinweg, und Parmenion schien tausend Stimmen aus der Ferne flüstern hören: »Verschone mich! Verschone mich!«

Ein Schatten bewegte sich den Hügelhang hinauf, und der Spartaner fuhr herum und sah eine vermummte Gestalt, die sich vor dem Baum erhob. »Was ist dein Begehr, junger Krieger?« drang die Stimme einer Frau dumpf unter der Kapuze hervor.

»Blut und Vergeltung«, gab er zur Antwort.

»Dein Wunsch wird erfüllt«, sagte die Frau.

Parmenion erwachte bei Anbruch der Dämmerung und gesellte sich zu Epaminondas auf die Veranda, wo sie das Frühstück einnahmen. Der Thebaner trug eine schlichte, graugrüne Tunika, die sein blasses, pockennarbiges Gesicht hohlwangig und krank erscheinen ließ. Doch seine dunklen Augen funkelten, und sein Lächeln war offen und freundlich, als Parmenion sich zu ihm setzte.

»Du hast von Laufübungen gesprochen, Parmenion. Bist du Athlet?«

»Jedenfalls bin ich schnell auf den Beinen. Ich sollte Sparta bei den olympischen Spielen vertreten. Aber ich habe beim Endlauf einen Fehler gemacht und wurde von Leonidas besiegt.«

»Interessant. In Theben gibt es einen Läufer, dem kaum jemand an Schnelligkeit gleichkommt. Er ist einer der Spartaner aus der Kadmea. Sein Name ist Meleager.«

»Ich habe von ihm gehört. Leonidas hat ihn vor einen Jahr mit zehn Schritt Vorsprung geschlagen.«

»Glaubst du, daß du ihn besiegen kannst?«

Parmenion brach sich ein Stück Brot ab und tauchte es in eine Schüssel voller Oliven, weichem Käse und Öl. »Sofern ihm keine Flügel gewachsen sind.«

»Wieviel Geld hast du?« fragte Epaminondas.

»Ich habe Xenophon mein Haus überschrieben. Er hat mir dafür hundertachtzig Drachmen und die braune Stute gegeben. Es wird nicht lange reichen.«

»Bestimmt nicht. Kennt Meleager dich?«

Parmenion zuckte mit den Achseln. »Er wird meinen Namen kennen. Aber was hat das alles damit zu tun, wieviel Geld ich besitze?«

»Wir Thebaner wetten bei Rennläufen. Falls du Meleager schlagen kannst – was bis jetzt noch keiner geschafft hat –, kannst du dein Geld verdreifachen, vielleicht vervierfachen.«

Parmenion lehnte sich im Stuhl zurück. In Sparta wurde nicht gewettet; dort betrachtete man es als vulgär. Aber es war eine Möglichkeit, seine Finanzen aufzubessern. Zur Zeit besaß er kaum Geld genug, um bis zum Frühjahr damit auszukommen. Falls er die Summe vervierfachte, könnte er zwei Jahre lang recht gut davon leben. Was aber, wenn ich den Wettlauf verliere? fragte er sich. Bei den Rennen herrschten rauhe Sitten; die Läufer setzten Ellbogen und Schultern ein, um die Konkurrenten zu behindern. Außerdem bestand immer die Gefahr des Strauchelns oder gar eines Sturzes. Der Ausgang solcher Rennen war vollkommen ungewiß.

»Ich werde darüber nachdenken«, sagte Parmenion.

Das Iolaos-Station war im Norden und Westen von Eichen gesäumt. Im Osten befand sich das Heiligtum der Artemis; ein Tempel mit hohen Säulen, der Göttin der Jagd geweiht; im Süden stand das berühmte Grabmal des Hektor, des gewaltigsten Kriegers von Illion, der im trojanischen Krieg von Achilleus durch einen Lanzenstoß getötet worden war.

Als Parmenion seine Bauch- und Oberschenkelmuskeln reckte und streckte, bevor er mit seinen Runden begann, erblickte er Hektors Grabmal. Es war aus Marmor und mit erhaben gemeißelten Reliefs verziert, die den tapferen Zweikampf des trojanischen Königssohns mit dem griechischen Helden zeigten. Parmenion hatte Hektor schon immer tief bewundert. Für die meisten Spartaner war Achilleus das leuchtende Vorbild, denn er war Sieger geblieben; dennoch war Parmenion der Meinung, daß Hektor den größeren Mut gezeigt hatte. Ein Orakelspruch hatte ihn gewarnt: der Kampf mit Achilleus würde seinen Tod bedeuten, denn der Griechenheld war unbesiegbar. Im Laufe des zehn Jahre währenden Krieges um Troja hatten die beiden den Zweikampf peinlichst gemieden. Und dann, eines strahlenden Morgens, hatte Hektor gesehen, wie Achilleus in seinem Streitwagen auf ihn zugefahren war; seine eiserne Rüstung leuchtete im hellen Sonnenlicht wie weißes Feuer. Die beiden Männer waren sich auf dem Schlachtfeld begegnet – und Hektor hatte gesiegt. Er hatte Achilleus mit einem furchtbaren Hieb in den Nacken zu Boden gestreckt und beobachtet, wie die Schicksalsgöttin des Griechenhelden sich im Todeskampf wand.

Welch ein Triumph für Hektor! Welch eine Last war von seinem Herzen genommen! Jetzt würde er seinen kleinen Sohn doch noch aufwachsen sehen; jetzt würde er wieder den Frieden finden, den das Orakel ihm gestohlen hatte. Hektor kniete neben dem Gegner nieder, um ihn seiner Rüstung und der Waffen zu berauben, riß ihm den Helm mit dem prächtigen Federbusch vom Kopf – und blickte in das wächserne, erstarrte Antlitz von Patroklos, Achilleus' Geliebtem. Hektor taumelte zurück, entsetzt und verwirrt. Er stürmte zu einem griechischen Gefangen. »Was bedeutet das?« fragte er den Mann. »Warum hat Patroklos des Achilleus Rüstung getragen?«

Der Grieche konnte dem flammenden Blick Hektors nicht standhalten, senkte den Kopf und erwiderte: »Achilleus hat beschlossen, in die Heimat zurückzukehren. Nimmer wird er die Waffen gegen Troja erheben.«

O doch, das wird er. Hektor wußte es. Dadurch, daß er den Patroklos erschlagen, hatte er seinen eigenen Untergang nur beschleunigt. Er schwang sich auf seinen Streitwagen, peitschte die Pferde voran, begab sich in den Schutz der Mauern Trojas und wartete auf die Herausforderung, die da kommen mußte.

Binnen einer Stunde stand Achilleus vor den Toren ...

Parmenion beendete seine Aufwärmübungen, ging zum Grabmal Hektors hinüber und legte die Hand auf den kühlen Marmor. »Du bist hinausgegangen und hast dich ihm gestellt, Hektor«, sagte er. »Das war eine tapfere Tat. Und bist gestorben, wie es eines Kriegers würdig ist – im Angesicht des Gegners.«

Die Knochen Hektors wurden aus den Ruinen Trojas geborgen und in Theben beigesetzt, denn ein zweites Orakel hatte prophezeit: »Ihr Thebaner in der Stadt des Kadmos! Eurer Land soll unermeßlichen Reichtum ernten, wenn ihr die Knochen des Hektor aus Asien in eure Heimat überführt. Bringt sie heim und ehrt den Helden gemäß dem Willen des Zeus.«

Die Thebaner hatten gehorcht. In jedem Jahr, so Epaminondas, feierten sie im Stadion einen heiligen Tag zum Gedenken Hektors. Dann tanzten und tranken die Männer und Frauen zu Ehren des Trojaners. Und der Orakelspruch hatte sich tatsächlich erfüllt: Theben war eine reiche Stadt geworden – durch den Handel mit Athen im Süden und durch die Ausfuhr von Waren in den Norden, nach Thessalien und Macedonien, zu den Illyrern und Thrakern. Theben schwamm im Geld.

Parmenion holte tief Atem und begann zu rennen. Der Untergrund der Laufbahn war hartgebackener Lehm; die Bahn selbst war ein großes Oval, das um den Rand des Stadions herumführte. Fünf Runden entsprachen einer Meile. Parmenion lief flüssig und locker und begutachtete die Bahn und ihre Umgebung. Sämtliche Wettläufe wurden am Heiligtum der Artemis gestartet und endeten auch dort, deshalb hielt er in der letzten Kurve vor dem Ziel an und kniete nieder, um den Verlauf der Strecke in Augenschein zu nehmen. Hier, an dieser Stelle, war die Bahn ausgetretener und ihre Oberfläche von pulvrigem Lehm bedeckt. Das war nicht überraschend, denn die Läufer setzten hier zum Endspurt an, und deshalb war dieses Stück der Rennbahn über die Jahre hinweg stärker beansprucht worden. Wenn ein Läufer nicht auf der Hut war, konnte er an dieser Stelle leicht ins Straucheln geraten oder gar stürzen. Also muß ich dafür sorgen, dachte Parmenion, in dieser letzten Kurve möglichst weit außen zu laufen ... aber das weiß Meleager sicherlich auch.

Parmenion setzte seinen Lauf noch über eine Stunde fort, verschärfte hin und wieder die Geschwindigkeit bei kurzen, blitzartigen Sprints, um dann wieder in ein gleichmäßiges Tempo zu verfallen. Schließlich lief er mit langsamen Schritten zu Epaminondas hinüber, der im Schatten einer großen Eiche lag.

»Du bist ein guter Läufer«, sagte der Thebaner, »aber ausgesprochen spritzig scheinst du mir nicht zu sein. Meleager ist schneller.«

Parmenion lächelte. »Das bezweifle ich nicht. Aber Geschwindigkeit bedeutet Kraftaufwand, und auf der Mittelstrecke kann man den Gegner durch gute Taktik seiner Kraft berauben. Wirst du auf mich wetten?«

»Natürlich. Du bist mein Gast. Es wäre unhöflich, nicht auf dich zu wetten. Aber setze nicht all *dein* Geld auf den Sieg, Parmenion.«

Der Spartaner lachte. »Wann werde ich gegen Meleager antreten können?«

»In drei Wochen finden Wettkämpfe statt. Ich werde deinen Namen auf die Liste setzen lassen. Wie sollen wir dich nennen?«

»In Sparta hat man mich Savra genannt.«

»Eidechse?« Epaminondas runzelte die Stirn. »Nein, das ist kein guter Name. Wir brauchen einen macedonischen Namen.« Grübelnd blickte er in die Ferne und sah, zwischen den Bäumen, den steinernen Löwen, der dem Herakles geweiht war. »Dort hinten«, sagte der Thebaner. »Wir machen es einfach und nennen dich Leon, den Löwen. Du rennst ja auch wie ein Löwe.«

»Warum können wir es nicht bei Parmenion belassen? Leon – Löwe! Das hört sich irgendwie wie ein ... Schwindel an.«

»Hört sich so an? Gut. Es *ist* ein Schwindel, mein Freund. Na ja, um unser Gewissen zu besänftigen, könnten wir es auch Einschüchterung nennen. Immerhin hättest du dir beinahe einen Platz in der spartanischen Mannschaft für die nächsten olympischen Spiele erkämpft. Aber wenn wir das bekannt machen, würde alle Welt auf dich wetten ... und dadurch würden die Quoten so weit gedrückt, daß wir kaum Geld verdienen könnten, sofern du gewinnst. Und wie die Sache nun einmal steht, wird das Geld, das wir im Falle deines Sieges kassieren, größtenteils aus spartanischen Taschen fließen.«

»Ich brauche Geld«, sagte Parmenion grinsend.

»Siehst du? Nur darauf kommt es an, *Leon*«, erwiderte Epaminondas. »Der Triumph der Zweckdienlichkeit über die moralischen Prinzipien. Möge es allzeit so bleiben.«

»Du bist sehr zynisch«, sagte Parmenion.

Der Thebaner nickte.

»Das stimmt. Aber den Zynismus lehrt einen das Leben. Man sieht die Dinge, wie sie wirklich sind. Man kann jeden Menschen bezahlen – sei es mit Geld, Ruhm oder Macht.«

»Kann man dich auch bezahlen?«

»Natürlich. Um Theben zu befreien, würde ich alles opfern.«

»Das ist ein ehrenhafter Preis«, sagte Parmenion.

»Wenn du das wirklich glaubst«, erwiderte der Thebaner, »mußt du noch viel lernen.«

Während der Wochen vor dem Wettlauf war Parmenion jeden Tag zwei Stunden gelaufen und hatte Kraft und Ausdauer gesteigert. Jetzt, zwei Tage vor dem Rennen, beschränkte er sich nur noch darauf, in mäßigem Tempo um die Bahn zu traben und seine angespannten Muskeln zu lockern. Er hatte nicht die Absicht, müde und ausgelaugt ins Rennen zu gehen. Wie Lepidos zu sagen pflegte: »Laßt eure Kraft nie auf dem Übungsplatz, Männer.« Parmenion beendete den Lauf und nahm im Brunnen neben dem Tempel der Artemis ein Bad. Wie üblich schlenderte er anschließend den ganzen Nachmittag durch die Stadt. Theben faszinierte ihn immer noch – mit seiner Vielfältigkeit und seinen Farben –, und er war tief beeindruckt von der Geschicklichkeit, welche die Thebaner beim Bau ihrer Häuser an den Tag gelegt hatten.

Im Vergleich zu Theben war Sparta eine Ansammlung von Bauernhäusern, die ein Wintersturm durcheinandergewirbelt hatte.

Die öffentlichen Gebäude waren prächtig, mit kolossalen Säulen und wunderschönen Statuen; aber selbst die meisten Wohnhäuser waren kunstvoll erbaut, nicht aus sonnengetrockneten Lehmziegeln, sondern aus Stein; sie waren unregelmäßig geformt – vieleckig, um auf möglichst wenig Raum möglichst viele Häuser errichten zu können. Die Fenster waren groß, so daß viel Sonnenlicht in die Zimmer fiel, und die Wände im Innern der Häuser waren mit Gemälden oder Wandteppichen aus Wolle in leuchtenden Farben verziert. Sogar die ärmlichen Häuser im nördlichen Viertel der Stadt besaßen schön geformte Dächer aus Terrakotta-Ziegeln; vor den Fenstern waren kunstvoll geschnitzte Läden zu sehen, und in vielen Vorgärten sprudelten Springbrunnen.

Parmenions Haus in Sparta war bescheiden gewesen, aber nur um weniges kärglicher als die meisten anderen Häuser: der Fußboden bestand aus hartgebackener Erde, die Wände aus sonnengebranntem Lehm und Binsen, von einer dünnen Schicht Mörtel bedeckt. Doch sogar Xenophons Haus, das Parmenion immer als ausgesprochen luxuriös betrachtet hatte, konnte in keiner Weise mit dem Haus des Epaminondas konkurrieren. Es hatte acht Zimmer, und in jedem Raum war der Fußboden mit Marmorplatten ausgelegt und mit Mosaiken aus weißen und schwarzen Steinchen verziert, die in Kreisen oder Quadraten angelegt waren. Das größte Zimmer, der *andron*, besaß einen Zwischenstock mit sieben Liegen für die Gäste. Und es gab sogar ein ›Badezimmer‹, mit einer Art Brunnen im Innern des Hauses!

Theben war wirklich der mit Abstand aufregendste Ort, den Parmenion je gesehen hatte.

Als die Dämmerung hereinbrach, setzte er sich in der Nähe des großen Marktplatzes an einen Tisch vor eine der vielen Schenken und bestellte sich eine Mahlzeit. Diener brachten ihm das Essen auf flachen Holztellern – einen frischen Laib Brot, eine Schüssel Sauerrahm, Kräuter, Olivenöl, und zum Schluß gewürzten Fisch. Er saß am Tisch, bis die Sterne erstrahlten, und beendete sein Mahl mit Honigkuchen und einem Gefühl, als hätten die Götter ihn zu Speis und Trank auf den Olymp eingeladen.

Doch später, als er in seinem Zimmer im ersten Stock auf dem Bett lag, schlichen sich Erinnerungen an Derae in seine Gedanken, erfüllten ihn mit Trauer und umklammerten sein Herz. Er stand auf, trat ans Fenster und starrte mit finsterem Blick und düsteren Gedanken über die schlafende Stadt hinweg. Träume von Vergeltung wuchsen in seiner Seele, erhoben sich langsam und stetig zu einem Tempel aus Haß in seinem Innern.

Sie werden bezahlen!

Wer wird bezahlen? fragte eine leise Stimme.

Ja, wer? fragte Parmenion sich. Sicher, Leonidas war sein Todfeind, doch Parmenions bisheriges Leben war von Abweisung verpestet worden, von der Verachtung gegenüber dem ›Mischling‹. Nirgendwo war er willkommen gewesen, nur im Hause des Xenophon. Niemand in Sparta hatte ihm das Gefühl der Zugehörigkeit gegeben – nicht einmal Hermias.

Sie alle werden bezahlen, sagte er sich. Die ganze Stadt! Es wird ein Tag kommen, da sich beim bloßen Klang des Namens – *Parmenion* – ein Winseln und Jammern der Todesangst aus zehntausend Kehlen erheben wird.

Und mit diesem Gedanken bedeckte Parmenion die Wunde, die Deraes Tod ihm gerissen hatte.

Während der Tage vor dem Wettlauf verbrachte Epaminondas nur wenig Zeit mit Parmenion. Jeden Abend besuchte er Freunde in entfernten Stadtvierteln; er machte sich früh auf den Weg und kehrte spät heim. In diesen Tagen verhielt er sich Parmenion gegenüber wenn auch nicht unfreundlich, so doch seltsam kühl. Doch Parmenion setzte seine täglichen Wanderungen durch die Stadt fort, machte sich mit Theben vertraut, lernte die Straßen und Gassen und Sehenswürdigkeiten kennen.

An den meisten Tagen sah er spartanische Soldaten über die Marktplätze schlendern oder an den Tischen vor den Schenken sitzen. Sie unterhielten sich mit lauter Stimme, grölten und lachten und benahmen sich überheblich, wie Parmenion immer wieder feststellte. Doch wenn er genauer darüber nachdachte, mußte er einsehen, daß er den Soldaten unrecht tat – sie waren ungeliebte Fremde in einer fremden Stadt. Dennoch wuchs sein Haß auf die Spartaner, und immer wenn er die Soldaten erblickte, spürte er dessen schreckliche Kraft.

Am Abend vor dem Wettlauf lud Epaminondas seinen jungen Gast in den *andron* ein, und die beiden Männer rekelten sich auf den Liegen und unterhielten sich über das Rennen.

»Meleager setzt sich gern dicht hinter den Führenden, um dann hundert Schritt vor dem Ziel blitzartig den Endspurt anzusetzen«, sagte der Thebaner.

»Das paßt mir gut«, erwiderte Parmenion.

»Meleager hat einen Freund, der seine Gegner immer aus dem Konzept bringt oder sie behindert. Ein kleiner Kerl mit schwarzem Bart. In drei Rennen, als Meleager schon wie der Verlierer aussah, hat der Schwarzbart sich vor den Führenden gesetzt und sich dann fallen lassen, und der Führende ist über ihn gestolpert und gestürzt.«

»Dann hätte man Meleager disqualifizieren müssen!«

»Schon möglich«, sagte Epaminondas. »Zumindest beim zweitenmal. Aber er ist Spartaner, und wenn ein Thebaner Einspruch erhebt, könnte er genausogut gegen eine Wand reden. Ich habe die Wettquoten zu heben versucht, hab's aber nur geschafft, dich zum Drei-zu-Eins-Außenseiter zu stempeln. Wieviel willst du setzen?«

Parmenion hatte oft und viel über den Wettlauf nachgedacht. Bei vier zu eins hätte er es sich leisten können, zur Sicherheit ein paar Münzen zu sparen. Aber bei drei zu eins? Er löste den Beutel vom Gürtel und reichte ihn dem Thebaner.

»Ich habe einhundertachtundsechzig Drachmen«, sagte er. »Setze alles auf mich.«

»Hältst du das für klug?«

Parmenion zuckte mit den Achseln. »Es wäre mir lieber, ich hätte eine andere Wahl. Sollte ich verlieren, werde ich meine braune Stute verkaufen und mir bei einem Händler eine Anstellung suchen. Und wenn ich siege? Dann kann ich mir die Miete für eine Wohnung leisten.«

»Du weißt, daß du gern hier bleiben kannst.«

»Das ist sehr freundlich, aber ich möchte keinem zur Last fallen.«

Als die beiden Männer am nächsten Morgen am Stadion anlangten, standen die Zuschauermassen dort bereits dicht an dicht, und in die Mitte des Platzes hatte man stufenförmige Stühle gestellt. Parmenion war nervös, als er auf den Start des Wettlaufs wartete. Zuerst wurden Faustkämpfe veranstaltet, doch dieser Sport interessierte ihn nicht, und so schlenderte er zum Grab Hektors und setzte sich in den Schatten einer Eiche.

Der Mittelstreckenlauf war in Griechenland eine neue Disziplin, und das Hauptinteresse galt immer noch dem Lauf über ein *stadion*: einem Sprint über knapp zweihundert Meter. In vielen Städten, so hatte Xenophon ihm einst erzählt, gab es keine ovalen Rennstrecken, und so mußten die Sprinter beim *stadion* ein etwa zweihundert Meter langes und dreißig Meter breites Rechteck hin und her laufen, an dessen beiden Enden Stangen als Wendemarken in die Erde gerammt waren. Die Perser hingegen hatten eine Vorliebe für die Mittel- und

Langstrecken, und im Laufe der Zeit hatten sie das Interesse der Griechen für diese Distanzen geweckt. Das Zuschauerinteresse an solchen Veranstaltungen galt aber weniger den Rennen als solchen, sondern dem Wetten. Und sobald ein Grieche die Möglichkeit zu wetten hatte, schaute er sich auch gern die Rennen über größere Distanzen an – schließlich hielt die Spannung dabei länger an.

Parmenion döste ein, bis er durch das ohrenbetäubende Brüllen der Zuschauermenge aus dem Schlummer gerissen wurde, als der letzte Faustkampf mit einem Niederschlag beendet wurde. Parmenion stand auf und machte sich auf die Suche nach Epaminondas. Er fand den Thebaner an der Nordseite des Stadions, wo er den Speerwerfern zuschaute.

»Heute ist ein schöner Tag für einen Wettlauf«, sagte Epaminondas und zeigte zum Himmel hinauf. »Die Wolken spenden ein wenig Kühle. Wie fühlst du dich?«

»Ich bin am Rücken ein wenig verspannt«, erwiderte Parmenion, »aber ich bin bereit.«

Epaminondas wies mit einem Kopfnicken auf einen ungefähr dreißig Schritt entfernten Punkt, wo ein hochgewachsener Mann mit glatt rasiertem Gesicht Lockerungsübungen machte. »Das ist Meleager«, sagte er, »und der kleine Schwarzbart hinter ihm ist sein Freund. Ich glaube, er heißt Kletos.«

Parmenion beobachtete die beiden mit Argusaugen. Meleager dehnte gerade die Achillessehne, indem er das Bein hob, die Ferse auf eine Bank legte und den Oberkörper rhythmisch vor- und zurückbeugte. Dann schüttelte er die Beine, um die Oberschenkelmuskeln zu lockern, Kletos hüpfte auf und nieder und schwenkte dabei die Arme über dem Kopf. Parmenion stellte fest, daß Meleager langgliedrig und hager war; die ideale Figur für einen Mittel- und Langstreckenläufer. Er beobachtete den Mann eine Zeitlang; Meleagers Vorbereitungen waren sorgfältig und durchdacht, und er machte einen vollkommen konzentrierten Eindruck.

»Ich glaube, du solltest so langsam auch mit den Vorbereitungen beginnen«, sagte Epaminondas leise, und Parmenion zuckte erschrocken zusammen. Er war so vertieft in die Beobachtung des Gegners gewesen, daß er darüber beinahe vergessen hätte, daß er gegen diesen Mann antreten mußte. Er lächelte schuldbewußt und rannte zum Start hinüber. Dort zog er seinen *chiton* und die Sandalen aus und machte nun seinerseits die gewohnten Aufwärmübungen; dann lief er einige Minuten locker über die Bahn, bis er spürte, wie die Angespanntheit aus den Muskeln wich.

Die Läufer wurden von einem älteren Mann mit kurzgeschorenem weißem Bart zum Start gerufen. Dann wurden die zwölf Gegner einer nach dem anderen den Zuschauern vorgestellt. Am Rennen nahmen sieben Thebaner teil; sie wurden mit dem weitaus lautesten Jubel begrüßt. Meleager und Kletos wurden von einer kleinen spartanischen Zuschauerkolonie grölende, ermunternde Rufe zuteil. Der Macedonier namens Leon – Löwe – erhielt nur spärlichen, höflichen Applaus.

Die Läufer nahmen in einer Reihe nebeneinander Aufstellung und behielten angespannt den Starter im Auge. Der Mann hob die Hand.

»Los!« rief er. Die Thebaner stürmten nach vorn und übernahmen die Spitze; hinter ihnen fächerten die anderen Wettläufer in Lauerstellung auseinander. Meleager setzte sich neben Kletos an die vierte Stelle, Parmenion schloß auf und heftete sich an Meleagers Fersen. Während der ersten fünf von zwanzig Runden gab es keine Positionsveränderungen. Dann begann Parmenion, seinen Schlachtplan in die Tat umzusetzen. Langsam schloß er auf der Außenbahn zu den Führenden auf, setzte sich an die Spitze und erweiterte durch einen kurzen Zwischenspurt über eine halbe Runde seinen Vorsprung binnen weniger Sekunden auf etwa fünfzehn Schritt bis zum Zweiten. In einer Kurve riskierte er einen raschen Blick nach hinten und sah, daß Meleager zu ihm aufschloß. Parmenion behielt eine gleichbleibende Geschwindigkeit bei, um dann, urplötzlich, einen zweiten Zwischenspurt einzulegen. Seine Lungen brannten inzwischen wie Feuer, und seine nackten Fußsohlen fühlten sich auf dem harten, heißen Lehmboden wie versengt an. Die Wolken teilten sich, und die Läufer wurden in strahlendes Sonnenlicht getaucht. Parmenion lief der Schweiß den ganzen Körper hinunter. Nach Runde elf saß Meleager ihm noch immer im Nacken – trotz vierer Zwischenspurts, mit denen Parmenion sich jedesmal vom Verfolger gelöst hatte. Doch er behielt die Ruhe, legte weitere Zwischenspurts ein – und konnte Meleager zwei weitere Male nicht abschütteln.

Allmählich begann für Parmenion die Leidensphase: Luftmangel, Kräfteschwund – aber Meleager, so vermutete er, erging es nicht anders. In Runde sechzehn unternahm Parmenion einen weiteren Versuch und beschleunigte das Tempo fast eine dreiviertel Runde lang. Diesmal fiel Meleager etwa zwanzig Schritt zurück. Er hatte den Vorstoß unterschätzt und damit gerechnet, daß Parmenion schlappmachen würde. Dann aber begann der spartanische Soldat zu Parmenions Erstaunen und Entsetzen die Lücke schon wieder zu schließen. In der neunzehnten, der vorletzten Runde, war Meleager nur noch sechs Schritt hinter seinem Gegner.

Parmenion wagte es nicht, einen Blick hinter sich zu werfen, denn es würde ihn in seinem Laufrhythmus stören, und so kurz vor dem Ziel konnte ihn das den Sieg kosten. Er näherte sich nun den ganz hinten liegenden Läufern, setzte zu den ersten Überrundungen an. Zwei der Nachzügler waren Thebaner, aber vor ihnen sah Parmenion den schwarzbärtigen Kletos, der fortwährend über die Schulter blickte. Parmenion wußte, was nun kommen würde. Der Spartaner würde den Erschöpften spielen, sich vor ihm zu Boden werfen und ihn umreißen. Oder ihm den Weg versperren, bis Meleager vorbeigestürmt war.

Dicht hinter sich konnte Parmenion keuchenden Atem hören. Und als er zu Kletos aufschloß, durchschaute er Meleagers Plan. Der spartanische Rennläufer wollte versuchen, sich neben ihn zu setzen, ihn zwischen sich und Kletos einklemmen und ihm damit den Weg nach außen abriegeln. Wut schäumte in Parmenion auf und verlieh ihm neue, ungeahnte Kräfte.

Er steigerte die Geschwindigkeit, bis er dicht hinter Kletos lag, ein Stück nach rechts versetzt.

»Mach Platz!« rief er schnaufend, »geh nach außen!« Als Parmenion dann selbst weiter nach außen wechselte, da Kletos die Innenbahn nicht freimachte, scherte auch der kleine Spartaner sofort nach außen und begann erwartungsgemäß zu taumeln. Blitzschnell wechselte Parmenion auf die Innenbahn, und der heranstürmende Meleager prallte gegen seinen Freund. Die beiden Spartaner stolperten und stürzten zu Boden. Nun hatte Parmenion freie Bahn und drehte unbehelligt die letzte Runde. Die Menge brach in Jubelstürme aus, als Parmenion über die Ziellinie rannte.

Für die Zuschauer spielte es keine Rolle, daß es Leon war, ein unbekannter Macedonier. Nur eines zählte: daß zwei Spartaner zu seinen Füßen in den Staub gestürzt waren.

Epaminondas kam zu Parmenion geeilt. »Der erste Sieg für den Löwen von Macedonien«, sagte er.

Und es schien Parmenion, als würde eine dunkle Wolke die Sonne verdüstern.

Parmenion schüttete seine Wettgewinne auf den steinernen Tisch im Hof des Hauses, häufte die Münzen zu kleinen Türmen auf und starrte sie mit unverhohlener Freude und Genugtuung an. Es waren fünfhundertzwölf Drachmen, eine stolze Summe für einen Spartaner, der noch nie im Leben soviel Geld auf einem Haufen gesehen, geschweige denn besessen hatte.

Es waren fünf Goldmünzen darunter, jede im Wert von vierundzwanzig Drachmen. Er nahm sie auf, schloß die Faust darum und spürte das Gewicht und die Wärme des Edelmetalls. Die vierhundert Silberdrachmen hatte er zu zwanzig kleinen Säulen aufgetürmt, wie ein Miniaturtempel.

Er war reich! Parmenion legte die Goldmünzen zurück auf die Tischplatte und starrte hinunter auf den schönen, bärtigen Mann mit einem Bogen in der Hand, der die Vorderseite jedes Goldstücks zierte. Es waren persische Münzen, und der Mann war König Artaxerxes. Auf der Rückseite war eine Frau abgebildet, die ein Schwert und eine Garbe Ähren trug.

»Willst du sie den ganzen Tag anstarren?« fragte Epaminondas.

»Ja«, erwiderte Parmenion freudestrahlend. »Und auch morgen!«

Der Thebaner lächelte. »Du bist ein guter Läufer, und es hat mir großen Spaß gemacht, wie du Kletos überlistet hast. Wie müssen die armen Spartaner jetzt leiden! Meleager wird am Bettelstab gehen, wenn er all seine Wettschulden bezahlt hat.«

»Meleager kümmert mich nicht«, sagte Parmenion. »Jetzt kann ich mir endlich ein Haus mieten, vielleicht sogar einen Diener einstellen. Heute abend werde ich auf den Markt gehen und mir einen Umhang und ein paar Tuniken kaufen – und ein Paar schöne Sandalen. Und einen Bogen. Ich muß einen Bogen haben. Und einen Hut! Vielleicht einen aus thrakischem Filz.«

»Ich habe selten einen Mann gesehen, der so glücklich über sein Vermögen war«, sagte Epaminondas.

»Du bist ja auch nie arm gewesen«, erwiderte Parmenion. »Oder?«

»Zum Glück weiß ich nur sehr wenig über diesen Zustand.«

Die beiden Männer verbrachten den Nachmittag auf dem großen Marktplatz in der Mitte der Stadt. An einem der Stände kaufte Parmenion sich einen Umhang aus himmelblauer Wolle, zwei Tuniken aus feinem Leinen und ein Paar Sandalen mit wadenlangen Schnüren. Außerdem erfüllte er sich einen ausgefallenen Wunsch und erwarb ein Stirnband aus schwarzem Leder mit kunstvollen Verzierungen aus Golddraht.

Bei Anbruch der Dämmerung, als sie auf dem Rückweg zu Epaminondas' Haus waren, bog der Thebaner plötzlich in eine Seitengasse ab. Parmenion folgte dem Freund und hielt ihn am Ärmel fest. »Wohin gehen wir?«

»Nach Hause!« gab Epaminondas zur Antwort.

»Warum nehmen wir diesen Weg?«

»Ich glaube, wir werden verfolgt. Schau nicht zurück!« sagte der

Thebaner eindringlich, als Parmenion sich umdrehen wollte. »Sie dürfen nicht wissen, daß wir sie entdeckt haben.«

»Warum sollte uns jemand verfolgen?«

»Weiß ich nicht. Aber sobald wir um die nächste Ecke gebogen sind – renn los!«

Die Gasse beschrieb eine Kurve nach rechts, und kaum waren die beiden außer Sicht, rannten sie den Gehsteig entlang und bogen nach links und rechts in andere Nebenstraßen ab, bis sie schließlich auf eine Gasse gelangten, die an der Rückseite von Epaminondas' Haus vorüberführte. Der Thebaner blieb an der Einmündung zur nächsten Straße stehen und spähte um die Ecke. Auf einer niedrigen Mauer vor der Rückseite seines Hauses saßen vier Männer. Sie waren mit Schwertern und Dolchen bewaffnet, wohingegen Parmenion und der Thebaner keine Waffen bei sich trugen. Rasch zog Epaminondas den Kopf zurück.

Dann schlug der Thebaner einen anderen Weg durch dunkle, gewundene Gassen ein, bis er und Parmenion zur Vorderseite des Hauses gelangten – nur um festzustellen, daß auch hier eine Gruppe bewaffneter Männer wartete.

»Was sollen wir tun?« fragte Parmenion.

»Wir haben zwei Möglichkeiten. Entweder wir stellen uns dumm und gehen einfach hinein, oder wir gehen woanders hin.«

»Wer sind diese Männer?« wollte der Spartaner wissen. »Abschaum, ihrem Aussehen nach. Wenn ich mein Schwert hätte – ich würde nicht zögern, ihnen gegenüberzutreten. Aber auf wen mögen die Kerle es abgesehen haben? Auf mich oder dich?« Epaminondas lehnte sich gegen eine Wand. Es gab nur zwei Erklärungen, warum die abgerissenen Gestalten dort herumlungerten. Entweder hatten irgendwelche Ratsherren herausgefunden, daß eine kleine Gruppe von Verschwörern sich im Hause des Polysperchon traf, oder Meleager hatte Parmenions wahre Identität herausgefunden und diese Totschläger bezahlt, um Rache zu üben. Weder die eine noch die andere Möglichkeit bot erfreuliche Perspektiven, aber schlußendlich hoffte Epaminondas, daß letzteres der Fall war: ein Racheakt des spartanischen Wettläufers.

»Zeig mir, welche anderen Wege noch zum Haus führen«, sagte Parmenion leise.

»Warum?«

Der Spartaner grinste. »Damit ich sie zu einer Verfolgungsjagd verleiten kann. Vertraue mir, Epaminondas. Ich habe sehr viel Übung, wenn's um Flucht durch dunkle Gassen geht. Als Junge bin ich in

Sparta gejagt, verfolgt und verprügelt worden. Aber das wird mir diesmal nicht passieren, mein Freund. So, jetzt zeig mir die Straßen, die geeignet sind.«

Fast eine Stunde gingen die beiden Männer durch die gewundenen Gassen, die zwischen den Häusern hindurchführten, bis Parmenion sich verschiedene Orientierungspunkte eingeprägt hatte. Dann kehrten sie zur Straßeneinmündung hinter Epaminondas' Haus zurück.

»Warte hier«, sagte Parmenion, »bis ich verschwunden bin. Dann kannst du dein Schwert holen. Und meins auch.«

Der Spartaner rannte zurück in das Labyrinth der Gassen und tauchte plötzlich an einer Straßenmündung etwa vierzig Schritt links von der wartenden Gruppe auf. Einer der Totschläger blickte auf und stieß den Mann neben sich an. Die Kerle erhoben sich.

»Bist du dieser Parmenion?« fragte ein unersetzter, rothaariger Bursche.

»Allerdings.«

»Packt ihn!« brüllte der Mann, zog sein Schwert und stürmte los.

Parmenion wirbelte herum und rannte durch die Gasse, die vier Verfolger dicht auf den Fersen. Epaminondas eilte über die freie Fläche zum Hintereingang des Hauses und hämmerte gegen die Tür. Ein Diener öffnete, und der Thebaner stürmte durch den *andron* und nahm seine Waffe von einem Tisch. Er schickte den Diener zu Parmenions Zimmer hinauf, das Schwert des Leonidas zu holen; dann rannte er, mit den beiden Schwertern bewaffnet, zurück auf die Straße.

»Wohin gehst du, Herr?« rief der Diener ängstlich. Epaminondas gab keine Antwort.

Hinter dem Haus war alles ruhig, und so wartete der Thebaner. Es hatte wenig Sinn, durch das Labyrinth der Gassen zu stürmen; besser er wartete, bis Parmenion ihm die Verfolger vor die Klinge brachte. Epaminondas stellte fest, daß sein Mund trocken war, und er lächelte verdrießlich. So erging es ihm immer vor einer Schlacht: ein trockener Mund und eine volle Blase. Dann hörte er das schnelle Stampfen von Füßen, und plötzlich schoß Parmenion um die nächste Straßenecke, vier Männer dicht hinterher. Der junge Spartaner rannte auf Epaminondas zu und streckte die Hand aus. Der Thebaner warf ihm sein Schwert zu. Parmenion fing es geschickt aus der Luft und wirbelte herum, sich den Angreifern zu stellen.

Die Totschläger blieben abrupt stehen und hielten sich in sicherer Entfernung – unschlüssig, was sie tun sollten.

»Wir haben keinen Streit mit dir«, sagte der rotbärtige Anführer zu Epaminondas. Der Thebaner musterte den Mann von oben bis unten, betrachtete die ölbefleckte Tunika und den verfilzten Bart. Die Unterarme des Rotbärtigen waren von Narben übersät.

»Du bist Soldat gewesen, wie ich sehe«, sagte Epaminondas. »Du bist tief gefallen.«

Das Gesicht des Mannes wurde so rot wie sein Bart. »Ich habe für Theben gekämpft – und das hat mich zu einem reichen Mann gemacht, wie du siehst. Jetzt geh zur Seite, Epaminondas, und laß uns mit dem Betrüger abrechnen.«

»Er hat euch betrogen? Wie denn?« fragte Epaminondas.

»Er hat unter dem Namen Leon am Wettlauf teilgenommen, aber in Wahrheit ist er ein spartanischer Rennläufer namens Parmenion.«

»Habt ihr beim Rennen Geld verloren?« wollte der Thebaner wissen.

»Nein. Ich hatte kein Geld, um zu wetten. Jetzt aber bin ich bezahlt worden, und ich werde meinen Auftrag mit Freude erfüllen. Zur Seite!«

»Ich glaube nicht, daß du deine Aufgabe erfüllen wirst«, sagte der Thebaner. »Und es ist ein schlechter Tag, wenn ein thebanischer Soldat Blutgeld von einem Spartaner nimmt.«

»Was sein muß, muß sein.« Der Rotbart zuckte mit den Achseln, und plötzlich stürmte er mit erhobenem Schwert vor. Parmenion erwartete gelassen den Angriff, wehrte den Schlag mit der Klinge ab und hämmerte dem Rotbart die linke Faust ins Gesicht. Sein Gegner taumelte zurück. Parmenion sprang in die Höhe, und sein rechter Fuß schlug dem Mann gegen die Nase und riß ihn von den Füßen. Die anderen drei Halsabschneider rührten sich nicht vom Fleck, während ihr rotbärtiger Anführer sein zu Boden gefallenes Schwert packte und sich schwankend erhob.

»Warum willst du unbedingt sterben?« sagte Parmenion. »Du hast keinen Grund dafür.«

»Ich habe das Geld genommen«, sagte der Mann mit müder Stimme und griff erneut an – diesmal mit vorgestreckter Waffe, um dem Gegner das Schwert in den Leib zu rammen. Parmenion schlug es spielerisch leicht zur Seite, und seine linke Faust krachte an den Unterkiefer des Mannes und schleuderte ihn rücklings aufs Pflaster.

Plötzlich griff Epaminondas die drei anderen an, die panikerfüllt die Flucht ergriffen. Parmenion kniete sich neben sein bewußtloses Opfer. »Hilf mir, ihn ins Haus zu tragen«, sagte er zu Epaminondas.

»Warum?«

»Er ist mir irgendwie sympathisch.«

»Das ist der helle Wahnsinn«, sagte Epaminondas, half aber Parmenion, den schlaffen Körper des Rotbarts ins Haus zu schleppen und ihn auf eine der sieben Liegen im *andron* zu betten.

Ein Diener brachte Wein und Wasser, und dann warteten die beiden Männer, bis der Mann wieder zu sich kam. Nach einigen Minuten bewegte er sich zuckend. Dann öffnete er die Augen.

»Warum hast du mich nicht getötet?« fragte er und setzte sich auf.

»Ich brauche einen Diener«, erwiderte Parmenion.

Die grünen Augen des Mannes wurden schmal. »Soll das ein Witz sein?«

»Ganz und gar nicht«, versicherte der Spartaner ihm. »Ich zahle dir fünf Obolen am Tag. Das Geld bekommst du am Ende jeden Monats. Außerdem kostenlos Essen und Unterkunft.«

»Das ist der helle Wahnsinn!« wiederholte Epaminondas. »Der Mann wollte dich ermorden.«

»Er hat sich bezahlen lassen und unbeirrt versucht, für das Geld die verlangte Leistung zu erbringen«, widersprach Parmenion. »Das gefällt mir. – Wieviel hat man dir eigentlich gegeben?«

»Zehn Drachmen«, antwortete der Mann.

Parmenion öffnete den Beutel an seinem Gürtel, nahm eine Handvoll Münzen heraus, zählte fünfunddreißig Silberdrachmen ab und legte sie auf einen Tisch. »Willst du mein Diener werden?« fragte er.

Der Rotbart starrte die Münzen an; erst schluckte er, dann nickte er.

»Wie heißt du?« fragte Parmenion.

»Mothac. Und dein Freund hat recht – das *ist* heller Wahnsinn.«

Parmenion lächelte, schob die Münzen zusammen und reichte sie Mothac. »Du wirst die anderen zehn Drachmen dem Mann zurückgeben, der dir diesen Auftrag erteilt hat; der Rest ist dein erstes Monatsgehalt. Jetzt nimm ein Bad und kauf dir eine neue Tunika. Dann suche deine Habseligkeiten zusammen und komme heute abend hierher zurück.«

»Du glaubst, daß ich wieder hierherkomme? Warum?«

»Die Antwort ist einfach. Jeder Mann, der für zehn Drachmen zu sterben bereit ist, dürfte für fünfundzwanzig im Monat zu leben bereit sein.«

Mothac erwiderte nichts. Er machte auf dem Absatz kehrt und verließ das Zimmer.

»Den siehst du nie wieder«, sagte Epaminondas kopfschüttelnd.

»Würdest du darauf wetten?«

»Ich nehme an, die Wettsumme beträgt fünfunddreißig Drachmen. Richtig?«

»Richtig. Einverstanden?«

»Nein«, erwiderte Epaminondas grinsend. »Ich verbeuge mich vor deinen offensichtlichen tiefen Kenntnissen der menschlichen Natur. Aber er wird einen schrecklichen Diener abgeben. Sag mal, warum hast du das eigentlich getan?«

»Er ist anders als seine Spießgesellen. Sie waren feiger Abschaum, er aber war bereit zu kämpfen. Und mehr noch – als er wußte, daß er nicht siegen konnte, hat er trotzdem nicht aufgesteckt und wollte lieber sterben, als unrechtmäßig Geld zu nehmen. Diese Sorte Männer ist selten.«

»Da haben wir wohl beide recht«, sagte Epaminondas. »Denn Männer, die für zehn Drachmen andere ermorden, gibt's reichlich.«

Der Rotbart namens Mothac verließ das Haus. Ihm war übel, und er fühlte sich benommen, doch der Zorn verlieh ihm ungeahnte Kräfte. Er hatte seit fünf Tagen nichts gegessen, und er wußte, daß der Spartaner ihn nur aus diesem Grund so leicht hatte besiegen können. Die zehn Drachmen zurückgeben? Die hatte er bereits dem Arzt für die Heiltränke bezahlt, die Elea wieder auf die Beine bringen sollten. Er taumelte in eine Gasse, lehnte sich an die Wand und versuchte, alle Kraft zu sammeln, die noch in ihm war, um nach Hause zurückkehren zu können. Seine Beine knickten ein, doch er packte einen vorspringenden Stein, der aus der Wand ragte, und zog sich daran hoch.

»Gib nicht auf!« gemahnte er sich selbst. Er holte tief Luft und setzte schwankend seinen Weg fort. Mothac brauchte fast eine Stunde, um zum Marktplatz zu gelangen, wo er sich Obst und getrockneten Fisch kaufte. Er setzte sich an eine Hauswand, aß und spürte, wie neue Kraft in seine Glieder strömte.

Der Spartaner war ein Narr, wenn er tatsächlich glaubte, Mothac würde zu dem Haus zurückkehren. »Ich werde keines Mannes Diener sein! Niemals!«

Nach der Mahlzeit fühlte er sich besser und erhob sich, ohne zu schwanken. Der Spartaner hatte ihn gedemütigt, hatte ihn dumm und schwächlich aussehen lassen. Drei jämmerliche Faustschläge hatten ihn gefällt. Das war hart für einen Mann, der gegen die Arkadier und Thessalier, gegen Chalkidiker und Spartaner gekämpft hatte. Noch nie hatte ein Mann ihn so zu Boden geschmettert! Doch der Mangel an Nahrung und Schlaf hatte ihn geschwächt.

Jetzt aber besaß Mothac fünfunddreißig Drachmen und drei Obolen; genug, um zwei Monate lang für Nahrung sorgen zu können. Und in zwei Monaten hatte Elea sich gewiß wieder erholt. Er kehrte zum

Marktplatz zurück, kaufte Lebensmittelvorräte und machte sich auf den langen Heimweg, weit hinauf in den Norden der Stadt, wo die Häuser aus sonnengebrannten Lehmziegeln errichtet waren und die Fußböden der Zimmer aus hartgebackener Erde bestanden. Der Gestank der Abwässer, der vom leichten Wind durch die Straßen geweht wurde, störte Mothac längst nicht mehr, genausowenig wie die Ratten, die vor ihm über die Gassen huschten.

Wahrlich, du bist tief gesunken, sagte er sich – und nicht zum erstenmal.

Mothac. Der Name war ihm so rasch eingefallen und so schnell über die Lippen gekommen, daß es ihn selbst verblüfft hatte. Es war ein uraltes Wort aus grauer Vorzeit. Ausgestoßener. Aber das bist du ja auch, sagte er sich. Das ist aus dir geworden. Er bog in die letzte Gasse gleich unterhalb der Stadtmauer ab und betrat sein winziges Haus. Elea lag schlafend auf der Pritsche. Ihr Gesicht hatte einen ruhigen, friedlichen Ausdruck. Mothac zog den Kopf aus dem Durchgang zum Schlafraum, packte die Lebensmittel aus und arrangierte liebevoll süße Honigkuchen und Granatäpfel auf einer Holzplatte.

Während er Äpfel und Kuchen auf die Platte häufte, stellte er sich Eleas Lächeln vor und erinnerte sich an den Tag, als er sie zum erstenmal gesehen hatte, beim Tanz zu Ehren des Hektor. Sie hatte einen weißen *chiton* getragen, knöchellang, und ihr honigfarbenes Haar war mit einer Gemme aus Elfenbein zusammengesteckt. In diesem Augenblick hatte er das Gefühl gehabt, einer von Zeus' Donnerkeilen hätte ihn getroffen. Er hatte den Blick nicht von ihr nehmen können.

Sechs Wochen später hatten sie geheiratet.

Dann aber hatten die Spartaner die Kadmea eingenommen, und Sparta-freundliche Ratsherren hatten plötzlich das Sagen in der Stadt. Eleas Familie war eingekerkert und wegen Hochverrats zum Tode verurteilt worden; all ihr Besitz wurde beschlagnahmt. Auch Mothac war auf die Liste der gesuchten Verschwörer gesetzt worden, und so hatte er in der Anonymität des Armenviertels der Stadt Zuflucht gesucht. Er hatte sich den Bart wachsen lassen und seinen Namen geändert.

Ohne Geld und Hoffnung auf eine Anstellung hatte er den Plan gefaßt, Theben zu verlassen und sich einer Söldnertruppe anzuschließen. Dann aber war Elea erkrankt. Der Arzt hatte gesagt, sie litte unter einer Lungenentzündung, und hatte sie regelmäßig zur Ader gelassen, aber diese Behandlungsmethode schien sie nur mehr und mehr zu schwächen.

Er brachte die Holzplatte in den Schlafraum und stellte sie neben

Elea auf die Pritsche. Er berührte sie an der Schulter ... sie rührte sich nicht.

»O geheiligte Hera, nein!« flüsterte er und drehte Elea sanft auf den Rücken. Sie war tot.

Mothac nahm ihre Hand und blieb bis zum Sonnenaufgang bei ihr sitzen; dann erhob er sich und verließ seine Behausung. Er ging durch die Stadt, bis er zum Marktplatz gelangte. Seine Augen sahen nichts, seine Ohren hörten nichts, und sein Geist war in weiter Ferne. Ein Mann packte ihn beim Arm. »Was ist geschehen, mein Freund? Wir dachten, sie hätten dich erschlagen.«

Mothac erwachte aus seiner Erstarrung und riß sich los. »Mich erschlagen? Ich wollte, es wäre so. Laß mich allein.«

Er ging weiter: lange, breite Alleen hinunter, durch gewundene Straßen und Gassen, ohne Ziel und Absicht, bis er schließlich vor dem Haus des Epaminondas stand.

Da er nicht wußte, wohin sonst er gehen sollte, schlenderte er bis vor die breite Eingangstür und klopfte mit der Faust gegen das Holz.

Ein Diener führte ihn zu dem Spartaner, der im Innenhof saß und mit Wasser vermischten Wein trank. Mothac zwang sich zu einer Verbeugung vor seinem neuen Herrn. Der Mann musterte ihn durchdringend; seine blaßblauen Augen schienen bis auf den Grund von Mothacs Seele zu starren.

»Was ist mit dir?« fragte der Spartaner.

»Nichts ... Herr«, erwiderte der Thebaner. »Ich bin gekommen. Was wünschst du von mir?« Seine Stimme war dumpf und ohne Leben.

Der Spartaner füllte einen Becher mit Wein und reichte ihn Mothac. »Setz dich und trink.«

Mothac ließ sich auf die Bank fallen, leerte den Becher auf einen Zug und spürte die Wärme, die sich in seinem Innern ausbreitete.

»Erzähl«, sagte der Spartaner.

Doch Mothac fand keine Worte. Er senkte den Kopf, und Tränen liefen ihm über die Wangen.

Mothac brachte es nicht übers Herz, von Elea zu sprechen, aber er würde noch lange dankbar dafür sein, daß sein neuer Herr ihn nicht mit Fragen bedrängt hatte. Der Spartaner wartete, bis Mothacs Tränen versiegten; dann rief er nach mehr Wein. Sie saßen zusammen und genossen schweigend den Wein, bis Mothac betrunken war. Dann führte der Spartaner seinen neuen Diener in dessen Schlafzimmer im hinteren Teil des Hauses, und dort legte er ihn ins Bett und ließ ihn allein. Bei Anbruch der Morgendämmerung erwachte Mothac. Über einem Stuhl lag ein neuer *chiton* aus grünem Leinen. Mothac schwang sich aus dem Bett, wusch sich, zog sich an und machte sich auf die Suche nach Parmenion. Der Spartaner, erfuhr Mothac von einem Dienerkollegen, war zum Stadion gegangen, um sich dort zu ertüchtigen. Also begab auch Mothac sich zum Stadion, setzte sich neben dem Grab Hektors zu Boden und beobachtete seinen neuen Herrn, wie dieser mühelos Runde um Runde drehte. Der Mann bewegt sich geschmeidig und schnell, dachte Mothac. Seine Füße scheinen kaum den Boden zu berühren.

Mehr als eine Stunde umrundete Parmenion das Stadion, bis er in Schweiß gebadet war und seine Beinmuskeln vor Anstrengung brannten. Dann verlangsamte er das Tempo und lief in lockerem Trab zum Grab Hektors hinüber, winkte Mothac zu und lächelte breit.

»Hast du gut geschlafen?« fragte Parmenion keuchend.

Mothac nickte. »Mein erstes Bett seit Jahren. Und nichts kann einem Mann süßere Träume bringen als Wein.«

»Waren deine Träume süß?« fragte Parmenion leise.

»Nein. Du bist ein guter Läufer. Ich habe nie einen besseren gesehen.«

Parmenion lächelte. »Irgendwo gibt es sicher jemand, der mich übertrifft. So ist es immer und bei allem.« Er begann mit seinen Dehn- und Lockerungsübungen, wobei er das Grab des Hektor als Stütze für Beine und Arme benutzte.

»Willst du noch einmal rennen?« fragte Mothac.

»Nein.«

»Warum machst du dann diese Verrenkungen?«

»Die Muskeln sind angespannt vom Lauf. Wenn ich sie nicht dehne und strecke, bekomme ich einen Krampf, und dann kann ich morgen nicht wieder hierherkommen und laufen. – Übrigens, ich habe mich gefreut, heute morgen nicht von Meuchelmördern erwartet zu werden«, fügte er hinzu und wechselte das Thema.

»Sie werden wiederkommen«, sagte Mothac. »Diese Leute wollen dich unbedingt töten.«

»Es wird ihnen nicht leichtfallen, sich diesen Wunsch zu erfüllen«, erwiderte Parmenion und reckte und streckte sich im Gras. »Aber wahrscheinlich ist es sowieso nur Angeberei.«

»Du hast mich gar nicht gefragt, wer mich bezahlt hat, dich zu ermorden«, sagte Mothac.

»Würdest du's mir denn sagen?«

»Nein.«
»Darum habe ich dich gar nicht erst gefragt.«
»Aber da ist noch etwas«, fügte der rotbärtige Diener hinzu und wandte den Kopf zur Seite. »Es war sehr anständig von dir, daß du mich gestern nicht gefragt hast, warum ich geweint habe. Dafür möchte ich dir danken.«
»Wir alle haben unseren Kummer zu tragen, mein Freund. Mir hat mal jemand gesagt, daß alle Meere aus Tränen sind – Tränen, die seit Anbeginn der Zeit aus Trauer um den Tod geliebter Menschen vergossen wurden. Vielleicht stimmt das nicht, aber der Gedanke gefällt mir. Ich freue mich, daß du zurückgekommen bist.«
Mothac lächelte reumütig. »Ich weiß nicht, warum ich's getan habe. Eigentlich wollte ich's gar nicht.«
»Der Grund spielt keine Rolle. Komm, laß uns zum Haus gehen und gemütlich frühstücken.«
Als sie an der letzten Straßenecke anlangten, streckte Parmenion den Arm aus und hielt Mothac zurück. Der Spartaner beugte sich vor und spähte um die Mauer die Straße hinunter. Wieder saßen bewaffnete Männer vor dem Haus, und Parmenions Lippen wurden schmal, als ihn die Wut packte, doch er drängte den lodernden Zorn zurück und holte tief Luft. »Geh zu ihnen«, sagte er zu Mothac, »und sag ihnen, daß du mich gerade am Stadion beim Lauftraining gesehen hast und daß niemand in der Nähe war. Das ist ja nicht einmal gelogen.«
Der rotbärtige Thebaner nickte. Er rannte zu den lauernden Männern hinüber. Parmenion duckte sich hinter eine niedrige Mauer und wartete, bis die Kerle an ihm vorübergestürmt waren; dann erhob er sich und ging zum wartenden Mothac.
»Auf zum Frühstück«, sagte Parmenion.
Epaminondas hatte das Haus bereits am Abend zuvor verlassen und war noch immer nicht heimgekehrt. Seine Diener konnten oder wollten nicht sagen, wohin der Hausherr gegangen war; also setzten sich Parmenion und Mothac zum Frühstück an den Tisch im Innenhof, ohne auf Epaminondas' Rückkehr zu warten.
»Sollte ich nicht bei denen da sein?« fragte Mothac, als die Diener mit dem Frühstück aus der Küche kamen.
»Noch nicht«, erwiderte Parmenion. »Wir müssen uns erst besser kennenlernen. Bist du schon mal Diener gewesen?«
»Nein«, gab Mothac zu.
»Und ich hatte bis jetzt noch keinen.«
Mothac kicherte plötzlich und schüttelte den Kopf.
»Was ist daran so lustig?« fragte Parmenion.

Der Thebaner zuckte mit den Achseln. »Ich selbst hatte einst Diener. Vielleicht sollte ich dir erklären, wie man mit ihnen umspringen muß.«

Parmenion lächelte breit. »Da gibt es bei mir nicht viel zu erklären. Ich habe nur sehr wenig Eigentum. Du wirst dich praktisch nur um meine Kleidung kümmern müssen. Und was meine Ernährung betrifft . . . na ja, ich bin Spartaner, das sagt wohl alles. Aber ich brauche jemanden, dem ich vertrauen kann und mit dem ich mich unterhalten kann. Also, fangen wir am besten gleich damit an. Ich betrachte dich nicht als meinen Diener, und du mich nicht als Herrn. Wir werden Gefährten sein. Wie hört sich das an?«

»Ich stehe erst einen Tag in deinen Diensten, und dann gleich so eine Behandlung! Aber kannst du mir einen letzten freien Tag geben, bevor ich als dein Diener und Gefährte bei dir bleibe? Da gibt es noch eine Sache, die ich erledigen muß.«

»Natürlich.« Parmenion musterte Mothac aufmerksam. »Ist das eine . . . Sache, bei der ich dir helfen kann?«

»Nein, das erledige ich allein.«

Die beiden Männer beendeten ihr Frühstück, und Mothac verließ das Haus, ging zurück zum Marktplatz und bog dann von der Heraklesstraße in die Todesgasse ein. Er zahlte einem älteren Mann zwölf Drachmen und erklärte ihm den Weg zu seinem Haus.

»Ich werde bei Sonnenuntergang dort sein«, sagte Mothac dann zum Bestattungsunternehmer. »Und daß du mir ja die lautesten Klageweiber aussuchst!«

»Du bekommst die *aller*lautesten«, versprach der alte Mann.

Mothac kehrte zu seiner Behausung zurück und streifte sich einen alten *chiton* über; einst war er blutrot gewesen, doch mittlerweile war er zur blassen Farbe der Morgendämmerung ausgebleicht. Mothac mußte eine Stunde warten, bis die Frauen eintrafen. Es waren drei an der Zahl, alle im Grau der Trauer gekleidet. Er ließ die Frauen allein, so daß sie Elea auf die Beisetzung vorbereiten konnten; dann schnallte er sich seinen Schwertgurt um, nahm seinen Dolch und kehrte zum Marktplatz zurück.

Elea war tot. Nichts konnte sie zurückbringen, doch Mothac hoffte, daß sie auf der anderen Seite der Mauer des Todes glücklich und wieder mit ihren Eltern vereint sein würde. Aber er würde sie vermissen und sie niemals vergessen. Es gab Männer, das wußte er, die mehrere Male wieder heirateten, nachdem ihre Frauen gestorben waren. Aber nicht er, Mothac.

Nie wieder, dachte er, als er auf einer Mauer saß und auf die Dunkelheit wartete. Wenn ich einst auf die andere Seite reise, werde ich Elea dort treffen, und dann leben wir bis in alle Ewigkeit glücklich zusammen.

Die Sonne versank in einem Flammenmeer, und bald erstrahlten die Sterne am Himmel. Öllampen wurden angezündet und auf kleine Sockel an den Wänden gestellt. Fackeln wurden in Halterungen gesteckt, und Diener begannen, Tische auf den großen Platz zu tragen und alles für das Abendessen vorzubereiten. Mothac erhob sich und glitt zurück in die Schatten, wartete geduldig. Die Stunden vergingen, und es war schon fast Mitternacht, als der Spartaner namens Kletos sich an einen der Tische setzte, um zu speisen. Mothac kannte den Grund für Kletos' Haß auf Parmenion. Der Rennläufer Meleager hatte seine Wettschulden nicht bezahlen können und war in Unehren in die Heimat geschickt worden. Ohne Meleagers Hilfe aber würde Kletos bald das Geld knapp werden, und dann hatte das schwelgerische Leben, das er bis jetzt geführt hatte, ein Ende.

Jetzt wollte Kletos nur noch eins – mehr als alles andere: sich an dem spartanischen Betrüger rächen, der ihn und Meleager überlistet hatte.

Mothac hatte Verständnis für Kletos' Wunsch nach Vergeltung.

Er wartete, bis der Spartaner seine Mahlzeit beendet hatte; dann folgte er ihm auf dem langen Weg bis zum Fuß der Treppe, die hinauf zur Kadmea führte. Als der Spartaner die gewundenen Stufen hinaufzusteigen begann, blickte Mothac sich rasch um. Niemand war zu sehen. Leise rief er Kletos beim Namen. Dann rannte er die Stufen hoch, bis er vor dem kleinen Schwarzbart stand.

»Bringst du mir endlich die frohe Botschaft, Mann?« fragte der Spartaner.

»Nein«, sagte Mothac und stieß Kletos den Dolch in die Kehle. Kletos wankte zurück und versuchte, nach seinem Schwert zu greifen. Mothac rammte ihm die Faust ins Gesicht; dann stieß er noch einmal mit dem Dolch zu. Als Mothac die Waffe herauszog, schoß ein Schwall Blut aus der Wunde. Doch immer noch versuchte Kletos einen Gegenangriff; verzweifelt schwang er sein Schwert, das er aus der Scheide gezogen hatte. Mothac sprang zurück. Der Spartaner kippte vornüber und zuckte im Todeskampf.

Mothac stürmte die Treppe hinunter und durch dunkle Gassen bis zu seinem Haus. Dort zog er den blutbespritzten *chiton* aus und wusch sich gründlich. Nachdem er wieder in seine neue Tunika gekleidet war, die Parmenion ihm gekauft hatte, kehrte er zum Haus des Epaminondas zurück.

Die gedungenen Mörder würden nicht lange brauchen, um herauszufinden, daß ihr Zahlmeister das Zeitliche gesegnet hatte.

Nachdem Mothac das Haus betreten hatte, fand er Parmenion lang ausgestreckt auf einer Liege im *andron*. Der Spartaner blickte zu dem Rotbart auf. »Hast du deine Geschäfte erledigt?«

»Das habe ich . . . Herr.«

»Zu deiner Zufriedenheit?«

»Ich würde es nicht als Zufriedenheit bezeichnen, Herr. Es war nur eine lästige Pflicht.«

Als Epaminondas seinem jungen Gast die Neuigkeit von Kletos' Ermordung erzählte, schien der Thebaner ehrlich entsetzt über diese Tat zu sein.

»Ich dachte, du hättest für Spartaner nichts übrig«, sagte Parmenion, als sie durch die Gärten am Fuße der großen Statue des Herakles schlenderten.

Epaminondas blickte sich verstohlen um. Es waren nur wenige Spaziergänger in den Gärten unterwegs. »Hab' ich auch nicht. Aber darum geht es gar nicht. Ich vertraue dir, Parmenion, darum kann ich's dir sagen. Es wird an gewissen Plänen gearbeitet, die auf keinen Fall durchkreuzt werden dürfen. Der spartanische Kommandeur der Kadmea hat eine Untersuchung des Vorfalls beantragt. Außerdem wird gemunkelt, daß er Truppenverstärkung aus Sparta angefordert hat, weil er befürchtet, daß dieser Mord sich zur offenen Rebellion ausweiten könnte.«

»Was aber nicht der Fall ist«, sagte Parmenion, »denn du wärst der erste, der davon wissen würde.«

Epaminondas blickte ihn durchdringend an, und sein pockennarbiges Gesicht wurde rot. Dann lächelte er. »Du hast einen scharfen Verstand – der zum Glück nicht mit einer gespaltenen Zunge gekoppelt ist. Ja, ich bin derjenige, der nach Freiheit für Theben strebt. Aber das wird seine Zeit brauchen – und wenn es soweit ist, werde ich deinen Rat suchen. Ich habe den Plan, den du am Anfang unserer Bekanntschaft umrissen hast, nicht vergessen.«

Sie blieben vor einem Brunnen stehen. Es war ein Standbild des Poseidon, des Meeresgottes, und das Wasser sprudelte aus den Armen der Statue. Parmenion trank aus dem Becken des Springbrunnens; dann setzten die beiden Männer sich auf marmorne Bänke unter einer Markise aus Segeltuch.

»Du mußt vorsichtiger sein«, riet Parmenion dem Freund. »Selbst deine Diener wissen, daß du an geheimen Zusammenkünften teilnimmst.«

»Meine Diener sind zwar vertrauenswürdig, aber du hast recht. Dennoch – ich habe keine Wahl. Ich *muß* mich mit den anderen treffen, um die Pläne auszuarbeiten.«

»Dann trefft euch bei Tag«, schlug Parmenion vor.

Die Freunde erhoben sich und gingen die breite Straße zum Tor der Elektra hinunter, doch statt den Weg zu seinem Haus einzuschlagen, bog Epaminondas plötzlich nach links in eine schattige Gasse ein und blieb schließlich vor einem eisernen Tor stehen. Er stieß es auf und bedeutete Parmenion, hindurchzutreten. Sie gelangten auf einen kleinen Hof, der von hohen Mauern umgeben und von purpurnen Blumen bewachsen war. Hinter dem Hof befand sich ein gepflasterter Durchgang; an den Hauswänden links und rechts rankten sich Kletterpflanzen zwischen Leinen, die über den Durchgang gespannt waren. Schließlich gelangten sie an ein Haus, und Epaminondas führte Parmenion hinein. Im Innern befand sich ein kleiner *andron* mit sechs Liegen und Zwischenstock, aus dem zwei Türen in ein Badezimmer mit angeschlossener kleiner Küche sowie in einen Flur mit drei Schlafräumen führten.

»Wem gehört dieses Haus?« fragte Parmenion.

»Dir«, gab der Thebaner mit breitem Grinsen zur Antwort. »Ich habe beim Wettlauf dreitausend Drachmen auf deinen Sieg gesetzt. Dieses Haus hat nur neunhundert Drachmen gekostet. Na, gefällt es dir?«

»O ja! Aber so ein Geschenk? Das kann ich nicht annehmen.«

»Natürlich kannst du – und du mußt. Ich habe das Zehnfache von dem gewonnen, was dieses Haus gekostet hat. Außerdem«, fügte er hinzu, und sein Lächeln schwand, »leben wir in einer gefährlichen Zeit. Sollte man mich in den Kerker sperren, würdest du als mein Hausgast ebenfalls dort landen.«

Parmenion streckte sich auf einer Liege aus und genoß die kühle Brise, die durchs Fenster in den *andron* wehte und den Duft der Blumen mit sich trug, die auf dem Hof wuchsen. »Ich nehme dieses Haus«, sagte er, »aber nur, wenn ich deine 900 Drachmen als geliehen betrachten darf. Du mußt mir erlauben, das Haus abzubezahlen – wenn und falls ich kann.«

»Wenn es dein Wunsch ist, bin ich einverstanden«, sagte Epaminondas.

Am nächsten Morgen bezogen Parmenion und Mothac ihr neues Heim. Der Thebaner kaufte auf dem Markt Lebensmittel ein, und dann setzten die beiden Männer sich in den Hof und genossen den frühmorgendlichen Sonnenschein.

»Hat man dich gesehen, als du Kletos getötet hast?« brach Parmenion plötzlich das Schweigen.

Mothac blickte in die blaßblauen Augen seines Herrn und überlegte, ob er lügen sollte oder nicht. Dann schüttelte er den Kopf. »Es war niemand in der Nähe.«

»Gut. Aber du wirst so etwas nie wieder tun, ohne dich vorher mit mir abzusprechen. Verstanden?«

»Ja . . . Herr.«

»Und so unterwürfig anreden darfst du mich auch nicht. Ich heiße Parmenion.«

»Es mußte sein, Parmenion. Er hatte deine Ermordung befohlen. Solange er lebte, warst du in Gefahr.«

»Das sehe ich ein. Du darfst meine Ermahnung auch nicht als Vorwurf verstehen. Aber ich bin meines Schicksals eigener Herr. Ich möchte nicht, daß jemand anders für mich handelt.«

»Es wird nicht wieder vorkommen.«

Im Laufe der nächsten acht Monate nahm Parmenion an zwei Wettläufen teil und wurde beide Male Sieger. Beim ersten Rennen war ein berufsmäßiger Langstreckler aus Korinth sein schärfster Rivale; beim zweitenmal ein Rennläufer aus Athen. Parmenion ging immer noch unter dem Namen Leon an den Start, und nur wenige Wetter setzten gegen ihn – was bedeutete, daß seine Gewinne nicht sonderlich groß waren. Bei seinem letzten Sieg hatte er zweihundert Drachmen auf sich selbst gesetzt und nur fünfzig Drachmen gewonnen, bekam also zweihundertfünfzig Drachmen ausbezahlt.

Am Abend nach diesem Wettlauf hatte Parmenion wie üblich seine müden Beine durch einen leichten, mitternächtlichen Trab auf dem vom Mondlicht beschienenen Oval der Rennbahn entspannt. In diesen stillen Minuten lockerten sich aber nicht nur seine Muskeln; ihn überkam auch ein tiefes Gefühl der inneren Ruhe und des Friedens. Sein Haß auf Sparta schwand zwar nicht, doch er war kontrollierter, wie in Ketten gehalten.

Der Tag seiner Rache rückte näher, und Parmenion verspürte nicht den Wunsch zu unnötiger Hast.

Als er am Grab Hektors vorüberlief, sah er einen Schatten aus den Bäumen treten. Parmenion blieb abrupt stehen, und seine Hand klammerte sich um den Griff des Dolches, der in einer Scheide am Gürtel steckte.

»Ich bin's, Parmenion«, rief Epaminondas und trat wieder zurück in den tiefen Schatten. Parmenion ging zum Grabmal hinüber und setzte sich auf den marmornen Sockel.

»Ist etwas geschehen, mein Freund?« flüsterte er.

»Ich werde wieder verfolgt, aber ich habe die Kerle fürs erste abschütteln können, und ich brauche deine Hilfe.«

»Was soll ich tun?«

»Es ist nur noch eine Frage der Zeit, bis man mich faßt. Ich möchte, daß du eine Strategie zur Rückeroberung der Kadmea ausarbeitest. Außerdem mußt du ein paar Briefe von mir zu Freunden in andere böotische Städte bringen. Du bist Spartaner, du kannst reisen, ohne auf jeder Meile angehalten und überprüft zu werden. Du gibst vor, in geschäftlichen Dingen nach Böotien unterwegs zu sein. Es wird niemandem verdächtig erscheinen, wenn du nach Thespiae oder Megara reist. Wirst du mir helfen?«

»Das weißt du doch. Du mußt die Briefe hierher bringen, in Ölhaut eingewickelt. Du kannst sie hinter diesem Sockel verstecken, wenn du Steine darauf häufst. Niemand wird sie finden. Ich laufe jeden Tag hier. Ich werde sie holen.«

»Du bist ein guter Freund, Parmenion. Das werde ich dir nie vergessen.«

Und damit wich Epaminondas noch tiefer in die Schatten zurück und war verschwunden.

Im Laufe der nächsten vier Monate ritt Parmenion elfmal durch Böotien und brachte Briefe nach Tanagra, Plataea, Thespiae und Heraklea. Während all dieser Wochen traf er Epaminondas nur selten, hörte aber von Mothac, daß sich unter den Thebanern eine zunehmende Unruhe ausbreitete. Im Spätsommer versuchte der Mob, zwei spartanische Soldaten in der Nähe des Marktplatzes zu steinigen, und die beiden Krieger kamen nur deshalb mit dem Leben davon, weil eine Einheit bewaffneter Kameraden ihnen von der Kadmea aus zu Hilfe eilte.

Die Menge wich zurück, als die Soldaten eintrafen, aber die Stimmung war auf dem Siedepunkt. Die Spartaner zogen ihre Schwerter und stürmten auf den Mob los, und die Unglücklichen, die ganz vorn standen, wurden von den Klingen in Stücke gehauen. Drauf wurden die Thebaner von blinder Panik erfaßt, und sie rannten entsetzt auseinander. Parmenion, der sich zu diesem Zeitpunkt auf dem Marktplatz aufhielt, um sich in einer Schusterei ein Paar neue Sandalen zu kaufen, beobachtete, wie Frauen und Kinder zu Tode getrampelt wurden, als die Menge flüchtete. Eine junge Frau strauchelte und stürzte direkt vor die Füße der vorrückenden spartanischen Linien. Parmenion rannte aus dem Ladeneingang, packte die Frau, riß sie in die Höhe und brachte sie im Laufschritt in die relative Sicherheit des Geschäfts. Zwei spartanische Soldaten stürmten hinter ihm her. »Ich bin Spartaner«, sagte Parmenion, als die Krieger die Schwerter hoben. Blut tropfte von den Klingen, und in den Augen der beiden Soldaten funkelte Mordlust. Doch Parmenion wich nicht von der Stelle und erwiderte die Blicke der Krieger.

»Welches ist die höchste Statue an der Hauptstraße Spartas?« fragte einer der beiden Soldaten und hielt Parmenion die blutige Spitze des Schwerts an die Brust.

»Das Standbild der Athene«, antwortete er und stieß das Schwert zur Seite. »Und jetzt sag du mir, aus wie vielen Ziegeln der Palast des Rindviehs besteht.«

»Du bewegst dich in schlechter Gesellschaft«, sagte der Soldat. »Beim nächstenmal zeige gefälligst deutlicher, wem deine Treue gehört.«

»Das weiß ich längst, Bruder, sei unbesorgt.«

Die Soldaten stürmten zurück auf die Straße, und Parmenion drehte sich zu der Frau um. Ihre Lippen waren blutrot, und ihre Lider mit Tusche bemalt, in den Farben der Aphrodite: rot, blau und golden.

»Bist du Priesterin?« fragte er.

»Nein, ich bin Schafhirte«, erwiderte sie schnippisch.

»Tut mir leid. Es war eine dumme Frage.«

Sie trat vor und drückte sich gegen ihn. »Du brauchst jetzt nicht traurig zu sein. Für vierzig Obolen kann ich dich sehr glücklich machen.« Ihre Hand glitt unter seine Tunika, doch er stieß die Frau zurück und verließ den Schusterladen. Leichen lagen unbeachtet auf den Straßen, denn die Spartaner waren weiter vorgerückt.

In dieser Nacht dachte er wieder an die Priesterin, an ihre warme Hand auf seinem Oberschenkel. Als der Mond hoch über der Stadt stand, machte Parmenion sich auf den Weg zum Tempel der Aphrodite und fand das Mädchen schließlich in einem kleinen Zimmer auf der zweiten Etage. Sie lächelte müde, als sie ihn sah, und wollte gerade irgend etwas sagen, als er die Hand hob und ihr einen Finger auf die Lippen drückte.

»Sei still«, sagte er kalt. »Ich will deinen Körper, nicht deine Stimme.«

Als die Monate vorüberzogen, stattete Parmenion der jungen Priesterin mit dem roten Haar noch viele Besuche ab. Aber immer war seine Leidenschaft schnell verflogen, und für gewöhnlich verließ er sie voller Scham, Unzufriedenheit und Trauer. Er hatte das Gefühl, daß der Geschlechtsverkehr mit einer Frau – mit jeder Frau – ein Betrug an der Liebe sei, die er für Derae empfunden hatte. Dennoch kehrte er Woche für Woche zu der Rothaarigen zurück, von der er nicht einmal den Namen wußte.

Parmenion ging das Geld aus, als die Wettquoten bei den Läufen, an denen er teilnahm, immer niedriger wurden, doch bei einem Rennen – er wohnte seit nunmehr drei Jahren in Theben – siegte er gegen einen Thessalier namens Koranos, den Olympiasieger auf der Mittelstrecke, der Leonidas von Sparta bei den letzten Spielen, wenn auch mit Mühe, geschlagen hatte. Die Wetten standen fünf zu eins gegen Parmenion, und er setzte alles Geld, das ihm noch geblieben war. Der Ausgang des Rennens war äußerst knapp: Parmenion rettete sich mit einer Armlänge Vorsprung vor dem Thessalier als Sieger ins Ziel – und auch nur deshalb, weil sein Gegner auf dem pulvrigen Staub der Bahn in der letzten Kurve ins Straucheln geraten war. Es war eine Lektion, die Parmenion sich sehr genau einprägte. Nie wieder würde er bei einer Entscheidung alles aufs Spiel setzen.

Zwei Tage später kam die Nachricht, vor der Parmenion sich seit fast drei Jahren gefürchtet hatte. Mothac kam auf den Hof des Hauses gestürmt. »Epaminondas ist eingekerkert worden, zusammen mit Polysperchon. Man hat sie zur Folter in die Kadmea gebracht.«

ZWEITES BUCH

Theben,
im Herbst 379 v. Chr.

Parmenion befahl Mothac, im Haus zu bleiben, als er sich in den westlichen Teil der Stadt begab, zum Haus des Ratsmitglieds Kalepios. Ein älterer Diener führte ihn in ein kleines Zimmer mit drei Liegen und bat ihn zu warten. Nach einigen Minuten betrat ein anderer Diener den Raum, verbeugte sich und führte den Spartaner einen Flur hinunter in einen geschmackvoll eingerichteten *andron*. Die Wände waren mit Perserteppichen und Wandbehängen bedeckt, und den Fußboden zierte ein farbenprächtiges Mosaik, das Herakles zeigte, wie er den nemeischen Löwen erwürgte.

Im Zimmer standen neun Liegen, und zwei Diener warteten auf Anweisungen. Sie trugen Krüge mit Wasser und Wein. Der Herr des Hauses lag ausgestreckt auf einer der Liegen und las offenbar in einer großen Pergamentrolle. Kalepios hob den Blick, als Parmenion ins Zimmer trat, und sein Gesicht nahm den Ausdruck eines Mannes an, der angenehm überrascht ist, einen alten Freund zu sehen. Parmenion ließ sich durch das Gehabe nicht täuschen. Es lag Spannung in der Luft, und in Kalepios' Augen spiegelte sich Angst.

»Willkommen in meinem Haus, junger Leon«, sagte das Ratsmitglied, warf die Pergamentrolle zur Seite und erhob sich. Er war ein ziemlich kleiner Mann, doch auf schwer zu beschreibende Art und Weise beeindruckend. Seine Augen unter den buschigen Brauen waren tiefgrün, und sein Bart war nach persischer Mode kunstvoll gelockt. Doch es war vor allem seine Stimme, die ihm Ausstrahlung und Autorität verlieh; sie war tief und volltönend. »Was verschafft mir die Ehre deines Besuchs?«

»Könnten wir allein reden?« fragte Parmenion.

»Wir sind allein«, sagte Kalepios und verriet mit dieser Bemerkung ungewollt seine Herkunft aus adeliger Familie. Für ihn gehörten Diener zur Einrichtung des Hauses, so wie Tische und Stühle.

Parmenion warf einen raschen Blick auf die beiden Diener mit dem Wasser- und dem Weinkrug, und Kalepios winkte die Männer herrisch fort. Als die Türen sich hinter ihnen schlossen, bedeutete der Ratsherr seinem Besucher, sich neben ihn auf eine Liege zu setzen.

»Wie weit sind deine Pläne gediehen?« fragte Parmenion. »Sind sie bald abgeschlossen?«

»Pläne, mein Junge? Was meinst du damit?«

»Wir haben nicht die Zeit herumzutändeln, Herr. Polysperchon und Epaminondas sind eingekerkert worden. Aber das weißt du ja längst. Du verläßt dich darauf, daß die beiden nicht verraten werden, daß du in den Plan zur Rückeroberung der Kadmea verwickelt bist. Also, ich frage dich noch einmal: Wie weit sind deine Pläne gediehen?«

Der Blick aus Kalepios' grünen Augen ruhte starr auf Parmenions Gesicht, und seine Miene verzerrte sich leicht. »Epaminondas hat dir vertraut«, sagte er leise, »aber ich habe leider keine Möglichkeit, dir zu helfen. Ich weiß gar nicht, wovon du redest.«

Parmenion lächelte. »Dann kann uns vielleicht der Mann, der vor wenigen Augenblicken noch bei dir war, einen Rat geben.« Er drehte den Kopf und blickte über die Schulter auf einen langen, mit Stickereien verzierten Vorhang. »Vielleicht möchtest du lieber hervorkommen und dich zu uns gesellen, Freund.«

Die Vorhänge teilten sich, und ein großer Mann trat hervor. Er war breitschultrig und schmalhüftig, und seine sonnengebräunten Arme waren von vielen Narben verunziert. Der Mann war schwer und stämmig und auf düstere Weise gutaussehend; seine Augen waren von einem so tiefen Braun, daß sie schwarz aussahen. Er lächelte grimmig. »Du bist ein aufmerksamer Beobachter, Parmenion«, sagte der Neuankömmling.

»Selbst ein geübter Säufer braucht nicht gleich zwei Krüge Wein und zwei Diener an seiner Seite«, sagte der Spartaner. »Und ich kann auf dieser Liege noch die Wärme deines Körpers spüren. Bist du Pelopidas?«

»Du hast wirklich eine gute Beobachtungsgabe und einen wachen Verstand«, sagte Pelopidas, ging zu einer Liege in der Nähe der beiden Männer und legte sich darauf. Er nahm einen Becher Wein und leerte ihn auf einen Zug. »Was hast du uns zu berichten?«

Parmenion betrachtete den Mann, der Seite an Seite mit Epaminondas gekämpft, schwere Verwundungen erlitten und dennoch überlebt hatte; jenen Mann, der mit nur dreißig Kameraden bei einem Scharmützel zweihundert Arkadier in die Flucht geschlagen hatte. Pelopidas sah genau wie der Mann aus, der er war: ein einzigartiger Kämpfer, ein Mann, wie für den Krieg geschaffen.

»Vor langer Zeit hat Epaminondas mich gebeten, einen Plan zur Rückeroberung der Kadmea auszuarbeiten«, sagte Parmenion. »Das habe ich getan. Ich habe nur noch darauf gewartet, daß er mir sagt, wann es beginnen soll; der Plan kann binnen eines Tages anlaufen. Aber es hängt davon ab, wie groß unsere Reserven sind.«

»Mit Reserven meinst du Männer, nehme ich an«, sagte Pelopidas.

»Genau. Aber nur Männer, die wissen, was Disziplin bedeutet und wie wichtig eine gute Zeiteinteilung ist.«

»Wir haben mehr als vierhundert Kämpfer in dieser Stadt, die deinen Vorstellungen entsprechen. Und bei einem Volksaufstand sind binnen weniger Minuten Tausende von Thebanern auf den Straßen, um gegen die Kadmea zu marschieren. Ich glaube, daß wir die paar hundert Spartaner in der Zitadelle ohne große Schwierigkeiten töten können.«

»Mein Plan sieht nicht vor, daß die Spartaner getötet werden«, sagte Parmenion.

»Hast du den Verstand verloren?« sagte Pelopidas mit grollender Stimme. »Es sind spartanische Krieger. Glaubst du etwa, sie werden sich kampflos ergeben?«

»Ja«, erwiderte Parmenion schlicht.

»Wie?« meldete Kalepios sich zu Wort. »Das würde gegen all ihre Traditionen verstoßen.«

»Laßt uns zuerst einmal die anderen Möglichkeiten durchsprechen«, sagte Parmenion mit ruhiger Stimme. »Wir könnten die Kadmea stürmen und – vielleicht – einnehmen. Dann aber müßten wir die Spartaner töten und würden Agesilaos keine andere Wahl lassen, als das spartanische Heer gegen Theben in Marsch zu setzen, um die Stadt zurückzuerobern. Und dann werden all jene hingerichtet, die sich an dem Aufstand beteiligt haben. Euch wird keine Zeit bleiben, eine thebanische Armee aufzustellen. Unter diesen Umständen wäre eine Rückeroberung der Kadmea der helle Wahnsinn.«

»Du redest wie ein Feigling!« rief Pelopidas. »Wir *können* eine Armee aufstellen! Und ich glaube nicht, daß die Spartaner in der Schlacht unbesiegbar sind!«

»Das glaube ich auch nicht«, erwiderte Parmenion und zwang sich, seine Gelassenheit zu wahren. »Aber es gibt eine Möglichkeit, die Kadmea zurückzuerobern, ohne daß eine Schlacht stattfinden müßte.«

»Das ist doch alles Unsinn«, sagte Pelopidas. »Das höre ich mir nicht länger an.«

»Es muß ein interessantes Gefühl sein«, sagte Parmenion, als der riesige Krieger sich erhob, »einen Körper wie ein Gott und das Hirn einer Feldmaus zu haben.«

»Du wagst es, mich zu beleidigen!« brüllte Pelopidas schäumend vor Wut, und alle Farbe wich ihm aus dem Gesicht, während seine Hand zum Dolch am Gürtel zuckte.

»Zieh den Dolch, und du stirbst«, sagte Parmenion. »Und nach dir wird Epaminondas sterben, und Theben wird in Ketten bleiben – oder dem Erdboden gleichgemacht.« Er hielt dem funkelnden Blick des Hünen stand und erhob sich. »Eines mußt du wissen«, sagte er, und diesmal zitterte seine Stimme vor mühsam unterdrückten Gefühlen, »mein Leben ist nur einem großen Traum gewidmet – der Zerstörung Spartas. Ich war gezwungen, jahrelang auf den Tag meiner Rache zu warten. Ich mußte lernen, mich in Geduld zu üben, obwohl in meinem Innern Stürme des Hasses tobten und die Wut mit scharfen Krallen an meiner Seele zerrte. Jetzt habe ich bald die Gelegenheit zu blutiger Vergeltung. Kannst du dir vorstellen, wie sehr es mich verlangt, die Spartaner in der Kadmea abzuschlachten? Wie mein Herz danach schreit, sie in Stücke zu hauen und ihre Leichen den Hunden und Krähen zum Fraß vorzuwerfen? Aber blinde Rache ist dumm, zumal, wenn man dadurch bessere Möglichkeiten verspielt. Zuerst müssen wir Theben befreien. Erst dann können wir weitere Pläne schmieden, die mir vielleicht die Erfüllung meines Traumes bringen, die Zerstörung Spartas. Also, Pelopidas, sei still – und höre zu.«

Er wandte sich vom Krieger ab und setzte sich zu Kalepios, legte in groben Zügen seinen Plan dar und beobachtete jede noch so kleine Reaktion auf dem Gesicht des alten Mannes. Der Ratsherr war intelligent, mit scharfem Verstand, und Parmenion brauchte seine Unterstützung. Der junge Spartaner wählte seine Worte mit Bedacht, redete ruhig und langsam und beantwortete jede Frage, die Kalepios ihm stellte. Dann wandte er sich wieder Pelopidas zu.

»Wie betrachtest du die Sache nun, Krieger?« fragte er.

Pelopidas zuckte mit den Achseln. »Jetzt, da wir hier sitzen, hört dein Plan sich gut an, aber wenn wir ihn in die Tat umsetzen . . . ich weiß nicht. Ich bin immer noch der Meinung, die Spartaner lassen ein Heer anrücken.«

»Das glaube ich auch«, stimmte Parmenion ihm bei, »aber vielleicht werden die Krieger nicht kämpfen. Ich könnte mir vorstellen, daß Agesilaos versuchen wird, die Athener zur Unterstützung zu bewegen. Vor drei Jahren haben die Spartaner die Kadmea vor allem deshalb besetzt, weil Sparta-freundliche Abweichler hier in Theben sie regelrecht eingeladen haben. Die Spartaner haben immer behauptet, sie seien Gäste – Freunde. Das aber würde sich als Lüge erweisen, sollten sie nun gebeten werden, wieder zu gehen – um dann mit einem Heer gegen Theben zu marschieren.«

»Also gut«, sagte Kalepios. »Was brauchst du?«

»Zuerst einmal einen Arzt oder einen Kräuterkundigen sowie den Namen jenes Mannes, der den Spartanern die Verpflegung liefert. Außerdem möchte ich, daß du eine Rede vorbereitest, die du morgen, eine Stunde vor Anbruch der Dämmerung, auf dem Hauptplatz halten mußt.«

»Und was ist mit mir?« fragte Pelopidas.

»Du wirst jedes Ratsmitglied töten, das auf seiten der Spartaner steht«, sagte Parmenion mit gesenkter Stimme.

»Beim Zeus!« flüsterte Kalepios. »Mord? Gibt es keine andere Möglichkeit?«

»Es sind fünf Mann«, fuhr Parmenion fort. »Zwei von ihnen sind gute Redner. Wenn ihr sie am Leben laßt, wird Sparta sich ihrer bedienen und sie als Hebel benutzen, um Zwietracht unter den Aufständischen zu säen. Doch wenn die Kadmea erst einmal genommen ist, müssen die Bürger der Stadt geeint sein. – Die fünf Männer müssen sterben.«

»Aber einer von ihnen, Kaskos, ist mein Vetter. Wir sind zusammen aufgewachsen«, jammerte Kalepios. »Er ist ein guter Mensch.«

»Er hat sich die falsche Seite ausgesucht«, sagte Parmenion achselzuckend, »und das macht ihn zum schlechten Menschen. Wenn Theben befreit werden soll, müssen die fünf Ratsmitglieder sterben. Aber alle spartanischen Soldaten, die man außerhalb der Zitadelle antrifft, müssen lebend gefaßt und hinauf zur Kadmea gebracht werden.«

»Und dann?« fragte Pelopidas.

»Dann werden wir sie befreien«, antwortete der Spartaner.

Mothac erwachte, als eine Hand ihn an der Schulter stieß. »Was, zum Hades . . .?« knurrte der Rotbart, als er sich aufsetzte und die Hand zur Seite schlug.

»Du wirst gebraucht«, sagte Parmenion.

Mothac blickte aus dem Fenster. »Aber es ist doch noch nicht Morgen.« Er kratzte sich seinen roten Bart; dann rieb er sich den Schlaf aus den Augen, schwang die Beine vom Bett, blieb leicht schwankend stehen und griff nach seinem *chiton*. »Was gibt es denn so Wichtiges?«

»Die Freiheit«, erwiderte Parmenion. »Ich erwarte dich im *andron*.«

Mothac zog sich an und spritzte sich kaltes Wasser ins Gesicht. Er hatte sich einige Becher unverdünnten Weines genehmigt, bevor er sich zur Ruhe begab, und jetzt erinnerte ihn jeder einzelne dieser Becher an seine Dummheit. Er rülpste, holte tief Atem und gesellte sich dann zu Parmenion in den kleinen *andron*. Der Spartaner sah müde aus; er hatte dunkle Ringe unter den Augen.

»Heute werden wir Epaminondas befreien. Aber zuerst müssen wir eine Menge andere Aufgaben erledigen. Kennst du einen gewissen Amta?«

»Er ist ein reicher Fleischhändler im Südwesten der Stadt. Was ist mit ihm?«

»Zuerst wirst du zu Horas gehen, dem Arzt, und einen Beutel mit Kräutern bei ihm abholen. Den Beutel bringst du dann zu Amta. Dort wirst du einen großgewachsenen Krieger mit dunklem Bart treffen. Er wird dir weitere Anweisungen geben.«

»Kräuter? Krieger? Fleischhändler? Was hat das mit der Befreiung Epaminondas' zu tun?«

Parmenion überhörte die Frage. »Sobald du deine Aufgabe erfüllt hast, wirst du den Krieger begleiten. Er ist ein bekannter und gesuchter Mann. Er darf nicht gefaßt werden. Deshalb wird er dich und andere damit beauftragen, überall in der Stadt Botschaften zu verteilen. Tu, was er dir sagt – was immer er von dir verlangt.«

»Du sprichst von einer Rebellion, nicht wahr?« sagte Mothac, und seine Stimme war kaum mehr als ein Flüstern.

»Ja.«

»Was ist mit den Wachtsoldaten? Ständig patrouillieren mehr als zweihundert Krieger durch die Stadt.«

»Es sind thebanische Soldaten. Wir müssen darauf hoffen, daß sie sich daran erinnern. Geh jetzt. Wir haben wenig Zeit, und ich muß mich noch mit verschiedenen Leuten treffen.«

Mothac nahm seinen dunkelgrünen Umhang und legte ihn sich um die Schultern. »Nimm ein Schwert und einen Dolch mit«, wies Parmenion ihn an, und Mothac nickte.

Minuten später war er am Haus des Arztes Horas angelangt, wo ein Mann im Schatten des Türeingangs wartete. Er war hochgewachsen und spindeldürr. Mothac trat auf ihn zu und verbeugte sich. »Ich grüße dich, Horas. Hast du einen Beutel für mich?«

Die Blicke des dürren Mannes huschten nervös die halbdunkle Straße hinauf und hinunter; dann richtete er die unsteten Augen auf Mothac.

»Ich bin allein gekommen. Mein Ehrenwort«, sagte Mothac.

»Du hast diesen Beutel nicht von mir bekommen. Hast du das begriffen?« sagte Horas.

»Natürlich.«

»Gut. Geh mit dem Inhalt sparsam um. Streue ihn über das Fleisch und verteile ihn sorgfältig. Paß auf, daß deine Finger nicht damit in Berührung kommen. Falls doch, wasch dir gründlich die Hände.«

»Dann ist es . . . Gift?« flüsterte Mothac erschrocken.

»Natürlich ist es kein Gift!« geiferte der Dürre. »Glaubst du vielleicht, ich wäre Arzt geworden, um mir die Möglichkeit zu verschaffen, Menschen in den Hades zu schicken? Im Beutel sind nur jene Pulver, die deine Auftraggeber von mir haben wollen: Brech- und Abführmittel. Jetzt mach, daß du fortkommst. Und denk daran, ich habe nichts mit dieser Sache zu tun!«

Mothac nahm den Beutel und machte sich auf den Weg in den Norden der Stadt. Als er in der Nähe des Markplatzes, der *agora*, um eine Straßenecke bog, wäre er beinahe mit einem Soldaten zusammengeprallt.

»Wohin willst du, Freund?« fragte der Soldat, an dessen Seite plötzlich drei weitere Krieger erschienen.

»Ich möchte nach Hause, Herr«, erwiderte Mothac. »Gibt's irgendwelchen Ärger?«

»Für einen kleinen Abendspaziergang bist du aber ganz schön bewaffnet«, sagte der Soldat.

»Vorsicht macht sich bezahlt«, entgegnete Mothac.

Der Soldat nickte. »Du kannst weitergehen«, sagte er.

Als Mothac das Haus des Fleischhändlers Amta erreichte – ein großes Gebäude, das sich in der Nähe des Schlachthofs und der Lagerhalle befand – blieb er vor dem Haupttor stehen und ließ auf der

Suche nach dem Mann, den er hier treffen sollte, den Blick durch die Schatten schweifen.

»Bist du Mothac?« klang eine Stimme hinter ihm. Mothac ließ vor Schreck den Beutel fallen, fuhr herum und fingerte hastig nach dem Griff seines Schwerts. Kaltes Eisen berührte seine Kehle.

»Der bin ich«, würgte Mothac hervor. »Und ... wer bist du?«

»Ich? Das geht dich nichts an. Nimm den Beutel, und dann gehen wir unseren Freund wecken.«

Das Tor war nicht verriegelt, und der hünenhafte Krieger stieß es auf. Dann schlichen die beiden Männer über den Hof und ins Innere des Hauses. Um sie herum war es dunkel, doch durch ein offenes Fenster fiel blasses Mondlicht, und die beiden Männer konnten schemenhaft die Treppe an der östlichen Wand erkennen. Mothac folgte seinem namenlosen Begleiter in den ersten Stock und dann bis vor die Tür eines Schlafraums, der nach Osten lag. Der Hüne öffnete die Tür und betrat das dahinterliegende Zimmer. In einem breiten Bett auf einer erhöhten Plattform lag ein fetter Mann und schnarchte laut vor sich hin. Der Krieger stellte sich neben das Bett und legte dem Mann eine Hand auf die Schulter. Das Schnarchen brach abrupt ab, und Mothac sah, wie Amta die Augen aufriß – denn die Dolchklinge des Kriegers befand sich dicht vor dem Gesicht des fetten Mannes.

»Guten Morgen«, sagte der Hüne mit einem Lächeln. »Heute wird ein schöner Tag.«

»Was ... was willst du von mir?«

»Daß du mir deine Liebe zu Theben zeigst.«

»Das tu ich doch immer! Alle Leute wissen das!«

»Und trotzdem verkaufst du Fleisch an die spartanische Garnison?«

»Ich bin Kaufmann. Ich kann mich nicht weigern, meine Waren an die Spartaner zu verkaufen. Sie würden mich in den Kerker werfen und mich einen Verräter schimpfen.«

»Das alles ist eine Frage des Blickwinkels, mein lieber Amta. Weißt du, wir wollen Theben befreien. Und dann werden *wir* dich einen Verräter schimpfen.«

Der fette Mann setzte sich schnaufend auf und versuchte, nicht auf den Dolch zu starren, der nun über seiner Kehle schwebte. »Das wäre ungerecht«, protestierte er, und seine Stimme gewann an Festigkeit. »Du kannst nicht jedermann beschuldigen, der mit den Spartanern Handel treibt. Dann müßten nämlich alle Ladenbesitzer und Kaufleute und ... ja, und sogar die Huren verurteilt werden. Wer bist du eigentlich?«

»Ich bin Pelopidas.«

»Was willst du von mir?« fragte der fette Mann, dessen Stimme plötzlich wieder schwankte und dem der Angstschweiß über das feiste Gesicht lief.

»Wann machst du für gewöhnlich die Fleischlieferung an die Garnison fertig?«

»Eine Stunde vor Tagesanbruch. Anschließend ziehen meine Gehilfen das Fleisch mit einem Karren zur Kadmea hinauf.«

»Dann laß uns an die Arbeit gehen«, sagte Pelopidas und schob den Dolch in die Scheide zurück.

»Was hat mein Fleisch mit der Befreiung Thebens zu tun?«

»Wir haben ein paar Kräuter dabei, um den Geschmack zu verfeinern.«

»Ihr wollt das Fleisch vergiften und mir die Schuld in die Sandalen schieben! Das könnt ihr nicht tun!«

»Es ist kein Gift, du Narr«, sagte Pelopidas und seufzte. »Ich wollte, es wäre so. Jetzt raus aus dem Bett! Führe uns zu deinem Lagerraum.«

Drei Stunden nach Tagesanbruch hatte Parmenion noch immer kein Auge zugetan. Er wartete am Eingang zur Schmiede, und in seinem Kopf wirbelten die Gedanken, und aus den Gedanken wurden Probleme, und aus den Problemen wurden Ängste.

Was war, wenn die Spartaner sahen, daß jemand sich am Fleisch zu schaffen gemacht hatte? Was war, wenn man Pelopidas dabei erwischte, wie er das Wasser in den Fässern versalzte? Was war, wenn die Spartaner von der geplanten Verschwörung Wind bekamen?

Parmenion hämmerte der Schädel, und das frühmorgendliche Sonnenlicht schmerzte ihm in den Augen; er fühlte sich wacklig auf den Beinen und setzte sich an den Straßenrand. Seit jenem Tag, als er Derae aus den Händen der Entführer befreit hatte, litt er unter immer wiederkehrenden Kopfschmerzen, doch während der letzten zwei Jahre waren die Anfälle schlimmer geworden – sowohl häufiger als auch schmerzhafter. Manchmal konnte ihm nicht einmal seine in Sparta erworbene Fähigkeit, körperliche Qualen zu erdulden, über die schlimmsten Schmerzen hinweghelfen, und er hatte sich angewöhnt, aus Mohn gewonnenen Saft zu trinken, wenn die Anfälle unerträglich wurden. Aber heute war nicht der rechte Zeitpunkt, sich in den Opiumschlaf zu versetzen, und so versuchte Parmenion, Schmerz und Übelkeit zu ignorieren.

Der Schmied Norak stapfte einige Minuten später die Straße herauf. Er war ein riesiger Mann mit mächtigen Schultern und einem Stiernacken. Parmenion erhob sich, ihn zu begrüßen. »Du bist früh auf den Beinen, junger Mann«, sagte Norak, »aber wenn du glaubst, deinen Wunsch dadurch schneller erfüllt zu bekommen, hast du dich getäuscht. Mein Auftragsbuch ist voll.«

»Ich brauche bis heute mittag zwanzig eiserne Nägel, jeder von der Länge eines Unterarms«, sagte Parmenion.

»Du hast wohl nicht gehört, mein junger Freund. Es gibt keine bevorzugte Behandlung. Diese Woche kann ich keine Aufträge mehr annehmen.«

Parmenion starrte in Noraks braune Augen unter den buschigen Brauen. »Hör zu, Norak. Man sagt, du seist ein vertrauenswürdiger Mann. Pelopidas hat mich geschickt. Verstehst du? Die Parole lautet *Herakles*.«

Die Augen des Schmieds wurden schmal. »Zu welchem Zweck brauchst du Nägel von solcher Länge?«

»Um die Tore der Kadmea zuzunageln. Außerdem brauchen wir Männer, die schwere Hämmer schwingen können.«

»Bei Hera, Junge! Warum sagst du das nicht gleich? Komm herein.«

Zu dieser frühen Stunde war die Schmiede noch leer. Norak trat an die Esse, legte Zunder auf die noch heiße Asche und erweckte die Flammen mit dem Blasebalg zum Leben. »Die Nägel zu schmieden ist kein Problem«, sagte er. »Aber wie sollen wir sie in die Tore der Kadmea schlagen, ohne daß die Spartaner über uns herfallen?«

»Mit Geschick und Schnelligkeit. Sobald der große Querbalken vorgeschoben ist, werden sechs Mann an die Tore stürmen und die Nägel von außen hineinschlagen.« Parmenion trat an eine Wand der Schmiede und zog einen Speerschaft aus einer eisernen Halterung. Er stellte den Schaft senkrecht auf den Boden, zog seinen Dolch und schnitt zwei Kerben ins Holz. »Die Kerben entsprechen der Höhe und der Dicke des Querbalkens. Die Tore sind aus Eiche. Alt und verwittert und so dick, wie eine Männerhand lang ist. Kannst du eines der Tore mit sechs Hämmerschlägen zerschmettern?«

Norak ließ seine gewaltigen Muskeln spielen. »Bei den Hoden des Zeus – natürlich kann ich das, Junge! Aber die meisten anderen Männer werden sieben oder acht Schläge brauchen.«

Parmenion nickte. »Du kannst die Zeit verringern, indem du an jedem Tor vier Männer mit Hämmern einsetzt. Aber das wichtigste ist die genaue Zeiteinteilung. Sobald die Menschenmenge zur Kadmea hinaufmarschiert, ist der Augenblick der größten Gefahr gekommen. Dann nämlich wird der spartanische Kommandant sich entscheiden, ob er bewaffnete Krieger hinausschickt.«

»Laß mich nur machen«, sagte Norak, und Parmenion lächelte.

»Die Tore werden für gewöhnlich bei Anbruch der Dämmerung geschlossen. Bring die Nägel am Mittag zum Haus des Kalepios, nicht später. Und nehme elf starke Männer mit.«

Parmenion verabschiedete sich vom Schmied und ging langsam zu Kalepios' Haus. Das Ratsmitglied frühstückte noch und forderte Parmenion auf, sich zu ihm zu setzen, doch der Spartaner lehnte ab. »Hast du schon etwas von Pelopidas gehört?« fragte er.

»Noch nicht. Du siehst schrecklich aus, junger Mann. Dein Gesicht hat alle Farbe verloren. Bist du krank?«

»Mir geht es gut. Ich bin nur ein bißchen müde. Übrigens, die Nachricht, daß du deine Rede hältst, muß in der ganzen Stadt verbreitet werden. So viele Bürger wie möglich müssen diese Rede hören.«

»Das hast du gestern abend schon gesagt. Es ist alles in die Wege geleitet, junger Freund.«

»Ja, natürlich.« Parmenion füllte einen Becher mit Wasser und leerte ihn.

»Geh ins Haus und schlaf ein Weilchen«, riet Kalepios ihm. »Ich werde dich wecken, sobald Pelopidas zurück ist.«

»Später. Wie viele Männer werden die Stadttore bewachen? Niemand darf Theben verlassen, bevor die Stadt fest in unserer Hand ist.«

»Wir werden zehn Mann an jedem Tor postieren. Hab keine Angst. Alles läuft so, wie du es geplant hast.«

»Einige Leute werden mit Pfeil und Bogen vor der Kadmea erscheinen, weil sie hoffen, einen Spartaner erlegen zu können. Also müssen alle entwaffnet werden – bis auf unsere Männer. Es darf zu keinem Angriff durch thebanische Bürger kommen.«

Pelopidas und Mothac kamen auf den Hof, und Parmenion erhob sich. »Nun?« fragte er.

»Mothac und ich haben die Lebensmittel abgeliefert. Wie du gesagt hast, hat man uns im Lagerraum allein gelassen. Ich habe Salz in die Wasserfässer geschüttet; es waren zehn Stück. Beim letzten Faß ist uns das Salz ausgegangen, und ich hatte zuerst daran gedacht, hineinzupinkeln. Dann aber haben wir das Faß einfach umgekippt.«

»Gut! Das habt ihr sehr gut gemacht«, sagte Parmenion und ließ sich zurück auf die Liege sinken. »Damit wären wir soweit. Hast du deine Rede inzwischen fertig?« fragte er Kalepios.

»Ja«, gab das Ratsmitglied zur Antwort, »und ich werde sie kurz vor Anbruch der Dämmerung auf der *agora* halten. Es werden sehr viele Zuhörer kommen. – Möchtest du jetzt nicht doch lieber ein wenig ruhen?«

Parmenion überging diese Frage und wandte sich an Pelopidas. »Was ist mit den fünf Ratsherren?«

Der Krieger setzte sich neben Parmenion auf die Liege. »Die Götter sind auf unserer Seite, Parmenion. Mir wurde gesagt, daß im Hause des Alexandros eine große Feier stattfindet. Die Gäste versammeln sich gegen Mittag bei ihm; sie werden essen und trinken und die Diener abends losschicken, Huren zu holen. Wir werden die Verräter allesamt töten – bis auf Kalepios' Vetter Kaskos.«

»Nein!« sagte Parmenion scharf. »Sie müssen alle sterben!«

»Kaskos ist nicht mehr in der Stadt«, sagte Pelopidas und richtete den Blick auf Kalepios. »Wie durch einen seltsamen Glücksfall ist er vor zwei Stunden auf die Idee gekommen, zu seinem Sommersitz nach Korinth zu reisen.«

Parmenion hämmerte die Faust auf die Tischplatte und starrte Kalepios ins Gesicht. »Du hast ihn gewarnt! Du hast unseren ganzen Plan in Gefahr gebracht.«

Der Ratsherr zuckte mit den Achseln und breitete die Arme aus. »Ich leugne ja nicht, daß ich ihn gebeten habe, die Stadt zu verlassen, aber ich habe niemanden verraten. Ich habe Kaskos erzählt, ich hätte vor drei Nächten einen Traum gehabt, und daß ich in diesem Traum seine Leiche gesehen hätte. Dann habe ich ihm gesagt, daß ich zu einer Seherin gegangen bin und sie über den Traum befragt hätte, und die Seherin habe gesagt, daß mein Vetter eine Pilgerfahrt zum Tempel der Hekate nach Korinth machen müsse. Es besteht keine Gefahr, denn die Leute wissen, was für ein religiöser Mensch Kaskos ist – und er ist sofort abgereist.«

»Das war dumm, Kalepios«, erwiderte Parmenion. »Falls es uns gelingt, die Stadt zurückzuerobern, wird Kaskos zu den Spartanern rennen, und die werden ihn dann als Galionsfigur benutzen, um mit einem großen Heer gegen uns zu marschieren. Vielleicht hast du uns alle ins Verderben gestürzt.«

Der Ratsherr nickte. »Das gebe ich ja zu. Aber Kaskos ist schließlich mein Vetter, und er ist mir lieb und teuer. Außerdem liegt ihm auf seine Weise das Schicksal Thebens genauso sehr am Herzen wie jedem von uns. Was ich getan habe, ist nicht mehr zu ändern – und selbst wenn ich die Möglichkeit hätte, würde ich es nicht tun.«

Parmenion hatte das Gefühl, jeden Augenblick müsse ihm der Schädel platzen. Wieder trank er einen Becher Wasser; dann ging er ins Haus, um Schutz vor dem grellen Sonnenlicht zu suchen, das in den Hof fiel.

Mothac folgte ihm. »Ich habe schon Marmorstatuen gesehen, die eine gesündere Gesichtsfarbe hatten als du«, sagte er, als Parmenion sich auf eine Liege fallen ließ. »Ich glaube, du brauchst einen kräftigen Schluck Wein.«

»Nein«, sagte Parmenion, dem sich der Magen umdrehte. »Laß mich nur eine Weile allein. Ich brauche ein bißchen Schlaf.«

Gischtende Wogen brandeten donnernd an eine felsige Küste, während Ungeheuer aus der Tiefe mit gezackten Zähnen die schlanke Gestalt eines Mädchen umkreisten, das versuchte, seine Hände von Fesseln zu befreien. Parmenion schwamm durch das schäumende, tobende Meer und mühte sich verzweifelt, das Mädchen zu erreichen, bevor die dunkle See es in die Tiefe zog.

Ein riesiges Wesen glitt neben ihm durch die Wellen, so nahe, daß seine Rückenflosse an Parmenions Bein rieb; dann aber packte eine gewaltige Woge den Körper des jungen Mannes und hob ihn in die Höhe, bis weit über die Wolken hinaus. Als die riesige Welle den Gipfelpunkt erreichte, schrie er vor Angst und stürzte wieder in den gähnenden Abgrund. Er wurde tief unter Wasser gerissen und stellte fest, daß er dort atmen konnte. Deraes Körper schwebte neben ihm; er tauchte zu ihr hinüber, riß die Fesseln von ihren Handgelenken und zog das Mädchen an die Oberfläche.

»Lebe! Lebe!« rief er. Die Ungeheuer umkreisten ihn – kalte grüne Augen starrten auf die Liebenden. Derae erwachte aus der Bewußtlosigkeit und klammerte sich an ihn.

»Du hast mich gesucht«, sagte sie. »Du hast mich gerettet!«

Mothac weckte Parmenion. Der junge Spartaner schlug die Augen auf und stöhnte – nicht wegen des Schmerzes, der seinen Kopf durchraste, sondern weil er Derae und seinen Traum verloren hatte. Er setzte sich auf. »Ist schon Mittag?«

»Ja«, erwiderte Mothac. Parmenion erhob sich. Pelopidas saß immer noch im Hof, und bei ihm waren der Schmied Norak sowie elf große, kräftige Männer. Vier von ihnen trugen schwere Hämmer mit langen Stielen in den Fäusten.

»Bist du hiermit zufrieden, *strategos*?« fragte Norak und hob einen Nagel in die Höhe, der die Länge eines Schwertes besaß.

»Du hast gute Arbeit geleistet«, sagte Parmenion zum Schmied, »aber ich möchte gern sehen, wie gut deine Männer die Hämmer schwingen können.«

»Zu diesem Zweck«, sagte Norak, »habe ich ein paar zusätzliche Nägel geschmiedet.« Zwei Männer hoben ein schweres Stück Holz, das aus einem dicken Brett gesägt war, schleppten es zu einer Wand des Hauses und lehnten es dagegen. Nun drückte ein dritter Mann einen der riesigen Nägel mit der Spitze gegen das Holz. Norak stellte sich rechts rechts neben das Brett und bedeutete einem der Männer, welche die Hämmer in Fäusten hielten, sich auf die linke Seite zu stellen. Dann hob der Schmied den Hammer, ließ ihn mit Wucht niedersausen und traf dröhnend den Kopf des Nagels. Kaum hatte Norak zum nächsten Schlag ausgeholt, als der Hammer des zweiten Mannes auf den Kopf des Nagels donnerte und ihn tiefer ins Holz trieb. Schon nach dem ersten Schlag Noraks war der Mann, der den Nagel hielt, zur Seite gesprungen. Drei Schläge weiter, und der Nagel saß tief in dem dicken Brett.

»Macht weiter«, sagte Parmenion. »Der Nagel muß noch fester sitzen.«

Dann rief er Pelopidas zu sich und ging in den *andron*. »Bei der Feier im Hause des Alexandros, von der du gesprochen hast – werden dort Wächter sein?«

»Ja. Gäste und Gastgeber sind beim Volk nicht beliebt«, erwiderte Pelopidas.

»Wie viele Wächter?«

»Vielleicht fünf, vielleicht zwanzig. Ich weiß es nicht.«

»Vor dem Haus? Oder im Innern?«

»Draußen. Alexandros' Feier ist ein privates Fest«, sagte Pelopidas mit breitem Grinsen.

»Ich treffe dich am Haus des Alexandros. Sobald wir wissen, wie viele Wächter dort sind, werden wir einen Plan machen.«

Nachdem Pelopidas sich verabschiedet hatte, ging Kalepios auf sein Zimmer, um seine Rede zu proben. Parmenion blieb im *andron* zurück. Eine Zeitlang saß der Spartaner gedankenverloren da, als er plötzlich spürte, daß er nicht allein war. Er wandte den Kopf und entdeckte die spartanische Seherin, Tamis. Sie stand, auf ihren Gehstock gestützt, neben dem Tisch.

Tamis blickte den jungen Spartaner an, drang in sein Inneres ein, sonnte sich in seinem Seelenfeuer, spürte seinen Schmerz und bewunderte die Stärke und den Mut, die Parmenion aufbrachte, sich diesem Schmerz zu widersetzen.

Für einen Augenblick starrte er die alte Frau ungläubig an.

»Nun?« sagte sie. »Willst du mich nicht bitten, Platz zu nehmen, junger Spartaner?«

»Aber gewiß«, erwiderte er, stand auf und führte sie zum Tisch, wo er ihr einen Becher Wein einschenkte. »Wie kommst du hierher, Ehrenwerte?«

»Ich gehe, wohin ich gehen muß. Bist du nun bereit, diesen Aufstand anzuführen?«

»Das bin ich.«

»Gib mir deine Hand.«

Parmenion gehorchte, und Tamis bedeckte seine Handfläche mit der ihren. »Mit jedem Herzschlag hat der Mensch zwei Möglichkeiten«, flüsterte sie. »Doch bei jeder Wahl, die er trifft, betritt er einen Pfad, und diesen muß er bis ans Ende gehen, wohin er auch führen mag. Du, Parmenion, stehst an einer Weggabelung. Ein Weg führt dich ins Sonnenlicht, wo Glück und Freuden sind, der andere aber führt dich zu Schmerz und Verzweiflung. Das Geschick Thebens liegt in deiner Hand. Wählst du den Weg ins Sonnenlicht, wird die Stadt wachsen und gedeihen. Wählst du den anderen Weg, wird Theben zerstört, zu Staub zermalmt und im Dunkel der Geschichte vergessen. Dir diese Worte zu sagen wurde mir befohlen.«

»Welchen Weg soll ich wählen?« fragte er. »Wie kann ich es herausfinden?«

»Du kannst es nicht herausfinden. Erst wenn du eine lange, lange Strecke auf dem Weg gegangen bist, wirst du wissen, welchen der beiden du genommen hast.«

»Dann verstehe ich nicht, warum du mir das alles sagst«, erwiderte Parmenion zornig und riß seine Hand aus der ihren.

»Du bist ein Erwählter. Du bist Parmenion, der Tod der Staaten. Hunderttausend Seelen wirst du über den Fluß der Finsternis schicken – jammernd, schreiend, ihr Los beklagend. Es ist nur recht und billig, daß du erfährst, daß du zwei Möglichkeiten hast.«

»Dann sag mir, welcher der Weg ins Sonnenlicht ist.«

»Das werde ich. Später. Aber – wie schon Kassandras Worte werden auch die meinen nichts ändern, weil du den Weg, der dir bestimmt ist, jetzt schon gewählt hast.«

»Sag mir, welcher es ist!«

»Verlasse dieses Haus und sattle deine Stute. Reite aus der Stadt und reise über das Meer nach Asien. Suche den Tempel der Hera des Buches.«

»Ha! Jetzt sehe ich's«, sagte Parmenion. »Du Hexe! Du bist Spartanerin, und du stehst in ihren Diensten! Ich werde mir deine Lügen nicht anhören. Ich werde Theben befreien! Und wenn eine Stadt zu Staub zerfällt, dann ist es Sparta!«

»Natürlich«, sagte sie lächelnd und zeigte dabei ihre fauligen Zahnstümpfe und blutrotes Zahnfleisch. »Der Tod der Staaten spricht, und seine Worte werden von den Göttern selbst vernommen. Doch du schätzt mich falsch ein, Parmenion. Mich kümmern weder Sparta noch seine Träume, und ich bin glücklich, welchen Weg du gewählt hast. Du bist wichtig für mich – und für die Welt.«

»Warum sollte ich wichtig für dich sein?« fragte er, bekam von Tamis aber nur ein Kopfschütteln zur Antwort.

»Die Zeit wird alles ans Licht bringen. Heute bin ich zufrieden mit dir; dein Geist ist wach, dein Verstand scharf. Bald wirst du der Mann aus Eisen sein, der Mann der Bestimmung.« Ihr Lachen hörte sich an wie das Rascheln des Windes in totem Laub.

Parmenion schwieg, doch seine Finger strichen über den Griff des Dolchs an seinem Gürtel.

»Das brauchst du nicht zu tun«, sagte sie leise. »Ich bin keine Bedrohung für dich, und ich werde niemandem ein Wort über deine Pläne sagen.«

Der Spartaner erwiderte nichts. Er hatte nicht die Absicht, auf das Versprechen einer spartanischen Hexe hin das Leben des Epaminondas aufs Spiel zu setzen. Der Dolch glitt aus der Scheide...

»Parmenion!« rief Kalepios aus dem Türeingang. »Ich bin mir über das Ende meiner Rede nicht recht schlüssig. Möchtest du dir den letzten Abschnitt einmal anhören?«

Für einen winzigen Augenblick war Parmenions Aufmerksamkeit abgelenkt. Dann zuckte sein Blick wieder zu der Stelle, wo Tamis gesessen hatte... doch sie war verschwunden. Mit dem Dolch in der Faust sprang er auf und fuhr herum. Doch Tamis war nirgends zu sehen.

»Wohin ist sie gegangen?« fragte er Kalepios.

»Wer?«

»Die alte Frau. Vor einem Moment war sie noch hier.«

»Das mußt du geträumt haben. Ich habe niemanden gesehen. Also, was das Ende meiner Rede betrifft...« Parmenion rannte zur Tür. Draußen im Hof hämmerten der Schmied und dessen Männer auf die Nägel ein, und die Tore zum Hof waren verriegelt.

Parmenion hörte sich Kalepios' Rede an und war enttäuscht. Sie klang zu bombastisch, und ihr fehlte die Glaubwürdigkeit. Aber er sagte nichts; in Gedanken war er immer noch mit Tamis' Worten beschäftigt. War die alte Frau wirklich bei ihm gewesen – oder nur ein Trugbild, aus Schmerz geboren? Er wußte es nicht, und er konnte es auch nicht herausfinden.

Er beglückwünschte den Ratsherrn zu dessen gelungener Rede, verließ das Gebäude und ging im strahlenden Sonnenschein zum Haus des Alexandros. Der Mann war Dichter und Schauspieler. Nach Kalepios zu urteilen, war er auf beiden Gebieten ein ziemlicher Versager, aber er hatte sich unter den Vornehmen der Stadt vor allem durch seine ausgefallenen Orgien einen Namen gemacht. Alexandros' Haus war nicht weit vom Homoloides entfernt, dem großen Stadttor im Norden; es stand auf einer Anhöhe, so daß man bis zu den Hügeln blicken konnte, hinter denen Thessalien lag. Als Parmenion das Haus gefunden hatte, setzte er sich auf eine Steinmauer, ungefähr sechzig Schritt von den Eingangstoren entfernt. Von hier aus konnte er vier Wächter sehen, mit Brustharnisch und Helm gerüstet und mit Speeren bewaffnet, und aus dem Innern des Hauses drangen Musik und Gelächter. Doch von Pelopidas war weit und breit nichts zu sehen. Parmenion lehnte sich mit dem Rücken gegen den kühlen Stein der Mauer und ging seinen Plan in Gedanken noch einmal durch.

Du kannst jetzt nichts mehr tun, sagte er sich schließlich. Es liegt nicht mehr in deinen Händen.

Doch diesen Ratschlag konnte er nicht befolgen. In all den Jahren, seit die Spartaner ihm Derae genommen hatten, war er von Rachegedanken erfüllt gewesen. Jetzt war der erste Tag der Vergeltung gekommen; der Beginn seines Rachefeldzugs war ganz nahe. Aber wo steckte Pelopidas?

Falls die fünf Ratsherrn nicht getötet wurden, flüchteten sie zu den Spartanern; das stand fest. Und selbst wenn die Kadmea genommen war, würden Agesilaos oder Kleombrotos an der Spitze eines Heeres gegen Theben marschieren, um Stadt und Zitadelle zurückzuerobern. Im stillen verfluchte Parmenion den thebanischen Krieger. Dieser dumme, überhebliche Kerl!

Träge floß die Zeit dahin. Die Wächter patrouillierten nach wie vor an den Außentoren, und das Gelächter aus dem Innern des Hauses wurde schriller und lauter. Sieben Priesterinnen der Aphrodite kamen die Straße herauf. Sie waren in farbenprächtige *chitons* gekleidet und trugen Schleier und vergoldete, mit Edelsteinen besetzte Haarspangen. Die Wächter traten zur Seite und ließen sie ein. Parmenions Kopfschmerz wurde so quälend, daß er die Augen schloß. Wieder dachte er an seinen Plan und fluchte leise. Dieser Plan war schon kompliziert genug – ohne in Rechnung zu stellen, daß man sich dabei auf Männer wie Pelopidas verlassen mußte.

Kühler Wind wehte Parmenion ins Gesicht und linderte vorübergehend seine Schmerzen. Dann setzte er sich plötzlich auf. Er hatte irgend etwas gespürt, irgendeine Veränderung. Die Wächter waren noch an Ort und Stelle, und alles schien, wie es vorher gewesen war. Dann erst fiel Parmenion auf, daß die Musik und das Gelächter verstummt waren.

Aha, dachte er. Die Orgie hat begonnen.

Aber wo, beim Hades, war Pelopidas?

Eine weitere Stunde verging. Bald wurde es Zeit für Kalepios, seine Rede zu halten, um die Menge aufzuwiegeln und zum Sturm auf die Kadmea anzufeuern. Mit einem letzten gemurmelten Fluch auf den unzuverlässigen thebanischen Krieger erhob sich Parmenion, um sich auf den weiten Weg zur *agora* zu machen, als ein Geräusch hinter seinem Rücken ihn herumfahren ließ. Er sah, wie die Tore vor Alexandros' Haus geöffnet wurden und die Priesterinnen hinaus in den Sonnenschein traten. Dann kamen sie auf Parmenion zu. Er beachtete sie nicht, sondern setzte seinen Weg fort. Doch als er um eine Straßenecke bog, hörte er das Geräusch rennender Füße, und dann legte sich eine Hand auf seine Schulter.

»Laß mich in Ruhe!« sagte Parmenion schroff.

»Nicht mal ein Wort zur Begrüßung?« fragte eine Männerstimme. Parmenion starrte auf die erschreckend große, verschleierte Priesterin, die den Schleier plötzlich zurückschlug und ihn angrinste. Er blickte in ein nicht besonders hübsches, bartloses Gesicht mit grellroten Lippen und geschminkten Augenlidern.

»Verschwinde endlich! Ich will nichts von dir!« sagte Parmenion und hob die Hände, um die beängstigend große Frau zur Seite zu stoßen. Doch kräftige Finger schlossen sich wie eine Klammer aus Eisen um Parmenions Unterarm.

»Erkennst du mich nicht? Ich bin's, Pelopidas!« Der Krieger lächelte und benutzte den Schleier, um sich die Tusche von den Lidern und die grellroten Farbe von den Lippen zu wischen. »Du bist nicht der einzige *strategos*, mein Freund.«

Parmenion ließ den Blick über die anderen Priesterinnen schweifen, als sie sich ihrer Frauenkleider entledigten. Jeder der Männer, die zum Vorschein kamen, war mit einem verborgenen Dolch bewaffnet. Erst jetzt sah der Spartaner die Blutspritzer auf den leuchtend roten, gelben und blauen Umhängen. »Ihr habt es geschafft!« rief er.

»Ja«, erwiderte Pelopidas, »sie sind tot. Auch dieser sogenannte Dichter, Alexandros – was kein großer Verlust für die Menschheit ist, wenn du mich fragst.«

Sie ließen ihre Verkleidungen in der Gasse zurück; dann rannte die Gruppe zur *agora*, wo sich bereits eine riesige Menschenmenge versammelt hatte, die immer noch wuchs. Pelopidas und seine Kameraden bahnten sich einen Weg durch die Gaffer und ließen Parmenion am Fuß der großen Treppe zurück, die zum Tempel des Poseidon führte. Tausende von Menschen hatten sich auf der *agora* eingefunden, als Kalepios schließlich aus dem Innern des Tempels erschien und langsam die Treppe hinunterstieg. Die Menge brüllte seinen Namen, und Kalepios schien angesichts dieser Ovation ehrlich überrascht. Er hob die Hand, um Schweigen zu gebieten. Parmenion erkannte erst jetzt, daß er sich vor diesem Augenblick gefürchtet hatte, denn er hatte Angst vor den Auswirkungen, die Kalepios' schwülstige Rede auf die erregte Menge haben konnte. Für einige Momente blickte das Ratsmitglied mit gespielter Strenge auf die Menge hinunter; dann ließ er seine volltönende Stimme erschallen. »Es ist lange her, meine Freunde, daß ich zu euch gesprochen habe. Aber ich war immer der Meinung, daß ein Mann lieber schweigen sollte, wenn er nichts Gutes zu verkünden hat! Unsere Freunde und Verbündeten, die Spartaner, wurden von drei Jahren von einigen Ratsmitgliedern sowie den *Ephoren* hierher nach Theben eingeladen. Ich hatte aufs schärfste gegen diese Entscheidung protestiert! Jawohl, ich *hatte* dagegen protestiert! Ich protestiere *jetzt* dagegen! Und ich *werde* so lange dagegen protestieren, bis die Kadmea wieder uns gehört!« Ein ohrenbetäubender Jubelsturm brach los, doch Kalepios wedelte mit den Händen, worauf sich wieder Stille ausbreitete. »Warum, so haben die Ratsmitglieder mich damals gefragt, sollten die Spartaner nicht die Kadmea besetzen? Sind sie denn nicht unsere Freunde? Sind sie nicht die führende Macht Griechenlands? Was ist denn schlecht daran, sie als Gäste in unserer Stadt aufzunehmen? Was ist *schlecht* daran?« brüllte er mit sich überschlagender Stimme. »Was daran schlecht ist, will ich euch sagen! Ein thebanischer Held, der sogar von Agesilaos hoch gepriesen wurde, schmachtet nun im Kerker – gefoltert sein Körper, geschunden sein Fleisch. Und warum? Weil er Theben liebt. Tun *Freunde* so etwas? *Sind* die Spartaner unsere Freunde?«

»Nein!« schrie die Menge.

Parmenion glaubte, seinen Ohren nicht trauen zu können. Das klang ja gar nicht mehr so bombastisch! Genau diese Worte hatte Kalepios ihm vorgelesen, nun aber hörten sie sich ganz anders an, entschlossen und wohltönend zugleich. Und in diesem Augenblick erkannte Parmenion den Zauber, den große Redner ausstrahlten. Die Worte, die Gesten, die Art des Vortrags allein genügten nicht; man mußte Charisma besitzen, wie Kalepios in diesem Augenblick – eine Macht, die seinen grünen Augen die Gabe zu verleihen schien, sowohl die Menge als auch jeden einzelnen zu sehen und eines jeden Herz zu bewegen.

»Ich werde zur Kadmea gehen«, sagte Kalepios. »Ich werde hinaufgehen und den Spartanern sagen: ›Gebt unsere Freunde frei – und verlaßt diese Stadt. Denn ihr seid hier nicht willkommen.‹ Und wenn sie mich in die Folterkammer schleifen, wenn sie mir das Fleisch von den Knochen peitschen – ich werde nicht aufgeben, mich ihnen mit der ganzen Kraft meiner Seele und all dem Mut eines thebanischen Herzens zu widersetzen.«

»Tötet die Spartaner!« rief eine Stimme aus der Menge.

»Sie töten?« rief Kalepios zurück. »Ja, das könnten wir. Wir sind Tausende, und sie sind nur wenige. Doch man tötet nicht einmal unwillkommene Gäste; man dankt ihnen, daß sie erschienen sind, und bittet sie zu gehen. Ich mache mich jetzt auf den Weg. Soll ich *allein* gehen?«

Die Antwort ließ die Mauern erbeben, als das eine Wort sich aus der Masse erhob wie rollender Donner. *»Nein!«* Kalepios stieg die Treppe hinunter, und die Menge bildete eine Gasse und folgte ihm, als er sich auf den langen Weg hinauf zur Kadmea machte.

Aus seinem Versteck zwischen Felsblöcken, gut dreißig Schritt von der Mauer der Kadmea entfernt, beobachtete Norak, wie die Spartaner die großen Tore schlossen. Seine Hände schwitzten, und er wischte sie an seiner Tunika ab. Um ihn herum, ebenfalls in Deckung und nicht minder nervös, warteten die anderen.

»Was ist, wenn sie die Tore öffnen, bevor die Nägel fest genug im Holz stecken?« fragte ein Mann zur Linken.

»Behalte das im Kopf und denk erst daran, wenn du den Hammer schwingst«, erwiderte der Schmied. »Und vergiß vor allem nicht, daß Epaminondas jetzt hinter diesen Mauern gefangen gehalten und gefoltert wird. Und er kennt deinen Namen – wie auch den meinen.«

»Ich glaube, ich kann die Menschenmenge sehen«, flüsterte ein anderer Mann. Norak riskierte einen raschen Blick über den Felsblock.

»Das sind sie«, sagte er zufrieden. »Also los, an die Arbeit!« Die Gruppe stürmte aus ihrem Versteck hervor und rannte zu den Toren. Ein Wachtposten auf dem Wehrgang sah die Männer und rief sie an, doch bevor er seinen Speer schleudern konnte, waren die Thebaner im

Schutz der überhängenden Mauer des Turms, in dem sich die Tore befanden. Norak hielt den von Parmenion mit Kerben markierten Speerschaft an den linken Torflügel. »Hier!« brüllte er. Ein Nagel wurde in Höhe der Markierung mit der Spitze gegen das Holz gedrückt; dann maß Norak mit Hilfe des Schafts auch die Stelle für den zweiten Nagel am rechten Torflügel und packte seinen Hammer. Er schaute die anderen Männer an, die die riesigen Nägel ins Holz treiben sollten. »Los!« rief er und schwang den Hammer.

Das rhythmische Klirren von Eisen auf Eisen ertönte, und augenblicklich erklangen die lauten Rufe ungezählter Männer hinter dem Tor. »Was ist da los, beim Hades?« brüllte jemand.

»Dort unten läuft eine Menschenmenge zusammen«, rief der Soldat vom Wehrgang hinunter.

»Fünferformation!« befahl der Offizier mit Donnerstimme. »Fertigmachen zum Angriff! Die Tore auf!« Norak konnte im Innern der Kadmea das Stampfen hastiger Schritte und das Klirren von Waffen hören, als die spartanischen Soldaten in Kampfformation Aufstellung nahmen.

Der Hammer des Schmieds donnerte auf den Kopf des Nagels, trieb ihn durch das Tor hindurch und tief in den Querbalken hinein, der noch von innen vorgeschoben war. Dann rannte er zum linken Torflügel und stieß die Männer, deren Nagel das Holz erst zur Hälfte durchdrungen hatte, grob zur Seite. Norak trat einen Schritt zurück, holt aus, schwang den Hammer mit aller Kraft – und der Nagel versank bis zum Kopf im Eichenholz des Tores. »Der Querbalken läßt sich nicht mehr bewegen, Herr«, rief ein spartanischer Soldat, und Norak grinste, als er das Knarren der schweren Balken hörte, als die Spartaner ihn vergeblich zu bewegen versuchten.

Und die Menge kam das letzte Stück des Weges zur Zitadelle hinauf...

Kalepios ging den Menschenmassen, die ihm folgten, zehn Schritt voraus; dann hob er den Arm, um den Mob zum Stehen zu bringen. Oben auf dem Wehrgang beugte sich ein spartanischer Bogenschütze vor und schoß einem Mann einen Pfeil in die Schulter. Die Menge wich zurück.

Kalepios' Stimme donnerte über das wütende Gemurmel hinweg. »Gehn Freunde so miteinander um? Sind wir bewaffnet? Haben wir euch mit Gewalt gedroht?«

Der verwundete Mann wurde hinunter in die Stadt getragen, doch weitere Pfeile sirrten von der Wehrmauer der Kadmea hinunter. »Wo ist euer Kommandant?« rief Kalepios. »Schafft ihn her, damit er uns über diese Greueltat Rechenschaft ablegt!«

Ein Spartaner mit eisernem Helm beugte sich über die Brüstung. »Ich bin Arimanes«, rief er. »Der Soldat, der euren Freund mit dem Pfeil verwundet hat, wird bestraft. Jetzt aber geht. Löst die Versammlung auf, oder ich sehe mich gezwungen, meine Männer herauszuschicken, und das wird euch nicht gut bekommen!«

»Du wirst niemanden herauschicken«, rief Kalepios zurück, »bis auf die Thebaner, die ihr in eure Kerker gesperrt habt.«

»Wer bist du, daß du mir Befehle geben willst?« brüllte Arimanes.

»Ich bin die Stimme Thebens!« rief Kalepios zurück, gefolgt von einem donnernden Jubelschrei der Menge.

Mothac kämpfte sich bis zu Parmenion durch. »Die westlichen Tore sind gesichert«, sagte er mit einem Lächeln. »Die Spartaner können nicht mehr heraus.«

In diesem Moment teilte sich die Menge, und eine Gruppe thebanischer Soldaten kam heranmarschiert. In ihrer Mitte trotteten acht Spartaner, übel zugerichtet und mit gefesselten Händen.

Pelopidas empfing den thebanischen Offizier mit militärischem Gruß. »Bringt sie vor die Mauer der Kadmea«, befahl er. Der Offizier verbeugte sich und winkte seine Männer weiter.

Kalepios trat ein paar Schritte vor. »Hol deine acht Soldaten in die Zitadelle«, rief er zu Arimanes hinauf. »Wenn sie hier draußen bleiben, fürchte ich um ihr Leben!«

»So öffnet doch endlich die Tore!« brüllte der spartanische Kommandant über die Schulter, während die Menge vor Lachen tobte.

»Ich glaube, du solltest lieber ein paar Seile herunterlassen«, rief Kalepios ihm zu. Die Menge konnte hören, wie die Soldaten im Innern der Kadmea sich immer noch abmühten, den Querbalken zur Seite zu schieben, und spöttische Anfeuerungsrufe und Gelächter ertönten.

»Bei allen Göttern! Dafür wirst du bezahlen, du thebanischer Hurensohn!« brüllte Arimanes.

»Ich glaube, die Götter sind auf unserer Seite, du spartanische Pestbeule«, rief Kalepios zurück. »Übrigens, ich habe gehört, bei euch da drinnen ist eine Seuche ausgebrochen. Dürfen wir euch die Dienste eines Arztes anbieten?«

Arimanes' Antwort bestand in einem lästerlichen Fluch; dann verschwand er vom Wehrgang. Ein paar Minuten später wurden Seile über den Mauerrand geworfen und hinuntergelassen, und die gefangenen spartanischen Soldaten hangelten sich zur Brüstung hinauf. Die

Menge blieb bis zum Einbruch der Dämmerung vor den Mauern der Kadmea; dann kehrten die meisten nach Hause zurück. Doch Pelopidas hatte dafür gesorgt, daß ein harter Kern entschlossener Rebellen vor den Toren ausharrte, und Kalepios hatte sich gar ein Zelt errichten lassen, in dem er ›warten wollte, bis die Spartaner seine Einladung annahmen, zu verschwinden‹, wie er dem freudigen Mob verkündet hatte.

Parmenion, Mothac und Pelopidas gesellten sich zum Ratsherrn in dessen Zelt. »Bis jetzt ist alles so verlaufen, wie du es vorhergesagt hast, *strategos*«, sagte Kalepios zu Parmenion. »Aber was nun?«

»Morgen wirst du den Spartanern das Angebot machen, einen Mittelsmann in die Kadmea zu schicken. Aber das werden wir heute nacht besprechen – falls ich wiederkomme.«

»Du brauchst das nicht zu tun«, sagte Mothac ängstlich. »Es ist ein zu großes Risiko.«

»Die Spartaner lassen Gefangene nur höchst ungern frei«, sagte Parmenion. »Vielleicht entschließen sie sich, Epaminondas zu töten – und *dieses* Risiko kann ich nicht eingehen. Ihr, meine Freunde, könntet in der Zwischenzeit Bretter hier heraufbringen und Norak die Anweisung geben, sie fest an die Seitentore zu nageln. Die Spartaner können die kleinen Querriegel in weniger als einer Stunde durchsägen.«

»Glaubst du wirklich, daß du Epaminondas retten kannst?« fragte Pelopidas. Parmenion nickte.

»Wie denn?«

»In Sparta trug ich einen anderen Namen; man hat mich Savra genannt. Und heute nacht werden wir sehen, ob die *Eidechse* immer noch Mauern hinaufklettern kann!«

In einen schwarzen, langärmligen Umhang und eine dunkle persische Hose gekleidet und mit einem Seil über der Schulter wartete Parmenion, bis eine Wolke sich vor den Mond geschoben hatte; dann huschte er fast lautlos bis unter die Mauer der Zitadelle und verharrte dort. Sein Gesicht war mit dunkler, feuchter Erde beschmiert. Er eilte geduckt am Fuß der Mauer entlang in östlicher Richtung, wo der Hügel steil abfiel und die Mauer über einem Abgrund von zweihundert Fuß Tiefe aufragte.

Von diesem Punkt aus, überlegte er, konnten die Mauern selbst von einer Belagerungsarmee nicht unter Beobachtung gehalten werden; deshalb war nicht damit zu rechnen, daß die Spartaner diesen Mauerabschnitt sonderlich gut bewachten. Parmenion reckte den Arm in die Höhe, ertastete die erste der vielen engen Ritzen zwischen den mannshohen quadratischen Steinblöcken und krallte die Finger hinein.

Bist du immer noch die ›Eidechse‹? fragte er sich.

Die Fugen zwischen den Quadern waren stellenweise erschreckend eng, so daß er manchmal nur die Fingerspitzen hineinschieben konnte, doch Parmenion zog sich unbeirrt in die Höhe; seine Zehen suchten nach jedem kleinsten Halt, und seine Finger tasteten nach jeder Fuge, jeder Unebenheit.

Stück für Stück gewann er an Höhe. Seine Finger wurden müde, die Füße taub. Nur ein einziges Mal blickte er in die Tiefe: der Boden des Abgrunds schimmerte weit unter ihm im Mondlicht, und der Magen drehte sich ihm um. So hohe Gebäude hatte es in Sparta nicht gegeben... und für einen entsetzlichen Augenblick erkannte er zum erstenmal, daß er Höhenangst hatte. Er hielt sich krampfhaft fest, richtete den Blick starr auf die Mauer dicht vor seinen Augen, holte ein paarmal tief Atem und schaute dann nach oben. Die Brüstung war noch etwa zehn Meter über ihm...

... als seine Füße abrutschten.

Wie stählerne Dorne grub er die Finger in die Ritzen, während er strampelnd mit den Füßen Halt suchte.

Ruhig! Ruhig! schrie eine Stimme in seinem Innern. Doch sein Herz hämmerte schmerzhaft in der Brust, als er über dem gähnenden Abgrund baumelte. Vorsichtig entspannte er die verkrampften Muskeln, ließ den Körper schlaff werden und tastete mit dem rechten Fuß über das Gestein, suchte nach einem noch so winzigen Halt oder Riß – und fand ihn. Seine Arme begannen zu schmerzen, doch er zwang sich, ruhig zu bleiben. Langsam und vorsichtig zog er sich weiter hoch und gelangte schließlich schweißüberströmt bis dicht unter die Brüstung, wo er, ans Gestein geklammert, verharrte. Er schloß die Augen und lauschte auf irgendein Geräusch über ihm: das Atmen eines Soldaten oder die leisen Schritte eines patrouillierenden Wachtpostens. Doch er hörte nur das leise Murmeln des Windes. Er legte die Hand auf den Rand der Brüstung, schwang sich, so schnell es ging, hinüber auf den Wehrgang und kauerte sich in die Schatten. Zwanzig Schritt zu seiner Linken stand ein spartanischer Soldat, die Arme auf die Brüstung gelehnt, und blickte über die Stadt hinweg. Zur Rechten sah Parmenion eine Treppe, die in den Hof hinunterführte.

Auf dem Bauch kroch er dicht an der Brüstungsmauer entlang, bis er die Treppe erreichte; dann glitt er die Stufen hinunter, wobei er sich dicht an der Wand hielt, die im Mondschatten lag.

Die Kadmea glich einer riesigen Bienenwabe; sie war aus mehreren neben- und übereinanderliegenden, verschachtelten Gebäuden errichtet. Ursprünglich war diese Zitadelle die uralte Stadt des Kadmos gewesen; daher auch der Name Kadmea. Die Stadt Theben war um diesen alten Kern herum gewachsen. Viele der älteren Gebäude waren verfallen, und Parmenion schauderte, als er nun durch die engen, leeren Gäßchen rannte und die Geister aus der Vergangenheit spürte, die in längst verlassenen Häusern und dunklen, leeren Fensterhöhlen lauerten.

Als er das Geräusch marschierender Füße vernahm, kauerte er sich in einen Hauseingang. Eine Ratte huschte über seine nackten Füße, und er konnte weitere Ratten ganz in der Nähe hören. Er zwang sich, so regungslos wie eine Statue zu stehen, als die Soldaten an dem uralten Gebäude vorbeimarschierten.

»... so dünn wie Hundepisse«, sagte einer der Soldaten. »Wir sollten den Balken durchsägen und die Hurensöhne zerschmettern.«

»Er ist nun mal ein Feigling«, erwiderte ein anderer. »Wahrscheinlich versteckt er sich im Moment unter seinem Bett.«

Einer der Männer stöhnte, kniete am Rand der Gasse nieder und übergab sich. Zwei andere Soldaten halfen dem leidgeprüften Mann auf die Beine. »Ist dir jetzt besser, Andros?«

»Das vierte Mal heute nacht. Lange halten meine Eingeweide das nicht mehr aus.«

Die Männer gingen weiter, und Parmenion setzte den Weg in westlicher Richtung fort. Angespannt hielt er nach dem alten Ratsgebäude Ausschau, denn Pelopidas hatte gesagt, daß die Verliese unter diesem Bauwerk lagen. Die Zimmer des Kommandanten Arimanes' befanden sich im zweiten Stock; der erste diente als Speiseraum für die Offiziere.

Nachdem Parmenion das große Gemäuer des alten Ratsgebäudes entdeckt hatte, wartete er in dem Schatten des gegenüberliegenden Gebäudes und hielt nach Wachtposten Ausschau, doch es waren keine Soldaten zu sehen. So schnell er konnte, stürmte er über die freie Fläche zum alten Ratsgebäude hinüber und huschte durch einen Türeingang ins Innere. Er fand sich in einem von Fackeln beleuchteten Korridor wieder. Aus dem Speiseraum drangen gedämpfte Gesprächsfetzen an sein Ohr.

»Jawohl! Saftiges Fleisch ist die richtige Antwort auf Durchfall«, hörte er einen Mann sagen.

Diesmal nicht, dachte Parmenion mit grimmiger Genugtuung. Gegenüber vom Speiseraum befand sich ein weiterer Türeingang, hinter dem eine spiralförmig gewundene Treppe in die Tiefe führte. Parmenion huschte zum Türeingang hinüber und begann seinen Abstieg zu den Kellergewölben. Der Weg die Treppe hinunter war nicht von Fackeln beleuchtet, doch tief unten konnte Parmenion flackernden Lichtschein erkennen.

Langsam und vorsichtig stieg er die Stufen hinunter. Als er den Fuß der Treppe erreichte, riskierte er einen Blick nach links und rechts in den schummrig beleuchteten Gewölbegang. Zur Rechten sah er mehrere hintereinander liegende Verliese; zur Linken stand ein Tisch, an dem zwei Wächter saßen und um Kupfermünzen würfelten. Parmenion fluchte lautlos. Einen Wächter hätte er zum Schweigen bringen können, zwei aber nicht, zumal er unbewaffnet war.

Denk nach! Sei ein *strategos*!

Er hörte den würfelspielenden Männern zu und hoffte darauf, daß einer den anderen beim Namen nannte. Er fühlte sich ungeschützt und in Gefahr, denn auf der Treppe saß er wie in einer Falle. Falls jemand von oben herunterkam, war es aus und vorbei.

Die beiden Wächter spielten weiter. »Du hast ein Schweineglück, Mentar!« sagte der eine plötzlich.

Parmenion stieg die gewundene Treppe ein paar Stufen hinauf und kauerte sich in der Dunkelheit zusammen. »Mentar?« rief er. »Komm herauf!«

Der Mann murmelte einen obszönen Fluch, und Parmenion hörte das Kratzen auf dem Steinboden, als er seinen Stuhl zurückschob. Mentar erschien am Fuß der Treppe und nahm schwungvoll die erste Stufe, als Parmenion plötzlich vor ihm in die Höhe schoß und ihm die Faust ans Kinn schmetterte. Er packte das Haar des benommenen Mannes und rammte dessen Kopf mehrmals gegen die Wand. Mentar sackte in Parmenions Armen zusammen.

Er ließ den bewußtlosen Soldaten langsam auf die Stufen gleiten; dann stieg er bis zum Gewölbegang hinunter. Der zweite Mann aß immer noch am Tisch, mit dem Rücken zur Treppe. Er flötete mißtönend vor sich hin und ließ die Würfel über die Tischplatte kullern. Mit ein paar gleitenden Schritten war Parmenion hinter ihm und hämmerte dem Mann die verschränkten Fäuste ins Genick. Der Wächter wurde nach vorn geschleudert und schlug mit dem Gesicht auf den Tisch.

Die Türen vor den Verliesen waren aus dickem Eichenholz, doch auf die denkbar einfachste Methode verschlossen: Ein langer Holzstab war durch eiserne Halterungen links und rechts der Tür geschoben. Nur zwei Türen waren auf diese Weise verriegelt. Im ersten Verlies fand Parmenion den schlafenden Polysperchon vor; das Gesicht des

Thebaners war zerschunden und blutig, und der Raum stank nach Exkrementen und Erbrochenem. Polysperchon war ein kleiner, schmächtige Mann; Parmenion zerrte ihn in die Höhe und schleifte ihn auf den Gang hinaus.

»Nein! Aufhören!« bettelte er.

»Ich bin hier, dich zu befreien«, flüsterte Parmenion. »Reiß dich zusammen!«

»Befreien? Haben wir die Kadmea eingenommen?«

»Noch nicht«, erwiderte Parmenion und öffnete die zweite Tür. Epaminondas war wach, aber in noch schlimmerem Zustand als Polysperchon. Seine Augenlider waren nur noch Schlitze, und sein Gesicht war von Schlägen dermaßen angeschwollen, daß Parmenion ihn kaum wiederkannte.

Der Spartaner half ihm auf den Gang hinaus, doch Epaminondas' Beine gaben nach, und der Thebaner sank zu Boden. Im Licht der Fackeln starrte Parmenion auf die dick geschwollenen Gliedmaßen des Freundes hinunter: man hatte ihm mit Stöcken die Waden grün und blau geprügelt.

»In eurem Zustand könnt ihr nicht klettern«, sagte Parmenion. »Ich muß euch irgendwo verstecken.«

»Die Spartaner werden überall nachschauen«, murmelte Polysperchon.

»Dann müssen wir eben darauf hoffen, daß sie's nicht tun«, gab Parmenion zurück.

Nach einer Stunde rannte der Spartaner wieder durch die düsteren Gassen der uralten Stadt. Er schlich die Stufen zum Wehrgang hinauf, wickelte das mitgeführte Seil um eine der Zinnen und warf das Ende in die Tiefe.

»He, du da!« rief ein Wachtposten. »Halt!«

Parmenion schwang sich über die Mauer des Wehrgangs und ließ sich am Seil hinunterrutschen; so schnell, daß seine Hände zu verbrennen schienen. Über ihm rannte der Posten zum Seil und hieb mit dem Schwert darauf ein. Es zerriß und segelte die Mauer hinunter.

Tief unter dem Wächter packte Parmenion verzweifelt nach einem Halt. In dem Augenblick, als das Seil schlaff wurde, fanden seine Finger einen Spalt zwischen zwei Felsblöcken und gruben sich hinein. Parmenion sandte ein Stoßgebet gen Himmel und kletterte vorsichtig das letzte Stück hinunter; dann kehrte er zu Kalepios' Zelt zurück.

»Nun?« fragte der Ratsherr.

»Sie sind in Sicherheit«, flüsterte Parmenion.

Als die Morgendämmerung anbrach, lag Arimanes im Innern der Zitadelle zusammengekrümmt auf einer Liege und hielt sich den Magen. Er wußte nicht mehr, wie oft er sich in der zurückliegenden Nacht übergeben hatte, und nun befand sich nur noch gelbliche Galle in der Schüssel, die neben dem Kommandanten stand. Von den mehr als siebenhundertachtzig Mann, die er befehligte, waren fünfhundert dermaßen geschwächt, daß sie kaum noch gehen konnten; der Rest wankte mit grauen Gesichtern und leblosen Augen durch die Gänge und Hallen. Falls die Thebaner sich entschließen sollten, die Kadmea heute anzugreifen, wäre Arimanes' Streitmacht in wenigen Minuten überwältigt.

Ein Diener klopfte an die Tür, und Arimanes kämpfte sich auf die Beine und unterdrückte tapfer ein Stöhnen. »Komm herein«, sagte er, und schon das Reden ließ seinen Magen rebellieren.

Ein junger Offizier mit leichenblassem Gesicht kam ins Zimmer. »Wir haben die Kadmea von oben bis unten durchsucht. Die beiden Gefangenen müssen entflohen sein.«

»Unmöglich!« rief Arimanes. »Epaminondas konnte kaum noch gehen – geschweige denn klettern. Und man hat nur einen einzigen Mann dabei beobachtet, wie er sich die Mauer herunterließ.«

»Aber es gibt keinen Flecken mehr, an dem wir noch suchen könnten, Herr«, sagte der Offizier.

Arimanes ließ sich auf die Liege sinken. Die Götter mußten ihn verdammt haben, was sonst? Er hatte die Absicht gehabt, die Verräter hinrichten zu lassen – als Warnung an den Pöbel, daß niemand Sparta ungestraft bedrohte. Jetzt hatte er keine Gefangenen mehr und befehligte eine Streitmacht, die zu schwach war, die Mauern zu verteidigen.

Ein zweiter Offizier kam ins Zimmer gewankt. »Herr, die Thebaner möchten einen Mann zu uns schicken, um über die ... Lage zu verhandeln.«

Arimanes versuchte nachzudenken, aber es war nicht einfach, einen logischen Gedanken zu fassen, wenn die Eingeweide einen Aufstand veranstalteten. »Sag ihnen ... ja«, befahl er, ging schwankend zur Latrine und beugte sich würgend über den Donnerbalken.

Nachdem er sich zum x-ten Mal erbrochen hatte, fühlte er sich ein wenig besser; er wankte zu seiner Liege zurück, legte sich darauf und zog die Knie fast bis unters Kinn. Er hatte dieses verfluchte Kommando von Anfang an nicht haben wollen. Er haßte Theben und seine Dekadenz. Aber sein Vater hatte ja darauf bestanden, daß er diesen Auftrag annahm. Er hatte ihm eingeredet, daß es eine Ehre sei, eine spartanische Garnison zu befehligen – gleichgültig, wo sie stationiert sei. Arimanes strich sich mit der schlanken rechten Hand durch sein schütteres blondes Haar. Was hätte er jetzt für einen Schluck kühlen, klaren Wassers gegeben. Zum Hades mit diesen verfluchten Thebanern!

Einige Minuten später kam der Offizier wieder ins Zimmer und bat den thebanischen Unterhändler herein, einen hochgewachsenen jungen Mann mit dunklem Haar und blaßblauen Augen. Arimanes erkannte ihn sofort. Es war Leon, der Wettläufer aus Macedonien. Ausgerechnet ein Mann, in dessen Adern zur Hälfte spartanisches Blut floß. »Setz dich«, wisperte Arimanes.

Der Mann trat vor, streckte den Arm aus und hielt Arimanes einen Krug aus Stein unter die Nase. »Das Wasser ist rein«, sagte der Unterhändler.

Arimanes nahm den Krug und trank. »Warum hat man ausgerechnet dich ausgesucht?« fragte er, rülpste und hielt den Krug fest.

»Ich bin von Geburt zur Hälfte Spartaner, wie du vielleicht weißt, Herr«, sagte Parmenion gelassen, »aber ich wohne jetzt in Theben. Meine Freunde waren der Meinung, daß ich deshalb besonders vertrauenswürdig bin.«

»Und? Bist du?«

Der Unterhändler zuckte mit den Achseln. »Es ist eine leichte Aufgabe, da ihr geschwächt seid. Es gibt keinen Grund, euch zu betrügen.«

»Und was für Pläne haben deine Freunde, Mann? Werden sie uns angreifen?«

»Das weiß ich nicht, Herr. Aber sie haben alle spartafreundlichen Ratsmitglieder in den Hades geschickt.«

»Was sollst du uns ausrichten?«

»Daß man dir und deinen Männern freien Abzug gewährt – bis zum Stadtrand. Dort haben wir Zelte aufgestellt, wo ihr frisches Obst bekommt und wo ein Arzt euch mit einem Mittel behandeln wird, das das Gift aus euren Körpern vertreibt.«

»Gift?« flüsterte Arimanes. »Hast du *Gift* gesagt?«

»Ja. Es war eine widerwärtige Verschwörung – typisch thebanisch«, sagte Parmenion. »Es ist ein langsam wirkendes Gift, aber in spätestens fünf Tagen ist das Opfer tot. Wahrscheinlich ist das auch der Grund, warum die Thebaner euch nicht angegriffen haben – bis jetzt.«

Zu Parmenions Erstaunen konnte Arimanes noch blasser werden, als er ohnehin schon war. »Kann man ihnen trauen? Was meinst du? Warum sollten sie uns nicht abschlachten, sobald wir . . . wir . . .?« Als

Spartaner brachte er die Worte ›uns ergeben‹ nicht über die Lippen. »Sobald wir abreisen«, sagte er schließlich.

»Die Thebaner haben erfahren«, sagte Parmenion, beugte sich vor und senkte die Stimme, »daß Kleombrotos mit zwei Regimentern nördlich von Korinth Stellung bezogen hat. In drei Tagen kann er mit den Soldaten hier sein. Ich könnte mir vorstellen, die Thebaner lassen euch ungeschoren davonkommen, um nicht das Risiko einzugehen, daß Kleombrotos Theben angreift.«

Arimanes stöhnte und krümmte sich. Vor Schmerz drohte ihm der Schädel zu platzen, und eine Woge von Übelkeit ließ ihn würgen. Der Unterhändler nahm rasch eine leere Schüssel und hielt sie dem Offizier unter den Mund, als er sich erbrach; dann wischte Arimanes sich mit dem Handrücken über die Lippen. »Und ... wir bekommen ... wirklich ... ein Gegengift?«

»Jedenfalls glaube ich, daß man diesem Kalepios trauen kann«, sagte Parmenion achselzuckend. »Außerdem ist es keine Schande für euch, wenn ihr die Stadt verlaßt. Sparta wurde nach Theben eingeladen, hier eine Garnison zu errichten, und nun haben die Thebaner ihre Meinung eben wieder geändert. Eine Lösung der Probleme, die sich daraus ergeben könnten, müssen Könige und Ratsmitglieder finden. Soldaten gehorchen nur den Befehlen der Großen; sie schaffen keine Politik – und haben nichts damit zu schaffen.«

»Wie wahr«, stimmte Arimanes zu.

»Also, was soll ich den Thebanern sagen?«

»Sag ihnen, ich bin einverstanden. Es wird nur ein Weilchen dauern, bis wir den Querriegel am Haupttor durchgesägt haben. Aber wenn wir damit fertig sind, werde ich an der Spitze meiner Männer aus der Stadt marschieren.«

»Dummerweise, Herr, kannst du die Tore vergessen. In seiner Erregung hat der Pöbel sie mit Brettern vernagelt. Kalepios schlägt vor, daß ihr euch an Seilen die Mauern herunterlaßt. Aber höchstens zwanzig Mann auf einmal.«

»Seile?« schnaufte Arimanes wütend. »Ihr wollt, daß wir die Stadt an *Seilen* verlassen?«

»Das beweist doch nur, wie sehr die Thebaner euch fürchten«, sagte Parmenion.

»Selbst in eurem geschwächten Zustand. Die Thebaner wissen, daß auch eine vergiftete spartanische Einheit sie zerschmettern kann. Das mit den Seilen ist eine Art Kompliment.«

»Sag ihnen, sie sollen zum *Hades gehen!* Aber sag ihnen auch, ich bin einverstanden.«

»Eine kluge Entscheidung, Herr. Du wirst es nicht bereuen, das verspreche ich dir.«

Zwei Stunden später, als die letzten Spartaner die Kadmea verlassen hatten, schaute Parmenion zu, wie Norak und die anderen Männer die Bretter von den Toren entfernten und den Querriegel des Haupttores durchsägten. Dann schwangen die Torflügel auseinander.

Pelopidas stürmte auf den Innenhof und stieß die Faust in die Luft. »Sie sind geschlagen!« brüllte er, und die Menge jubelte. Der Thebaner wandte sich zu Parmenion um und packte den Spartaner bei den Schultern. »Und jetzt verrate mir, wo du unsere Freunde versteckt hast.«

»Sie sind immer noch in den Verliesen.«

»Aber du hast doch gesagt, sie sind befreit!«

»Nein, ich hatte gesagt, sie sind in Sicherheit. Die Spartaner würden jeden Winkel der Kadmea nach ihnen durchsuchen, das war mir klar. Aber ich habe darauf gehofft, daß sie nicht auf ein so ausgefallenes Versteck kommen. Ich habe die beiden Gefangenen nur in einen Kerker am Ende des Gewölbegangs verlegt. Nimm einen Arzt mit, Pelopidas. Die Spartaner haben Epaminondas sehr unsanft behandelt.«

Während Pelopidas mit einem Dutzend Kriegern im Innern des alten Ratsgebäudes verschwand, näherte Mothac sich Parmenion. »Was wird mit dem spartanischen Kommandanten geschehen?« fragte er.

»Die Spartaner werden ihn hinrichten«, erwiderte Parmenion. »Und dann werden sie gegen Theben marschieren. Wir haben noch viel zu tun.«

In dieser Nacht, als die Geräusche eines ausgelassenen Freudenfestes die Luft erfüllten, öffnete Parmenion das Tor vor seinem Haus, taumelte über den Hof und brach im Türeingang zum *andron* zusammen. Mothac fand ihn dort in den frühen Morgenstunden und trug seinen Herrn in dessen Schlafraum.

In der Nacht erwachte Parmenion dreimal. Beim drittenmal sah er aus verschleierten Augen, daß Horas, der Arzt, sich über ihn gebeugt hatte. Mit einem kleinen, gekrümmten Messer schnitt Horas seinem Patienten in den Arm. Der Spartaner wand sich und wollte sich freikämpfen, doch Mothac half dem Arzt, Parmenion aufs Bett zu drücken. Erneut verlor er das Bewußtsein.

Er träumte wirre Träume, doch ein ganz bestimmter Traum kehrte immer wieder. In diesem Traum sah er sich auf der Suche nach Derae eine gewundene Treppe hinaufsteigen. Die Stufen führten höher und höher, und die Treppe hinter ihm verschwand, so daß sich ein dunkler, gähnender Abgrund auftat. Doch Parmenion ging unbeirrt weiter, bis er sich einem Zimmer näherte, wo Derae – das wußte er – auf ihn wartete. Dann aber blieb er stehen. Denn der düstere Abgrund wuchs auf ihn zu, und Parmenion erkannte mit wachsendem Entsetzen, daß die Schwärze ihn in die Tiefe zu reißen drohte – und daß der Abgrund ihn auch dann verschlingen würde, wenn er die Tür des Zimmers öffnete. Er wußte nicht, was er tun konnte, um seine Geliebte zu retten; er trat von der Treppe hinunter und fiel und fiel ... und verschwand in der bodenlosen Düsternis.

Mothac saß neben dem Bett und blickte auf das blasse Antlitz seines bewußtlosen Herrn. Entgegen der Anweisung des Arztes hatte der Thebaner die Fensterläden geöffnet, um Parmenions Gesichtszüge besser erkennen zu können. Die Haut des Spartaners war grau unter der Sonnenbräune; die Augen waren eingesunken, und die Wangen hohl. Als Mothac Parmenion die Hand auf die Brust legte, konnte er spüren, daß der Herzschlag schwach und unregelmäßig war.

Während der beiden ersten Tage, die Parmenion durchgeschlafen hatte, war Mothac zuversichtlich gewesen und hatte sich kaum Sorgen gemacht. Jeden Tag war er Horas zur Hand gegangen, wenn der Arzt den Spartaner zur Ader gelassen hatte. Mothac hatte Horas' Worten vertraut, als der Arzt erklärte, daß die Rückeroberung der Kadmea Parmenion die letzten Kräfte gekostet habe und daß er nur in einen Schlaf der Erschöpfung gefallen sei.

Aber jetzt, am vierten Tag, glaubte Mothac nicht mehr daran.

Das Fleisch schmolz förmlich aus Parmenions Gesicht, und es gab kein Zeichen der Hoffnung, daß er aus der Bewußtlosigkeit erwachen würde. Mothac füllte einen Becher mit kühlem Wasser, hob Parmenions Kopf ein Stück und setzte ihm den Becher an die Lippen. Doch das Wasser lief dem Bewußtlosen die Mundwinkel hinunter, und der Thebaner gab seine Bemühungen auf.

Er hörte, wie das Tor in den Angeln quietschte, und ging zur Tür. Horas betrat das Haus und kam die Treppe zum Schlafzimmer herauf, wo er seine Messer aus einer Leinentasche nahm. Mothac starrte den hochgewachsenen, spindeldürren Arzt finster an. Er hätte es nie für möglich gehalten, daß er sich jemals einem so geschickten und kenntnisreichen Mann wie Horas widersetzen würde. Aber heute, das wußte Mothac, würde er es nicht zulassen, daß Horas seinen Herrn schon wieder zur Ader ließ. Er trat dem Arzt in den Weg.

»Steck dein Messer weg«, sagte er.

»Was soll das?« fragte Horas zornig. »Ich muß ihn zur Ader lassen, oder er wird sterben.«

»Er stirbt sowieso«, erwiderte Mothac. »Laß ihn in Ruhe.«

»Unsinn«, sagte Horas, hob seine dürre Hand und versuchte, Mothac zur Seite zu stoßen. Doch der Diener rührte sich nicht von der Stelle. Sein Gesicht lief rot an.

»Ich hatte eine Frau, du Meisterarzt. Auch sie wurde täglich zur Ader gelassen – bis sie gestorben ist. Ich werde es nicht zulassen, daß Parmenion das gleiche geschieht. Du hast gesagt, er würde schlafen und wieder zu Kräften kommen. Aber du hast dich geirrt. Und jetzt scher dich fort.« Er starrte auf die Rechte des Arztes hinunter, die noch immer auf seiner Brust lag.

Horas zog die Hand hastig zurück, verstaute sein Messer in der Leinentasche und wandte sich zum Gehen. »Du mischst dich in Dinge ein, von denen du nichts verstehst«, sagte er. »Ich sollte zum Stadtkommandanten gehen und dich mit Gewalt aus diesem Zimmer werfen lassen.«

Mothac packte die blaue Tunika des Mannes und zerrte ihn ganz nahe an sich heran. Alle Farbe wich aus seinem Gesicht, und seine Augen loderten wie ein grünes Feuer. Horas erbleichte.

»Du wirst nur eines tun. Von hier verschwinden. Wenn du irgend etwas unternehmen solltest, das Parmenion das Leben kostet, werde ich dich jagen und dir das Herz aus dem Leib schneiden. Hast du das begriffen?«

»Du hast den Verstand verloren«, flüsterte Horas.

»Nein, habe ich nicht. Ich bin nur ein Mann, der seine Versprechen hält. Und jetzt raus hier!« Mothac trat Horas in den Hintern, und der dürre Mann stürzte durch die Tür.

Nachdem der Arzt verschwunden war, setzte Mothac sich in den Stuhl neben dem Bett. Er hatte keine Ahnung, was er tun konnte oder sollte, und die aufkeimende Angst ließ seine Hände zittern.

Erst jetzt wurde ihm deutlich, was er getan hatte, wie groß seine Frucht war, daß Parmenion starb. Mothac blickte mit feuchten Augen in das Gesicht des Spartaners, und ihm wurde zum erstenmal bewußt, wie sehr er den Mann liebte, dem er diente. Wie seltsam, dachte er. Parmenion war in vielerlei Hinsicht ein ganz anderer Mensch als er selbst. Seine Gedanken und Träume waren Mothac ein Rätsel. Sie redeten nur selten über persönliche Dinge; nie scherzten sie miteinander; nie sprachen sie über ihre geheimen Sehnsüchte und Wünsche. Mothac lehnte sich zurück und starrte aus dem Fenster. Er dachte an jenen ersten Abend zurück, als er zum Haus des Epaminondas zurückgekommen war und als der Tod Eleas ihm noch wie ein heißes Messer im Herzen gebrannt hatte. Parmenion hatte sich zu ihm gesetzt, und er, Mothac, hatte das Mitgefühl des Spartaners spüren können, ohne daß sie ein Wort hatten wechseln müssen.

Jene drei Jahre, die er nun schon Parmenions Diener war, waren zu seinem Erstaunen glückliche Jahre gewesen. Die Gedanken an Elea waren geblieben, aber die scharfen Kanten des Schmerzes hatten sich abgeschliffen, und mittlerweile konnte er sich auch der schönen Stunden mit Elea erinnern, ohne daß es weh tat.

Das erneute Quietschen des Tores riß Mothac aus seinen Gedanken. Er stand auf und zog seinen Dolch. Falls es der Arzt war und falls er Wachtsoldaten mitgebracht hatte, dann würde er jetzt erfahren, was es bedeutete, wenn Mothac ein Versprechen gab!

Die Tür wurde geöffnet, und Epaminondas trat ein. Das Gesicht des Thebaners war geschwollen, die Haut um die Augen aufgeplatzt und blaugrün schillernd. Er kam langsam zum Bett, blieb an einer Seite stehen und blickte auf den bewußtlosen Mann hinunter.

»Noch immer keine Besserung?« fragte er Mothac.

Der Diener schob den Dolch in die Scheide. »Nein. Ich habe den Arzt daran gehindert, ihn schon wieder zur Ader zu lassen, und der Kerl hat gedroht, zum Stadtkommandanten zu gehen.« Epaminondas ließ seinen geschundenen Körper vorsichtig in einen Stuhl sinken. »Kalepios erzählte mir, daß Parmenion unter schrecklichen Kopfschmerzen gelitten hat.«

»Von Zeit zu Zeit«, erwiderte Mothac. »Besonders nach Wettläufen. Die Schmerzanfälle waren gräßlich, und manchmal wäre er fast erblindet. Er hat mir erst vor einem Monat gesagt, daß die Anfälle schmerzhafter werden und immer öfter auftreten.«

Epaminondas nickte. »Ich habe einen Brief von einem Freund bekommen, der in Sparta wohnt. Sein Name ist Xenophon. Er war für einige Jahre Parmenions Mentor und hat seinen ersten Schmerzanfall miterlebt. Damals war der Arzt der Meinung, daß Parmenions Schmerzen von einer Geschwulst im Innern des Schädels herrühren. Ich hoffe, er stirbt nicht. Ich möchte ihm gern danken. Als er mich aus der Kadmea befreite, hat er mich vor sehr viel schlimmeren . . . Strafen bewahrt.«

»Er wird nicht sterben«, sagte Mothac.

Epaminondas schwieg eine Zeitlang; dann blickte er zum Diener auf. »Ich habe mich in dir geirrt, mein Freund«, gab er zu.

»Und ich mache dir keinen Vorwurf daraus. Kennst du jemanden, der ihm helfen könnte?«

Epaminondas erhob sich. »Es gibt da einen Heiler, einen Arzt und Kräutersammler mit Namen Argonas. Im letzten Jahr hat die Gilde der Ärzte versucht, ihn aus der Stadt vertreiben zu lassen – mit der Behauptung, er sei ein Schwindler. Aber einer meiner Freunde schwört darauf, daß Argonas ihm das Leben gerettet hat. Und ich weiß von einem Mann, der auf dem rechten Augen erblindet war und der jetzt wieder sehen kann. Ich werde Argonas heute abend hierherschicken.«

»Ich habe von dem Mann gehört«, sagte Mothac. »Er verlangt immense Honorare. Er ist fett und reich und behandelt seine Diener schlimmer als Sklaven.«

»Und ich habe nicht behauptet, daß er eine angenehme Gesellschaft ist. Aber laß uns ehrlich sein, Mothac. Parmenion liegt im Sterben. Ich glaube nicht, daß er die nächste Nacht überleben wird. Und was Argonas' Bezahlung angeht – darüber zerbrich dir nicht den Kopf. Das werde ich schon regeln. Ich verdanke Parmenion viel – ganz Theben verdankt ihm mehr, als wir ihm jemals vergelten können.«

Mothac lachte trocken auf. »Ja«, sagte er dann, »mir ist aufgefallen, wie oft Kalepios und Pelopidas hierhergekommen sind, um sich nach seinem Befinden zu erkundigen.«

»Kalepios hat Parmenions letzte Anweisung befolgt«, erwiderte Epaminondas. »Er ist nach Athen gereist, um dort Beistand zu erbitten, sollten die Spartaner Vergeltung üben. Und Pelopidas ist damit beschäftigt, *Hopliten* auszubilden. Er versucht, ein Heer aufzustellen, falls Kleombrotos gegen Theben marschiert. Bleib du bei Parmenion, Mothac. Ich werde Argonas schicken. Und, Mothac ... du solltest etwas essen und ein wenig schlafen. Es wird deinem Herrn am wenigsten helfen, wenn auch du krank wirst.«

»Ich bin stark wie ein Ochse. Aber du hast recht. Ich werde ein wenig schlafen.«

Die Dämmerung war hereingebrochen, als Argonas zu dem kleinen Haus kam. Mothac war im Hof eingeschlafen, und als er beim Quietschen des Tores erwachte, sah er eine riesige, unförmige Gestalt über sich aufragen, in einen Umhang in den Farben rot und gelb gekleidet.

»Nun, guter Mann, wo ist der Sterbende?« fragte Argonas mit dröhnender Stimme, die aus den Tiefen seiner gewaltigen Brust zu kommen schien.

Mothac erhob sich. »Er ist oben in seinem Schlafzimmer. Folge mir.«

»Erst brauche ich etwas zu essen«, sagte Argonas. »Bring mir Brot und Käse. Ich sterbe vor Hunger.«

Der fette Mann setzte sich an den Tisch im Hof. Für einen Augenblick verharrte Mothac und starrte das Monstrum an; dann wandte er sich um, eilte in die Küche und brachte einen Gutteil der Vorräte hinaus. Dann setzte er sich an den Tisch und beobachtete, wie Argonas einen riesigen Laib Brot, verschiedene Sorten Käse und getrocknetes Fleisch hinunterschlang – in einer Menge, von der eine fünfköpfige Familie einen Tag lang hätte satt werden können. Die Nahrung verschwand einfach in Argonas' Schlund. Schließlich rülpste der Arzt, lehnte sich zurück und strich sich über seinen glänzenden schwarzen Bart. »Und jetzt einen kleinen Schluck Wein«, sagte er. Mothac schenkte einen Becher ein und schob ihn über den Tisch. Als Argonas die Hand ausstreckte und seine fetten Finger sich um den Becher legten, sah Mothac, daß an jedem Finger ein goldener, mit einer Gemme besetzter Ring prangte.

Der Arzt stürzte den Wein hinunter und erhob sich schwerfällig. »So«, sagte er. »Jetzt bin ich bereit.«

Er folgte Mothac ins Schlafzimmer, stellte sich neben das Bett und betrachtete Parmenions Gesicht im Licht der Öllampe. Mothac war an der Tür stehen geblieben und beobachtete, was vor sich ging. Argonas hatte keine Messer bei sich; zumindest das war ein Segen. Der Arzt beugte sich über den Bewußtlosen und streckte die Hand aus, um ein Augenlid Parmenions anzuheben. Doch als Argonas' Finger die heiße Haut berührten, schrie er auf und taumelte zurück.

»Was ist mit dir?« fragte Mothac verblüfft.

Zuerst gab Argonas keine Antwort, und seine dunklen Augen wurden schmal, als er auf den Sterbenden hinunterstarrte. »Wenn er lebt, wird er die Welt verändern«, flüsterte der Arzt. »Ich sehe den Untergang von Königreichen, den Tod vieler Staaten. Vielleicht ist es besser, daß der Fährmann ihn über den dunklen Fluß bringt.«

»Was hast du gesagt? Sprich lauter, Mann, ich kann dich nicht verstehen!« sagte Mothac und trat neben den Arzt ans Bett.

»Ach, nichts. Sei jetzt still, während ich ihn untersuche.« Ein paar Minuten stand der fette Mann schweigend da, und seine Hände bewegten sich sanft über Parmenions Kopf. Dann ging er aus dem Zimmer. Mothac folgte ihm in den Hof.

»Er hat ein Geschwür«, sagte Argonas, »im Zentrum des Gehirns.«

»Woher willst du das wissen, wenn das Geschwür tief unter dem Schädelknochen liegt?«

»Das ist meine Gabe«, erwiderte Argonas, setzte sich an den Tisch und füllte den Becher nach. »Ich bin in sein Hirn gereist und habe das Gewächs gefunden.«

»Dann muß er . . . sterben?« fragte Mothac.

»Das steht keineswegs fest – aber es sieht ganz so aus. Ich habe allerdings ein Kraut bei mir, das das Geschwür daran hindert, weiter zu wachsen; es stammt aus der Sylphium-Pflanze. Von heute an muß er an jedem Tag seines Lebens einen Aufguß von diesem Kraut zu sich nehmen, denn beseitigen läßt sich das Geschwür nicht mehr. Aber da ist noch etwas – und da kann nicht einmal ich ihm helfen...«

»Was?« fragte Mothac, als der fette Mann verstummte.

»Wenn man... ins Innere... des Hirns eines Menschen reist... kann man viele Dinge sehen – ich konnte seine Hoffnungen spüren, seine Träume. Ich konnte seinen Schmerz fühlen, seine Qualen. Er hat eine Frau geliebt, Derae mit Namen – doch man hat sie ihm genommen. Er gibt sich selbst die Schuld daran, sie verloren zu haben, und er ist innerlich leer. Nur dadurch, daß er sich an einen einzigen Gedanken klammert, ist er noch am Leben – den Gedanken an Rache. Solcherart Hoffnung kann einen Mann lange Zeit am Leben halten, doch die Rache ist ein Kind der Finsternis, und in der Finsternis gibt es keine Nahrung.«

»Kannst du es mit einfachen Worten sagen?« fragte Mothac. »Und mir einen Rat geben, was ich tun kann?«

»Ich glaube nicht, daß du irgend etwas tun kannst. Er braucht dieses Mädchen... Derae... und er kann sie nicht bekommen. Doch weil die winzige Möglichkeit besteht, daß es sich als nützlich erweisen mag – und um das Honorar zu verdienen, das Epaminondas mir zahlt –, werde ich den ersten Aufguß des Sylphiums selbst bereiten. Du wirst mich dabei beobachten. Und gib genau acht, was ich tue! Zuviel Sylphium kann tödlich sein – zu wenig, und das Geschwür wuchert weiter. Das Kraut könnte ihm helfen... doch ich fürchte, ohne dieses Mädchen... Derae wird er nicht überleben.«

»Wenn du so geheimnisvolle Kräfte hast, wie du behauptest«, sagte Mothac spöttisch, »warum kannst du dann nicht zu ihm sprechen, ihn zurückrufen?«

Der fette Mann schüttelte den Kopf. »Ich habe es versucht«, sagte er leise, »aber er ist in einer Welt, die er für sich selbst geschaffen hat, ein Ort der Dunkelheit und des Schreckens. In dieser Welt kämpft er gegen Dämonen und Kreaturen des Grauens. Er konnte mich nicht hören – oder wollte es nicht.«

»Diese Kreaturen, von denen du gesprochen hast, können sie ihn töten?«

»Ich glaube, ja. Weißt du, mein rotbärtiger Freund, es sind Dämonen, die er selbst geschaffen hat. Er kämpft gegen die dunkle Seite seiner eigenen Seele.«

Der Abgrund drehte sich in rasendem Wirbel um ihn herum, als er mit dem Schwert des Leonidas einer mannsgroßen, geschuppten Fledermaus mit Flügeln aus schwarzem Leder die Kehle aufschlitzte. Das Ungeheuer spuckte Blut, und Parmenion wurde von der stinkenden Flüssigkeit übergossen; der Schwertgriff wurde glitschig, und er konnte die Waffe nur noch mit Mühe halten. Parmenion zog sich weiter zurück, einen niedrigen Hügel hinauf. Die Bestien flatterten um ihn herum und hielten sich aus der Reichweite des schimmernden Schwertes, doch der Abgrund schwappte über Parmenions Füße hinweg und verschluckte das Land. Er blickte hinunter und sah tief unten, am Boden des Abgrunds, winzige Feuer flackern, und er spürte, daß er die Schreie gequälter Seelen hören konnte.

Parmenion war todmüde, und in seinem Kopf loderte greller Schmerz.

Hinter ihm erklang das Geräusch flatternder Flügel, und er wirbelte herum und stach aus der Drehung mit dem Schwert zu, bohrte die Klinge tief in einen bepelzten Leib. Doch dann war das Ungeheuer über ihm, und seine gezackten Zähne gruben sich in das Fleisch seiner Schulter. Er warf sich nach hinten, zog das Schwert aus dem Körper der Bestie und schlug der dämonischen Kreatur den Kopf ab. Leere verschluckte den Boden zu seinen Füßen, und Parmenion schlitterte auf dem Rücken zum Rand des Abgrunds. Er warf sich herum, bremste die Bewegung, sprang auf und stürmte zur Kuppe des Hügels hinauf.

Überall um ihn herum lockte ihn die Tiefe, schien nach ihm zu rufen und rückte von allen Seiten näher an ihn heran, tobend und schäumend wie das aufgewühlte Meer, unaufhaltsam, unausweichlich.

Über ihm kreisten die Fledermäuse.

Dann hörte er die Stimme.

»Ich liebe dich«, sagte sie. Und ein Lichtstrahl fiel aus den dunklen Wolken, bog sich und wurde zu einer Brücke, die in den Himmel führte.

Mothac stand draußen vor dem Tempel der Aphrodite und wartete auf die Frau. Sie wurde von zwei Verehrern besucht, und Mothac wußte, daß er längere Zeit warten mußte. In der Nähe sprudelte ein Brunnen, und er beobachtete, wie das Licht der Sterne sich im Becken spiegelte.

Schließlich kamen die Männer zum Vorschein und verließen das Gebäude, und Mothac ging zum Eingang des Tempels, betrat ihn und bog nach links in den Gang ein, an dem sich die Zimmer befanden, welche die Priesterinnen gemietet hatten. Er klopfte an die Tür der hintersten Kammer.

»Warte einen Augenblick«, erklang eine müde Stimme; dann wurde die Tür geöffnet. Die Rothaarige setzte ein breites, oft geübtes, falsches Lächeln auf.

»Willkommen«, sagte sie. »Wie ich sehe, geht mein Wunsch in Erfüllung, daß mich endlich mal wieder ein *richtiger* Mann beehrt.«

»Ich bin nicht gekommen, dich zu ... beehren«, sagte Mothac und schob sich an ihr vorbei ins Zimmer. »Ich möchte dich um eine Gefälligkeit bitten – gegen Bezahlung, versteht sich.«

»Du widersprichst dir selbst«, sagte sie, und das aufgesetzte Lächeln verblaßte.

»Ganz und gar nicht«, widersprach er, setzte sich auf das breite Bett und versuchte, den Geruch von verschwitzten Laken zu ignorieren. »Ein Freund von mir liegt im Sterben ...«

»Mit Männern, die sich angesteckt haben, gehe ich nicht ins Bett«, sagte sie schroff.

»Er hat sich nicht angesteckt – und du brauchst nicht mit ihm zu schlafen.« Mit knappen Worten erzählte Mothac der Priesterin von Parmenions Krankheit und den Befürchtungen, die Argonas in Worte gekleidet hatte.

»Und was erwartest du von mir?« fragte sie. »Ich bin keine Heilerin.«

»Mein Freund ist jede Woche zu dir gekommen, manchmal sogar öfter. Vielleicht hast du ihn schon mal im Stadion gesehen. Er heißt Parmenion, aber als Wettläufer geht er unter dem Namen Leon, der Macedonier, an den Start.«

»Ich kenne ihn«, erwiderte sie. »Er redet nie auch nur ein Wort. Er begrüßt mich nicht einmal. Er kommt hier herein, gibt mir mein Geld, nimmt mich und geht wieder. Was könnte ich denn für ihn tun?«

»Ich weiß es nicht«, gab Mothac zu. »Ich dachte ... vielleicht hat er dich gern.«

Sie lachte. »Du solltest ihn vergessen«, sagte sie dann, setzte sich neben ihn und legte ihm die Hand auf den Oberschenkel. »Deine Muskeln sind verspannt, und in deinen Augen sehe ich Erschöpfung. *Du* bist es, der das braucht, was ich Männern geben kann.« Ihre Rechte glitt höher, doch Mothac packte ihr Handgelenk.

»Nein«, sagte er, »mein Freund braucht deine Hilfe, nicht ich. Also, willst du dir das Geld verdienen? Wirst du es tun?«

»Was tun? Du hast immer noch nicht gesagt, was du von mir erwartest«, erwiderte sie.

Er blickte in ihre geschminkten Augen und holte tief Atem. »Ich möchte, daß du dir den Ocker und die Tusche aus dem Gesicht wäschst. Ich möchte, daß du ein Bad nimmst. Und dann kommst du zu seinem Haus.«

»Das kostet dich zwanzig Drachmen«, sagte sie und streckte die Hand aus.

Mothac griff in den Beutel am Gürtel und zählte zehn Drachmen ab. »Den Rest bekommst du, wenn du deinen Auftrag erfüllt hast«, sagte er.

Eine Stunde später, als der Mond hoch über der Stadt stand, betraten Mothac und die Priesterin das Haus. Sie trug jetzt einen schlichten weißen, knöchellangen *chiton* und ein blaues *chlamys* um die Schultern, und in Mothacs Augen sah sie beinahe hübsch aus. Er führte sie zum Schlafzimmer und nahm ihre Hand. »Tu dein Bestes, Frau«, flüsterte er, »denn er bedeutet mir sehr viel.«

»Ich heiße Thetis«, sagte sie, »und ich ziehe diesen Namen der Anrede *Frau* vor.«

»Wie du wünschst, Thetis.«

Er schloß die Tür hinter sich, und Thetis trat an die eine Seite des Bettes und ließ ihren *chiton* und das Tuch zu Boden gleiten. Sie zog das Laken zurück und legte sich neben den sterbenden Mann. Sein Körper war kalt. Sie streckte die Hand aus und legte einen Finger auf die Halsschlagader, fühlte seinen Puls. Sein Herz schlug noch, doch der Pulsschlag war unregelmäßig und schwach. Sie schmiegte sich eng an ihn und legte das rechte Bein auf seinen Oberschenkel, während ihre Hand seine Brust streichelte. Sie spürte, wie ihr die Wärme aus dem Körper gesogen wurde, aber der Mann rührte sich immer noch nicht. Ihre Lippen berührten seine Wangen, und ihre Hand glitt tiefer seinen Körper hinunter und streichelte sanft seine Haut. Ihre Finger legten sich um sein Glied; sie küßte ihn zärtlich auf den Mund – er blieb regungslos und kalt wie ein Felsblock.

Sie konnte jetzt nur noch wenig tun. Nach einem langen Tag war Thetis müde, und sie überlegte schon, ob sie aus dem Bett steigen, sich ankleiden und die ausstehenden zehn Drachmen verlangen sollte. Dann aber blickte sie wieder in das bleiche, eingefallene Gesicht des jungen Mannes. Was hatte der Diener gesagt? Daß Parmenion seine Geliebte verloren hatte und sie nicht vergessen konnte? Du Dummkopf, sagte sie im stillen zu Parmenion. Wir alle verlieren irgendwann geliebte Menschen. Aber wir lernen, zu vergessen, und wir lehren uns selbst, den Schmerz mit der Zeit nicht mehr zu beachten.

Was konnte sie noch tun?

Sie ließ den Kopf auf das Kissen sinken und hielt den Mund dicht an sein Ohr.

»Ich liebe dich«, flüsterte sie. Für einen Augenblick erfolgte keine Reaktion; dann seufzte er plötzlich – ein leises, kaum hörbares Geräusch. Thetis begann, ihren Körper an seiner Haut zu reiben, und ihre Finger streichelten ihn an den intimsten Stellen. »Ich liebe dich«, sagte sie wieder, diesmal mit lauter Stimme. »Komm zu mir«, rief sie dann. »Komm zu . . . Derae.«

Plötzlich ging ein Ruck durch seinen Körper, und er bäumte sich auf. »Derae?«

»Ich bin hier«, sagte sie. Er drehte sich auf die Seite und legte die Arme um sie, zog sie an sich heran und küßte sie mit einer Leidenschaft, wie Thetis sie seit langer Zeit nicht erlebt hatte und die sie beinahe überwältigt hätte. Ihre Hände glitten über seinen Körper . . . suchend . . . tastend. Sie schaute ihm in die Augen; er hatte sie geöffnet, doch er starrte ins Nichts, und Tränen liefen ihm über die Wangen.

»Ich habe dich vermißt«, sagte er. »Als hätte man mir das Herz aus dem Leib gerissen.«

Sie zog ihn auf sich und legte ihm die Beine um die Hüften, und er glitt in sie hinein und hielt inne. Zuerst gab es kein plötzliches Zustoßen, keine entflammte Begierde. Er neigte nur den Kopf und küßte sie sanft, und seine Zunge war wie feuchter Samt auf ihren Lippen. Dann begann er sich zu bewegen, langsam und rhythmisch. Thetis verlor jedes Gefühl für die Zeit; eine ungekannte Erregung überkam sie, und die Priesterin hieß sie willkommen wie einen lange vermißten Freund. Bald waren sie beide in Schweiß gebadet, und sie merkte, daß er sich dem Höhepunkt näherte; dann aber zog er sich aus ihr zurück. Sie spürte seinen Mund auf den Lippen, auf dem Hals, auf den Brüsten, auf dem flachen Leib, den Oberschenkeln; spürte seine Zunge in ihrem Schoß. Vor Wonne und Lust bog sie den Rücken durch und schloß die Augen; ein Schauder durchlief sie, und sie stöhnte laut. Sie erlebte den Höhepunkt in einer Folge intensiver, beinahe schmerzlicher Wogen. Ermattet sank sie auf das Bett und spürte die Hitze seines Körpers, als er sich wieder über sie legte und erneut in sie eindrang. Und dann, unglaublicherweise, staute sich wieder ein Orgasmus in Thetis an; sie krallte ihm die Hände in den Rücken, als er sich härter und schneller in ihr bewegte. Der zweite Höhepunkt war noch intensiver als der erste, und sie schrie ihre Lust hinaus, ohne das Geräusch zu hören. Sie spürte nur noch, wie er sich in sie ergoß, sich schließlich aus ihr zurückzog und keuchend verharrte.

Für einen Augenblick lag Thetis regungslos da; das Gewicht seines erhitzten Körpers lag auf ihrem. Sanft schob sie ihn von sich hinunter, drehte ihn auf den Rücken und sah, daß er die Augen geschlossen hatte. Ganz kurz fragte Thetis sich voller Angst, ob er tot sei; dann aber hörte sie seine regelmäßigen Atemzüge. Sie legte zwei Finger auf seine Halsschlagader: Sein Herz schlug wieder kräftig und rhythmisch.

Ein paar Minuten blieb Thetis neben dem schlafenden Mann liegen; dann erhob sie sich leise aus dem Bett, kleidete sich an und trat hinaus in den Hof, wo Mothac bei einem Becher Wein am Tisch saß.

»Möchtest du auch Wein?« fragte er, ohne aufzublicken.

»Ja«, antwortete sie leise, schenkte sich einen Becher ein und setzte sich dem Thebaner gegenüber. »Ich glaube, er wird überleben«, sagte sie und zwang sich zu einem Lächeln.

»Das habe ich mir schon gedacht – den Geräuschen nach zu urteilen«, erwiderte Mothac.

»Er hielt mich für Derae«, sagte Thetis. »Ich wünschte, ich wär's gewesen.«

»Warst du aber nicht«, sagte er schroff, erhob sich und warf die zehn Drachmen vor Thetis auf die Tischplatte, daß die Münzen prasselten.

Sie sammelte die zehn Goldstücke auf und blickte den Thebaner an. »Ich habe getan, was du mir gesagt hast. Warum bist du böse auf mich?«

»Weiß ich selbst nicht«, log Mothac und blickte sie zum erstenmal an, seit sie auf den Hof gekommen war. »Aber ich danke dir. Ich glaube, du solltest jetzt gehen.«

Er hielt ihr das Tor auf und kehrte dann an den Tisch und zu seinem Becher Wein zurück, den er gierig leerte, um sofort wieder nachzufüllen. Doch Eleas Gesicht blieb beharrlich vor seinem geistigen Auge.

Der Tempel – Kleinasien, 379 v. Chr.

Die Priesterin schaute auf das offene Tor und die üppigen grünen Wiesen, die sich dahinter erstreckten; dann richtete sie den Blick auf die Rosen und Kletterpflanzen, die neben und über dem steinernen Torbogen der Mauer wuchsen – rote und weiße Blüten, welche die Luft mit ihrem schweren Duft erfüllten.

Diesmal werde ich entkommen, sagte Derae sich. Diesmal werde ich mich konzentrieren wie noch nie im Leben. Sie richtete sich gerade auf und schritt langsam voran. In ihrem Innern war nur ein einziger Gedanke.

Geh durch das Tor. Und dann flieh über die Wiesen.

Sie setzte jeden ihrer Schritte vorsichtig und mit Bedacht, als sie barfuß über den gepflasterten Weg ging, der von Rosen mit wunderschönen, gelben und zartrosa Blüten gesäumt war.

Denk nicht an die Blumen! Das Tor! Konzentriere dich auf das Tor.

Noch ein Schritt.

Über ihr flogen Vögel dahin, und sie hob den Blick, um die Tiere zu betrachten. Es waren zwei mächtige Adler. Sie schwebten wie schwerelos dicht beieinander über den Himmel und ließen sich von den Aufwinden in die Höhe tragen. Ein majestätischer Anblick. Die Priesterin senkte den Kopf und richtete den Blick wieder auf die Rosen, die das Tor umrankten. Behutsam, um sich nicht an den Dornen zu verletzen, pflückte sie eine Blüte und hielt sie sich an die Nase; dabei ließ sie den Blick durch den Garten schweifen und beobachtete den alten Mann, der sich um die Pflanzen kümmerte. Er bemerkte ihren Blick, erhob sich mühsam aus der knienden Haltung und kam zu ihr herüber.

»Die Blüte, die du gepflückt hast, ist so gut wie tot«, sagte er zur Priesterin. »Such dir lieber eine aus, die sich noch nicht geöffnet hat. Wenn du sie in Wasser stellst, wird sie dein Zimmer mit ihrem Duft erfüllen.«

»Danke, Naza«, sagte sie, als der Mann zwei andere Blüten abschnitt und sie Derae in die Hand legte. Sie wandte sich um, ging den Pfad zum Tempel zurück und blieb im Eingang stehen.

Dann stürmte die Erinnerung auf sie ein. Derae schloß die Augen, und eine Träne löste sich aus dem Augenwinkel und lief ihr über die Wange. Durch das Tor gab es kein Entkommen ... genausowenig wie durch das Fenster ihres Zimmers. Sie konnte sich hinauslehnen und den Sonnenschein genießen oder die fernen Berge betrachten, doch immer wenn sie versucht hatte, aus dem Fenster zu klettern, hatte sie kurz darauf festgestellt, daß sie sich wieder in ihrem Zimmer befand und auf dem Bett saß, verwirrt und verängstigt.

So war es nun schon seit drei Jahren; drei einsamen Jahren voller schmerzlicher Sehnsucht.

Sie rief sich den ersten Tag in Erinnerung. Sie hatte die Augen aufgeschlagen und die alte Frau neben ihrem Bett sitzen sehen ...

»Wie fühlst du dich, Kind?« fragte die Frau.

»Mir geht es gut«, antwortete Derae. »Wer bist du?«

»Ich bin Tamis. Ich bin hier, um dich zu lehren.«

Derae setzte sich auf. Dann erinnerte sie sich an das Schiff und an ihre im Rücken zusammengebundenen Hände ... Männer hatten sie gepackt und über Bord geworfen ... dann das plötzliche Entsetzen, als sie ins kalte Wasser getaucht war, ihr schrecklicher, verzweifelter Kampf, sich von den Fesseln zu befreien, als sie tiefer und tiefer gesunken war ... und dann nichts mehr – bis auf die seltsame Erinnerung, plötzlich hoch am nächtlichen Himmel auf ein helles Licht zugeschwebt zu sein.

»Was willst du mich lehren?«

»Die Mysterien«, hatte die Frau erwidert und Derae die Hand auf die Stirn gelegt, und sie war wieder eingeschlafen ...

Daß ein Bannspruch das Tor unpassierbar machte, hatte Derae schon am dritten Tag nach ihrer Ankunft im Tempel entdeckt, als sie allein durch den Garten spaziert war. Sie hatte sich dem Tor genähert und die alten Schriftzeichen betrachtet, die in den verwitterten Stein gemeißelt waren – und plötzlich war sie wieder im Innern des großen Tempels mit seinen weißen Säulen gewesen.

Sie hatte noch zwei weitere Male vergeblich versucht, durch das Tor zu gehen; dann hatte Tamis sie dabei beobachtet. »Du kannst nicht von hier fort, meine Liebe«, hatte die alte Frau gesagt. »Du bist jetzt Priesterin. Du bist hier, um Kassandra zu dienen.«

»Ich verstehe nicht – ich verstehe das alles nicht«, sagte Derae.

»Du warst das Opfer. In den alten Sagen heißt es, daß jedes Mädchen, welches das Opfer überlebt und zum Tempel gelangt, Priesterin wird – bis mit dem nächsten Opfer das gleiche Wunder geschieht. Das hast du doch gewußt.«

»Ja, aber ... man hat mir die Hände gefesselt. Ich weiß nicht, wie ich hierhergekommen bin.«

»Aber du *bist* hier«, erwiderte Tamis. »Und deshalb werde ich dich die Mysterien lehren.«

Tag für Tag hatte die alte Frau versucht, Derae in die Geheimnisse einzuführen, doch das Mädchen schien nicht begreifen zu können. Sie war nicht fähig, die Ketten zu lösen, die ihre Seele fesselten, und ihren Geist in die Himmel aufsteigen zu lassen; sie lernte es nicht, die Augen zu schließen und den Zustand der Trance zu erreichen, die ihr Heilkräfte verlieh. Selbst einfache Aufgaben – eine tote, verdorrte Rose in den Fingern zu halten und sie durch Willenskraft wieder aufblühen zu lassen – bewältigte sie nicht.

Gegen Ende des ersten Jahres führte Tamis das Mädchen in einen kleinen Raum im hinteren Teil des Tempels. »Ich habe viel über die Frage nachgedacht, warum dir die Gabe abhanden gekommen ist«, sagte die alte Frau, »und ich habe in uralten Schriften nachgeforscht. Vor langer Zeit hast du ein Geschenk preisgegeben: Du hast einem jungen Mann erlaubt, dich zu nehmen. Dadurch wurde deine Gabe tief in dir vergraben und schlummert nun in deinem Innern. Um sie wieder zu erwecken, muß ich deinen Körper darauf vorbereiten, ein neues Geschenk zu empfangen.«

»Ich möchte keine Priesterin sein«, sagte Derae zornig. »Und ich habe diese Gabe nicht. Laß mich endlich gehen!«

Doch Tamis fuhr fort, als hätte sie das Mädchen gar nicht gehört, und ihre Worte trafen Derae wie Stiche mit einem Dolch. »Ich habe beobachtet, wie du Hermias geheilt hast, als man ihm den Schädel eingeschlagen hatte. Da wußte ich, daß du diejenige bist, die mir einst nachfolgen soll. Du kannst es schaffen, Derae – aber nur, wenn du selbst eine Gabe darbringst. Du weißt, was es ist, nicht wahr? Warum klammerst du dich so beharrlich daran fest?«

»Das fragst du noch?« rief das Mädchen voller Wut und Entsetzen. »Niemals wirst du bekommen, was du verlangst! Du wirst mir mein Augenlicht nicht nehmen!«

Tamis hatte die Schultern gezuckt und den Unterricht geduldig fortgesetzt. Erst im dritten Jahr zeigte Derae die ersten kleinen Anzeichen von Erfolg. Wenn sie im Garten stand, konnte sie Sperlinge durch die Kraft ihres Willens dazu bringen, sich auf ihre Hand zu setzen, und einmal heilte sie auf diese Weise eine Schnittwunde, die Naza sich am Arm zugezogen hatte: Sie legte nur die Finger auf die Wunde, die sich daraufhin schloß und verschwand, ohne eine Narbe zu hinterlassen.

Doch in den Nächten träumte sie immer noch von Flucht; sie malte sich aus, durchs Tor zu rennen, ins Hügelland zu entkommen und sich im fernen Wald zu verstecken, um dann irgendwie den Heimweg nach Sparta zu finden – und zu Parmenion.

Aber auch heute war es noch nicht soweit, wurde Derae klar, als sie auf das geöffnete Tor und die Wiesen blickte, die sich dahinter erstreckten. Langsam schlenderte sie zwischen den Säulen vor dem Tempel hindurch bis zum Altar, der im Freien errichtet war. Sie legte die beiden Rosen darauf, die Naza ihr gegeben hatte.

»Wann wirst du lernen, Kind?« fragte Tamis.

Das Mädchen blickte sich um. »Ich wußte nicht, daß du zurückgekehrt bist.« Die alte Frau trat auf die Priesterin zu und legte ihr die Hand auf die Schulter. »Es muß so sein, wie es ist. Versuche, dich damit abzufinden: Du bist die Erwählte.«

»Das will ich nicht!« rief das Mädchen und stieß Tamis' Hand von der Schulter. »Und ich werde es *niemals* wollen!«

»Glaubst du etwa, mir ist es damals anders ergangen? Um die Gabe zu besitzen, brauchst du keinen eigenen Willen. Man besitzt sie, oder man besitzt sie nicht.«

»*Ich* besitze sie nicht. Ich kann nicht in die Zukunft schauen und Prophezeiungen machen, und ich habe keine Visionen.«

Tamis nahm das Mädchen bei der Hand und führte es zurück in den Garten, wo sie beide neben einem weiß getünchten Brunnen Platz nahmen. »Es gibt Männer und Frauen, die heute sterben werden«, sagte die alte Frau leise. »Sie wollen es nicht. Jeder von ihnen wird Arbeiten zurücklassen, die noch nicht beendet sind, oder Kinder, Ehemänner, Frauen, Freunde. Aber diese Menschen haben keine Wahl – genausowenig wie du. Die Zeit des Dunklen Gottes ist nah, mein Kind, und ich werde bald tot sein. Jemand muß meine Arbeit weiterführen. Jemand mit Mut und Klugheit. Jemand, der die Macht der Gabe besitzt und diese Aufgabe mit ganzer Kraft erfüllen kann. Und dieser Jemand bist immer schon du gewesen.«

»Bist du taub, Tamis? Ich habe keine *Gabe*!«

»Du hast viele Gaben, aber sie wurden tief in dein Inneres verbannt. Du wirst sie erwecken, wenn du dem Herrn aller Dinge ein Geschenk machst – dein Augenlicht.«

»Nein!« sagte das Mädchen. »Du kannst mich nicht zwingen! Ich werde es nicht tun!«

»Niemand wird dich zwingen – dann würde alles zerstört, wofür ich gearbeitet habe. Die Entscheidung liegt allein bei dir.«

»Und wenn ich es nicht tue?«

»Ich weiß nicht, Kind. Ich wollte, ich wüßte es.«

»Aber du kannst doch in die Zukunft blicken. Du bist Seherin.«

Tamis lächelte. Sie beugte sich vor, schöpfte mit der hohlen Hand Wasser aus dem Brunnen und trank. »So einfach ist das Leben nicht. Ungezählte Wege führen in die Zukunft. Das Leben eines jeden Menschen ist wie ein großer Baum: Jeder Ast, jeder Zweig, jedes Blatt ist eine mögliche Zukunft. Vor vielen Jahren habe ich versucht, die verschiedenen Möglichkeiten meines Todes zu betrachten – ich habe fast ein Jahr gebraucht, alle Wege in die Zukunft zu beschreiten, die mich diese Tode sehen ließen ... und dann erst habe ich erkannt, daß es noch Tausende andere Wege, Tausende andere Tode für mich geben kann. Jetzt ist das Ende nahe, und ich weiß den Tag, an dem ich sterben muß. Und was dich betrifft – ich habe in der Zukunft gesehen, wie du die Herausforderung angenommen und doch zurückgewiesen hast. Ich habe gesehen, wie du gesiegt hast und doch besiegt wurdest. Welche Vision aber war die Wahrheit?«

»Werde ich zu den Göttern sprechen können?« fragte die Priesterin.

Tamis schwieg für einen Augenblick; dann seufzte sie. »Ich habe viel Geduld, Derae, aber die Zeit wird immer knapper und kostbarer. Ich habe drei Jahre warten müssen, bis du eingesehen hast, daß es kein Zurück mehr gibt. Jetzt aber ist es an der Zeit, einen anderen Weg einzuschlagen. Es mag ein Fehler sein, aber ich werde dir die Wahrheit sagen – die ganze Wahrheit, wenn sie auch schmerzlich ist. Zuerst einmal ... es gibt keine Götter, wie du sie dir vorstellst. Die Namen, die wir kennen – Zeus, Apoll, Aphrodite –, sie alle waren Männer und Frauen, Menschen wie du und ich. Das soll aber nicht heißen, daß es keine Götter gibt. Denn jenseits aller Mythen sind die wahren Mächte des Lichts und der Finsternis, der Liebe und des Chaos.«

»Und welchen Mächten dienst du?« fragte die Priesterin.

Tamis kicherte. »Versuch nicht, mich zu beleidigen, Mädchen. Wäre ich eine Dienerin des Chaos, hätte ich dir dein Geschenk mit Gewalt entrissen!«

»Aber du hältst mich mit Gewalt hier fest. Ich kann nicht fort, so gern ich es will.«

»Wie ich schon sagte: Nichts ist so einfach, wie es den Anschein hat. Aber ich halte dich nicht aus Haß hier fest, sondern aus Liebe. Weißt du, Mädchen, du kannst diesen Ort nicht mehr verlassen – niemals. Aber das liegt nicht an mir.«

»An wem denn? Wer hält mich hier gefangen?« fragte die Priesterin.

»Dein Tod«, gab Tamis zur Antwort.

»Was soll das heißen?« fragte Derae, von entsetzlicher Angst gepackt.

»Es tut mir leid, Mädchen, aber du bist ertrunken, nachdem man dich über Bord des Schiffes geworfen hatte. Ich habe deinen Leichnam an den Klippen gefunden. Dann habe ich dich hierhergetragen und dich . . . zurückgeholt. Darum kannst du nicht von hier fort.«

»Du lügst! Sag mir, daß du lügst!«

Tamis nahm die Hand des Mädchens. »Wenn du diesen Tempel verläßt, würde dein Körper in wenigen Augenblicken verwesen. Das Fleisch würde dir von den Knochen fallen, faulig und voller Maden, und dein bleiches Gerippe läge im Gras, keine zehn Schritt hinter dem Tor.«

»Das glaube ich nicht. Das ist eine Lüge, um mich hierzubehalten!«

»Denk an den Tag zurück, als deine Hände gefesselt und deine Lungen mit Salzwasser gefüllt waren und als deine Gegenwehr erlahmte, während du in die Tiefe gesunken bist.«

»Hör auf!« rief Derae und schlug die Hände vors Gesicht. »Bitte, hör auf.«

»Es hat mich Jahre meines Lebens und all meine Kraft gekostet, dich ins Leben zurückzubringen. Naza hat mir geholfen, deinen Körper hierher in den Tempel zu tragen. Sprich mit ihm, wenn du mir nicht glaubst.«

»Warum erzählst du mir das alles erst jetzt? Ich lebe seit drei Jahren hier und habe auf Parmenion gewartet, habe gebetet und gehofft. Und jetzt machst du all meine Hoffnungen zunichte.«

»Dann glaubst du mir also?«

»Ich wünschte, es wäre anders«, erwiderte Derae. »Jetzt werde ich Parmenion nie wieder sehen. Warum hast du mich nicht bei den Toten gelassen?«

»Du wirst Parmenion treffen«, sagte Tamis überzeugt. »Deshalb habe ich dich gerettet. Wenn ich dich erst die Mysterien gelehrt habe, kannst du deine Seele an jeden Ort der Welt schweben lassen – in die Vergangenheit und auf verschiedenen Wegen in verschiedene Möglichkeiten der Zukunft. Aber es wird seine Zeit dauern, bis du alle Mysterien erlernt hast . . . vielleicht Jahre.«

»Zeit ist für die Toten ohne Bedeutung.«

»In diesem Tempel bist du aber nicht tot! Du wirst altern wie andere Menschen, und du wirst sterben, wenn die Zeit gekommen ist. Dann wird deine Seele für immer frei sein, und ich werde auf dich warten. Ich werde dir das Paradies zeigen.«

Derae erhob sich, beugte sich über das Wasserbecken und betrachtete ihr Spiegelbild auf der ruhigen Oberfläche. Sie sah ihr rotgoldenes Haar und die gesunde Röte auf ihren Wangen – und wandte rasch den Blick ab. »Warum wurde ich erwählt?«

»Weil du Parmenion liebst.«

»Das verstehe ich nicht.«

»Der Dunkle Gott naht, Derae. Er wird nicht heute kommen und auch nicht in diesem Jahr, aber bald. Er kommt in fleischlicher Gestalt. Er wird als Kind geboren und zum Mann heranwachsen. Er wird die ganze Welt erobern, und das Chaos wird die Herrschaft antreten. Ströme von Blut werden fließen, und ein Berg aus Toten wird in den Himmel ragen. Der Dunkle Gott muß aufgehalten werden.«

»Und Parmenion kann ihn vernichten?«

»Genau diese Frage quält mich, Derae. Das ist der Grund, warum ich dich brauche. Als ich zum erstenmal den Schatten des Dunklen Gottes gesehen habe, habe ich zum Quell der Macht gebetet, mir einen Weg zu zeigen, wie die Bestie zu besiegen ist. Da sah ich Parmenion und hörte seinen Namen über das Himmelsgewölbe hallen. Ich hielt ihn für das Schwert, das den Geist des Chaos zu töten vermag. Aber später mußte ich erkennen, daß Parmenions Schicksal auch mit dem Dunklen Gott verbunden ist. Daraufhin bin ich Parmenions Wegen in der Zukunft gefolgt. Er ist der Tod der Staaten, und er wird die Welt verändern.«

»Parmenion? Das kann ich nicht glauben«, widersprach Derae heftig. »Er ist sanft und gütig.«

»In gewisser Weise, ja. Aber seit du ihn . . . verlassen hast . . . hat sein Inneres sich mehr und mehr mit Bitterkeit und Haß gefüllt. Und genau das dient dem Geist des Chaos. Wenn ich mir sicher wäre, würde ich für Parmenions Tod sorgen. Aber ich bin mir nicht sicher.« Wieder trank Tamis aus dem Brunnen; dann rieb sie sich die müden Augen. »Was tust du, wenn du siehst, daß ein tollwütiger Hund einen Säugling zu zerfleischen versucht?«

»Den Hund töten«, erwiderte Derae.

»Aber wenn du die Zukunft kennst und weißt, daß der Säugling zu einem grausamen Eroberer heranwachsen und Blut und Feuer über die Welt bringen wird – was dann?«

»Den Säugling vom Hund töten lassen?«

»Gewiß. Was aber, wenn dieser Eroberer dazu bestimmt ist, einst ein Kind zu zeugen, das die zerstörte Welt wieder neu errichtet und ihr tausend Jahre Frieden und Freude bringen wird?«

»Das weiß ich nicht, Tamis. Wie könnte jemand eine solche Frage beantworten?«

»Ja, wie?« flüsterte die alte Frau. »Ich vertraue auf mein erstes Gebet, als der Quell der Macht mir das Gesicht Parmenions gezeigt hat. Er ist ein Mann, in dessen Innerem Eis und Feuer sind, Leben und Tod, Licht und Finsternis. Er fühlt sich von der Finsternis angezogen – und sehnt sich nach dem Licht. Wenn der Dunkle Gott kommt, wird Parmenion ihm entweder dienen – oder er wird helfen, ihn zu vernichten.«

»Kann man einen Gott vernichten?« fragte Derae.

»Nicht den Geist. Aber, wie ich schon sagte – er verbirgt sich in fleischlicher Gestalt. Er kommt als Kind ... als Mann. Und genau *darin* wird seine Schwäche liegen.«

Derae holte tief Atem. »Ich möchte dir helfen, Tamis, wirklich. Aber gibt es keine Möglichkeit, meine ... Kräfte zu entwickeln, ohne dem Beherrscher aller Dinge das ... Geschenk machen zu müssen, von dem du gesprochen hast?«

»Soviel Zeit bleibt uns nicht mehr«, gab Tamis traurig zur Antwort. »Denn es würde etwa dreißig Jahre dauern.«

»Werde ich Schmerzen haben?«

»Ja«, gab Tamis zu, »aber nur für kurze Zeit, das verspreche ich dir.«

»Zeig mir Parmenion«, sagte Derae. »Dann bekommst du meine Antwort.«

»Das halte ich nicht für klug.«

»Ich verlange es aber.«

»Also gut, Kind. Nimm meine Hand und schließe die Augen.«

Die Welt schien einen Sprung zu tun, und Derae hatte das Gefühl, in eine endlose Leere zu stürzen. Sie schlug die Augen auf... und schrie. Um sie herum waren Sterne, riesig und hell, und tief unter ihr trieb der Mond in einem Meer der Finsternis.

»Hab keine Angst, Derae«, erklang Tamis' Stimme, und Derae faßte sich wieder. Ein Orkan aus Farben wirbelte blitzend um sie herum – und plötzlich schwebte sie über dem nächtlichen Theben und blickte auf die riesigen Statuen des Herakles und der Athene hinunter. Derae und ihre Lehrerin schwebten tiefer hinab; die Stadt rückte näher und näher, bis sie ein bescheidenes Haus mit einem kleinen Hof erreichten.

Auf dem Hof saß ein rotbärtiger Mann an einem Tisch, und aus einem Zimmer im Innern des Hauses drangen die Geräusche eines Paares, das Liebe machte. Immer näher kamen Derae und Tamis; sie schwebten durch die Wände des Schlafzimmers.

»Ich habe dich vermißt«, sagte Parmenion zu der Frau, die sich unter ihm wand. »Als hätte man mir das Herz aus dem Leib gerissen.«

»Bring mich zurück«, flüsterte Derae. »Bring mich nach Hause. Du sollst mein Geschenk haben; du kannst dir meine Augen nehmen.«

Mothac öffnete den Beutel, den er von Argonas bekommen hatte, und stocherte mit dem Finger in den zerriebenen Blättern und Stengeln, die sich darin befanden. Er füllte einen großen Becher mit kochendem Wasser und warf eine Handvoll Kräuter hinein. Bald erfüllte ein durchdringender süßlicher, beinahe ekelerregender Geruch die Küche.

Parmenion lag oben im Schlafzimmer. Er war wach, hatte aber kein Wort gesagt, nicht einmal den Kopf gedreht, als Mothac nach ihm gesehen hatte. Mothac rührte das Gebräu mit einer hölzernen Gabel durch, schöpfte die zerriebenen Blätter und Stengel ab, die auf der Oberfläche trieben, und stieg mit dem Becher in der Hand die Treppe hinauf. Immer noch lag Parmenion im Bett. Er hatte sich aufgesetzt und starrte aus dem offenen Fenster.

Mothac trat an die Seite des Bettes. »Trink das«, sagte er leise. Ohne ein Wort nahm Parmenion ihm den Becher aus der Hand und nahm einen Schluck von der übelriechenden Brühe. »Trink alles«, wies Mothac ihn an, und der Spartaner gehorchte schweigend.

Mothac nahm ihm den leeren Becher aus der Hand und stellte ihn neben dem Bett zu Boden. »Hast du noch starke Schmerzen?« fragte er und nahm Parmenions Hand.

»Die Schmerzen lassen nach«, erwiderte der Spartaner mit unbeteiligter Stimme.

»Du hast fünf Tage geschlafen und die Feierlichkeiten versäumt – die Leute haben auf der *agora* getanzt. Du hättest sie sehen sollen.«

Parmenion schloß die Augen, und seine Stimme war nur mehr ein Flüstern. »Sie ist zu mir gekommen, Mothac. Aus dem Reich der Toten ist sie zu mir gekommen. Sie hat mich gerettet . . . auf dem Hügel der Leiden.«

»Wer ist zu dir gekommen?«

»Derae. Sie war immer noch jung und schön.« Tränen traten Parmenion in die Augen. »Sie hat mich befreit, hat mir den Schmerz genommen.«

Mothac konnte sich nur mühsam verkneifen, seinem Herrn und Freund die Wahrheit zu sagen, und so schmerzten ihn die Worte in der Kehle, als er schließlich erwiderte: »Gut. Das ist gut. Jetzt wird es aber Zeit für dich, aus dem Bett zu steigen und wieder frische Luft in die Lungen zu bekommen. Komm, ich helfe dir.« Er nahm Parmenion beim Arm und zog ihn behutsam auf die Beine.

Parmenion wankte für einen Moment; dann stand er sicher und richtete sich auf. Mothac nahm einen sauberen weißen *chiton*, half Parmenion beim Ankleiden und führte ihn hinunter in den Hof.

Der Himmel war bedeckt, doch der Tag war warm, und ein kräftiger Wind wehte. Mothac brachte Parmenion eine Mahlzeit aus Feigen und getrocknetem Fisch und schaute erleichtert zu, als der Spartaner aß.

An den darauffolgenden Tagen strömten Parmenions Kräfte wieder in seine geschwächten Glieder zurück. Argonas kam zweimal zum Haus, untersuchte den Schädel des Spartaners und verkündete zufrieden, daß das Geschwür sich nicht mehr vergrößerte.

Aber Parmenion verließ immer noch nicht das Grundstück. Er schlief viel und oft und zeigte wenig Interesse an den Ereignissen in Theben. Jeden Tag trank er den Sud, den Mothac bereitet hatte, aß ein leichtes Frühstück und döste bis kurz nach Mittag. Besorgt über Parmenions Lethargie, suchte Mothac bei Argonas Rat.

»Du brauchst dir keine Sorgen zu machen«, sagte ihm der fette Arzt. »Es liegt am Sylphium. Diese Pflanze ist nicht nur lindernd, sie ist auch ein starkes Schlafmittel. Aber sein Körper wird sich daran gewöhnen, und die ermüdende Wirkung wird nachlassen.«

Epaminondas stattete Parmenion während dieser Zeit keinen Besuch ab. So berichtete Mothac ihm, daß der Thebaner gemeinsam mit anderen Mitgliedern der verschwörerischen Gemeinschaft die Wahl eines neuen Rates vorbereitete, während Pelopidas fast fünfhundert thebanische Männer um sich gesammelt hatte und durch Waffenübungen und körperliches Training auf den Krieg vorbereitete, der unausweichlich scheine. Parmenion nahm diese Neuigkeiten ohne jede Regung entgegen; er äußerte weder seine Meinung, noch stellte er irgendwelche Fragen.

Eines Tages, ungefähr einen Monat nach der Rückeroberung der Kadmea, hörte Parmenion Jubelrufe in den Straßen und schickte Mothac los, um nachzuschauen, was der Grund dafür sei. Nach wenigen Minuten kehrte der Thebaner zurück. »Eine Streitmacht aus Athen ist eingetroffen«, sagte er. »Sie sind gekommen, uns gegen Sparta beizustehen.«

»Das kann ich mir nicht vorstellen«, erwiderte Parmenion. »Die Athener sind zu schwach, gegen Sparta Krieg zu führen. Athen ist eine Seemacht und hat nur weniges an Landstreitkräften. Sparta aber kann drei Armeen gegen die Athener in Marsch setzen, ohne mit viel Widerstand rechnen zu müssen. Geh und versuche, Genaueres zu erfahren.«

Mothac war von Freude erfüllt, als er aus dem Haus stürmte. Parmenions Stimme hatte endlich wieder fest, entschlossen und bestimmt geklungen, und der Thebaner kam sich wie ein Mann vor, der nach einem langen, dunklen Winter die ersten Sonnenstrahlen des Frühlings sieht. Er brauchte zwei Stunden, um zu Epaminondas zu gelangen, der gerade von einem Treffen in der Kadmea zurückkehrte. Der Thebaner sah erschöpft aus; seine Schultern hingen herab, und seine Augen blickten stumpf.

»Parmenion hat sich nach den Soldaten erkundigt«, sagte Mothac und trat an Epaminondas' Seite, als dieser sich einen Weg durch die Menge bahnte.

»Es sind Söldner«, erklärte Epaminondas. »Kalepios hat sie in Athen angeworben. Wie geht es Parmenion?«

»Er ist schon fast wieder der alte«, sagte Mothac, und Epaminondas' müdes Gesicht hellte sich auf.

»Ich werde dich begleiten. Ich muß mit ihm reden.«

Ein Unwetter brach über die Stadt herein, als die drei Männer sich auf Liegen im *andron* ausstreckten. Grelle Blitze zuckten über den Himmel. Epaminondas legte sich zurück, bettete den Kopf auf ein mit Stickereien verziertes Kissen und schloß die Augen. »Zur Zeit werden viele sinnlose Diskussionen geführt«, sagte er. »Es sieht fast so aus, als wäre die Vertreibung der Spartaner die einfachste Sache der Welt gewesen – verglichen mit der Durchführung der politischen Schritte, die dadurch notwendig geworden sind. Es gibt einige Leute, die zur Verteidigung der Stadt Söldner anwerben wollen. Andere reden davon, den Spartanern in einer Feldschlacht gegenüberzutreten. Wieder andere sind der Meinung, daß wir auf Hilfe aus Athen warten sollten. Kalepios behauptet, die Athener seien glücklich über unsere Rebellion und würden uns alles versprechen – nur keine wirkliche Unterstützung. In Athen sei man hocherfreut, daß die Spartaner gedemütigt wurden, aber man würde nicht einen Finger rühren, uns zu helfen.«

»Und was ist mit der spartanischen Armee?« fragte Parmenion.

»Kleombrotos hat siebentausend Mann in der Nähe von Megara stationiert – zwei Tagesmärsche von hier. Bis jetzt hat sich nichts getan. Kaskos hat sich inzwischen Kleombrotos angeschlossen; wir hätten ihn niemals entkommen lassen dürfen. Kalepios wird uns in dieser Sache noch Rede und Antwort stehen müssen, ob Kaskos nun sein Vetter ist oder nicht. Und was Kaskos betrifft – er erzählt jedem, der es hören will, daß der Aufstand in Theben von einer Gruppe verräterischer Verbannter angeführt wird, die in der Bevölkerung keinen Rückhalt haben. Er drängt Kleombrotos, gegen Theben zu marschieren, und versichert ihm, daß die Einwohner Thebens sich gegen die Rebellen erheben werden.«

»Warum sind die Spartaner dann noch nicht losmarschiert?« fragte Mothac.

»Agesilaos ist erkrankt. Man munkelt, daß er im Sterben liegt und daß dies als ein schlechtes Omen für einen Angriff auf Theben betrachtet wird. Deshalb hoffe ich aufrichtig, daß Agesilaos' Krankheit lange dauert.«

»Du solltest nicht nur darauf hoffen, du solltest dafür beten«, meldete Parmenion sich wieder zu Wort. »Solange Agesilaos krank ist, werden die Spartaner nichts unternehmen. Falls er aber stirbt, wird Kleombrotos sich veranlaßt fühlen, der Bevölkerung von Sparta seine Stärke und Entschlossenheit zu beweisen, und Theben angreifen. Ihr aber seid auf einen Krieg nicht vorbereitet.«

»Weißt du denn einen Rat, mein Freund?«

»Euch bleiben nur wenige Möglichkeiten«, erwiderte Parmenion. »Überall in Böotien liegen spartanische Garnisonen – im Norden, Süden, Osten und Westen von Theben. Solange diese Garnisonen bestehen, habt ihr keine Aussicht auf Erfolg. Aber ihr könnt diese Garnisonen nicht angreifen, solange die spartanische Armee auf dem Sprung steht, gegen Theben loszuschlagen. Ein wirklich schwieriges Problem.«

Epaminondas setzte sich auf und rieb sich die Augen. »Wir haben Verbündete in Thessalien, aber mit ihrer Hilfe allein können wir den Krieg nicht gewinnen. Und schlimmer noch – falls wir uns mit einer starken Macht verbünden und Sparta besiegen, würde diese fremde Macht Spartas Rolle übernehmen und der neue, wahre Beherrscher Thebens sein.«

»Wo liegen die stärksten spartanischen Garnisonen?« fragte Parmenion.

»In Orchomenos im Norden, in Tanagra im Westen und in Aegosthena im Süden. Wir haben Männer in jede dieser Garnisonen eingeschleust. Sie sollen versuchen, einen Aufstand anzuzetteln, aber klugerweise warten sie erst einmal ab, welche Erfolge wir hier in Theben aufzuweisen haben. Wir sind wie Hunde, die versuchen, sich in den eigenen Schwanz zu beißen, und sich dabei im Kreis drehen. Um siegen zu können, brauchen wir Unterstützung von anderen Städten, aber diese Städte warten erst einmal ab, *ob* wir siegen können, bevor sie sich uns anschließen. Wir brauchen einen militärischen Sieg, Parmenion.«

»Nein«, sagte der Spartaner. »Das ist noch unmöglich. Ich gebe euch den dringenden Rat, eine offene Feldschlacht gegen Kleombrotos zu meiden. Die Spartaner würden euch vernichtend schlagen.«

»Wir werden sowieso geschlagen, falls Kleombrotos gegen Theben marschiert.«

Parmenion schwieg für einen Augenblick; er richtete die Augen auf einen Punkt hoch oben rechts an der nach Norden hin gelegenen Wand des Zimmers. Langsam hob er die Hand und rieb sich das Kinn. Mothac grinste, und Epaminondas wartete gespannt.

»Es könnte sein«, sagte Parmenion schließlich, »daß es sich für *uns* bezahlt macht, daß Kaskos entkommen und zu Kleombrotos übergelaufen ist. Denn sollte Kaskos die Spartaner überzeugt haben, daß die thebanische Bevölkerung bereit ist, sich gegen die Aufständischen zu erheben, ist vorläufig nicht damit zu rechnen, daß Kleombrotos die Stadt selbst angreift. Statt dessen wird er das umliegende Land verwüsten – in der Hoffnung, daß diese Demonstration spartanischer Stärke eine Gegenrebellion auslöst. Der Winter ist nicht mehr fern und damit der Regen. Der größte Teil der spartanischen Armee wird in die Heimat zurückkehren. Und genau dann werden wir zuschlagen.«

»Aber wo soll der Angriff stattfinden? Und mit welchem Heer?« fragte Epaminondas.

»Der Angriff findet in Athen statt«, erwiderte Parmenion und lächelte breit. »Und wir werden das spartanische Heer benutzen.«

Mit jedem Tag stieg die Spannung in der Stadt. An öffentlichen Orten wurden hitzige Streitgespräche darüber geführt, ob es klug gewesen sei, die Spartaner aus der Stadt zu vertreiben. Die Angst war beinahe körperlich spürbar. Noch immer lag das spartanische Heer bei Megara in Stellung, zwei Tagesmärsche südöstlich von Theben. Doch die Nachrichten, die aus der Umgegend Megaras eingingen, waren besorgniserregend. In der kleinen Stadt Thespiae im Nordosten des Landes hatte eine Gruppe Aufständischer die Akropolis belagert, in der die spartanische Garnison untergebracht war. Daraufhin waren die Spartaner zum Angriff übergegangen, hatten dreiundzwanzig Belagerer getötet und die Überlebenden in die Flucht geschlagen. In den Städten Tanagra und Aegosthena wurden Unruhestifter zusammengetrieben und eingekerkert, während in Plataea zwei Rebellen hingerichtet wurden, nachdem ein Verräter aus den eigenen Reihen sie angeschwärzt hatte.

Pelopidas zog mit einer kleinen Streitmacht von vierhundert Mann aus Theben nach Tanagra, um den dortigen Aufständischen zu Hilfe zu kommen. Als die thebanischen Krieger durch das Proitanische Tor marschierten, waren die Erwartungen groß, doch schon eine Woche später kehrte Pelopidas mit den Resten seiner geschlagenen Truppe nach Theben zurück: In den Bergen hatte eine große spartanische Einheit den Männern aufgelauert und sie angegriffen. Einundvierzig Krieger waren tot, sechsundzwanzig verwundet. Es war ein herber Rückschlag; doch das Debakel schmälerte Pelopidas' Ansehen keineswegs – im Gegenteil. Denn als Pelopidas und seine Streitmacht vom Gegner umzingelt gewesen war, hatte er seine Männer um sich versammelt und durch einen massiven Vorstoß die Reihen der Spartaner durchbrochen; der Fluchtweg war frei gewesen. Zudem hatte Pelopidas bei diesem Vorstoß vier spartanische Krieger mit eigener Hand getötet. Nach dem Durchbruch hatte er sich mit seinen Männern in den Bergen verborgen. Die spartanische Einheit hatte auf eine Verfolgung verzichtet, weil die Gefahr bestand, auf den schmalen Paßhöhen im schwindenden Tageslicht Verluste zu erleiden.

Die athenischen Söldner wurden – zusammen mit zweihundert thebanischen *Hopliten* – nach Erythrae geschickt, um den Rebellen in dieser Stadt beizustehen, doch man hörte kein Wort mehr von ihnen, und die Furcht unter den Thebanern wuchs. Epaminondas erwies sich zwar als begabter öffentlicher Redner, aber die Aufständischen vermißten bei ihm die Wortgewalt des Kalepios, der in Athen geblieben war.

Als der Winter sich unaufhaltsam näherte und die ersten Regenfälle einsetzten, kam aus dem Süden die Nachricht, daß Agesilaos von seiner fiebrigen Erkrankung genesen sei.

Und das spartanische Heer zog nach Norden.

Parmenion schien sich keine Sorgen zu machen. Tagsüber saß er im Garten und las Xenophons Geschichte über den Feldzug gegen Persien. Als sich der kürzeste Tag des Winters näherte, kam Mothac in den *andron*, zog seinen vom Regen durchnäßten Umhang aus und schenkte sich ein Glas mit Wasser verdünntem Wein ein.

»Nach wenigen Tagen wird alles vorbei sein«, sagte der Diener mürrisch. »Die Stimmung in der Stadt ist verzweifelt. Wenn die Spartaner kommen, werden die Leute sich kampflos ergeben.«

»*Falls* die Spartaner kommen«, erwiderte Parmenion und legte die Pergamentrolle zur Seite.

»Wie kannst du nur so gelassen sein?« fragte Mothac zornig.

»Indem ich meinen Verstand gebrauche – nicht meine Gefühle«, erwiderte Parmenion. »Hör zu. Spartanische Armeen sind nicht für Belagerungen ausgebildet. Sie bevorzugen die Feldschlacht auf offenem Gelände. Eine Phalanx kann keine Mauern erklimmen. Ich glaube nicht, daß Kleombrotos Theben angreift. Er wird darauf hoffen, daß unsere Steitmacht aus der Stadt gelockt werden kann, und wird versuchen, Theben den Nachschub mit Versorgungsgütern abzuschneiden.«

Mothac war nicht davon überzeugt, und das Unglück blieb den vom spartanischen Heer bedrohten Thebanern weiterhin treu. Die athenischen Söldner waren aus Erythrae zurückgeschlagen worden, und Kleombrotos marschierte durch Aegosthena und Plataea. Seine Armee war fast schon in Sichtweite Thebens. Pelopidas wollte in aller Eile ein Heer aufstellen, um die Spartaner anzugreifen, doch besonnene Ratsherren sprachen sich dagegen aus. Dann kam die Nachricht, die Parmenion erhofft hatte. Da die winterlichen Verhältnisse Truppenbewegungen schwieriger machten, hatte Kleombrotos seine Armee aufgespalten. Er selbst zog mit einem Heer nach Süden – über Aegosthena, Megara und Korinth; ein zweites, größeres Heer bezog unter dem Befehl General Sphodrias' bei Thespiae Stellung.

Parmenion machte sich auf den Weg zu Epaminondas und Pelopidas. »Jetzt ist die Zeit zum Handeln gekommen«, sagte er. »Im nächsten Frühjahr wird Agesilaos sich soweit erholt haben, daß er selbst wieder den Oberbefehl übernehmen kann – und *das* wird zum Angriff auf Theben führen.«

»Was können wir tun?« fragte Pelopidas. »Der Magen dreht sich mir um, wenn ich daran denke, untätig hier sitzen zu müssen. Aber welche Möglichkeiten haben wir?«

»Wir müssen einen Boten gefangennehmen. Einen spartanischen Meldereiter.«

»Einen Meldereiter! Ist das dein ganzer Plan?« schnaufte Pelopidas verächtlich. »Wie soll *das* den Spartanern die Niederlage bringen?«

Parmenion blickte in die dunklen Augen des Kriegers und lächelte. »Die Zeit für Krieger, wie du einer bist, wird kommen – verlasse dich darauf, Pelopidas. Der Meldereiter, von dem ich gesprochen habe, ist wie ein Stein, der einen Erdrutsch auslöst. Aber es ist entscheidend wichtig, daß der Mann spurlos verschwindet. Wir müssen ihn seiner Kleidung und Waffen berauben und seinen Körper an einem Ort begraben, wo er nicht gefunden werden kann. Alles, was er bei sich hat, muß hierhergebracht werden.«

»Wenn's weiter nichts ist«, murmelte Pelopidas.

»Dann werde ich es ein wenig schwieriger machen. Die Ermordung des Spartaners darf von niemandem gesehen werden, und sein Verschwinden muß ein streng gehütetes Geheimnis bleiben.«

»Na ja, vielleicht erweisen sich wenigstens die Meldungen, die er bei sich hat, als nützlich für uns«, sagte der Thebaner.

»Nein, nicht einmal das darf geschehen«, sagte Parmenion. »Die Spartaner dürfen auf keinen Fall erfahren, daß wir diesen Mann gefangen und beseitigt haben und seine Meldungen kennen.«

»Würdest du dann die Freundlichkeit haben, uns den Sinn und Zweck der ganzen Übung zu erklären?« fragte Pelopidas.

Parmenion warf Epaminondas einen fragenden Blick zu, und der Thebaner nickte. »Ich werde den Platz des spartanischen Boten einnehmen«, sagte Parmenion, »und zu General Sphodrias nach Thespiae reiten. Aber das darf außer uns dreien niemand erfahren.«

»Ich gebe dir mein Wort«, versprach Pelopidas. »Ich werde Reiter ausschicken, die jede Straße nach Thespiae beobachten.«

Parmenion ging durch die dunklen, spätabendlichen Straßen zurück zu seinem Haus. Er kam am Tempel der Aphrodite vorüber. Erregung stieg in ihm auf, als er an die rothaarige Priesterin dachte. Er blieb vor dem marmornen Brunnen stehen, blickte zum Tempel hinüber und spürte, wie das Verlangen und die Lust seine Lenden erregte. Er sah in seinem Geldbeutel nach; dann ging er zum Tempel hinüber und bog in den Gang ab, an dem die Zimmer der Priesterinnen lagen. Es war schon spät am Abend, doch aus dem Zimmer der Rothaarigen sah Parmenion noch das Licht einer Öllampe schimmern. Er drückte ein Ohr ans Holz der Tür und lauschte nach Geräuschen. Doch es war still im Zimmer, und er klopfte leise an. Er hörte, wie das Bett quietschte, als die Priesterin sich erhob; dann öffnete sie die Tür.

Er hielt ihr das Geld hin und war überrascht, sie plötzlich lächeln zu sehen. »Ich freue mich sehr, daß du wieder gesund bist«, sagte sie.

»Und ich will nicht, daß du redest!« erwiderte er schroff. Das Lächeln gefror ihr auf den Lippen, und ihre Wangen röteten sich.

»Nimm dein Geld und verschwinde!« sagte sie und schlug ihm die Tür vor der Nase zu. Für einen Augenblick blieb Parmenion erstaunt stehen; dann wandte er sich um und kehrte nach Hause zurück – und in die kalte Behaglichkeit seines Bettes. Das Verhalten der Frau hatte ihn verwirrt. Sie wußte doch, daß er immer von ihr verlangte, den Mund zu halten; schließlich war er Dutzende Male bei ihr gewesen. Er bezahlte sie und benutzte als Gegenleistung ihren Körper, um seine Lust zu befriedigen – so einfach war das. Warum hatte sie sich plötzlich so seltsam benommen?

Als er im Türeingang gestanden hatte, war der Geruch aus ihrem Zimmer wie eine Woge über ihn hinweggespült und hatte all seine Sinne erfüllt. Und als er sie zurechtwies, hatten sich auf ihrem Gesicht tiefes Erschrecken, Überraschung und ein Schmerz widergespiegelt, den er nicht begreifen konnte. Er verspürte das heftige Verlangen, sie noch einmal aufzusuchen und sich zu entschuldigen. Aber wofür? Wodurch hatte er sie beleidigt?

Schließlich fiel er in einen unruhigen Schlaf und träumte von Derae.

Drei Stunden später erwachte Parmenion und kletterte auf das flache Dach des Hauses, um zu beobachten, wie die Morgenröte über der Stadt aufstieg. Er wandte den Blick nach Südwesten, zum steil aufragenden Gipfel des Kithaeron und den Bergen, die sich dahinter erhoben. Es ist ein wunderschönes Land, dachte er bei sich, und dennoch streiten wir uns wie Kinder um diesen herrlichen Flecken Erde.

Später saß er im ersten Sonnenlicht und dachte an jene Tage zurück, die er mit Xenophon verbracht hatte.

»Griechenland kann niemals zu wahrer Größe aufsteigen«, hatte der General ihm gesagt, »Denn wir sind kein geeinter Staat, und wir haben kein Zusammengehörigkeitsgefühl. Wir verfügen über die besten Soldaten der Welt, die besten Generäle, und wir beherrschen die Meere.

Dennoch sind wir wie ein Wolfsrudel; wir zerreißen und zerfleischen einander – zur diebischen Freude unserer Feinde.«

»Aber in jedem Wolfsrudel setzt sich immer ein Anführer durch«, hatte Parmenion erwidert.

»Ja«, stimmte Xenophon zu, »und dann haben die Feindseligkeiten ein Ende; das Rudel ist geeint und jagt und kämpft gemeinsam. Griechenland setzt sich aus einer ganzen Reihe von Stadtstaaten zusammen. Selbst ein großer Mann – sagen wir aus Athen – wäre nicht dazu in der Lage, die Griechen zu vereinen. Die Spartaner würden einen solchen Mann gleichermaßen fürchten und beneiden. Das gilt auch für die Thebaner. Sie würden diesen Mann nicht als Griechen, sondern als Athener betrachten. Unter den Staaten der Griechen ist der Haß aufeinander zu tief verwurzelt, als daß er überwunden werden könnte – jedenfalls werde ich es nicht mehr erleben. Wie also sieht die Welt *wirklich* aus? Persien ist die beherrschende Macht. Wie aber üben die Perser diese Macht aus? Indem sie sich griechischer Söldner bedienen. Wir leben hier in einem Land mit herrlichen Bergen, aber mit kargem Boden. Viele Nahrungs- und Genußmittel müssen aus Ägypten oder Asien eingeführt werden, und immer bezahlen wir den Persern für diese Geschäfte einen fetten Anteil.«

»Was wäre, wenn ein Mann mit einer vereinten Streitmacht gegen die Perser zu Felde ziehen würde?« fragte Parmenion.

»Ein solcher Mann müßte alle Menschen an Fähigkeiten weit übertreffen. Er müßte ein Halbgott wie Herakles sein. Und mehr noch – es müßte sich um einen Mann handeln, der keinen *Stadtstaat* beherrscht. Und solche Männer gibt es nicht, Parmenion. Ich hatte gehofft, daß Sparta die Führungsrolle übernimmt, doch Agesilaos kann seinen Haß auf Theben nicht ablegen. Und den Athenern wird schon mit der Muttermilch der Haß auf Sparta eingeflößt. Thebaner und Korinther wiederum verabscheuen die Athener. Wie soll Griechenland da einen Mann finden, der es eint und führt?«

»Was würdest du denn tun?«

»Wäre ich ein Gott, würde ich ganz Griechenland aus dem Boden reißen und kräftig durchschütteln, so daß alle Städte hinunterstürzen und zu Staub zerfallen. Dann würde ich die Überlebenden um mich versammeln und ihnen sagen: ›Baut eine einzige große Stadt und gebt ihr den Namen Griechenland.‹«

Parmenion lachte. »Und dann würden die athenischen Überlebenden den nördlichen Teil dieser Stadt übernehmen und ihm den Namen Athen geben, und genauso würden die Spartaner mit dem südlichen Teil verfahren. Und dann würden beide zu der Ansicht gelangen, daß der jeweils andere Teil der Stadt doch der schöne ist, den es zu erobern lohnt.«

»Ich fürchte, da hast du recht, mein Junge. Aber ungeachtet meiner Verzweiflung – die Situation, die ich dir geschildert habe, hat auch eine erfreuliche Seite.«

»Und wie sieht die aus?« fragte Parmenion.

»Es wird immer Bedarf an guten Feldherren bestehen.«

Jetzt, auf dem Dach seines Hauses, lächelte Parmenion, als er sich dieser Worte erinnerte; dann stieg er hinunter und setzte sich an den Tisch im Hof. Mothac brachte ihm einen Becher Sylphium-Sud, den Parmenion rasch leerte. Seit jener Nacht, als Derae ihm wundersamerweise aus dem Reich der Toten erschienen war, hatte er keine Kopfschmerzen mehr gehabt, und die alte Kraft war in seine Glieder zurückgekehrt.

»Heute werde ich wieder mit den Laufübungen beginnen«, sagte er zu Mothac.

Doch das Stadion wimmelte von Kriegern, die den Kampf mit Schwert und Schild übten. Pelopidas rief mit Donnerstimme Befehle, während einige Offiziere zwischen den Männern umhergingen und den Kämpfenden Ratschläge erteilten oder sie aufmunterten. Parmenion blieb am Rand des Stadions stehen und beobachtete die Krieger ein paar Minuten lang; dann entdeckte Pelopidas ihn und kam zu ihm gerannt.

»Sie machen gute Fortschritte«, sagte der Thebaner. »Tüchtige Männer, stolze Männer.«

»Wenn dir genug Zeit vergönnt ist, wirst du ein schlagkräftiges Heer aus ihnen formen«, sagte Parmenion und wählte seine Worte mit Bedacht. »Aber wie sieht es mit der Ausbildung im Formationskampf aus? Verstehen die Männer sich darauf? Beherrschen sie den Kampf in geschlossener Phalanx?«

»Wir beschließen unsere Übungen immer mit einem Formationsangriff im Laufschritt«, sagte Pelopidas. »Aber die Männer bevorzugen die offene Feldschlacht und kämpfen nicht gern in Formation. Die Phalanx macht sie unbeweglicher.«

»Gewiß, das stimmt, mein Freund. Aber dir ist doch klar, daß die Spartaner deinen Männern in geschlossener Formation begegnen werden, oder? Wenn deine Leute ihnen so weit verstreut wie jetzt gegenübertreten, wird die spartanische Phalanx sie in Stücke hauen.«

»Auf die geschlossene Formation versteht niemand sich besser als ein Spartaner. Würdest du mir helfen, die Männer im Formationskampf auszubilden?« fragte Pelopidas.

»Es wäre mir eine Ehre«, erwiderte Parmenion. Der Thebaner nahm ihn beim Arm und führte ihn auf den Übungsplatz.

»Ein sehr guter Angriff!« rief Pelopidas, als ein Schwertkämpfer den Hieb des Gegners abwehrte, ihm die Schulter vor die Brust rammte und ihn zu Boden stieß. Der Krieger grinste und hob sein Holzschwert zu einem Salut.

»Wie heißt der Mann?« fragte Parmenion, während sie weitergingen.

»Weiß ich nicht. Möchtest du, daß ich ihn frage?«

»Nein«, erwiderte Parmenion leise. Pelopidas ließ die Männer zusammenrufen und befahl ihnen, sich in einem großen Halbkreis um Parmenion zu Boden zu setzen.

»Das ist der Mann, der den Plan zur Rückeroberung der Kadmea ausgearbeitet hat«, rief Pelopidas mit Donnerstimme. »Dies ist der *strategos,* der die Mauern der Zitadelle erklommen und Epaminondas gerettet hat.« Die Krieger brachen in lauten Jubel aus, und Parmenion errötete; sein Herz klopfte, und er verspürte eine unerklärliche Furcht in sich aufsteigen. Pelopidas redete mit geübter, fester Stimme zu seinen Soldaten, und es war offensichtlich, daß die Männer ihn bewunderten; Parmenion jedoch war noch nie vor eine so große Menschenmenge getreten, und seine Nerven waren in Aufruhr. »Er wird euch lehren«, fuhr Pelopidas fort, »wie man in geschlossener Formation kämpft. Wenn wir den Spartanern das nächste Mal gegenübertreten, werden unsere Reihen sich wie eine Faust aus Eisen um sie schließen, und wir werden sie zerquetschen!« Pelopidas wandte sich an Parmenion. »Möchtest du den Männern irgend etwas sagen?«

»Ja«, erwiderte Parmenion. Um ihn herum saßen mehrere hundert Krieger und hatten die Augen auf ihn gerichtet. Er konnte spüren, wie diese Augen auf seine Seele drückten, und die Knie wurden ihm weich. »Beim Kampf in geschlossener Formation . . .« begann er.

»Wir können dich nicht hören!« rief jemand aus einer der hinteren Reihen. Parmenion holte tief Luft.

»Beim Kampf in geschlossener Formation geht es vor allem um Kameradschaft!« rief er. »Es geht um gegenseitiges Verstehen, um den Einsatz nicht nur *mit* dem Kameraden, sondern auch *für* den Kameraden. Es geht darum, das Wohl aller über das Wohl des einzelnen zu stellen.« Er hielt inne, um wieder tief Atem zu holen.

»Wovon redet er eigentlich?« fragte ein Mann in der vordersten Reihe laut. Vereinzeltes Gelächter klang auf und breitete sich rasch aus. Heißer Zorn flammte in Parmenion auf.

»Aufstehen!« brüllte er, und plötzlich klang seine Stimme schneidend und voller Autorität. Die Soldaten gehorchten augenblicklich. »Jetzt bildet einen vollständigen Kreis um mich herum – mit mir im Zentrum«, rief er und ging mit forschen Schritten zur Mitte des Übungsplatzes. Die Soldaten schwärmten hinter ihm aus.

»Wer von euch ist der beste Schwertkämpfer?« fragte Parmenion, während die Männer einen Kreis bildeten, der mehrere Reihen tief war.

»Pelopidas!« riefen sie.

»Und der schlechteste?« Die Antwort war betretenes Schweigen, bis ein junger Mann die Hand hob. Er war schlank, beinahe schon mager.

»Ich bin nicht besonders geschickt«, sagte er, »aber ich werde besser und stärker.« Wieder erklang Gelächter nach diesem Eingeständnis.

»Dann tritt in den Kreis«, sagte Parmenion, »und du auch, Pelopidas.«

Pelopidas erhob sich und trat Seite an Seite mit dem jungen Mann auf den Spartaner zu. »Darf ich etwas sagen?« fragte der thebanische General Parmenion, der daraufhin nickte. Pelopidas trat vor. »Einige von euch«, begann er, »haben gelacht, als unser Freund – und Kamerad – Kallines zugegeben hat, daß er die Klinge noch nicht gut zu führen versteht. Ein solches Eingeständnis zu machen, braucht man Mut!« Zornig ließ er den Blick über die Männer schweifen. »Mut«, wiederholte er, »und ein Mann, der diese Art Mut besitzt, wird seine Leistung immer weiter verbessern. Und ihr werdet ihm dabei helfen – so, wie wir alle einander helfen werden. Die Sache Thebens ist mir heilig – wie jeder Mann, der für Theben kämpft, mir heilig ist. Das hier ist kein Spiel. Wir sind eine heilige Schar, aneinandergeschmiedet durch die Ketten von Leben und Tod. Ab sofort will ich kein Gelächter und keinen Spott mehr hören!« Er trat zurück und wandte sich an Parmenion. »Tut mir leid, *strategos*. Bitte, fahr fort.«

Parmenion wartete, bis das Schweigen, das Pelopidas' Worten gefolgt war, fast bedrückend wurde. Es hatte ihn überrascht, was der Thebaner gesagt hatte – er selbst hätte es nicht besser formulieren können.

»Ihr habt soeben Worte gehört«, sagte er schließlich, »die ihr tief in eure Herzen einbrennen solltet. Denn in späteren Zeiten, wenn ihr alte Männer seid, wenn euer Haar grau ist und eure Enkel zu euren Füßen spielen, werdet ihr die Menschen voller Stolz sagen hören: ›Das ist er. Er gehörte zur heiligen Schar.‹ Und dann werdet ihr aufblicken und sehen, wie junge Männer euch voller Ehrfurcht und Bewunderung betrachten.« Wieder ließ er das Schweigen für ein paar Momente einwirken. »Gut. Ich möchte, daß noch zwei weitere Schwertkämpfer in den Kreis treten. Geschickte Kämpfer, stark und schnell.«

Als die vier Männer bereitstanden und ihre Schwerter und die bronzenen Schilde hielten, ging Parmenion zu Pelopidas hinüber. »Dein Schwert, Herr?« Sichtlich erstaunt reichte Pelopidas dem Spartaner die hölzerne Waffe. Parmenion wandte sich dem jungen Mann zu, der neben dem thebanischen General stand. »Dein Schild, Herr?« Der Mann reichte ihn Parmenion. Der Spartaner ließ die Waffen am Rand des Kreises aus Leibern zu Boden fallen und wiederholte den Vorgang beim zweiten Paar. »Was wir hier haben«, sagte er den verwirrten Zuschauern, »ist ein Beispiel für den Kampf in geschlossener Formation. Vier Mann mit nur zwei Schwertern und zwei Schilden. Der Schildträger muß den Schwertkämpfer schützen, aber er selbst hat keine Waffe, mit der er einen Angriff führen könnte. Also muß der Schwertkämpfer wiederum den Schildträger schützen, denn er selbst hat keinen Schild, um Schläge des Feindes abzuwehren. Beide Männer dieses Kämpferpaares sind aufeinander angewiesen.« Er wandte sich an Pelopidas und die drei Soldaten. »Beginnt jetzt mit dem Kampf.«

Pelopidas und der hagere Kallines rückten Schulter an Schulter vor. Der Schwertkämpfer des gegnerischen Paares sprang plötzlich vor und führte einen blitzschnellen Angriff. Pelopidas wehrte den Hieb mit dem Schild ab, und nun stach Kallines zu, doch die hölzerne Waffe traf nur den Schild des Gegners. Die vier Krieger umkreisten einander, konnten aber keine Lücke in der Deckung des feindlichen Paares finden. Nach einigen Minuten zogen sich Pelopidas und Kallines ein paar Schritt zurück, berieten sich flüsternd und gingen wieder zum Angriff über, wobei der feindliche Schwertkämpfer sich plötzlich ein Stück nach rechts bewegte und versuchte, Pelopidas von der Seite her zu attackieren. Pelopidas aber beachtete das Manöver gar nicht, sondern wandte sich gegen den feindlichen Schildträger. Er warf sich gegen den Mann, daß die Schilde dröhnend aufeinanderprallten; Pelopidas' Widersacher wurde zu Boden geschleudert. In diesem Moment stürmte Kallines vor und drückte dem gestürzten Mann die hölzerne Schwertspitze an die Kehle. Pelopidas wirbelte herum, als der feindliche Schwertkämpfer ihn von hinten attackierte, und nur der Rand seines Schildes verhinderte einen Treffer. Augenblicke später kam Kallines Pelopidas zu Hilfe. Der thebanische General hatte gerade einen zweiten Hieb abgewehrt und hämmerte nun dem gegnerischen Schwertkämpfer den Schildrand auf den rechten Arm; er brachte den Mann ins Wanken. In diesem Augenblick sprang Kallines vor und stieß dem Taumelnden die stumpfe Schwertspitze in den Leib. Der Krieger fiel laut stöhnend zu Boden.

»Ihr habt gerade gesehen«, sagte Parmenion, ging in die Mitte des

Kreises und half dem zu Boden gestürzten Mann auf die Beine, »wie euer schlechtester Schwertkämpfer zwei Gegner getötet hat. Das ist das Geheimnis der Phalanx. Normal gewachsene Männer, gut ausgebildet, können sich in einer Schlacht als hervorragende Krieger erweisen. Außergewöhnliche Kämpfer aber werden unbesiegbar. Ihr werdet unbesiegbar sein!«

In den nächsten zwei Stunden arbeitete Parmenion mit den Thebanern, bis Pelopidas die Übungen für diesen Tag als beendet erklärte und die Männer nach Hause entließ. Er nahm Parmenion beim Arm und führte ihn in den Schatten neben dem Grab Hektors. »Das hast du hervorragend gemacht, mein Freund. Ganz hervorragend«, sagte der Thebaner. »Und du hast uns einen Namen gegeben – einen treffenden Namen. Von heute an sind wir die heilige Schar.«

»Das war nicht ich«, erwiderte Parmenion, »der Name stammt von dir. Du hast ihn geprägt, als du für den jungen Kallines das Wort ergriffen hast. Aber es ist ein treffender Name, und es kann einem Krieger nichts schaden, wenn er sich an eine Gemeinschaft gebunden fühlt – im Gegenteil. Du bist ein guter Feldherr.«

»Genug der Komplimente«, sagte Pelopidas. »Ich fühle mich nicht wohl dabei. Aber sag mir eins – warum hast du dich nach dem Namen des Schwertkämpfers erkundigt, den ich gelobt habe, kurz nachdem du hergekommen warst?«

Parmenion lächelte. »Nicht ich sollte mich für seinen Namen interessieren, sondern du. Ein General ist wie ein Handwerker, der den Namen und Verwendungszweck eines jeden Werkzeugs kennen sollte, das er benutzt. Die Männer blicken zu dir auf. Sie bewundern deinen Mut und deine Kraft. Natürlich kann kein General sich jeden seiner Männer zum persönlichen Freund machen, zumal es der Disziplin abträglich wäre. Aber wenn du dir jeden Namen merkst, jeden deiner Krieger persönlich anreden kannst, werden sie noch besser für dich kämpfen – und für Theben.«

»Aber werden wir die Spartaner besiegen?« fragte Pelopidas.

»Wenn ein Mann es schaffen kann, bist du es«, erwiderte Parmenion.

Derae schlug die Augen auf . . . doch die Finsternis war undurchdringlich. Sie konnte die feuchte Wärme auf der rechten Seite ihres Gesichts spüren und wußte, daß die Sonne aufgegangen war und daß sie um das Unwiederbringliche weinte.

Blindheit. Eine der größten Ängste aller Menschen seit Anbeginn der Zeit: hilflos den Launen der Natur und der Grausamkeit gefräßiger Raubtiere ausgesetzt zu sein.

Der letzte Anblick war der von Tamis gewesen, wie sie über ihr gestanden hatte, die kupferne Phiole in der Hand, in deren Innerem eine Flüssigkeit waberte, aus der Dämpfe stiegen. Dann die sengende Hitze lodernder Flammen in Deraes geöffneten Augen und der qualvolle Schmerzensschrei, als die Säure die Augen verätzt hatte.

Sie hörte, wie die Tür geöffnet wurde, und spürte, wie die Kante der Pritsche sich senkte, als Tamis sich daraufsetzte. »Lieg still«, sagte die alte Frau, »und hör mir zu. Halte deinen Körper ruhig und denke an einen blauen Himmel und einen langen Grashalm aus Gold. Kannst du das?«

»Ja«, antwortete Derae mit schwacher Stimme.

»Stell dir den Halm vor dem Hintergrund des blauen Himmels vor und beobachte nun, wie die Spitze sich dehnt und wächst – wie sie sich windet und dreht, wie sie sich nach unten biegt und zu einer langen, engen Schlinge wird . . . und wie die Spitze sich wieder an den Halm schmiegt und mit ihm verschmilzt, so daß der Halm wie eine riesige Nadel aus Gold aussieht. Kannst du's dir vorstellen?«

»Ich kann sie sehen. Eine goldene Nadel vor blauem Himmel«, flüsterte Derae.

»Gut. Und nun wachsen dicht unterhalb der Stelle, wo das Nadelöhr endet, zwei weitere Halme aus dem Gold heraus, nach links und nach rechts, so daß es aussieht wie die Kreuzgriffe eines persischen Schwertes. Behalte es vor dem geistigen Auge, das Blau und das Gold. Und jetzt sag mir, was du fühlst.«

»Ich habe das Gefühl, als würde warme Luft in meinem Kopf wehen.«

»Gut. Und jetzt – schwing dich in die Höhe!« befahl Tamis. Derae spürte, wie alles Gewicht von ihr abfiel, als wären Ketten aus Blei zerrissen. Sie schwebte – und schlug die Augen auf. Sie war dicht unter der Decke des Zimmers, drehte ihren Geistkörper herum und blickte hinunter auf die Pritsche. Sie sah sich darauf liegen, und Tamis saß neben ihr. Die alte Frau blickte zu ihr hinauf. »Jetzt kannst du sehen«, sagte Tamis, »und du hast eines der Geheimnisse des Quells der Macht entdeckt. Ein Geschenk an Ihn wird tausendfach vergolten. Du bist frei, Derae. Frei zu fliegen und frei zu lernen. Geh! Schwebe wie ein Adler und schaue alle Dinge, die du begehrst. Doch blicke nicht in die Zukunft, mein Kind, denn du bist noch nicht bereit dazu.«

Deraes Seele schoß schnell wie der Blitz aus dem Tempel und genoß mit lautlosem Jubel das Sonnenlicht, stieg hoch über die Wolke, jagte über das Meer hinweg. Tief unter sich sah sie das griechische Festland, seine schroffen Berge und seine trockenen Ebenen. In der Bucht unweit von Athen lagen winzige Trieren vor Anker, und um sie herum trieben Fischerboote auf dem Wasser. Sie flog nach Südwesten, nach Sparta, verharrte schwebend über dem Haus ihrer Kindheit, sah ihre Mutter und ihre Schwester im Hof.

Tiefer Kummer überkam Derae; sie wollte Mutter und Schwester so nicht sehen – doch sie wollte sehen, was einst dort *gewesen* war. Das Bild verschwamm und nahm andere Farben und Formen an, und dann sah sie sich dort unten durchs Tor rennen und die Wiese am Hang hinunter zu den anderen Mädchen am See, während in der Nähe, auf einer Hügelkuppe, Parmenion auf dem Bauch lag und darauf wartete, einen Blick auf sie zu erhaschen.

Die Bilder waren schmerzlich, doch sie konnte der Versuchung nicht widerstehen, sie weiter zu verfolgen. Noch einmal beobachtete Derae, wie Parmenion sie aus den Händen der Entführer befreite; noch einmal sah sie den ersten jener fünf Tage voller Liebe und Leidenschaft, die sie und Parmenion auf dem Sommersitz Xenophons verbracht hatten. Ihren Tod vor der Küste zu beobachten konnte sie jedoch nicht ertragen; deshalb blieb sie bei Parmenion und schaute voller Entsetzen zu, wie er Nestos im Zweikampf tötete.

Dann folgte sie Parmenions Reise nach Theben und beobachtete seine flüchtigen, leidenschaftslosen Begegnungen mit Thetis, der Hure. Zorn flammte in ihr auf. Wie konnte er so etwas tun? fragte sie sich.

Doch ungeachtet ihrer Wut war sie stolz auf ihn, als er die Rückeroberung der Kadmea plante – und dann verfolgte sie voller Entsetzen, wie er zusammenbrach und in sein Bett getragen wurde. Sie sah Mothacs Besorgnis, seinen Zorn über den Arzt und schließlich seine verzweifelten Bitten an die Hure Thetis. Und diesmal beobachtete sie das ganze Liebesspiel; diesmal hörte sie Parmenion ihren Namen im Schlaf flüstern.

Er hatte im Fieber gelegen und an *sie* gedacht!

Freude durchströmte sie. Sie wollte die Hand ausstrecken und ihn berühren, wollte ihm sagen, daß sie noch lebte und sich Sorgen um ihn machte. Dann aber brach die schreckliche Wirklichkeit wie ein eisiger Wintersturm über sie herein. Ich lebe nicht mehr, wurde ihr klar. Und ich kann Parmenion nie wieder in den Armen halten.

Sie drängte die Zeit, einen Sprung nach vorn zu tun – und sie sah Parmenion um das Stadion rennen. Sie schwebte ganz nahe an ihn heran; ihr körperloses Gesicht war nur eine Handbreit von ihm entfernt. Diesmal streckte sie die Hand aus und versuchte, sein dunkles Haar zu streicheln, doch ihre Finger gingen durch Haar, Haut, Fleisch und Knochen hindurch, und seine Gedanken stürmten in ihr Inneres.

Entsetzt zog sie sich von ihm zurück, denn seine Bitterkeit war so schmerzhaft wie die Säure, die ihre Augen zerfressen hatte. Alle Freude strömte aus ihrem Innern, und sie kehrte in den Tempel und eine Welt der Dunkelheit zurück. Tamis half ihr beim Ankleiden.

»Was hast du erfahren?« fragte die alte Frau.

»Daß Liebe Schmerz ist«, erwiderte sie freudlos. »Was wirst du mich heute lehren?«

»Ich werde dich lehren zu sehen«, gab Tamis zur Antwort. »Die geistigen Augen sind sehr viel stärker als die körperlichen Augen, die du hergegeben hast. Konzentriere dich. Du hast die Ketten gesprengt, die deine Seele hielten, und nun schwebst du im Schleier deines Körpers. Du kannst diesen Schleier jederzeit zur Seite schieben wie einen Vorhang. Versuche es. Denk an das Gold und das Blau.«

Derae stellte sich den gebogenen Halm vor und schwebte in die Höhe. »Nicht zu weit«, rief Tamis, packte den stürzenden Körper und ließ ihn behutsam zu Boden gleiten. »Du mußt dein Fleisch wieder in die Gewalt bekommen. Hierher, Derae!« Die Priesterin kehrte in ihren Körper zurück und erhob sich vom Boden. »Es braucht viel Übung«, sagte Tamis, »aber versuch einmal, deinen körperlosen Kopf nach vorn zu bewegen, ohne dabei den Körper zu verlassen.« Derae versuchte es. Für einen Augenblick schien ihr Erfolg beschieden: Sie konnte ihren Körper gleichzeitig sehen und spüren. Dann aber wurde ihr schwindlig, und sie taumelte in Tamis' Arme.

»Bald wirst du es beherrschen«, versprach die alte Frau. »Jeder Schritt ist ein Sieg. Jetzt aber an die Arbeit! Du mußt lernen. Wir müssen all deine Schwächen herausfinden.«

»Warum?«

»Weil du dich nun am ewigen Krieg beteiligst, Derae, und weil dir nun ein tödlicher Feind gegenübersteht. Auch der Dunkle Gott wird deine Kräfte auf die Probe stellen und eine Möglichkeit suchen, dich zu vernichten.«

»Was für ein erschreckender Gedanke«, flüsterte Derae.

»So soll es auch sein. Denn wenn der alles entscheidende Augenblick des Kampfes gekommen ist, werde ich tot sein – und du bist allein.«

Parmenion zügelte das Pferd auf der Spitze des Bergrückens und blickte auf die Zelte der spartanischen Armee hinunter. Sie waren auf der Sohle eines Tals in der Nähe der Stadt Thespiae in einem langgezogenen Rechteck aufgestellt. Rasch zählte Parmenion die Zelte. Es waren fünf Reihen zu je fünfzig Stück, und in jedem Zelt waren zehn Krieger untergebracht – also zweitausendfünfhundert Mann; diejenigen nicht mit eingerechnet, die in der Garnison in Thespiae einquartiert waren.

Parmenion streichelte den Hals des Wallachs; dann stieß er dem Tier die Fersen in die Flanken und trieb es voran. Jetzt kam der gefährliche Teil der Aufgabe, doch zu seiner eigenen Überraschung verspürte Parmenion neben der aufkeimenden Angst auch eine gespannte Erregung, die alle Sinne wachrief. Erst diese Gefühle, so wurde ihm klar, bringen wahre Freude ins Leben; die intensiven, köstlichen Empfindungen von Furcht und einer seltsamen Hochstimmung – waren sie vereint, schärften sie den Geist und erregten die Sinne. Plötzlich schien es ihm, als wären die zurückliegenden Jahre in Theben farblos gewesen. Er blickte zum Himmel und den vorüberziehenden Wolken auf und sog die klare, kühle Bergluft tief in die Lungen.

Das war Leben!

Dort unten lauerte sie mit gezücktem Dolch – Hekate, die Göttin des Todes, und wartete nur darauf, daß er einen Fehler machte – einen winzigen Fehler, der ihn das Leben kosten würde. Parmenion lachte leise, zog den Kinnriemen seines ledernen Helms straffer und begann ein altes Lied zu summen, das seine Mutter ihn gelehrt hatte. Der Wallach stellte die Ohren auf und warf den Kopf in den Nacken, als er das Geräusch hörte. Es war ein prächtiges Tier; Pelopidas hatte gesagt, daß der Wallach des spartanischen Meldereiters den Verfolgern wahrscheinlich entkommen wäre, hätte ein thebanischer Krieger den Reiter nicht mit einem Glücksschuß getroffen. Der Pfeil war dem spartanischen Boten in den Nacken gedrungen und hatte ihn vom Rücken des Pferdes geschleudert. Erst da war der Wallach schnaubend stehengeblieben, war zu seinem Reiter getrottet und hatte die Leiche mit den Nüstern gestubst.

Die Rüstung des Getöteten saß Parmenion wie angegossen; allenfalls der Brustharnisch war ein bißchen zu groß. Die Beinschienen und der lederne, mit Metall beschlagene Waffenrock aber paßten dem schlanken, hochgewachsenen Spartaner so gut, als wären sie für ihn gefertigt worden. Der Umhang war aus feiner Wolle, blutrot gefärbt und an der Schulter von einer goldenen Gemme zusammengehalten, die Parmenion jedoch durch eine bronzene ersetzt hatte. Denn bei einer Gemme aus Gold war die Wahrscheinlichkeit größer, daß jemand sie wiedererkannte, und das konnte zu unliebsamen Fragen führen.

Die Pergamentrolle, die der Reiter bei sich gehabt hatte, war nach Theben gebracht worden, wo Epaminondas das Siegel erbrochen und die Nachrichten gelesen hatte. Es handelte sich um Mitteilungen über Nachschub für Theben; es wurde die Wichtigkeit hervorgehoben, die Stadt von der Außenwelt abzuschneiden, doch am Schluß wurden auch die Athener erwähnt und die Notwendigkeit betont, wachsam zu sein. Epaminondas reichte die Rolle einem Schreiber mittleren Alters mit vorzeitig ergrautem Haar. »Kannst du den Stil dieses Schreibens und die Handschrift nachahmen?« fragte Epaminondas.

»Das ist nicht weiter schwer«, sagte der Mann und betrachtete das Schriftstück eingehend.

»Wie viele Zeilen können wir über der Unterschrift des Königs einfügen?« erkundigte sich Parmenion.

»Nicht mehr als zwei«, gab der Schreiber ihm zur Antwort. Parmenion nahm die Rolle an sich und las die Nachrichten mehrere Male durch. Sie endeten mit den Worten: ›*Der Verräter Kalepios ist in Athen, um dort Söldner anzuwerben. Seid auf der Hut.*‹ Dann klaffte eine Lücke von gut zwei Zeilen über der Unterschrift *Kleombrotos.*

Parmenion diktierte einen kurzen Zusatz, den der Schreiber sorgfältig zwischen dem Ende der Mitteilung und der Unterschrift des Königs einfügte. Epaminondas las sie Worte und grinste grimmig. »›. . . *seid auf der Hut, marschiert Richtung Piraeos und vernichtet jede feindliche Einheit.*‹ Wenn du damit Erfolg hast, Parmenion, bedeutet es Krieg zwischen Athen und Sparta.«

»Und das könnte Theben nur recht sein«, erwiderte Parmenion.

»Aber was du da vorhast, ist sehr gefährlich«, sagte der Thebaner leise. »Was ist, wenn man dich erkennt oder dieser Botschaft keinen Glauben schenkt? Oder falls es irgendeine Parole gibt? Oder . . .«

»Dann muß ich sterben«, sagte Parmenion lächelnd. »Aber der Plan muß ausgeführt werden.«

Jetzt, da er in Richtung der Zelte ritt, wuchs Parmenions Angst. Drei Wachtposten traten ihm auf der Straße in den Weg; es waren Männer aus den Skiritis-Bergen, keine Spartaner. Sie grüßten militärisch, als Parmenion sich näherte, indem sie die geballten Fäuste an ihre ledernen Brustharnische drückten. Parmenion erwiderte den Gruß und zügelte das Pferd.

»Ich suche General Sphodrias«, sagte er.

»Er ist in der Stadt. Der General wohnt im Hause des *Ephoren* Anaximenes. Du mußt durch das Haupttor reiten und dann in Richtung Zeustempel. Dann kannst du das Haus schon sehen. Es ist sehr groß, und links und rechts vom Eingangstor stehen zwei hohe Bäume.«

»Ich danke dir«, sagte Parmenion und ritt ungehindert weiter.

Die Stadt war kleiner als Theben; sie hatte nur zwölftausend Einwohner. Thespiae war eine Stadt der Handwerker; die meisten verdingten sich mit dem Bau von Streitwagen und dem Abrichten von Kriegspferden. Als Parmenion in Thespiae einritt, sah er viele kleine Wiesen, auf denen prächtige Pferde weideten. Er nahm den Weg, den die Wachtposten ihm beschrieben hatten, und gelangte schließlich zum Haus des Anaximenes. Vor dem Tor stieg er ab und führte den Wallach auf den Hof des weißen Gebäudes. Ein Diener kam herbeigerannt und nahm die Zügel des Tieres, während ein zweiter Diener – ein junges, in Weiß gekleidetes Mädchen – sich vor Parmenion verbeugte und ihn bat, ihr ins Haus zu folgen.

Sie führte Parmenion durch einen großen *andron*, in dem einige spartanische Offiziere saßen und tranken. Die Dienerin trat auf eine untersetzte, massige Gestalt mit wucherndem rotem Bart zu. Der Mann erhob sich, stemmte die Hände in die Hüften und musterte Parmenion argwöhnisch, als dieser sich tief verbeugte.

»Nun sag schon, wer bist du?« fragte Sphodrias mit barscher Stimme.

»Andikles, Herr. Ich habe eine Botschaft vom König.«

»Andikles? Nie von dir gehört. Wo ist Kleophon?«

»Er ist vom Pferd gestürzt und hat sich den Arm gebrochen, Herr. Aber er ist entschlossen, heute abend mit dem König zu reiten, um in der Schlacht an seiner Seite zu kämpfen.«

»Reiten? Schlacht? Was redest du denn da, Mann?«

»Verzeihung, Herr«, sagte Parmenion und reichte dem General die Pergamentrolle, die in einer Lederhülle steckte. Sphodrias zog das Schriftstück heraus und rollte es auseinander. Als er zu lesen begann, ließ Parmenion verstohlen den Blick über die versammelten Offiziere schweifen – und sah einen jungen Mann, der an einem Tisch am Fenster saß und mit einigen Kameraden würfelte. Parmenion wurde heiß und kalt. Der Mann war Leonidas.

»Hier werden ja gar keine Zahlen genannt«, murmelte Sphodrias. »Wie viele Feinde gibt es in der Gegend? Wo lagern seine Truppen? Ich kann doch nicht einfach auf athenisches Hoheitsgebiet marschieren und die erstbesten Männer abschlachten lassen, die mir in einer Rüstung über den Weg laufen.«

»Angeblich sind es fünftausend Krieger«, sagte Parmenion rasch.

»Dreitausend *Hopliten* und zweitausend Berittene. Gerüchten zufolge werden diese Männer mit persischem Gold bezahlt.«

Sphodrias nickte. »Ja, bei den Athenern muß man immer mit Verrat rechnen. Nun gut, wir werden die ganze Nacht durchmarschieren müssen, um sie überraschend angreifen zu können – ich bin sicher, daß sie Späher ausgeschickt haben. Du bleibst an meiner Seite, wenn ich nachher meine Offiziere einweise. Könnte sein, daß sie Fragen haben.«

»Mit allem gebotenen Respekt, Herr«, sagte Parmenion und bemühte sich, seine Stimme ruhig klingen zu lassen, »der König hat mir befohlen, unverzüglich zu ihm zurückzureiten und ihm zu melden, wie deine Pläne aussehen, so daß er seine Truppen auf der Ebene von Thrisia sofort mit den deinen vereinen kann.«

»Sehr gut. Ich werde meinem Schreiber eine Antwort an den König diktieren.«

»Das wird nicht nötig sein, Herr. Da du ohnehin die ganze Nacht durchmarschieren wirst, werde ich dem König den Rat geben, zwischen Eleusis und Athen mit dir zusammenzutreffen.«

Sphodrias nickte und wandte seine Aufmerksamkeit wieder der Pergamentrolle zu. »Eine seltsame Depesche. Sie beginnt mit belanglosem Gerede über Nachschub und endet mit der Aufforderung, in Athen einzumarschieren. Aber wer bin ich, daß ich mir darüber den Kopf zerbreche, was?«

»Jawohl, Herr«, erwiderte Parmenion und salutierte. Sein Blick huschte zu Leonidas hinüber, der zu würfeln aufgehört hatte und den ›Meldereiter‹ stirnrunzelnd musterte. Parmenion verbeugte sich, ging mit schnellen Schritten zur Tür und marschierte hinaus auf den Hof; kaum war er draußen, rannte er hinter das Haus zu den Ställen. Der Wallach war abgerieben und gestriegelt worden, und die Satteldecke aus Löwenfell lag sorgfältig ausgebreitet auf einer Futterkiste. Parmenion legte dem Pferd die Decke auf und strich die Falten heraus; dann packte er dem Tier in die Mähne und schwang sich auf dessen Rücken.

Er konnte das Geräusch rennender Füße hören und trat dem Wallach wild in die Flanken, so daß das Tier lospreschte und am heranstürmenden Leonidas vorübergaloppierte.

»Warte!« rief der spartanische Offizier.

Der Wallach galoppierte mit donnernden Hufen vom Hof und auf die Hauptstraße, wo Parmenion an den Zügeln ruckte und das Tier zurücknahm, bis es mit seinem Reiter durch das Stadttor aufs offene Gelände trabte. Hier gab er dem Wallach wieder die Zügel frei und ritt in wildem Galopp auf die Berge zu.

Als er einen Blick über die Schulter warf, sah er zwei Reiter durch das Stadttor preschen. Der Atem des Wallachs ging schwer, als er sich eine Steigung hinaufmühte, und Parmenion hatte keine andere Wahl, als die Geschwindigkeit zurückzunehmen. Trotz der Erschöpfung des Wallachs lenkte er ihn über schmale, gefährliche Pfade, da er vermutete, daß die beiden Reiter ihm dort nicht folgen konnten.

Er irrte sich. Als er in einer Höhle hoch über einer Schlucht sein Lager aufschlug, hörte er plötzlich das Klappern von Hufen auf Geröll draußen vor dem Höhleneingang. Er hatte ein Feuer entfacht, und es gab keine Möglichkeit mehr zu vertuschen, daß er sich in der Höhle aufhielt.

»Kommt herein und wärmt euch am Feuer«, rief er und gab seiner Stimme einen festen, aber freundlichen Klang. Augenblicke später kamen zwei Männer in die Höhle. Der eine war hochgewachsen und mit dichtem, dunklem Bart; der andere war schlank, aber muskulös. Beide trugen Brustharnische und waren mit Schwertern bewaffnet.

»Leonidas möchte dich sprechen«, sagte der bärtige Mann. »Wie heißt du, mein Freund?«

»Andikles. Und wer seid ihr?« fragte Parmenion und erhob sich.

»Was ist mit deiner Familie?« fuhr der Bärtige fort. »Wo wohnst du?«

»Mit welchem Recht fragst du mich aus, Helot?« rief Parmenion wütend. »Seit wann dürfen Sklaven ihre Herrn belästigen?«

Das Gesicht des Soldaten wurde knallrot. »Ich bin ein freier Mann und ein Krieger und lasse mich nicht beleidigen – ob Spartaner oder nicht!«

»Dann beleidige auch andere nicht!« sagte Parmenion mit scharfer Stimme. »Ich bin ein Bote des Königs, und nur ihm bin ich Rechenschaft schuldig. Was bildet dieser Leonidas sich ein, daß er es wagt, euch hinter mir her zu schicken?«

Der schlanke Mann trat näher. »Bei allen Göttern, Leonidas hatte recht! Du bist es tatsächlich, Parmenion!«

Parmenion musterte den Mann aus schmalen Augen, und plötzlich erkannte er ihn: Es war Asiron, einer der Jungen, die ihn vor zehn Jahren in der Lykurgos-Kaserne verhöhnt und verspottet hatten.

»Hier liegt offensichtlich ein Irrtum vor«, sagte Parmenion lächelnd.

»Nein«, erwiderte Asiron. »Dafür würde ich mein Leben lassen!«

»Das hast du gerade«, erwiderte Parmenion, zog sein Schwert und hieb Asiron blitzschnell die Kehle durch. Der Mann zuckte zwar noch vor der schimmernden Klinge zurück, doch es war zu spät: Das Blut schoß bereits aus der klaffenden Wunde.

Der bärtige Helot sprang nach links, zog nun seinerseits das Schwert und grinste wölfisch. »Ich habe bis heute noch keinen Spartaner getötet«, stieß er hervor, »aber es war schon immer mein sehnlichster Wunsch.«

Sein Angriff erfolgte mit unglaublicher Wucht und Schnelligkeit. Parmenion wehrte den Schwerthieb ab und sprang zurück. Schmerz durchzuckte seinen rechten Unterarm. Er warf einen raschen Blick darauf und sah, daß Blut aus einer Schnittwunde strömte. »Ich glaube, ich werde dich Stück für Stück zerhacken«, sagte der Helot. »Es sei denn, du gibst dich geschlagen und unterwirfst dich.«

»Du bist sehr geschickt mit dem Schwert«, sagte Parmenion, während sie sich lauernd umkreisten. Der Helot lächelte, erwiderte aber nichts. Sein Schwert zuckte nach vorn. Er täuschte einen Stoß auf den Leib vor; dann riß er das Schwert in einer fließenden Bewegung schräg nach oben und hieb nach Parmenions Gesicht. Die Klinge sirrte erschreckend nahe an Parmenions Kehle vorbei und schlitzte seine Wange auf.

»Stück für Stück«, wiederholte der Helot. Parmenion bewegte sich nach links, so daß das Feuer zwischen ihm und dem Gegner war. Dann trat er mit dem Fuß in die prasselnden Flammen. Glühende Äste und Zweige flogen dem Heloten ins Gesicht. Der Mann taumelte zurück; sein Bart brannte. Parmenion stürmte vor und stieß dem Gegner die Klinge in den Magen. Der Hoplit schrie und hieb wild um sich, doch Parmenion duckte sich unter den Schlägen und zog sein Schwert mit einem Ruck aus dem Leib des Gegners. Ein Blutschwall schoß aus der klaffenden Wunde und tränkte den Waffenrock des Mannes. Parmenion trat zwei Schritt zurück, senkte sein Schwert und wartete, daß der Gegner zu Boden stürzte. Statt dessen griff der Helot ihn überfallartig an. Parmenion parierte einen heimtückischen Schlag: dann schmetterte der Bärtige ihm brutal die Faust ans Kinn und schleuderte ihn auf den felsigen Boden der Höhle. Der Mann holte zu einem mörderischen Schlag aus, um Parmenion den Schädel zu spalten; der aber rollte sich im letzten Moment zur Seite, und die Klinge traf klirrend auf den Fels, daß ein Funkenregen sprühte. Der Helot blieb wankend und keuchend stehen; auf dem steinigen Boden bildete sein Blut eine Pfütze um seine Füße.

»Bei allen Göttern«, brachte er mit schwerer Zunge hervor, »Ich glaube, du hast mich getötet, Junge.«

Er sank auf die Knie und ließ das Schwert fallen.

Parmenion schob seine Waffe in die Scheide zurück und hielt den Mann fest, als er zur Seite kippte. Er ließ den Körper behutsam auf den Höhlenboden hinunter und setzte sich neben den Krieger, auf dessen bleichem Gesicht der Schatten des Todes lag.

»Jetzt ... werde ich ... doch ... keinen Spartaner ... mehr töten ...« Er schloß die Augen, und nach einem letzten rasselnden Atemzug starb er. Parmenion erhob sich und ging zu Asiron hinüber. Der Mann war bewußtlos. Er war mit dem Kopf gegen die Höhlenwand geprallt, als er vergeblich versucht hatte, vor Parmenions blitzschnellem Hieb nach hinten auszuweichen. Aus seiner aufgeschlitzten Kehle floß immer noch Blut, aber der Schnitt war nicht sehr tief. Parmenion schnallte dem Mann den Schwertgurt ab und schnürte ihm damit die Hände auf dem Rücken zusammen; dann fachte er das Feuer wieder an. Sein rechter Fuß hatte von der Hitze Blasen bekommen, und er zog die Sandalen aus und schleuderte sie in den hinteren Teil der Höhle. Es dauerte länger als eine Stunde, bis Asiron aus der Bewußtlosigkeit erwachte. Zuerst zerrte er an seinen Fesseln; dann setzte er sich auf, an die Höhlenwand gelehnt, und starrte Parmenion an.

»Du verräterischer Hund!« stieß er haßerfüllt hervor.

»Ja, ja«, sagte Parmenion müde. »Werfen wir uns erst einmal alle üblichen Beleidigungen an den Kopf – dann können wir uns vielleicht vernünftig unterhalten.«

»Ich habe dir nichts zu sagen«, erwiderte Asiron. Dann sah er den Leichnam des Heloten, und seine Augen weiteten sich vor Entsetzen. »Beim Zeus! Ich hätte nie gedacht, daß jemand ihn im Schwertkampf besiegen könnte!«

»Jeder Mann kann besiegt werden«, murmelte Parmenion. »Was hat Leonidas dir aufgetragen?«

»Er glaubte, dich wiedererkannt zu haben, war sich aber nicht sicher. Da hat er mich – und Damasias – geschickt, um dich abzufangen.«

Parmenion nickte. »Er ist sich nicht sicher ... das ist gut. In diesem Augenblick zieht eine spartanische Armee gegen ihren alten Feind ins Feld – die Athener. Singen die Männer eigentlich immer noch die alten Kampflieder über den Ruhm und die Ehre Spartas? Weißt du das, Asiron?«

»Ich weiß nur, daß du eine uneheliche, widerliche Mißgeburt bist!«

»Sagt man so etwas zu einem alten Freund, der sich dazu durchgerungen hat, dich nicht abzuschlachten?«

»Wenn du glaubst, daß ich mich bedanke, dann hast du dich getäuscht.«

Parmenion lächelte. »Kannst du dich an den Abend vor dem Feldherrnspiel erinnern, als du, Learchos und Gryllos mich angegriffen habt? Ich habe die ganze Nacht auf der Akropolis verbracht. Ich habe mich versteckt und von dem Tag geträumt, an dem ich es euch allen heimzahlen kann. Aber so sind Kinder nun mal, nicht wahr? Sie haben eine blühende Phantasie. Aber jetzt sitzt du gefesselt in dieser Höhle, und ich habe die spartanische Armee auf die Athener gehetzt. Mir scheint, manchmal gehen Träume doch in Erfüllung. Mein Herz ist voller Freude.«

»Du widerst mich an! Wo bleibt deine Treue zu Sparta? Dein Ehrgefühl?«

»Ehrgefühl? Treue? Ich glaube, das alles ist mir von edlen, reinblütigen Spartanern, wie du einer bist, aus dem Leib geprügelt worden. Von Jungen wie dir, die mir gar nicht oft genug beweisen konnten, daß ich Macedonier bin – kein Spartaner, bei allen Göttern! Wie kann ich da Sparta meine Treue beweisen? Und warum?« Er schüttelte den Kopf. »Es sind jene Menschen, die das Mädchen ermordeten, das ich geliebt habe. Jene Stadt, die einen Ausgestoßenen aus mir gemacht hat. Nein, Asiron. Ich habe dich aus einem ganz einfachen Grund am Leben gelassen. Weil du Leonidas sagen wirst, daß ich derjenige gewesen bin, der die Rückeroberung der Kadmea geplant und geleitet hat. Daß ich es gewesen bin, der den Krieg zwischen Athen und Sparta entfacht hat. Und sag ihm noch etwas, mein guter, alter Freund. Sag ihm, daß ich der Mann bin, der Sparta zerstören wird. Der seine Tempel und Häuser schleift und seiner Macht ein Ende setzt.«

»Für wen hältst du dich eigentlich?« fragte Asiron mit einem trockenen, humorlosen Lachen.

»Ich will dir sagen, wer ich bin«, flüsterte Parmenion, und die Worte der Seherin Tamis hallten in seinem Innern wider. »Ich bin Parmenion, der Tod der Staaten.«

Im ersten Licht des neuen Tages ließ Parmenion seinen spartanischen Gefangenen frei und ritt nach Theben. Die Schnittwunden im Gesicht und am Unterarm waren bereits verschorft, doch der rechte Fuß war immer noch von schmerzhaften Brandblasen bedeckt, und so war Parmenion in gereizter Stimmung, als er in langsamem Trab durch das Stadttor ritt. Ein Pfeil sirrte an ihm vorbei, dann noch einer. Er riß den Kopf des Wallachs am Zügel herum und galoppierte außer Schußweite. Mehrere Berittene kamen mit gezückten Schwertern auf ihn zugaloppiert. Parmenion riß sich den spartanischen Helm vom Kopf, zügelte sein Pferd und blickte den Reitern entgegen.

»Ich bin's«, rief er dann, »Parmenion!« Die Berittenen umringten ihn, und er erkannte zwei Männer; sie gehörten zur heiligen Schar. Die Reiter begannen ihm Fragen zu stellen, doch Parmenion winkte sie fort, trieb den Wallach voran und galoppierte in die Stadt, um Epaminondas zu berichten.

Vier Tage später wurde Parmenion um Mitternacht durch laute Rufe vor seinem Haus aus dem Schlaf gerissen. Er schwang sich aus dem Bett, verschlafen und verärgert, warf sich einen Umhang über den nackten Körper und stieg die Treppe hinunter. Als er auf dem Hof erschien, trat Mothac ihm entgegen. »Ich schlage dem Schreihals den Schädel ein, egal, wer es ist«, murmelte der Thebaner, als der nächtliche Störenfried ans Tor zu hämmern begann. Mothac hob die Faust und öffnete – und wäre um ein Haar von Pelopidas und Epaminondas über den Haufen gerannt worden, die auf den Hof gestürmt kamen. Der betrunkene thebanische Krieger packte Parmenion um die Hüften, hob ihn hoch und drehte sich mit ihm im Kreis.

»Du hast es geschafft!« rief Pelopidas. »Beim Schwanz des Zerberus, du hast es geschafft!«

»Laß mich runter, du Bär! Du brichst mir die Rippen!«

Pelopidas ließ sein Opfer los und drehte sich zu Mothac um. »Steh nicht da herum und gaff Löcher in die Luft, Rotbart. Hol uns Wein. Das ist eine Feier!«

Mothac rührte sich nicht vom Fleck. »*Soll* ich ihm den Schädel einschlagen?« fragte er Parmenion.

Der Spartaner lachte. »Lieber nicht. Geh und hol Wein, mein Freund.« Er richtete den Blick auf Epaminondas. »Was gibt es denn zu feiern?«

»Vor einer Stunde ist ein Bote aus Athen eingetroffen, mit einer Nachricht von Kalepios. Sphodrias und seine Armee sind vor drei Tagen im Norden Athens erschienen, im Morgengrauen. Sie haben ein paar Dörfer geplündert und sind dann in Richtung Piraeos weitermarschiert. Die Athener haben ihnen eine Armee entgegengeschickt. Der spartanische Gesandte war unter den Männern. Sphodrias wurde zum Rückzug gezwungen. Bei allen Göttern, das hätte ich gern miterlebt«, sagte Epaminondas.

»Und was ist dann geschehen?« fragte Parmenion.

»Laß mich es ihm sagen«, verlangte Pelopidas mit schwerer Zunge, rülpste und grinste dümmlich.

Epaminondas verbeugte sich vor ihm. »Erzähl du weiter«, sagte er, »edler Pelopidas.«

»Die Athener waren gar nicht glücklich. Oh, nein! Der Rat ist zusammengetreten, und dann haben sie ... beim göttlichen Glied des Herakles ... haben sie beschlossen, uns zur Verteidigung Thebens fünftausend *Hopliten* und sechshundert berittene Krieger zu schicken. Fünftausend!« wiederholte er.

»Es ist eine wunderbare Nachricht«, sagte Epaminondas und nahm den Becher Wein, den Mothac ihm anbot. Pelopidas schwankte in den *andron*, ließ sich auf eine Liege fallen und streckte sich lang aus.

»Das ist ein guter Anfang«, sagte Parmenion ruhig. »Was ist mit Sphodrias geschehen?«

»Er ist mitsamt seiner Armee nach Sparta zurückbefohlen worden. Böotien ist frei – bis auf die spartanischen Garnisonen.«

»Dann herrscht jetzt also Krieg zwischen Athen und Sparta«, flüsterte Parmenion. »Damit dürften wir in Sicherheit sein – zumindest bis zum nächsten Frühjahr.«

Epaminondas nickte. »Und jetzt werden auch andere Städte in Böotien versuchen, die spartanischen Garnisonen loszuwerden. Morgen führt Pelopidas seine heilige Schar nach Tanagra, um dort den Aufständischen zu helfen. Ich glaube, wir können siegen, Parmenion. Jetzt glaube ich es wirklich.«

»Versuche die Götter nicht!« mahnte Mothac.

Epaminondas lachte laut auf. »Vor langer Zeit hat mir mal jemand gesagt, daß ich bei einer Schlacht in der Nähe von Mantinea fallen würde. Das hat mir schreckliche Angst eingejagt, denn keine Geringere als die berühmte, von den Göttern geliebte Seherin Tamis hatte es mir prophezeit. Du kannst dir sicher vorstellen, wie mir zumute war, als ich dann *tatsächlich* in Mantinea in die Schlacht gezogen bin. Ich habe an der Seite Pelopidas' gegen die Arkadier gekämpft. Wir wurden eingekesselt, und Pelopidas stürzte verwundet zu Boden. Ich habe die Stellung gehalten. Ich war bereit zu sterben. Aber ich bin nicht gestorben. Und warum? Weil es keine Götter gibt und weil alle Prophezeiungen so verdreht und ausgelegt werden können, daß sie alles und gar nichts besagen – oder nur das, was man hören *will*. Ich und Götter versuchen, Mothac? Ich trotze ihnen! Und selbst wenn es sie geben sollte, sind sie viel zu sehr damit beschäftigt, ihre Gestalt zu wechseln und schöne Menschenkinder zu verführen. So, und jetzt sollte ich mir Pelopidas schnappen, dieses Weinfaß, und ihn nach Hause führen.« Plötzlich nahm er Parmenion beim Arm, und das Lächeln schwand aus seinem Gesicht.

»Wieder einmal warst du unser Retter, mein spartanischer Freund. Ich kann dir nicht sagen, wie dankbar ich dir bin. Eines Tages werde ich eine Möglichkeit finden, dir zu vergelten, was du uns Gutes getan hast.«

Pelopidas lag schnarchend auf der Liege, doch Epaminondas rüttelte ihn wach, half ihm auf die Beine und wankte mit ihm zum Tor. Der betrunkene Thebaner grölte ein Marschlied in die Nachtluft, und dann verschwanden die beiden Männer in der Dunkelheit.

In den folgenden Monaten widmete Parmenion sich wieder verstärkt seinen privaten Interessen; er machte Laufübungen und las, bildete aber auch weiterhin die thebanischen *Hopliten* aus. Hin und wieder besuchte er private Feste oder Feierlichkeiten – als Gast des Epaminondas oder des Kalipios, der mittlerweile im Triumph aus Athen zurückgekehrt war. Doch die meiste Zeit verbrachte er allein. Oft unternahm er lange Ausritte in ländliche Gegenden, in die Hügel und Täler des thebanischen Umlands.

Im Frühling des darauffolgenden Jahres war man in Theben zuversichtlich, das spartanische Joch endgültig abgeschüttelt zu haben, und es gab Pläne, den alten böotischen Bund wieder aufleben zu lassen. Pelopidas und die heilige Schar hatten wesentlich dazu beigetragen, die Spartaner auch aus Tanagra und Plataea zu vertreiben, indem sie den dortigen Aufständischen zu Hilfe gekommen waren. Es wurden sogar Gerüchte laut, der Großkönig von Persien würde die Bitte der Thebaner nach völliger Unabhängigkeit von Sparta gewähren und seine schützende Hand über Theben halten.

Dann aber trafen beängstigende Nachrichten ein. Agesilaos hatte ein Heer aus elftausend *Hopliten* und zweitausend Reitersoldaten aufgestellt und in Marsch gesetzt, um den Aufstand ein für allemal niederzuschlagen. Am nächsten Abend schlenderte Mothac durch die dunklen Straßen. Er hatte das Grab Eleas besucht, die Blumen gegossen und das Unkraut ausgerupft. Es war spät, und die Luft war kalt, und Mothacs Gedanken waren so düster wie der Abend. Als er in die schmale Straße vor dem Hause Parmenions einbog, sah er eine Gestalt in den Schatten; sie sprang in die Höhe und schwang sich über die Mauer. Er blinzelte und richtete den Blick noch einmal genau auf die Stelle, doch es war nichts mehr zu sehen. Dann kletterte eine zweite Gestalt über die Mauer und sprang in den Hof von Parmenions Haus. Mothac lief es eiskalt über den Rücken. So schnell er konnte, rannte er zum Tor und stieß es auf. »Parmenion!« brüllte er. Als er über den Hof stürmte, sah er aus dem Augenwinkel, wie eine dunkle Gestalt aus den Schatten heranschoß und gegen ihn prallte. Das Mondlicht schimmerte silbern auf der Dolchklinge, die haarscharf an Mothacs Gesicht vorbeizischte. Mothac stürzte, rollte sich blitzschnell zur Seite, sprang auf und hämmerte dem Mann die Faust ins Gesicht. Der Meuchelmörder wurde rücklings zu Boden geschleudert. Mothac warf sich auf ihn und versuchte, das Handgelenk des Mannes zu packen, bevor dieser mit dem Dolch zustoßen konnte. Doch Mothac hatte zu hastig zugegriffen; die Hand des Mannes kam frei, und der Dolch bohrte sich tief in Mothacs linke Schulter. Er riß das Knie hoch und rammte es dem Angreifer zwischen die Beine. Der Mann stöhnte vor Schmerz laut auf, und Augenblicke später lagen Mothacs Hände um seinen Hals. Mothac zerrte ihn in die Höhe, warf sich nach vorn, schmetterte den Kopf des Mannes gegen die Hauswand und zertrümmerte ihm den Schädel. Der Körper des Meuchelmörders wurde schlaff, doch Mothac rammte den Kopf des Mannes noch dreimal gegen die Mauer. Er spürte, wie das Blut des Toten warm über seine Hand lief, und jetzt erst ließ Mothac den Leichnam zu Boden fallen.

»Parmenion!« rief er noch einmal.

Gleamos, der Meuchelmörder, fluchte leise, als er die Rufe des Dieners hörte. Kurz entschlossen rannte er die Treppe in den ersten Stock hinauf, bis er vor dem Zimmer stand, in dem der Verräter schlief. Gleamos hielt vor der Tür inne und lauschte, doch im Zimmer war es totenstill. Konnte es sein, daß der Spartaner die Rufe seines Dieners nicht gehört hatte?

Vielleicht. Doch Gleamos hatte sich seit zwanzig Jahren als Meuchler verdingt und war in Ausübung seines Berufs weit herumgekommen: Ägypten, Persien, Athen, Illyrien. Und jetzt Theben, nicht zu vergessen. Er hatte vor allem deshalb überlebt, weil er seinen Verstand gebrauchte und nichts dem Zufall überließ.

Seit Tagen schon hatte er das Haus unter Beobachtung gehalten, hatte jede Bewegung des Verräters studiert, seine Gewohnheiten. Dann hatte er den Mann eingestuft, wie alle seine Opfer zuvor. Dieser Mann war ein Krieger. Er bewegte sich kraftvoll und geschmeidig, und seine Augen waren stets wachsam. Aber der Schwachpunkt war dieses Haus. Aus dem Schlafzimmer gab es nur einen Ausgang, den durch die Tür – es sei denn, der Mann zog es vor, Gleamos durch einen Sprung in den Hof die Arbeit abzunehmen. Dann nämlich würde er sich sämtliche Knochen brechen.

Gleamos' Plan war durch das plötzliche Auftauchen des Dieners bereits so gut wie schiefgegangen, aber vielleicht war immer noch Zeit genug, sich die fette Prämie zu verdienen, die Agesilaos auf den Kopf des Verräters ausgesetzt hatte. Gleamos überlegte rasch seinen nächsten Schritt. Es bestand die Möglichkeit, daß der Mann, der sich hinter dieser Schlafzimmertür befand, aufgewacht war. So weit, so gut – aber wo konnte der Verräter dann stecken? Gestern, als niemand im Haus war, hatte Gleamos das Schlafzimmer in Augenschein genommen und sich jede Einzelheit eingeprägt. Es gab keine Möglichkeit, sich zu verstecken. Das Zimmer war zu klein. Somit, schloß Gleamos glasklar, blieben dem Mann hinter der Tür nur wenige Möglichkeiten. Falls er wach war, konnte er direkt neben der Tür stehen, und zwar links – oder auch rechts. Gleamos wurde in seinen komplizierten Überlegungen gestört, als er hinter sich Aris und Sturma hörte, wie sie die Treppe heraufgeschlichen kamen. Aber diesmal würde er sie nicht brauchen. Diesen Mord konnte er allein begehen. Zumal er es den beiden Anfängern mal wieder zeigen wollte, daß er, Gleamos, der Meister war.

Leise hob er den Haken aus der Öse und stieß die Tür auf, die links gegen die Wand schmetterte. Im gleichen Augenblick sah er, daß das Bett leer war, und mit einem grauenerregenden Schrei sprang er ins Zimmer und hieb das Messer nach rechts, wo der Verräter neben der Tür stehen mußte. Die Klinge prallte klirrend gegen die Wand.

Für einen Moment war Gleamos verblüfft und aus dem Konzept gebracht. Er stand da und ließ den Blick durch das vom Mondlicht erhellte Zimmer schweifen. Natürlich: der Verräter war verschwunden! Aber das war ja unmöglich. Er hatte doch mit eigenen Augen gesehen, wie der Mann dieses Zimmer betreten hatte. Er *mußte* hier irgendwo stecken.

Ein Schatten bewegte sich über Gleamos. Er wirbelte herum und riß den Dolch hoch. Zu spät. Das Schwert des Verräters zuckte hinunter, durchschlug Gleamos' Schlüsselbein und drang bis tief in die Lunge. Gleamos gab ein grunzendes Geräusch von sich und kippte nach hinten; sein Dolch fiel klappernd zu Boden. Sogar jetzt, als das Leben aus ihm wich, kam Gleamos nicht umhin, diese List zu bewundern. Der Spartaner war auf den Balken über der Tür geklettert.

Ganz schön gerissen, dachte Gleamos.

Er spürte das kühle Holz der Dielen auf der Wange, und sein Geist schweifte in die Vergangenheit. Wieder sah er das Haus seines Vaters auf der Insel Kreta; er sah seine Brüder auf den Hügelhängen spielen, hörte die Stimme seiner Mutter, wie sie ihn in den Schlaf sang ... mit Liedern über Götter und Menschen.

Das Blut schoß ihm in die Kehle, und sein letzter Gedanke galt dem Spartaner. Ganz schön gerissen. Ganz schön geris ...

Parmenion zog das Schwert aus der Leiche und trat vom Türeingang weg. In diesem Augenblick schoß eine Dolchklinge auf seine Kehle zu. Gedankenschnell riß Parmenion das Schwert hoch und parierte den Stoß; dann rammte er dem Angreifer die linke Faust ins Gesicht. Der gedungene Mörder wurde von den Beinen gerissen und stürzte nach hinten, wobei er gegen einen Gefährten prallte, der auf der Treppe stand. Die beiden Männer rollten polternd die Stufen bis zum Fuß der Treppe hinunter und rappelten sich auf. Parmenion sprang mit dem Schwert in der Faust über das Geländer der Galerie und landete geschmeidig wie eine Katze auf dem Fußboden des *andron*. Unverdrossen gingen die Meuchler mit gezückten Dolchen auf ihn los.

»Gleich bist du ein toter Mann, Bastard«, sagte einer der Kerle haßerfüllt.

Die beiden Männer wichen nach links und nach rechts aus, um den Spartaner in die Zange zu nehmen. Parmenion täuschte einen Angriff auf den Mann zu seiner Rechten vor; dann wirbelte er herum und schlitzte dem Mann auf der linken Seite die Kehle auf. Der Meuchler stürzte zu Boden, und ein Blutschwall färbte die Perserteppiche rot. Der letzte Überlebende der Mördertruppe erbleichte; seine Bewegungen wurden zögernd, und sein bärtiges Gesicht glänzte vor Schweiß.

»Ich bin nicht so einfach zu töten«, sagte Parmenion mit leiser Stimme.

Der Mann wich bis zur Tür zurück, wo plötzlich Mothac hinter ihm aufragte und ihm den Dolch von hinten in die Lunge stieß.

Ohne einen Laut von sich zu geben, brach der Meuchelmörder zusammen.

Mothac schwankte, drehte sich unsicher um, taumelte über den Hof und ließ sich in einen Stuhl am Tisch fallen. Aus seiner Schulter ragte der bronzene Griff eines Dolchs. Parmenion zündete zwei Öllampen an und untersuchte die Wunde.

»Zieh das verfluchte Ding raus«, sagte Mothac gepreßt.

»Nein. Im Moment ist er in deiner Schulter am besten aufgehoben. Wenn ich ihn herausziehe, wirst du bluten wie ein Opferlamm. Ich hole einen Arzt.« Er schenkte Mothac einen Becher unverdünnten Wein ein. »Bleib hier sitzen und rühr dich nicht vom Fleck«, sagte er. »Ich bin gleich mit Argonas hier.«

Mothac streckte die Hand aus und packte den Arm des Spartaners. »Ist ja nett von dir, daß du es so eilig hast«, sagte er und rang sich ein Grinsen ab. »Aber ich halte es für besser, du ziehst dich erst einmal an.«

Parmenion lächelte, und seine Züge wurden ungewohnt weich. »Du hast mir das Leben gerettet, Mothac. Und deines beinahe verloren. Das werde ich dir nie vergessen.«

»Ach, das war gar nichts. Aber du könntest wenigstens sagen, daß du das gleiche für mich tun würdest.«

Zwei Stunden später schlief Mothac. Argonas hatte ihm den Dolch aus der Schulter gezogen und die Wunde verbunden. Jetzt saßen Parmenion und Argonas auf zwei Liegen im *andron*, einen Tisch zwischen sich, und der Spartaner beobachtete, wie der fette Mann einen halben Schinken in sich hineinstopfte und mit vier Bechern Wein nachspülte, bevor er über sechs gezuckerte Honigkuchen herfiel. Als Argonas sie hinuntergeschlungen hatte, rülpste er dröhnend und streckte sich auf der Liege aus, die unter seinem Gewicht bedrohlich ächzte.

»Du führst ein interessantes Leben, junger Mann«, sagte Argonas. »Du ahmst einen Spartaner nach, du kämpfst in tiefster Nacht gegen Meuchelmörder. Kann man sich in deiner Gegenwart eigentlich sicher fühlen?«

»Wird Mothac wieder völlig gesund?« wollte Parmenion wissen und ignorierte die Frage.

»Der Dolch hat keinen Knochen getroffen und ist dort in die Schulter gedrungen, wo die Muskeln besonders gut ausgebildet sind. Ich glaube, die Wunde wird schnell verheilen. Ich habe sie mit einem Extrakt aus Feigensaft behandelt, damit das Blut schneller gerinnt. Er wird noch ein paar Wochen Schmerzen haben, aber die Muskulatur wächst zusammen, und im Sommer dürfte er wieder ganz der alte sein.«

»Ich danke dir von Herzen. Mothac bedeutet mir sehr viel.«

»Ja«, erwiderte Argonas und strich sich über den mit Öl eingeriebenen Bart. »Gute Diener sind schwer zu bekommen. Ich hatte mal einen thebanischen Leibdiener, einen wunderbaren Mann, der jeden meiner Wünsche wußte, bevor ich mir selbst darüber klar wurde. Es war unglaublich. Einen Diener wie ihn habe ich nie mehr gefunden.«

»Was ist mit ihm geschehen?« fragte Parmenion, mehr aus Höflichkeit denn aus ehrlichem Interesse.

»Er ist gestorben«, sagte Argonas traurig. »Er hatte eine Geschwulst im Hirn – so wie du –, aber er gehörte zu den Männern, die niemals über ihre Sorgen reden, und als er schließlich zusammenbrach, war es zu spät, seinen Tod noch abzuwenden. Vergiß also nie, deinen Sylphium-Sud zu trinken, mein Freund. Ein Tod wie der meines Dieners ist schmerzhaft für den, der ihn miterlebt, und noch qualvoller für den, der ihn erleidet. Was deinen Diener angeht – ich muß gestehen, daß er in deinem Fall eine ungewöhnliche neue Behandlungsmethode gefunden hat. Ich würde sie gern übernehmen, aber ich habe schon genug Ärger mit meinen Berufskollegen.«

»Ich dachte, das Sylphium hätte mich geheilt«, sagte Parmenion.

»So war es auch. Aber zuerst mußtest du aus dem todesähnlichen Schlaf geweckt werden, um den Sud überhaupt trinken zu können. Dein Diener ist ein kluger Mann. Sollte er mal mit dem Gedanken spielen, aus deinen Diensten zu scheiden, dann sag mir Bescheid. Ich würde ihn sehr gern übernehmen.«

»Ja. Aber was hat er getan?«

»Du kannst dich nicht erinnern?«

»Bei allen Göttern, Argonas! Wenn ich mich erinnern könnte, würde ich dann fragen?« sagte Parmenion voller Ungeduld.

»Er hat deine Lieblingshure überredet, mit dir ins Bett zu gehen. Diese rothaarige Priesterin. Es hat den Anschein, daß der Lebenswille eines Mannes beträchtlich gesteigert wird, wenn man ihm die Möglichkeit zur Kopulation verschafft.«

»Nein«, flüsterte Parmenion. »So war es nicht. Derae war bei mir, nicht die Priesterin.«

Argonas stemmte sich schnaufend hoch. In seinen dunklen Augen lag Besorgnis. »Es tut mir leid, Parmenion«, sagte er. »Das war nicht klug von mir gesprochen. Es . . . es liegt gewiß an zu wenig Schlaf und zuviel Wein. Vielleicht waren es beide Frauen – Derae in geistiger, und die Priesterin in fleischlicher Gestalt.«

Parmenion hörte Argonas' Worte kaum noch. Wieder sah er die Priesterin im Türeingang ihres Zimmers stehen. Wieder sah er ihr Lächeln, roch den schweren Duft ihres Parfüms, sah den Kummer und den Zorn in ihren Augen, hörte, wie sie die Tür vor ihm zuschlug.

»Hast du schon eine Erklärung, warum die Meuchelmörder es auf dich abgesehen hatten?« riß Argonas' Stimme ihn aus seinen Gedanken.

»Was? Nein, ich wüßte keinen Grund. Vielleicht waren es Räuber.«

»Räuber ohne Taschen oder Säcke? Das glaube ich nicht. Ich muß jetzt gehen. Morgen komme ich wieder her, schaue mir Mothacs Wunde an und kassiere mein Honorar.«

»Ja. Danke«, sagte Parmenion geistesabwesend.

»Und sei auf der Hut, mein Freund. Wer immer diese Männer bezahlt hat, dich zu töten – er kann es jederzeit noch einmal tun.«

Zwei Tage später bekam Parmenion vom Kommandanten der Stadtmiliz Besuch. Menidis war fast siebzig Jahre alt und mehr als ein halbes Jahrhundert Soldat gewesen. In den letzten zehn Jahren hatte er die kleine Bürgerwehrtruppe befehligt, die innerhalb der Stadtmauern Thebens für Ruhe und Ordnung sorgte und dafür zuständig war, nach Einbruch der Dunkelheit durch die Straßen zu patrouillieren und an den großen Stadttoren Thebens Posten zu stehen.

»Die Männer waren Fremde«, sagte Minidis, und der Blick aus seinen stechenden grauen Augen unter den buschigen weißen Brauen war auf Parmenion gerichtet. »Sie sind vor vier Tagen durch das Proitianische Tor in die Stadt gekommen. Sie haben den Posten gesagt, aus Korinth angereist zu sein und daß sie Interesse hätten, thebanische Streitwagen zu erwerben. Ich glaube aber eher, daß sie aus Sparta kamen.« Der alte Soldat schwieg und wartete, welche Reaktion seine Worte bei dem jungen Mann hervorriefen, doch Parmenions Gesicht blieb ausdruckslos. »Es ist weithin bekannt, welch entscheidende Rolle du gespielt hast, als wir das spartanische Joch abgeschüttelt haben«, fuhr Menidis schließlich fort. »Ich bin sicher, daß diese Männer den Auftrag hatten, dich zu töten.«

Parmenion zuckte mit den Schultern. »Sie haben versagt«, erwiderte er.

»*Diese* vier, junger Mann. Aber nehmen wir einmal an, daß sie von einem reichen Adeligen bezahlt wurden. Solche Meuchler sind leicht zu finden. Leider gilt das auch für dich.«

»Willst du mir den Rat geben, Theben zu verlassen?«

Der alte Mann lächelte. »Das ist allein deine Entscheidung. Ich könnte dich auf Schritt und Tritt von meinen Leuten bewachen lassen – sogar in der Nacht, wenn du schläfst. Der Ratsherr Epaminondas hat verlangt, daß wir Wachen vor dem Tor deines Hauses postieren. Aber du kannst nicht immer und überall im Auge behalten werden. Wenn du über eine bevölkerte Straße gehst, zum Beispiel, könnte dich ein Dolchstoß treffen. Ein wirklich entschlossener, erfahrener Meuchelmörder wird dich finden.«

»Da hast du recht«, pflichtete Parmenion ihm bei. »Trotzdem habe ich nicht die Absicht, die Flucht zu ergreifen. Dies ist mein Haus. Und ich möchte auch nicht, daß du Posten vor dem Tor aufstellst – sosehr ich dir für das Angebot danke. Falls ein Meuchelmörder den Auftrag haben sollte, mich zu töten, dann soll er's versuchen. Aber ich bin kein leichtes Opfer.«

»Wäre dein *thebanischer* Diener nicht gewesen«, erwiderte Menidis, »wärst du bereits ein so leichtes Opfer gewesen, wie ein Meuchler es sich nur wünschen kann. Ein Schlafender leistet einem Angreifer nur wenig Widerstand. Aber gut – die Entscheidung liegt bei dir, und du hast deine Wahl getroffen.« Der alte Mann erhob sich, setzte seinen Bronzehelm wieder auf und schnürte die Kinnriemen fest.

»Ich möchte dir eine Frage stellen, Menidis«, sagte Parmenion. »Ich habe das Gefühl, daß dir mein Schicksal nicht sonderlich am Herzen liegt. Wie kommt das?«

»Das sind sehr deutliche Worte. Doch ich habe Aufrichtigkeit immer schon über alles geschätzt, darum werde auch ich dir die ehrliche Wahrheit sagen. Wir alle sind dir zu großem Dank verpflichtet, daß du dich entschieden hast, deine Heimatstadt zu verraten, um Theben zu helfen. Aber du bist und bleibst Spartaner, und ich verachte Spartaner. Einen schönen Tag noch.«

Parmenion blickte dem alten Mann hinterher, als dieser den Hof verließ; dann schüttelte er den Kopf. Auf seltsame Weise hatten die Worte Menidis' ihn mehr beunruhigt als der nächtliche Mordanschlag. Er stieg die Treppe zu Mothacs Zimmer hinauf. Der Diener versuchte gerade, einen *chiton* über seinen schmerzenden Arm zu streifen, und fluchte vor sich hin.

»Warte, ich helfe dir«, sagte Parmenion, »obwohl Argonas darauf bestanden hat, daß du eine Woche das Bett hüten sollst.«

»Ich liege seit zwei Tagen im Bett, und die kommen mir jetzt schon wie zwei Wochen vor!« schimpfte Mothac.

»Kannst du denn gehen?«

»Natürlich kann ich gehen! Sehe ich wie ein Krüppel aus?«

Parmenion blickte in Mothacs Gesicht und sah den Zorn in dessen Augen. Mothacs Wangen hatten sich so sehr gerötet, daß sie fast die Farbe seines Barts angenommen hatten, und sein Atem ging schwer.

»Du bist ein Dickkopf. Also gut, versuchen wir's, und gehen wir ein Stück.« Parmenion bewaffnete sich mit Schwert und Dolch; dann schlenderten sie langsam durch die Straßen bis zu den öffentlichen Gärten, die sich am Osthang des Hügels befanden, auf dem die Kadmea thronte. Mehrere Brunnen sorgten für eine angenehm kühle Brise, und die Blumen blühten das ganze Jahr über. Die beiden Männer setzten sich unter eine Weide ans Ufer eines plätschernden Baches, und Parmenion erzählte dem Thebaner von seinem Gespräch mit Menidis.

Mothac grinste. »Er scheint mit dem Alter nicht milder zu werden. Vor zwei Jahren hat er zwei spartanische Soldaten einkerkern lassen, kannst du dich erinnern? Er hat behauptet, sie hätten eine thebanische Frau von untadeligem Ruf belästigt, was natürlich völliger Unsinn war. Thebanische Frauen von untadeligem Ruf laufen nicht allein durch die Straßen – sofern es solche Frauen überhaupt gibt.«

»Ja«, sagte Parmenion. »Zumindest was solche Dinge angeht, ist Sparta fortschrittlicher als Theben. Dort gelten die Frauen gleich viel wie Männer, fast ohne Einschränkung. Sie üben sich sogar im Kampfsport.«

»Gräßlich«, sagte Mothac. »Wie kann man in Sparta denn eine Hure erkennen?«

»In Sparta gibt es keine Huren.«

»Keine einzige? Unglaublich. Kein Wunder, daß die Männer so versessen darauf sind, andere Städte zu erobern.«

»Wo wir gerade von Huren sprechen, Mothac – erzähl mir von der Priesterin, die du mir ins Bett gelegt hast, als ich krank gewesen bin.«

»Wie hast du das herausgefunden?«

»Das spielt keine Rolle. Warum hast du es mir nicht gesagt?«

Mothac zuckte mit den Achseln und stöhnte auf, als glühender Schmerz seine verletzte Schulter durchraste. Er rieb über den Verband, was die Sache aber nur noch schlimmer machte. »Du warst überzeugt, ein Wunder erlebt zu haben. Ich wollte dir die Wahrheit sagen, aber ... ich hab's nicht getan. Es gibt keine Entschuldigung dafür, ich weiß. Es tut mir leid, aber mir ist nun mal nichts Besseres eingefallen. Und es hat ja funktioniert, nicht wahr?«

»Ja, es hat funktioniert«, stimmte Parmenion zu.

»Bist du mir jetzt böse?«

»Ich bin nur ein wenig traurig. Es war ein wunderbares Gefühl, als ich glaubte, Derae sei zurückgekommen – und wenn auch nur im Traum. Vielleicht hat Epaminondas recht, und es gibt keine Götter. Aber ich hoffe, er irrt sich. Wenn ich zum Himmel schaue, oder aufs Meer hinaus, oder ein wunderschönes Pferd sehe, möchte ich gern an die Götter glauben. Ich möchte gern glauben, daß es irgendeine ordnende Macht gibt, irgendeinen Sinn, warum alles um uns herum existiert – und wir selbst.«

Mothac nickte. »Ich weiß, was du meinst, und *ich* glaube daran. Denn auf der anderen Seite der Mauer des Todes wartet jemand auf mich. Wenn ich nicht daran glauben würde, könnte ich mir gleich die Kehle durchschneiden.«

»Sie ist an dem Tag gestorben, als du zu mir gekommen bist«, sagte Parmenion. »Und sie hieß Elea.«

»Woher weißt du das?«

»Ich bin dir an diesem ersten Tag gefolgt. Ich habe den kleinen Trauerzug gesehen. Als du einige Zeit später das Haus verlassen hast, um

Kletos zu töten, bin ich zu ihrem Grab gegangen, um ihr die letzte Ehre zu erweisen.«

»Sie war eine wunderbare Frau«, sagte Mothac. »Nie hat sie sich beklagt. Und ich sehe immer noch ihr Gesicht vor mir, wenn ich die Augen schließe.«

»Immerhin waren euch mehr als nur fünf Tage vergönnt«, flüsterte Parmenion und erhob sich. »Komm, gehen wir nach Hause, wahrscheinlich bist du noch müder, als du aussiehst.«

Plötzlich trat ein Mann aus den Schatten hinter ihnen. Parmenion riß das Schwert hervor, und die Klinge sirrte durch die Luft. Der Mann sprang zurück, landete auf dem Hintern und hob die Hände. Sein Mund stand weit offen, und auf seinem Gesicht spiegelte sich Entsetzen.

»Ich bin unbewaffnet! Unbewaffnet!« rief er. Hinter ihm stand ein kleiner Junge von etwa sieben Jahren und klammerte sich ängstlich an den Umhang seines Vaters.

»Tut mir leid«, sagte Parmenion. »Du hast mich erschreckt.« Er schob das Schwert in die Scheide und lächelte auf das Kind hinunter, doch der Junge fing an zu weinen.

»Und du bist offenbar besorgter, als du aussiehst«, sagte Mothac, als die beiden sich auf den langen Heimweg machten.

»Ja, es macht mir angst zu wissen, daß ein Dolch oder Schwert oder ein Pfeil von überall her kommen können. Jederzeit, plötzlich und unerwartet. Doch wenn ich aus Theben fortginge, würde ich es so verlassen, wie ich gekommen bin – als armer Schlucker. Ich habe zwar Geld in verschiedene Handelsunternehmen gesteckt, aber ich muß Epaminondas immer noch die Raten für das Haus bezahlen.«

»Lieber arm und am Leben«, sagte Mothac, »als reich und tot.«

»Aber noch lieber reich und leben.«

»Du könntest dich der heiligen Schar anschließen. Pelopidas würde dich liebend gern in seine Reihen aufnehmen, und selbst für den kühnsten Meuchelmörder wäre es dann so gut wie unmöglich, an dich heranzukommen.«

»Das stimmt«, erwiderte Parmenion. »Aber ich werde unter keinem Mann dienen – außer vielleicht unter Epaminondas. Er denkt ähnlich wie ich. Pelopidas ist zu leichtsinnig, und es rächt sich sehr schnell, wenn man den Spartanern gegenüber leichtsinnig ist.«

»Du glaubst also immer noch, daß wir nicht stark genug sind, sie zu besiegen?«

»Ich *weiß* es, Mothac. Nein, wir müssen sie hinhalten und den Kampf hinauszögern. Wir dürfen ihnen auf keinen Fall in einer offenen Feldschlacht gegenübertreten. Eines Tages können wir es. Aber wir müssen Geduld haben.«

Leukion hatte schlecht geschlafen. Seine Träume waren voller Zorn und Enttäuschungen gewesen. Er wachte früh am Morgen auf, gereizt und übelgelaunt, und blickte sich um: Die anderen neun Krieger schliefen noch.

Zum Hades mit dieser Hure! fluchte Leukion im stillen, während er in der Asche des Feuers stocherte, bis er einen noch glühenden Ast entdeckte. Er legte trockene Blätter und Reisig darauf und pustete, um das Feuer wieder zu entfachen. Sie hatte von Liebe gesprochen, diese Hure, doch als ihm das Geld ausgegangen war, hatte sie ihn lachend verspottet und ihn aus dem Haus geworfen. Verfluchte persische Hure! Die Schlachten waren geschlagen, die Söldner aus den Diensten entlassen. Und wie man uns begrüßt hatte! dachte Leukion. Jubelnde Menschenmassen, die uns Blumen vor die Füße streuten! Und wie wurden wir entlassen? Man hat uns ein paar Münzen in die Hand gedrückt und mitten in der Nacht fortgeschickt, ohne ein Wort des Dankes. Alle Welt schaut verächtlich auf uns herab, wurde ihm klar. Die Perser, zum Beispiel. Wo wären sie denn ohne uns? Wie schlagen sie ihre Schlachten, wenn wir nicht dabei sind? Kläglich. Diese Barbaren. Ja, sie sind allesamt Barbaren. Er öffnete den Beutel, den er am Gürtel trug, und nahm seine letzte Münze heraus. Sie war aus Gold, schwer und warm. Auf der Vorderseite war das Gesicht des Großkönigs eingeprägt, auf der Rückseite ein kniender Bogenschütze mit gespannter Waffe. Dareikos nannten die Perser diese Münzen, nach Darios dem Großen. Und sie vergötterten ihre Bogenschützen geradezu. Für die griechischen Söldner aber waren sie Soldaten wie alle anderen, und diese Münzen waren der einzige Grund, warum so viele griechische Söldner in persischen Kriegen kämpften.

»Kein Grieche ist hart genug«, hatte Artabazarnes bei einem Trinkgelage zu Leukion gesagt, »als daß sein Körper nicht von einem persischen Pfeil durchbohrt werden könnte.« Dann hatte der Perser spöttisch gelacht, und Leukion hätte ihm das widerliche Grinsen am liebsten mit einem Faustschlag aus dem Gesicht gewischt.

Und nun hockte Leukion vor dem Feuer, das wieder aufgelodert war, und seine Wut war heißer als die Flammen. Dann erwachte Pendar und gesellte sich zu ihm. »Was machst du für ein Gesicht? Was ärgert dich so?« fragte Pendar den Freund.

»Dieses verfluchte Land«, erwiderte Leukion.

»Gestern warst du noch guter Laune.«

»Aber heute ist heute!« sagte Leukion schroff. »Weck die Männer, wir ziehen weiter. Bis zur Stadt ist es ein Ritt von zehn Tagen.«

»Ob die uns wohl in Dienst stellen können? Was meinst du?«

»Tu, was ich dir gesagt habe!« brüllte Leukion. Pendar machte, daß er fortkam, und weckte die Kameraden, während Leukion sich den kurzen schwarzen Bart rieb. Die Haare waren stumpf und verfilzt, und Leukion sehnte sich nach einer Phiole duftenden Öls ... und einem Bad. Er legte seinen Brustharnisch, die Beinschienen und den Schulterschutz an und stapfte zu seinem Pferd.

Als alle Männer aufgestiegen waren, ritten sie durch grünes Hügelland, und ihre Waffen und Rüstungen schimmerten in der Morgensonne. Als sie auf die Kuppe einer Erhebung gelangten, blickten sie auf die verstreut liegenden Dörfer hinunter und bis zum fernen Tempel mit seinen weißen Säulen, hinter dem das Meer schimmerte.

Leukion ruckte an den Zügeln und ritt den Männern voraus zum nächsten Dorf. Sein Herz schlug jetzt wild in der Brust, und vor Schmerz schloß er die Augen.

Verflucht sollst du sein, Hure! Mögen dich die Würmer fressen!

Als sie sich dem Dorf näherten, betrachtete Leukion den Tempel. Da er und seine Kameraden sich noch auf einem Höhenzug befanden, konnten sie über die weiße Mauer hinweg auf das Tempelgelände blicken: ein großer Garten mit Rosensträuchern. Eine junge Frau spazierte durch diesen Garten; auf ihrem rotgoldenen Haar spiegelte sich das Sonnenlicht, ihr Körper war schlank, und die Brüste zeichneten sich deutlich unter dem dünnen Gewand ab.

Ein Bild erschien vor Leukions geistigem Auge: die Frau dort am Tempel, wie sie sich unter ihm windet, ihn anfleht, aufzuhören; sein Dolch liegt an ihrer Kehle; dann ein schneller Schnitt, und ein Schwall Blut schießt hervor ...

Er trat dem Pferd wild in die Flanken, und es preschte in wildem Galopp auf das von Rosen umwachsene Tor vor dem Tempelgelände zu.

Doch als er sich dem Tor näherte, wurde ihm klar, daß er das Mädchen noch kurze Zeit am Leben lassen mußte, nachdem er sich mit ihm vergnügt hatte. Die anderen würden darauf bestehen, denn sie wollten auch ihren Spaß mit ihr. Er mußte halt ein wenig Geduld haben. Aber dann! dachte Leukion. Aber dann! Diese Gedanken überraschten ihn selbst, denn nie zuvor war ihm bewußt geworden, daß das Töten ihm Vergnügen bereitete. Selbst im Kampf Mann gegen Mann, in der Schlacht – nie hatte das Töten ihm Lust verschafft. Wie seltsam, dachte er. Er zügelte sein Pferd, schwang sich vom Rücken des Tieres und stapfte durch das Tor. Das Mädchen kniete vor einem Rosenstrauch. Plötzlich hob sie den Kopf.

Sie war blind. Aus irgendwelchen Gründen wurde sie in Leukions Augen dadurch noch begehrenswerter, und das Gefühl, Macht über dieses Mädchen zu besitzen, wuchs beinahe ins Unerträgliche.

Er hörte, wie die anderen Männer ihre Pferde zügelten und abstiegen, nahm den Blick aber nicht von der jungen Frau. Trotz ihrer geblendeten Augen war sie ausgesprochen schön, und ihr Gesicht besaß einen eher griechischen als persischen Einschlag. Doch welcher Herkunft sie auch sein mochte – es war Leukion vollkommen gleichgültig.

»Wer bist du?« fragte sie. Ihre Stimme war sanft und leise, doch ein wenig tiefer, als Leukion erwartet hatte. Und der Akzent verriet ihre dorische Herkunft. Sparta oder Korinth, dachte er! Wunderbar! Die Aussicht, eine athenische Frau zu vergewaltigen, hätte ihm nicht soviel Vergnügen bereitet.

»Warum sagst du nichts?« fragte sie, und kein noch so winziger Hauch von Angst lag in ihrer Stimme. Oh, das kommt noch; das wußte Leukion. Langsam zog er den Dolch aus der Schneide und ging auf sie zu.

»Was hast du vor?« rief Pendar.

Leukion beachtete den Ruf des Freundes nicht und trat näher an die Frau heran. Der aromatische Geruch des Öls, mit dem sie ihr glänzendes Haar eingerieben hatte, überlagerte sogar den Duft der Rosen. Er streckte die Hand aus, packte den Riemen, der ihr Gewand an der Schulter zusammenhielt, und durchschnitt ihn. Dann riß er ihr das dünne Kleid vom Leib, daß es in Fetzen hing. Nackt taumelte sie zurück – und jetzt zeigte sie Furcht.

»Hör auf!« rief Pendar, kam herbeigerannt und packte Leukions Arm. Bevor er in der Bewegung innehalten konnte, fuhr der Krieger herum und stieß seinem Freund den Dolch in die Brust. »Warum?« flüsterte Pendar, fiel gegen Leukion und rutschte zu Boden; sein Blut hinterließ einen breiten, verschmierten Streifen auf Leukions bronzenem Brustharnisch. Für einen Augenblick war Leukion verwirrt und zögerte; dann schüttelte er den Kopf und drehte sich zu den anderen Männern herum. »Wollt ihr sie nehmen?« fragte er.

»Was für eine Frage«, gab Boras, ein gedrungener, muskulöser Thraker, zur Antwort. »Sie ist schön und schlank.« Die Männer näherten sich dem nackten Mädchen, Leukion an der Spitze, den blutigen Dolch erhoben. Die Priesterin rührte sich nicht von der Stelle. Sie hob die Hand, und Leukion spürte, wie der Dolchgriff in seiner Faust sich plötzlich zu krümmen und zu winden begann. Er blickte auf die Waffe – und schrie auf. Er hielt eine giftige Viper in der Hand, deren Kopf mit hervorhuschender Zunge vor seinem Gesicht zuckte, jeden Moment zum todbringenden Biß bereit. Leukion schleuderte die Schlange mit aller Kraft zu Boden und hörte, wie irgend etwas klirrend auf die Steine prallte: der Dolch.

»Was ist mit dir los, Mann?« fragte Boras.

»Hast du sie denn nicht gesehen? Die Schlange?«

»Bist du verrückt? Du willst das Mädchen doch als erster haben ... oder? Ich warte nicht mehr lange.«

Hinter Leukion erklang ein tiefes Grollen.

Ein Ungeheuer stand inmitten seiner Männer. Die Bestie hatte den Kopf eines Löwen, den Körper eines Bären, gewaltige Schultern und riesige, gekrümmte Krallen. Schwerter blitzten in der Sonne, als die Söldner das Untier angriffen, das keinen Widerstand leistete, als die Klingen sich tief in seinen Leib bohrten. Die Bestie stürzte blutüberströmt zu Boden, zuckte im Todeskampf – und nahm die Gestalt des Metrodoros an, des besten Freundes des Boras.

»Sie ist eine Hexe!« rief Boras und wich hastig zurück.

»Ja, eine Hexe«, sagte das blinde Mädchen, und diesmal war ihre Stimme wie das Zischen einer Natter. »Und jetzt werdet ihr alle sterben!«

»Nein!« erklang eine andere Stimme, und Leukion sah eine alte Frau, die sich mit mühsamen Schritten auf dem gepflasterten Gehweg näherte. Sie hinkte an den schreckensstarren Söldnern vorbei und kniete neben dem toten Metrodoros nieder. Dann legte sie die Hände auf seine Wunden und begann zu singen. Die Wolken schienen am Himmel entlangzurasen, um dann urplötzlich stillzustehen. Der Wind heulte und zerrte an den Umhängen der Söldner; dann, von einem Augenblick zum anderen, regte sich kein Lüftchen mehr, und gespenstische Stille breitete sich aus. Leukion warf einen Blick zum Himmel und sah einen Adler regungslos in der Luft schweben, die Schwingen ausgebreitet. Dann setzte der Gesang der alten Frau wieder ein, und die Männer beobachteten, wie Metrodoros' Wunden sich schlossen. Ein keuchender Atemzug schüttelte seinen Körper, und er stöhnte laut auf.

»Kümmere dich um den anderen«, sagte die Seherin zum blinden Mädchen.

»Es sind Mörder! Sie haben den Tod verdient!« rief sie.

Doch die alte Frau beachtete sie nicht, und die junge Priesterin ging zum Leichnam Pendars und legte eine Hand auf die Wunde in der Brust des Mannes. Leukion beobachtete in fassungslosem Staunen, wie auch diese Wunde sich schloß. Pendar erwachte und blickte zur blinden Heilerin auf.

»Haben sie dir etwas angetan?« fragte der Krieger. Das Mädchen schüttelte den Kopf. »Muß ich sterben?«

»Nein. Du bist gesund«, sagte sie.

Leukion stand benommen da und blinzelte ins Sonnenlicht. Wind kam auf, und der Adler setzte seinen Flug fort. Leukion ging mit schwankenden Schritten zu Tamis hinüber. »Ich weiß nicht ... wollte nicht ... ich hatte noch nie ...« Aber was er sagen wollte, konnte er nicht sagen.

Pendar erhob sich und nahm den Freund beim Arm. »Geht es dir jetzt wieder gut, Leukion?«

Plötzlich begann der Anführer des Söldnertrupps zu weinen. »Du kennst mich, Pendar. So etwas würde ich ... niemals tun.«

Tamis blickte Derae an, sagte aber nichts. Die junge Priesterin trat vor und ergriff Leukions Hand. »Gehe von hier nach Tyre«, sagte sie mit kalter Stimme. »Dort wirst du finden, was du suchst.«

»Es tut mir so leid«, schluchzte Leukion.

»Es ist nichts geschehen, was auch nur die geringste Bedeutung hätte«, versicherte Derae ihm.

Pendar nahm Deraes Gewand vom Boden, legte es ihr über die Schultern und band die Fetzen zusammen.

»Und du, Pendar, solltest nach Athen zurückkehren, zu deiner Familie, denn sie braucht dich.«

»Das werde ich, Ehrenwerte«, versprach der Söldner.

Nachdem die Männer fortgeritten waren, ging Tamis zum Brunnenbecken und spritzte sich kaltes Wasser ins Gesicht. Derae setzte sich neben sie.

»Warum hast du mich aufgehalten?« fragte das Mädchen.

»Du hast Leukion berührt. Du wußtest, warum er gekommen war. Der Geist des Chaos hat in seinem Innern getobt.«

»Aber ich hätte ihn töten können.«

»Und wer hätte dann gesiegt, Derae? Wer hätte triumphiert? Dem Dunklen Gott ist Leukion so gleichgültig wie ein Sandkorn in der Wüste. Er wußte, daß der Mann dir nichts anhaben konnte. *Du* warst es, die er auf die Probe gestellt hat. Er wollte deine Kräfte am Werk sehen. Wir können seine Waffen nicht benutzen. Jeder kleine Sieg, der auf diese Weise in der Gegenwart errungen würde, führt zur Niederlage in der Zukunft. Ich weiß es, denn ich habe Männer getötet. In Tyre wird Leukion Liebe und Glück finden. Er wird Söhne haben und sie großziehen, und sie werden einst stolze, tapfere Männer sein. Aber diesen Tag wird er nie vergessen.«

»Ich auch nicht«, sagte Derae und lächelte. Für einen flüchtigen Augenblick konnte Tamis ihre Freude spüren, und sie verschmolz mit dem Geist des Mädchens, berührte ihre Seele wie ein unhörbares Flüstern. Die junge Spartanerin erinnerte sich voller Stolz und Zufriedenheit, wie die Söldner ihren Kameraden niedergemacht hatten. Sie sonnte sich im Bewußtsein ihrer Macht.

Tamis erhob sich und kehrte in ihr Zimmer zurück. Sie war müde, und deshalb sah sie den schwarzen Schatten nicht, der sich an der Wand hinter ihr bildete, nachdem sie sich aufs Bett gesetzt hatte. Als Tamis sich einen Becher Wasser einschenkte und daran nippte, schwebten riesige Krallen von der Wand auf ihren Rücken zu – lange, gekrümmte Klauen. Das kalte Wasser floß über einen verrotteten Zahn, und Tamis stöhnte und stand auf. Die Sonne kam hinter einer düsteren Wolke hervor, und ein Lichtspeer stach durch das Fenster und warf die Schatten gewaltiger Krallen aufs Bett. Tamis fuhr herum, als die Klauen nach ihrem Gesicht schlugen. Sie hob den Arm so schnell sie konnte, und das Licht, das zwischen ihren Fingern erstrahlte, wurde zu einem glühenden Schild aus Gold. Die Krallen glitten kratzend und schabend daran ab, und dann leuchtete die ganze Wand auf, und ein riesiger, gräßlicher Kopf stieß hindurch, als wäre der feste Stein nur flüchtiger Nebel. Die Haut des Dämons war schuppig, seine Zähne nadelspitz. Langsam stieg der riesige Körper durch die Wand ins Zimmer, und die Kreatur streckte die gewaltigen Arme mit den klauenbewehrten Pranken nach der alten Seherin aus.

»Weiche!« rief Tamis so laut sie konnte und richtete den Finger auf den Dämon. Dann aber begann der Lichterschild zu verblassen, und Tamis erkannte voller Entsetzen, daß sie zuviel Kraft darauf verwendet hatte, den toten Söldner ins Leben zurückzuholen.

Die Kreatur hieb nach dem Schild. Er zerbrach in zwei Hälften und löste sich auf. Die Klauen krallten sich in Tamis' Umhang und rissen sie um; sie wurde über den steinernen Boden geschleift – auf das dunkel gähnende Loch zu, wo einst die Wand gewesen war.

Die Tür wurde geöffnet ...

Ein gleißender Lichtspeer fuhr dem Dämon in die Brust. Flammen und Rauch schlugen aus dem Leib der Bestie, und ein furchtbares Kreischen erfüllte das Zimmer. Die Krallen lösten sich aus Tamis' Umhang, und das Monstrum kam auf Derae zu.

Die junge Spartanerin wartete, bis die Bestie über ihr aufragte; dann erst hob sie die Arme. Grelle Blitze zuckten aus ihren Fingern. Der Dämon wurde zu Boden geschleudert; er versuchte, sich aufzurichten, doch ein Netz aus blauem Licht legte sich um seinen Leib, fesselte die mächtigen Arme und die zuckenden Beine.

Derae trat aus dem Türeingang ins Zimmer und blieb vor der Bestie stehen. »Weiche«, flüsterte sie. Und eine Sturmböe raste durch das Zimmer und riß den Dämon durch das Loch in der Wand; sie schimmerte, erstrahlte in blendendem Licht – und wurde wieder zu Stein.

»Das . . . hast du . . . gut gemacht«, sagte Tamis, hielt sich an der Bettkante fest und zog sich daran hoch.

»Was war das für ein . . . Ding?«

»Ein Jäger aus der Finsternis. Unsere Feinde haben die Kraft des Bannspruchs gebrochen, den ich über den Tempel gelegt hatte. Du mußt mir helfen, einen neuen Bann zu sprechen.«

»Weißt du, wer unsere Feinde sind?«

»Natürlich. Die Kreatur wurde von Aida geschickt, der Beherrscherin dieser Scheusale.«

»Können wir sie nicht angreifen?«

»Du hörst mir nicht zu, Derae. Wir können ihre Waffen nicht benutzen.«

»Das überzeugt mich nicht«, sagte Derae. »Wie sollen wir sie denn bekämpfen, wenn alle Waffen ihnen gehören?«

»Du mußt mir vertrauen, Kind. Ich weiß keine Antworten, die dich überzeugen könnten. Vertrau mir!«

Tamis ließ sich auf das Bett sinken und schloß die Augen. Sie war nicht fähig, die junge Priesterin anzublicken. Heute hatte Derae gleich zweimal den Triumph der Macht gekostet . . .

Und Tamis glaubte, das Gelächter des Dunklen Gottes zu hören, als sie in einen Schlaf der Erschöpfung fiel.

Thetis schlenderte durch die schmalen Straßen zu ihrem Haus im Süden der Stadt. Ihre Zeit als Priesterin im Tempel der Aphrodite war zu Ende – für immer. Zu Hause angekommen, wusch sie sich gründlich die Tusche und den Ocker aus dem Gesicht und warf das schimmernde Nachtgewand und das dünne, bunte *chlamys* in eine Ecke des Zimmers. Sie streifte ein weißes Gewand aus Baumwolle über, streckte sich auf der Liege aus und starrte die schmutzigen Kleidungsstücke an.

Morgen würde sie die Sachen verbrennen und den Tempel der Aphrodite nie wieder betreten. Anders als viele der anderen Mädchen hatte Thetis ihre Einkünfte gut angelegt; sie hatte das Geld in die Unternehmen dreier Kaufleute gesteckt, die mit Gewürzen handelten, sowie bei einem Händler aus Thespiae, der Kriegspferde züchtete und einritt.

Thetis war abgesichert, was geldliche Dinge betraf. Das Haus – es hatte neunhundertundachtzig Drachmen gekostet – war bezahlt, und sie hatte sogar eine Dienerin eingestellt, ein thessalisches Mädchen von fünfzehn Jahren, das ein winziges Zimmer hinter der Küche bewohnte.

Von heute an würde sie ein sorgenfreies Leben führen. Nie wieder würden schwielige Hände sie streicheln, nie wieder würde sie das wollüstige Stöhnen der Freier hören, ihre verschwitzten Körper auf sich und in sich spüren.

Ein Leben ohne Sorgen – und ohne Damon. Sie schloß die Augen, lehnte sich zurück und drückte sich ein besticktes Kissen an den Leib.

Ohne Damon . . .

Wie konnte ein so junger und kräftiger Mann auf eine solche Art und Weise sterben? fragte sie sich. Damon war nach einem Wettlauf im Stadion tot zusammengebrochen. Der Arzt hatte gesagt, Damon habe ein schwaches Herz gehabt. Aber er war doch so stark gewesen, so athletisch, so schlank und muskulös. Nein, er hatte kein schwaches Herz gehabt; das wußte Thetis. Er war von den Göttern niedergestreckt worden, weil sie ihm seinen schönen Körper geneidet hatten. Und Thetis war der einzigen Liebe beraubt worden, die es in ihrem Leben gegeben hatte – und geben würde.

Eine Zeitlang lag sie im Halbschlaf auf der Liege; dann erhob sie sich und ging in die Küche, wo sie ein Stück Brot mit Käse aß und ein Glas kaltes Wasser dazu trank. Die Dienerin, Kleo, lag in ihrem Bett und schnarchte leise, und Thetis bewegte sich so vorsichtig wie möglich, um sie nicht zu wecken.

Als sie satt war und ihren Durst gestillt hatte, ging sie zur Liege zurück. Dabei fiel ihr Blick auf die Kleidungsstücke, die sie in die Ecke des Zimmers geschleudert hatte. Nein, dachte sie, warte nicht bis morgen. Verbrenne die Sachen jetzt gleich. Thetis nahm ein kleines Messer mit gekrümmter Klinge, das sie immer bei sich trug, um sich gegen Straßenräuber zu schützen. Sie zerschnitt die Sachen in winzige Stücke, bis der Fußboden um ihre Liege herum aussah, als wäre er mit Blumenblüten bestreut.

Sechs Jahre ihres Lebens hatte sie die meiste Zeit in diesen Kleidungsstücken verbracht – sechs lange Jahre, die bestimmt gewesen waren von ungezählten gesichtslosen, namenlosen Männern. Doch ob jung oder alt, dick oder dünn, bärtig oder bartlos – sie alle hatten ein und dasselbe von ihr gewollt.

Sie schüttelte heftig den Kopf, als könnte sie die Erinnerungen auf diese Weise vertreiben, und Parmenions Gesicht erschien vor ihrem geistigen Augen. Thetis hatte oft an ihn gedacht, seit sie ihn vor ein paar Monaten von den Toten zurückgeholt hatte. Warum? Weil Parmenions Charakter zwei so unterschiedliche Seiten besaß, wurde ihr klar. Immer wenn er sie genommen hatte, war er wie ein schweigendes Tier gewesen, ohne Gefühl und Zärtlichkeit – doch dann hatte es jene Nacht gegeben, als er ein so leidenschaftlicher Liebhaber gewesen war und als er von diesem Mädchen geträumt hatte ... Derae?

Vielleicht war er körperlich nicht so stark wie der gewaltige Damon, doch er konnte die gleiche Zärtlichkeit und Hingabe zeigen, und in jener Nacht hatte er versucht, auch ihre Lust und Leidenschaft zu befriedigen. Nein, nicht *ihre* Leidenschaft, erinnerte sie sich: Deraes Leidenschaft.

Thetis nahm das Kissen, drückte es sich wieder an den Leib und schlief wieder ein. In der Morgendämmerung erwachte sie. Kleo hatte ihr bereits ein Bad eingelassen, und Thetis genoß das Gefühl des heißen Wassers auf der Haut. Gründlich wusch sie ihre kurzen, roten Locken. Als sie aus dem Wasser stieg, schlang Kleo ihr ein warmes Badetuch um den Körper und trocknete sie ab. Dann rieb die Dienerin Thetis mit einer Schicht duftenden Öls ein und schabte die Haut anschließend behutsam mit einem stumpfen, aus Knochen gefertigten kleinen Messer ab.

Thetis zog einen knöchellangen *chiton* aus blau gefärbtem Leinen an und ging hinaus auf den Hof. Er war lang und schmal, doch er wurde von der Morgensonne beschienen. Hinter dem Tor konnte sie die Menschen auf den Straßen hören, und das helle Klingen der Hammerschläge aus der Werkstatt Noraks, des Schmieds. Sie blieb eine Stunde in der Sonne sitzen; dann ging sie ins Haus zurück und setzte sich an eine Stickarbeit, die sie vor drei Jahren begonnen hatte, und die mehrere Reihen kompliziert ineinander verschlungener Kreise und Quadrate zeigte, in grünen, braunen und gelben Schattierungen. Es beruhigte sie immer, an diesem Stück zu arbeiten.

Kleo kam zu ihr. »Draußen ist ein Mann, der gern mit dir reden möchte, Herrin.«

»Ein Mann? Ich kenne keine Männer«, erwiderte sie – und in dem Moment, als Thetis es sagte, erkannte sie, daß es der Wahrheit entsprach. Sie hatte mit Hunderten, vielleicht Tausenden von Männern geschlafen, und sie kannte nicht einen einzigen.

»Er hat darum gebeten, mit dir sprechen zu dürfen.«

»Wie heißt er?«

Das Mädchen errötete, rannte auf den Hof und kam nach wenigen Augenblicken zurück. »Parmenion, Herrin.«

Thetis holte tief Atem und versuchte, Gelassenheit zu wahren. »Führe ihn ins Haus«, sagte sie, »und dann laß uns allein.«

»Allein lassen, Herrin?« fragte Kleo überrascht.

Thetis lächelte. »Nicht, was du denkst. Ich rufe dich, wenn ich dich brauche.«

Thetis gab vor, ganz in ihre Stickarbeit vertieft zu sein, als das Mädchen Parmenion zu ihr führte. Dann blickte sie mit ernster Miene auf.

»Bitte, setz dich«, sagte sie. »Kleo, hol unserem Gast einen Becher Wasser.«

»Das ist nicht nötig«, sagte der Mann und nahm Thetis gegenüber auf einer Liege Platz. Sie saßen schweigend da, bis Kleo das Zimmer verlassen und die Tür hinter sich geschlossen hatte.

»Ich habe nicht gern unwillkommene Gäste im Haus«, sagte Thetis. »Sag bitte, was du zu sagen hast, und geh wieder.«

»Ich bin gekommen, mich zu entschuldigen«, erwiderte Parmenion.

»Wofür?«

Plötzlich lächelte der Mann verschämt; es machte sein Gesicht jungenhafter und ließ es nicht so ernst erscheinen. »Ich weiß es selbst nicht genau. Aber ich muß mich entschuldigen. Ich wußte nicht, daß du es warst, die mich damals in jener Nacht ins Leben zurückgeholt hat.«

»Ich bin dafür bezahlt worden«, sagte sie schroff und kämpfte gegen einen aufsteigenden Zorn an, dessen Grund sie nicht kannte.

»Ich weiß«, erwiderte er höflich. »Aber ich hatte ... habe ... das Gefühl, dir weh getan zu haben. Das wollte ich nicht.«

»Möchtest du, daß wir Freunde sind?« fragte sie.

»Ja. Sehr, sehr gern.«

»Meine Freundschaft hat vierzig Obolen gekostet«, sagte Thetis, stand auf und warf die Stickarbeit zur Seite. »Aber diese Zeiten sind vorbei. Bitte, geh jetzt. Im Tempel kannst du zum gleichen Preis viele Freundinnen finden.«

»Das habe ich doch gar nicht gemeint«, sagte er und erhob sich. »Aber es soll geschehen, wie du sagst.« Er ging zur Tür und drehte sich einmal zu Thetis um. »Ich schätze Freundschaften sehr«, sagte er. »Vielleicht liegt es daran, daß ich in meinem Leben nur sehr wenige

Freunde hatte. Ich weiß, daß du bezahlt worden bist, als du damals zu mir kamst, aber du hast mir dennoch das Leben gerettet. Ich werde immer in deiner Schuld stehen. Und solltest du mich jemals brauchen, werde ich da sein. Ob du es nun willst oder nicht – ich bin dein Freund.«

»Ich brauche keine Freunde, Parmenion. Aber sollten mir einmal vierzig Obolen fehlen, werde ich an dich denken.« Als er gegangen war, setzte Thetis sich wieder auf die Liege und nahm ihre Stickarbeit auf. Kleo kam ins Zimmer und kniete zu ihren Füßen nieder. »Deine Hände zittern, Herrin.«

»Laß den Mann nie wieder ein, Kleo. Wenn er das nächste Mal kommt, schickst du ihn gleich am Tor fort. Verstanden?«

»Am Tor. Ja, Herrin.«

Doch die Tage vergingen, und Parmenion kam nicht wieder. Und aus irgendeinem unerklärlichen Grund machte Thetis das nur noch wütender auf den jungen Spartaner.

Als der Frühling sich seinem Ende zuneigte, stellte Thetis fest, daß sie ihr neues Leben als immer bedrückender empfand. Als Priesterin hatte sie Tag und Nacht durch die Straßen gehen können. Aber keine ehrbare thebanische Frau würde sich jemals ohne Begleitung in der Öffentlichkeit zeigen, außer auf dem Marktplatz. Das Haus, das einst Thetis' Wunschtraum gewesen war, wurde immer mehr zu einem goldenen Käfig. Kleo war es, die mit den täglichen Neuigkeiten kam, doch in der Hauptsache redete sie dabei über die neuesten Kleider, Öle, Salben oder edelsteinbesetzte Halsbänder. Das Mädchen interessierte sich nicht für die Truppenbewegungen der spartanischen Armee, die in Böotien einmarschierte. Thetis konnte Kleos spärlichen Informationen nur entnehmen, daß der spartanische König – Agesilaos – in den Bergen, am Kithaeron-Paß, seinem Heer den Weg nach Süden freigekämpft hatte und nun die Dörfer in der Ebene verwüstete, und daß Epaminondas vor den Toren Thebens einen Höhenzug durch Wälle und Gräben hatte befestigen lassen, der nun von fünftausend athenischen *Hopliten* und dreitausend Thebanern gesichert wurde.

Thetis war es im Grunde gleichgültig, ob die Spartaner den Krieg gewannen oder nicht. Wer Theben auch beherrschen mochte, es waren Männer. Und ob Spartaner, Thebaner, Athener – Mann blieb Mann, für sie und für die Mädchen im Tempel.

Was ihr jedoch Sorgen machte, waren ihre Beteiligungen im Gewürzhandel und der Pferdezucht. Die Spartaner hatten bereits die letzte Opiumlieferung beschlagnahmt, als die Maultierkarren durch Plateae gezogen waren. Thetis hatte fast sechshundert Drachmen eingebüßt und hoffte nun, daß der Wagenzug mit Gewürzen aus Asien unbehelligt durch Macedonien kam, so daß sie ihre Verluste halbwegs wettmachen konnte.

Bei dem Gedanken an Geld kam ihr unwillkürlich der Tempel in den Sinn. Nein, keine Macht der Welt wird dich dazu bringen, dieses Leben wieder aufzunehmen, schwor sie sich.

Dann sah sie Parmenions Gesicht vor ihrem geistigen Auge.

Beim Hades! fluchte sie. Warum kommt er nicht wieder?

Da Agesilaos keinen Versuch unternahm, den Höhezug anzugreifen, auf dem die Athener und Thebaner in Stellung lagen, und da Epaminondas seinerseits die offene Feldschlacht in der Ebene mied, kam der Krieg zu einem vorläufigen Stillstand – die Spartaner zogen weiter durch Böotien, plünderten kleine Städte und Dörfer und verstärkten ihre Garnisonen, ließen die Thebaner jedoch unbehelligt.

Dann aber ließ Agesilaos – dieses Zermürbungskrieges müde geworden – seine Truppen gegen die Stadt marschieren. Er hatte den Plan, das Proitianische Tor zu erstürmen und Theben dann in Schutt und Asche zu legen. Die weniger unerschrockenen Bewohner der Stadt luden ihre Habseligkeiten hastig auf Karren oder Wagen und ergriffen die Flucht.

In einem dieser Wagen saß Horas, der Arzt, mit seiner Frau und den drei Kindern. Das älteste von ihnen, Symion, beklagte sich über schlimme Kopfschmerzen, als der Wagen durch die Nacht in Richtung Thespiae rollte. Am Morgen wurde der Junge von Fieber geschüttelt, und die Lymphdrüsen am Hals und unter den Achselhöhlen waren auf das Dreifache der normalen Größe angeschwollen. Rote Flecke bildeten sich auf der Haut des Jungen, und gegen Mittag starb er. Am Nachmittag spürte der unglückliche Vater selbst die ersten Vorboten des Fiebers.

Ein weit vorgerückter Spähtrupp der spartanischen Armee fand den Wagen, der einsam auf der staubigen Straße stand. Der Offizier warf einen Blick ins Innere – und wich hastig vom Wagen zurück.

»Die Pest«, flüsterte er seinem Adjutanten zu.

»Helft mir!« krächzte Horas und versuchte, aus dem Wagen zu klettern. »Meine Frau und meine Kinder sind krank.«

»Bleib, wo du bist!« rief der Offizier und winkte einen Bogenschützen zu sich. »Woher kommst du?«

»Aus Theben. Aber wir sind keine Verräter, Herr. Wir sind krank. Helft uns – bitte!«

Der Offizier gab dem Bogenschützen ein Handzeichen, und der Krieger schoß Horas einen Pfeil ins Herz. Der Arzt wurde auf den Sitz zurückgeschleudert.

»Verbrennt den Wagen«, befahl der Offizier.

»Aber der Mann hat doch gesagt, es sind Frau und Kinder darin«, erwiderte der Adjutant.

Der Offizier brüllte ihn an: »Dann steig doch hinein und befreie sie von ihrem Elend!«

Die Soldaten sammelten trockenes Holz und Gestrüpp und türmten es um den Wagen herum auf. Binnen weniger Sekunden fing das trockene Holz Feuer. Als die Schreie aus dem Innern des Wagens einsetzten, rissen die Soldaten ihre Pferde herum und ritten in Richtung Hauptlager, um Agesilaos von dem Vorfall zu berichten.

Die Pest brach im ärmsten Viertel der Stadt aus und verbreitete sich in Windeseile über ganz Theben. Die Ratsherren erteilten den Befehl, die Stadttore zu schließen und zu verriegeln, da sie befürchteten, daß die auf dem Höhenzug lagernden Krieger angesteckt werden könnten. Niemand durfte Theben verlassen – oder in die Stadt hinein. Eine verzweifelte Menschenmenge versuchte, die Wachtposten am Tor der Elektra anzugreifen, doch der Angriff wurde von den Bogenschützen auf den Wehrgängen blutig zurückgeschlagen. Diese Bogenschützen standen unter dem Befehl des greisen Kommandanten der Stadtmiliz, Menidis.

Binnen einer Woche waren bei mehr als einem Fünftel der dreißigtausend Einwohner Thebens die gefürchteten Symptome aufgetreten: hohes Fieber, Anschwellen der Lymphdrüsen und häßliche rote Flecke auf Gesicht und Armen. Bald hielt der Tod reiche Ernte, und Abend für Abend wurden ungezählte Karren durch die Straßen der Stadt gezogen, um die Toten einzusammeln, die von ihren unglücklichen Familien vor die Haustore gelegt worden waren.

Die Pest wütete bereits neun Tage, als auch Mothac ein Opfer der Krankheit wurde. Parmenion half ihm auf sein Zimmer; dann rannte er zum Haus des Argonas. Doch der Arzt war nicht da. Parmenion erfuhr von den Dienern, daß Argonas die Kranken im Norden der Stadt behandle. Der Spartaner hinterließ dem Arzt eine Nachricht und kehrte nach Hause zurück. Die Nahrungsmittel waren knapp geworden, doch Parmenion kaufte am Marktplatz zum Vierfachen des üblichen Preises ein wenig Trockenfleisch und hartes Brot und kochte Mothac eine Fleischbrühe.

Bei Anbruch der Dämmerung kam Argonas. Seine Wangen waren schlaff, die Haut teigig, und er hatte dunkle Ringe unter den Augen. Er untersuchte Mothac; dann nahm er Parmenion zur Seite.

»Das Fieber wird zwei Tage sehr hoch sein. Es ist wichtig, die Hitze aus seinem Körper zu nehmen. Bade ihn stündlich in warmem Wasser, aber trockne ihn nicht ab. Die Körperwärme muß vom Wasser aufgesogen werden, damit das Fieber gedrückt wird. Wenn du ihn aus dem Bad gehoben hast, wird er entsetzlich frieren, und du mußt ihn rasch in warme Decken wickeln, bis das Fieber wieder zu steigen beginnt. Dann fängst du von vorn an, immer wieder und wieder. Sorg dafür, daß er möglichst viel Wasser trinkt. Du kannst ein wenig Salz hineinstreuen – aber nicht zuviel, sonst erbricht er's. Falls die Drüsen anschwellen, mußt du warten, bis sie aufplatzen und nässen. Dann streich sie dick mit Honig ein.«

»Mehr kann ich nicht tun?«

»Nein. Mir sind vor vier Tagen die Kräutervorräte ausgegangen.«

»Setz dich, und trink einen Becher Wein«, lud Parmenion den Arzt ein und wollte den Krug holen, der auf einem Regal in der Küche stand.

»Ich habe keine Zeit«, erwiderte Argonas und erhob sich stöhnend.

Parmenion legte ihm die Hände auf die Schultern. »Hör zu, alter Freund. Wenn du so weitermachst, wirst du zusammenbrechen – und dann schaffst du gar nichts mehr. Setz dich.«

Argonas ließ sich wieder auf den Stuhl sinken. »Die meisten Ärzte sind aus der Stadt geflüchtet, bevor die Tore geschlossen wurden«, sagte er. »Sie haben die Symptome früh erkannt. Jetzt sind nur noch wenige von uns in Theben.«

»Warum bist du nicht auch geflohen?«

Argonas lächelte. »Weil jedermann damit gerechnet hat. Der fette Argonas, der nur einen Gott kennt – das Geld. Da, schaut ihn euch an, wie schnell er plötzlich laufen kann! Parmenion, ich will ja gar nicht abstreiten, daß ich das Geld liebe, daß ich mein Leben in Reichtum und Überfluß genossen habe. Ich bin ein Kind armer Eltern. Sie waren Bauern in einem fernen Land. Und ich habe vor langer Zeit erkannt, daß ich gern in Luxus schwelge, gut esse und trinke. Aber das macht mich doch nicht zu einem schlechten Arzt. Verstehst du, was ich damit sagen will?«

»Trink den Wein, mein Freund, und *schwelge* in einem Teller billige Fleischsuppe.«

»Billig ist in Theben jetzt nur noch der Tod«, sagte Argonas. »Die Preise für Lebensmittel steigen immer schneller.«

»Wie schlimm ist die Epidemie?« fragte Parmenion, er schöpfte Fleischsuppe in eine tiefe Schüssel und stellte sie dem fetten Mann hin.

»Nicht so schlimm wie die Pest, die einst Athen heimgesucht hat. In Theben leiden schätzungsweise achttausend Menschen an den ersten Symptomen, aber seltsamerweise verschwinden sie bei vielen Erkrankten, bevor sie von der Pest selbst befallen werden. Für Kinder und Alte endet die Krankheit tödlich, aber die Jüngeren und Stärkeren scheinen sie besiegen zu können. Die Art der Schwellungen ist ein ziemlich sicheres Anzeichen, ob jemand sterben muß oder überlebt. Treten die Schwellungen nur unter den Achselhöhlen auf, sind die Aussichten gut, breiten sie sich aber bis in die Leistengegend aus, tritt kurz darauf der Tod ein.« Argonas schaufelte die Fleischbrühe in seinen riesigen Schlund und erhob sich. »Jetzt muß ich aber gehen. Morgen abend komme ich wieder her und schaue mir Mothac an.«

Parmenion führte ihn bis ans Tor und beobachtete, wie der fette Mann die schmale Gasse hinunterschlurfte und über die Leichen hinwegstieg, die in langen Reihen vor den Häusern lagen.

Mothac war schweißgebadet, als Parmenion zurück ins Zimmer kam, doch seine Lippen waren spröde und aufgeplatzt. Parmenion hob behutsam den Kopf des Freundes an, flößte ihm kaltes Wasser ein und badete ihn dann so, wie Argonas ihn angewiesen hatte. Zwei Tage rührte Mothac sich kaum. Im Fieberwahn rief er nach Elea und weinte. Am dritten Tag bildeten sich große Schwellungen unter seinen Achselhöhlen, und Mothac fiel ins Koma. Parmenion war erschöpft; dennoch verharrte er Tag und Nacht am Bett des Freundes. Die Schwellung unter der linken Achselhöhle färbte sich purpurn. Dann, wie Argonas vorausgesagt hatte, riß die Haut auf, und das Geschwür platzte und näßte die Bettlaken. Parmenion schmierte dick Honig auf die Wunde und wechselte Laken und Decken.

Er schlief neben dem Bett auf einem Stuhl, als er am nächsten Morgen von einem lauten Rütteln an den Fensterläden geweckt wurde. Schlaftrunken stolperte Parmenion hinaus auf den Hof. Kleo stand dort, Thetis' Dienerin. »Meine Herrin!« rief das Mädchen. »Meine Herrin stirbt!«

Parmenion brachte Kleo zu Mothac aufs Zimmer, wies sie an, sich neben das Bett zu setzen und erklärte ihr, wie sie Mothac baden und in Decken wickeln mußte. Dann nahm er seinen Umhang, bewaffnete sich mit Schwert und Dolch und eilte zu Thetis' Haus. Überall auf den Straßen lagen Leichen, und der Marktplatz war menschenleer.

Er fand Thetis auf dem Bett liegend, tief im Fieberschlaf. Er schlug die Decken zurück und untersuchte den nackten Körper der Frau.

Unter beiden Achseln sowie in der Leistengegend waren Schwellungen zu sehen. Er wickelte Thetis in eine Decke, nahm sie auf die Arme und ging langsam zu seinem Haus zurück.

Auf dem Heimweg begegneten ihm zwei Männer, die einen Handkarren zogen, der mit Leichen beladen war. Einer rief Parmenion zu: »Leg sie auf den Wagen, wir nehmen sie mit!« Er schüttelte den Kopf und ging mit schwankenden Schritten weiter. Seine Muskeln schmerzten vor Anstrengung, als er Thetis schließlich über den Hof seines Hauses und in den *andron* trug, wo er sie auf eine der Liegen bettete.

Gemeinsam mit Kleo trug er dann seine Schlafpritsche die Treppe hinunter. Sie stellten die Pritsche neben Mothacs Bett ins Zimmer. »Es ist einfacher, sich um die beiden zu kümmern, wenn sie in einem Zimmer untergebracht sind«, sagte Parmenion zu Kleo. »Geh jetzt zum Haus deiner Herrin und hol sämtliche Lebensmittel her, die ihr dort vorrätig habt.«

Als das Mädchen sich auf den Weg gemacht hatte, badete Parmenion Thetis und schmierte Honig auf die wundgescheuerte Haut unter ihrem rechten Arm. Er fühlte ihren Puls und stellte fest, daß ihr Herz nur noch schwach und unregelmäßig schlug. Dann setzte er sich auf die Kante der Schlafpritsche und hielt ihre Hand. Nach einer Weile schlug Thetis die Augen auf.

»Damon?« kam es flüsternd über ihre trockenen Lippen.

»Nein. Ich bin's, Parmenion.«

»Warum hast du mich verlassen, Damon? Warum mußtest du sterben?«

»Weil die Götter mich gerufen haben«, erwiderte er mit leiser Stimme und streichelte ihre Hand. »Schlaf jetzt. Sammle deine Kräfte – und lebe.«

»Warum?« flüsterte sie kläglich, und die Frage traf ihn wie ein Dolchstich ins Herz.

»Weil ich dich darum bitte«, sagte er. »Weil . . . ich will, daß du glücklich bist. Ich möchte dich wieder lachen hören.«

Doch sie war schon wieder eingeschlafen. Kurz darauf schüttelten Fieberschauder ihren Körper, und Parmenion wickelte sie in ein warmes Tuch und drückte ihren zerbrechlichen Körper an sich, rieb ihr die Arme und die Schultern und dachte: lebe!

»Ich liebe dich, Damon«, sagte sie, und plötzlich war ihre Stimme fest und klar. Parmenion wollte lügen, wie einst sie für ihn gelogen hatte. Aber er konnte es nicht.

»Wenn du mich liebst, dann lebe«, sagte er. »Hörst du? *Lebe*!«

Für Derae verging die Zeit wie im Flug. Jeden Tag entdeckte sie neue Fähigkeiten und lernte sie zu nutzen. Sie heilte die Kranken aus den umliegenden Dörfern, die auf behelfsmäßigen Tragen zum Tempel gebracht wurden: Sie richtete das gebrochene Bein eines Bauern und ließ den Knochen binnen Sekunden zusammenwachsen; sie streichelte einem Kind über den Hals, und das Krebsgeschwür, das dort wucherte, verschwand; sie gab einer blinden jungen Frau, die mit ihrem Vater aus der Stadt Tyre angereist war, das Augenlicht zurück. In allen Griechenstädten Asiens verbreitete sich die Kunde, daß eine neue Heilerin erschienen sei, und Tag für Tag wurde die Schlange der Wartenden vor dem Tempel länger.

Tamis hatte sich auf eine lange Reise begeben und war bereits mehrere Monate fort. Als sie eines späten Abends zurückkehrte, fand sie Derae im Garten. Das Mädchen saß auf der Wiese und genoß die kühle Luft, die vom Meer herüberwehte. Vor dem Tempelgelände warteten die ersten Kranken schon jetzt auf den neuen Tag – und auf die heilenden Kräfte Deraes.

»Willkommen daheim«, sagte das Mädchen zu Tamis.

»Die Leute werden dich nie mehr zur Ruhe kommen lassen, so daß du deine Kräfte nicht sammeln kannst«, erwiderte Tamis und wies auf die Menschen, die auf den umliegenden Wiesen lagerten. »Sie werden von überall her kommen. Aus Babylon und Indien, aus Ägypten und Kappadokien. Nie und nimmer wirst du sie alle heilen können.«

»Ein blindes Mädchen hat mich gefragt, warum ich mich nicht selbst heile.«

»Und was hast du ihr geantwortet?« wollte Tamis wissen.

»Daß ich nicht geheilt zu werden brauche. Das stimmt ja auch – und es hat mich überrascht. Du siehst müde aus, Tamis.«

»Ich bin alt«, erwiderte die Seherin mürrisch. »Was hast du nach meiner langen Reise anderes erwartet? Ich werde mich schon bald wieder auf den Weg machen, doch vorher habe ich noch etwas Wichtiges zu erledigen. Hast du dich mit Parmenion getroffen, während ich fort war?«

Derae errötete. »Ich beobachte ihn gern. Ist das falsch?«

»Ganz und gar nicht. Aber bis jetzt hast du noch keinen Blick auf die verschiedenen Wege geworfen, von denen nur einer in die Zukunft führen wird. Doch nun ist es an der Zeit. Nimm meine Hand.« Und ihrer beider Seelen verschmolzen und waren in Gedankenschnelle in Theben, in Parmenions Haus. Es lag in tiefer Dunkelheit; Klagelaute und Weinen erklangen in den umliegenden Straßen.

»Was ist geschehen?« fragte Derae.

»Die Pest wütet in der Stadt«, antwortete Tamis. »Gib jetzt acht!«

Die Zeit blieb stehen; die Luft flimmerte. Derae sah Parmenion, wie er aus dem Haus kam und mit schwankenden Schritten über den Hof taumelte. Sein Gesicht war gedunsen und gerötet, sein Hals dick geschwollen. Dann stürzte er zu Boden. Derae wollte zu ihm, doch Tamis hielt sie fest. »Hier kannst du nichts ausrichten«, sagte sie, »denn dies ist die Zukunft. Was du siehst, ist noch gar nicht geschehen. So, wie wir die Vergangenheit nicht zu ändern vermögen, können wir auch die Zukunft nicht beeinflussen. Paß jetzt auf!« Das Bild wurde verschwommen, löste sich auf und formte sich dann immer wieder neu. Parmenion lag sterbend auf der Straße, sterbend in seinem Bett, sterbend im Haus des Kalepios, sterbend auf einem Hügel. Schließlich kehrte Tamis mit der sich sträubenden Derae in den Tempel zurück. Sie stöhnte, als ihr Geist in ihren erschöpften Körper fuhr. Sie stellte fest, daß ihr Hals steif war und schmerzte.

»Was können wir tun?« fragte Derae.

»Im Augenblick gar nichts. Ich bin zu müde«, erwiderte Tamis. »Sag mal, fühlst du dich stark genug, deine Kräfte auch über so große Entfernungen hinweg einzusetzen?«

»Ja.«

»Gut. Aber ich möchte dir erst eine Frage stellen. Wie würdest du dich verhalten, wenn Parmenion sich eine Frau nähme?«

»Eine Frau? Ich ... Ich weiß nicht. Der Gedanke schmerzt mich, aber ... warum sollte er es nicht tun? Er hält mich für tot, und ich *bin* tot. Warum fragst du?«

»Es ist nicht wichtig. Geh zu ihm. Rette ihn, wenn du kannst. Falls die Pest stärker ist als du, komm zurück zu mir. Ich werde jetzt schlafen und Kräfte sammeln.«

Derae legte sich zurück und gab ihre Seele frei.

Tief unter ihr funkelten die Lichter Thebens. Sie schwebte zu Parmenions Haus, aber er war nicht dort. Mothac lag krank im Bett. Ein junges Mädchen saß neben ihm auf einem Stuhl und wischte ihm mit einem feuchten Tuch den Schweiß von der Stirn. Derae stieg hoch über das Haus empor und ließ den Blick aus ihren körperlosen Augen über die leeren Straßen schweifen. Dann sah sie ihn. Er taumelte unter dem Gewicht einer Frau, die er auf den Armen trug.

Derae erkannte die Hure wieder, Thetis, und lauschte, als die junge Frau im Fieberschlaf zu Parmenion sprach – über ihre Liebe. Derae schwebte ganz nahe an Parmenion heran und legte die Hände ins Innere seines Kopfes. Seine Gedanken rasten wie ein Sturmwind in ihre Seele. Er wollte, daß die Frau lebte. Er wünschte es herbei. Derae ließ ihren Geist zerfließen, mit dem Körper Parmenions verschmelzen, und mit seinem Blut strömte sie durch seine Adern und sein Herz.

Die Pest war bereits in ihm. Noch war sie winzig und schwach, aber sie wuchs und wurde stärker, noch während Derae beobachtete. Sie konzentrierte ihre Kräfte, jagte die Pesterreger und zerstörte sie, bis sie sich schließlich erschöpft und zufrieden aus ihm zurückzog. Die Frau lag im Sterben. Ihr Blut war verseucht, und die Lymphdrüsen an Hals, Achselhöhlen und Leisten waren dick geschwollen.

Doch Parmenion war in Sicherheit. Derae schoß zum dunklen Himmel hinauf – und verharrte dort schwebend. Sie war verwirrt und verunsichert. Parmenion wollte, daß die Frau lebte. Liebte er sie? Nein, seine Gedanken waren nicht die eines Liebenden. Es waren Gedanken an eine unbeglichene Schuld. Doch wenn sie, Derae, diese Frau rettete, konnte es sein, daß später Liebe zwischen ihr und Parmenion erwuchs, und Derae wollte ihn kein zweites Mal verlieren.

Töte ich die Frau, wenn ich ihr nicht helfe? fragte sich Derae. Nein. Sie ist todgeweiht, und nicht durch meine Schuld. Mit diesem Gedanken wollte Derae zum Tempel zurückkehren – und konnte es nicht. Statt dessen schwebte sie ins Schlafzimmer zurück und verschmolz mit Thetis' Leib.

Die Jagd war sehr, sehr viel schwieriger als bei Parmenion. Die Pesterreger waren überall, wuchernd, gefräßig, tödlich. Dreimal setzte Thetis' Herzschlag aus, und Derae erweckte ihn wieder zum Leben. Sie nährte die erschöpften Abwehrkräfte des Blutes, speiste die Frau mit frischer Lebensenergie und setzte dann den Kampf gegen die Krankheit fort. Lange Zeit behielt die Pest die Oberhand; die Erreger vermehrten sich schneller, als Derae sie vernichten konnte. Schließlich eilte sie zu Thetis' Herz und reinigte das Blut, als es hindurchgepumpt wurde, und gab ihm neue Kraft. Doch der gefährlichste Bereich war die Leistengegend, denn dort waren die Drüsen zerplatzt und ergossen nun verpestete Flüssigkeit ins Blut. Doch Derae beschleunigte den Heilprozeß des Gewebes, bevor sie wieder durch die Adern schoß und die Erreger tötete. Die Stunden vergingen rasend schnell. Als Derae sich schließlich erschöpft aus Thetis' Körper löste, war die Pest besiegt.

Sie machte sich auf die Reise zurück zum Tempel, doch ihr Geist war so geschwächt, daß sie sich ihrer Umgebung erst wieder bewußt wurde, als sie über einem unbekannten Palast schwebte, aus dem die Schreie einer Frau drangen. Derae versuchte, sich zu konzentrieren.

»Er ist geboren!« rief jemand, und freudiges Gebrüll erklang aus ungezählten rauhen Kehlen, denn vor dem Schloß lagerte ein Heer.

Plötzlich schoß eine dunkle Wolke auf Derae zu, und ein riesiges Maul tat sich auf. Sie sah Fangzähne von der Größe eines Mannes und eine gewaltige purpurne Zunge, gegabelt wie die Zunge einer Natter. Derae hatte nicht mehr die Kraft, Widerstand zu leisten.

Das Maul zerplatzte in einem grellen Blitz, als es von einem Speer aus Licht getroffen wurde – in dem Augenblick, als es Derae verschlingen wollte.

»Nimm meine Hand!« rief Tamis.

Doch Derae wurde bewußtlos.

Sie erwachte in ihrem Zimmer im Tempel und spürte, daß Tamis neben ihr saß.

»Was war das?« fragte sie.

»Du warst in der Zukunft verloren. Du hast die Dunkle Geburt miterlebt.«

»Ich bin müde, Tamis. Schrecklich müde.«

»Dann schlaf, mein Kind. Ich werde dich beschützen ... in der kurzen Zeit, die mir noch bleibt.«

Kleo kam mit Vorräten zum Haus Parmenions zurück, die für gut drei Tage reichten. Zusammen mit den Lebensmitteln, die der Spartaner noch besaß, würden sie eine Woche lang versorgt sein.

Die Tage zogen sich träge dahin. Argonas ließ sich nicht mehr sehen, und Parmenion erfuhr von einem der Männer, die jeden Abend die Toten auf die Karren luden, daß den Arzt das gleiche Schicksal ereilt hatte wie Tausende anderer Einwohner Thebens – er war an der Pest gestorben. Mothac hingegen ging es immer besser; die roten Flecke verschwanden, und die Schwellungen gingen zurück. Aber noch war er schwach und brauchte viel Schlaf. Kleo arbeitete unermüdlich. Sie badete ihre Herrin, wechselte und wusch verschmutzte Laken und Decken, kochte und putzte. Parmenion unternahm auf der Suche nach Nahrung Streifzüge durch die Stadt, doch selbst die Pferde und Hunde waren längst abgeschlachtet worden.

Dann, wie ein abziehendes Unwetter, begann die Pest allmählich zu schwinden. Die Leichensammler luden von Abend zu Abend weniger Tote auf ihre Karren, und schließlich wurden die Stadttore wieder geöffnet, um einen langen Wagenzug mit Lebensmitteln in das geschundene Theben hineinzulassen. Parmenion kämpfte sich einen Weg durch die Menge, die den Wagenzug umschwärmte, und ergatterte ein Stück Rindfleisch und einen Sack Getreide.

Kleo kochte das Fleisch und fütterte Thetis, die zwar körperlich noch schwach war, geistig aber rasch gesundete. Die beiden Männer trugen Thetis in Parmenions Zimmer, wo sie ungestörter war, während Kleo auf einer Liege im *andron* schlief.

Als der Sommer zu Ende ging, herrschten in Theben beinahe wieder normale Verhältnisse. Zwar waren mehr als viertausend Menschen der Pest zum Opfer gefallen, aber wie Kalepios betonte, wäre bei einem Angriff der spartanischen Armee in etwa die gleiche Anzahl Bürger ums Leben gekommen oder in die Sklaverei verschleppt worden. Aus Furcht vor der Pest waren die Spartaner aus Böotien abgezogen, ohne die Schlacht mit dem athenisch-thebanischen Heer zu suchen, und verbündete Truppen hatten inzwischen den Paß am Kithaeron gesichert, über den die Spartaner in Böotien eingefallen waren. Dann kam aus Tegyra die Nachricht, daß Pelopidas und die heilige Schar eine spartanische Einheit aufgerieben hatten – trotz doppelter mannschaftlicher Überlegenheit des Feindes. Bei der Schlacht war Phoebidas gefallen, jener spartanische Offizier, der vier Jahre zuvor die Kadmea besetzt hatte. Wie sich herausstellte, handelte es sich bei den geschlagenen Soldaten jedoch nicht um Spartaner, sondern um Söldner aus der Stadt Orchomenos. Dennoch wurde dieser Tag in Theben zum Feiertag erklärt, und Lachen und Gesänge drangen gedämpft durchs Fenster in jenes Zimmer, in dem Thetis lag. Sie war immer noch sehr schwach; ihr Herz schlug zu schnell und unregelmäßig, doch die Fröhlichkeit der Menschen erfreute sie.

Parmenion kam ins Zimmer und brachte Thetis ein Tablett mit Speisen und Getränken. Er setzte sich auf die Bettkante und stellte das Tablett ab. »Du hast heute schon wieder mehr Farbe bekommen«, sagte er. »Mothac hat irgendwo frische Honigkuchen aufgetrieben. Ein alter Freund von mir hat darauf geschworen, daß es nichts Besseres gibt, schnell wieder zu Kräften zu kommen.«

Ihre grünen Augen ruhten auf seinem Gesicht, aber sie sagte nichts. Statt dessen nahm sie seine Hand, und Tränen liefen ihr über die Wangen.

»Was ist mit dir?« fragte er.

»Nichts«, erwiderte sie.

»Warum weinst du dann?«

»Warum tust du das für mich?« fragte sie zurück. »Warum hast du mich nicht sterben lassen?«

»Manchmal gibt es keine Antworten«, erwiderte er, hob ihre Hand an die Lippen und küßte sie. »Du bist nicht Derae, und ich bin nicht Damon. Aber unsere Wege haben sich gekreuzt, und die Fäden unserer beider Bestimmung sind nun verwoben. Ich glaube nicht mehr so fest wie früher daran, daß Götter auf dem Olymp oder sonstwo in weiter Ferne wohnen. Aber ich glaube, daß jeder Mensch ein vorbestimmtes Schicksal hat. Uns ist es bestimmt, daß wir unser Leben gemeinsam verbringen.«

»Aber ich liebe dich nicht«, sagte sie, und ihre Stimme war kaum mehr als ein Flüstern.

»Liebe? Ich liebe dich auch nicht. Aber du bedeutest mir viel. Ich habe immerzu an dich denken müssen, seit ich die Wahrheit über jene Nacht erfahren habe, als du mir das Leben gerettet hast. Bleib bei mir, Thetis. Ich kann dir nicht versprechen, dich glücklich zu machen, aber ich werde es versuchen.«

»Ich will dir eine Freundin sein, Parmenion, aber ich werde dich nicht heiraten. Und vielleicht werde ich bei dir bleiben, wenn wir glücklich sein können. Aber ich sage dir ehrlich – vielleicht erwachst du eines Morgens, und ich bin fort. Sollte es so kommen, dann mußt du mir jetzt und hier versprechen, mich nicht zu suchen. Niemals.«

»Ich verspreche es«, sagte er. »Und jetzt iß, damit du wieder zu Kräften kommst.«

Der Mann stand am Tor vor Parmenions Haus, vom Mondlicht beschienen. Weit und breit war niemand zu sehen, als er die Dolchklinge behutsam in den Spalt zwischen den beiden Torflügeln schob und den Holzriegel anhob, der von innen vorgelegt war. Das Tor schwang auf, und der Riegel rutschte nach unten. Doch bevor er auf den steinernen Boden prallen konnte, stieß der Mann den Dolch blitzschnell ins Holz, so daß der Riegel auf die Klinge fiel, fast ohne ein Geräusch zu verursachen. Der Mann trat langsam in den Hof, zog den Dolch aus dem Türflügel und ließ den Riegel behutsam zu Boden. Dann schob er die Waffe in die Scheide und ging geduckt zur geschlossenen Tür des *andron* hinüber.

Irgend etwas Kaltes berührte seinen Hals, und eine starke Hand krampfte sich um seine Schulter. »Ich an deiner Stelle würde jetzt ganz still stehen«, sagte ihm eine Stimme leise ins Ohr.

»Ich habe eine Botschaft für Parmenion«, flüsterte der Mann.

»Der Dolch an deiner Kehle ist sehr scharf. Los, die Hände auf den Rücken!«

Der Mann gehorchte und rührte sich nicht, als ihm die Handgelenke hinter dem Rücken gefesselt wurden. Dann wurde der Mann in den *andron* geführt und beobachtete, wie der Rotbart, der ihn überwältigt hatte, drei Öllampen anzündete. »Du bist bestimmt Mothac, nicht wahr?«

»Setz dich.« Mothac stieß den Mann auf eine der Liegen. »Parmenion!« rief er dann. Augenblicke später kam ein hochgewachsener, schlanker Mann mit hagerem Gesicht und stechenden blaßblauen Augen ins Zimmer. Er hielt ein funkelndes Schwert in einer Faust.

»Klearchos!« rief Parmenion, warf das Schwert zur Seite und lächelte.

»Genau«, knurrte Xenophons Diener.

»Nimm ihm die Fesseln ab«, befahl Parmenion. Mothac zückte seinen Dolch und schnitt die Lederriemen durch. Klearchos rieb sich die Handgelenke. Sein Haar war grauer und schütterer geworden, als der junge Spartaner in Erinnerung hatte, und die Falten in Klearchos' Gesicht waren zahlreicher und tiefer als damals; sie sahen wie Dolchschnitte in einem Stück Leder aus. »Eine seltsame Zeit für einen Besuch«, sagte Parmenion.

»Mein Herr hat mir aufgetragen, mich von niemandem sehen zu lassen«, sagte Klearchos. Er schob die Hand in eine Tasche seines wollenen Umhangs, zog eine Pergamentrolle hervor und reichte sie dem jungen Spartaner.

Parmenion legte sie zur Seite, setzte sich dem alten Diener gegenüber und musterte ihn. »Wie geht es dem General?«

Klearchos zuckte mit den Achseln. »Er ist ein trauriger Mann. Er schreibt sehr viel und über viele Dinge – Reitkunst, Taktik, den griechischen Staat. Jeden Tag sitzt er stundenlang über seinen Schriften. Ich kann mich gar nicht mehr erinnern, wann er das letzte Mal ausgeritten ist oder auf der Jagd war. Und er ist *fett* geworden.« Klearchos spuckte das eine Wort beinahe aus, als wäre es bittere Galle.

Parmenion nahm die Pergamentrolle. Dann bemerkte er, daß Mothac den Besucher immer noch mißtrauisch anstarrte, den Dolch in der Faust. »Es ist gut, mein Freund«, sagte Parmenion. »Das ist Klearchos, ein Vertrauter von General Xenophon und ein guter alter Bekannter von mir.«

»Er ist Spartaner«, sagte Mothac verächtlich.

»Vorsicht, du Bengel! Sonst schlage ich dir den Schädel ein!« erwiderte Klearchos wütend und lief rot an.

»Vielleicht, wenn du mich im Schlaf erwischst, Großvater«, gab Mothac zurück. Klearchos sprang auf.

»Hört auf, ihr zwei!« sagte Parmenion scharf. »Wir sind Freunde – oder sollten es wenigstens sein. Wie lange bist du schon in Theben, Klearchos?«

»Ich bin erst heute abend angekommen«, erwiderte der alte Mann und warf Mothac einen mörderischen Blick zu. »Ich habe Freunde in Korinth besucht, habe mir dann ein Pferd gekauft und bin über Megara und Plataea hierher geritten.«

»Es ist schön, dich wiederzusehen. Möchtest du etwas essen und trinken?«

Klearchos schüttelte den Kopf. »Ich werde mich sofort wieder auf den Weg machen, wenn du mir die Antwort an meinen Herrn gegeben hast.«

Mothac wünschte Parmenion eine gute Nacht, schoß noch einen giftigen Blick auf Klearchos ab, ging auf sein Zimmer und ließ die beiden Spartaner unter sich. Parmenion nahm die Rolle, wickelte sie auf und las.

Ich grüße Dich, mein Freund. Die Zeit zieht rasch an mir vorüber, die Jahreszeiten vergehen schneller und schneller, und die Welt und ihre Probleme rücken in immer größere Ferne für mich. Dennoch sehe ich die Dinge klarer als in jungen Jahren – und mit wachsender Traurigkeit.

Es gab einmal einen jungen Mann aus Sparta, der der Liebe zu einer Frau wegen einen anderen jungen Mann getötet hat. Der Vater des Getöteten trägt noch heute schwer an seinem Kummer und hat Meuchelmörder ausgeschickt, die jenen jungen Mann töten sollen, der einst seinen Sohn im Zweikampf erschlug. Der Mann wohnt schon lange Zeit nicht mehr in Sparta. Mir ist zu Ohren gekommen, daß vier gedungene Mörder diesen jungen Mann aufgespürt haben. Doch er hat die Meuchler getötet, denn er ist ein Krieger geworden. Aber vielleicht werden andere gedungene Mörder folgen.

Ich hoffe, daß es Dir gutgeht und daß Dein Leben glücklicher ist als das jenes spartanischen Jungen, der schon lange fern der Heimat ist. Ich denke oft an diesen Jungen. Ich denke an seinen Mut und an seine Einsamkeit.

Mögen die Götter Dich belächeln, wenn es schlimm für Dich kommt.

Mögen sie Dich nicht beachten, wenn es gut für Dich kommt.

Der Brief trug keine Unterschrift.

Parmenion hob den Blick und schaute in das wettergegerbte Gesicht des alten Dieners. »Du hast sehr viel riskiert, mir diesen Brief zu bringen, Klearchos. Ich danke dir.«

»Du brauchst mir nicht zu danken«, sagte der alte Mann. »Ich habe es für den General getan. Ich habe dich gern gehabt, Junge. Aber das war vor langer Zeit, bevor du zum Verräter wurdest. Ich hoffe, daß die gedungenen Mörder dich aufspüren, bevor du wieder Gelegenheit bekommst, eines deiner tödlichen Spiele zu spielen.«

»Keiner von euch wird es jemals einsehen, nicht wahr?« erwiderte Parmenion mit eisiger Stimme. »Ihr Spartaner haltet euch allesamt für Halbgötter. Ihr seht tatenlos zu, wenn ein Kind jahrelang gequält wird und seine ganze Jugend als Gejagter und Geächteter verbringen muß. Wenn der Junge wieder und wieder gesagt bekommt, gar kein Spartaner zu sein. Und dann beschuldigt ihr diesen Jungen auch noch des Verrats, wenn er euch beim Wort nimmt! Ich möchte dir eine Geschichte erzählen, Klearchos, dir und deinen verfluchten Spartanern: Nachdem ich Sphodrias überlistet hatte, wurde ich von einem Heloten-Krieger gestellt. Er hat seit Jahren für euch Spartaner gekämpft; er ist nur für den Kampf geboren, erzogen und ausgebildet worden – den Kampf für euch. Als wir uns gegenüberstanden, hat dieser Mann zu mir gesagt, er habe sich schon immer gewünscht, einen Spartaner zu töten. Ihr werdet nicht nur von den Thebanern und Athenern gehaßt, sondern von den Menschen, die an eurer Seite kämpfen!«

Klearchos setzte zu einer Erwiderung an, doch Parmenion hob die Hand.

»Nein, sag nichts mehr!« rief er zornig. »Du hast mir die Botschaft deines Herrn überbracht. Und jetzt verschwinde!«

Für einen Augenblick starrte der alte Mann sein Gegenüber finster an; dann erhob er sich, verließ grußlos das Haus und verschwand in der Dunkelheit.

Mothac kam mit gezücktem Dolch ins Zimmer zurück. »Nimm es dir nicht so zu Herzen«, sagte er leise, »und mach dir keine Sorgen.«

Parmenion lachte bitter auf. »Was rätst du mir denn? Nachdem wir die gedungenen Mörder getötet hatten, war Menidis bei mir. Er hat mir gesagt, es sei ihm gleichgültig, ob ich lebe oder sterbe. Denn auch die Thebaner betrachten mich als Verräter an Sparta. Und es schneidet mir ins Herz, so bezeichnet zu werden.«

»Wir sollten uns betrinken«, schlug Mothac vor.

»Das ist nicht gerade die Antwort, die ich suche«, erwiderte Parmenion.

»Eine bessere weiß ich aber nicht.«

»Dann muß sie fürs erste genügen«, sagte der Spartaner. »Hol den Krug.«

Theben, im Sommer 371 v. Chr.

Thetis erwachte in aller Frühe. Ihre Träume waren süß gewesen, ihr Schlaf erholsam. Sie reckte die Arme, drehte sich auf die Seite und betrachtete den Mann, der neben ihr lag und schlief. Zärtlich streichelte sie ihm eine Strähne seines schwarzen Haars aus der Stirn. Er seufzte, erwachte aber nicht.

Die vergangenen sechs Jahre hatten es gut mit ihnen gemeint. Parmenion war mit seinen neunundzwanzig Jahren im besten Alter. Er hatte bei Wettläufen in Korinth, Megara, Plataea und sogar in Athen gesiegt. Sein Gesicht war härter und männlicher geworden, die Hakennase noch ausgeprägter, und sein Haar begann auf dem Scheitel schütter zu werden. Doch sein Lächeln war immer noch jungenhaft, und seine Berührungen waren sanft und voller Zärtlichkeit.

Schöne Jahre . . .

Im ersten Jahr hatte er bemerkt, daß Thetis nicht zufrieden und ausgefüllt war, die meiste Zeit im Haus verbringen zu müssen. Eines Morgens war er vom Marktplatz gekommen und hatte ihr einen dunklen *chiton,* Sandalen mit knielangen Schnüren, eine nach persischer Mode geschnittene Hose aus leichtem Leinen und einen Filzhut mitgebracht. »Zieh das an«, hatte er gesagt.

Sie hatte gelacht. »Willst du, daß ich mich wie ein Mann kleide? Haben wir solche ... Kunstgriffe nötig?«

»Nein«, hatte er grinsend geantwortet. »Aber ich werde dir beibringen, wie ein Mann zu reiten.«

Es war ein Abenteuer, das ihr mehr Vergnügen bereitete, als sie es je für möglich gehalten hätte. Obwohl Thetis immer noch von der Krankheit geschwächt war, hatte sie sich auf den Rücken von Parmenions brauner Stute gesetzt und war durch die Stadt geritten; der Filzhut hatte ihr Haar bedeckt, der weite *chiton* die weiblichen Rundungen ihres Körpers verhüllt. Und als sie aus der Stadt und im Hügelland war, hatte sie die Freuden des schnellen Reitens entdeckt, den Wind im Haar gespürt, die unglaubliche Geschwindigkeit eines galoppierenden Pferdes erlebt. Sie hatten sich auf einer hoch gelegenen Wiese geliebt, im Schatten der Nachmittagssonne unter einer hohen Zypresse, und waren dann nackt in einem eiskalten Gebirgsbach herumgetollt. Die Schönheit dieses Tages erstrahlte in hellem, klarem Licht in ihren Erinnerungen. »Wenn ich fort bin«, hatte er gesagt, »kannst du Mothac nach den Pferden schicken und allein hierher ins Hügelland reiten. Denn hier ist die Freiheit. Hier stellt dir niemand Fragen oder runzelt die Stirn, weil du dich als ehrbare Frau ohne Begleitung in der Öffentlichkeit zeigst.«

»Du gehst fort?« hatte sie gefragt. »Wohin?«

»Epaminondas hat gesagt, daß es an der Zeit ist, ganz Böotien zu befreien. Wir werden Truppen ausheben und sie in jene Städte schicken, in denen immer noch spartanische Garnisonen liegen. Wir werden den Aufständischen helfen, denn wir müssen das Land endgültig gegen Sparta sichern.«

Etwa fünf Wochen später, an einem frühen Morgen, wachte Thetis auf und sah Parmenion neben dem Bett stehen und ernst auf sie hinunterblicken. Er war in voller Rüstung: ein Bronzehelm mit Wagenschutz aus Leder, ein Waffenrock aus dicken, bronzebeschlagenen Lederstreifen, Beinschienen und ein Brustharnisch, auf dem der Kopf eines brüllenden Löwen abgebildet war. Sein Schwert steckte in der Scheide am Waffengurt.

»Heute ist es soweit, nicht wahr?« sagte sie.

»Ja.«

»Du hättest es mir gestern abend sagen können.«

»Ich hätte dir nur unnötig Kummer gemacht. Wahrscheinlich werde ich nur einen Monat fort sein, höchstens zwei.«

Sie nickte und drehte ihm den Rücken zu, schloß die Augen und tat so, als würde sie schlafen.

Tagelang war sie in Sorge und stellte sich vor, wie er in den Tod ritt. »Ich werde mich nicht in ihn verlieben«, schwor sie sich. »Ich werde nicht über seinem Leichnam weinen, wie ich es bei Damon getan habe.«

Doch ihre Ängste wuchsen, als die Nachrichten über die ersten Scharmützel und die Belagerungen in der Stadt eintrafen. Die spartanische Garnison in Thespiae, die zum größten Teil aus Söldnereinheiten aus der Stadt Orchomenos bestand, war aus der Festung marschiert, um der thebanischen Streitmacht entgegenzutreten. Die Schlacht währte nur kurz; dann waren die Söldner bis zum letzten Mann aufgerieben, doch auch von siebzehn thebanischen Gefallenen wurde berichtet. Eine Stadt nach der anderen wurde vom thebanischen Heer zurückerobert, meist ohne Blutvergießen, nachdem den belagerten spartanischen Garnisonen freies Geleit gewährt worden war, worauf die Spartaner über den Peloponnes in südliche Richtung abzogen. Doch von Parmenion hatte Thetis noch immer kein einziges Wort gehört.

Sechs Wochen nach jenem Tag, als sie sich geweigert hatte, von ihm Abschied zu nehmen, kam er auf den Hof seines Hauses. Sie sah ihn vom Fenster im ersten Stock aus und wollte schon losstürmen und ihn umarmen. Doch sie hielt sich zurück; statt dessen ging sie langsam die Treppe hinunter, so daß er ihr noch auf den Stufen entgegenkam. Sein Helm war an mehreren Stellen eingedellt, sein Brustharnisch von Schwerthieben gezeichnet, und der Löwenkopf wies eine tiefe Kerbe auf.

»Hast du mich vermißt?« fragte er, löste den Kinnriemen und nahm den Helm ab.

»Ein wenig«, räumte sie ein. »Bleibst du jetzt zu Hause?«

»Nein. Mir ist das Sylphium ausgegangen. Ich reite morgen zurück.«

Als sie auf ihrem Zimmer waren, half Thetis ihm, den Brustharnisch abzulegen und das Hemd auszuziehen. Erst jetzt entdeckte sie die leuchtend rote Narbe auf dem Bizeps seines rechten Arms. »Ich habe nicht viel Blut verloren«, sagte Parmenion, um Thetis zu beruhigen.

»Ein feindlicher Söldner hat mich beim Nahkampf getroffen. Epaminondas hat ihn getötet, und . . .«

»Die Einzelheiten interessieren mich nicht«, unterbrach sie ihn zornig. »Ich werde dir jetzt ein Bad einlassen.«

An diesem Abend liebten sie sich, doch Thetis konnte sich nicht entspannen, und Parmenion, der wochenlang keine Frau gehabt hatte, ließ jede Zärtlichkeit vermissen. Am nächsten Morgen war er wieder fort.

Monate gingen ins Land. Epaminondas, Kalepios und anderen gelang es nach und nach, den alten böotischen Bund wieder aufleben zu lassen. Bei einer Versammlung der Ratsmitglieder aller befreiten Städte, die in Theben stattfand, wurde der Bund schließlich offiziell geschlossen. Die Abstimmungen fanden nach demokratischen Grundsätzen statt, und man war zuversichtlich, was das kommende Jahr betraf.

Parmenion, der den Herbst über von seinen militärischen Pflichten entbunden war, sah die Zukunft weniger rosig. Bei einem ihrer gemeinsamen Ausritte erzählte er Thetis von seinen Befürchtungen.

»Es ist nicht so demokratisch, wie es den Anschein hat«, sagte er, als sie wieder auf der hoch in den Hügeln gelegenen Wiese saßen, die zu ihrem bevorzugten Ziel geworden war. »Theben kann gegen jede Entscheidung sein Veto einlegen, und der Rat von Theben hat unmittelbaren Einfluß auf die Städte Thespiae, Plateae und Tanagra.«

»Und wo liegt das Problem?« fragte Thetis. »Theben ist eine große und mächtige Stadt, und für alle unsere Ratsmitglieder sind die Freiheit und das Wohlergehen wichtiger als die Rechte anderer. Du hast doch Kalepios' Rede gehört. Es besteht keine Gefahr, daß im neuen böotischen Bundesstaat ein Diktator an die Macht kommt.«

»Ich habe es gehört, und ich hoffe, es entspricht der Wahrheit. Aber ein alter Freund hat einmal zu mir gesagt, daß das Volk wie eine Speerspitze ist – unten, an der Basis, ist es breit, um sich immer mehr und mehr zu verjüngen und an einem Punkt zu enden: an der Spitze. Die Demokraten glauben, daß man diese Speerspitze umformen und oder die Spitze gar abfeilen kann. Aber glaube mir – sie entsteht immer wieder neu, wie durch Zauberei. Es wird immer Könige geben Thetis, und wenn nicht Könige, dann Diktatoren. Es liegt in der Natur des Menschen, danach zu streben, sich über andere zu erheben und ihnen seinen Willen aufzuzwingen.«

»In Theben gibt es keine solche Leute«, erwiderte Thetis. »In früheren Zeiten vielleicht, aber die sind längst vergangen. Wir leben in einer anderen, neuen Welt, Parmenion. Epaminondas würde sich nie zum Diktator aufschwingen, oder Pelopidas. Oder du. Ich glaube, du machst dir zu große Sorgen.«

Und die darauffolgenden Jahre schienen Thetis recht zu geben. Fünf Jahre nach der Rückeroberung der Kadmea wurde ein Friedensbündnis zwischen Athen und Sparta geschlossen; in diesem Abkommen wurde Theben und allen böotischen Städten das Recht auf Unabhängigkeit und Selbstbestimmung gewährt.

Thetis konnte sich noch gut an jenen Herbsttag erinnern, als Epaminondas zu ihrem Haus gekommen war, begleitet von Kalepios, um mit Parmenion verschiedene Einzelheiten des Abkommens zu besprechen. Entgegen aller Tradition hatte Parmenion Thetis gebeten, bei den Männern zu bleiben, als sie das Zimmer verlassen wollte, und hatte sie aufgefordert, sich neben ihn zu setzen.

Die beiden Thebaner hatten verblüfft dreingeblickt. »Es erspart mir, alles zweimal erzählen zu müssen« hatte Parmenion erklärt. »Thetis wird nämlich jede Einzelheit wissen wollen, sobald ihr gegangen seid.«

»Aber . . .« stammelte Kalepios. »Sie . . . eine Frau . . .«

»Spricht so ein großer Redner?« sagte Parmenion und mühte sich, eine ernste Miene zu wahren. »Kalepios, du kennst Thetis seit Jahren. Es sollte dir nicht schwerfallen, in ihrer Gegenwart deine rednerischen Gaben zu entfalten.«

»Es geht nicht darum, ob es mir schwerfällt!« geiferte Kalepios. »Es ist eine Frage der Sitte und des Anstands! Oh, ich weiß, ihr Spartaner habt seltsame Ansichten, was Frauen betrifft, aber wir Thebaner ziehen es vor, uns zivilisiert zu benehmen! Die zur Debatte stehenden Angelegenheiten würden die liebe Thetis sowieso nur langweilen und verwirren.«

»Ich glaube, der liebe Kalepios hat recht«, sagte Thetis und erhob sich. »Ich bin ihm sogar dankbar, wie sehr er um mich besorgt ist.« Sie schluckte ihren Zorn hinunter und zog sich auf ihr Zimmer zurück. Später erzählte Parmenion ihr, was besprochen worden war. Vorher aber mußte Thetis eine Standpauke über sich ergehen lassen.

»Du hättest bleiben sollen!« sagte er wütend. »Deine Ratschläge wären wertvoll für uns gewesen.«

»Ach? Du begreifst offenbar gar nichts, *strategos.* Der liebe Kalepios hätte eure Herrenrunden aufgelöst. Er wäre aufgestanden und gegangen. Du kannst nicht einfach über die Tradition hinweggehen – nicht hier in Theben. So, und jetzt sag mir *deine* Meinung über diese Friedensgespräche.«

»Athen geht das Geld aus, und Sparta steht vor dem Bankrott«, sagte Parmenion. »Darum haben wir eigentlich nur eines gewonnen: eine kleine Atempause. Der Krieg ist noch längst nicht vorbei, aber wir werden die Zeit klug nutzen.«

»Wieviel Zeit?«

Er zuckte mit den Achseln. »Zwei, drei Jahre. Aber das Problem kann letztendlich nur durch eine Schlacht aus der Welt geschaffen werden. Eine Schlacht Thebens gegen Sparta, denn Athen ist hauptsächlich eine Seestreitmacht.«

»Spartaner sind auch nur Menschen wie alle anderen«, sagte Thetis.

»Sicher, aber sie haben noch nie eine große Feldschlacht gegen einen gleich starken Gegner verloren. Und was wir auch unternehmen mögen, wir werden niemals ihre Mannschaftsstärke erreichen.«

»Dir wird schon etwas einfallen, mein Lieber. Du bist der *strategos.«* Sie hatte es nur so dahergesagt, doch Parmenions Augen hatten aufgeleuchtet, und er hatte gelächelt.

Thetis schüttelte die Erinnerungen an diesen Herbsttag ab und stieg aus dem Bett. Parmenion stöhnte im Schlaf, erwachte aber nicht, als Thetis sich anzog und die Treppe hinunterging. Mothac bereitete in der Küche das Frühstück zu.

Der Thebaner lächelte, als er sie sah. »Heute wird wieder ein schöner Tag«, sagte er, als Thetis in die Küche kam. In Mothacs rotem Bart waren graue Strähnen zu sehen, und auf dem Scheitel lichtete sich sein Haar. Thetis schauderte. Es war schön und gut, im Bett zu liegen und Erinnerungen aufleben zu lassen, doch die Wirkung war manchmal ein wenig erschreckend: Wenn man in die Wirklichkeit zurückkehrte, stellte man fest, wie schnell die Zeit vergangen war.

Kleo war schon seit langem aus Thetis' Diensten ausgeschieden. Sie hatte den Sohn von Norak dem Schmied geheiratet, und jetzt war es Thetis' Aufgabe, Mothac bei der Hausarbeit zu helfen.

»Du solltest dir eine Frau nehmen«, sagte Thetis, als sie und Mothac nach getaner Arbeit im Hof saßen und den morgendlichen Sonnenschein genossen.

»Ich hatte eine Frau«, erwiderte Mothac. »Ich möchte nicht mehr heiraten. Aber einen Sohn, den hätte ich gern«

Thetis' gute Laune verschwand schlagartig, und auch Mothacs hastiges ›Entschuldigung‹ konnte nichts an ihrer düsteren Stimmung ändern. Sie beendeten schweigend ihr Frühstück, und Mothac schlich bedrückt in die Küche, um Parmenion den täglichen Becher Sylphium-Sud aufzubrühen.

Ein Sohn. Das einzige Geschenk, das sie Parmenion niemals würde geben können.

Thetis wußte schon lange, daß sie unfruchtbar war. Sie hatte niemals die Periode bekommen wie alle anderen Frauen. Doch erst seit sie mit Parmenion zusammenlebte, war dieses Wissen bitter für sie geworden. Parmenion sprach nie über dieses Thema, und sie dankte ihm und den Göttern dafür, denn sie wußte, daß jeder Mann irgendwann im Leben einen Punkt erreichte, an dem er sich nichts sehnlicher wünschte als Nachwuchs.

Sie hörte, wie Parmenion zu ihr kam, drehte sich aber nicht zu ihm um. Er legte ihr die Hände auf die Schultern und küßte ihren Nacken.

»Guten Morgen, werte Dame«, sagte er.

Sie lächelte. »Du bleibst immer länger im Bett«, sagte sie mit leisem Vorwurf. »Ich glaube, du wirst alt und träge.«

»Ich war bis in die frühen Morgenstunden bei Kalepios.«

Sie blickte ihm ins Gesicht. »Ist wieder Krieg?«

»Ich weiß es nicht. Epaminondas reist nach Sparta, um sich mit Agesilaos zu treffen.«

»Findet ihr das klug?« fragte sie.

»Es soll eine erneute Zusammenkunft aller Städte geben. Agesilaos hat den Teilnehmern sicheres Geleit versprochen, und Athen wird an diesem Treffen teilnehmen. Es könnte zu einem dauerhaften Frieden kommen.«

»Aber du glaubst es nicht?«

»Ich weiß es nicht. Ehrlich gesagt, ich befürchte, daß Athen und Sparta zu einer Einigung gelangen, und dann steht Theben allein da. Sollte es wirklich so kommen, wird Agesilaos nicht zögern, mit seinem Heer nach Böotien einzumarschieren – und ein zweites Mal wird Theben einer Schlacht nicht mehr ausweichen können.«

»Theben gegen Sparta«, flüsterte sie.

»Auf Leben und Tod«, sagte er.

»Und genau das willst du, nicht wahr?« fragte sie plötzlich.

»Wie meinst du das?«

»Du haßt die Spartaner. Wünschst du dir wirklich den Frieden?«

Parmenion lächelte. »Du bist eine scharfsinnige Frau, Thetis. Ja, du hast recht. Ich möchte keinen Frieden. Meine Jugend in Sparta war grausam. Und jetzt stehe ich kurz davor, meinen Traum verwirklichen zu können. Eines Tages werden die Spartaner kommen, und das wird der Tag meiner Rache sein.«

»Und dann?« fragte sie.

»Das weiß ich nicht. Ich habe sehr lange nur für diesen einen Traum gelebt. Ich kann nicht sagen, was sein wird, wenn Sparta am Boden liegt. Sie haben mir so viel genommen, und sie sollen mit Blut und Schmach dafür bezahlen.«

»Entweder wird Spartas Macht zerstört«, flüsterte Thetis, »oder du wirst sterben.«

»Ja«, sagte Parmenion. »Eins von beiden.«

Parmenion rief den Männern zu, die Waffenübungen zu beenden, und die Krieger der heiligen Schar schoben ihre Schwerter in die Scheiden. Sie hatten in voller Rüstung gekämpft und waren schweißgebadet. Einige ließen sich erschöpft auf den hartgebackenen Lehm des Übungsplatzes sinken; andere schlenderten in den Schatten der Bäume neben dem Grab Hektors.

»Ich habe keine Pause befohlen, Männer!« rief Parmenion. »Zehn Runden um das Stadion sollten genügen, eure verkrampften Muskeln zu lockern.«

Allgemeines Stöhnen und Murren ertönte, doch die Männer gehorchten und begannen mit dem Lauf. Gerade wollte Parmenion sich ihnen anschließen, als er einen Jungen unter den Bäumen sitzen sah. Er beobachtete die Übungen mit sichtlichem Interesse. Der Junge war etwa dreizehn Jahre alt, mit dunklem, dichtem, gelocktem Haar und einem Gesicht, das jetzt schon erkennen ließ, daß es einst von außerordentlicher männlicher Schönheit sein würde. Aber es war die Miene des Jungen, die eine Saite in Parmenions Innerm anschlug: Es war eine seltsam ernste Miene, die keine Regungen erkennen ließ, und Parmenion fühlte sich an seine eigene Jugend in Sparta erinnert, an den Spott, die Schmähungen und die Gewalt.

Er ging zu dem Jungen hinüber. »Studierst du die Kriegskunst?« fragte er lächelnd.

Der Junge stand auf und verbeugte sich. Er war nicht sehr groß, aber stämmig und kräftig. Seine dunklen Augen ruhten ernst auf Parmenions Gesicht.

»Es ist gut, wenn man sich anschaut, auf welche Weise Fremde kämpfen«, sagte er mit ruhiger Stimme.

»Warum ist es gut?«

»Weil sie eines Tages Feinde sein könnten. Wenn das der Fall ist, dann weiß ich schon mal, wie ihr Thebaner kämpft. Und sollten wir Freunde oder Verbündete sein, dann weiß ich, ob man sich auf euch verlassen kann.«

»Ich verstehe«, sagte Parmenion. »Du bist ein kluger junger Mann, und du scheinst gute Lehrer zu haben – wie ein Adeliger.«

»Ich bin Adeliger. Ein Prinz von Macedonien. Ich heiße Philipp.«

»Und ich bin Parmenion.«

»Ich weiß. Ich habe dich beim Wettlauf gesehen. Warum trittst du unter einem macedonischen Namen an?«

Parmenion setzte sich und bedeutete dem Jungen, neben ihm Platz zu nehmen. »Meine Mutter war Macedonierin«, sagte er. »Der Name soll ihr ein ehrendes Andenken sein. Bist du in unserer Stadt zu Gast?«

»Nein, ich bin als Geisel hier, bei Pammenes. Er soll mich beschützen. Aber ich habe es gut hier in Theben, besser als in der Heimat. Dort würde ich wahrscheinlich von Verwandten ermordet, die nur auf eine solche Gelegenheit warten.«

»Das sind harte Worte, junger Mann.«

»Hart, aber wahr«, sagte der Junge. »Ich habe viele Brüder und Halbbrüder, die alle das gleiche Anrecht auf den Thron besitzen. Und bei den Macedoniern ist es nicht üblich, Rivalen am Leben zu lassen. Es könnte sich später rächen.«

»Du scheinst dieses bittere Los sehr gelassen zu tragen, junger Mann.«

»Was bleibt mir anderes übrig?«

Parmenion lächelte. »Diese Frage kann ich nicht beantworten. Ich bin kein Prinz.«

»Stimmt«, erwiderte Philipp. »Und ich möchte keiner sein. Weder Prinz noch König. Auf jeden Fall nicht in Macedonien.«

»Was hast du gegen Macedonien?« fragte Parmenion. »Es ist ein wunderbares Land, habe ich gehört. Mit wogenden Wiesen und herrlichen Wäldern, hohen Bergen und klaren Flüssen.«

»Das stimmt, Parmenion. Aber Macedonien ist auch von mächtigen Feinden umgeben. Im Westen sind es die Illyrer unter ihrem König Bardylis; erfahrene und tapfere Krieger. Im Norden sind es die Paioner; Volksstämme, die nichts lieber tun, als Beutezüge nach Süden zu unternehmen. In Osten sind es die Thraker, hervorragende Reiter mit den besten Pferden der Welt. Und im Süden schließlich sind die Thessalier und die Thebaner mächtige Feinde. Wer möchte schon König eines solchen Landes sein?«

Parmenion erwiderte nichts. In den Augen des Jungen spiegelte sich Besorgnis, und seine Stimme war düster. Es gab nichts, was der Spartaner ihm darauf erwidern konnte. Vermutlich hatte der Junge recht: Falls er nach Macedonien zurückkehrte, war sein Leben keinen Obolos mehr wert. Der Gedanke bedrückte Parmenion.

Als sich zwischen ihm und dem Jungen unbehagliches Schweigen ausbreitete, erhob Parmenion sich und warf einen Blick zu den Soldaten hinüber. Die Krieger der heiligen Schar mühten sich immer noch im Laufschritt ums Stadion. Noch einmal wandte Parmenion sich dem jungen Prinzen zu. »Ich habe vor langer Zeit die Erfahrung gemacht, sich nie von der Verzweiflung erdrücken zu lassen. Das Glück mag schwankend sein, aber es ist jenen Männern hold, die niemals aufgeben. Ich glaube, aus dir wird einmal ein kluger Mann, Philipp. Ein Denker, ein Planer. Die meisten Männer passen sich nur den gegebenen Umständen an, die Denker aber schaffen sich die jeweiligen Umstände. Sollte es Verwandte geben, die deinen Tod wünschen, mußt du dafür sorgen, daß sie dich lieben. Zeig ihnen, daß du keine Bedrohung für sie bist. Beweise diesen Menschen, daß du ihnen von Nutzen sein kannst. Doch mehr als alles andere, Junge, muß aus dir ein Mann werden, der nur sehr schwer zu töten ist.«

»Und wie kann ich das schaffen?«

»Indem du am Leben bleibst. Indem du darüber nachdenkst, welche Möglichkeiten deine Feinde haben, sich dir zu nähern. Indem du dich darauf vorbereitest, angegriffen zu werden. Die Verzweiflung ist der Bruder der Niederlage, Philipp. Laß dich niemals von ihr einschüchtern.«

Der Junge nickte; dann wies er auf die Soldaten, die soeben nach der zehnten Runde ins Ziel taumelten. Parmenion erhob sich und trat ein paar Schritte nach vorn. »Das soll für heute reichen, Männer«, befahl er lautstark. »Morgen früh, eine Stunde nach Tagesanbruch, seid ihr wieder hier.«

»Zeig doch ein wenig Herz, Parmenion«, rief der Junge ihm zu. »Drei Tage hintereinander so harte Übungen?«

»Ich habe kein Herz«, sagte Parmenion. »Ich bin ein Mann aus Eisen. – Eine Stunde nach Tagesanbruch!«

Er wandte sich um und wollte zum Grab des Hektor zurück, doch der Junge war verschwunden. Parmenion seufzte. »Mögen die Götter dir Glück schenken, Philipp von Macedonien«, flüsterte er.

Drei Wochen lang schien es, als hätte die Friedensverhandlung allen Kriegsgelüsten der Spartaner ein Ende bereitet. Handelsverträge wurden abgeschlossen; alte Grenzstreitigkeiten wurden diskutiert und schließlich beigelegt. Epaminondas wurde in Sparta wie ein Ehrengast behandelt; zweimal speiste er mit König Agesilaos.

Im Laufe der vierten Woche kehrte Pelopidas nach Theben zurück und erzählte Parmenion Geschichten über die Verhandlungen, die in ›freundschaftlicher Atmosphäre‹ stattgefunden hatten, wie Pelopidas sich ausdrückte.

»Ich glaube, Agesilaos hat sich damit abgefunden, daß er die Macht über uns verloren hat«, sagte Pelopidas. »Ein Abgesandter des Großkönigs hat an den Verhandlungen teilgenommen, ein blonder Perser mit gelocktem Bart. Du hättest seine Kleidung mal sehen sollen! Ich schwöre beim Zeus, in sein Gewand waren mehr Edelsteine eingenäht, als Sterne am Himmel stehen! Er hat wirklich und wahrhaftig *gestrahlt*, wenn er in ein Zimmer kam.«

»Hat er auch etwas gesagt?« fragte Parmenion.

»Er hat die Konferenz eröffnet und allen Teilnehmern die Grüße und den Segen des Großkönigs überbracht. Er hat gesagt, der König sei hocherfreut, daß seine griechischen Kinder sich wieder vertragen – genauso hat er es ausgedrückt.«

»Da wir gerade von Königen sprechen – was ist mit Kleombrotos?«

»Er hat nicht an den Gesprächen teilgenommen«, erwiderte Pelopidas. »Angeblich ist er krank. Aber ich muß schon sagen, Parmenion, Sparta ist eine entsetzliche Stadt. Ich weiß wirklich nicht, wie du den Gestank so lange hast ertragen können. Alle Abwässer werden auf die Straßen geleitet, und die Fliegenschwärme sind dichter als Rauchschwaden. Ein häßlicher Ort – der zu häßlichen Menschen paßt.«

»Kleombrotos ist krank, sagst du?« fragte Parmenion. »Was fehlt ihm denn?«

»Das hat man uns nicht gesagt. Aber besonders schlimm kann es nicht sein, denn die Spartaner scheinen sich keine großen Sorgen um ihn zu machen. – Weißt du, als du mir einmal gesagt hast, daß spartanische Frauen sich jederzeit und ohne Begleitung in der Öffentlichkeit sehen lassen dürfen, da habe ich dir nicht geglaubt. Aber du hattest recht. Die Frauen waren überall. Einige haben sich sogar fast nackt ausgezogen und sind über die Felder und Wiesen gerannt. Ich muß schon sagen, das hat mir besser gefallen als die Wettläufe hier im Stadion, wenn diese dürren Kerle ihre Runden drehen. Ich habe eine Frau gesehen, die hatte Brüste wie . . .«

»Ich weiß über die Frauen in Sparta Bescheid«, unterbrach Parmenion den Freund höflich. »Schließlich habe ich lange genug in dieser Stadt gelebt. Die Sache mit Kleombrotos macht mir mehr Kopfzerbrechen. Er ist stark wie ein Ochse, und er hätte es sich niemals nehmen lassen, an der Konferenz teilzunehmen, auch wenn er leicht erkrankt sein sollte. Kannst du mit Gewißheit sagen, daß Kleombrotos sich in Sparta aufgehalten hat?«

»Wo hätte er sonst sein sollen?«

»Was ist mit der spartanischen Armee? Wie viele Soldaten hast du gesehen?«

»Agesilaos hatte das Heer zu Manövern in den Süden geschickt. Er sagte, die Konferenz würde in friedvollerer Atmosphäre verlaufen, wenn man nicht dauernd das Klirren von Schwertern und das Dröhnen von Schilden hören würde. Außerdem, sagte er, hätten manche Teilnehmer es als Versuch der Einschüchterung betrachten können.«

Parmenion runzelte die Stirn. »Dann wissen wir also nicht, wo der spartanische Kriegskönig sich mitsamt seiner Armee aufhält. Kommt dir da kein Verdacht, Pelopidas?«

Der thebanische Krieger erhob sich von der Liege und trat ans Fenster. Draußen schien die Sonne vom wolkenlosen Himmel. Plötzlich drehte Pelopidas sich wieder zu Parmenion um und lächelte. »Glaubst du, die Spartaner planen irgendeinen Verrat? Das bezweifle ich. Wenn sie hier einmarschieren wollten, hätten sie es auch ohne dieses endlose Geplapper, die Diskussionen und das Unterzeichnen von Bergen von Pergament tun können.«

»Das stimmt«, gab Parmenion zu. »Aber irgendwie hat die Sache einen seltsamen Beigeschmack. Wie viele Krieger können wir in ... sagen wir, zwei Tagen kampfbereit machen?«

»Theoretisch? Dreitausend Mann hier aus Theben und vielleicht tausend Mann Verbündete.«

»Das reicht nicht, falls Kleombrotos mit seinem Heer nach Norden statt nach Süden zieht. Wann soll die Konferenz beendet werden?«

»In zehn ... nein, in neun Tagen. Zum Abschluß soll eine umfassende Übereinkunft zwischen dem athenischen Bund, Sparta und Böotien unterzeichnet werden. Anschließend finden zwei Tage lang Feierlichkeiten statt.«

»Und wie viele Männer können wir in neun Tagen unter Waffen haben?«

»Bei den Göttern, Parmenion, bist du vom Gedanken an Sparta besessen? Zum jetzigen Zeitpunkt dürfen wir nicht einmal in Erwägung ziehen, ein Heer aufzustellen! Falls wir es tun, und die Konferenzteilnehmer erfahren davon – wie sähe es aus? Man würde uns der Aggression beschuldigen, und der Vertrag käme nicht zustande. Warum mußt du beim kleinsten Verdacht immer gleich an Verrat denken? Ich bin sicher, die Spartaner haben sich mit dem Wiederaufstieg Thebens abgefunden.«

»Wie viele Männer können wir in neun Tagen unter Waffen haben?« fragte Parmenion unbeirrt. »Theoretisch.«

Pelopidas schenkte sich einen Becher mit Wasser vermischtem Wein ein und ging zur Liege zurück. »Vielleicht siebentausend Mann – falls die thessalischen Reitersoldaten schnell genug hier sind. Aber ich will ehrlich zu dir sein, Parmenion. Jason von Pherae ist für die Spartaner eine ebenso große Bedrohung wie Theben – wahrscheinlich eine noch größere. Seine thessalische Reiterei ist jetzt schon zwanzigtausend Mann stark, und er befehligt mindestens zwölftausend *Hopliten.* Wenn wir eine Gefahr zu fürchten haben, dann kommt sie aus dem Norden und nicht von den Spartanern.«

Parmenion starrte schweigend die Wand an und rieb sich das Kinn. Nach geraumer Zeit richtete er den Blick wieder auf Pelopidas. »Wir müssen zwei Punkte berücksichtigen, mein Freund«, sagte er. »Falls du recht hast, brauchen wir uns nicht zu sorgen. Sollten sich meine Befürchtungen jedoch bewahrheiten, dann wird uns all das weggenommen, wofür wir gekämpft haben. Also, laß uns nur einmal annehmen, daß ich recht habe und daß die spartanische Armee uns bereits näher gerückt ist, als wir alle glauben. Wo könnte sie sich zur Zeit aufhalten? Wie könnten Kleombrotos' Pläne für die Invasion Böotiens aussehen? Wir haben immer noch unsere Einheiten am Kithaeron-Paß. Die Männer würden die Spartaner frühzeitig anrücken sehen und Alarm schlagen. Die Möglichkeit eines Angriffs über den Paß ist genauso unwahrscheinlich wie ein spartanisches Vorrücken über den Golf von Korinth, denn in Kreusis haben wir zwölf Kriegstrieren vor Anker liegen. Wo also könnten die Spartaner angreifen, Pelopidas? Bist du mit den Gegebenheiten vertraut?« Parmenion erhob sich und ging zu einer Truhe, die an der gegenüberliegenden Wand stand. Er nahm eine auf Rindsleder gezeichnete Karte Griechenlands heraus, setzte sich neben Pelopidas und legte dem Krieger die Karte auf den Schoß.

Pelopidas trank den Becher leer. »Also gut, Parmenion. Ich werde dein Kriegsspiel mitspielen, auch wenn du dich diesmal irrst. Laß mich mal überlegen ... wir kontrollieren die Pässe und sämtliche Übergänge vom Peloponnes aus. Wir könnten eine spartanische Armee monatelang festnageln. Und wie du schon sagtest, kommt ein Vorrücken über den Golf von Korinth nur dann in Frage, wenn die Spartaner eine Seeschlacht in Kauf nehmen ... Es sei denn, sie stoßen weiter im Norden vor, hier bei Agion, zum Beispiel«, sagte er und tippte mit dem Finger auf die Karte, »und anschließend weiter in Richtung Orchomenos und Kopiassee. Dann hätte die spartanische Armee außerdem die Möglichkeit, Verbündete aus Orchomenos in ihre Reihen aufzunehmen ... dann Weitermarsch nach Südwesten durch Koronea und Thespiae bis vor die Tore Thebens, und zwar aus nördlicher Richtung ... und das würde uns von den thessalischen Verbündeten abschneiden.«

»Genau darauf wollte ich hinaus«, sagte Parmenion. »Der Großteil unserer Truppen liegt im Süden und bewacht die Pässe. Aber wer bietet uns Schutz im Norden?«

»Chaireas mit tausend *Hopliten«*, erwiderte Pelopidas. »Die meisten kommen aus Megara und Tanagra. Hervorragende Kämpfer. Standhafte Männer. Die Einheit ist in Thespiae stationiert.«

»Schick Reiter zu Chaireas und erteile ihm den Befehl, nach Norden auszurücken und die Pässe bei Koronaea zu sichern. Sollte ich mich irren, können wir immer noch behaupten, daß Chaireas mit seinen Leuten ein Manöver durchführt – wie die Spartaner es ja auch tun.«

»Manchmal«, sagte Pelopidas, »fühle ich mich in deiner Gesellschaft gar nicht wohl. Mein Vater hat mir früher oft Geschichten über finstere Dämonen erzählt, die kleinen Jungen die Seelen stehlen. Hinterher lag ich immer im Bett und bekam kein Auge zu, obwohl ich ganz genau wußte, daß der alte Bastard nur versucht hat, mir angst zu machen. Ich habe den Alten nie gemocht. Und jetzt tust du das gleiche – du jagst mir Angst ein.« Er seufzte. »Aber ich werde deinem Vorschlag folgen. Doch sollte sich herausstellen, daß du dich geirrt hast, dann schenkst du mir deinen neuen schwarzen Wallach. Einverstanden?«

Parmenion lächelte. »Einverstanden. Und falls ich recht habe, gibst du mir deinen neuen Schild.«

»Moment! Ich habe den Schild in Korinth fertigen lassen! Er hat mich doppelt soviel gekostet, wie ein vernünftiger Mann für ein Pferd bezahlen würde.«

»Siehst du?« sagte Parmenion. »Für ganz abwegig scheinst du meine Vermutung doch nicht zu halten.«

Pelopidas schnaufte. »Wart's nur ab, wenn ich jeden Morgen auf dem Wallach hier an deinem Haus vorbeireite. Dann wirst du endlich einsehen, wie teuer dich deine Besessenheit zu stehen kommt, was Sparta betrifft.«

Eine Woche darauf trafen beunruhigende Nachrichten in der Stadt ein. Allerdings nicht aus dem Norden, wo Chaireas mit seinen Männern weisungsgemäß nach Koronea gezogen war und auf einem Höhenrücken Stellung bezogen hatte. Kalepios kehrte aus Sparta zurück und eilte zum Haus des Pelopidas. Der thebanische General hörte sich an, was Kalepios zu berichten hatte; dann machten die beiden Männer sich auf die Suche nach Parmenion. Sie fanden ihn im Stadion bei einem seiner meilenlangen Läufe. Pelopidas winkte ihn heran.

Parmenion ließ sich seinen Zorn nicht anmerken, als er zu den Männern herübertrabte. Er mochte es ganz und gar nicht, bei seinen

Laufübungen gestört zu werden. Dennoch verbeugte er sich höflich vor Kalepios, und der Ratsherr erwiderte die höfliche Geste. Dann setzten die drei Männer sich auf eine marmorne Bank neben dem Grab des Hektor.

»Die Dinge haben eine unerwartete Wendung genommen«, sagte Kalepios. »Wir wollten gerade die endgültige Fassung des Friedensvertrags unterzeichnen, als Epaminondas aufgefallen ist, daß das Wort ›Böotier‹ in ›Thebaner‹ umgeändert worden war. Er hat sich nach dem Grund erkundigt, und Agesilaos hat erwidert, daß Theben – und nicht der böotische Bund – die zur Zeit beherrschende Macht nördlich des Peloponnes sei. Daraufhin hat Epaminondas ihn daran erinnert, daß er als Gesandter aller böotischen Städte gekommen sei, nicht nur als Thebaner. Aber die Spartaner sind hart geblieben – entweder Epaminondas unterzeichne den Vertrag im Namen Thebens oder gar nicht. Zu diesem Zeitpunkt hatten alle anderen aber schon unterschrieben, Parmenion! Epaminondas hat sich drei Tage Bedenkzeit erbeten, um die Angelegenheit erst den Mitgliedern des böotischen Bundes vorzutragen. Darum bin ich hier. Was hat Agesilaos vor? Was will er mit dieser Vertragsänderung bewirken?«

»Er will einen Keil zwischen Theben und Athen treiben. Wenn alle Städte unterzeichnen – bis auf Theben –, sind wir vollkommen isoliert. Sparta könnte gegen Theben marschieren, ohne befürchten zu müssen, von Athen angegriffen zu werden.«

»Aber das würden die Athener niemals zulassen«, sagte Kalepios. »Sie waren von Anfang an auf unserer Seite.«

»Das stimmt nicht ganz«, erwiderte Parmenion. »Erst durch die spartanische Invasion wurden die Athener wachgerüttelt. Und nun werden sie den böotischen Bund als mögliche Bedrohung betrachten. Die Athener streben schon lange Zeit danach, die griechische Führungsmacht zu werden. Falls sie sich nun aus allem heraushalten und zuschauen, wie Theben und Sparta sich gegenseitig zerfleischen – wer außer ihnen hätte einen Nutzen davon? Sie brauchen hinterher nur noch die Trümmer aufzulesen.«

»Und darum«, sagte Pelopidas, »sollten wir den Vertrag unterzeichnen. Ist es denn so wichtig, ob dort ›Thebaner‹ oder ›Böotier‹ steht?«

Parmenion schüttelte den Kopf und lachte. »Du magst ein großer Feldherr sein, Pelopidas, aber von der Politik laß lieber die Finger. Falls Epaminondas unterzeichnet, wird das eine Art Botschaft an alle demokratischen Kräfte in Böotien sein, daß Theben sich zu ihrer Führungsmacht erklärt hat. Es würde den böotischen Bund zersprengen.

Ein wirklich schlauer Schachzug von Agesilaos. Er ist gerissen wie immer.«

»Was soll das Ganze überhaupt?« fragte Pelopidas. »Wird Epaminondas nun unterschreiben oder nicht?«

»Er kann nicht«, sagte Parmenion. »Denn seine Unterschrift würde für den böotischen Bund den langsamen, aber sicheren Tod bedeuten. Nein, wir müssen schnellstmöglich unser Heer aufstellen. Agesilaos wird Theben angreifen, das steht fest.«

»Wir können nicht einfach *unser Heer aufstellen*«, sagte Kalepios. »Wir leben in einer Demokratie. Zuerst müssen wir die sieben vom Volk gewählten Generäle zusammenrufen; das schreibt unsere Verfassung vor.« Er seufzte. »Leider ist einer dieser Generäle zur Zeit in Sparta: Epaminondas.«

»Nur ausgemachte Dummköpfe können sich eine solche Regelung einfallen lassen!« schimpfte Parmenion. »Was wirst du tun, Pelopidas? Auch du bist einer der sieben Generäle.«

»Ich werde der heiligen Schar den Befehl erteilen, sich kampfbereit zu machen, und ich werde alles an *Hopliten* aufstellen, was Theben und Umgebung aufzubieten hat. Andere Städte können wir jetzt nur noch benachrichtigen und sie darum bitten, uns Truppen zu schicken. Befehlen können wir es ihnen nicht.«

»Die Demokratie ist ein seltsames Wesen«, sagte Parmenion.

Die Dämmerung war fast schon hereingebrochen, als Parmenion sich auf den Weg nach Hause machte und durch die dunklen, menschenleeren Straßen ging, an plätschernden Brunnen und mondbeschienenen Standbildern vorbei. Er bewegte sich vorsichtig, mied enge Gassen und behielt die Hand am Schwertgriff. Als er über einen der öffentlichen Plätze kam, sah er eine dunkle, vermummte Gestalt an einem ummauerten Brunnen sitzen. Aufgeschreckt ließ er den Blick über den Platz schweifen; aber niemand sonst war zu sehen, und es gab auch kein Versteck, in dem ein Meuchelmörder ihm hätte auflauern können. Parmenion setzte seinen Weg fort.

»Kein Wort des Grußes an eine alte Freundin?« erklang Tamis' Greisenstimme, als Parmenion an der Gestalt vorübergegangen war. Er blieb stehen und drehte sich um; die alte Frau hob eine Hand und lächelte.

»Bist du ein Mensch oder ein Geist?« fragte er und spürte den kalten Nachtwind auf der Haut.

»Ich bin Tamis«, erwiderte sie.

»Was willst du von mir? Warum verfolgst du mich, Frau?«

»Ich *will* gar nichts, Parmenion. Ich beobachte nur. Bist du ein zufriedener Mensch?«

»Warum sollte ich unzufrieden sein? Aber verschone mich mit deinen falschen Prophezeiungen. Thebens Mauern stehen noch – obwohl du etwas anderes behauptet hast.«

»Ich habe nicht gesagt, daß Theben an einem einzigen Tag in Schutt und Asche fällt«, erwiderte Tamis mit müder Stimme, »und meine Prophezeiungen sind niemals falsch. Sieh dich an. Du bist frisch. Du schaust mich an und siehst eine wandelnde Leiche auf der Suche nach einem geeigneten Grab. Du siehst runzlige Haut und faulige Zähne. Glaubst du, das bin ich? Glaubst, das ist Tamis? Schau noch einmal hin, Parmenion«, sagte sie, stand auf und schlug die Kapuze zurück. Für einen Augenblick war die Gestalt in so helles Mondlicht getaucht, daß er es nicht ertragen konnte, sie zu betrachten; dann wurde das grelle Licht sanfter. Eine junge Frau stand vor ihm. Sie war von atemberaubender Schönheit; ihr Haar hatte die Farbe von Gold, ihre Lippen waren voll und schön geschwungen, ihre Augen von einem strahlenden Blau, aber voller Güte und Wärme. Dann schwand das Bild, und er sah, wie die Haut trocknete und schrumpfte, wie die Schultern sich krümmten, wie die Taille dick und das Haar spröde wurde. Der Mund wurde ihm trocken. »Du bist eine Hexe!« flüsterte er.

Ihr Lachen wurde zu einem Krächzen, und sie setzte sich wieder auf die Umrandung des Brunnens. »Natürlich bin ich eine Hexe«, sagte sie, und in ihrer Stimme lag plötzlich Trauer. »Und was du gerade gesehen hast, war einmal Wirklichkeit – vor sehr langer Zeit. Eines Tages, Parmenion, wirst vielleicht auch du alt sein, deine Haut runzlig und fleckig, deine Zähne locker und verfault. Aber in deinem Innern wirst du noch der sein, der du immer gewesen bist – allerdings wirst du feststellen, in einer zerfallenen Hülle gefangen zu sein.«

»Ich habe keine Zeit für solches Geschwätz. Was willst du von mir?«

»Ist dein Haß immer noch so stark?« fragte Tamis. »Willst du immer noch Spartas Tod?«

»Ich will nichts weiter, als daß Theben von Spartas Einfluß befreit wird.«

»Du hast Asiron gesagt, du seist der Tod der Staaten.«

»Woher weißt du das?« Plötzlich brach er in Gelächter aus. »Was für eine dumme Frage an eine Hexe! Oder Seherin. Oder spartanische Spionin. Ja, das habe ich zu ihm gesagt. Aber das liegt schon Jahre zurück. Kann sein, daß deine Prophezeiungen mir früher mal Sorgen gemacht haben. Aber das ist jetzt vorbei. Warst nicht du diejenige, die

Epaminondas vorhergesagt hat, bei Mantinea in einer Schlacht zu fallen? War das auch eine deiner Lügen?«

»Ja, das hatte ich ihm geweissagt. Aber das ist eine Sache, die nur diesen großen Mann und mich etwas angeht. – Liebst du Thetis?«

»Ich weiß wirklich nicht, warum ich meine Zeit verschwende, mit dir zu reden«, erwiderte Parmenion. »Ich bin müde. Ich brauche Schlaf.« Er wandte sich um und ging über den Platz davon.

»Liebst du sie?« rief Tamis ihm leise hinterher. Er blieb noch einmal stehen. Die Frage hallte in seinem Kopf wider. Langsam drehte er sich um.

»Ja, ich liebe sie. Nicht so tief, wie ich Derae geliebt habe – und noch immer liebe. Gibt es einen Grund, daß du mir diese Frage stellst?«

»Ich habe dir einst den Rat gegeben, aus der Stadt zu reiten, fort von Theben, um am Altar der Hera in Troja deine Bestimmung zu suchen. Du hast diesen Rat nicht befolgt. Du wirst es auch diesmal nicht tun. Und dennoch sage ich dir: Geh nicht wieder heim. Reite noch heute nacht aus Theben fort.«

»Das werde ich nicht tun. Und das weißt du.«

»O ja, das weiß ich«, sagte Tamis, und in ihrer Stimme lag plötzlich so tiefe Trauer, daß es ihn härter traf als ein Fausthieb. Er öffnete den Mund zu einer Erwiderung, suchte nach höflichen Floskeln, sich von der alten Frau zu verabschieden; doch dann ging sie schon mit raschen Schritten davon und zog sich die Kapuze wieder über den Kopf.

Am Himmel war bereits der erste blasse Schimmer des neuen Tages zu sehen, als Parmenion am Tor seines Hauses anlangte. Er gähnte und hob die Faust, um ans Holz der Pforte zu klopfen, denn er wußte, daß Mothac sofort erwachen und den Riegel lösen würde, der von innen vorgelegt war. Dann sah er plötzlich, daß das Tor einen Spalt weit offen stand. Zorn flammte in ihm auf. Seit Klearchos, Xenophons Diener, so unbehelligt auf den Hof gelangt war, hatte Parmenion darauf bestanden, das Tor über Nacht von innen mit Riegel und Kette zu sichern. Es war nicht Mothacs Art, eine solche Anweisung zu vergessen. Parmenion legte die Hand auf einen der Torflügel und zögerte. Das Treffen mit Tamis hatte ihn verunsichert. Höchstwahrscheinlich hatte Mothac mal wieder zuviel Wein in sich hineingeschüttet und war eingeschlafen, während er auf die Rückkehr seines Freundes gewartet hatte.

Doch sein Zorn und sein Unbehagen blieben, und mit einem leisen Fluch trat er vom Tor weg und wandte sich nach rechts, bis er den niedrigsten Teil der Mauer erreichte, die das Haus umgab. Er sprang in die Höhe, bekam mit den Fingern die Kante zu fassen und zog sich vorsichtig die Mauer hinauf, wobei er darauf achtete, nicht gegen einen der Töpfe und Krüge zu stoßen, die er dicht nebeneinander auf die Mauerkrone gestellt hatte, so daß sie bei der leisesten Berührung in den Hof fielen und zerschellten; er hatte sie dort aufgestellt, um frühzeitig gewarnt zu werden, falls wieder ein Eindringling versuchte, auf diesem Weg in den Hof zu gelangen. Als er auf dem Mauerrand war, ließ Parmenion den Blick über den Hof schweifen und sah zwei bewaffnete Männer, die innen zu beiden Seiten des Tores warteten. Er huschte über die Mauer, ließ sich hinter einem Strauch in den Hof hinunter und zog sein Schwert. Sein Mund war trocken, und sein Herz klopfte bis zum Hals. Dann holte er ein paarmal tief Atem und kroch langsam, dicht an der Mauer entlang, zum Tor hinüber. Er wußte, daß er einen Vorteil besaß: Die Meuchelmörder rechneten damit, ihr Opfer überraschen zu können, wenn es ahnungslos durch das Tor kam. Als er nahe genug heran war, schnellte er vom Boden hoch und rammte dem ersten Mann die Schulter vor die Brust. Der gedungene Mörder wurde zu Boden geschleudert, und sofort schlug Parmenion mit dem Schwert auf den zweiten Mann ein und hieb ihm die Klinge tief in den Hals. Der erste Gegner kam schwankend auf die Beine; sein Schwert war zu Boden gefallen, als Parmenion ihn gerammt hatte, doch nun tastete der Mann nach dem Dolch an seiner Seite. Parmenion sprang vor und stieß dem gedungenen Mörder das Schwert in den Leib.

Der Mann fiel gegen Parmenion; seine Finger krampften sich im Todeskampf in dessen Umhang. Der Spartaner riß das Schwert aus dem Leib des Mannes und stieß den Körper von sich. Stöhnend stürzte der gedungene Mörder mit dem Gesicht nach vorn auf den Hof; seine Därme quollen aus der Wunde, und Blutgeruch breitete sich aus. Parmenion stürmte zum Haus und in den *andron* und stieß die Tür auf.

»Willkommen«, sagte ein hochgewachsener Spartaner. »Laß das Schwert fallen – oder die Frau stirbt.« Die linke Hand des Mannes lag an Thetis' Kehle, doch in der Rechten hielt er einen kurzen Dolch, und die Spitze der Klinge war auf Thetis' Brust gerichtet.

Thetis stand wie erstarrt. Sie war in der Nacht aufgewacht und hatte ein raschelndes Geräusch unten im Hof gehört. Daraufhin hatte sie einen Dolch gezückt, war die Treppe hinuntergerannt und hatte vier Männer vor dem am Boden liegenden Mothac stehen sehen. Ohne nachzudenken, hatte sie sich auf die Männer gestürzt. Einer von ihnen hatte Thetis gepackt, doch sie konnte sich losreißen und ihm den

Dolch bis ans Heft in den Magen stoßen. Dann wurde ihr eine Faust an die Wange geschmettert, und der Hieb schleuderte sie zu Boden. Die Männer warfen sich auf sie, hielten ihre Arme fest und wanden ihr die Waffe aus der Hand. Der Mann mit der Dolchwunde lag regungslos am Boden; sein Blut strömte über den Hof. Dann zerrte einer der Männer Thetis zurück in den *andron*, während die beiden anderen Kerle ihren erstochenen Kumpan und den reglosen Mothac in die Küche schleppten.

»Du Schlampe!« brüllte der Mann, der Thetis festhielt. »Du hast ihn getötet!« Er schlug ihr den Handrücken so brutal ins Gesicht, daß es sie von den Beinen riß; dann zückte er seinen Dolch und ging auf sie zu.

»Laß sie in Ruhe!« befahl der Anführer, ein großer Mann in einem dunkelgrünen *chiton* und Reiterstiefeln.

»Aber sie hat Chinon ermordet!« protestierte der andere.

»Bewache das Tor! Sobald der Kerl auftaucht – töte ihn. Dann kannst du mit der Frau machen, was du willst.«

Und damit hatte die endlos lange Nacht begonnen. Thetis war entschlossen, einen Warnschrei auszustoßen, sobald sie Parmenion kommen hörte. Doch die ersten Geräusche, die sie vernahm, waren Fußescharren, Stöhnen und Todesschreie gewesen.

Und nun stand Parmenion im Türeingang. Seine Kleidung war blutbespritzt, und in seinen Augen loderten schreckliche Wut und Haß.

»Laß das Schwert fallen – oder die Frau stirbt.«

Thetis sah, daß Parmenion mit sich rang. Sie beobachtete, wie er sein Schwert langsam aus der Hand gleiten ließ. »Tu's nicht!« rief sie. »Er wird uns sowieso töten!«

»Sei still, Hure!« befahl der Spartaner.

Parmenions Schwert fiel klirrend zu Boden. »Tritt es mit dem Fuß zu mir herüber!« sagte der gedungene Mörder, und Parmenion gehorchte. Der Spartaner schleuderte Thetis gegen die Wand und ging auf Parmenion los.

»Jetzt hat deine letzte Stunde geschlagen, Verräter!« stieß der Mann haßerfüllt hervor.

Parmenion wich geduckt bis in den *andron* zurück, hielt sich immer außer Reichweite des Gegners. »Wer hat dich geschickt?« fragte er mit ruhiger Stimme.

»Ich diene dem König und der gerechten Sache«, erwiderte der Mann – und sprang blitzartig vor. Die funkelnde Klinge raste auf Parmenions Magen zu. Doch der wich dem Stoß mit einem Sprung nach links aus und wollte dem Mann das Knie unters Kinn rammen, streifte ihn aber nur. Die Dolchklinge zuckte hoch, schlitzte Parmenion die Schulter auf und zischte an seinem Gesicht vorbei.

Thetis war mit dem Kopf gegen die Wand geprallt, und ein dünner Blutfaden lief aus einer Rißwunde an ihrer Stirn. Sie konnte ihre Umgebung nur noch wie durch einen Schleier sehen, doch sie kroch über den Boden, und ihre Hand schloß sich um den Griff von Parmenions Schwert. Langsam erhob sie sich. Eine Woge von Übelkeit stieg in ihr auf. Sie sah Parmenion, wie er und einer der Meuchelmörder sich belauerten; der Mann stand mit dem Rücken zu Thetis. Sie nahm alle Kraft zusammen, rannte nach vorn und stieß dem Spartaner das Schwert zwischen die Schulterblätter ... der Mann versuchte, sich umzudrehen, doch gedankenschnell hatte Parmenion das Handgelenk des Mörders gepackt und hielt es umklammert.

Thetis fiel zurück und stürzte neben einer der Liegen zu Boden. Das Zimmer drehte sich im rasenden Wirbel um sie herum. Sie sah die beiden Männer kämpfen; aus dem Rücken des Spartaners ragte die schimmernde Schwertklinge, doch er fiel nicht. Parmenion warf sich mit seinem ganzen Körpergewicht gegen den Mörder und schleuderte ihn mit dem Rücken gegen die Wand; die Wucht des Aufpralls trieb das Schwert tief in den Leib des Mannes. Schäumendes Blut quoll ihm aus dem Mund. Parmenion warf sich zur Seite, als der Mörder einen letzten verzweifelten Angriff mit dem Dolch versuchte. Dann schloß der Mörder die Augen und stürzte wie vom Blitz gefällt zu Boden.

Parmenion eilte zu Thetis hinüber und bettete sie vorsichtig auf die Liege. »Ist es sehr schlimm?« fragte er mit zitternder Stimme.

»Nein«, antwortete sie mühsam. »Mothac ... in der Küche.«

Parmenion erhob sich und zog sein Schwert aus dem Leib des toten Spartaners. Mit der blutigen Waffe in der Faust ging er durchs Haus, bis er in die Küche gelangte. Zwei Körper lagen dort am Boden. Parmenion stieg über den ersten hinweg, kniete neben Mothac nieder und legte dem Freund die Finger an die Halsschlagader, um den Puls zu fühlen. Mothac lebte noch.

Parmenion riß ihm das blutgetränkte Hemd vom Leib, um festzustellen, wo er verwundet war. Ein Dolchstich hatte ihn hoch in der Brust getroffen, ein zweiter über der linken Hüfte. Die Brustwunde schien nicht so gefährlich, doch aus der Hüftwunde strömte noch das Blut. Parmenion hatte Feldärzte bei der Arbeit auf dem Schlachtfeld beobachtet, und er drückte das Fleisch über der Wunde zusammen und hielt es fest, bis das Blut ihm über die Hände strömte. Für einige Minuten saß er da und betete zu den Göttern – und endlich begann die heftige Blutung nachzulassen.

Mothac stöhnte. »Bleib still liegen«, sagte Parmenion und ließ Mothac langsam los. Noch immer drang Blut aus der Wunde, doch es war nur noch ein dünnes Rinnsal.

Parmenion kehrte in den *andron* zurück und sah, daß Thetis eingeschlafen war. Er streichelte ihr zärtlich über das Gesicht und rannte zum Haus des Dronikos, jenes Arztes, der Argonas' Stelle eingenommen hatte. Dronikos stammte aus Athen und war wegen seiner schroffen Art berüchtigt, doch seine ärztliche Kunst war über alle Zweifel erhaben. Und wie schon der verstorbene Argonas hielt er nicht sonderlich viel vom Aderlaß, den die meisten anderen Ärzte als Allheilmittel praktizierten. Dronikos war bärtig, glatzköpfig und so klein gewachsen, daß er beinahe schon mißgestaltet erschien. Die beiden Männer trugen Mothac auf sein Zimmer und legten ihn ins Bett. Dann stopfte Dronikos die Dolchwunden mit Wolle zu, die mit dem eingetrockneten Saft des Feigenbaums getränkt war. Anschließend bedeckte er die Wunden mit wollenen, in Rotwein getränkten Lappen, die er mit Verbänden aus weißem Leinen umwickelte.

Parmenion kehrte in den *andron* zurück und kniete neben Thetis nieder, hob ihre rechte Hand und küßte die Finger.

Sie wachte auf und lächelte. »Warum ist es so dunkel?« fragte sie. »Sei so lieb und mach eine Lampe an.«

Helles Sonnenlicht fiel durchs Fenster. Parmenion hatte das Gefühl, eine Hand aus Eis berühre seine Seele. Er wedelte mit den Fingern vor Thetis' Augen, doch sie blinzelte nicht einmal. Er schluckte schwer. »Dronikos!« rief er. »Komm her, schnell!«

»Was ist denn los?« fragte Thetis. »Es reicht, wenn du ein wenig Licht machst.«

»Sofort, Thetis. Sofort.«

»Geht es Mothac gut?«

»Ja. Dronikos!«

Der Arzt kam ins Zimmer und trat neben Thetis' Liege. Parmenion sagte kein Wort; er wedelte nur mit der Hand vor Thetis' Gesicht und blickte Dronikos an, als wieder keine Reaktion erfolgte. Der Arzt setzte sich auf die Kante der Liege und betastete vorsichtig die Platzwunde an Thetis' Stirn. Sie stöhnte. »Bist du das, Parmenion?« Ihre Stimme klang schleppend.

»Ich bin bei dir«, flüsterte er und hielt ihre Hand.

»Ich dachte schon, wir müßten sterben«, sagte Thetis, »und daß unser Glück ein Ende hätte. Aber es wäre die Jahre wert gewesen, die wir gemeinsam verbracht haben, nicht wahr? Ich dachte, die Götter wollten nicht, daß wir zu lange glücklich sind. Ich weiß, das hört sich seltsam an, aber es ist mir zum erstenmal wirklich klargeworden. Du hast mir das Leben zurückgegeben, das Lächeln, das Lachen. Aber wir sind davongekommen ... wir haben ... gewonnen. Die Götter haben uns noch einige Jahre geschenkt. Parmenion?«

»Ja?«

»Ich liebe dich. Stört es dich, wenn ich das sage?«

»Es stört mich nicht«, flüsterte er. Er warf Dronikos einen Blick zu, doch der Miene des Arztes war nichts zu entnehmen. »Was ist mit ihr geschehen?« fragte Parmenion leise.

Dronikos erhob sich, bedeutete Parmenion aber, sitzen zu bleiben. Dann ging der Arzt auf den Hof und setzte sich in den Sonnenschein.

»Liebst du mich?« fragte Thetis, und ihre Stimme war plötzlich fest und klar.

Parmenion schluckte schwer und spürte, wie ihm Tränen in die Augen traten. »Ja«, sagte er.

»Ich kann ... dich ... nicht hören. Parmenion? Par ...« Ein letzter Atemzug, und ihr Kopf fiel zur Seite.

»Thetis!« rief er, aber sie rührte sich nicht. Dronikos kam schweigend ins Zimmer zurück und strich Thetis die Augen zu. Er nahm Parmenion beim Arm und führte ihn nach draußen in den Sonnenschein.

»Warum?« flüsterte Parmenion. »Es war doch nur eine kleine Wunde!«

»Aber ihr Schädel war gebrochen. Es tut mir leid, Parmenion. Ich weiß nicht, was ich anderes sagen soll. Vielleicht ist es dir ein Trost, daß sie nicht gelitten hat; sie wußte nicht, daß sie sterben mußte. Und denke daran, was sie über euer gemeinsames Leben gesagt hat. Nur wenigen Menschen ist ein solches Glück vergönnt.«

Parmenion hörte gar nicht hin. Er riß sich los, setzte sich an den Tisch im Hof und starrte auf die purpurnen Blumen, die an den Wänden wuchsen. Er rührte sich nicht einmal, als Menidis mit einer Abteilung thebanischer Krieger erschien, um die Leichen der gedungenen Mörder fortzuschaffen. Der alte Befehlshaber der Stadtmiliz setzte sich Parmenion gegenüber.

»Sagst du mir, was geschehen ist?« fragte er.

Und Parmenion erzählte es ihm. Langsam, mit leiser, monotoner Stimme. Er bemerkte nicht einmal, wie Menidis sich schließlich erhob und davonging.

Als Pelopidas bei Anbruch der Dämmerung kam, saß Parmenion immer noch am Tisch und starrte ins Nichts. Der thebanische General setzte sich neben ihn.

»Es tut mir leid, daß Thetis tot ist«, sagte er. »Es tut mir aufrichtig leid. Aber du mußt dich zusammenreißen, Parmenion. Ich brauche dich. Theben braucht dich. Kleombrotos hat im Norden mit zwölftausend Kriegern angegriffen. Er hat Chaireas und seine Männer abgeschlachtet. Für die Spartaner ist der Weg nach Theben jetzt frei.«

Epamimondas saß allein auf dem Höhenrücken und blickte auf das spartanische Heer hinunter, das sein Lager auf der Ebene von Leuktra aufgeschlagen hatte, einen Tagesmarsch östlich von Theben. Bedächtig löste er den Kinnriemen seines schlichten eisernen Helms, nahm ihn vom Kopf und legte ihn auf den steinigen Hang, während er die fernen Lagerfeuer im Auge behielt.

Als der Wind auffrischte und in seine Richtung drehte, drang das Gelächter aus dem spartanischen Heerlager gedämpft an Epaminondas' Ohren, und er konnte das Wiehern der Pferde hören, die irgendwo hinter den Feuern angebunden waren.

Der morgige Tag ragte in seinen Gedanken so bedrohlich und beängstigend vor ihm auf wie die halb vergessenen Ungeheuer aus seinen Kindheitsträumen. Mehr als fünfzehn seiner siebenunddreißig Lebensjahre hatte Epaminondas damit verbracht, Kopf und Kragen zu riskieren, um diese Stadt, die er liebte, von der spartanischen Herrschaft zu befreien. Und er war diesem Ziel so nahe gekommen.

So nahe ...

Jetzt aber sah er sich einem zwölftausend Mann starken Heer gegenüber – doppelt so groß wie die vereinten Armeen Böotiens –, und das Schicksal Thebens hing wie ein zerbrechliches Kleinod über einem alles verschlingenden, flammenden Abgrund.

In Sparta hatte er sich noch Träumen von einer goldenen Zukunft hingegeben. Agesilaos war unbeschwert und heiter – sogar fröhlich – gewesen, und die Verhandlungen waren langwierig, aber reibungslos und erfolgversprechend verlaufen ... bis zu jenem bitteren Augenblick, als Epaminondas die Wahrheit erkannt und die Änderung im Text des Friedensvertrages gesehen hatte. In diesem Moment hatte er erkannt, daß er den Spartanern wie ein Fisch ins Netz gegangen war. Den Vertrag zu unterzeichnen bedeutete das Ende Böotiens. Den Vertrag nicht zu unterzeichnen beschwor eine neuerliche Invasion herauf. Er holte tief Atem, schloß die Augen und versuchte, sich auf die Ratschläge seiner Generäle zu konzentrieren. Doch vor dem geistigen Auge sah er nur das Bild des spartanischen Heeres ... die besten Krieger Griechenlands ... der ganzen Welt.

Parmenions Plan ging ihm durch den Kopf, doch er verscheuchte ihn aus seinen Gedanken.

Als er ein Geräusch hinter sich hörte, blickte er auf und sah Iktinos, den thespischen General. Der Mann war jung und schlank, und seine eiserne Rüstung war so blank poliert, daß sie wie reines Silber schimmerte. Epaminondas schwieg. Er mochte Iktinos nicht, doch als gewählter Vertreter Thespiens mußte er toleriert werden.

»Wir werden uns nicht auf eine offene Feldschlacht einlassen, nicht wahr, Epaminondas?« fragte Iktinos. »Meine Männer sind besorgt. Natürlich nicht um ihr Leben, das sie freudig für unsere Sache hergeben würden . . . freudig hergeben. Aber eine offene Schlacht wäre eine . . . große Dummheit. Diese Möglichkeit erwägst du doch nicht etwa, oder?«

»Ich erwäge alle Möglichkeiten, Iktinos, und zum vereinbarten Zeitpunkt werde ich den sieben Generälen meinen Standpunkt darlegen. Würdest du jetzt so freundlich sein und mich in Ruhe nachdenken lassen?«

»Ja. Aber wir können diesen Höhenzug doch halten, nicht wahr? Ja. Das wäre gut. Ausgezeichnet. Ich glaube . . .«

»Ich sehe dich in einer Stunde, Iktinos – dich und die anderen Böetarchen«, sagte Epaminondas scharf. Der Thespier verbeugte sich und ging davon, doch schon Sekunden darauf glaubte der thebanische General, Iktinos zurückkommen zu hören. »Bei allen Göttern!« rief er wütend. »Wirst du mich endlich allein lassen?«

»Mir scheint, du brauchst einen kräftigen Schluck«, sagte Pelopidas, lächelte breit und schlug die Faust auf Epaminondas' Rückenpanzer.

»Tut mir leid. Ich dachte, es wäre Iktinos, dieser Narr.«

»Gleichgültig, was morgen geschieht, mein Freund – ich glaube, du solltest bei deinem Schlachtplan die Thespier erst gar nicht berücksichtigen. Sie werden schon die Flucht ergreifen, wenn sie die Kriegsschreie der Spartaner hören.«

»Und damit blieben uns ungefähr fünfeinhalbtausend Krieger – gegen zwölftausend Spartaner. Schlechte Aussichten, findest du nicht auch?« Pelopidas zuckte mit den Achseln. »Ich zerbreche mir nicht den Kopf darüber, wie viele Feinde es sind. Morgen werden wir sie allesamt zerschmettern.« Er hustete und spuckte auf den Felsboden. »Mir gefällt Parmenions Plan.«

Epaminondas schloß für einen Moment die Augen. »Seit Thetis' Ermordung ist Parmenion völlig durcheinander. Ich halte nichts von seinem Plan. Alles, was wir haben, bei einem einzigen Manöver aufs Spiel setzen? Die totale Vernichtung riskieren? Verstehe mich nicht falsch, Pelopidas, aber würdest du einem Löwen mit einem Dolch gegenübertreten?«

»Wie kommt ein Löwe an einen Dolch?« fragte Pelopidas grinsend.

Epaminondas kicherte. »Wären alle so wie du, würde ich nicht zögern, Parmenions Rat zu befolgen. Aber die allermeisten Männer sind nicht wie du, Pelopidas. Du bist . . . ein ganz besonderer Krieger, vielleicht sogar einzigartig. Ich kann dieses Wagnis nicht eingehen.«

»Wirklich nicht?« fragte Pelopidas.

»Das weißt du so gut wie ich. Alles das, wofür wir gekämpft haben, steht auf dem Spiel.«

»Das ist keine Antwort, mein Freund. Entweder ist ein Schlachtplan gut, oder er ist schlecht. Und man kann eine Schlacht nur dann mit Aussicht auf Erfolg führen, wenn man eine bestimmte Strategie verfolgt. Willst du mir zu verstehen geben, daß du erst dann nach Parmenions Plan vorgehen wirst, wenn alle anderen Mittel versagen?«

»Kann sein.« Epaminondas lachte. »Aber um ehrlich zu sein – ich weiß vor lauter Angst selbst nicht mehr, wie ich eigentlich vorgehen möchte.«

»Denk daran: Parmenion war derjenige, der uns vor einer spartanischen Invasion gewarnt hat, als noch niemand daran glaubte. Und hätte er uns nicht gewarnt, hättest du keine Truppen bei Koronea stationiert, um die Pässe zu sperren. Trotzdem haben die Spartaner Kreusis und unsere kostbaren Trieren erobert. Das hat unserem Stolz einen schweren Schlag versetzt – und unserer Glaubwürdigkeit. Der böotische Bund steht kurz vor dem Zerfall. Wenn wir dem Feind keinen vernichtenden Schlag versetzen, sind wir sowieso am Ende. Theben wird den Spartanern in die Hände fallen. Und diesmal hat Agesilaos versprochen, die Stadt in Schutt und Asche zu legen und jeden Überlebenden – Männer, Frauen, Kinder – in die Sklaverei zu schicken. Ich möchte lieber sterben, als das miterleben zu müssen. Und du?«

Epaminondas erhob sich. Sein rechtes Knie schmerzte, und er rieb kräftig mit der Hand darüber. »Selbst wenn ich zustimmen würde«, sagte er, »es würde uns niemals gelingen, die anderen Böetarchen zu überzeugen.«

»Einen habe ich schon überzeugt«, erwiderte Pelopidas. »Bachylides aus Megara. Du und ich dazugerechnet, sind wir schon mal drei von sieben Generälen. Und die fehlende Stimme würden wir auch noch dazugewinnen, glaube mir.«

»Aber eine Taktik, wie Parmenion sie vorschlägt, ist noch nie in die Tat umgesetzt worden«, sagte Epaminondas.

»O doch«, erwiderte Pelopidas, ohne eine Miene zu verziehen. »Parmenion hat mir gesagt, daß er durch diese Taktik mal eine nachgestellte Schlacht in Sparta gewonnen hat – ein Sandkastenspiel.«

Für einen Moment stand Epaminondas wie angewurzelt da und starrte den alten Freund an; dann brach er in schallendes Gelächter aus. Pelopidas fiel ein, und ihr Lachen hallte über das ferne, abendlich stille Lager hinweg.

Kurz vor Mittag marschierten die Spartaner und ihre Verbündeten bis zur Mitte der Ebene, nahmen dort in Schlachtordnung Aufstellung und forderten auf diese Weise die Böotier zum Kampf heraus.

Epaminondas blickte nach rechts und beobachtete, wie sein Heer sich auf den Marsch aufs Schlachtfeld vorbereitete. Ganz rechts außen waren die Thespier unter Iktinos; sie bildeten eine Phalanx hinter Parmenion und dessen vierhundert berittenen Kriegern. Im Zentrum hatte die heilige Schar Aufstellung genommen; hinter ihnen formierten sich die Bogenschützen und Speerschleuderer. Epaminondas selbst stand in der fünften Gefechtsreihe der thebanischen Einheiten – viertausend gut bewaffnete Soldaten, schwer gepanzert mit Brustharnischen und Helmen, ledernen, eisenbeschlagenen Waffenröcken und Beinschienen aus Bronze. Jeder dieser Männer trug einen großen Schild aus Holz, dick mit Leder bespannt und mit einem Rand aus Bronze.

Dann war es soweit. Epaminondas zog sein Kurzschwert, reckte den Schild in die Höhe und rief mit Donnerstimme:

»Vorwärts! Für Theben, den Ruhm und die Ehre!« Das Heer rückte voran.

Der thebanische General versuchte zu schlucken, doch sein Mund war ausgetrocknet. Er spürte, daß sein Herz rasend schnell schlug, und seine innere Anspannung war so groß, daß ihm die Knie zitterten, während er mit den Männern Schritt zu halten versuchte, die rechts und links von ihm voranmarschierten. Jetzt gab es kein Zurück mehr.

Die Streitgespräche über die Taktik waren heftig gewesen und hatten bis tief in die Nacht gedauert, und dabei hatte sich ein seltsamer Zwischenfall ereignet. Als Epaminondas in seinem Zelt Platz genommen hatte, um zu den sechs anderen Generälen zu reden, war der Stuhl unter ihm zusammengebrochen, und Epaminondas war zu Boden gestürzt. Zuerst hatten die Anwesenden mit nervösem Gelächter auf diesen Vorfall reagiert; dann aber hatte Iktinos gesagt: »Das ist ein böses Omen, Epaminondas. Ein sehr böses Omen.« Und die Böetarchen warfen einander unbehagliche Blicke zu.

»Ja, es ist ein Omen!« rief Epaminondas zornig und rappelte sich auf. »Es besagt, daß wir nicht müßig herumsitzen, sondern wie ein Mann Seite an Seite mit unseren Kriegern kämpfen sollen!« Und dann legte er den Schlachtplan dar.

»Das hast du nicht gründlich genug durchdacht«, sagte Iktinos, als der Thebaner geendet hatte. »Die Spartaner sind tödlich. Wenn wir schon angreifen, dann laßt uns ihren linken Flügel attackieren, wo die Krieger aus Orchomenos stehen. Wir müssen die spartanischen Verbündeten zerschmettern und Kleombrotos isolieren.«

»Ach, ja? Und was glaubst du, wird Kleombrotos tun, wenn wir den Angriff auf die linke Flanke seines Heeres führen?« fragte Epaminondas. »Ich will es dir sagen. Er wird den rechten Flügel einschwenken lassen, uns einkesseln und abschlachten. Nein, ich schlage vor, der Schlange den Kopf abzuhacken.«

Die Diskussionen hatten bis kurz vor Anbruch der Morgendämmerung gedauert. Bachylides aus Megara und Pelopidas hatten sich auf Epaminondas' Seite gestellt, doch erst nachdem sie auch Ganeos aus Plataea überzeugen konnten, besaßen sie die Stimmenmehrheit.

Und jetzt, als er den langen, flachen Hügelhang zum Schlachtfeld hinuntermarschierte, zweifelte Epaminondas plötzlich an der Richtigkeit ihrer Entscheidung. Seit vielen Jahren hatte er sich an Verschwörungen und Planungen beteiligt, hatte sein Leben aufs Spiel gesetzt für das Ziel, die Stadt zu befreien, die er liebte. Doch wenn er sich nun geirrt hatte, war alles umsonst gewesen; dann war es seine Schuld, wenn Theben zerstört werden sollte. Die Spartaner würden die Standbilder schleifen, die Häuser dem Erdboden gleichmachen, und der Sturm der Geschichte würde über die verlassene Kadmea hinwegfegen. Seine Hand schwitzte, als er sie um dem Griff seines Schwerts legte, und er spürte, wie ihm Bäche von Schweiß über den Rücken liefen.

Eine Viertelmeile vor ihnen warteten die Spartaner. Regungslos, schweigend. Ihre Einheiten waren zu einer riesigen, sichelförmigen Formation auseinandergefächert. Zur Rechten stand der spartanische Kriegskönig Kleombrotos, von den Kriegern seiner Leibgarde umringt und deutlich an seiner goldverzierten Rüstung zu erkennen.

Langsam verringerte sich der Abstand zwischen den beiden Heeren, bis Epaminondas, zweihundert Schritt von den vordersten Gefechtsreihen des Feindes entfernt, Halt befahl. Der rechte spartanische Flügel stand ihm und seinen Männern genau gegenüber, während im Zentrum die feindlichen Bogenschützen und Stein- und Speerschleuderer ihre Waffen bereit machten. Epaminondas warf einen nervösen Blick zur linken Seite des spartanischen Heeres hinüber und sah, wie sechshundert feindliche Reitersoldaten an den vordersten Reihen entlanggaloppierten, im Zentrum ihre Pferde zügelten und vor den Bogenschützen Stellung bezogen.

Jetzt hing alles von Parmenion ab. Epaminondas stieß sein Schwert in die Höhe.

Angeführt von Parmenion, setzte die thebanische Reiterei sich in Bewegung, nahm Galopp auf und sprengte geradewegs auf die linke Flanke des Feindes zu. Eine riesige Staubwolke stieg auf, und das Donnern der Hufe erfüllte die Luft. Und dann sah Epaminondas, wie die thessalischen Einheiten unter Führung Iktinos', die hinter der thebanischen Reiterei Aufstellung genommen hatten, sich herumwarfen und vom Schlachtfeld flüchteten. »Verflucht sollst du sein, du elender Feigling!« brüllte Epaminondas.

»Wir werden es auch ohne sie schaffen, General«, sagte der Mann neben ihm.

»Das werden wir«, erwiderte Epaminondas, nahm den Blick von den Fliehenden und beobachtete Parmenion, der an der Spitze der thebanischen Reiterei den Spartanern immer näher kam.

Parmenion war von einer seltsamen Ruhe erfüllt, als er die vierhundert Reiter gegen den Feind führte. Der Staub wirbelte so dicht empor, daß er den Thebanern beinahe die Sicht nahm; Parmenion aber ritt vorneweg, und sein Hengst preschte in wildem Galopp auf die feindlichen Reihen zu. Er dachte nicht an Sieg oder Niederlage. Die wenigen Stunden, die er geschlafen hatte, waren von Träumen erfüllt gewesen – Träumen von Tethis und Derae, und im unruhigen Halbschlaf hatte er Leonidas' Gesicht gesehen und sein spöttisches Lachen erdulden müssen. Jetzt war er nur noch von einem Wunsch erfüllt: den Spartanern von Angesicht zu Angesicht gegenüberzutreten, zu hauen und zu stechen, zu vernichten und zu töten.

Als die Feinde ihre Schilde hoben und sie dicht zusammenhielten, um sich gegen den Angriff zu wappnen, zerrte Parmenion am linken Zügel, und der Hengst stieg auf die Hinterhand und warf sich halb herum. Augenblicklich taten es die hinter Parmenion heranjagenden thebanischen Reitersoldaten ihrem Anführer gleich; sie schwenkten plötzlich ihre Pferde herum und galoppierten nun auf die spartanischen Reiter im Zentrum des feindlichen Heeres zu. Parmenion senkte die Spitze seines Speeres und visierte sein Ziel an, einen Offizier in langem rotem Umhang, der auf einem grauen Pferd saß.

Den spartanischen Reitern wurde viel zu spät klar, daß plötzlich sie die Wucht der ersten Angriffswogen auffangen mußten. Ihre Offiziere brüllten Befehle und versuchten hastig, die Reihen ihrer Männer umzuformieren, doch Sekunden später waren die thebanischen Krieger schon herangekommen. Schlachtrufe gellten, Todesschreie, das grelle Wiehern der Pferde, Hufgetrommel, Waffengeklirr und gebrüllte Befehle. Von Speeren getroffene Männer wurden von den Pferderücken geschleudert. Parmenions Lanzenspitze rutschte am Brustharnisch des Offiziers ab und drang dem Mann durchs Kinn und bis ins Hirn. Der Spartaner wurde vom Pferd gehoben, und unter dem Gewicht seines toten Körpers brach Parmenions Lanze entzwei. Er schleuderte die zerbrochene Waffe zur Seite und zog das Schwert des Leonidas.

Um ihn herum tobte mittlerweile das Schlachtgetümmel. Es gelang den Thebanern, die spartanischen Reiter immer tiefer in die Reihen ihrer Bogenschützen, Steinschleuderer und Speerwerfer zurückzudrängen. Männer, denen die Waffen aus den Händen geprellt wurden, stürzten zu Boden und wurden von Pferdehufen zerstampft; der Feind geriet in Bedrängnis; Verwirrung breitete sich im Zentrum des spartanischen Heeres aus, das immer weiter zurückwich.

Ein feindlicher Reitersoldat hieb mit dem Schwert nach Parmenions Kehle, um ihm den Kopf abzuschlagen, doch Parmenion duckte sich unter der sirrenden Klinge hinweg und stieß dem Gegner das Schwert durch den Hals. Mittlerweile stieg von den ersten Gefechtsreihen eine gewaltige Staubwolke auf, und die Luft war dick und erstickend.

Auf der linken Seite, in einer der hinteren spartanischen Kampfreihen, beobachtete Leonidas, wie die thebanische Reiterei einschwenkte und das Zentrum des Heers attackierte. Zuerst machte er sich keine Sorgen, denn die spartanischen Bogenschützen und Speerwerfer waren kaum von Bedeutung – wie immer würde die berühmte spartanische Phalanx die Schlacht siegreich gestalten. Aber irgend etwas rührte sich tief in seiner Erinnerung... ein kalter, flüsternder Gedanke, den er nicht recht greifen konnte. Auf eigenartige Weise kam es ihm so vor, als hätte er diese Schlacht schon einmal geschlagen... und auch damals hatte die feindliche Reiterei das Zentrum des spartanischen Heeres angegriffen. Er richtete den Blick nach vorn, auf die vordersten Gefechtsreihen und die gewaltige wirbelnde Staubwolke.

Und Leonidas erinnerte sich...

In diesem Augenblick sah der Kriegskönig Kleombrotos huschende Schatten im Staub, und ihm wurde klar, daß die Thebaner in seine Richtung vorrückten. Er spürte, wie ein Triumphgefühl in ihm aufstieg. Kleombrotos hatte eigentlich damit gerechnet, daß die Böotier sich auf dem Höhenrücken verschanzten und es nicht wagten, das spartanische Heer direkt anzugreifen. Daß der Feind die Dreistigkeit besaß, nun sogar gegen ihn, den König, vorzurücken, war ein Geschenk, mit dem er nicht gerechnet hatte.

»Die hinteren vier Reihen auf die rechte Flanke! Angriff!« brüllte er nach links. Die Krieger, unter ihnen Leonidas, stürmten nach rechts hinüber; durch dieses Manöver schrumpfte die Stärke der spartanischen Gefechtsreihen auf der linken Seite zwar von sechzehn auf zwölf, aber den Thebanern drohte nun die Gefahr, eingekesselt zu werden.

Doch in einem Augenblick eisigen Entsetzens sah Leonidas plötzlich wieder das Bild des Feldherrnspiels vor sich, als er im Hause Xenophons vernichtend von Parmenion geschlagen worden war; er sah wieder den massiven Angriff, durch den Parmenion die geschwächten spartanischen Linien gesprengt hatte. »Nein!« brüllte er. »Kleombrotos! Den Befehl sofort zurücknehmen!« Doch Leonidas' Stimme ging im aufbrandenden Kriegsgeschrei der Thebaner unter, das wie rollender Donner über das Schlachtfeld hallte.

Im Schutz der Staubwolke setzten sich jetzt Pelopidas und die Krieger der heiligen Schar an die Spitze der vorrückenden Thebaner und bildeten einen massiven Angriffskeil, der auf die ausgedünnten spartanischen Reihen zielte. »Tod den Spartanern!« brüllte Pelopidas.

»Tod! Tod! Tod!« dröhnte es über das Schlachtfeld; dann stürmte die riesige thebanische Phalanx nach vorn.

Achtzig Mann in der Breite, Schild an Schild, und fünfzig Gefechtsreihen tief, fuhr die thebanische Phalanx wie eine ungeheure Axtklinge schräg in die feindlichen Frontlinien. Die beiden vorderen spartanischen Gefechtsreihen wurden niedergemäht, während die thebanische Phalanx sich von der eigenen Angriffswucht bis tief ins Herz des spartanischen Heeres treiben ließ und eine Schneise der Vernichtung schlug.

Tapfer versuchten die Spartaner, ihre Reihen umzubilden, aber keine Armee der Welt konnte mit nur zwölf Gefechtslinien dem Angriff einer fünfzig Reihen tiefen Phalanx standhalten. Den Spartanern gelang es nicht mehr, sich schnell genug zur Abwehr zu formieren, und die Krieger wurden von dem thebanischen Keil förmlich niedergewalzt.

An der Spitze der Phalanx wütete Pelopidas mit seiner ungeheuren Körperkraft; an seiner Seite kämpfte Kallinos. Ein spartanisches Schwert zuckte auf Pelopidas' Kopf zu, doch Kallinos fing den Stoß mit seinem Schild ab und hieb dem Spartaner das Schwert tief in den Leib. Unaufhaltsam bewegte die thebanische Phalanx sich voran; zwar wurde ihre Angriffswucht allmählich gebremst, doch sie war immer noch ungebrochen. Pelopidas hieb und stach auf die Gegner ein; er schien die klaffenden Wunden an Armen und Beinen gar nicht zu spüren.

Hinter ihm rückte Epaminondas vor, in der Mitte der Phalanx, die noch gar nicht bis ins feindliche Heer eingedrungen war. Er spähte suchend durch die Staubschleier und hielt Ausschau nach dem Kriegskönig von Sparta, Kleombrotos, der bereits Seite an Seite mit den Kriegern seiner Leibgarde kämpfte, etwa zwanzig Meter rechts von der Spitze der thebanischen Phalanx entfernt.

Epaminondas stürmte die thebanischen Gefechtsreihen entlang. »Pelopidas!« rief er. »Rechts von dir! Rechts!«

Pelopidas hörte den Ruf trotz seiner blinden Kampfeswut und blickte sich keuchend um. Dann entdeckte er Kleombrotos und begann sich einen Weg zum spartanischen König freizukämpfen. Kallinos hielt sich dabei dicht an seiner Seite; die beiden Männer schützten einander und kämpften als Zweiergespann. Hinter ihnen änderte auch die heilige Schar die Richtung ihres Vormarsches und bewegte sich auf den spartanischen Kriegskönig zu.

Auf der rechten Seite der spartanischen Verteidiger setzte Leonidas sich an die Spitze zweier Gefechtsreihen, die den Befehl erhalten hatten, auszufächern und die Thebaner einzukreisen. Als er sah, wie der Feind sich langsam Kleombrotos näherte, befahl Leonidas seinen Soldaten, dicht zusammenzurücken und eine Verteidigungslinie zu bilden. »Der König! Der König!« brüllte er. Die Spartaner stürmten vor und versuchten verzweifelt, zum bedrängten Kleombrotos vorzustoßen. »Zurückweichen, mein König! Zurückweichen!« rief Leonidas.

Kleombrotos bemerkte erst jetzt die Gefahr, doch sein Stolz verbot es ihm, vor den Augen der Thebaner den Rückzug anzutreten. »Die Stellung halten!« befahl er seiner Leibgarde. »Sie werden an unserer Abwehr zerschellen wie eine Woge an einer Felsklippe.«

Parmenion und seine Reitersoldaten waren unterdessen tief ins Zentrum des feindlichen Heeres vorgestoßen, und die leicht bewaffneten Bogenschützen ergriffen die Flucht. Die spartanische Reiterei war vollkommen aufgerieben. Parmenion ritt nach links hinüber und stellte fest, daß der thebanische Vormarsch ins Stocken geriet, als die Phalanx umzuschwenken versuchte, um einen massiven Angriff auf Kleombrotos und dessen Leibgarde zu führen. Sein Blick huschte zur rechten Flanke des spartanischen Heeres hinüber. Er sah, daß Leonidas zwei Gefechtsreihen um sich gesammelt hatte und sich den Weg zu

Kleombrotos freikämpfte, um den König aus seiner verzweifelten Lage zu befreien.

»Thebaner – zu mir!« brüllte Parmenion. Nur fünfzig Reitersoldaten hörten ihn – die anderen verfolgten die fliehenden spartanischen Bogenschützen –, doch die Männer kamen sofort zu ihm galoppiert. »Folgt mir!« rief Parmenion, trat seinem Hengst die Hacken in die Weichen und sprengte auf die spartanische Linie zu.

Die Spartaner hatten versucht, ihre Schilde dicht an dicht zu halten und zu einer Sperrmauer zusammenzuschließen, um die Angriffswucht der thebanischen Phalanx zu brechen, doch auf der linken Seite war diese Mauer aus Schilden und Speeren noch schwach und dünn, und Parmenions angreifende Reitersoldaten durchbrachen diesen Schutzwall mühelos.

Das Manöver kam für die Spartaner völlig überraschend; jetzt hatten sie plötzlich den Feind im Rücken. Sie wandten sich um und stellten sich zum Kampf.

Dies aber hatte nur zur Folge, daß die ohnehin geschwächte Verteidigungslinie weiter geschwächt wurde – und das wiederum ermöglichte es Pelopidas und der heiligen Schar, die Sperrmauer aus Schilden in der Mitte zu durchbrechen. Der Weg zum spartanischen Kriegskönig war frei.

Kleombrotos fluchte. Er stieß das Schwert vor. Es traf einen Angreifer schräg von unten in den Mund, schlug ihm die Zähne aus und drang ihm ins Hirn. Und noch ein Thebaner fiel unter den Streichen des spartanischen Kriegskönigs.

Dann hörte er einen Schrei direkt neben sich. Kleombrotos fuhr herum und sah, wie Hermias, sein Mitstreiter und Liebhaber, mit aufgeschlitzter Kehle zu Boden stürzte. Ein hünenhafter Thebaner mit dunklem Bart und einem Grinsen wie ein Totenschädel drang auf ihn ein. Kleombrotos parierte den Hieb des Kriegers – und einen zweiten, einen dritten. Doch plötzlich schmetterte Pelopidas dem König den Schild an den Leib und schleuderte ihn zurück; dann ließ der Thebaner sich auf die Knie fallen und stieß dem spartanischen König das Schwert ins Gedärm. Unglaublicherweise gab Kleombrotos den Kampf immer noch nicht auf, doch mit dem Blut strömte auch seine Kraft aus seinem Körper. Der Schildarm fiel ihm herab, und ein Schwerthieb des thebanischen Generals zerschmetterte Kleombrotos' Wangenknochen.

Als der König zu Boden stürzte, begann das Zentrum des spartanischen Heeres zu wanken und wich zurück. Leonidas und seinen Kriegern gelang es unter Verlusten, sich bis zum König durchzukämpfen, den Leichnam zu bergen und entlang der aufgeriebenen spartanischen Verteidigungslinie den Rückzug anzutreten.

Schließlich verebbte die Schlacht. Einzelne, versprengte Gruppen spartanischer Krieger wurden eingekreist und niedergemacht, doch Leonidas versammelte den Rest des Heeres um sich und erreichte eine starke Verteidigungslinie auf einem in der Nähe gelegenen Höhenzug. Die spartanischen Verbündeten waren nach Kleombrotos' Tod kampflos vom Schlachtfeld geflüchtet.

Die Thebaner sammelten sich derweil um Pelopidas und Epaminondas; einige Krieger hoben die beiden auf ihre Schilde und trugen sie um das Schlachtfeld herum, und ihre Freudenschreie und Jubelrufe drangen bis zum Nachtlager der Spartaner.

Parmenion, dessen Pferd im Kampfgetümmel getötet worden war, ging langsam über das Schlachtfeld und blickte auf die Gefallenen. Mehr als tausend Spartaner hatten ihr Leben gelassen; die Thebaner hingegen hatten nur zweihundert Mann verloren. Doch in diesen Augenblicken bedeuteten Parmenion diese Zahlen nichts. Er war wie betäubt und zu keinen Empfindungen fähig. Er hatte beobachtet, wie Pelopidas den spartanischen Kriegskönig getötet hatte, und er hatte gesehen, wie Hermias Augenblicke zuvor von den Thebanern niedergemacht worden war. Parmenion kniete sich neben den Leichnam und blickte auf das Gesicht eines Mannes hinunter, doch er sah das Gesicht eines Jungen, mit dem er einst befreundet gewesen war.

Er dachte an jenen Abend zurück, als er und Hermias unter der Statue der Athene saßen und er, Parmenion, erfahren hatte, daß nach seinem Sieg im Feldherrnspiel keine Feierlichkeiten stattfinden würden.

»Eines Tages werde ich es allen heimzahlen!« hatte er versprochen. Und Hermias hatte ihn am Arm berührt.

»Haß mich nicht auch, Savra!«

»Dich hassen, mein Freund!« hatte er erwidert. »Wie könnte ich dich jemals hassen? Du bist mir wie ein Bruder gewesen, und das werde ich dir nie vergessen. Niemals! Wir sind Brüder gewesen, und wir werden Brüder sein, solange wir leben. Das verspreche ich dir.«

Er strich dem Toten die Lider zu und erhob sich. Mittlerweile waren die Ärzte aufs Schlachtfeld gekommen und versorgten die verwundeten Thebaner. Parmenion wußte, daß die meisten dieser Männer sterben würden, denn Ärzte mit den Fähigkeiten eines Argonas oder Dronikos gab es kaum noch. Er blickte sich um. Ein paar Meter zu seiner Linken lag Kallinos, jener thebanische Soldat, der zugegeben hatte, ein armseliger Schwertkämpfer zu sein. Ein Stück weiter entfernt lag der Leichnam Noraks, des Schmieds. Später sollte Parmenion erfahren, daß auch Kalepios, der begnadete Redner, sowie Melon, ein Ratsherr, unter den Gefallenen waren. Parmenion blickte auf seine Hände hinunter, die blutbesudelt waren; das Blut trocknete allmählich und nahm eine stumpfe braune Farbe an.

Schon kreisten Krähen über der Ebene.

Parmenion rief sich das Feldherrnspiel in Erinnerung, die kleinen, kunstvoll geschnitzten Holzsoldaten in der Sandgrube. Dort hatte es kein Blut gegeben und nicht den Gestank nach Gedärm, das aus aufgeschlitzten Leibern quoll. Es war nur ein harmloses Spiel gewesen, eine Schlacht ohne Schmerz, gefochten im ungetrübten Sonnenschein der Kindheit.

»Eines Tages werde ich es allen heimzahlen«, hatte er Hermias versprochen.

Und das hatte er getan. Aber um welchen Preis? Derae war tot, Thetis war tot – und nun auch Hermias.

Und die Macht Spartas war gebrochen; der Nimbus der Unbesiegbarkeit war dahin. Jetzt würden auch andere Städte, die noch von Sparta beherrscht wurden, sich gegen die Besatzer erheben. Und Sparta würde nach und nach in Bedeutungslosigkeit versinken, und von seiner Macht blieb nur eine blasse Erinnerung. Nicht von heute auf morgen, das wußte er; es würde auch noch spartanische Siege geben. Aber nie wieder würde Sparta die Kraft haben, sich zur Führungsmacht Griechenlands aufzuschwingen.

»Ich bin der Tod der Staaten«, flüsterte Parmenion.

»Oder ihr Erretter«, sagte Epamonindas.

Parmenion wandte sich um. »Ich habe dich gar nicht kommen hören. Du hast gesiegt, mein Freund. Du hast einen großen Triumph errungen. Ich hoffe, Theben erweist sich Sparta auch als überlegen, wenn es ums Herrschen geht.«

»Wir wollen niemanden beherrschen«, sagte Epaminondas.

Parmenion rieb sich die müden Augen. »Du wirst nicht umhinkommen, General. Um ganz sicher sein zu können, wirst du nach Sparta marschieren und die Stadt einnehmen müssen. Und das wird zur Folge haben, daß die Athener und ihre Verbündeten dich fürchten, und sie werden sich gegen Theben erheben. Herrschen oder sterben – eine andere Wahl hast du nicht.«

»Sei nicht so bedrückt, Parmenion. Heute ist eine neue Zeit angebrochen, und wir müssen die Fehler vermeiden, die in der Vergangenheit begangen wurden. Die Spartaner werden einen Gesandten schicken, um die Erlaubnis einzuholen, ihre Toten zu bergen; du wirst diesen Gesandten empfangen.«

Parmenion schüttelte den Kopf.

»Hör mir mal zu«, sagte Epaminondas sanft. »Du hast deinen Haß zu lange in dir getragen. Mit dem heutigen Sieg kannst du diesen Haß für immer ablegen. Du kannst frei sein. Tu es für mich.«

»Wie du wünschst«, willigte Parmenion schließlich ein. Sein Inneres war leer, wie ausgehöhlt, und er war keiner Gefühle fähig. Sein ganzes Leben hatte er von diesem Sieg geträumt. Und nun, als dieses Ziel erreicht war, fühlte er sich innerlich tot. Thetis hatte ihn einmal gefragt, was er tun wolle, wenn seine Rache vollendet sei. Er hatte damals keine Antwort gewußt, und er wußte auch jetzt keine. Er ließ den Blick noch einmal über die regungslosen Körper der Gefallenen schweifen. Wo bleibt deine Freude über diesen Sieg? fragte er sich. Wo bleibt das Gefühl der Genugtuung?

Drei Stunden später, bei Anbruch der Dämmerung, zügelte ein Spartaner sein Pferd im Lager der Thebaner.

Leonidas wurde zu einem Zelt geführt, in dem Parmenion ihn bereits erwartete.

»Ich wußte, es war dein Schlachtplan«, sagte Leonidas. »Und, wie fühlt man sich, wenn man die Armee seiner Heimat vernichtet hat?«

»Du bist hierhergekommen, um die Niederlage einzugestehen«, gab Parmenion kühl zur Antwort, »und um die Erlaubnis zu bitten, eure Gefallenen vom Schlachtfeld zu holen. Hiermit gebe ich dir diese Erlaubnis.«

»Warum zeigst du keine Schadenfreude?« fragte Leonidas. »Willst du mich nicht verspotten? Demütigen? Nur zu, tu dir keinen Zwang an. Sag mir ruhig, wie groß deine Genugtuung ist. Wie gut es dir tut, die Macht Spartas zerbrochen zu haben.«

»Das kann ich nicht. Und selbst wenn ich es könnte, ich würde darauf verzichten. Ihr hättet unseren Vormarsch beinahe zum Stehen gebracht. Mit nur zwölf Gefechtsreihen hättet ihr der Schlacht fast noch eine Wende gegeben. Wäre Kleombrotos zurückgewichen und hätte sich mit deinen Kriegern zusammengeschlossen, hättet ihr standhalten können. Nie hat es ein Heer gegeben, das dem spartanischen an Disziplin und Tapferkeit gleichkam. Ich verneige mich vor euren Toten, und ich werde alles in ehrender Erinnerung behalten, was in der langen Geschichte Spartas groß und ruhmreich gewesen ist.« Er schenkte zwei Becher Wein ein und reichte einen dem erstaunten Spartaner. »Vor langer Zeit«, fuhr er fort, »wollte deine Schwester dir ein Geschenk machen. Doch ich wollte ihr nicht verkaufen, was sie begehrte. Jetzt aber ist die Zeit gekommen, daß ich es zurückgebe. An Sparta. An dich.« Er schnallte seinen Schwertgurt ab und reichte

Leonidas die legendäre Waffe. Der Spartaner starrte das Schwert ungläubig an.

Dann setzte Leonidas sich auf das Feldbett und nahm einen tiefen Schluck Wein. »Warum sind wir nie Freunde geworden?« fragte der Spartaner mit bewegter Stimme. »Du hast mich beim Feldherrnspiel auf ehrliche Weise besiegt. Ich habe damals dazu gestanden, und ich stehe auch heute noch dazu. Und was die Jungen betrifft, die dich damals verhöhnt und geschlagen haben ... ich schwöre bei den Göttern, daß ich nie etwas mit ihnen zu tun hatte. Ich wußte nicht einmal davon. Und ich wünschte, du hättest Derae geheiratet. Aber das Schicksal hat es anders gewollt, Parmenion. Unsere Seelen sind wie Blätter im Sturm, und nur die Götter wissen, wohin jeder einzelne von uns getragen wird. Wir sind Feinde, du und ich, aber du bist ein mutiger Mann – und du kämpfst wie ein Spartaner. Ich trinke auf deinen Sieg.« Er hob den Becher, leerte ihn und reichte ihn Parmenion zurück. »Was wirst du jetzt tun?«

»Ich werde Theben verlassen und auf eine weite Reise gehen. Ich werde die Welt sehen, Leonidas.«

»Als Soldat?«

»Es ist alles, was ich kann und was ich habe.«

»Dann Lebwohl, Parmenion. Sollten wir uns noch einmal begegnen, werde ich mein Bestes geben, dich zu töten.«

»Ich weiß. Mögen die Götter dich auf all deinen Wegen begleiten, Leonidas.«

»Auch dich ... *strategos.*«

Tamis war verwirrt, als ihr körperloses Auge beobachtete, wie Parmenion seinem Todfeind das legendäre Schwert zum Geschenk machte. Das war nicht vorgesehen im Ablauf der Dinge; es hätte nicht geschehen dürfen. Im Gegenteil: die Abneigung zwischen diesen beiden Männern hätte wachsen müssen – alle Wege, in die verschiedene Möglichkeiten der Zukunft führten, hatten die beiden als Feinde gezeigt, die sich immer erbitterter haßten. Für einen Augenblick drohte Tamis' Verwirrung in Panik umzuschlagen; dann aber drängte sie ihre Zweifel beiseite. Was spielte es für eine Rolle. Drei der Erwählten waren tot. Nur einer war noch geblieben.

Und was ihn betraf, blieb noch Zeit genug. Einem vierzehn Jahre alten Jungen, der als Geisel in Theben Zuflucht gesucht hatte, konnten alle möglichen Unfälle zustoßen. Außerdem würde er sich gewiß nicht als eine so gefährliche Bedrohung wie Kleombrotos erweisen, der mächtige spartanische Kriegskönig. Der Junge stammte ja nicht einmal aus einer zivilisierten Stadt; er war in den Wäldern und Hügeln Macedoniens geboren und aufgewachsen.

Wahrscheinlich fiel der Junge einem Mordanschlag zum Opfer, wie schon sein Vater. In derart rückständigen Ländern wurden Menschen, die ihrer Abstammung wegen Anspruch auf den Thron erheben konnten, oft aus ebendiesem Grund vom amtierenden König als mögliche Rivalen beseitigt.

Nein, dachte Tamis. Von Philipp von Macedonien geht keine Gefahr aus.

DRITTES BUCH

Theben, im Herbst 371 v. Chr.

Philipp von Macedonien beobachtete die jubelnde Menschenmenge, als die blumenumkränzten Helden von Leuktra durch die Straßen marschierten. Es war ein unfaßbarer Sieg gewesen. Nie zuvor war das spartanische Heer auf eine solche Art und Weise geschlagen worden. Es war unglaublich – und gleichermaßen seltsam, sogar für einen Macedonier. Philipp konnte die überschwengliche Freude der Massen verstehen, denn sie feierten einen Sieg, den nur wenige ernsthaft für möglich gehalten hatten: die Spartaner waren von einem zahlenmäßig unterlegenen Heer vernichtet worden.

In den Straßen erklang Musik, und nur zu gern hätte Philipp das Haus verlassen und sich unter die Feiernden gemischt, um seine eigenen Sorgen und seinen Kummer eine Zeitlang zu vergessen.

Doch Pammenes hatte ihm aufgetragen, auf einen Besucher zu warten.

Der Thebaner hatte Philipps Blick nicht standhalten können und war nervös von einem Fuß auf den anderen getreten, als er den Besucher angekündigt hatte. In diesen Momenten war Philipp von Furcht und hilfloser Wut gepackt worden, doch er konnte seine Gefühle so lange im Zaum halten, bis Pammenes das Zimmer verlassen hatte. Jetzt trat Philipp vom Fenster zurück, schenkte sich einen Becher Wasser ein und überdachte das Problem.

Seit zwei Monaten hatte er nichts mehr von seinem Bruder Perdikkas gehört; daher war ihm die Angst, die er jetzt wieder um den Bruder hatte, nicht unbekannt. Perdikkas war drei Jahre älter als Philipp und stand daher in der Reihe der Thronanwärter noch über Philipp. Er wäre der erste, der sterben müßte. Daher schrieb Philipp ihm einen Brief nach dem anderen – wie auch seinen Vettern und Nichten – und erkundigte sich nach dem königlichen Pferdegestüt und dem Gesundheitszustand von Verwandten. Als die Antwortbriefe Perdikkas' plötzlich ausgeblieben waren, hatten Philipps schlaflose Nächte begonnen, während er auf jenen Tag wartete, da der Meuchelmörder erschien. Und heute war dieser Tag gekommen, da war er sicher. Er hatte nicht damit gerechnet, daß sie ihn hier in Theben ermorden ließen; es war ein schwerer Verstoß gegen die Regeln des Gastrechts und des Anstands.

Gedankenverloren tastete er nach dem Griff des Dolches an seinem Gürtel. Die Waffe würde ihm wenig nützen. Obwohl körperlich stark, war Philipp erst vierzehn Jahre alt und konnte es allenfalls mit einem unbeholfenen Gegner aufnehmen. Und der Mann, den sie schicken würden, war ganz bestimmt nicht unbeholfen.

»Was soll ich tun, Krosi?« fragte er den Geist des alten Mannes. Es kam keine Antwort. Doch schon diesen Namen geflüstert zu haben löste die Anspannung des Jungen ein wenig. Er erinnerte sich an die Nacht der Dolche ... der alte Mann war mit dem Kurzschwert in der Faust lautlos in Philipps Zimmer erschienen. Er hatte den damals Zehnjährigen in eine schattige, dunkle Ecke des Zimmers geführt und ihm befohlen, sich hinter eine Liege zu kauern.

»Was ist geschehen?« fragte Philipp.

»Blut und Tod«, erwiderte der alte Mann. »Aber ich werde dich beschützen, Junge. Hab keine Angst.«

Philipp hatte ihm geglaubt. Als zehnjähriger Junge hat man noch Vertrauen in beinahe jedes Wort eines Erwachsenen. Krosi hatte sich auf die Liege gesetzt, das Schwert in der Faust, und dann hatten sie auf den Anbruch der Dämmerung gewartet. Niemand war ins Zimmer gekommen.

Und Philipp hatte die ganze Zeit zusammengekauert hinter der

Liege verbracht und trotz der Decke, die der Alte ihm übergeworfen hatte, entsetzlich gefroren. Er war zu ängstlich gewesen, sich bei Krosi zu erkundigen, von wem oder wo die Gefahr drohte. Als dann endlich die Sonne über den fernen Bergen aufging, hatte der alte Mann sich entspannt.

»Du kannst wieder hervorkommen, Junge«, sagte er, nahm Philipp bei der Hand und zog ihn zu sich. Er legte die Arme um den Körper des Prinzen und drückte ihn kurz an die Brust. »Gestern abend«, sagte er, »ist dein Vater gestorben. Ptolemaios ist jetzt der Herrscher in Macedonien.«

»Aber ... Vater ist doch so stark! Er kann nicht tot sein!«

»Kein Mensch ist stark genug, einen Dolchstoß ins Herz zu überleben, Philipp.«

»Wer hat es getan? Und warum?«

»Diese Fragen werde ich dir nicht beantworten, Junge. Aber ich hoffe, für dich ist die Gefahr gebannt ... vorerst.«

»Onkel Ptolemaios wird sich um mich kümmern«, sagte Philipp, doch selbst der Zehnjährige sah den zornigen Ausdruck in Krosis Augen, bevor der alte Mann sich erhob und sich abwandte. Damals verstand er nicht, was das bedeutete, doch er hatte dieses Bild noch immer deutlich vor Augen. Und heute kannte er die Antworten auf seine Fragen, auch wenn niemand sie jemals ausgesprochen hatte.

Ptolemaios hatte König Amyntas ermordet. Onkel Ptolemaios, der dann drei Monate nach dem Mord Philipps Mutter Eurydike geheiratet und nach einem Jahr an der Seite ihres getöteten Mannes beigesetzt hatte. Philipps Eltern waren ihrem jüngsten Sohn keine guten Eltern gewesen – kalt und abweisend; dennoch hatte der Junge sie beide geliebt und alles getan, dem Vater seinen Respekt zu bezeugen und ihm ein guter Sohn zu sein.

Das darauffolgende Jahr war schrecklich für den jungen Philipp gewesen; es war vergiftet von Intrigen und Mord. Philipps ältester Bruder, Alexander, wurde in seinem Sommerhaus in Agai tot aufgefunden – ermordet von unbekannten Meuchlern. Und drei Vettern im Erwachsenenalter waren auf mysteriöse Weise gestorben.

Dann war die Forderung der Thebaner nach der Auslieferung von Geiseln eingegangen, gefolgt von einem bitteren Monat kriegerischer Auseinandersetzungen zwischen dem macedonischen Heer und einer Armee unter Führung von Pelopidas, dem großen thebanischen Feldherrn. Das macedonische Heer war vernichtend geschlagen worden. Daraufhin hatte Ptolemaios zwölf Geiseln nach Theben geschickt –

darunter auch Philipp. Und zum erstenmal im Leben hatte der junge Prinz sich wirklich sicher gefühlt.

Krosi hatte ihn nicht nach Theben begleiten dürfen, und der alte Mann war im vergangenen Frühjahr an einer fiebrigen Erkrankung gestorben. Der Junge trauerte noch immer um ihn und betete zu den Göttern, das Krosis Geist bei ihm sein dürfe, bis man ihn, Philipp, ermordete. Dann konnten sie vielleicht zusammen die Reise ins Totenreich antreten.

Das Geräusch von Schritten auf der Treppe ließ Philipp aus seinen Gedanken aufschrecken und in die Gegenwart zurückkehren. Er erhob sich und spürte, wie seine Beine zitterten.

Ein hochgewachsener Krieger in voller Rüstung und einem Helm mit weißem Federbusch betrat das Zimmer. Der Mann war noch ziemlich jung, vielleicht achtzehn Jahre, doch seine Augen waren farblos und kalt.

Er verbeugte sich. »Guten Morgen«, sagte er. »Ich soll dich nach Hause begleiten, Philipp.«

»Bringst du Briefe aus der Heimat?« fragte der Junge und war stolz, daß seine Stimme nicht die schreckliche Angst erkennen ließ, die er verspürte.

»Ja, Herr. Einer ist von deinem Bruder Perdikkas.«

»Geht es ihm gut?«

»Er lebt, Herr, ist aber von einer fiebrigen Krankheit noch sehr geschwächt. Ich heiße Attalos. Ich hoffe, wir werden Freunde, Herr.«

Philipp nickte. »Freunde fürs Leben, das bezweifle ich nicht«, sagte er, und seine dunklen Augen hielten dem schlangengleichen, starren Blick des Kriegers stand. Der Mann blinzelte, und Philipp mußte lächeln. »Bekümmere dich nicht, Attalos. Ich mache dir keinen Vorwurf.«

»Ich bin nicht hier, um dich zu töten, Herr«, erwiderte der Krieger. »Meine Befehle sind eindeutig. Ich soll dich in die Hauptstadt bringen, mehr nicht.«

»Dann laß uns ein wenig spazierengehen«, sagte Philipp und war mit ein paar schnellen Schritten am verblüfften Attalos vorbei. Die beiden schlenderten durch die Straßen und bahnten sich einen Weg durch die Menge, die sich auf den Gehsteigen und Plätzen und der *agora* versammelt hatte, wo Epaminondas in Kürze eine Rede halten sollte. Der General war von den Menschenmassen aufgehalten worden, doch die Wartenden schien es nicht weiter zu stören, daß ihr Feldherr nicht erschien; sie sangen, tanzten und tranken, und ihre ausgelassene Fröhlichkeit war fast so berauschend wie der Wein, der in

Strömen floß. Hier draußen im Freien fühlte Philipp sich wohler, doch als er den hochgewachsenen Krieger verstohlen musterte, sah er immer noch den eisigen Ausdruck in dessen Augen. Philipp nahm Attalos beim Arm und führte ihn in eine menschenleere Seitengasse. Dort blieb er stehen, zog seinen Dolch und drückte die Waffe an die Brust.

»Was tust du da?« fragte Attalos.

Philipp nahm die Hand des Kriegers und legte dessen Finger um den Dolchgriff. »Wenn du mich töten sollst, dann tu es hier und jetzt. Niemand wird dich sehen, und du kannst behaupten, daß ich von einem Thebaner niedergestochen wurde. Ich will es dir nur sehr viel einfacher machen.«

»Hör zu!« stieß Attalos wütend hervor. »Ich bin ein gehorsamer Diener des Königs. Ich tue alles, was er verlangt. Hätte er mir den Befehl erteilt, dich zu töten, wäre es längst geschehen. Aber du sollst mit mir nach Pella heimkehren. Wie kann ich dich davon überzeugen?«

»Das hast du gerade«, erwiderte Philipp und schob den Dolch in die Scheide zurück. Sein Herz schlug rasend schnell, aber er grinste. »Wir leben in gefährlichen Zeiten. Attalos.«

»Auf jeden Fall in seltsamen Zeiten«, erwiderte der junge Krieger und lächelte breit. Seine Zähne waren groß und vorstehend, und er hatte die Augen eines Mörders. Philipp erinnerte sich an Parmenions Rat, nahm den Krieger beim Arm und lächelte freundlich. »Ich mag dich«, sagte er. »Sollte Ptolemaios irgendwann seine Meinung ändern und einen Krieger schicken, der mich töten soll – sieh zu, daß nicht du es bist. Kein Mann sollte von jemandem getötet werden, den er gut leiden kann.«

»Ich werde daran denken, Herr.«

Die Reise nach Pella ging langsam voran, doch sie war überraschend angenehm, als Philipp und Attalos am Fuß der Pindos-Berge entlangritten und schließlich nach Nordwesten in Richtung der Stadt Aigai einschwenkten. Attalos erwies sich als aufmerksamer, wenn auch ziemlich humorloser Reisegefährte, doch Philipp bewunderte mit der Zeit die unerschütterliche Treue des Mannes, der nur einen Lebenszweck zu kennen schien: dem König zu dienen. Während des Rittes erfuhr Philipp, was im Königreich geschehen war. Die Paioner hatten aus dem Norden Macedonien angegriffen, aber Ptolemaios hatte ihr Heer vernichtend geschlagen und den paionischen König zu einer jährlichen Tributzahlung von zweihundert Talenten gezwungen. Doch die Freude in Macedonien währte nur kurz, denn zwei Monate später war Ptolemaios im Westen, an den Prespaseen, von einer illyrischen

Armee unter König Bardylis geschlagen worden. Und Bardylis wiederum hatte Ptolemaios zu einer Tributzahlung von jährlich zweihundertfünfzig Talenten gezwungen.

»Es gibt zu viele Wölfe, die in einer zu kleinen Schafherde auf Beutefang gehen«, sagte Attalos, und Philipp nickte.

Das nördliche Griechenland war räumlich zwar recht groß, doch hier drängten zu viele Staaten, die über starke Armeen verfügten, nach der Vormachtstellung – Illyrien, Paionien, Macedonien, Thrakien. Zudem gab es eine Vielzahl unabhängiger Stadtstaaten wie Olynthos oder Amphipolis, die sich starke Söldnerheere hielten, und kein König konnte das umkämpfte nördliche Griechenland unter seine alleinige Kontrolle bringen. Krosi hatte immer gesagt, Nordgriechenland sei ein Söldnerparadies. Und in der Tat fanden Söldnerheere immer wieder einen machthungrigen König oder eine ehrgeizige Stadt, die ihre Dienste gut bezahlten. In diesem Teil des Landes konnte ein Söldner durch Gewalt und Ströme von Blut zu einem reichen Mann werden, und nicht wenige Krieger hatte nach Jahren des Kampfes im zivilisierteren Süden Griechenlands einen kleinen Bauernhof erwerben können.

Wohin Philipp und Attalos auch ritten – überall offenbarte sich ihnen der wilde und rauhe Charakter des Nordens. Die Städte waren von gewaltigen Mauern umgeben, selbst die kleinen Ansiedlungen waren umzäunt, und vor abgelegenen Gehöften versammelten sich die Bewohner und griffen zu den Waffen, kaum daß sie die beiden einsamen Reiter erblickt hatten. Denn hier mußten die Menschen jederzeit damit rechnen, daß irgendein Feind mit heißem Herzen und kaltem Eisen über sie herfiel.

»Es ist ein Land für Männer«, sagte Attalos, als sie hoch hinauf in die Pierian-Berge ritten und ihre Umhänge zum Schutz gegen die beißende Kälte des herbstlichen Nordwinds straff um den Körper zogen.

»Männer brauchen Frauen und Kinder«, sagte Philipp. »Und die Kinder müssen unterrichtet werden. Die Bauern müssen ihre Felder in Ruhe bestellen können. Macedonien ist ein reiches Land. Hier wächst das beste Holz in ganz Griechenland. Meine Heimat könnte ein unermeßlich wohlhabender Staat sein. Aber das Land ist arm, denn die Männer werden für den Kriegsdienst gebraucht. Darum bleibt der gute Boden unbestellt, und seine Schätze werden nicht genutzt. Vieles müßte anders werden.«

»Vielleicht bist du eines Tages der König«, sagte Attalos leise. »Und vielleicht wirst du ein großer König sein. Dann könntest du Illyrien und Thrakien erobern, und deine Wünsche und Träume würden sich erfüllen.«

»Ich habe nicht den Wunsch, König zu werden«, sagte Philipp. Plötzlich lächelte er. »Vergiß nicht, Ptolemaios das auszurichten!«

Pella, Macedonien, 371 v. Chr.

Pella war eine aufblühende Stadt. Philipps Vater Amyntas hatte sich gewaltige Summen Geldes geliehen, um Architekten aus dem Süden nach Pella kommen zu lassen; sie hatten die breiten Straßen und Tempel errichtet und den Königspalast vergrößert. Außerdem hatte Amyntas die reichen macedonischen Adeligen ermuntert, in die Hauptstadt zu ziehen, ihre Villen im umliegenden Hügelland zu errichten und für ihre Bediensteten schlichte, billige Häuser in der Stadt selbst erbauen zu lassen. Der Zustrom neuer Einwohner wiederum hatte Händler und Kaufleute angezogen, und die Stadt wuchs und gedieh.

Philipp stand am Fenster seines Schlafgemachs im Königspalast und blickte über den Marktplatz hinweg, der sich hinter den hohen Mauern befand, welche die Gärten des Palasts umgaben. Er konnte hören, wie Marktleute hinter ihren Ständen die Preise ausriefen, um Kunden anzulocken, und er verspürte den Wunsch, den goldenen Käfig des Palasts verlassen und sich unter die Menge mischen zu können.

Aber das war ihm verboten. Ptolemaios hatte ihm klargemacht, daß er Wert darauf lege, seinen jungen Neffen ständig in der Nähe zu haben, da er um dessen Leben fürchtete. Philipp war von diesen Worten überrascht gewesen, denn um das Leben seines Sohnes Archelaos schien der König sich keine Sorgen zu machen; Archelaos durfte reiten und jagen und huren, wann immer ihm der Sinn danach stand. Philipp mochte den Königssohn nicht und brachte es nicht fertig – trotz Parmenions Rat –, auch nur den Versuch zu machen, mit dem rüpelhaften jungen Mann Freundschaft zu schließen.

Archelaos war eine jüngere Ausgabe seines Vaters: die gleiche riesige Hakennase, der gleiche grausame Zug um den Mund und das gleiche vorspringende Kinn. Philipp fiel es schon schwer genug, seinem mörderischen Onkel gegenüber Freundlichkeit zu heucheln, aber sich auch noch vor dessen Sohn und Thronerben zu erniedrigen brachte er nicht über sich. Das hatte Philipp auch seinem Bruder Perdikkas gesagt, als er ihn am Krankenbett besucht hatte.

»Du hast recht. Es ist sinnlos, sich bei Archelaos anzubiedern«, flüsterte Perdikkas, dem schon das Reden an den Kräften zehrte. »Archelaos ist ein Schwein. Er würde jede freundliche Geste als Zeichen von Schwäche deuten und kaltblütig ausnützen. Ich hasse den Hurensohn. Weißt du, was er im letzten Frühjahr zu mir gesagt hat? Wenn er erst einmal König ist – und falls Ptolemaios mich so lange leben läßt –, wird seine erste Amtshandlung darin bestehen, den Befehl zu meiner Ermordung zu geben.«

»Wir könnten von hier fliehen«, erwiderte Philipp. »Du bist fast siebzehn Jahre alt. Du könntest Söldner werden, und ich könnte dein Knappe sein. Wir könnten ein Heer aufstellen und gegen Pella marschieren.«

»Träume, kleiner Bruder, nichts als Träume. Ich werde das Fieber nicht los. Ich fühle mich so schwach wie ein neugeborenes Fohlen.« Er begann zu husten, und Philipp brachte ihm einen Becher Wasser. Perdikkas stützte sich auf die Ellbogen und trank. Im Unterschied zu seinem hübschen, dunkelhäutigen, stämmigen Bruder war Perdikkas blond und grazil, und die Krankheit hatte ihn zum Skelett abmagern lassen; seine Haut war dünn und spannte sich über den Knochen, sein Gesicht war bleich und eingefallen, die Augen rot umrändert und trüb, und seine Lippen hatten die blaue Farbe eines Schwindsüchtigen. Philipp richtete den Blick zur Seite. Perdikkas lag im Sterben.

Eine Zeitlang blieb Philipp noch am Krankenbett des Bruders sitzen; dann ging er zurück in seine Gemächer. Ein Diener hatte ihm eine Mahlzeit auf silbernen Tabletts hingestellt, doch Philipp hatte keinen Hunger. An diesem Morgen hatte er sich krank gefühlt und sich mehrmals schmerzhaft übergeben, bis er nur noch Galle ausgespien hatte. Jetzt trank er einen Schluck Wasser, streckte sich auf seiner Liege aus und schlief ein. Er wurde von Gebell geweckt, das draußen in den Gärten ertönte, und er erinnerte sich daran, daß die Hündin, Beria, erst vor kurzem Junge bekommen hatte. Philipp setzte sich auf, wickelte das kalt gewordene Fleisch von einer der silbernen Platten in ein Leinentuch und brachte es hinaus in die Gärten, wo er sich auf eine Bank setzte und die Hündin und ihre Jungen mit Fleischstücken fütterte. Die Kleinen tollten ausgelassen herum, und ihre fröhliche Unbekümmertheit hob Philipps Stimmung. Schließlich kehrte er in seine Zimmer zurück. Ein Diener kam, um die Silbertabletts zu holen. Er war ein freundlicher alter, weißbärtiger Mann mit Namen Hermon. Er richtete den Blick aus seinen blaßblauen Augen unter den buschigen Brauen auf Philipp.

»Ich hoffe, du fühlst dich jetzt besser, junger Herr.«

»Ja, danke.«

»Das freut mich, Herr. Möchtest du süße Honigkuchen zum Nachtisch? Sie sind frisch gemacht.«

»Nein. Ich möchte jetzt schlafen. Gute Nacht, Hermon.«

Philipps Träume waren düster und wirr, und zweimal in der Nacht wachte er auf. Die Hunde heulten den Mond an, und der Wind jaulte um die Mauerecken und rüttelte an den Fensterläden. Schließlich ging Philipp das Heulen der Hunde auf die Nerven. Er warf sich einen Umhang über und stieg die Treppe hinunter in die Gärten. Seine Zimmer waren die ärmlichsten im ganzen Palast; sie befanden sich unweit des Abwasserkanals und lagen nach Norden, so daß kein Sonnenstrahl sie wärmte; statt dessen wehte unablässig der bitterkalte Nordwind hinein. Auch in den Gärten war es kühl geworden. Die letzten Blumen verblühten; im bleichen Mondlicht sahen sie farblos und ätherisch aus. Philipp fand Beria, die Hündin, an einer Mauer sitzend; sie heulte kläglich und herzerreißend. Vor ihr lagen die Körper ihrer sechs Welpen, schwarz und leblos. Philipp kniete neben den Kleinen nieder; der Boden um sie herum war bedeckt von kleinen Pfützen aus Erbrochenem. Er packte Beria beim Halsband und zerrte sie von den winzigen Körpern fort; dann kniete er sich auf den Boden, drückte den schwarzen Kopf Berias an seine Brust und streichelte ihr übers Fell. Die Hündin winselte mitleiderregend und zerrte am Halsband; sie wollte zurück zu ihren Kleinen.

»Sie sind tot, Beria«, flüsterte Philipp. »Du kommst mit mir. Wir bleiben zusammen, du und ich.«

Die Dogge folgte ihm die Treppe hinauf, doch als er sie am Fenster anband, begann sie wieder laut zu winseln.

Philipp nahm ihr das Halsband und die Leine ab, und Beria sprang auf die Liege und streckte sich neben ihm aus. Der Junge legte den Arm um das Tier, und es bettete den Kopf an Philipps Schulter und schlief ein.

Als Philipp ruhelos da lag, fielen ihm die Fleischstücke ein, mit denen er die Welpen gefüttert hatte.

Und er dachte an Hermon, den freundlichen alten Mann mit den blaßblauen Augen . . .

Philipp lag die Nacht über wach, und sein Zorn wurde größer als seine Angst. Der Giftmord war zwar eine altbekannte Methode, Feinde zu beseitigen, aber warum benutzten die Mörder nicht das uralte und schnellere Mittel, den Dolch? fragte er sich. Es war einfacher und sicherer. Doch Philipp fand die Antwort schnell: Ptolemaios war beim Heer nicht beliebt, da es im Westen von Bardylis und im Osten von Kotys, dem König der Thraker, geschlagen worden war. Ptolemaios hatte nur einen Erfolg zu verzeichnen: den Sieg gegen das schwache Heer der Paioner im Norden.

Und Philipp wußte, daß Ptolemaios auf eine möglichst breite Unterstützung angewiesen war. Die reichen macedonischen Adeligen wollten einen Mann an der Spitze, der ihren Reichtum zu mehren vermochte; sie wollten einen König, der glorreiche Siege erfocht, so daß auch sie sich im Glanz seines Ruhms sonnen konnten. Und das galt nicht minder für die Soldaten, denn die Macedonier waren ein Volk von Kriegern. Deshalb mußte Ptolemaios immer behutsamer vorgehen, wenn es galt, einen potentiellen Rivalen auf den Thron zu beseitigen. Blutiger, offenkundiger Mord war zu gefährlich für den König geworden, und darum mußte er . . .

Plötzlich dachte Philipp an seinen Bruder Perdikkas und dessen schleichende Krankheit. Krankheit? Nein! Perdikkas wurde langsam vergiftet.

Aber was konnte er dagegen unternehmen? Wem konnte er trauen? Die Antwort auf die zweite Frage war leichter als die Antwort auf die erste. Vertraue niemandem. Philipp stieg aus dem Bett und ging langsam durchs Zimmer, darauf bedacht, die Dogge nicht zu wecken. Auf dem Flur angelangt, bewegte er sich leise durch den Palast und stieg die schmale Treppe zu den Küchen hinunter; dort wurden das Fleisch und die Früchte gelagert, und Philipp stillte erst einmal seinen Hunger. Dann füllte er einen kleinen Beutel mit Vorräten und schlich vorsichtig zu Perdikkas' Zimmer. Philipp weckte seinen schlafenden Bruder, indem er ihm behutsam mit der Hand auf die Schulter klopfte.

»Was ist das?« fragte Perdikkas.

»Ich habe dir etwas zu essen gebracht.«

»Ich bin nicht hungrig, Bruder. Laß mich schlafen.«

»Hör mir zu!« raunte Philipp eindringlich. »Du wirst vergiftet!«

Perdikkas runzelte die Stirn, und Philipp erzählte ihm von den toten Welpen. »Sie könnten an allen möglichen Krankheiten gestorben sein«, sagte Perdikkas müde. »So etwas geschieht oft.«

»Vielleicht hast du recht«, flüsterte Philipp. »Aber selbst wenn es so wäre, hättest du nichts zu verlieren, wenn du tust, was ich sage. Aber falls ich recht habe, ist es die einzige Möglichkeit, dein Leben zu retten.« Er half Perdikkas, sich aufzusetzen; dann wartete er, als sein Bruder bedächtig ein Stück Rindfleisch und Käse aß. »Hol mir einen Schluck Wasser«, bat Perdikkas. Philipp füllte einen Becher aus dem Krug, der auf dem Tisch in der Nähe stand . . . und hielt inne. Dann ging er zum Fenster und schüttete den Inhalt des Bechers und des Krugs in den Garten.

»Wir dürfen nichts essen oder trinken, was wir uns nicht selbst besorgt haben«, sagte er. Noch einmal verließ er das Zimmer, ging in die Küchen und füllte den Becher aus einem Wasserfaß.

»Niemand darf erfahren, daß wir Verdacht geschöpft haben«, sagte er, nachdem er ans Bett des Bruders zurückgekehrt war. »Alle müssen glauben, daß wir essen und trinken, was wir vorgesetzt bekommen.«

Perdikkas nickte. Sein Kopf fiel zurück aufs Kissen, und er schlief erschöpft ein.

In den nächsten vier Tagen wiederholte Philipp seine Streifzüge in die Küchen des Palasts und die nächtlichen Besuche beim Bruder, und langsam kehrte Farbe in Perdikkas' Gesicht zurück. Am Morgen des fünften Tages kam Hermon in Philipps Zimmer und brachte ein Tablett mit Käse, Fisch und einem Becher mit frischem Wasser.

»Wie hast du geschlafen, Herr?« fragte er mit freundlichem Lächeln.

»Gar nicht gut«, erwiderte Philipp und bemühte sich, seine Stimme kraftlos und müde klingen zu lassen. »Es scheint, daß ich mich nicht mehr von diesen Übelkeitsanfällen erholen kann. Ich fühle mich schwach. Sollte ich nicht besser einen Arzt holen lassen?«

»Das ist nicht nötig, Herr«, sagte Hermon. »Diese . . . kleinen

Magenbeschwerden treten im Herbst öfters auf. Du wirst dich bald davon erholt haben.«

»Danke, Hermon. Du bist sehr nett zu mir. Willst du mir nicht beim Frühstück Gesellschaft leisten? Das alles schaffe ich allein nicht.«

Hermon breitete die Arme aus. »Ich würde zu gern bleiben, Herr, aber ich habe noch sehr viel zu tun. Laß dir dein Frühstück schmecken. Ich möchte dir den Rat geben, möglichst viel zu essen, auch wenn du keinen Appetit hast, denn nur dann kannst du deine Kraft wiedererlangen.«

Als der Diener gegangen war, zog Philipp einen zweiten blauen Umhang an und versteckte den Becher in den Falten des Kleidungsstücks. Dann ging er mit schnellen Schritten zu den Wohnräumen der Dienerschaft hinunter und betrat Hermons Zimmer. Er wußte, daß der Alte im Moment bei Perdikkas war und daß er ein paar Minuten Zeit hatte. Neben dem Fenster stand ein Becher voll frischem Wasser. Philipp beugte sich über den Sims, goß den Inhalt von Hermons Becher in ein Blumenbeet und füllte ihn mit dem Wasser, das Hermon ihm aufs Zimmer gebracht hatte.

Am nächsten Morgen brachte ein anderer Diener dem Prinzen das Frühstück.

»Wo ist mein Freund Hermon?« fragte Philipp.

»Er fühlte sich nicht wohl, Herr«, sagte der Mann und verbeugte sich.

»Das tut mir leid. Ich hoffe, es geht ihm bald wieder besser. Richte ihm das bitte aus.«

An diesem Nachmittag stieg Perdikkas zum erstenmal seit langer Zeit aus dem Bett. Seine Beine waren noch schwach, doch die Kraft kehrte allmählich in seine Glieder zurück. »Und was machen wir jetzt?« fragte er seinen jüngeren Bruder.

»Auf jeden Fall kann es so nicht weitergehen«, sagte Philipp leise. »Sie werden bald merken, daß wir das Gift nicht mehr zu uns nehmen. Und dann, fürchte ich, werden sie zum Dolch oder zum Schwert greifen.«

»Vor ein paar Tagen hast du von Flucht gesprochen«, erwiderte Perdikkas. »Ich glaube, ich bin bald wieder kräftig genug, mich dir anzuschließen. Wir könnten nach Amphipolis fliehen.«

»Theben wäre besser«, sagte Philipp. »Ich habe dort Freunde. Aber wir dürfen nicht zu lange warten – höchstens drei Tage. Bis dahin mußt du im Bett bleiben und jedem erzählen, daß du dich immer schwächer fühlst. Außerdem müssen wir uns Geld und Pferde beschaffen.«

»Ich besitze kein Geld«, sagte Perdikkas.
»Ich werde mir schon etwas einfallen lassen«, versprach Philipp.

Hermon kniete vor den drei Männern und blickte nervös in die Falkenaugen des Ptolemaios. »Die beiden müssen von außerordentlich robuster Gesundheit sein, mein König, daß sie noch nicht am Pulver gestorben sind, aber ich werde die Dosis erhöhen. Der älteste ist in drei Tagen tot, das verspreche ich dir.«

Ptolemaios wandte sich an Attalos. »Ich hätte auf dich hören sollen« sagte er mit tiefer Grabesstimme.

»Noch ist es nicht zu spät, mein König«, erwiderte Attalos. »Perdikkas ist schwach. Ich könnte ihn im Schlaf ersticken. Das könnte niemand feststellen.«

»Und Philipp?«

Attalos zögerte.

»Den möchte ich gern töten«, sagte Archelaos plötzlich. »Es würde mir großes Vergnügen bereiten.«

Sein Vater lachte. »Ich weiß gar nicht, warum du diesen Jungen so verabscheust. Er ist freundlich und von angenehmem Äußeren. Doch dein Wunsch soll dir gewährt sein. Du wirst ihn töten – aber nicht heute nacht. Zuerst muß Perdikkas sterben. Mit Philipp warten wir noch ... sagen wir, eine Woche.« Er dreht sich zu Attalos um. »Du glaubst also, daß niemand Verdacht schöpfen wird, wenn du Perdikkas erstickst? Läßt sich das hinterher nicht feststellen?«

»Nein, mein König.«

Ptolemaios bedeutete seinem Sohn, zu ihm zu kommen; dann flüsterte er ihm irgend etwas ins Ohr. Der hochgewachsene Prinz nickte und tat so, als würde er das Zimmer verlassen. Dann aber warf er sich auf Hermon und drehte dem alten Mann die Arme auf den Rücken.

»Zeig es mir!« befahl der König. Attalos nahm ein besticktes Kissen und preßte es Hermon aufs Gesicht, drückte ihm mit aller Kraft Mund und Nase zu. Das Opfer wand sich und strampelte mit den Beinen; dann wurden die Bewegungen schwächer und erlahmten schließlich, und der Gestank von Urin erfüllte die Luft. Attalos nahm das Kissen vom Gesicht des Toten, und Archelaos ließ den Leichnam zu Boden fallen. Ptolemaios beugte sich über ihn und starrte dem Toten forschend ins Antlitz. »Mir gefällt der Gesichtsausdruck nicht«, sagte er. »Der Mann sieht nicht aus wie jemand, der im Schlaf gestorben ist.«

Attalos grinste und kniete neben der Leiche nieder, drückte dem Toten den Mund zu und schloß ihm die starren Augen. »Ja, so ist es schon besser«, flüsterte der König. »Gut. So wird es auch mit Perdikkas gemacht.«

Als der Abend nahte, saß Attalos in seinem Zimmer und trank mit Wasser vermischten Wein. Er wollte sich nicht betrinken, damit ihm die bevorstehende Arbeit leichter von der Hand ging, doch er verspürte das unerklärliche Verlangen, den Krug zu leeren. Dann aber besann er sich darauf, daß er immer stolz auf seinen Mut, seine Disziplin und seinen Gehorsam gewesen war, und stieß den Weinkrug zur Seite. Was ist los mit dir? fragte er sich – und wußte augenblicklich die Antwort. Der Gedanke, daß auch Philipp bald sterben sollte, behagte ihm nicht, wenn er auch nicht den Grund dafür kannte. Nicht, daß er den Jungen mochte; Attalos mochte niemanden, nicht einmal sich selbst. Aber Philipp soll nicht sterben, sagte er sich. Die ganze Sache nahm ohnehin widerwärtige Formen an. Ptolemaios war ein Narr. Egoistisch, rücksichtslos und grausam – und damit endete auch schon die Aufzählung seiner hervorstechendsten Charaktereigenschaften. Und Archelaos war keinen Deut besser. Im Gegenteil; er war ein noch größerer Narr als sein Vater. Die Unzufriedenheit im Volke wuchs. Immer mehr Adelige hielten sich vom Palast fern, und die Moral der Truppe war auf einen Tiefpunkt gesunken. Sollte Ptolemaios gestürzt werden, würde er seine Günstlinge mit in den Abgrund reißen, und Attalos hatte nicht den Wunsch, zu diesen Unglücklichen zu zählen.

Aber was soll ich tun? fragte er sich.

Je dunkler der Himmel wurde, desto düsterer wurde Attalos' Stimmung. Er hatte keine Wahl. Noch nicht. Er mußte zuerst Perdikkas töten, dann den stärksten Widersacher des Königs ausfindig machen und sich bereit halten, seine Fahne im Wind zu drehen, wenn Ptolemaios erst gestürzt und unter seinen Anhängern Ströme von Blut vergossen wurden. Er fluchte – und zog den Weinkrug wieder heran, um sich den Becher nachzufüllen.

Er wartete bis Mitternacht und ging dann schweigend über die verlassenen Flure des Palasts, bis er vor der eichenen Tür von Perdikkas' Schlafgemach stand. Unter dem Türspalt konnte er erkennen, daß im Zimmer noch Licht brannte. Er drückte das rechte Ohr gegen das Holz, lauschte und hörte gedämpfte Stimmen, konnte aber kein Wort von dem verstehen, was gesprochen wurde. Wieder fluchte er leise vor sich hin und war schon im Begriff, sich auf den Rückweg zu machen, als die Tür plötzlich geöffnet wurde und er Philipp ins Gesicht blickte. Der Junge war sichtlich erschrocken, und seine Hand zuckte zum Dolch.

»Du hast nichts zu befürchten«, sagte Attalos und schob sich an Philipp vorbei ins Zimmer. Perdikkas saß auf einer Liege und aß Brot und Käse; er sah kräftiger aus, als Attalos ihn je gesehen hatte. Der Krieger drehte sich zu Philipp um. »Ich habe dich gesucht«, sagte er, »aber du warst nicht in deinen Zimmern. Ich hatte damit gerechnet, dich hier zu treffen.«

»Warum suchst du mich mitten in der Nacht?« fragte Philipp mißtrauisch.

»Man will dich töten«, sagte Attalos. »Es ist eine Verschwörung gegen dich und Perdikkas. Von der vergifteten Nahrung scheint ihr ja schon zu wissen, wie ich sehe. Kein Wunder, daß das Gift nicht gewirkt hat. Aber . . . Ptolemaios hat mir den Befehl erteilt, deinen Bruder heute nacht zu töten. Und du, Philipp, sollst nächste Woche sterben.«

Attalos hörte das leise Schaben, als eine eiserne Klinge aus einer Scheide gezogen wurde. Er fuhr herum und sah, wie Perdikkas mit einem Schwert auf ihn zukam. Erst jetzt fiel ihm auf, wie groß der Prinz war und welche Härte und Entschlossenheit in ihm steckten.

»Das ist nicht nötig«, sagte Attalos mit leiser Stimme. »Ich bin nicht gekommen, um den Befehl zu befolgen, sondern um euch zu warnen.«

»Warum sollte ich dir glauben?« erwiderte Perdikkas und drückte Attalos die Schwertspitze an die Kehle.

»Warte!« sagte Philipp beschwörend, als er sah, daß sein Bruder zustechen wollte. »Übereile nichts! Ich glaube ihm.«

»Danke«, flüsterte Attalos, hob langsam die Hand und drückte die Schwertklinge zur Seite. »Die Frage ist, was wir tun sollen. Ich würde vorschlagen, aus dem Palast zu fliehen und nach Amphipolis zu reiten. Wenn wir erst dort sind, könnt ihr die unzufriedenen Adeligen gegen den König aufwiegeln, Truppen aufstellen und vielleicht den Thron erobern.«

»Nein«, sagte Philipp.

»Und warum nicht?« fragte Perdikkas.

»Weil du noch heute nacht den Thron erobern wirst«, erwiderte Philipp. »Ptolemaios hat unseren Vater ermorden lassen, und der Thron steht dir rechtmäßig zu. Wir werden den König töten.«

»Bei allen Göttern!« sagte Perdikkas. »Hast du den Verstand verloren? Wir haben keine Verbündeten. Die Garde ist Ptolemaios treu ergeben – man würde uns in Stücke hauen.«

»Du irrst«, sagte Philipp. »Ptolemaios ist ungeliebt, deshalb wird niemand ihm nachtrauern, wenn er erst einmal tot ist. Gestern nachmittag habe ich Archelaos aus dem Palast reiten sehen, und ich habe gehört, daß er nach Theben will. Er wird also keine Bedrohung darstellen. Sobald der König tot ist, werden die Adeligen eine Versammlung einberufen, um seinen Nachfolger zu wählen – aber bis dahin wird die Garde dir schon ihren Treueid geleistet haben.«

»Wie kannst du so sicher sein?«

»Weil es die Natur des Menschen ist«, erwiderte Philipp. »Der Wunsch, geführt zu werden. Und Attalos wird zu den Leuten reden. Er ist Hauptmann der Garde; auf ihn wird man hören. Das stimmt doch, Attalos?«

»Kann sein«, gab der Krieger vorsichtig zur Antwort. »Aber es ist immer noch ein sehr großes Risiko.«

Philipp lachte. »Risiko? Ich lebe seit Jahren mit der Bedrohung, ermordet zu werden. Welches Risiko meinst du? Daß wir sterben müssen? Alle Menschen müssen sterben, ob arm oder reich. Und wenn ich schon sterben soll, dann möchte ich im Kampf fallen und nicht wie ein Schlachtvieh im Stall ergeben auf den tödlichen Axthieb warten.«

Attalos hörte zu, als Philipp nun seinen Plan darlegte, und die Bewunderung des Kriegers für den jungen Mann wuchs. Attalos wünschte, Philipp wäre ein paar Jahre älter. Er würde ein hervorragender König sein, ein Mann mit Macht, Ausstrahlung und Weitsicht. Attalos blickte zu Perdikkas hinüber. Auch dieser junge Mann war stark, aber einem Vergleich mit seinem Bruder konnte er nicht standhalten. Dennoch – falls dieses wahnwitzige Unternehmen erfolgreich sein sollte, würde Perdikkas den Thron besteigen, nicht Philipp. Attalos wartete, bis Philipp geendet hatte; dann wandte er sich Perdikkas zu und kniete nieder.

»Solltest du der neue König werden, Herr, vergibst du mir hoffentlich, daß ich den Mördern deines Vaters gedient habe. Ich habe nicht die Hand gegen ihn erhoben.«

Perdikkas blickte auf den Krieger nieder; dann legte er ihm die Hand auf die Schulter. »Ich werde dir vergeben, Attalos. Und ich werde dafür sorgen, daß du den gerechten Lohn für die Arbeit bekommst, die du heute nacht tun wirst.«

Die drei Männer verließen das Zimmer. Attalos führte die Brüder über die Flure bis vor die Gemächer des Königs. Dort warteten Perdikkas und Philipp in einer verborgenen Nische, während der Krieger weiterging und zu zwei Wachtposten in schwarzen Umhängen trat, die vor der Tür zu Schlafgemach des Königs saßen.

Attalos bedeutete den beiden Posten, ihm zu folgen, und ging weiter. Die Krieger standen auf, warfen sich einen fragenden Blick zu und schlenderten dann bis zum Ende des Korridors, wo Attalos wartete.

»Habt ihr irgend etwas Verdächtiges gesehen?« flüsterte Attalos.

»Wie meinst du das, Herr?« fragte einer der Posten. Hinter ihnen traten nun die Brüder aus der verborgenen Nische hervor. Attalos spürte, daß ihm der Mund trocken wurde. Das ist Wahnsinn! schrie es in seinem Innern.

»Habt ihr heute nacht irgend jemanden auf dem Flur gesehen?« fragte Attalos die Wächter, während die Brüder zur Tür des königlichen Schlafgemachs huschten.

»Nur dich, Herr. Und den König. Droht irgendeine Gefahr?«

»Wahrscheinlich nicht. Aber seid trotzdem auf der Hut.« Philipp hatte inzwischen die Tür geöffnet, und die beiden Prinzen schlüpften in Ptolemaios' Schlafgemach.

»Natürlich, Herr. Wir schlafen doch nicht im Dienst!«

Attalos beobachtete, wie die Tür des Schlafgemachs geschlossen wurde. »Die Welt kann viele Überraschungen bieten«, sagte er. »Manchmal hält sich ein Mann einfach nur zum falschen Zeitpunkt am falschen Ort auf.«

»Ich verstehe nicht . . .« erwiderte der Posten.

»Ich fürchte, du hast recht«, sagte Attalos, und sein Dolch blitzte auf und drang dem Mann in die Kehle. Der zweite Wächter stand für einen Augenblick vor Entsetzen wie erstarrt; dann zuckte seine Hand zum Schwertgriff, doch Attalos hatte den Dolch bereits wieder erhoben und stach dem Mann die Klinge ins Auge.

Aus dem Schlafgemach des Königs drang ein fürchterlicher Schrei. Attalos sprang über die beiden Leichen hinweg, rannte los und stieß die Tür auf.

Ptolemaios war halb aus dem Bett gerutscht. Zwei Schwerter ragten aus seinem Leib – eines aus der Brust, das zweite aus dem Magen. Jetzt erst rutschte der König vollends zu Boden und versuchte, auf Attalos zuzukriechen, doch Philipp trat vor und zerrte das Schwert aus Ptolemaios' Leib. Wieder stieß der König einen entsetzlichen Schrei aus – dann trennte die Schwertklinge ihm den Kopf vom Rumpf.

Philipp wandte sich um und fiel vor seinem Bruder auf die Knie.

»Du wirst niemals vor mir niederknien müssen«, versprach der neue König von Macedonien, nahm Philipp beim Arm und zog ihn auf die Beine. »Und ich werde dir niemals vergessen, was du für mich getan hast.«

Der Tempel, im Sommer 359 v. Chr.

In den elf Jahren, die seit Parmenions Sieg in der Schlacht von Leuktra vergangen waren, hatte Derae ungezählte seltsame Alpträume durchlitten – erschreckende Visionen von Finsternis, vom abgrundtief Bösen und von mordlüsternen Dämonen. Zuerst war Tamis in diesen Träumen erschienen, hatte sie gerettet und ihr erzählt, daß es Diener des Dunklen Gottes seien, die danach trachteten, sie beide zu vernichten. Doch mit den Jahren wuchsen Deraes Kraft und Macht, und die nächtlichen Angriffe verloren mehr und mehr ihre Schrecken. Jetzt aber war sie wieder einmal in einem düsteren, grauenvollen Alptraum gefangen: Gräßliche Schatten huschten dicht an ihr vorüber, während sie sich drehte und wand und vergeblich versuchte, einen Blick auf die Kreaturen zu erhaschen. Doch alles, was sie sah, waren die grauen Mauern einer Burg; dunkle Feuchtigkeit glitzerte auf dem kalten Gestein.

Wie Rauchschwaden stieg Dunkelheit auf und hüllte Derae ein, und in der undurchdringlichen Düsternis hörte sie Geräusche: rasselndes Atmen und das Kratzen von Krallen auf steinernen Platten. Bohrender Schmerz durchraste ihre Arme, als schuppige, schleimige Kreaturen nach ihr schlugen. Weißes Licht zuckte aus ihren Fingern, und ein grauenhafter Schrei hallte durch die kahlen, steinernen Gewölbe. Derae blickte auf ihre Arme hinunter und sah, daß die Krallen ihr tiefe blutige Wunden geschlagen hatten, doch die Bestie war nicht auszumachen; Derae erinnerte sich nur an kalte, gelb leuchtende Augen und ein weit aufgerissenes Maul. Rasch heilte sie ihre Wunden und versuchte, in die Höhe zu steigen, doch die steinerne Decke, die gewaltigen Mauern und der granitene Boden hielten sie gefangen.

Ein schwarzer, unbewegter Wassertümpel vor ihr schien zu kochen; dann stieg die dunkle Brühe in die Höhe, verdichtete sich und nahm die umrißhafte Gestalt einer Frau an. Sie trug einen Umhang mit Kapuze, und aus ihrem bleichen Gesicht starrten zwei düstere Augen. »Ah, du bist die Heilerin«, sagte die Frau mit tiefer, heiserer Stimme. »Und wie hübsch du bist. Komm zu mir, schöne Frau!«

Derae lachte, und alle Furcht fiel von ihr ab. »Was willst du von mir?«

»Ich will wissen, wem du dienst. Du machst mir Sorgen.«

»Warum solltest du dir Sorgen machen?« erwiderte Derae. »Ich bin Heilerin, wie du schon sagtest. Seit mehr als zwanzig Jahren lebe ich im Tempel. Ich kenne dich nicht einmal.«

»Kannst du die verschiedenen Wege in die Zukunft beschreiten?« fragte die Dunkle Frau.

»Kannst du es?« fragte Derae zurück.

»Was ich kann, geht dich nichts an!« erwiderte die schattenhafte Gestalt mit schriller Stimme.

»Du kannst es also nicht«, sagte Derae leise. »Warum interessiert es dich dann?«

Die Frau lächelte, doch ihr Gesicht blieb maskenhaft starr. »Können wir nicht Freundinnen sein? Auch ich bin Heilerin – und Seherin. Ich habe deine Kräfte gespürt und wollte mehr über dich erfahren.«

Derae schüttelte den Kopf. »Wir können keine Freunde sein, du und ich; wir dienen Mächten, die sich feindlich gegenüberstehen. Aber meine Freundschaft ist es nicht, was du wirklich begehrst, nicht wahr? Sag die Wahrheit – oder hast du Angst, daß sie deine Zunge verbrennt?«

»Brennen! Was verstehst denn du davon?« sagte die Frau mit zischender Stimme. Flammen schlugen aus den Wänden, und Deraes Umhang fing Feuer. Doch sie bewegte sich nicht, und sie schrie nicht.

Ein sanftes goldenes Licht hüllte sie ein, heilte ihre verbrannte Haut und legte sich wie ein schützender Umhang um ihren Körper. Von plötzlichem Zorn gepackt, streckte Derae eine Hand aus. Speere aus gleißendem Licht zuckten wie grelle, gezackte Blitze auf und fuhren der schwarzen Frau in die Brust, schleuderten sie gegen die Wand und drückten sie mit ungeheurer Kraft gegen das Gestein. Sie schrie vor Schmerz; dann berührte sie die flackernden Lichtblitze, die augenblicklich verschwanden.

Die dunkle Frau lächelte. »Sehr gut«, sagte sie. »Ich habe mich in dir geirrt. Ich habe nichts zu befürchten.«

Die düstere Burg schimmerte und löste sich auf, und Derae erwachte im Tempel.

Der Kampf in der gespenstischen Burg ängstigte sie, und sie machte sich auf die Suche nach Tamis. Die alte Frau schlief noch; Speichel lief ihr aus den Mundwinkeln übers Kinn. Derae berührte sie sanft an der Schulter, doch Tamis erwachte nicht. Die letzten zwei Jahrzehnte waren eine schwere Zeit für die alte Priesterin gewesen: ihre Kräfte schwanden und damit auch ihre Sehkraft und ihr Gehör.

Derae packte Tamis schließlich an der Schulter und rüttelte sie wach.

»Äh ... was ist?« murmelte Tamis schlaftrunken und rieb sich die Augen.

Derae brachte ihr Wasser und wartete, bis die alte Seherin den Schlaf abgeschüttelt hatte. »Warum hast du mich gestört? Ich habe von meinem ersten Gatten geträumt. Was für ein Mann! Stark wie ein Ochse – bei der Arbeit und im Bett.«

Derae erzählte Tamis von der Burg und der Frau im schwarzen Umhang. Die alte Seherin hörte schweigend zu; dann schüttelte sie den Kopf. »Ich weiß nicht, wer sie war. Wir sind nicht allein in diesem Kampf, Derae. Es gibt noch andere, die über unsere Gaben und das Auge einer Seherin verfügen. Einige dienen dem Licht, andere der Finsternis. Warum macht diese Begegnung dir solche Furcht?«

»Die Frau hatte Angst vor mir, doch als ich sie besiegt hatte, war all ihre Furcht verflogen. Das ist doch ein Widerspruch ... oder nicht?«

Tamis seufzte und erhob sich von der Liege. Das erste Licht des neuen Tages fiel durch die Ritzen in den Fensterläden. Tamis zog einen schlichten Umhang aus weißer Wolle an und ging hinaus in den Garten. Derae folgte ihr.

»Du hast die Frau besiegt? Wie?« fragte Tamis. Derae berichtete es ihr, und wieder stieß die alte Seherin einen tiefen Seufzer aus. »Du hast versucht, sie zu töten. Und weil du das getan hast, hat sie *dich* besiegt. Denn du hast dem Willen des Quells der Macht zuwider gehandelt. Und alle, die sich Seinem Willen nicht fügen, dienen dem Chaos!«

»Aber das stimmt nicht!« widersprach Derae. »Ich bin Heilerin. Ich bin kein schlechter Mensch!«

»Das stimmt, du bist nicht schlecht«, erwiderte Tamis mit schwacher Stimme. »Ich habe dich schlecht ausgebildet. Ich habe so vieles falsch gemacht. Ich bin viel zu überheblich gewesen. Kassandra hat versucht, mich zu warnen, aber ich habe nicht auf sie gehört. Trotzdem habe ich damals richtig gehandelt«, sagte sie plötzlich, blieb stehen und roch an einer Rosenblüte. »Ich kannte viele Geheimnisse. Aber alle Weisheit ist nutzlos und närrisch. Wir glauben, daß wir es sind, die lenken. Doch wir selbst werden gelenkt. Wir glauben, über gewaltige Kräfte zu verfügen, doch wir sind nur Blätter in einem Sturm. Wir tun Gutes, aus dem Böses erwächst. Alles ist verworren und verwoben. Alles ist Eitelkeit.«

Derae nahm ihre Hand. »Bist du krank, Tamis? So habe ich dich noch nie reden hören.«

»Ich bin nicht krank. Ich sterbe, Derae. Und ich habe keine meiner Arbeiten abgeschlossen. Manchmal frage ich mich, ob wir jemals zu Ende führen können, was wir beginnen. Ich bin all dieser Fragen und Probleme müde, Derae. Ich habe schreckliche Dinge getan... schrecklich. Und ich hielt mich für so klug!« Sie lachte, bis ihr krächzendes Gelächter in einen trockenen Husten überging. Schließlich räusperte sie sich und spuckte in einen Rosenstrauch. »Sieh mich an! Die wunderschöne Tamis! Kaum zu glauben, daß mich die Männer einst begehrt haben.«

»Was hast du geträumt?« fragte Derae.

»Geträumt?«

»Du hast gesagt, du hast von deinem ersten Gatten geträumt. Erzähl mir davon.«

»Ich habe gesehen, wie schön es ist, geliebt zu werden, berührt zu werden, zu nutzen und benutzt zu werden. Ich habe all das gesehen, was ich verloren habe – all meine Fehler, meine Eitelkeiten.«

»Zeig es mir!« flüsterte Derae und legte der alten Frau die Hand auf den Kopf. Tamis entspannte sich, und Derae tauchte hinab in ihr Unterbewußtsein... sah die junge Tamis, wie sie von einem muskulösen, bärtigen jungen Mann genommen wurde und sich lustvoll unter ihm wand. Derae aber beobachtete die Szene nicht länger, sondern stieg höher hinauf, drehte sich im Kreis, schaute... suchte. Und dann sah Derae die Frau im dunklen Umhang. Sie lachte und zeigte mit dem Finger auf das sich liebende Paar. Derae bewegte sich näher heran und sah, daß die Frau nicht allein war. Schattenhafte Gestalten schwebten um sie herum ...

Und dann kehrte Derae wieder in den kühlen abendlichen Garten und in den eigenen Körper zurück. »Es war kein Traum, Tamis. Das war die Frau, von der ich gesprochen habe. Sie ist zu dir gekommen und hat deine Gedanken trüb und verzweifelt gemacht.«

»Unsinn. Dann hätte ich sie gesehen. Noch bin ich nicht machtlos!« sagte Tamis zornig. »Warum versuchst du, mir den Mut zu nehmen?«

»Aber das tue ich doch gar nicht!« erwiderte Derae. »So glaub mir doch! Wir werden angegriffen, Tamis. Aber warum gerade jetzt?«

»Die Dunkle Geburt ist nahe«, flüsterte Tamis. »Sehr nahe. Vielleicht dauert es nur noch ein Jahr, höchstens zwei. War diese Frau wirklich in meinem Innern?«

»Ja. Es tut mir leid.«

»Es spielt keine Rolle. Alle Kräfte schwinden.« Tamis seufzte. »Ich wollte, ich könnte dich noch mehr lehren, aber ich kann es nicht. Und eines Tages wirst du mich hassen.« Tränen liefen ihr über die Wangen.

»Du hast mich schon so viel gelehrt, meine Freundin ... meine liebe Freundin. Wie könnte ich dich jemals hassen?«

»Du hast die Frau gesehen? Ich muß schon sagen, das ist eine poetische ... Methode, Vergeltung zu üben«, sagte Tamis. »Eines Tages wirst du wissen, wie ich das meine. Aber sag mir, wo ist Parmenion?«

»Er ist in Susa. Der Großkönig hat ihm für seinen Sieg in Mesopotamien einen edlen Hengst geschenkt.«

»Parmenion wird in die Schlacht um Macedonien hineingezogen werden«, sagte Tamis. »Dort liegt jetzt das Zentrum der großen Schlacht. Alle Mächte werden sich in Macedonien konzentrieren. Es ist der Ort der Zusammenkunft. Geh dorthin! Geh sofort dorthin! Schau es. Fühle es!«

»Ich kann jetzt nicht fort. Ich mache mir Sorgen um dich, Tamis.«

»Für deine Sorgen ist es zu spät, mein Kind. Die Zukunft tut sich bereits auf. Der Dunkle Gott kommt.«

»Aber wir können ihn immer noch aufhalten, nicht wahr?«

Tamis zuckte mit den Achseln und ließ den Blick durch den Garten schweifen. »Schau dir die Rosen an. Es sind Hunderte, und in jedem Jahr bringen sie Tausende von Blüten hervor. Wenn man dich bitten würde, alle Rosensträucher zu beschneiden, zu hegen und zu pflegen, so daß nur ein einziger Strauch eine einzige makellose Blüte hervorbringt, alle anderen Sträucher aber grün bleiben – könntest du das?«

»Ich glaube schon. Aber es würde mich all meine Kraft kosten.«

»Und wenn ich dich nun bitten würde, sämtliche Rosensträucher auf der Welt zu beschneiden, so daß sie alle nur eine einzige makellose Blüte hervorbringen?«

»Was willst du damit sagen, Tamis?«

»Geh nach Macedonien, mein Kind. Ich werde hier sitzen bleiben und beobachten, wie die Rosen aufblühen.«

Derae stieg hoch über den Tempel auf und schwebte nach Westen, über die Berge Thrakiens hinweg und über die Ebenen an den großen Flüssen Nestos, Strymon und Axios. Während sie am klaren Himmel dahinschwebte, entspannte sich ihr Geist, und sie schloß die Augen und ließ sich vom Rhythmus des Lebens dahintragen, der aus der Tiefe zu ihr aufstieg. Sie spürte, wie sie nach Süden abgetrieben wurde, über das Meer hinweg und hinunter auf einen Gebirgszug. Tiefer und tiefer schwebte sie, bis sie einen Reitertrupp sah, der einen Löwen jagte. Das Tier flüchtete zwischen die Felsen, so daß die Verfolger es nicht mehr sehen konnten, und machte sich zum Angriff bereit. Einer der Jäger, ein hübscher, kräftiger junger Mann mit dunklem Bart, ritt der Gruppe voran. Er trieb sein Pferd im Galopp zwischen die Felsen und schwang sich vom Rücken des Tieres, einen leichten Jagdspeer in der Faust. Urplötzlich sprang der Löwe auf ihn zu, doch der Jäger ergriff nicht die Flucht. Statt dessen ging er auf ein Knie nieder, packte den Speer, hob ihn an die Schulter und wartete, bis das Raubtier nahe genug heran war.

Wie ein Pfeil schoß Derae auf den Löwen zu.

Macedonien, im Sommer 359 v. Chr.

Philipp zügelte sein Pferd und brachte es zum Stehen, als er sah, wie der Löwe zwischen die Felsen flüchtete. Die Jagdlust hatte Philipp gepackt. Das erregende Gefühl, sich einer tödlichen Gefahr zu stellen, war für ihn berauschender als Wein. Flink schwang er sich vom Pferderücken und hielt den kurzen Jagdspeer mit der scharfgeschliffenen Spitze fest in der Rechten gepackt.

Die Jahre, die seit der Ermordung Ptolemaios' vergangen waren, hatten es gut mit Philipp gemeint. Er war kein untersetzter Junge mehr, sondern ein breitschultriger junger Mann mit gewaltiger Körperkraft, und sein sorgfältig gestutzter schwarzer Bart schimmerte wie das Fell eines Panthers. Mit dreiundzwanzig Jahren stand Philipp von Macedonien in der Blüte seiner Jahre.

Als Perdikkas den Thron bestiegen hatte, konnte Philipp zum erstenmal seit vielen Jahren in Frieden und ohne Furcht leben. Er war aus der Hauptstadt nach Süden gezogen und hatte sich auf den königlichen Ländereien unweit von Aigai, der alten Hauptstadt, niedergelassen, wo er an den Vergnügungen der anderen macedonischen Adeligen teilnahm – dem Trinken, dem Huren und der Jagd. Aber die Jagd bereitete ihm die größte Freude und Erregung, zumal es im unwegsamen Macedonien viel Wild gab: Wölfe, Bären, wilde Büffel, Leoparden, Hirsche und Wildschweine.

Der Löwe jedoch war selten geworden. Jetzt aber war ein männliches Tier mit gewaltiger Mähne aus den Bergen hinuntergekommen und in die Schafherden eingefallen; der Löwe hatte sogar Rinder und Pferde gerissen. Seit fünf Tagen folgten Philipp und seine Begleiter der Fährte des Raubtiers; sie hatten die Spur, die in Richtung Süden verlief, mehrmals verloren, aber immer wieder gefunden. Es schien, als wollte der Löwe sie zu den höchsten Bergen locken, ja, zum Olymp selbst, dem Sitz der Götter.

Philipp blickte nach Süden auf die fernen Berge. »Hilf mir, Vater Zeus!« flüsterte er, als er sich nun langsam den Felsen näherte.

Er hätte auf seine Gefährten warten sollen, aber wie immer war Philipp begierig gewesen, der erste zu sein und die Beute allein zu erlegen.

Die Mittagssonne brannte ihm in den Nacken, während er leise Schritt vor Schritt setzte. Für gewöhnlich mieden Löwen die Hitze, das wußte Philipp. Sie suchten sich lieber einen schattigen Ort, um dort während der heißesten Stunden des Tages zu schlafen. Und dieser Löwe hatte erst kürzlich ein großes Schaf getötet und sich an dem saftigen, fetten Fleisch satt gefressen. Philipp hob den Speer. Er mußte das Raubtier genau hinter den Schulterblättern treffen und ihm die eiserne Spitze tief in Lunge und Herz treiben. Schon ein einziger Schlag mit der Pranke konnte einem Mann die Rippen zerschmettern oder ihm die Eingeweide herausreißen.

Philipp warf einen raschen Blick über die Schulter. Attalos und die anderen waren immer noch ein gutes Stück entfernt. Der blaßäugige Krieger würde vor Wut toben, sollte Philipp die Beute ohne ihn erlegen. Philipp lächelte. Attalos war auch so schon wütend genug, denn Perdikkas war mit dem Heer nach Westen gezogen, um Bardylis anzugreifen, und auch der König hatte auf Attalos' Hilfe verzichtet. Ungeachtet des Treueschwurs, den Attalos vor zwölf Jahren geleistet hatte, war Perdikkas dem Krieger gegenüber immer mißtrauisch geblieben, und auch heute noch bekleidete Attalos nur den Rang eines Hauptmannes der Palastwache.

Ein Stück voraus, hinter einigen Felsbrocken, erklang ein tiefes Grollen. Das Geräusch war furchteinflößend, und Philipp spürte, wie eisige Angst in ihm aufstieg, doch er genoß dieses Gefühl wie die Umarmung einer schönen Frau.

»Komm zu mir«, flüsterte er.

Plötzlich sprang der Löwe zwischen den Felsen hervor und griff an. Es war ein riesiges Tier, und es näherte sich mit gewaltigen Sätzen. Philipp erkannte, daß ihm nicht mehr genug Zeit blieb, sich zur Seite zu werfen und den Speer in Anschlag zu bringen.

Der Prinz ließ sich auf ein Knie nieder, packte den Speerschaft und hob die Waffe an die Schulter. Die scharfe Spitze zielte auf die Kehle des Löwen. Doch so konnte er das Tier nicht aufhalten, erkannte Philipp. Der Schaft würde unter der Wucht des Aufpralls zerbrechen, und dann würden die Reißzähne das Gesicht des Jägers zerfleischen. Von einem Augenblick zum anderen wußte Philipp, daß heute der Tag seines Todes gekommen war, doch er blieb ruhig. Er war entschlossen, den Löwen mit ins Reich des Todes zu nehmen. Diese Bestie sollte auf dem Weg in den Hades an seiner Seite trotten.

Hinter sich hörte er Hufschlag, doch die Freunde waren zu weit entfernt, als daß sie ihm noch hätten zu Hilfe eilen können. »Na los!« brüllte er den Löwen zu. »Komm her und stirb mit mir zusammen!«

Plötzlich wand sich das Raubtier wie unter heftigen Schmerzen, und sein Angriff geriet ins Stocken. Der Löwe hob den riesigen Kopf, stieß ein markerschütterndes Brüllen aus ... und blieb stehen, nur eine Handbreit von der schimmernden Speerspitze entfernt.

Philipp konnte den heißen, fauligen Atem der Bestie riechen, und er starrte wie gebannt auf die riesigen Fangzähne, die so lang und gekrümmt waren wie persische Dolche. Dann hob er langsam den Kopf und blickte in die gelben Augen des Raubtiers.

Die Momente dehnten sich zur Ewigkeit.

Philipp erhob sich langsam. Und dann streckte er den Speer vor und ließ die eiserne Spitze über die Mähne des Löwen gleiten. Das Raubtier blinzelte, rührte sich aber nicht vom Fleck. Philipp spürte, daß einer der Jagdgefährten, Nikanor, sich von hinten näherte und einen Pfeil auf die Sehne seines Bogens spannte.

»Schieß ja nicht!« sagte der Prinz mit ruhiger, sanfter Stimme.

Der Löwe kam jetzt so nahe heran, daß sein Fell an Philipps Bein rieb; dann wandte er sich um und trottete davon, verschwand zwischen den Felsen.

Attalos kam zum Prinzen gerannt. »So etwas habe ich noch nie gesehen«, flüsterte er.

Philipp schauderte. »Ich auch nicht.«

»Sollen wir die Verfolgung aufnehmen?«

»Ich glaube nicht, mein Freund. Ich habe alle Lust an der Jagd verloren.« Er blickte auf jene Stelle, wo der Löwe gestanden hatte.

»War das ein Omen?« fragte Attalos. »Und war das ein leibhaftiger Löwe?«

»Wenn es ein Gott war, hat sein Atem entsetzlich gestunken«, erwidert Philipp und blickte unruhig auf die fernen, gezackten Gipfel des Olymp.

Die Jäger wählten für den Rückweg zu Philipps Sommerhaus zwanzig Meilen südlich der Stadt Aigai eine längere, aber weniger beschwerliche Route. Sie waren fast am Ziel, als sich aus nördlicher Richtung in schnellem Galopp ein Reiter näherte und schließlich sein Pferd neben dem Philipps zügelte. Das Tier des Reiters dampfte vor Schweiß und war völlig erschöpft.

»Der König ist tot«, sagte der Reiter, »und das Heer ist vernichtet.«

»Perdikkas ... tot? Das glaube ich nicht!« rief Attalos. Der Reiter beachtete ihn nicht; er blickte Philipp an.

»Der König hatte die Illyrer zurückgedrängt. Dann aber haben sie das Zentrum unseres Heeres durchbrochen. Perdikkas hat versucht, die Reihen zu einem Gegenangriff neu zu formieren, aber genau damit hatte der Feind gerechnet. Unsere Reiterei wurde in Stücke gehauen, und man hat den Kopf des Königs auf eine Lanze gespießt. Wir haben über viertausend Mann verloren.«

Philipp hatte seinem Bruder nie sehr nahe gestanden, aber sie waren alles andere als Feinde gewesen. Der Prinz hatte den König wegen dessen Fähigkeiten als Staatsmann und Krieger bewundert. Was sollte nun geschehen? fragte er sich. Der Sohn des Königs war erst zwölf Jahre alt, und das Heer – oder was davon übrig geblieben war – würde der Thronerhebung eines Knaben niemals seine Zustimmung erteilen, erst recht nicht, wenn der Fortbestand Macedoniens bedroht war. Philipp ritt ein Stück von den Gefährten weg und stieg vom Pferd; er setzte sich auf einen Felsblock und starrte aufs Meer hinaus. Er hatte nie den Wunsch gehabt, auf dem Thron zu sitzen. Er hatte vom Leben nicht mehr verlangt als die Möglichkeit zu jagen und zu reiten, zu trinken und zu huren. Perdikkas hatte Verständnis dafür gehabt – was mit ein Grund dafür gewesen war, daß Philipp einen Mordanschlag auf seinen Bruder niemals auch nur in Erwägung gezogen hatte.

Was die Staatsgeschäfte betraf, zeigte Philipp kein Interesse. Er hatte Perdikkas zwar vor der Gefahr eines Angriffs auf die Illyrer gewarnt, aber solche Schlachten waren nur sehr selten von entscheidender Bedeutung; für gewöhnlich erklärten die Unterlegenen sich zu einer

Tributzahlung an den Sieger bereit, und dann ging das Leben weiter wie gewohnt. Jetzt aber war der König auf dem Schlachtfeld gefallen und mit ihm viertausend macedonische Krieger! Das war eine Tragödie von erschreckenden Ausmaßen. Das Gleichgewicht der Kräfte im nördlichen Griechenland war schon in Friedenszeiten ein hochempfindliches, schwankendes Gebilde, und nach dieser Katastrophe würde es zum Chaos kommen.

Perdikkas hatte sich als guter König erwiesen – umsichtig, stark und beliebt. Aber er war von dem Wunsch besessen gewesen, Bardylis zu vernichten, und alle Versuche Philipps, den Bruder von diesem Vorhaben abzubringen, waren gescheitert.

»Laß Parmenion kommen«, hatte Philipp ihn gedrängt.

»Ich brauche keinen halbblütigen Spartaner«, hatte Perdikkas erwidert.

»Soll ich dich zu ihm begleiten?«

Für einen Augenblick glaubte Philipp damals, der König würde einwilligen. Perdikkas' düsteres Gesicht wurde weicher; dann aber erschien wieder der alte Ausdruck in seinen Augen. »Nein, Bruder. Du bleibst in Aigai. Vergnüge dich, genieße das Leben.«

Philipp wandte sich zum Gehen, doch Perdikkas streckte den Arm aus und hielt den Jüngeren an der Schulter fest. »Ich werde nie vergessen, was du für mich getan hast«, sagte er.

»Ich weiß. Das brauchst du mir nicht zu sagen.«

»Es gibt einige Leute, die mich gedrängt haben, dich töten zu lassen, Philipp. Gewisse Leute glauben ... ach, was spielt das für eine Rolle? Ich habe Archelaos nicht getötet, und er hat sich nicht als Bedrohung erwiesen.«

»Du brauchst keine Angst vor mir zu haben, Bruder«, erwiderte Philipp. »Ich wollte niemals König sein. Aber sei vor Bardylis auf der Hut. Falls du von ihm besiegt wirst, wird er einen Tribut verlangen, den Macedonien kaum wird bezahlen können.«

Perdikkas hatte gegrinst. »Ich werde *nicht* unterliegen.«

Nun schüttelte Philipp diese Erinnerungen ab und rief den Meldereiter zu sich. »Wo befindet sich das illyrische Heer zur Zeit?«

»Es ist noch nicht weiter in Richtung Macedonien marschiert, Herr. Die Illyrer haben die Leichen unserer Krieger gefleddert und vier Tagesritte von Pella entfernt ihr Lager aufgeschlagen.«

»Du kannst gehen«, sagte Philipp und winkte den Mann fort.

Die Gedanken tobten wie ein Sturm durch sein Hirn. Das Gleichgewicht der Kräfte war das alles Entscheidende! Im Westen waren die Illyrer, im Norden die Paioner, im Osten die Thraker und im Süden die Thebaner. Solange jeder dieser Staaten über ein starkes Heer verfügte, war die Gefahr gering, daß eine dieser Mächte in Macedonien einmarschierte. Nun aber, da die macedonische Armee aufgerieben war, standen die Tore für eine Invasion weit offen – für jeden, der den Mut besaß, sich Macedonien einzuverleiben und damit den Neid der anderen auf sich zu ziehen. Philipp dachte über seine Feinde nach: da war zuerst Bardylis, der gerissene König von Illyrien, achtzig Jahre alt, vielleicht noch älter, aber ein Mann mit messerscharfem Verstand. Nächst ihm kam Kotys, König der Thraker, gerade erst sechzig Jahre alt geworden; ein machthungriger, unbarmherziger Monarch, dessen habsüchtige Augen sich jetzt mit Sicherheit voller Gier auf die macedonischen Minen richteten, die sich einen Tagesritt von der thrakischen Grenze im Osten des Landes befanden. Dann kamen die Paioner, vereinigte Volksstämme aus dem Norden, die nur auf Kampf und Plünderungen aus waren. Und schließlich die machthungrigen Thebaner sowie die überheblichen Athener ... nur die Götter mochten wissen, wie viele Feinde Macedonien bedrohten!

Was ist, fragte er sich, wenn ich selbst gar nicht erst nach dem Thron strebe? Sofort leuchtete ein Name vor seinem geistigen Auge auf: Archelaos, sein Stiefbruder. Der Haß zwischen ihnen war schärfer als das schärfste Schwert und eisiger als ein Wintersturm. Archelaos würde um den Thron kämpfen, und sein erster Schritt würde darin bestehen, Philipp ermorden zu lassen.

Er rief Attalos zu sich. »Ich reite nach Pella«, sagte er zu dem Krieger. »Wahrscheinlich hat Archelaos die traurige Nachricht noch nicht erfahren. Doch sobald er hört, was geschehen ist, wird er in die Hauptstadt kommen. Er wird aus Kernike anreisen. Nimm zwanzig Mann und sorg dafür, daß er die Reise nicht überlebt.«

Attalos lächelte düster. »Diesen Befehl werde ich mit Vergnügen befolgen«, sagte er.

Susa, Persien, im Herbst 359 v. Chr.

»Es ist dein eigener Fehler«, sagte Mothac, während Parmenion im Zimmer auf und ab ging. »Wem sonst könntest du die Schuld geben?«

Der Spartaner trat an die breiten Türen, die hinaus in die Gärten führten, und starrte über die Terrassen mit den Hängepflanzen und den blühenden Bäumen hinweg. Die Luft war von süßen Düften erfüllt und der Ausblick wunderschön, doch Parmenion wandte sich um und blickte Mothac an. Sein Gesicht war gerötet, und in seinen Augen funkelte Zorn.

»Wem ich die Schuld gebe?« sagte er wütend. »Diesem verfluchten persischen Narren, wem sonst! Er hat siebzig Mann verloren, weil er es nicht für nötig hielt, den Kampfplatz von Felsbrocken räumen zu lassen. Siebzig Mann! Und dann hat er auch noch die Frechheit, mir zu sagen, daß es keine Rolle spiele! Daß es sich nur um Bauern gehandelt habe.«

»Er ist ein Prinz aus königlichem Geblüt, Parmenion. Was hast du denn erwartet, als du ihm das Kommando entzogen hast? Ein Lob? Oder einen zweiten edlen Hengst?«

»Perser!« stieß Parmenion hervor. »Ich kann sie nicht mehr sehen!«

»Nein«, sagte Mothac leise. »Du bist Persien leid, nicht die Perser. Und du bist zu klug, als daß du nicht vorher gewußt hättest, welche Folgen es hat, Darios das Kommando zu entziehen.«

»Was redest du denn da? Daß ich es darauf angelegt habe, mich mit ihm zu überwerfen?«

»Genau.«

»Unsinn! Wir haben hier alles, was ein Mann begehrt. Sieh dich doch um, Mothac. Die prächtigsten Seidengewänder, die schönsten Zimmer, die herrlichsten Gärten. Wie viele griechische Könige könnten sich einen solchen Palast leisten? Dazu Sklaven, die uns jeden Wunsch erfüllen, und mehr Geld, als wir je im Leben ausgeben können. Glaubst du, ich hätte das alles freiwillig weggeworfen?«

»Ja.«

»Komm, gehen wir ein wenig an die Luft«, sagte der Spartaner leise, ging hinaus in die Gärten und schlenderte über die gepflasterten Gehwege. Mothac folgte dem General in den strahlenden Sonnenschein und fluchte lautlos vor sich hin, weil er seinen Strohhut vergessen hatte. In den letzten zehn Jahren war Mothacs Schädel immer kahler geworden – ein Unglück, für das er die heiße, stechende Sonne Persiens verantwortlich machte.

»Wie konnte er nur so dumm sein?« fragte Parmenion. »Er wußte, daß er keine Unterstützung durch die Streitwagen bekommen konnte, wenn er vorher nicht die Felsblöcke beiseite räumen ließ. Und er hat tausend Mann befehligt. Er hätte nicht länger als eine Stunde gebraucht, höchstens zwei, die Steine fortzuräumen. Aber nein, unser brillanter persischer Prinz läßt seine Männer in der Sonnenglut sitzen und reitet in die Hügel, um in einem kühlen Bach zu baden.«

»Das Kapitel Persien war für uns sowieso abgeschlossen«, meinte der Thebaner. »Die Satrapenkriege sind so gut wie beendet. Wozu braucht der Großkönig noch deine Dienste? Du hast seine Schlachten in Kappadokien, Phrygien, Ägypten, Mesopotamien und in anderen Ländern gewonnen – Länder, bei deren Namen ich mir die Zunge verbiegen würde. Wir brauchen keine Kriege mehr. Laß uns einfach hier bleiben und das Leben in vollen Zügen genießen. Geld haben wir genug, bei allen Göttern!«

Parmenion schüttelte den Kopf. »Ich bin noch nicht bereit, mich zur Ruhe zu setzen, Mothac, mein Freund. Ich möchte . . .« Er zuckte mit den Achseln. »Ich weiß selbst nicht, was ich möchte. Aber ich kann nicht untätig herumsitzen. Wer hat mir denn die neuesten Angebote gemacht?«

»Der Satrap von Ägypten läßt fragen, ob du in seine Dienste treten willst, um die Angriffe von Volksstämmen aus dem Süden zurückzuschlagen.«

»In Ägypten ist es mir zu heiß«, sagte Parmenion. »Und du würdest dort deine letzten Haare verlieren.«

»Da wäre noch ein Angebot aus der Stadt Olynthos. Die Ratsherren stellen ein Söldnerheer auf und bitten dich, dieses Heer gegen Macedonien zu führen.«

»Macedonien? Ein verlockendes Angebot. Sonst noch etwas?«

»Der König der Illyrer, Bardylis, möchte dich in seine Dienste stellen. Wie auch Kotys, der König der Thraker. Mhm, das thrakische Angebot hört sich gut an: zwei Talente Gold.«

»Was ist mit dem macedonischen König ... Perdikkas?«

»Der hat sich nicht gemeldet.«

Parmenion setzte sich und starrte eine Zeitlang schweigend vor sich hin. »Ich bin nicht versessen darauf, nach Griechenland zurückzukehren. Noch nicht.«

Mothac nickte schweigend. Er wußte, daß Parmenions Gedanken jetzt wieder bei Epaminondas waren. Der thebanische Held hatte die Spartaner ein zweites Mal vernichtend geschlagen und war mit seinem Heer bis vor die Stadt Sparta selbst vorgedrungen, woraufhin der spartanische König Agesilaos Straßensperren errichten ließ und ängstlich jeder Herausforderung aus dem Wege ging.

Für Theben waren ruhmreiche Zeiten angebrochen, aber die Athener, die eine zu starke Vormachtstellung Thebens fürchteten, hatten sich mit Sparta verbündet, und sieben Jahre lang war eine blutige Schlacht auf die andere gefolgt.

Dann, als Parmenion bereits am Hofe des Großkönigs in Susa gelebt hatte, war die Nachricht von der Schlacht bei Mantinea gekommen. Epaminondas' Truppen waren einem spartanisch-athenischen Heer gegenübergetreten. Die Thebaner hatten versucht, erneut jene Taktik anzuwenden, die sich bei Leuktra als so erfolgreich erwiesen hatte: der massive Angriff einer riesigen Phalanx auf den linken Flügel des feindlichen Heeres, während das Zentrum und der rechte Flügel des Gegners von schwächeren Kräften gebunden wurden, um dann mit der Phalanx nach rechts einzuschwenken und die feindlichen Linien von der Seite her aufzurollen. Diese Taktik war in Mantinea aber nur zum Teil erfolgreich gewesen, denn eine athenische Reitereinheit hatte eine Bresche durch das thebanische Heer geschlagen und war bis zu Epaminondas selbst vorgedrungen. Als die Thebaner die Schlacht letztendlich doch für sich entschieden hatten, war Epaminondas an seinen Verwundungen gestorben. Angeblich war der Krieger, der dem thebanischen Feldherrn den Todestoß versetzt hatte, ein athenischer Hauptmann namens Gryllos gewesen – der Sohn des Xenophon.

»Er war ein großer Mann«, flüsterte Mothac.

»Was? Ja. Wie kommt es, daß du immer meine Gedanken errätst?«

»Wir sind Freunde, Parmenion. Ich habe Angst um Theben. Pelopidas ist in Thessalien gefallen, Epaminondas in Mantinea. Wer soll jetzt das thebanische Heer führen?«

»Ich weiß es nicht, aber solltest du an mich denken – nein. Xenophon hatte recht. Griechenland wird niemals geeint sein. Statt dessen zerfleischen die Staaten sich untereinander und schwächen die griechische Macht immer mehr.«

Eine junge Sklavin kam aus dem Haus gerannt, verbeugte sich vor Parmenion und wandte sich dann an Mothac. »Ein Bote ist gekommen, Herr. Er möchte den General sprechen.«

»Wer hat diesen Boten geschickt?« fragte der Thebaner.

»Er ist Grieche, Herr.« Das Mädchen senkte den Kopf und wartete.

»Sorg dafür, daß ihm Wein gereicht wird. Ich werde gleich mit ihm reden«, sagte Mothac und machte sich auf den Weg in den Palast.

Parmenion wartete im Sonnenschein, bis Mothac zurückkam.

»Nun, was wollte er?«

»Der Mann war Illyrer. Bardylis hat sein Angebot an dich zurückgezogen. Es scheint, daß er auch ohne deine Hilfe die macedonische Armee vernichtet und König Perdikkas getötet hat. Vielleicht ist jetzt der richtige Zeitpunkt, das Angebot Kotys' anzunehmen. Die Thraker und Illyrer werden sich nun wie zwei Raubtiere um den Leichnam Macedoniens streiten.«

»Wer folgt Perdikkas auf den Thron?«

»Einer der Prinzen . . . ich glaube, der Bote hat den Namen Philipp genannt.«

»Philipp. Ich habe ihn vor langer Zeit in Theben kennengelernt. Ein kluger, freundlicher junger Mann.«

»O nein!« sagte Mothac. »Denk nicht einmal daran!«

»An was?«

»Ich kann es am Ausdruck deiner Augen erkennen, Parmenion. Macedonien hat kein Heer mehr! Die Wölfe versammeln sich . . . es ist Wahnsinn, auch nur daran zu denken. Außerdem hat dieser Philipp dir kein Angebot unterbreitet.«

Parmenion lachte leise. »Kein Heer und umgeben von starken Feinden. Das ist wirklich verlockend, Mothac.«
»Der Tod ist gar nicht verlockend!« schimpfte der Thebaner.

Archelaos wurde bei der Überquerung des Flusses Axios nordwestlich von Pella ermordet. Mit seinem Tod hatten alle Widerstände gegen den neuen König Philipp ein Ende. Doch seine Probleme blieben. Im Nordwesten hatten die Illyrer eine macedonische Armee vernichtend geschlagen, und nun waren die paionischen Volksstämme im Norden sogar in Macedonien eingefallen und hatten zwei Städte und dreißig Dörfer geplündert. Doch dem neuen König standen noch schlimmere Dinge bevor. Im Osten sammelte sich ein riesiges thrakisches Heer, um Macedonien zu erobern und einen entfernten Vetter Philipps, Pausanias, als Marionettenkönig auf den Thron zu heben. Und aus dem Süden kam die Nachricht, daß die Athener einen anderen Vetter Philipps unterstützten, Argaios, der mit seiner Streitmacht bereits auf Pella vorrückte, um den Thron mit Waffengewalt zu erobern.
»Eines überrascht mich«, vertraute Philipp seinem engsten Freund Nikanor an. »Warum sollte jemand Interesse an *diesem* Thron haben? Einem neuen König bleibt in Macedonien nur herzlich wenig zu regieren, denn das Land ist seiner wertvollsten Schätze beraubt.«
»Du wirst trotzdem siegen, Philipp. In ganz Griechenland kommt kein Mann dir an Fähigkeiten gleich.«
Philipp lächelte und legte dem Freund den Arm um die Schultern. »Ich würde dieses Kompliment viel bereitwilliger annehmen, wenn es irgendeine ... Grundlage hätte. Ich brauche keine Wunder. Ich brauche Parmenion.«
»Was kann dieser Spartaner für uns tun?«
»Er kann mir ein Heer aufstellen. Und ich brauche ein Heer, bei den Gebeinen des Herakles! Finde heraus, wo Parmenion sich aufhält, Nikanor. Schick Reiter aus. Laß die Seher und die Orakel befragen. Unternimm alles, was in unserer Macht steht. Aber finde Parmenion!«
Philipp verbannte die drängenden Probleme aus seinen Gedanken und dachte an jenen Tag zurück, als er vor elf Jahren als Geisel in Theben gelebt und dem mittlerweile legendären Feldherrn bei der Ausbildung der heiligen Schar im Stadion zugeschaut hatte. Schon damals hatte Parmenion irgend etwas Besonderes ausgestrahlt ... eine Ruhe, aus der gewaltige innere Kraft sprach. Und in seinen blaßblauen Augen hatte Philipp einen Ausdruck von Verständnis erkannt; er hatte

die Ähnlichkeit zwischen ihm selbst und dem spartanischen Krieger spüren können.

Dann hatte die Schlacht von Leuktra stattgefunden, und die gefürchteten Spartaner hatten eine Niederlage erlitten. Es war Parmenions Sieg gewesen. Seit dieser Zeit hatte Philipp den Weg des Spartaners verfolgt, hatte gespannt den Berichten von seinen Siegen in Persien und Ägypten gelauscht. Mehrere Satrapen hatten ihm ein Vermögen in Gold und Juwelen geboten und um die Gunst des größten Feldherrn seiner Zeit gestritten. Selbst der persische Großkönig, so wurde erzählt, stünde bei Parmenion wegen dessen Fähigkeiten tief in der Schuld.

Einmal hatte eine feindliche Armee sogar kampflos kapituliert, als bekannt wurde, daß man Parmenion als General der gegnerischen Streitmacht angeworben habe. Schon sein Name war furchteinflößend.

Wie sehr ich dich jetzt brauche! dachte Philipp.

Attalos näherte sich dem König, der tief in Gedanken versunken am Fenster stand. »Was ist mit dem Säugling, mein König!« flüsterte er. »Willst du, daß er getötet wird?«

Es war eine begründete Frage, und Philipp dachte darüber nach. Falls man den Jungen, Philipps Neffen, leben ließ, bestand die Gefahr, daß er eines Tages versuchen würde, den Thron seines Vaters Perdikkas zu erobern. Und es war durchaus üblich, mögliche Gegner gleich nach der Geburt zu beseitigen.

Philipp seufzte. »Wo ist Simiche?«

»Die Königin wurde in ihren Gemächern gefangengesetzt, wie du es befohlen hast, Herr. Es sind immer noch drei Zofen bei ihr . . . und der Säugling.«

»Ich selbst werde es tun«, sagte Philipp. Mit entschlossenen Schritten verließ er den Thronsaal und ging den langen Korridor bis in den Ostflügel des Palasts hinunter. Zwei Wachtposten salutierten, als Philipp vor den Gemächern der Königin erschien; er nickte den Männern zu und betrat Simiches Zimmer. Die Königin war eine kleine Frau mit zartem Gesicht und langem, dunklem Haar. Sie blickte auf, als Philipp das Zimmer betrat, und beinahe gelang es ihr, sich die Furcht nicht anmerken zu lassen. Der Säugling, Amyntas, lächelte, als er seinen Onkel sah, und wankte mit tolpatschigen Schritten auf ihn zu. Simiche stand auf, hob den Kleinen vom Boden, drückte ihn an die Brust, setzte sich und streichelte seine dunklen Locken.

Philipp schickte die Zofen hinaus, die fluchtartig das Zimmer verließen. Simiche schwieg. Sie bettelte nicht, sie flehte nicht, sie saß nur da und drückte ihren Sohn liebevoll an sich. Philipp zauderte. Seine Hand lag am Dolchgriff, doch er blieb mitten im Zimmer stehen, verwirrt und unschlüssig. Perdikkas hätte Philipps Ermordung befehlen können, aber er hatte es nicht getan. Und nun stand Philipp vor der Frau, die Perdikkas geliebt und dem Sohn, den er vergöttert hatte.

Er seufzte. »Der Junge ist in Sicherheit – und er wird es bleiben, Simiche«, sagte er schließlich. »Ihm wird kein Leid geschehen. Du wirst mit ihm in meinem Sommerhaus wohnen und ihn dort großziehen. Ich werde dafür sorgen, daß du genug Geld bekommst, ihn von guten Lehrern erziehen zu lassen.«

»Versuch gar nicht erst, mich zu täuschen, Philipp«, erwiderte sie. »Wenn du uns töten willst, dann tu es jetzt. Erwecke keine falschen Hoffnungen in mir. Sei ein Mann – und benutze den Dolch. Ich werde dir keinen Widerstand leisten.«

»Ich gebe dir mein Wort, Simiche. Der Junge wird leben.«

Sie schloß die Augen und ließ den Kopf sinken. Tränen liefen ihr über die Wangen, und jetzt, da die Anspannung nachließ, begann sie am ganzen Körper zu zittern, während sie den kleinen Jungen an sich drückte und sein Gesicht küßte. Amyntas strampelte, so heftig war die zärtliche Umarmung. Philipp setzte sich neben die Königin und legte ihr die Hand auf die Schulter. Amyntas kreischte vergnügt, streckte das Ärmchen aus und zerrte am dunklen Bart des Onkels.

»Mögen die Götter dich segnen«, flüsterte Simiche.

»Zur Zeit sind sie nicht gut auf mich zu sprechen«, sagte Philipp.

»Es kommen bessere Tage«, erwiderte Simiche. »Perdikkas hat dich geliebt, Philipp – und er stand sein Leben lang in deiner Schuld. In deinem Innern sind Größe und Güte, hat er gesagt. Nun weiß ich, daß er recht hatte. Was wirst du jetzt tun?«

Er zuckte mit den Achseln, lächelte und strich über Amyntas' Locken. »Ich habe kein Heer, und Macedonien wird aus dem Westen, dem Osten, dem Norden und dem Süden angegriffen. Ich glaube, ich werde mir den Bart abrasieren und unter die fahrenden Sänger und Schauspieler gehen. Aber ich trete nur in Komödien auf.«

Sie lächelte. »Dir wird schon etwas einfallen. Was brauchst du denn am dringensten?«

»Zeit«, antwortete er, ohne zu zögern.

»Wer ist dein größter Feind?«

»Der alte Wolf, Bardylis. Seine Illyrer haben bereits unser Heer vernichtet. Wenn er jetzt Pella angreift, kann ich ihn nicht aufhalten.«

»Er soll eine abstoßend häßliche Tochter haben«, sagte Simiche leise. »Sie heißt Audata und hat vergeblich versucht, sich einen Prinzen oder wenigstens einen Adeligen zu angeln. Wenn du mich fragst – Bardylis hat längst die Hoffnung aufgegeben, einen Schwiegersohn zu bekommen.«

»Eine Braut von abstoßender Häßlichkeit? Die habe ich mir schon immer gewünscht«, erwiderte Philipp, und Simiche fiel in sein schallendes Lachen ein.

Die Tage vergingen in verdächtiger Ruhe, denn der Feind machte keine Anstalten, gegen Pella vorzurücken. Philipp saß bis tief in die Nacht über seiner Arbeit; er bereitete Depeschen nach Athen und an Freunde in Thessalien im Süden sowie in Amphipolis im Osten vor. Er schickte Nikanor zu Bardylis nach Illyrien, hielt in aller Form um die Hand seiner Tochter Audata an und versprach dem König eine jährliche Tributzahlung in Höhe von fünfhundert Talenten, vom Tag der Hochzeit an. Dem thrakischen König Kotys schickte er einen langen Brief, in dem er Kotys ›ewige Freundschaft‹ versicherte; dieser Brief wurde jedoch vom undurchsichtigen, kaltäugigen Attalos überbracht.

Philipp gab ihm zwei kleine Phiolen aus Metall mit auf die Reise, die mit verschiedenen Schriftzeichen gekennzeichnet waren. »In dieser hier«, sagte Philipp und zeigte auf die eine Phiole, »ist ein tödliches, aber langsam wirkendes Gift. In der anderen ist das entsprechende Gegenmittel. Du mußt eine Möglichkeit finden, den König zu vergiften, ohne daß der Verdacht auf dich fällt. Kotys hat drei Söhne, aber sie hassen einander. Wenn der alte Mann erst tot ist, werden die Söhne sich nicht zusammenschließen, sondern sich bekämpfen. Und damit wären wir schon mal eine Bedrohung los.«

Attalos lächelte. »Du gehst diese Sache sehr klug an, mein König. Ich dachte immer, du hättest keinen Ehrgeiz, auf den Thron zu kommen.«

»Ein Mann muß jedes Los tragen, das die Götter ihm auferlegen«, erwiderte Philipp. »Also, es ist von entscheidender Bedeutung, daß Kotys stirbt. Bevor du diese Aufgabe erledigt hast, suchst du Kotys' wahrscheinlichsten Thronfolger auf, Pausanias, und erzählst ihm, du hättest dich mit mir überworfen. Sag ihm, daß du an seiner Seite gegen mich kämpfen willst. Ich überlasse es dir, auf welche Art und Weise du Pausanias zum Hades schickst ... aber tu's.«

»Ich möchte nicht wie ein kretischer Söldner erscheinen, mein König, aber ich hätte gern deine Zusicherung, daß ich nach meiner Rückkehr ein hohes Amt bekleide.«

Philipp nickte, nahm den hochgewachsenen Krieger beim Arm und führte ihn zu einer Liege am Rand eines marmornen Schwimmbeckens im Innern des Palasts. »Du brauchst mich nicht so förmlich anzureden, wenn niemand dabei ist. Du bist mein Freund, Attalos, und niemandem vertraue ich so sehr wie dir. Du bist die rechte Hand des Königs, und falls es mir gelingt, meinen Reichtum und meine Macht zu mehren, so sollst du deinen gerechten Anteil davon bekommen. Vertraust du mir?«

»Natürlich.«

»Dann tu, was ich dir aufgetragen habe.«

Attalos lächelte. »Du redest wie ein König. Sehr gut, Philipp.«

Die Tür wurde geöffnet, und ein Diener trat ein und verbeugte sich. »Herr, der athenische Gesandte bittet um eine Audienz.«

Philipp erhob sich und holte tief Atem. »Sag dem Mann, ich komme gleich zu ihm.« Der König verabschiedete sich von Attalos; dann ging er zu seinem Schlafgemach und wechselte die Kleidung; er zog eine lange, blaßblaue Tunika und einen persischen Umhang aus feinster, dunkelblauer Wolle über.

Dann setzte er sich und ließ seinen Gedanken freien Lauf, als er wieder all die Probleme überdachte, denen er sich gegenübersah; er ordnete sie der Dringlichkeit nach und legte sich die passenden Worte für die Audienz zurecht. Die Athener aus dem Krieg herauszuhalten war von größter Wichtigkeit – aber es würde nicht billig sein. Wieder einmal bemühte sich Athen um die Vorherrschaft in Griechenland. Seit Parmenion die Spartaner vernichtend geschlagen hatte, war der Machtkampf zwischen Athen und Theben erst richtig entbrannt. Beide Staaten hatten Bündnisse geschlossen, um sich die Vorherrschaft zu sichern. Perdikkas hatte eher zur thebanischen Seite geneigt; er hatte sogar Truppen in die unabhängige Stadt Amphipolis im Osten entsandt, um ihr gegen die athenischen Aggressoren beizustehen. Verständlicherweise hatte er sich dadurch den Unmut der Athener zugezogen, die Amphipolis beherrscht hatten. Es war eine bedeutende Stadt. Wer hier die Macht besaß, beherrschte sämtliche Schiffahrts- und Handelswege auf dem Strymon. Doch die Einwohner Amphipolis' wollten von der athenischen Vorherrschaft nichts wissen und hatten bereits seit fünfzig Jahren um ihre Unabhängigkeit gekämpft.

Jetzt aber hatten die Athener ein Heer in Marsch gesetzt, das Philipp vom Thron stürzen sollte, und er hatte keine Streitmacht, den athenischen Vormarsch aufzuhalten. Falls die Athener Erfolg hatten, würde ihnen auch Amphipolis in die Hände fallen.

Er legte sich einen schmalen Goldreif um die Stirn und ging zum Thronsaal, wo Aischines ihn bereits erwartete. Der athenische

Gesandte war ein kleiner, gedrungener Mann, und seine ungesunde Gesichtsfarbe deutete auf ein schwaches Herz hin.

Philipp begrüßte ihn mit einem freundlichen Lächeln. »Willkommen, Aischines. Ich hoffe, du bist bei guter Gesundheit.«

»Ich kann nicht klagen, Herr«, erwiderte der Mann mit tiefer Stimme und knapper, klarer Aussprache. »Aber wie ich sehe, scheinst du in bester körperlicher Verfassung zu sein. Wie ein junger Herakles.«

Philipp lachte. »Wenn es doch so wäre! Dann hätte ich nur zwölf Arbeiten zu erledigen! Aber ich möchte dich nicht mit meinen Problemen belasten. Ich habe Botschaften nach Athen schicken lassen – eine Stadt, die ich immer schon bewundert habe –, und ich hoffe, unsere Freundschaft wird von Dauer sein.«

»Leider hat dein verstorbener Bruder deine Ansichten nicht geteilt«, sagte Aischines. »Wir hatten den Eindruck, daß er Theben bevorzugte und sogar – verzeih, daß ich es erwähne – Truppen gegen uns zu schicken bereit war, wenn es bereits damals zur Schlacht um die Rückeroberung von Amphipolis gekommen wäre.«

Philipp nickte. »Leider hat Perdikkas Athen nicht so bewundert wie ich. Er hat nicht erkannt, daß diese Stadt die Wiege der Demokratie ist, und nie hat er das wahre Wesen ihrer Größe begriffen. Ich glaube, mein Bruder war von den Heldentaten des Epaminondas und des Pelopidas geblendet und hat darauf vertraut, daß Macedonien von der Einsicht der Thebaner profitieren könne.« Philipp schüttelte den Kopf. »Ein schrecklicher Irrtum. Komm, gehen wir ein Stück spazieren, und genießen wir die abendliche Kühle.«

Der König führte den Gesandten aus dem Thronsaal und durch den Palast bis in die königlichen Gärten und zeigte ihm die Blumen, die Simiche aus Samen gezogen hatte, die aus Persien stammten. Während sie durch die Gärten schlenderten, dachte Philipp fieberhaft nach. Er brauchte die Rückendeckung Athens, wenn nicht sogar unmittelbare Hilfe. Eine Armee, die mit athenischem Geld bezahlt worden war, marschierte bereits in Richtung Macedonien, um ihm sein Land zu rauben und Argaios auf den Thron zu heben. Und noch immer waren die Reste des macedonischen Heeres zu schwach, um in einer größeren Schlacht bestehen zu können. Aber, so fragte sich Philipp, handle ich nicht überstürzt, wenn ich Amphipolis aufgebe? Einen so wichtigen Seehafen? Den Knotenpunkt für die Schiffahrt auf dem thermäischen Golf?

Sei vorsichtig Philipp! gemahnte er sich.

Vor einer hohen Mauer machten sie halt und setzten sich unter einen Baum mit purpurnen Blüten. Philipp seufzte. »Ich will offen zu dir sein, Aischines«, sagte er. »Zumal die athenischen Spione ja ohnehin schon von meine Kontakten zu Theben wissen.« Zu Philipps Erheiterung nickte Aischines ernst, denn es gab gar keine Kontakte zwischen Macedonien und Theben. »Die Thebaner sind bereit, mir ein Heer zu schicken. Aber nicht – wie wir beide wissen –, um Macedonien zu schützen, sondern um die Athener daran zu hindern, Amphipolis zurückzuerobern. Ich aber bin der langen, verlustreichen Kriege auf macedonischem Boden müde, und noch weniger steht mir der Sinn nach einer thebanischen Vorherrschaft. Viel wichtiger ist mir die Freundschaft der führenden, edelsten Stadt Griechenlands.«

»Die Thebaner«, erwidert Aischines vorsichtig, »wollen nur eines: die Macht der Tyrannei. Sie sind ein Volk ohne Kultur. Nach welcher Philosophie handeln sie denn? Für sie zählt nur die Macht des Schwertes. In den vergangenen zwei Jahrhunderten haben sie nur zwei wirklich große Männer hervorgebracht, und die hast du vorhin erwähnt. Jetzt, wo Pelopidas in Thessalien gefallen ist und Epaminondas in der Schlacht von Mantinea sein Leben ließ, haben sie keine solchen Männer mehr. Thebens Macht schwindet. Athen hingegen ist der aufsteigende Stern am Himmel Griechenlands.«

»Da hast du recht«, pflichtete Philipp ihm bei. »Aber welche Möglichkeiten bleiben mir denn? Die Illyrer haben bereits einen Teil meines Königreichs erobert. Die Paioner fallen immer wieder im Norden ein und plündern Städte und Dörfer. Die Thraker ziehen an der Grenze Truppen zusammen, um in Macedonien einzumarschieren und Pausanias auf den Thron zu heben. Von überall her werde ich bedroht. Falls Theben die einzige Stadt ist, die mir Hilfe anbietet, dann werde ich Thebens Angebot annehmen – fünftausend *Hopliten* dürften genügen, um mir den Thron zu sichern.«

»Sie würden den Thron für Theben sichern. Nicht aber für dich, Herr.«

Philipp blickte Aischines in die Augen. »Ich kenne dich erst seit wenigen Minuten, Aischines, aber ich habe jetzt schon erkannt, daß du ein Mann bist, dem man vertrauen kann. Du bist ein hervorragender Gesandter, und deine Haltung ist so vornehm und edel wie deine Heimatstadt, das große Athen. Wenn du mir sagst, daß Athen meine Freundschaft möchte, dann werde ich dir glauben – und ich werde das Angebot der Thebaner hohnlächelnd zurückweisen.«

Aischines schluckte schwer. Weder er noch Philipp hatten das athenische Heer erwähnt, das unter Führung des Argaios gegen Macedonien vorrückte. »Dann bleibt aber immer noch die Frage offen, was mit Amphipolis geschehen soll«, sagte der Gesandte. »Wie du weißt, ist es eine athenische Stadt, und wir würden Amphipolis gern wieder unserem Bund einverleib ... anschließen. Du hast dort kürzlich eine macedonische Garnison errichtet, nicht wahr?«

»Sobald wir eine Einigung erzielt haben, werden die Krieger unverzüglich zurückberufen«, versprach Philipp. »Ich betrachte Amphipolis nicht als macedonische Stadt. Um ehrlich zu sein, die Einwohner hatten unsere Hilfe erbeten, und mein Bruder hat ihnen daraufhin – fälschlicherweise, da bin ich sicher – Truppen geschickt. Also, mein lieber Aischines, sag mir, welche Botschaft ich den Thebanern schicken soll.«

»Du bist ein kultivierter und kluger Mann, wie ich sehe«, sagte der Gesandte. »Ich kann dir versichern, daß wir Athener solche Männer schätzen und ihre Freundschaft wünschen. Ich werde dem Rat unverzüglich meinen Bericht übermitteln lassen und dich sofort wieder aufsuchen, sobald die Antwort eingetroffen ist.«

Philipp erhob sich. »Es war mir ein Vergnügen, mit einem so klugen und umsichtigen Mann wie dir zu verhandeln. Ich hoffe, ich sehe dich morgen im Theater. Es wird eine neue Komödie aufgeführt, die ich nicht versäumen möchte. Die Schauspieler kommen aus Athen, und es wäre eine Ehre für sie – und für mich, wenn du an meiner Seite sitzen würdest.«

Aischines verbeugte sich.

Philipp begleitete ihn zum Palast und kehrte dann in seine Gemächer zurück. Sein Gesicht war dunkel und verzerrt vor Wut. Nikanor erwartete ihn.

»Ist das Gespräch mit dem Athener nicht gut verlaufen?« fragte Nikanor.

»Gut genug!« erwiderte Philipp schroff. »Aber wenn ich noch mehr von Macedonien hergebe, werde ich der König von drei Bäumen und einem Teich voll abgestandenem Wasser sein. Melde mir irgend etwas Erfreuliches, Nikanor! Und sei es nur, daß du guten Stuhlgang gehabt hast.«

Nikanor lächelte. »Wir haben aus den Resten unseres Heeres eine Streitmacht von tausend Mann aufstellen können. Aber die Moral der Truppe ist schlecht, Philipp. Wir bräuchten einen Sieg – irgendwo.«

»Kommen die Goldtransporte aus den Minen von Krousien noch durch?«

»Einige. Aber ich glaube, der Statthalter behält das meiste Gold zurück, um abzuwarten, wer die besseren Aussichten hat, den Sieg davonzutragen. Vielleicht verhandelt er schon heimlich mit Kotys oder Pausanias.«

»Dann können wir keine Söldner abwerben. Aber wenn es so sein soll, dann soll es so sein! Du hast mit den Offizieren gesprochen, Nikanor. Ist einer darunter, der Schneid genug hat, daß er meinen Vorstellungen entspricht?«

Nikanor lehnte sich auf der Liege zurück und starrte an die Decke. »Antipatros ist ein fähiger Mann. Er hat seine Einheiten fest in der Hand, und er hat ein brillantes Rückzugsgefecht geliefert. Ich glaube, die Soldaten respektieren ihn. Aber außer Antipatros ist weit und breit niemand in Sicht.«

»Schick ihn zu mir. Noch heute abend!«

»Wo sollen wir kämpfen?«

Philipp lachte und breitete die Arme aus. »Wir haben nur eines im Überfluß: Feinde. Aber um deine Frage zu beantworten – gegen die Paioner. Gibt es etwas Neues über Parmenion zu berichten?«

»Er hat eine Schlacht für den Satrapen von Kappadokien gewonnen. Zur Zeit ist er in Susa, als Gast des Großkönigs. Wir haben ihm deine Nachricht überbringen lassen. Aber ehrlich gesagt, Philipp, ich wüßte nicht, weshalb er hierherkommen sollte. Er hat Geld und Ruhm genug. Warum sollte er nach Griechenland zurückkehren? Was können wir ihm schon bieten?«

Philipp zuckte mit den Achseln. Darauf gab es keine Antwort. Und dieser Gedanke bedrückte ihn.

Das erste Licht des neuen Tages überzog die Gipfel der niedrigen Hügelkette entlang des Flusses Axios mit einem grauen Schimmer, als Nikanor Philipp sanft wachrüttelte. Der König gähnte und setzte sich auf, schob die Decke zur Seite und reckte sich. Die meisten der tausend Reitersoldaten im Heerlager schliefen noch. Philipp erhob sich und massierte sich die Kälte aus den muskulösen Armen, während er hinauf zu den Posten auf den höchsten Punkten der Hügelkette blickte.

»Irgendwelche Feindbewegungen?« fragte er Nikanor.

»Nein, mein König.«

Philipp nahm seinen ledernen, mit Einlegearbeiten aus Bronze verzierten Brustharnisch und schnallte ihn um. Nikanor half ihm, die Riemen des Rücken- und Brustpanzers zu verschnüren. Dann legte er Philipp den Schulterschutz an und zurrte ihn fest. Ein schwarzbärtiger Krieger kam heran und verbeugte sich vor dem König.

»Der Feind hat in einer Senke etwa eine Meile nördlich von hier sein Lager aufgeschlagen. Soweit ich sehen konnte, ist er ungefähr doppelt so stark wie wir; letzte Nacht ist Verstärkung eingetroffen.«

Philipp hätte am liebsten geflucht. Statt dessen grinste er. »Das hast du gut gemacht, Antipatros. Und mach dir keine Sorgen wegen der feindlichen Überzahl. Denk daran – wir sind Macedonier, und der König reitet an deiner Seite.«

»Ja, Herr.« Antipatros senkte den Blick. Philipp erriet seine Gedanken. Erst vor wenigen Wochen hatte ein anderer König wahrscheinlich die gleichen Worte gesagt – und dann hatte die Schlacht mit einem Massaker und einer Katastrophe geendet.

»Ich bin nicht Perdikkas«, sagte Philipp leise. Antipatros blickte ihn bestürzt an, doch Philipp schlug ihm auf die Schulter und lächelte. »Und in so kurzer Zeit werden wir keine zwei Niederlagen einstecken, nicht wahr?«

Antipatros grinste gezwungen, er war sich nicht sicher, was er von diesem seltsamen Mann halten sollte. »Möchtest du zu den Soldaten reden, mein König?«

»Nein. Sag ihnen, daß ich später die Siegesrede halten werde und daß wir alle uns betrinken.«

»Eine Ansprache vor der Schlacht gibt den Kriegern Mut«, sagte Nikanor.

Philipp blickte erst Nikanor, dann Antipatros an. »Perdikkas war ein guter Redner, nicht wahr?« sagte er. Der Krieger nickte. »Und hat er nicht die Herzen der Männer am Abend vor der Schlacht mit Kampfeslust und Mut erfüllt?«

»Das hat er, mein König.«

»Dann sag den Männern genau das, was ich dir aufgetragen habe. Und jetzt lasse sie wecken und sich zum Kampf rüsten. Bei Sonnenaufgang greifen wir das Lager des Feindes an. Du wirst die eine Hälfte des Heeres führen, Antipatros, ich die andere. Wir werden von Osten und Westen angreifen. Keine Gefangenen! Wir werden sie schlagen – und zerschlagen.«

Eine Stunde später führte Philipp seine fünfhundert Krieger einen steilen Hügelhang hinauf; sie mußten ihre Pferde führen, bis sie einen Höhenkamm erreichten, der ihnen einen Blick über das Lager des Feindes gewährte. Die Paioner hatten ihre Zelte aufgestellt, und Hunderte von Männer schliefen im Freien; sie lagen in Decken gehüllt um die niedergebrannten Feuer. Der Feind hatte keine Späher ausgeschickt, was Philipps Wut auf seltsame Weise noch mehr entfachte. Er zog sein Schwert und wies mit der Klinge nach rechts. Die Macedonier schwangen sich auf ihre Pferde und bildeten eine lange Kette, die sich weit über den Hügelkamm erstreckte. Dann begann das Warten. Die Sonne versteckte sich noch immer hinter den fernen Bergen von Kerkine, doch der Himmel wurde rasch heller. Philipp beschirmte die Augen mit der Hand und beobachtete, wie Antipatros mit seinen fünfhundert Reitern im Osten erschien; unter den donnernden Pferdehufen stieg eine riesige Staubwolke auf. Einige Paioner warfen ihre Decken zur Seite, sprangen auf und griffen zu ihren Schwertern, Lanzen oder Bogen. Zu spät – Antipatros und seine Reiter wüteten bereits unter ihnen. Eine Zeitlang sah es so aus, als könnten die Paioner den Überraschungsangriff trotzdem zurückschlagen; dann aber brach das Zentrum ihres hastig formierten Heeres auseinander, und sie flüchteten den Hügelkamm hinauf – wo Philipp mit seinen fünfhundert Kriegern wartete. Der König hob sein Schwert.

»Laßt sie hören, daß wir hier sind!« rief er, und ein donnerndes Kampfgeschrei hallte über den Hügelkamm und die Ebene hinweg.

Philipp stieß seinem Rappen die Fersen in die Weichen und trieb das Tier im Galopp zur Ebene und zum feindlichen Lager hinunter, gefolgt von seinen Kriegern. Die Paioner waren jetzt wie ein Stück Eisen zwischen Hammer und Amboß den Schlägen des Feindes ausgeliefert, als sie vor Antipatros flüchteten – geradewegs auf Philipps Reiterkette zu. Unter den Paionern brach Panik aus; sie flüchteten Hals über Kopf in alle Richtungen, die ihnen noch offen schienen. Doch die berittenen Macedonier jagten sie wie Hasen und machten sie nieder. Als Philipp sah, wie etwa sechzig oder siebzig feindliche Krieger versuchten, hinter ihren Schilden aus Korbgeflecht einen quadratischen Abwehrblock zu bilden, zügelte er seinen Rappen. Von Mordlust gepackt, ritt er wieder an, trieb sein Pferd im Galopp mitten in den Wall aus Leibern hinein und hieb und stach mit dem Schwert wild um sich. Ein wuchtiger Speerstoß traf seinen Brustharnisch; eine Schwertklinge schlitzte ihm den Oberschenkel auf, doch er spürte es nicht einmal. Nikanor aber sah, daß der König mehr und mehr in Bedrängnis geriet, kam ihm mit zwanzig Reitern zu Hilfe und sprengte den feindlichen Abwehrblock.

Was folgte, war ein Massaker. Die überlebenden Paioner warfen ihre Waffen und Schilde zu Boden und rannten um ihr Leben. Doch sie wurden gnadenlos verfolgt und bis zum letzten Mann von den Macedoniern niedergemacht, die nur von den Gedanken an Rache und Tod erfüllt waren.

Als die Dämmerung hereinbrach, saß Philipp mit verbundenem Oberschenkel im Zelt des feindlichen Heerführers. Fast tausendeinhundert Paioner lagen tot oder verwundet auf dem Schlachtfeld – bei nur zweiundsechzig macedonischen Gefallenen. Einer der Reiter war ums Leben gekommen, als sein stolperndes Pferd ihn abgeworfen hatte und auf ihn gestürzt war. Im Lager wurde die Beute zusammengetragen: Gold und Edelsteine, Silbermünzen und Statuen aus kostbaren Metallen. Außerdem hatte der Feind mehr als fünfzig gefangene macedonische Frauen mit sich geführt, die nun mit den Siegern in den Zelten verschwanden und ihnen bereitwillig gaben, was die Paioner ihnen mit Gewalt hatten nehmen müssen.

Philipp befahl, die Schätze auf Karren zu laden und nach Pella zu bringen; dann löste er sein Versprechen ein und versammelte die Soldaten in einem großen Kreis um sich.

»Heute«, sagte er mit tiefer, volltönender Stimme, die eines jeden Kriegers Ohr erreichte, »habt ihr einen triumphalen Sieg errungen. Eure Feinde liegen zu Hunderten tot auf dem Schlachtfeld, und der Norden unseres Landes wird bald von diesen Plünderern befreit sein. Aber heute ist heute, und heute war erst der *Anfang*. Versteht mich nicht falsch – ihr habt zwar keinen entscheidenden, aber einen *historischen* Sieg erkämpft. Denn es ist der erste von vielen, und ich verspreche euch – der Tag wird kommen, da die ganze Welt vor dem Kriegsgeschrei der Macedonier erzittern wird! Man wird ihn über alle Meere hinweg vernehmen, und er wird über den höchsten Bergen erschallen wie der Donner des Zeus. Jeder Sterbliche wird diesen Kriegsschrei kennen – und fürchten! Dies ist mein Versprechen an euch, Krieger von Macedonien. Dies ist das Versprechen eures Königs Philipp.« Er verstummte und ließ den Blick in die Runde schweifen. Es gab keinen Jubelsturm; nicht ein Geräusch störte die Stille, niemand rührte sich, und Philipp war für einen Augenblick verwirrt. Dann betrachtete er die Krieger genauer und sah zum erstenmal bewußt, daß viele keinen Brustharnisch und nur wenige einen Helm trugen. »Ich werde euch Waffen geben«, sagte er, »silbern funkelnde Rüstungen, scharfe Schwerter, Beinschienen, Helme und Speere. Ich werde euch Gold schenken und andere Reichtümer, und ich gelobe, daß jeder von euch ein Stück fruchtbares Land bekommt, auf dem er sein Haus errichten und seine Söhne großziehen kann. Aber heute abend kann ich euch nur Wein bieten. Also ... laßt uns trinken!«

Nikanor begann zu applaudieren, und vereinzelt klang höflicher Beifall auf, als der Wein gebracht wurde. Die Männer erhoben sich und setzten sich in Gruppen um die kleinen Lagerfeuer. Philipp stand auf und ging zu Antipatros hinüber.

»War meine Rede so schlecht?« fragte er den Krieger. »Ganz und gar nicht, mein König. Aber die meisten dieser Männer stammen aus Pelagonien und den Tälern des Pindosgebirges. Die Illyrer sind jetzt die Beherrscher ihrer Heimat, und die Frauen und Kinder dieser Männer sind ihnen schutzlos ausgeliefert. Wenn du ihnen einen Feldzug gegen Bardylis versprochen hättest ...«

»Aber das kann ich nicht ... und ich möchte die Männer nicht belügen, Antipatros. Niemals. Morgen wirst du mit fünfhundert Kriegern nach Norden aufbrechen und dort jeden Paioner töten, der euch begegnet. Verjage sie aus Macedonien.«

»Dann werden wir Krieger verlieren – durch Desertion«, sagte Antipatros leise. »Sie wollen nach Hause.«

Am nächsten Morgen war Philipp wieder als erster auf den Beinen. Er bat Nikanor, die Männer noch einmal zusammenzurufen.

»Gestern abend habe ich euch einige Versprechen gegeben«, sagte er, als die Krieger im Kreis um ihn saßen. »Heute möchte ich euch etwas anderes mitteilen. Viele von euch werden mit Antipatros reiten, um die Paioner endgültig aus unserem Land zu vertreiben. Unter euch sind viele, die nach Hause zurückkehren wollen, zu Frau und Kindern. Diese Männer haben mein vollstes Verständnis. Aber ich möchte euch dennoch um eines bitten: Sucht zwanzig Mann aus, die in jene Gegenden reiten, die von den Illyrern beherrscht werden. Diese Männer sollen uns Nachricht bringen, wie es euren Familien ergeht. Sie sollen sie beschützen und sich auf die Suche nach den Verschleppten machen. Ich zahle diesen Kriegern einen Sold von fünfundzwanzig Drachmen für jeden Monat, den sie von uns fort sind, und ihr Anteil an der Kriegsbeute wird in Pella bis zu ihrer Rückkehr sicher verwahrt. Den anderen verspreche ich, daß sie binnen drei Monaten zu Hause sind. Aber es wird eine Zeit kommen, da ich euch wieder zu den Waffen rufe. Und wenn ihr Männer von Ehre seid, werdet ihr meinem Ruf folgen. Seid ihr mit diesem Angebot einverstanden?« Philipp zeigte auf einen stiernackigen, schwarzbärtigen Krieger in der vordersten Reihe. »Du da! Bist du einverstanden?«

»Ja. Wenn es die Wahrheit ist«, erwiderte der Mann.

»Nur die Zeit kann euch beweisen, *daß* es die Wahrheit ist. Aber ihr seid die ersten Krieger König Philipps, und ich werde euch niemals im Stich lassen.« Wieder ließ er den Blick über die Gesichter der Männer schweifen. »In diesen ersten Wochen und Monaten werdet ihr nicht jede meiner Entscheidungen verstehen können, aber ich versichere euch, daß mein Leben Macedonien gehört. Und alles, was ich in Zukunft tun werde, soll dem Wohl unserer aller Heimat dienen. Ich bitte euch nur um eins: euer Vertrauen.«

Und damit erhob er sich und ging zu seinem Pferd hinüber. Hinter ihm sprang der stiernackige Krieger plötzlich auf und rief: »Heil dem König!«

»Heil dem König! Heil dem König!« riefen die anderen und erhoben sich wie ein Mann.

Philipp verbeugte sich und wartete, bis die Rufe verklungen waren; dann rief er mit Donnerstimme: »Heil Macedonien!«

Unter den Kriegern brach ein Jubelsturm aus, und sie nahmen den Ruf des Königs auf. Nikanor trat an Philipps Seite. »Ein stolzer Augenblick für dich, mein König«, sagte er. »Du hast ihre Herzen erobert.«

Philipp erwiderte nichts. Er war mit den Gedanken schon beim Thronanwärter Argaios und der athenischen Armee.

In den darauffolgenden Tagen arbeitete Philipp unermüdlich; er rief Krieger aus dem Süden herbei und verpflichtete eine Söldnergruppe von zweihundert kretischen Bogenschützen für die ungeheure Summe von vierzig Drachmen monatlich pro Mann; daneben führte er die Verhandlungen mit Aischines weiter und wartete voller ängstlicher Spannung auf Neuigkeiten aus Thrakien und Illyrien.

Währenddessen schrumpfte die Staatskasse bedrohlich, denn die Goldlieferungen aus Kreusien im Osten blieben immer öfter aus. Mittlerweile war das Geld so knapp geworden, daß Philipp seinen Kriegern nur noch für einen Monat Sold bezahlen konnte.

Dann kam die Nachricht, daß der Thronanwärter von Athens Gnaden, Argaios, im Hafen von Methone gelandet sei, zwei Tagesmärsche von Aigai entfernt. Argaios befehligte ein Heer von dreitausend athenischen *Hopliten,* achthundert Söldnern und mehr als hundert abtrünnigen Macedoniern.

Philipp ließ Antipatros zu sich rufen. »Wie groß ist die Streitmacht, die wir Argaios entgegenstellen können?« fragte er den Offizier.

»Wir haben noch fünfhundert Mann im Norden, unter Meleagers Kommando, die Jagd auf die Paioner machen. Weitere tausend Mann unter Nikanor sind im Osten stationiert, für den Fall eines thrakischen Angriffs. Wir könnten sie schnell genug hierherkommen lassen, aber dann sind die Grenzen im Norden und Osten ungeschützt.«

»Wie viele Krieger sind hier?«

»Nicht mehr als siebenhundert, aber die Hälfte von ihnen hat in deiner ersten Schlacht gegen die Paioner gekämpft. Diese Männer würden mit dir in das Feuer des Hades reiten.«

»Das reicht nicht, Antipatros – nicht gegen athenische *Hopliten.* Hol Aischines hierher, den athenischen Gesandten. So schnell wie möglich. Aber sei höflich zu ihm.«

Philipp badete, dann legte er die vollständige Kriegsausrüstung an – Brustharnisch, Schulterpanzer, Beinschienen, Waffenrock, Schwert – und wartete im Thronsaal. Nach einer knappen Stunde erschien Aischines. Er blickte erschrocken drein, als er den König gewappnet vor sich sah.

»Ich hatte nicht mit Verrat gerechnet«, sagte Philipp mit betont tiefer und sorgenvoller Stimme. »Ich habe dir vertraut, und ich habe Athen vertraut. Und nun landet ein athenisches Heer in einem meiner Häfen. Ich habe Boten bereitstehen, die nur auf den Befehl warten, nach Theben zu eilen. Und dir, Aischines, muß ich nun leider raten, Pella schleunigst zu verlassen.«

»Da muß irgend jemand einen Fehler gemacht haben, Herr. Bitte ... vertraue mir«, sagte Aischines mit hochrotem Kopf. »Ich habe viele, sehr viele Botschaften an die maßgeblichen Männer in Athen geschickt. Die Truppe, die in Methone gelandet ist, hat nicht die Absicht, in Macedonien einzumarschieren – da bin ich sicher! Es hat ohnehin einige ... Verwirrung gegeben, als die Truppe in See gestochen ist. Dieses Heer wird doch keinen Krieg gegen einen *Verbündeten* führen, Herr! Und die Macedonier sind ja Verbündete Athens.«

Philipp starrte dem Mann lange und finster in die Augen, bis er schließlich erwiderte: »Bist du da ganz sicher, Aischines, oder hoffst du es nur?«

»Ich habe erst heute mehrere Depeschen aus Athen bekommen. Eine davon soll Mantias geschickt werden, dem Befehlshaber der *Hopliten.* Die Männer werden nach Athen zurückkehren, das verspreche ich dir.«

Philipp nickte. »Dann schicke deine Depesche noch heute los – und so schnell es geht, mein Freud. Denn übermorgen werde ich gegen den Verräter zu Felde ziehen.«

Antipatros rief die siebenhundert Reitersoldaten zusammen, und Philipp ritt mit ihnen – ungeachtet der Zusage, die er Aischines gegeben hatte – in einem nächtlichen Blitzvorstoß nach Süden. Noch in der Morgendämmerung ging die macedonische Einheit in den Hügeln zwischen Methone und Aigai in Stellung, auf einer versteckten Anhöhe unweit der Straße.

Zwei Stunden nach Tagesanbruch erschien der Feind in der Ferne. Philipp beschirmte die Augen mit der Hand und beobachtete die Männer, die näher kamen. Mehr als hundert Reitersoldaten führten die Streitmacht an; gleich hinter ihnen marschierten an die tausend *Hopliten.* Diese Fußsoldaten waren ein bunt zusammengewürfelter Haufen; einige trugen Brustharnische, andere Helme verschiedenster Machart – thrakisch, thessalisch, illyrisch. Auch die Wappen, die auf ihre

Schilde gemalt waren, waren ein bunter Wirrwarr: das geflügelte Pferd der Olynther, die thebanische Keule des Herakles, die gekreuzten Speere der Methoner. Aber kein einziger Schild zeigte den Helm der Pallas Athene, das Wappen der Athener. Philipp hätte vor Freude jubeln können. Die Athener waren nicht mit Argaios marschiert – so, wie Aischines es versprochen hatte.

Philipp legte sich auf den Bauch, robbte bis zur Spitze der Anhöhe vor und ließ den Blick nach rechts und links huschen, als der Feind immer näher kam. Die Feinde hatten keinen Flankenschutz und zogen in einer Reihe von fast einer Viertelmeile Länge dahin. Philipp kroch von seinem Aussichtspunkt auf der Spitze der Anhöhe zurück und rief Antipatros zu sich. »Schick die kretischen Bogenschützen auf den Felsüberhang dort drüben«, sagte er und wies auf die Stelle. »Sie sollen schießen, sobald der Feind in Reichweite ihrer Pfeile ist. Du nimmst dir vierhundert Mann, gehst hinter der Hügelkuppe in Stellung und greifst von Norden an. Sobald der Feind sich auf dich konzentriert hat, attackiere ich ihn aus südlicher Richtung.«

Antipatros grinste. »Handle diesmal nicht so überstürzt, Herr, bleib bei deinen Männern und mach keinen Alleingang wie beim letzten Mal.«

Der erste dichte Pfeilhagel der kretischen Bogenschützen fegte einen Großteil der feindlichen Reitersoldaten von den Pferderücken; die Tiere gerieten in Panik, als der tödliche Regen urplötzlich vom Himmel fiel und der Geruch von Blut aufstieg.

Bevor der Feind sich vom Schreck erholen konnte, griffen auch schon Antipatros' vierhundert Reitersoldaten aus nördlicher Richtung an; ihre Kriegsschreie hallten zwischen den felsigen Hügeln wider. Die Macedonier rissen eine Schneise des Todes durch die entsetzten Reitersoldaten des Feindes und brachen dann wie ein Unwetter über die Fußsoldaten herein. In diesem Augenblick griff Philipp den gegnerischen Heerwurm von Süden an.

Die feindliche Söldner-Infanterie, die bereits nach der ersten Angriffswelle um die Hälfte dezimiert worden war, versuchte, sich gegen den zweiten Angriff durch eine hastig gebildete Abwehrformation zu wappnen, doch Antipatros und seine Männer wendeten die Pferde und griffen nicht die *Hopliten,* sondern die kläglichen Reste der feindlichen Reiterei an, die daraufhin in wilder Panik vom Schlachtfeld flüchtete.

Auch Philipp mied den direkten Angriff auf die Fußsoldaten und zog sich ebenfalls mit seinen Reitern zurück. Nun aber ließen die kretischen Bogenschützen Pfeilhagel auf Pfeilhagel auf den Schilderwall der *Hopliten* niedergehen.

In der Mitte der feindlichen Abwehrreihen stand Argaios. Der Helm war ihm von einem Pfeil vom Kopf gerissen worden, und sein blondes Haar leuchtete hell in der Sonne.

»Ho, Philipp!« rief er. »Willst du mir im Zweikampf gegenübertreten, oder bist du nicht Manns genug?«

Es war der letzte, verzweifelte Ausruf eines Kriegers, der bereits geschlagen war, doch Philipp wußte, daß nun die Augen seiner Soldaten auf ihm ruhten.

»Tritt hervor!« rief er, »dann wird sich zeigen, wer der bessere Mann ist!«

Argaios bahnte sich stoßend und schubsend einen Weg aus dem Schildwall und ging mit festen Schritten auf Philipp zu. Der König stieg vom Pferd, zog sein Schwert und wartete. Argaios war ein stattlicher, gutaussehender Mann, hochgewachsen und kräftig, und seine Augen waren so blau wie der Frühlingshimmel. Er sah Nikanor so ähnlich, daß Philipp unwillkürlich einen Blick auf den Freund warf und die beiden Männer verglich. In diesem Augenblick griff Argaios an. Philipp riß den Schild hoch, konnte den Schwerthieb aber nicht mehr ganz abblocken. Die Klinge prallte von seinem Brustpanzer ab und schlitzte ihm die Wange auf.

Nun stieß Philipp das Schwert vor, doch die Spitze prallte auf die bronzenen Verstärkungen von Argaios' ledernem Waffenrock. Argaios warf sich brüllend nach vorn, und die Schilde stießen dröhnend gegeneinander. Doch Philipp, obgleich kleiner als sein Gegner, war Argaios an Körperkraft überlegen und wich keinen Zoll zurück. Wieder stieß er das Schwert vor, unter dem Schild hindurch. Die Klinge drang Argaios dicht über dem Knie ins linke Bein. Der gescheiterte Thronanwärter schrie vor Schmerz, als Philipp die Klinge drehte und Muskeln und Sehnen durchtrennte. Argaios versuchte, zurückzuweichen, doch das verletzte Bein konnte sein Gewicht nicht mehr tragen, und er stürzte zu Boden. Philipp schleuderte seinen Schild zur Seite und trat auf den verwundeten Mann zu.

Noch einmal schlug Argaios mit dem Schwert zu, doch Philipp wich der funkelnden Klinge behende aus, sprang vor, durchstieß Argaios' rechten Arm und nagelte ihn am staubigen Boden fest.

»Ich bitte um Gnade, mein König!« schrie Argaios mit schriller Stimme.

»Für Verräter gibt es keine Gnade«, sagte Philipp, riß das Schwert hervor und stieß es dem Gegner so kräftig in die Gurgel, daß es am Nacken hervortrat und in den Boden drang.

Bei Anbruch der Dunkelheit lagen mehr als sechshundert Feinde tot auf dem Schlachtfeld; weitere einhundert Söldner waren gefangengenommen. Die überlebenden vierzig macedonischen Abtrünnigen wurden nach einem kurzen Tribunal unter Philipps Vorsitz von den Soldaten zu Tode gesteinigt. Die restlichen Überlebenden waren zweiundsechzig Söldner, die Philipp nach Methone zurückkehren ließ, sowie achtundreißig athenische Freiwillige; auch ihnen schenkte Philipp das Leben und ließ sie ohne Lösegeldforderung ziehen. Vorher lud er sie sogar zu einem Festmahl in sein Zelt ein und versicherte ihnen, daß nichts ihm so sehr am Herzen liege wie die Freundschaft Athens.

Als der nächste Morgen dämmerte, war Philipp immer noch auf den Beinen und ließ sich von Antipatros berichten, wie hoch die macedonischen Verluste waren. »Wir haben vierzig Gefallene, mein König. Drei Mann werden für den Rest ihres Lebens Krüppel bleiben, und sieben sind schwer verwundet, werden aber genesen«, sagte Antipatros.

»Stell fest, wer die Gefallenen waren und wo ihre Familien wohnen, und schick jeder Familie einhundert Drachmen. Die Krüppel erhalten das Doppelte sowie eine Rente von zehn Drachmen monatlich auf Lebenszeit.«

Antipatros war überrascht. »Ausgezeichnet! Das wird die anderen Männer ermutigen«, sagte er.

»Ja, aber das ist nicht der Grund. Sie sind für unser Land gestorben, und das wird Macedonien ihnen nicht vergessen.«

Antipatros nickte. »Auch ich werde es nicht vergessen, mein König – und auch die Reiter nicht, die für dich gekämpft haben.«

Nachdem der Offizier sich verabschiedet hatte, legte Philipp sich auf sein Feldbett und zog sich die Decke über. Die Paioner waren geschlagen, und einer der Thronanwärter war tot. Aber die Schlachten gegen die mächtigsten Feinde standen erst noch bevor.

Wo bist du, Parmenion?

An der thrakischen Grenze, im Herbst 359 v. Chr.

Parmenion zog leicht an den Zügeln, als er ein Stück voraus den Mann auf einem Geröllbrocken sitzen sah. »Guten Tag«, sagte der Spartaner und ließ den Blick rasch über die umliegenden Felsen schweifen, um festzustellen, ob sich andere Männer dazwischen versteckt hielten.

»Ich bin allein«, sagte der Fremde. Seine Stimme war ruhig, beinahe freundlich. Parmenion beobachtete weiter das umliegende Gelände. Als er sicher sein konnte, daß der Mann tatsächlich allein war, blickte er zum fernen Fluß Nestos und auf die blauen Gipfel des Kerkine-Gebirges am Horizont, das die Grenze zu Macedonien bildete. Dann wandte er seine Aufmerksamkeit wieder dem Fremden zu und stieg vom Pferd. Der Mann war ziemlich klein, aber kräftig gebaut. Sein Haar war grau, sein Bart nach persischer Mode gelockt, und seine Augen hatten die Farbe von Gewitterwolken. Er trug einen langen *chiton* von verblaßter blauer Farbe und lederne Sandalen, deren Zustand darauf schließen ließ, daß der Mann sie nicht oft benutzte. Parmenion konnte kein Anzeichen erkennen, daß der Fremde irgendeine Waffe trug, nicht einmal einen kleinen Dolch.

»Eine sehr schöne Aussicht«, sagte Parmenion, »aber hier ist es recht unwirtlich. Wie bist du hierhergekommen?«

»Ich bin verschiedene Wege gegangen«, erwiderte der Mann. »Du wirst noch sieben Tagesritte bis nach Pella brauchen. Ich aber könnte schon heute nachmittag dort sein.«

»Bist du ein *magus?«*

»Nicht, wie die Perser es verstehen – wenngleich eines Tages auch persische *magi* über jene Pfade gehen werden, die ich gewandelt bin«, erwiderte der Mann geheimnisvoll. »Setz dich her und iß mit mir.«

»Laß uns lieber weiterreiten«, flüsterte Mothac. »Mir gefällt diese Gegend nicht. Das Gelände ist zu offen. Der Mann könnte ein Wegelagerer sein.«

»Ich habe in meinem Leben viele Berufe ausgeübt, Thebaner«, sagte der Fremde, der Mothacs Worte gehört hatte. »Aber ein Wegelagerer bin ich nie gewesen. – Ich habe hier auf dich gewartet, Parmenion, denn ich hielt es für klug, daß wir hier in der Einsamkeit zusammensitzen und miteinander reden – über die Vergangenheit, die Zukunft und die Melodie des Großen Liedes.«

»Deiner Aussprache nach scheinst du Grieche zu sein«, sagte Parmenion, ging ein Stück nach links und blickte wieder mißtrauisch über die Felsbrocken hinweg.

»Ein Grieche? Eigentlich . . . nein«, sagte der Mann. »Aber es ist auch nicht falsch, mich als Griechen zu bezeichnen. Du hast in Persien große Taten vollbracht, Parmenion. Dein Angriff auf Spetzabares' Truppen war meisterlich. Obwohl deine Männer in der Unterzahl waren, hast du den Feind zur Kapitulation gezwungen und in der Schlacht nur einhundertundelf Krieger verloren. Bemerkenswert.«

»Du scheinst recht viel über mich zu wissen. Ich aber weiß gar nichts über dich.«

»Ich bin Gelehrter, Parmenion. Ich habe meine Leben dem Studium aller Dinge verschrieben, und ich möchte mein Wissen mehren, bis ich eines Tages das Wesen der Schöpfung begreife. Glücklicherweise weiß ich bis jetzt so gut wie gar nichts.«

»Glücklicherweise?«

»Natürlich. Kein Mensch sollte sich jemals all seine Träume erfüllen können. Was hätte das Leben dann noch für einen Sinn?«

»Sieh mal, dort!« rief Mothac und wies auf eine Staubwolke an einem Hügelhang. »Reiter!«

»Entweder kommen sie, um euch zu Kotys zu bringen«, sagte der

Mann, »oder um euch zu töten. Der König der Thraker möchte natürlich verhindern, daß Parmenion auf seiten der Macedonier kämpft.«

»Du weißt sehr viel«, sagte Parmenion leise. »Ich nehme an, du kannst mir auch sagen, wie ich diesen Reitern entkomme.«

»Gewiß«, sagte der Mann und erhob sich geschmeidig. »Folgt mir.«

Parmenion beobachtete, wie der Fremde auf eine kahle Felswand zuging, die zu schimmern begann, als er sie erreichte. Der Spartaner riß die Augen auf – der Mann war plötzlich verschwunden.

»Er ist ein Dämon oder ein Halbgott«, flüsterte Mothac. »Komm, stellen wir uns den Reitern zum Kampf. Die sind wenigstens aus Fleisch und Blut.«

»Schwerthiebe können einen Mann schneller treffen als Zaubersprüche«, sagte Parmenion. »Ich stelle mich lieber diesem *magus* zum Kampf, wenn es sein muß.« Er nahm die Zügel seines Hengstes in die rechte Hand und führte das Tier zur Feldwand. Als er sich ihr näherte, fiel die Temperatur, und das Gestein wurde durchscheinend. Er schritt unbeirrt voran, trat durch die unsichtbare Mauer hindurch und fühlte sich plötzlich seltsam gewichtslos.

Mothac erschien hinter ihm aus dem kahlen Fels; auch er führte sein Pferd am Zügel. Der Thebaner war schweißgebadet, als er neben dem Freund stehenblieb. »Was jetzt?« flüsterte er.

Sie befanden sich in einer riesigen unterirdischen Höhle. Gewaltige Stalaktiten hingen von der gewölbeartigen Decke. Um sie herum hörten sie das ständige, rhythmische Tröpfeln von Wasser, und auf dem Höhlenboden schimmerten Dutzende dunkler Pfützen.

Gut fünfzig Schritt voraus tauchte der Fremde plötzlich wieder auf. »Hier entlang«, rief er. »Ihr habt den Weg schon zur Hälfte hinter euch.«

»Welchen Weg meint er?« murmelte Mothac und zog sein Schwert. »Den Weg zum Hades?«

Die beiden Männer führten ihre Pferde über den Höhlenboden und gelangten vor einen großen, natürlichen Durchgang, der auf eine Wiese mit üppigem grünem Gras führte, auf der ein kleines Haus mit rotem Ziegeldach und strahlend weißen Wänden stand.

Parmenion trat hinaus in den Sonnenschein und blieb staunend stehen. Vor ihm tat sich eine hügelige, liebliche grüne Landschaft auf, doch in keine Richtung waren Berge zu entdecken, und auch der mächtige Strom des Nestos war nicht mehr zu sehen.

Die beiden Männer stiegen auf ihre Pferde und ritten zu dem Haus, wo der Fremde bereits einen großen Tisch mit kaltem Fleisch, Käse und Obst gedeckt hatte. Er reichte Parmenion und Mothac mit Wein gefüllte Becher und setzte sich in den Schatten eines blühenden Baumes. »Speis und Trank sind nicht vergiftet«, sagte der Mann, als er die mißtrauischen Blicke seiner Gäste sah.

»Ißt du nichts?« fragte Parmion.

»Ich habe keinen Hunger. Aber greif doch zu! Du brauchst dich nicht zu fürchten. Ein Mann, der die Fähigkeit besitzt, Berge verschwinden zu lassen, hat es nicht nötig, seine Gäste zu vergiften.«

»Das leuchtet mir ein«, sagte Parmenion und streckte die Hand nach einem Apfel aus.

Mothac hielt den Arm des Freundes fest. »Laß mich erst einmal kosten«, sagte der Thebaner, nahm den Apfel und biß hinein.

»Was für eine Opferbereitschaft«, sagt der Fremde mit leisem Spott, doch Mothac ließ sich nicht beirren und nahm von allem einen großen Happen. Schließlich rülpste er.

»Ich habe noch nie einen so wohlschmeckenden Apfel gegessen«, sagte er. Nun stillte auch Parmenion seinen Hunger; dann setzte er sich neben den Fremden.

»Warum hast du auf mich gewartet?«

»Du bist eine der Melodien des Großen Liedes, Parmenion. Es hat viele Männer vor dir gegeben, und viele werden nach dir kommen. Ich möchte dir meine Hilfe anbieten. Es erstaunt mich allerdings, daß meine Zauberkraft dich nicht zu beeindrucken scheint. Hat schon einmal jemand einen Berg für dich versetzt?«

»Ich habe *magi* gesehen, die hölzerne Stäbe in Schlangen verwandelt haben und Menschen in der Luft schweben ließen. Und in Susa gibt es einen Magier, der die Leute glauben machen kann, sie wären Vögel, so daß sie mit den Armen rudern und zu fliegen versuchen. Wahrscheinlich sind die Berge immer noch da – du hast uns nur die Fähigkeit genommen, sie zu sehen. Mir ist es gleichgültig. Aber was hat es mit diesem Großen Lied auf sich, von dem du gesprochen hast?«

»Es ist ein Krieg zwischen Traum und Alptraum. Ein ewiger Krieg. Und du bist ein Teil davon. Homer, zum Beispiel, hat diese ewige Schlacht besungen, als er seine Verse über den trojanischen Krieg gedichtet hat. Und in anderen Ländern wird dieser Krieg auf andere Weise geschildert, und in anderen Zeiten ... als Gilgamesch und Ekodas, Paristur und Sarondel. Sie alle sind Melodien des Großen Liedes. Bald aber werden wir die Geburt einer neuen Legende erleben, und der Tod der Staaten wird in deren Mittelpunkt stehen.«

»Ich weiß von alledem nichts, und was du sagst, steckt voller Rätsel. Ich danke dir von Herzen für die Speisen und deine Gastfreundschaft, aber sag mir ehrlich: Wer bist du?«

Der Mann lächelte und lehnte den Rücken an den Stamm des Blütenbaumes. »Immer gerade heraus, nicht wahr? Immer ganz der Feldherr. Aber das soll kein Vorwurf sein, mein spartanischer Freund. Deine Fähigkeiten haben dir über die Jahre hinweg Ruhm und Ehre eingebracht, nicht wahr? Nun, was mich betrifft – ich bin Gelehrter, wie ich schon sagte. Ich bin nie Krieger gewesen, obgleich ich viele Krieger gekannt habe. Du erinnerst mich sehr an Leonidas, den Schwertkönig. Er war ein Mann von außergewöhnlichen Fähigkeiten, und er besaß ein Geschenk, das den Menschen Größe verleihen kann.«

»Der Schwertkönig ist vor mehr als hundert Jahren gestorben«, sagte Parmenion. »Du willst doch nicht etwa behaupten, ihn gekannt zu haben?«

»Ich habe nicht gesagt, daß ich ihn *gekannt* habe, Parmenion. Ich habe gesagt, du *erinnerst* mich an ihn. Eine Schande, daß er an den Thermopylen gefallen ist. Er hätte Sparta zu *wahrer* Größe führen können. Übrigens, auch er war eine tragende Melodie des Großen Liedes. Dreihundert Krieger gegen ein Heer von mehr als zweihunderttausend Mann! Was für eine Tapferkeit.«

»Als ich in Theben wohnte«, sagte Parmenion, »habe ich einen Mann gekannt, der mich lehren wollte, Fische mit den bloßen Händen zu fangen. Seltsam . . . mit dir zu reden erinnert mich an diese fernen Tage. Ich höre deine Worte, aber ich kann sie nicht begreifen, und sie sind dunkel und voller Rätsel. Wie kannst du mir helfen?«

»Zur Zeit brauchst du meine Hilfe nicht, Spartaner«, sagte der Mann, und sein Lächeln schwand. Er streckte die Hand aus und nahm Parmenion beim Arm. »Aber diese Zeit wird kommen. Man wird dich vor eine Aufgabe stellen, und dir wird mein Name einfallen. Dann mußt du dich auf die Suche nach mir machen. Du wirst mich dort antreffen, wo wir uns zum erstenmal begegnet sind. Vergiß das nicht, Parmenion! Denn sehr, sehr viel wird davon abhängen.«

Parmenion erhob sich. »Ich werde es mir merken, Fremder. Nochmals Dank für deine Gastfreundschaft. Wenn wir den Weg zurückgehen, den wir gekommen sind, werden wir dann wieder die Berge und den Fluß sehen?«

»Nein. Diesmal werdet ihr in den Hügeln über der Stadt Pella ins Freie treten.« Der grauhaarige Mann stand auf und hielt ihm die Hand hin. Parmenion ergriff sie und war erstaunt, wieviel Kraft im Händedruck des Mannes lag. »Du bist nicht so alt, wie du aussiehst«, sagte der Spartaner lächelnd.

»In diesen Worten liegt sehr viel Wahrheit«, erwiderte der Mann.

»Komm zu mir, wenn du mich brauchst. Oh, sieh einmal an – der König der Thraker liegt im Sterben. Er wurde von einem Freund Philipps vergiftet – in dem Moment, in dem wir uns unterhalten haben. Das ist das Schicksal machtgieriger Könige, nicht wahr?«

»Manchmal«, erwiderte Parmenion und schwang sich auf den Rücken des Hengstes. »Hast du einen Namen, Gelehrter?«

»Ich habe viele Namen. Aber du kannst Aristoteles zu mir sagen.«

»Ich habe von dir gehört. Aber nie hat jemand dich einen *magus* genannt. Die Leute bezeichnen dich als Philosophen.«

»Ich bin, was ich bin. Und jetzt reite, Parmenion – das Große Lied wartet.«

Der Graben war mehr als zweihundert Fuß lang. Fünfzig Mann waren immer noch damit beschäftigt, ihn mit Schaufeln und Hacken auszuheben und sich durch Schichten aus Lehm, Sand und Gestein hindurchzuarbeiten. Die Sonne brannte heiß auf ihre nackten Rücken. Andere Soldaten schafften den Aushub fort und verteilten ihn um den Graben herum.

Philipp holte aus, trieb die Spitze der Hacke tief in den Boden und spürte den Aufprall bis in die Schultern, als das Metall wieder einmal auf einen Steinbrocken traf. Er lehnte die Hacke an die Wand des Grabens, ließ sich auf die Knie nieder und schaufelte mit den Händen Lehm und Sand zur Seite, bis der Stein zum Vorschein kam. Dann packte er ihn und hob ihn aus dem Erdreich. Der Steinbrocken war größer, als Philipp erwartet hatte, und fast so schwer wie ein ausgewachsener Mann. Er wollte gerade ein paar Krieger zu Hilfe rufen, als er sah, daß einige Männer ihn grinsend beobachteten. Er lächelte und packte den Felsblock, wie man einen Gegner beim Ringkampf packt, und hob ihn bis an die Brust. Dann erhob er sich stöhnend aus seiner knienden Haltung und wuchtete den widerspenstigen Stein mit aller Kraft über den Grabenrand. Er holte tief Atem, stieg aus der Grube und schritt sie der Länge nach ab. Hier und da blieb er stehen und sprach ein paar aufmunternde Worte zu den schwitzenden und keuchenden Männern.

An beiden Enden des Grabens befanden sich rechtwinklig ausgespannte Seile; entlang dieser an Holzpflöcken befestigten Seile gruben andere Soldaten zwei weitere Stollen in den Boden. Philipp entfernte sich einige Dutzend Schritt von den U-förmigen Gräben und stellte sich vor, wie die neuen Kasernengebäude aussahen. Sie würden zwei Stockwerke hoch sein, mit einer geräumigen Kantine und sieben

Schlafsälen für über fünftausend Mann. Der Architekt war ein Perser, der sein Handwerk in Athen gelernt hatte. Philipp hatte befohlen, die Kasernengebäude noch vor dem nächsten Frühjahr fertigzustellen.

Die Arbeiter waren ausschließlich Soldaten aus Pelagonien und Lynkos, ehemals macedonischen Gebieten, die von Bardylis und seinen Illyrern erobert worden waren. Die Männer waren trotz der Strapazen mit Eifer bei der Arbeit; nicht zuletzt deshalb, weil der König selbst mit Hand anlegte. Doch Philipp wußte, daß ihm nicht mehr als drei Monate Zeit blieben – dann würden die Männer ihn an sein Versprechen erinnern, spätestens ein Vierteljahr nach dem Sieg über die Paioner nach Hause zurückkehren zu dürfen.

Seit diesem Sieg waren fünf Wochen vergangen, und noch immer war kein Abkommen mit Bardylis in Sicht.

Andererseits, überlegte Philipp, konnte sich das später als Vorteil erweisen, denn die Illyrer waren nicht tiefer in Macedonien einmarschiert, und Bardylis hatte zu erkennen gegeben, daß er Philipps Angebot, seine Tochter zu heiraten, überdenken wollte. Als ›Geste des Vertrauens‹ und als ›Zeichen bleibender Freundschaft‹ hatte Bardylis allerdings gefordert, daß Macedonien sämtliche Gebiete zwischen dem Bora- und dem Pindosgebirge an Illyrien abtrat, darunter Pelagonien, eine waldreiche Gegend mit fruchtbaren Böden und üppigen Wiesen und Weiden.

»Offenbar sind häßliche Bräute nicht billig zu haben«, hatte Philipp zu Nikanor gesagt.

Einer der Gründe, warum Philipp beim Bau der Kaserne mitarbeitete, war die Tatsache, daß er sich durch die harte körperliche Arbeit abreagieren konnte. Morgen würde der Graben fertig ausgehoben sein; dann wurden die Fundamente gelegt, und Philipp würde voller Freude beobachten können, wie die Kasernengebäude in die Höhe wuchsen.

Es sollten keine schlichten Holzkonstruktionen werden, sondern Gebäude aus Stein, mit Dächern aus Lehmziegeln und großen, hellen Räumen.

»Das wird keine Kaserne, sonder ein Palast, mein König«, hatte der Architekt zu Philipp gesagt.

»Überlaß das nur mir«, hatte der König erwidert. »Denke lieber daran, daß ich drei Brunnen haben will, und auf dem Innenhof einen Springbrunnen. Außerdem einen gesonderten Gebäudeflügel für den Kommandanten, mit einem *andron,* in dem zwanzig . . . nein, dreißig Gäste Platz haben.«

»Wie du befiehlst, mein König. Aber das wird nicht billig.«

»Hätte ich's billig haben wollen, hätte ich einem spartanischen Architekten den Auftrag gegeben«, hatte Philipp geantwortet und dem Mann auf die Schulter geklopft.

Der König schlenderte zu einem kleinen Berg aufgehäufter Felsbrocken und setzte sich. Einer der Soldaten schenkte ihm aus einem kühlen steinernen Krug einen Becher Wasser ein; es schmeckte wie Nektar. Er dankte dem Soldaten und erkannte in ihm den hünenhaften, stiernackigen Mann wieder, der nach der Schlacht gegen die Paioner als erster den Ruf ›Heil dem König!‹ ausgestoßen hatte.

»Wie heißt du, mein Freund?«

»Theoparlis, edler Herr. Die meisten nennen mich Theo.«

»Das wird mal ein schönes Bauwerk, Theo. Genau das Richtige für die Truppen des Königs.«

»Das glaube ich auch, Herr. Es tut mir leid, daß ich nicht das Vergnügen haben werden, darin zu wohnen, aber in zwei Monaten gehe ich zu meiner Frau nach Pelagonien zurück – was du an meiner Stelle sicher auch tun würdest, nicht wahr?«

»Ja«, erwiderte Philipp. »Und noch bevor ein Jahr vergangen ist, werde ich euch dort besuchen kommen, um dir einen Platz in dieser Kaserne und deiner Frau ein Haus in Pella anzubieten.«

»Ich würde mich sehr über deinen Besuch freuen«, sagte Theo, verbeugte sich und ging wieder an die Arbeit. Philipp beobachtete, wie der Hüne in den Graben stieg; dann richtete er den Blick nach Osten, denn zwei Reiter näherten sich aus Richtung Stadtzentrum. Er leerte den Becher und behielt die Ankömmlinge im Auge. Der vordere Reiter trug einen bronzenen Brustharnisch und einen Helm aus Eisen, doch noch genauer betrachtete Philipp das Pferd, einen braunen Hengst von gut sechzehn Hand Stockmaß. Alle macedonischen Adeligen wurden schon in frühester Kindheit zu Reitern erzogen, und Philipp liebte Pferde mehr als andere. Der Hengst hatte einen schön geschnittenen Kopf und weit auseinanderstehende Augen – ein sicheres Zeichen für einen guten Charakter. Der Hals des Tieres war lang, aber muskulös, und die Mähne kupiert, daß sie wie ein Helmbusch aussah. Philipp ging den Reitern entgegen und wich ein paar Schritte nach links aus, so daß er den Hengst von der Seite betrachten konnte. Seine Schulterblätter waren nach vorn abfallend und muskelbepackt, was dem Tier große, weit ausholende Schritte ermöglichte, so daß es schnell und dennoch bequem zu reiten war. Pferde mit geraden Schultern hingegen, das wußte Philipp, neigten zu unrhythmischen Schritten und waren für den Reiter unbequem.

»Du da!« erklang eine Stimme, und Philipp blickte auf. Der zweite

Reiter, ein kleiner, kräftiger Mann auf einem grauen Wallach deutete mit dem Finger auf ihn. »Wir suchen den König. Führe uns zu ihm.«

Philipp musterte den Mann. Er war fast kahlköpfig, bis auf einen dünnen, roten Haarkranz mit silbernen Strähnen. »Wer seid ihr denn?« fragte Philipp.

»Das geht dich gar nichts an, Bauer«, erwiderte der Reiter grob.

»Sachte, sachte, Mothac«, sagte der andere Mann und schwang sich vom Pferderücken. Er war hochgewachsen und schlank, doch seine Arme waren kräftig und muskulös und zeigten die Narben vieler Kämpfe. Philipp blickte in die Augen des Mannes; sie waren blaßblau, doch das Gesicht war tief gebräunt und wettergegerbt, so daß die Augen grau wie Sturmwolken aussahen. Philipps Herz setzte einen Schlag aus, als er Parmenion erkannte, doch er unterdrückte das heftige Verlangen, auf den Spartaner loszustürmen und ihn zu umarmen; er schaffte es sogar, seinem Gesicht keine Regung anmerken zu lassen, als er auf die Reiter zuging.

»Bist du Söldner?« fragte er.

»Ja«, erwiderte der Krieger. »Und du bist Bauarbeiter?«

Philipp nickte. »Das hier wird eine Kaserne, habe ich mir sagen lassen. Vielleicht wird sie eines Tages euer Quartier.«

»Ihr baut die Fundamente tief in den Boden«, stellte der Krieger fest, als er mit seinem kahlköpfigen Begleiter und Philipp an den Graben trat.

»Weil es in dieser Gegend des öfteren Erdbeben gibt«, sagte Philipp. »Da ist es wichtig, ein solides Fundament zu haben. Es spielt keine Rolle, ob das Gebäude schmuckvoll oder schlicht ist – ohne starkes Fundament stürzt es ein.«

»Das gleiche könnte man von einem Heer sagen«, erwiderte der Krieger leise. »Warst du bei der Schlacht gegen die Paioner dabei?«

»Ja. Es war ein großer Sieg.«

»Hat der König gekämpft?«

»Wie ein Löwe. Wie zehn Löwen«, sagte Philipp und lächelte breit.

Der Krieger nickte und schwieg für einen Augenblick; dann blickte er den König an und lächelte ebenfalls. »Ich bin froh, daß du das sagst – ich möchte nämlich keinem Feigling dienen.«

»Du scheinst sicher zu sein, daß der König dir Arbeit gibt.«

Der Krieger zuckte mit den Achseln. »Gefällt dir mein Pferd, Philipp von Macedonien?«

»Ja, es ist ein schönes ... woher weißt du ...?«

»Du hast dich sehr verändert, seit ich dich das letztemal als Junge in Theben gesehen habe, und vielleicht hätte ich dich nicht wiedererkannt. Aber du bist der einzige, der hier nicht arbeitet – und das, so nehme ich an, ist das Vorrecht des Königs. Mir ist heiß, und meine Kehle ist trocken. Es würde mich freuen, wenn du einen schattigen Platz finden könntest und mir dann berichtest, warum du mich hergerufen hast.«

»Gewiß«, sagte Philipp lächelnd. »Aber vorab möchte ich dir sagen, daß mit deinem Erscheinen meine Gebete erhört worden sind. Du kannst dir nicht vorstellen, wie sehr wir dich hier brauchen.«

»Da magst du dich irren«, erwiderte Parmenion. »Ich kann mich an einen Jungen erinnern, der mir von einem Land erzählte, das von Feinden umgeben ist – Illyrern, Paionern, Thrakern. Ein Soldat erinnert sich an so etwas.«

»Nur daß es *noch* schlimmer ist. Mein Heer ist tapfer, aber so klein, daß es diesen Namen nicht verdient. Außer meinem Verstand habe ich so gut wie nichts aufzubieten, um die Feinde in Schach zu halten. Bei allen Göttern – ich bin froh, daß du gekommen bist!«

»Vielleicht bleibe ich nicht«, sagte Parmenion leise.

»Warum?« fragte Philipp, und eisige Furcht stieg in ihm auf.

»Weil ich noch nicht weiß, ob du ein Mann bist, dem ich dienen möchte.«

»Du sprichst sehr offene Worte. Aber ich muß gestehen, daß es auch kluge Worte sind. Begleite mich in den Palast. Nimm ein Bad, erfrische dich, iß und trink. Dann erst laß uns reden.«

Parmenion nickte. »Hast du wirklich wie zehn Löwen gekämpft?« fragte er, und sein Gesicht war seltsam ernst.

»Eher wie zwanzig«, erwiderte Philipp, »aber ich bin nun einmal ein bescheidener Mensch.«

Parmenion stieg aus dem Bad und trat ans offene Fenster, so daß der Wind die Wassertropfen auf seiner Haut trocknete und dem Körper Kühlung spendete. Er strich das sich lichtende Haar aus der Stirn und wandte sich Mothac zu. »Was hältst du von ihm?«

Mothac schüttelte den Kopf. »Es gefällt mir nicht, einen König in einem schmutzigen Leinengewand zu sehen, der wie ein Bauer den Boden umgräbt.«

»Du hast zu lange bei den Persern gelebt, mein Freund.«

»Bleiben wir hier?«

Parmenion gab keine Antwort. Es war eine lange Reise gewesen durch Kleinasien bis nach Macedonien, über Berge und Flüsse hinweg. Und obgleich sie nach dem Treffen mit Aristoteles eine Woche Ritt eingespart hatten, war Parmenion müde und spürte den dumpfen Schmerz der alten Speerwunde unter seiner rechten Schulter. Er rieb sich mit einem Badetuch trocken; dann streckte er sich auf der Liege aus und ließ sich von Mothac den Rücken mit Öl einmassieren.

Macedonien. Es war grüner und lieblicher, als er es sich vorgestellt hatte. Dennoch war er ein wenig enttäuscht, denn er hatte nicht das Gefühl, heimgekehrt zu sein, wie er es gehofft hatte. Statt dessen erschien ihm Macedonien wie jedes andere Land, nur daß es hohe Berge und fruchtbare Ebenen sein eigen nannte.

Parmenion kleidete sich in eine schlichte Tunika und Sandalen und ging hinaus auf den Hof, um den Sonnenuntergang zu beobachten. Er fühlte sich alt und schwach, und seine Glieder waren steif. Epaminondas war tot – gefallen in der Schlacht bei Mantinea, wie Tamis es prophezeit hatte. Parmenion schauderte.

Mothac brachte ihm einen Becher Wein und nahm Platz; dann saßen sie in bedrücktem Schweigen da. Als die Sonne hinter dem Horizont versunken war, zündete Mothac eine Öllampe an und brachte Brot und Käse, und die Freunde nahmen ein reichliches Abendessen ein.

»Du hast ihn gern, nicht wahr?« fragte Mothac.

»Ja. Er erinnert mich an Pelopidas.«

»Wahrscheinlich endet sein Leben auf die gleiche Weise«, sagte der Thebaner.

»Bei allen Göttern!« stieß Parmenion zornig hervor. »Was ist eigentlich mit dir los?«

»Mit mir? Nichts. Aber ich möchte gern wissen, warum wir Susa verlassen haben und hierher gereist sind. In Persien haben wir wie die Fürsten gelebt. Wir waren reich, Parmenion. Was kann dieses Grenzland uns bieten? Die Macedonier werden niemals zu einer bedeutenden Macht aufsteigen. Was versprichst du dir hier? Was hast du hier zu gewinnen? Überall wirst du als der größte Feldherr der Welt betrachtet. Aber das genügt dir noch nicht, stimmt's? Du kannst der Herausforderung nicht widerstehen, eine Aufgabe zu lösen, die so gut wie unmöglich zu lösen ist.«

»Wahrscheinlich hast du recht. Aber ich hatte dir freigestellt, in Persien zu bleiben. Ich habe dich nicht gezwungen, mich zu begleiten, Mothac.«

Der Thebaner seufzte. »Glaubst du, Freundschaft hat keine Ketten? O doch – unsichtbare Ketten. Und das bedeutet, daß ich dir – und deinem Stolz – sogar hierher in die Wildnis folge, zu Barbaren.«

Parmenion streckte den Arm aus und legte dem Freund die Hand auf die Schulter. »Ich möchte mich entschuldigen, Mothac. Und es tut mir leid, wenn dieses Abenteuer nicht deine Zustimmung findet. Ehrlich gesagt, ich bin mir selbst nicht recht im klaren, warum ich hierher gereist bin. Wahrscheinlich liegt es daran, daß ich zur Hälfte Macedonier bin. Es ist das Land meiner Väter. Meine Ahnen haben für Macedonien gekämpft, haben ihr Blut dafür vergossen, sind dafür gestorben. Ich wollte ... mußte dieses Land einmal sehen. Aber was du gesagt hast, ist richtig. Ich weiß, daß man mich als großen General betrachtet, aber stimmt das wirklich? Ich habe immer nur gut ausgebildete Krieger ins Feld geführt, die dem Feind zumeist zahlenmäßig ebenbürtig waren. Hier in Macedonien aber liegt eine Herausforderung für mich, wie du schon richtig bemerkt hast. Die Illyrer sind hervorragend ausgebildete, disziplinierte Krieger. Die Thraker sind furchtlos und verwegen und haben ein riesiges Heer. Und die Olynthianer sind reich genug, die besten Söldner der Welt anzuwerben. Würde ich eine dieser Armeen zum Sieg führen – hätte ich mir meinen Ruhm dann ehrlich verdient? Nein. Aber bei den Macedoniern!« Er lächelte. »Da kann ich nicht wiederstehen, mein Freund.«

»Ich weiß«, sagte Mothac müde. »Ich hab's immer schon gewußt.«

»Daß wir nach Macedonien gehen?«

»Nein. Es ist nicht leicht in Worte zu kleiden.« Er schwieg für einen Moment, und seine grünen Augen waren auf Parmenions Gesicht gerichtet. Dann streckte er die Hand aus und drückte den Arm des Freundes. »Tief in meinem Innern glaube ich, daß du immer noch der Junge in Sparta bist – zur Hälfte Macedonier, zur Hälfte Spartaner. Ein Junge, der aller Welt beweisen will, was er kann. Und selbst wenn du hier Erfolg haben solltest – was ich bezweifle –, wirst du dich irgendwo einer anderen unlösbaren Aufgabe stellen. Und der dumme Mothac wird dich wieder begleiten. Na ja, für heute wünsche ich dir eine gute Nacht.« Und damit erhob sich der Thebaner und ging auf sein Zimmer.

Eine Zeitlang blieb Parmenion allein am Tisch sitzen, von tristen Gedanken erfüllt; dann schlenderte er durch die Gärten bis zur hohen Mauer. Er stieg die Treppe hinauf, lehnte sich auf die Brüstung und blickte nach Südwesten, in Richtung Thessalien.

Mothac hatte recht; das wußte er. In seinem Innern war er, der berühmte General Parmenion, der Junge aus Sparta geblieben, den alle Savra nannten – traurig und einsam, immer noch auf der Suche nach einer Heimat, nach Liebe und nach Glück. Er hatte gehofft, das alles in Persien zu finden, in Reichtum und Ruhm. Doch Ruhm war keine Antwort auf seine Fragen, und aller Wohlstand diente nur dazu, ihn noch schmerzhafter daran zu erinnern, was er sich für Geld *nicht* kaufen konnte.

Die Stadt lag im Dunkeln vor ihm, doch irgendwo dort draußen im Süden war Pelopidas gefallen, als er auf seiten der Thessalier gegen den Tyrannen von Pherae gekämpft hatte. Als der Feind von allen Seiten herangerückt war, hatte Pelopidas todesmütig das Zentrum des gegnerischen Heeres angegriffen und sich den Weg bis zum Tyrannen freigekämpft. Diese Attacke hatte der Schlacht die entscheidende Wende zugunsten der Thessalier gegeben, doch Pelopidas hatte bei dem Angriff sein Leben gelassen. Die siegreichen Thessalier hatten zu Ehren des toten Generals ihren Pferden die Mähnen und die Schweife gestutzt.

Parmenion schauderte. Er hatte Pelopidas für unverwundbar gehalten. »Aber jeder Mensch ist verwundbar«, flüsterte er. »Mögen die Götter deine Seele segnen, Pelopidas, auf daß du Freude und Frieden im himmlischen Saal der Helden findest.«

»Glaubst du, er bekommt, was du ihm wünschst?« fragte Philipp, der die Treppe hinaufgestiegen war und sich neben Parmenion an die Brüstung stellte.

Der ältere Mann seufzte. »Er hätte es verdient. Du hättest ihn bei Leuktra erleben sollen – wie der göttliche Ares hat er unter den Feinden gewütet und schließlich den Kriegskönig erschlagen.«

Philipp nickte. »Während du das Zentrum des feindlichen Heeres angegriffen und die Speerschleuderer und Bogenschützen vom Schlachtfeld verjagt hast. Es war dein Sieg, Parmenion – der erste von vielen in Kappadokien, Phrygien, Ägypten, Mesopotamien. Nie hast du eine Schlacht verloren. Wie kommt das?«

»Wahrscheinlich kämpfe ich wie zwanzig Löwen, mein König.«

»Ich habe diese Frage ernst gemeint, *strategos.*«

»Die Bauweise deiner Kaserne kann die Antwort darauf geben. Man braucht ein starkes Fundament, und die Mauern müssen tief in der Erde ruhen und fest gefügt sein. Ein Heer braucht viele Eigenschaften. Die wichtigste aber ist das Selbstvertrauen. Dazu bedarf es natürlich einer gründlichen Ausbildung und geschulter Offiziere – das ist das Fundament.«

»Und die Mauern?«

»Sind die *Hopliten,* mein König. Ohne gute Fußsoldaten kann kein Heer der Welt siegen.«

»Kannst du mir binnen eines Jahres ein Heer aufstellen?«

»Ja. Aber welche Ziele würdest du damit verfolgen?«

Philipp lachte leise. »Wir sind in einer schwierigen Lage, Parmenion, du und ich. Du bist Söldner, und das bedeutet, du kannst dich jederzeit auf Kotys' oder Bardylis' Seite schlagen. Ich kann dir also nicht alle meine Pläne anvertrauen. Und würde ich es tun, ginge ich die Gefahr ein, daß du aus meinen Diensten scheidest, bevor du sie angetreten hast. Wie kann man ein solches Problem lösen?«

»Sag mir, was du bis jetzt unternommen hast, eine Armee aufzubauen, mein König. Laß nichts aus. Auch nicht den Mord an deinem Stiefbruder.«

»Also gut«, erwiderte Philipp. Und dann berichtete der König fast eine Stunde über alle Schritte, die er bisher unternommen hatte, um eine Katastrophe für Macedonien abzuwenden: über seine Bemühungen, die Athener auf seine Seite zu ziehen; über sein Angebot an Bardylis; über seine Versprechen an Kotys in Thrakien. Als Philipp geendet hatte, musterte er Parmenions vom Mondschein fahl beleuchtetes Gesicht, doch er konnte keinen Ausdruck darin erkennen.

»Und das ist alles?« fragte Parmenion schließlich und blickte Philipp in die Augen.

Der König dachte kurz daran, ihn zu belügen, schüttelte dann aber den Kopf. »Nein, das ist nicht alles«, sagte er. »Vielleicht ist Kotys schon tot.« Er bemerkte, wie Parmenions Haltung sich entspannte.

»Kotys *ist* tot, mein König. Es bleibt aber immer noch der Thronanwärter Pausanias, der . . .«

». . . auch bald tot sein wird«, sagte Philipp, und seine Stimme war nurmehr ein Flüstern. »Mehr kann ich dir nicht sagen.«

»Wie groß muß das Heer sein, das ich in einem Jahr aufstellen soll?«

»Ich brauche zweitausend Reitersoldaten und zehntausend *Hopliten.«*

»Das ist unmöglich«, sagte Parmenion. »So viele Krieger könnte ich nicht gut genug ausbilden. Gib dich mit sechstausend Fußsoldaten zufrieden. Ein solches Heer wäre stark genug, um Bardylis anzugreifen. Wie sieht es mit der Staatskasse aus?«

»Sie ist so gut wie leer«, gab Philipp zu.

»Dann mußt du als erstes deinen Statthalter in Krousien abberufen und den Staatsschatz auffüllen. Du mußt Rüstungen und Waffen erwerben. In Phrygien werden gute Brustharnische aus gehärtetem Leder gefertigt, dick mit Leinen gepolstert – nicht so widerstandsfähig wie ein Bronzeharnisch, aber leichter. Auch die phrygischen Helme sind ausgezeichnet.«

»Das sind wertvolle Ratschläge, *strategos,* aber du hast mir immer noch nicht gesagt, ob du bleiben wirst.«

»Ich bleibe das eine Jahr, bis dein Heer steht und die Ausbildung der

Krieger abgeschlossen ist – so gut wie möglich. Danach ... werden wir sehen.«

Philipp ließ den Blick über die Stadt schweifen, in der jetzt ein Meer von Lampen brannte. »Für gewöhnlich ist der König derjenige, den man um etwas bittet, doch in unserem Fall ist es umgekehrt. Was hat dich zum Bleiben bewogen? Irgend etwas, das ich gesagt habe?«

»Du hast etwas *getan*, mein König.«

»Aber du wirst es mir nicht sagen, oder?«

»Ganz recht. Ich will dir jetzt sagen, was ich als erstes tun muß. Morgen möchte ich sämtliche Offiziere und all deine Freunde treffen, die sich in Pella aufhalten. Ich werde den Rang des obersten Feldherrn bekleiden und keinem Mann außer dir Rechenschaft ablegen müssen. Außerdem dulde ich keine Einmischung, was meine Ausbildungsmethoden betrifft – ob der Krieger ein Adeliger oder ein Bauer ist. Du wirst dich in Fragen der körperlichen Ertüchtigung und der taktischen Ausbildung voll und ganz hinter mich stellen. Bist du einverstanden?«

»Einverstanden. Aber was wird dein erster Schritt beim Aufbau des Heeres sein?« fragte Philipp.

»Die Aufstellung einer Eliteeinheit, der königlichen Garde. *Hopliten.* Fünfhundert Mann – die besten, die du hast.«

»Eine Truppe wie Thebens heilige Schar?«

»Besser«, sagte Parmenion. »Denn es sind macedonische Krieger!«

Als der Graben ausgehoben und das Fundament gelegt war, war die Aufgabe der Soldaten beendet, und die Handwerker – Steinmetze, Zimmerleute, Maurer – nahmen ihre Arbeit auf. Die Krieger saßen müßig um die Baustelle herum und würfelten, tranken und redeten über ihre baldige Heimkehr zu Frauen und Kindern. Dann aber machten Gerüchte die Runde: Der König plane einen Angriff auf Illyrien, um die besetzten macedonischen Gebiete zurückzuerobern; die Thebaner marschierten Richtung Pella und die Thraker zögen ein gewaltiges Heer zusammen.

Theo nahm kaum Notiz von diesen Geschichten. Ihn interessierten viel mehr die Geschehnisse, die sich in der Nähe der Hauptstadt abspielten, und er lauschte aufmerksam den Gerüchten, denen zufolge der hochgewachsene Spartaner die Ausbildung der Offiziere übernommen habe. Und tatsächlich hatten Theo und seine Kameraden – sehr zu ihrer Erheiterung – erst gestern einige Offiziere durch das Hügelland rennen sehen, mit schweißglänzenden Körpern und auf wackligen Beinen. Ja, dachte Theo grinsend, so ergeht es jedem, der daran gewöhnt ist, im Dienst und auf Feldzügen nur auf einem Pferderücken zu sitzen. Und der Spartaner war mit den Offizieren gerannt – er selbst vorneweg, mit leichten, langen Schritten, während die Macedonier schnaufend und keuchend hinter ihm her gewankt waren.

Doch bei aller Schadensfreude stellte Theo sich die Frage: Warum tun die hohen Herren das? Was ist der Grund?

Dann erschien ein Bote des Königs und rief hundert Freiwillige auf, die ab morgen an der Ausbildung teilnehmen sollten, die der Spartaner auf dem neu errichteten Übungsplatz leitete. Theo war der erste, der vortrat.

Am nächsten Morgen warf Theo eine Stunde nach Tagesanbruch die Schlafdecke zur Seite, erhob sich und stellte sich in der unmilitärisch schiefen Reihe der Männer auf, die dann zum Ausbildungsplatz marschierten, wo der Spartaner sie erwartete. Der Mann trug eine wollene Tunika, war aber unbewaffnet. Doch um ihn herum lagen Stapel von hölzernen Schilden und kurzen Knüppeln.

Als die Männer sich versammelt hatten, bedeutete der Spartaner ihnen, sich in einem Kreis um ihn hinzusetzen. Dann ließ er den Blick langsam in die Runde schweifen. »Wie lautet der wichtigste Grundsatz in einer Schlacht?« fragte er plötzlich, hob die Hand und zeigte dann auf den Mann, der links neben Theo saß.

»Zu siegen«, erwiderte der Mann.

»Falsch.« Der Finger schwenkte langsam herum, und Theo konnte die Unruhe spüren, die mit dem Finger rundum wanderte – und das Aufatmen, wenn der Finger weitergeschwenkt war. Schließlich ließ der Spartaner die Hand sinken. »Weiß keiner von euch die Antwort?«

Theo räusperte sich. »Die Schlacht nicht zu verlieren?« sagte er.

»Gut«, sagte der Spartaner. »Denkt mal einen Augenblick darüber nach.« Die blaßblauen Augen des Mannes musterten die Gesichter der vor ihm sitzenden Krieger. »Der Sieg in einer Schlacht ist ein launenhafter Geist, der über den feindlichen Heeren schwebt und niemals weiß, auf welcher Seite er sich niederlassen soll. Nehmen wir einmal an, ein Angriff der Reiterei hat die feindlichen Reihen durchbrochen und zwingt den König, zurückzuweichen. Hat er die Schlacht verloren? Noch nicht. Falls es den beiden Flügeln seiner Armee gelingt, sich hinter der feindlichen Reiterei zu vereinen, diese einzuschließen und sie ihrer Beweglichkeit zu berauben, kann er immer noch den Sieg davontragen. Doch wenn ihm dieses Flankenmanöver gelingt – hat er dann die Schlacht gewonnen? Nein. Nicht, wenn die eingeschlossene Reiterei dicht zusammenbleibt und ihren Angriff unbeirrt weiterführt; auf den feindlichen König zu, und dessen Gardesoldaten tötet! Warum hat Bardylis unsere Armee geschlagen?« Wieder hob sich der Finger und richtete sich auf einen Mann in einer der hintersten Reihen.

»Weil die Götter auf seiner Seite waren«, antwortete der Mann und erhielt lautstarke Zustimmung.

»Vielleicht«, sagte der Spartaner. »Aber aus meiner Erfahrung weiß ich, daß die Götter stets auf seiten der Klugen und Starken stehen. Ihr habt die Schlacht verloren, weil euer König – ein tapferer und entschlossener Mann – bei einem einzigen Angriff alles aufs Spiel gesetzt hat. War es ein Fehler, dann war es *sein* Fehler – dann war es *euer* Fehler!«

»Hätten die Spartaner es denn besser gekonnt?« rief ein Mann hinter Theo.

»Die Spartaner vielleicht nicht«, sagte Parmenion mit scharfer Stimme. »Aber *ihr* werdet es können. Der König hat mich gebeten, einen Trupp ausgewählter Krieger aufzustellen. Die Besten! Sie werden die königliche Garde bilden, und sie werden als Fußsoldaten kämpfen.«

»Wir sind Reiter«, sagte derselbe Mann wie vorhin. Theo warf einen Blick über die Schulter und erkannte Achillas.

»Das stimmt«, erwiderte der Spartaner, »und als solche werdet ihr einen Sold von fünfundzwanzig Drachmen bekommen. Aber die Männer, die ich suche, erhalten das Doppelte – fünfzig Drachmen im Monat. Diejenigen unter euch, die interessiert sind, sollen bleiben. Die anderen können sich wieder an ihre gewohnte Arbeit machen.«

Niemand rührte sich: Fünfzig Drachmen waren ein Vermögen. Und die Soldaten waren von Haus aus allesamt Kleinbauern und brauchten Geld für den Erwerb von Pferden, Stieren, Kühen oder Saatgut. Fünfzig Drachmen waren eine Summe, die man nicht so schnell ausschlug.

Der Spartaner erhob sich. »Aber laßt euch gesagt sein, daß ich von jeweils hundert Männern wahrscheinlich nur fünf bis zehn gebrauchen kann. Für diese Aufgabe muß der König die besten Leute haben. Steht auf.«

Als die Männer sich erhoben, öffnete Parmenion eine Schachtel, die er an die Hüfte geschnallt trug, und nahm eine kleine Gemme von der Größe eines Daumennagels heraus. Sie war aus Eisen. »Auf dieser Gemme ist die Keule des Herakles abgebildet. Wenn einer von euch sich fünf von diesen Gemmen erkämpft hat, gehört er zur Leibgarde des Königs. Zusätzlich zu jeder Gemme bekommt der Betreffende zehn Drachmen ausbezahlt. Die erste Gemme erhält der Sieger im Wettlauf. Zehn Runden um den Übungsplatz. Macht euch bereit.« Die Männer schnallten ihre Brustharnische ab. »Halt!« sagte Parmenion. »Legt einer von euch seine Rüstung ab, wenn er den Feind angreift? Ihr lauft, wie ihr seid. Nehmt Aufstellung.« Parmenion wartete, bis die Männer bereitstanden; dann rief er: »Los!«

Die Krieger schlugen ein mörderisches Tempo an, das aber schon nach einer Runde erheblich nachließ. Theo hatte sich in der Mitte der Führungsgruppe festgesetzt. Nach fünf Runden hatten die Läufer an der Spitze fast hundert Meter Vorsprung vor der ersten Verfolgergruppe, und in der siebenten Runde begannen die ersten Überrundungen. Theo erreichte das Ziel als fünfter und ließ sich erschöpft zu Boden fallen, während Achillas vortrat, um die Gemme in Empfang zu nehmen.

Der Spartaner wartete, bis alle Läufer das Ziel erreicht hatten.

»Jetzt nehmt die Schilde und die Schwerter«, befahl er dann. Die Waffen waren aus Holz, besaßen aber die gleiche Länge und das gleiche Gewicht wie die Kurzschwerter, die von den meisten *Hopliten* benutzt wurden. »Und nun zeigt mir, wie ihr zu kämpfen versteht«, sagte Parmenion. »Jeder von euch sucht sich einen Gegner. Dann stellt euch in zwei Reihen gegenüber auf. Ihr kämpft nur so lange, bis euer Gegner so vom Holzschwert getroffen wird, daß er außer Gefecht gesetzt oder getötet worden wäre, würde es sich um echte Waffen handeln. Dann nimmt der Sieger sich den nächsten Gegner vor, bis nur noch zwei unbesiegte Kämpfer übrig bleiben. Die Verlierer treten zurück und setzen sich auf die rechte Seite.«

Die Kämpfe dauerten länger als eine Stunde, und zum Schluß jubelten die Männer den letzten Kämpferpaaren zu, als sie einander umkreisten. Der hünenhafte Theo hatte die beiden ersten Gefechte gewonnen, war im dritten Kampf aber besiegt worden. Achillas hatte zwar die Runde der letzten vier erreicht, mußte sich dann aber Damoras geschlagen geben, der im Finale nun Petar gegenüberstand, einem Krieger, der aus Theos Heimat stammte, dem Norden Pelagoniens. Damoras war größer und stärker als Petar, doch dieser war schneller auf den Beinen, und er brachte schließlich den Siegtreffer an, als er Damoras das Holzschwert auf den Schädel schlug, so daß der Gegner ins Taumeln geriet. »Halt! Ein tödlicher Treffer!« rief Parmenion und brach den Kampf damit ab. Petar ließ Schild und Schwert zu Boden fallen und machte vor Freude einen Luftsprung, bevor er sich von Parmenion die Gemme holte und sie hochhielt, so daß seine Freunde sie sehen konnten.

»Und nun, meine Herren«, sagte Parmenion, »etwas zur Belustigung. Jeder bildet mit seinem ersten Gegner von vorhin ein Paar.« Während die Krieger mit müden Schritten Aufstellung nahmen, holte

Parmenion zwei Gemmen aus der Schachtel. »Ihr werdet jetzt fünf Runden um den Übungsplatz laufen und euren Partner auf dem Rücken tragen. Die Entscheidung, wer wen trägt, trifft jedes Paar für sich allein. Aber wer als erster durchs Ziel kommt, erhält eine Gemme, mag er nun von seinem Kameraden getragen worden sein oder ihn getragen haben.« Theos Partner war ein schlanker Krieger aus Lynkos. Weil Theo ein riesiger und kräftiger Mann war, hatten die beiden keine Siegeschance, sollte Theo sich tragen lassen. Also sprang der Schlanke auf Theos breiten Rücken.

»Auf die Plätze!« rief der Spartaner. »Los!«

Die fünfzig Paare starteten. Theo, der jetzt seine gewaltige Kraft ausspielen konnte, ging schnell in Führung, doch schon nach einer halben Stunde spürte er, wie ihm die Beine schwer wurden. Aber er biß die Zähne zusammen und kämpfte sich voran, obwohl mehrere Paare ihn bereits überholten. In der zweiten Runde mußte er gar stehenbleiben, und der schlanke Krieger nahm ihn auf die Schultern und versuchte tapfer, zu den Führenden aufzuschließen, doch unter Theos gewaltigem Gewicht geriet er ins Taumeln und stürzte zu Boden. Theo aber war inzwischen wieder zu Atem gekommen. Und er hatte erkannt, daß die Schwierigkeit darin bestand, die Beine des Partners beim Laufen hinter dem Rücken festzuhalten, um das Gleichgewicht halten zu können. Also packte er seinen Partner von vorn an den Beinen und lud ihn sich rücklings über die Schultern, so daß Kopf und Oberkörper hinunterbaumelten. Dann machte der hünenhafte, stiernackige Macedonier sich auf die Verfolgung der Führungsgruppe. Die Plätze noch einmal zu tauschen kam jetzt nicht mehr in Frage. Theo versuchte, eine gleichmäßige Geschwindigkeit zu halten, um soviel Kraft wie möglich für den Endspurt aufzusparen. In der vorletzten Runde schloß er immer näher zur Spitzengruppe auf; eingangs der letzte Runde lag er bereits an dritter Stelle. Dann geriet das an zweiter Position liegende Paar ins Straucheln und stürzte, so daß Theo nur noch Achillas und dessen Partner vor sich hatte.

Achillas schwanden die Kräfte, als er hörte, wie von hinten Theos stampfende Schritte immer näher kamen. Der Mann, den Achillas schleppte, warf einen raschen Blick über die Schulter und versuchte, seinen Partner durch laute Schreie anzufeuern; Achillas aber war mit den Kräften am Ende. Er ließ seinen Kameraden zu Boden gleiten und schwang sich auf dessen Rücken – und das waren genau die Momente die Theo gebraucht hatte. Mit einem gewaltigen Endspurt erreichten er und sein Partner mit zwei Körperlängen Vorsprung als erste das Ziel.

Parmenion trat vor, um den Siegern die Gemmen zu überreichen, doch der schlanke junge Krieger, den Theo durchs Ziel geschleppt hatte, lehnte die Auszeichnung ab.

»Ich habe den Preis nicht verdient«, sagte er.

»Wie heißt du, mein Freund?« fragte der Spartaner.

»Gaelan.«

»Was soll ich mit der Gemme tun, Gaelan?«

»Gib beide Gemmen Theo. Er hat die ganze Arbeit allein getan.«

»Was meinst du dazu?« fragte Parmenion den Hühnen.

Theo legte Gaelan den Arm um die Schultern. »Wir waren eine Mannschaft, er und ich.« Er nahm von Parmenion die zweite Gemme entgegen und drückte sie Gaelan in die Hand. »Wir haben als Mannschaft gewonnen, und darum wird der Preis geteilt.«

»Gut«, sagte der Spartaner. »Ein schöner Abschluß unserer morgendlichen Arbeit. Macht jetzt Pause und eßt und trinkt reichlich! In zwei Stunden seid ihr wieder hier. Dann werden die letzten Gemmen verteilt.«

Als Parmenion allein auf dem Übungsplatz saß, Wasser trank und eine einfache Mahlzeit aus Feigen, Brot und Käse zu sich nahm, kam der König mit zwei Offizieren zu ihm geritten.

»Wie geht es voran, *strategos?«* fragte Philipp.

Parmenion stand auf und verbeugte sich. »Es sind einige vielversprechende Krieger dabei«, sagte er. »Aber wir werden sehen.« Er trat hervor, tätschelte Philipps Pferd den Hals und die Brust und betrachtete das Tier. »Ein schönes Pferd – starke Lungen und kräftige Beine.«

»Der Sohn eines thrakischen Hengstes aus bester Zucht und einer edlen macedonischen Stute«, sagte Philipp und streichelte die Mähne des Tieres. »Aber es ist jung und muß noch viel lernen. Würdest du mir deinen Hengst verkaufen, Parmenion? Er wäre hervorragend zur Zucht geeignet.«

Parmenion lachte. »Nein, ich verkaufe ihn nicht. Aber du kannst ihn jederzeit zu deinen Stuten führen. Ich glaube, diese Art von Arbeit wird ihm gefallen.«

Philipp nickte grinsend. »Haben alle persischen Reitersoldaten so schöne Pferde?«

»Nein, mein König. Mein Hengst ist ein ganz besonderes Tier. Er stammt aus der Privatzucht des Großkönigs. Nur die Reiter seiner Garde besitzen ähnlich gute Pferde.«

»Und aus wieviel Mann besteht diese Garde?«

»Eintausend, mein König.«

Für einen Moment blickte Philipp betroffen drein; dann grinste er wieder und sagte: »Es wird Zeit für uns – wir möchten auf Jagd gehen. Auf bald, Parmenion.« Und damit wendeten er und die beiden Offiziere ihre Pferde, gaben ihnen die Zügel und preschten im Galopp vom Übungsplatz in Richtung der Wälder nördlich von Pella.

Parmenion beendete seine Mahlzeit und dachte über die morgendlichen Übungsstunden nach. Die Macedonier waren starke, zähe Männer und mit Eifer bei der Sache; dennoch spürte er ihr Mißtrauen ihm gegenüber. Es war eine schier übermenschliche Aufgabe, aus diesen und anderen Kriegern – allesamt Reitersoldaten! – binnen eines Jahres ein Heer von sechstausend *Hopliten* zu formen.

Eins nach dem anderen, Savra, beruhigte er sich und hob den Blick, als er die Männer auf den Übungsplatz zurückkommen sah. Sie setzten sich in einem großen Halbkreis um ihn herum und warteten auf seine Befehle.

»Ich möchte, daß ihr drei Generäle aus euren Reihen auswählt«, sagte Parmenion.

»Zu welchem Zweck?« fragte Achillas.

Parmenion lächelte. »Welchem Zweck soll ein General dienen? Eure drei Kameraden sollen ihre Männer in die Schlacht führen – hier auf dem Übungsplatz. Und jetzt wählt eure Generäle!«

Parmenion legte sich zurück, stützte sich auf die Ellbogen und beobachtete die Diskussion, merkte sich die Namen, die genannt wurden und studierte die Reaktion der vorgeschlagenen ›Generäle‹. Wie er nicht anders erwartet hatte, wurde Achillas' Name als erster genannt, doch die Streitgespräche wurden unvermindert heftig weitergeführt. Parmenion mischte sich nicht ein – selbst dann nicht, als es zu Handgreiflichkeiten zu kommen drohte.

Schließlich erhob sich Theo. »Hört auf!« brüllte er. Schweigen breitete sich aus. »Wir sitzen noch tagelang hier herum, wenn es so weitergeht. Es kann doch nicht so schwer sein, drei Mann zu bestimmen, wie der *strategos* es gewünscht hat! Alle, die für Achillas stimmen, heben die Hand.« Zwei Drittel der Männer folgten Theos Aufforderung. »Also ist Achillas der erste«, sagte Theo. »Weiter. Viele von euch haben den Namen Petar genannt. Wer stimmt für ihn?« Diesmal fiel das Ergebnis knapper aus, und Theo zählte die erhobenen Hände rasch durch, bevor er Petar zum zweiten General ernannte. »So, und wer soll der dritte sein?« fragte der schwarzbärtige Hüne.

»Du«, sagte Parmenion. »Ich ernenne dich hiermit zum dritten General – und zwar ohne Abstimmung. Die drei Feldherren sollen vortreten!« Parmenion erhob sich und nahm mit Achillas, Petar und Theo vor den Männern Aufstellung. »Jetzt werdet ihr abwechselnd jeweils einen Krieger aufrufen«, sagte er zu den drei ›Generälen‹, »bis eure Heere vollständig sind. Immer nur einen Mann, so daß sich keiner benachteiligt fühlen kann. Jeder von euch dreien wird fünfundzwanzig Kameraden aufrufen. Achillas, du fängst an.«

Parmenion trat zurück, setzte sich wieder und beobachtete. Die zuerst aufgerufenen Krieger reckten die Hand hoch, erhoben sich und nahmen unter dem Beifall der anderen hinter ihrem jeweiligen General Aufstellung. Doch je mehr Krieger aufgerufen wurden, desto größer wurde die Unruhe unter den Wartenden, denn niemand wollte übrig bleiben und als schlechter Soldat gelten. Die Spannung wuchs immer mehr. Als der letzte Mann aufgerufen war, wandte Parmenion sich an die Generäle. »Dort drüben, unter den Bäumen, liegen Schilde und Waffen bereit. Los, wappnet euch!« Nachdem die drei ›Heere‹ sich in Marsch gesetzt hatten, stand Parmenion auf und trat vor die übrig gebliebenen zweiundzwanzig Krieger.

»Es gibt kein schlimmeres Gefühl als das, was ihr jetzt empfindet«, sagte er zu den Männern. »Als ich noch in Sparta zu Hause war, als junger Mann, haben viele Spiele auf diese Weise begonnen. Und immer wurde ich als letzter aufgerufen – oder gar nicht. Man kann sich in dieser Situation natürlich einreden, daß man ungerecht behandelt wurde oder daß die Auswählenden die falsche Wahl getroffen haben.« Er ließ den Blick über die Gesichter schweifen. »Aber das ist sinnlos, denn letztendlich müssen wir uns ja doch damit abfinden, daß unsere Kameraden sich für andere entschieden haben. Einige von euch sind wahrscheinlich deshalb nicht gewählt worden, weil sie kleiner oder schwächer als ihre Freunde sind. Andere mögen noch hier sitzen, weil keiner der drei Generäle sie leiden kann, aus welchen Gründen auch immer. Aber das spielt keine Rolle. Ich bin der vierte General, euer General, für diese ... Probe. Wir werden uns mit den anderen messen und feststellen, ob sie wirklich die richtige Wahl getroffen haben. Und jetzt folgt mir.«

Er führte seine niedergeschlagene Gruppe dorthin, wo die anderen bereits warteten. »Meine Herren, dies wird jetzt eure erste Schlacht als *Hopliten*-Einheiten sein. Die Regeln sind einfach. Jede Einheit hat einen General. Das Ziel jeder Truppe besteht darin, den feindlichen Feldherrn zu töten oder gefangenzunehmen, und dieses Ziel ist erreicht, sobald ein Krieger einen der gegnerischen Generäle berührt. Habt ihr das alle begriffen? Gut. Achillas, du führst deine Truppe zum südlichen Ende des Übungsplatzes. Theo, du nimmst mit deinen Männern im Westen Aufstellung und du, Petar, im Osten. Sobald ich das Zeichen gebe, marschiert ihr voran – gegen irgendeine der anderen Truppen. Ich beziehe mit meinen Kriegern den nördlichen Teil des Platzes. Noch eine letzte Sache: Es werden zwei Gemmen vergeben. Eine geht an den General des siegreichen Heeres. Die zweite vergibt dieser General selbst, und zwar an den Krieger, von dem er meint, daß er am wertvollsten für den Sieg gewesen ist. Generäle, bezieht eure Stellungen!«

Die Gruppen marschierten auseinander, bewaffnet mit Schilden und Holzschwertern. Parmenion wandte sich an seine Männer, die geduldig hinter ihm gewartet hatten. »Schaut euch die Waffen an«, sagte er. Es lagen noch genug Schilde und Holzschwerter unter den Bäumen, doch ein Stück dahinter befand sich ein unordentlicher Stapel zehn Fuß langer Holzspeere.

Am westlichen Rand des Übungsplatzes rief Theo seine Männer zusammen. »Die gefährlichste Gruppe ist die von Achillas«, sagte er den Kriegern. »Aber er ist Petars Leuten näher als uns. Also werden wir langsam über den Platz marschieren, so daß die beiden Gruppen sich getroffen haben, bevor wir heran sind, und sich gegenseitig aufreiben. Wir halten uns im Kampf zurück und greifen den geschwächten Sieger an.«

»Und was ist mit dem Spartaner?« fragte Gaelan.

»Du hast doch gesehen, daß er die schwächste Truppe befehligt«, erwiderte Theo. »Aber wir werden ein Auge auf ihn halten. Ich glaube, auch er wird erst einmal abwarten.«

Tatsächlich griff Achillas' Armee ungestüm an und stürmte geradewegs auf Petars Männer los, wie Theo vermutet hatte. Mit lautem Gebrüll prallten die ›feindlichen‹ Heere aufeinander, und Holzschwerter sausten auf Schilde und Schädel nieder. Einem von Petars Männern gelang der Durchbruch, und er rannte auf Achillas zu, der jedoch zur Seite sprang und den Gegner mit einem Schlag ans Kinn ins Land der Träume schickte. Schließlich war es Petar, der nach einem Hagel von Schlägen zu Boden ging. Nun sah Theo seine Stunde gekommen. Mit lautem Gebrüll schickte er seine Männer vor, die Achillas von hinten attackierten. Der General suchte sein Heil in der Flucht und wollte hinter den seinen ›Überlebenden‹ in Deckung gehen, doch Theo sprang vor und rammte ihn mit dem Schild zu Boden.

»Der Spartaner!« rief Gaelan. Theo warf sich herum.

»Rückzug!« befahl er seinen Kriegern, die sich aus dem Gewühl befreiten, sich hinter den beiden geschlagenen Gruppen formierten und mit dicht aneinander gehaltenen Schilden beobachteten, wie der Spartaner herankam. Auch Parmenions Gruppe rückte in geschlossener Formation vor.

»Sollen wir sie angreifen?« fragte Gaelan.

»Nein! Wir warten!« erwiderte Theo.

Die geschlagenen Generäle Achillas und Petar und ihre Männer setzten sich und beobachteten die ›Entscheidungsschlacht‹. Plötzlich stürmten die Krieger des Spartaners mit weit vorgestreckten Holzspeeren los. Die Krieger von Theos vorderer Verteidigungslinie wurden von den Beinen gerissen. »Zurück!« brüllte Theo. »Zurück!« Die Männer warfen sich herum und rannten zum südlichen Ende des Übungsplatzes. Dort bezog Theos arg geschrumpftes Heer rasch die Verteidigungsstellung, da die spartanische Formation schon wieder heranrückte. Hastig legte Theo Gaelan und den anderen seinen Schlachtplan dar. Dann warteten sie hinter ihrem Wall aus Schilden. Wieder stürmte die spartanische Armee voran, und wieder ging Theos vordere Verteidigungslinie zu Boden. Der Feind stürmte über die Gefallenen hinweg und nahm Theo ins Visier, der sich ganz nach hinten zurückgezogen hatte.

Plötzlich tauchte Gaelan inmitten des spartanischen Gevierts hinter seinem Schild auf und berührte Parmenion mit dem Holzschwert an der Schulter. »Der General ist tot!« rief er triumphierend.

Die geschlagenen Truppen Achillas' und Petars brachen in Jubelstürme aus, und Parmenion packte Gaelans Arm und hielt ihn in die Höhe. Dann rief er sämtliche Krieger zusammen und führte sie wieder zum nördlichen Teil des Übungsplatzes.

»Heute nachmittag«, sagte er, als alle Platz genommen hatten, »habt ihr die wichtigsten Probleme kennengelernt, denen Fußsoldaten sich gegenübersehen. Petar, du hast erlebt, was bei einem unerwarteten Angriff geschieht: Der bloße Vorwärtsschwung des Feindes kann so wuchtig sein, daß er einen Keil in das Zentrum deines Heeres treibt. Achillas, du und deine Männer, ihr seid einem doppelten Umfassungsangriff zum Opfer gefallen, denn während du noch mit Petars Heer gekämpft hast, bist du von der Seite attackiert worden. Und obwohl du, Theo, der Sieger bist, hast du gesehen, was passiert, wenn ein Feind besser bewaffnet ist – der Speer ist nun einmal viel länger als das Schwert und hat eine höhere Durchschlagskraft. Dein Schlachtplan war gut, und ich möchte ihn nicht herabsetzen – im Gegenteil, ich werde daraus lernen. Aber bei einer richtigen Schlacht wäre deine Armee zerschmettert worden, auch wenn du vielleicht den feindlichen General getötet hättest. Und du selbst hättest dein Leben gelassen.«

Er überreichte die zwei Gemmen und beobachtete erfreut, wie Theo eine davon an Gaelan weitergab.

»Heute abend werden diejenigen, die eine Gemme gewonnen haben, ihre zehn Drachmen Siegprämie bekommen. Und jetzt, Männer, zurück zum Dienst. Nur die Generäle bleiben hier.«

Nachdem die Männer gegangen waren, setzten sich Theo, Achillas und Petar zu Parmenion. »Morgen«, sagte der Spartaner, »werde ich nach Süden reiten, nach Aigai, um mit der Ausbildung der dort wohnenden Krieger zu beginnen. Ich werde eine Woche fort sein. In dieser Zeit werdet ihr mit den Männern jeden Tag hierher auf den Platz kommen. Laßt sie Laufübungen machen und Scheinschlachten schlagen, und reicht den Siegern die Gemmen. Einer von euch dreien wird den Oberbefehl führen; die beiden anderen sind seine Unteroffiziere. Für eure Dienste bekommt ihr eine Drachme pro Tag zusätzlich.«

»Wer soll den Oberbefehl führen?« fragte Achillas.

»Wen würdest du denn vorschlagen?«

»Mich selbst«, sagte Achillas.

»Und an zweiter Stelle?«

»Theo.«

Parmenion wandte sich an Petar. »Und für wen – außer für dich selbst – stimmst du?«

»Für Theo«, erwiderte der blondbärtige Krieger.

»Bevor du mich jetzt fragst«, sagte Theo, »muß ich dir sagen, daß ich keine Wahl treffen möchte. Achillas ist ein alter Freund von mir und zudem ein Krieger, den ich achte. Petar ist ein hervorragender Soldat, aber ich kenne ihn nicht gut genug. Ich habe das Gefühl, daß meine Stimme den Ausschlag geben würde. Aber weil ich weiß, daß dies ungerecht wäre, will ich mich der Stimme enthalten. Du bist der *strategos.* Wir alle sind Fremde für dich. Du hast uns laufen und kämpfen sehen, und du hast dir gewiß schon ein Urteil über uns gebildet. Also triff du die Entscheidung, Parmenion.«

»Du hast deine Sache gut vorgebracht«, sagte Parmenion, »nur solltest du dich nicht über die Ungerechtigkeiten des Lebens beklagen. Das Leben verteilt Glück und Unglück, ohne daß wir Einfluß darauf nehmen können. Ich glaube, daß jeder von euch dreien die Fähigkeit hat, Menschen zu führen, aber jetzt und hier möchte ich kein Urteil darüber fällen, wer der Beste von euch ist. Jeder von euch hat Mut, Kraft und Verstand, jeder ist ein guter Schwertkämpfer und hat bei unserem Wettstreit die Achtung der Kameraden gewonnen. Also möchte ich euch bitten, die Entscheidung, wer die Übungen leiten soll, unter euch dreien auszumachen.«

Die Männer blickten einander an, doch es war Achillas, der sich als erster zu Wort meldete.

»Ich stimme für Theo«, sagte er. Petar nickte zustimmend.

»So ist es«, sagte Parmenion. »Ich danke euch. Komm mit, Theo. Laß uns ein Stück spazierengehen, damit ich dir die Einzelheiten des Übungsplans erklären kann.«

»Was Bardylis verlangt, ist eine Unverschämtheit!« Attalos tobte vor Wut. »Zwanzig Mann! Wie kann ein König mit nur zwanzig Mann in ein feindliches Land reisen?« Zustimmendes Gemurmel erhob sich aus den Reihen der Offiziere, die sich in Philipps Thronsaal versammelt hatten.

»Was sagst du dazu, Parmenion?« fragte der König.

»Bardylis ist der Sieger. Er hat das macedonische Heer zerschlagen. Er möchte, daß alle Welt sieht, daß du als Bittsteller zu ihm kommst und nicht als König.«

»Und was rätst du mir?«

»Tu, was er verlangt«, erwiderte Parmenion.

»Welchen Rat kann man von einem Spartaner schon anders erwarten?« stieß Attalos verächtlich hervor. Parmenion lächelte und schüttelte den Kopf, während Philipp Attalos mit einer Handbewegung zu schweigen gebot.

»Dann sag uns, welchen Nutzen ich selbst habe, wenn ich Bardylis' Aufforderung folge«, wandte Philipp sich wieder an Parmenion.

»Es spielt keine Rolle, ob alle Welt deine Reise belächelt. Im Gegenteil – man wird es als Zeichen von Schwäche betrachten, und es ist besser für Macedonien, wenn es . . . verletzlich erscheint. Wir brauchen vor allem Zeit. Im nächsten Jahr verfügen wir über ein Heer, das dem König Bardylis' ebenbürtig ist. Und noch ein Jahr darauf wird ganz Griechenland dich um dieses Heer beneiden.«

»Aber was ist mit dem Stolz und der Ehre des Königs, wenn er diese schändliche Reise unternimmt?« fragte Nikanor.

»So ist nun mal das Spiel der Könige, junger Mann«, antwortete Parmenion. »Diesmal muß Philipp für die Niederlage seines Bruders büßen. Aber bald werden die anderen für diese Demütigung bezahlen müssen.«

»Wie ist deine Meinung, Antipatros?« fragte Philipp. »Du bist so schweigsam.«

»Es gibt auch nicht viel zu sagen, Herr. Ich bin mit Attalos einer Meinung. Die ganze Sache ist nicht nach meinem Geschmack . . . dennoch wird dir nichts anderes übrig bleiben, als diese Reise anzutreten, sonst wird nichts aus deiner Heirat mit Bardylis' Tochter. Und wenn du sie nicht heiratest, wird Bardylis Macedonien erobern.«

Philipp lehnte sich auf die Liege zurück und musterte die vier Männer. So verschieden sie auch waren – jeder von ihnen verfügte über mindestens eine herausragende Eigenschaft. Der kaltäugige Attalos, zum Beispiel, war gewissenlos und brutal; er würde bedenkenlos jeden Menschen töten, sofern es seiner Karriere förderlich war. Nikanor hingegen war edel: außergewöhnlich tapfer und dem König geradezu hündisch ergeben. Er würde bis in den Hades reiten, wenn Philipp es ihm befahl. Und Antipatros: ein nüchterner, kühler Verstandesmensch und ein vom Heer hochgeachteter Krieger.

Und schließlich Parmenion, der Macedonien in wenigen Wochen einen Gutteil seines Stolzes und seiner Moral zurückgegeben hatte und der es wie kein zweiter verstand, ein Heer aufzustellen und den Männern ein Gefühl des Stolzes und der Kameradschaft zu vermitteln.

Diese vier Männer waren auch äußerlich sehr verschieden: Attalos war hager, hohlwangig und hatte ein Raubvogelgesicht; seine Zähne standen weit vor, was seinem Kopf das Aussehen eines Totenschädels verlieh, über den hastig Fleisch und Haut gespannt worden waren. Nikanor hingegen hatte beinahe feminine Gesichtszüge; er war hübsch, und in seinen Augen lagen Offenheit und Ehrlichkeit. Antipatros wiederum wirkte düster mit seinem schwarzen Bart, der wie ein Leopardenfell glänzte, und den dunklen, stechenden Augen, die mehr widerspiegelten als seine Miene. Und schließlich Parmenion, schlank und hochgewachsen; er sah jünger aus als seine zweiundvierzig Jahre, und in seinen blaßblauen Augen lagen Erfahrung, Wissen und Menschenkenntnis.

Auf euch vieren werde ich das neue Macedonien bauen, dachte Philipp. »Wir werden nur vier Reiter nehmen«, sagte er unvermittelt. »Diese vier Mann werden sich mit mir auf den Weg nach Illyrien machen und meine Braut abholen.«

»Mit Verlaub – das ist bodenloser Leichtsinn, mein König!« protestierte Attalos. »Auf dem Weg lauern Räuber, Ausgestoßene, Wegelagerer.«

»Wir werden nicht die ganze Strecke allein reiten«, versicherte Philipp ihm. »Nur die letzten paar Meilen auf illyrischem Gebiet. Dort wird man uns erwarten.«

»Aber warum nur vier Mann, Herr?« fragte Nikanor.

Der König bedachte ihn mit einem kühlen Lächeln. »Weil ich nur vier Reiter *nehmen* werde. Kein Mensch, nicht einmal Bardylis, kann Philipp vorschreiben, wie viele Begleiter er haben darf.«

Nach dem Treffen schlenderte Philipp mit Parmenion durch die Palastgärten. »Wie geht es mit der Ausbildung voran, *strategos?*«

»Besser als ich zu hoffen wagte, mein König. Bis die neuen Rüstungen aus Phrygien eintreffen, werde ich mit den Kriegern allerdings nur einfache Übungen machen können – Wettläufe, Einzelkampf und ein paar grundlegende Formationsmanöver. Aber es ist erfreulich, wie begeistert die Männer bei der Sache sind und wie schnell und bereitwillig sie Neues erlernen. Ich habe bereits einige Unteroffiziere ausgewählt.«

»Sehr gut.« Philipp nickte. Die beiden Männer gelangten in einen stillen, abgelegenen Bereich im hinteren Teil der Gärten und setzten sich in den Schatten einer hohen Mauer. »Ich weiß, daß es leichter für dich wäre, Parmenion, wenn wir sämtliche Krieger an einem Ort zusammenziehen könnten. Aber du weißt ja, warum mir das nicht möglich ist. Wenn sich herumspricht, daß ich ein Heer aufstelle, wird Bardylis unverzüglich einmarschieren.«

»Aber nur, wenn er sich als Angriffsziel deines Heeres betrachtet«, stellte Parmenion klar. »Wenn du dich mit ihm triffst, dann sag ihm, daß du ein Heer aufstellst, um gegen die Paioner zu Felde zu ziehen, weil du ihre dauernden räuberischen Einfälle auf macedonisches Gebiet nicht mehr duldest.«

»Du kennst Bardylis nicht. Er ist der gerissenste alte Wolf in ganz Griechenland. Er muß jetzt um die Achtzig sein – nicht einmal die Göttin des Todes scheint den Mut aufzubringen, ihn in den Hades zu holen.«

»Wie stark ist sein Rückhalt beim illyrischen Volk und beim Heer?«

»Ziemlich stark«, erwiderte Philipp. »Es gibt drei große illyrische Volksstämme, aber der mit Abstand mächtigste sind die Dardanoi, zu denen auch Bardylis gehört. Und sein Heer ist sehr gut ausgebildet und diszipliniert. Und, was noch schlimmer ist, es ist sieggewohnt! Das illyrische Heer gehört zu den stärksten der Welt.«

»Wir werden sehen«, sagte Parmenion.

Philipp erhob sich. »Ich reite jetzt in den Osten nach Kreusien. Die Goldlieferungen kommen wieder in Gang – aber nur langsam. Während ich fort bin, bist du für das Heer verantwortlich. Alle Berichte, Depeschen und so weiter gehen an dich.«

»Wie lange wirst du fort sein?«

»Höchstens zwei Wochen. Dann machen wir uns auf den Weg nach Illyrien – und zu meiner Hochzeit.«

Philipp ließ sich von zweihundert Kriegern begleiten, als er nach Nordosten zog, in Richtung der aufragenden Kerkine-Berge nördlich von Kreusien. Er hatte die Minen nie zuvor gesehen, und auch den Statthalter, Elyphion, kannte er nicht. Aber die Berichte über diesen Mann waren alles andere als vielversprechend: Er hatte enge Beziehungen zu Kotys, dem verstorbenen König der Thraker, und er war ein Vetter zweiten Grades von Pausanias, dem ermordeten Thronanwärter. Dennoch war Philipp bereit, Elyphion diese Bindungen nicht anzukreiden, falls der Statthalter sich fest auf die Seite des Königs stellte.

Die Männer durchquerten den Axios, ritten über die weite Ebene von Emanthia und kamen durch ungezählte Kleinstädte und Dörfer, durch dichte Wälder und einsames Hügelland. Hier gab es reichlich Wild, und die Krieger entdeckten die Spuren von Bären, Löwen, Wildschweinen und Rotwild. Angeblich gab es höher im Norden Panther mit schwarzem Fell, aber seit hundert Jahren hatte niemand mehr ein solches Tier zu Gesicht bekommen.

Am dritten Tag, kurz vor Anbruch der Dämmerung, führte Philipp seinen Trupp auf einen hohen Hügel. Die Männer erreichten den höchsten Punkt, als die Sonne hinter den gezackten Gipfeln des Bermion im Westen unterging. Im Zenit war der Himmel mit wattigen Wolken bedeckt, doch der ferne Horizont erstrahlte in einer Lichterflut aus Rot- und Lilatönen. Philipp zügelte sein Pferd, beschirmte die Augen mit der Hand und blickte nach Westen über die wogenden Wiesen hinweg, die schwarzen Wälder und die schroffen Berge.

»Warum machen wir halt, mein König?« fragte Nikanor, doch Philipp gab ihm keine Antwort, sondern ließ den Blick nach Osten schweifen, über die stolzen, schlanken Gipfel des Messapion, hinter dem das gewaltige Massiv des Kerikine-Gebirges aufragte: steinerne Giganten mit Bärten aus Schnee und Gewändern aus dunklen Wäldern.

Die Männer scharten sich um den König und warteten. Philipp stieg vom Pferd und ging zu Fuß zum steil abfallenden Rand des Hügels. Der kalte Abendwind ließ seinen Umhang flattern, zerrte in seinem Haar, und seine Arme fröstelten, doch die Erhabenheit der Landschaft erfüllte ihn mit Ehrfurcht und Staunen, und der rot flammende Himmel verzauberte ihn.

Nikanor trat an die Seite des Königs und legte ihm die Hand auf die Schulter. »Was ist, Philipp?« fragte er leise.

»Sieh doch nur, mein Freund«, sagte Philipp. »Wenn unsere Gebirge schon längst zu Staub zerfallen sind, wird es das hier noch immer geben . . . die Wälder und Berge, die Ebenen und Hügel.«

»Das alles ist dein. Alles, was du siehst, gehört dir – denn es ist Macedonien.«

»Nein. Das ist Unsinn. Ich bin der Verwalter, mehr nicht. Aber das genügt mir, Nikanor. Es ist ein stolzes Land. Ich kann es spüren, bis in mein Innerstes. Und niemand wird dieses Land erobern, solange ich lebe.«

Er ging zurück zu den anderen, packte die Mähne seines Pferdes und schwang sich auf den Rücken des Tieres. »Weiter!« rief er.

Nach sechs Tagen gelangten die Männer an die hügeligen Ausläufer des Berges Messapion. Dort schlugen sie in einer von Bäumen umstandenen Senke ihr Lager auf.

»Erzähl mir noch mehr vom Statthalter Elyphion«, sagte Philipp zu Attalos. »Ich will vorbereitet sein, wenn ich ihn morgen treffe.«

Attalos streifte seinen Umhang ab und breitete ihn neben dem Lagerfeuer aus. »Elyphion ist dick. Fett wie ein Eber. Er kleidet sich immer in Blau. Er hat drei Frauen, vergnügt sich aber meist mit hübschen Sklavenjungen. Elyphion ist seit elf Jahren Statthalter und wohnt in einem Palast, der es an Pracht und Größe mit jedem anderen in Macedonien aufnehmen kann – deinen eingeschlossen. Er sammelt Statuen und Kunstgegenstände; die meisten kommen aus Persien.«

Philipp schüttelte den Kopf. »Meine Goldreserven gehen zur Neige, und der Mann läßt sich einen Palast bauen und sammelt Kunstwerke! Ich glaube, ich lerne Elyphion so langsam besser kennen. Wie steht es mit den Minen? Bringen sie gute Erträge?«

»Woher soll ich das wissen, mein König? Ich habe noch nie eine gesehen.«

»Morgen wirst du's«, erwiderte Philipp.

»Das sind ja phantastische Aussichten«, murmelte Attalos. Philipp lächelte und klopfte ihm auf die Schulter.

»Interessiert es dich nicht, woher unser Gold kommt?«

»Nein«, gab Attalos zu. »Hauptsache, *daß* es kommt.«

»Und du, Nikanor? Möchtest du die Minen besichtigen?«

»Wenn du es befiehlst, mein König. Aber was kann es da schon groß zu sehen geben? Männer, die sich wie Maulwürfe durch den Boden wühlen. Dunkelheit und üble Gerüche. Je tiefer die Bergleute graben, habe ich mir sagen lassen, desto größer ist die Gefahr, daß die Stollen einstürzen. Ich möchte aber erst nach meinem Tod beerdigt werden, nicht schon vorher.«

Philipp schüttelte den Kopf. »Dann gebe ich dir für den Tag frei, um die schönen Seiten des Lebens in Krousien zu genießen – so es denn welche gibt. Antipatros wird mich begleiten.«

»Welche Ehre für den guten Antipatros«, spottete Attalos.

»Es ist immer eine Ehre, den König zu begleiten«, sagte Antipatros, ließ sich seinen Zorn aber nicht anmerken. Doch seine dunklen Augen blieben auf Attalos gerichtet.

»Du kannst mich nicht leiden, stimmt's?« sagte Attalos, setzte sich auf und erwiderte den starren Blick des hohen Offiziers.

»Ich weiß gar nicht, ob ich dich leiden kann oder nicht«, erwiderte Antipatros. »Du interessierst mich nämlich viel zu wenig, als daß ich einen Gedanken an dich verschwende.«

»Nimm dich in acht, Soldat!« stieß Attalos mit scharfer Stimme hervor. »Es ist gefährlich, mich zum Feind zu haben.«

»Hört auf, ihr beiden!« rief Philipp zornig. »Haben wir nicht schon Probleme genug? Wenn Macedonien befreit ist, dann werde ich euch vielleicht erlauben, eure Feindschaft . . . offen auszutragen. Vielleicht. Aber bis dahin bleibt friedlich! Sollte einer von euch den anderen im Kampf töten, lasse ich den Sieger hinrichten Wenn ihr schon um meinetwillen keine Freunde sein könnt, dann duldet einander wenigstens. Habt ihr verstanden?«

»Ich suche keine Feindschaft, mein König«, murmelte Attalos.

»Ich auch nicht«, sagte Antipatros.

Philipp wickelte sich in seine Decken, legte den Kopf auf die zusammengefaltete Schabracke aus Leopardenfell und blickte zu den funkelnden Sternen hinauf – so fern, so weit weg von allen Nöten und Sorgen dieser Welt. Er schloß die Augen und fiel in einen leichten Schlaf.

Er ging unter der silbernen Scheibe des Mondes über einen grasbewachsenen Hügelhang, als er die Frau entdeckte, die unter einer großen Eiche mit ausladenden Ästen saß. Er blickte sich um und stellte überrascht fest, daß er allein war. Als er sich der Frau näherte und sich vor ihr verbeugte, hob sie den Kopf und schlug die dunkle Kapuze zurück. Ihr Gesicht war bleich und wunderschön, ihre Augen dunkel und dennoch strahlend hell.

»Willkommen, großer König«, flüsterte sie. Er setzte sich neben sie.

»Ich bin kein großer Mann, Fremde. Aber ein König.«

»Du wirst Größe erlangen – dies ist das Versprechen der Aida; die Götter haben es so beschlossen. Aber etwas Bestimmtes brauchst du noch, Philipp. Einen Talisman. Du mußt ihn dir aneignen.«

»Wo finde ich ihn?«

»Er wird dich finden. Da, schau!« Sie wies den Hügel hinunter auf einen kleinen Fluß, der im Mondlicht schimmerte. Am Ufer saß eine zweite Frau. »Geh zu ihr – und erlebe die Freuden des Universums.«

Philipp öffnete den Mund, um eine Frage zu stellen, doch die Frau verschwand wie ein Schatten im Sonnenlicht. Er erhob sich und ging den Hang bis zum Fluß hinunter. Die Frau war gerade dem Mädchenalter entwachsen. Sie war schlank, und ihre Brüste waren klein und wohlgeformt. Sie hatte rotes Haar, so rot wie Feuerschein, und ihre Augen hatten das Grün von Smaragden. Als er sich neben sie kniete, streckte sie die Hand aus und streichelte ihm über den Bart; dann wanderte die Hand tiefer, streichelte seine Brust, seinen Leib. Er bemerkte, daß er nackt war, wie auch die junge Frau, und Erregung stieg in ihm auf. Er nahm ihre Schultern und zog sie zu sich hinunter ins Gras, küßte ihr Gesicht, ihren Hals, und streichelte sie zärtlich zwischen den Beinen. Er konnte spüren, wie sein Herz schneller schlug.

»Liebe mich!« flüsterte sie. »Liebe mich!«

Er drang in sie ein, und das Gefühl war überwältigend; ein nicht endender Orgasmus, eine Leidenschaft, deren Flammen immer höher schlugen. Er spürte, wie sie unter ihm erbebte, wie sie sich wand vor Lust, stöhnend, schreiend. Er wollte sich aus ihr zurückziehen, doch sie hielt ihn fest, streichelte ihn mit schlanken, zärtlichen Fingern, küßte ihn mit weichen Lippen. Schließlich gab sie ihn frei, und er stöhnte vor Wonne und legte sich neben sie, und das Mädchen schmiegte den Kopf an seine Schulter.

»Wer bist du?« fragte er. »Ich muß es wissen. Ich muß dich haben.«

»Du wirst mich wiedersehen, Philipp. Ich werde ein Kind mit dir haben, den Sohn eines Königs.«

»Wo kann ich dich finden?«

»Noch ist die Zeit nicht reif. Ich werde dich in zwei Jahren treffen, vom heutigen Tag an gerechnet. Auf der Insel der Mysterien. Dort werden wir Hochzeit feiern; dort werde ich deinen Sohn empfangen.«

»Dein Name! Sag mir deinen Namen!«

»Sag mir deinen Namen!« rief Philipp.

»Was ist, Herr?« fragte Nikanor und kam rasch zum König herüber. Philipp schlug die Augen auf und sah den Sternenhimmel; ein funkelndes Lichtermeer am dunklen Firmament.

»Es war ein Traum«, flüsterte er. »Ein Geschenk der Götter.«

Philipp fand in dieser Nacht keinen Schlaf mehr und verbrachte die langen, dunklen Stunden damit, die Bilder aus seinem Traum wieder und wieder zum Leben zu erwecken. In genau zwei Jahren, hatte die Frau gesagt, würde sie auf der Insel der Mysterien sein.

Samothrake.

Er war noch nie dort gewesen – und hatte auch nie den Wunsch gehabt, dorthin zu reisen. Jetzt aber, das wußte er, konnte ihn nur der

Tod davon abhalten, in zwei Jahren diese Reise anzutreten, um diese Frau zu treffen.

Kurz nach Tagesanbruch weckte er die anderen, und der Trupp ritt hinunter ins Tal der Minen. Krousien war ein kleiner Ort mit weniger als tausend Einwohnern, doch der Palast des Elyphion überstrahlte die ärmliche Stadt mit seiner Pracht: den weißen Säulen, den eleganten Standbildern und dem steilen, hohen Giebel mit seinem wundervollen Relief, das die Szene zeigte, wie die Göttin Athene der Stirn ihres Vaters Zeus entsprang.

Vor dem Palast zügelten die zweihundert ihre Pferde, und Philipp stieg ab. Ein älterer Diener erschien aus einem Nebengebäude, blieb mit offenem Mund stehen und starrte verängstigt auf die Truppe, die vor dem Palast versammelt war.

»Du!« rief Philipp. »Kümmere dich um mein Pferd.« Der Mann kam mit unsicheren Schritten näher.

»Werdet ihr . . . erwartet?« fragte der Diener, und in seinen Augen lag Angst.

»Ich hoffe nicht«, erwiderte Philipp, warf dem Mann die Zügel zu und ging mit forschen Schritten zwischen den mächtigen Säulen hindurch zur riesigen Flügeltür. Attalos, Nikanor und Antipatros folgten dem König ins Gebäude. Die vier Männer blieben in der großen Eingangshalle stehen. Der Fußboden war mit Perserteppichen bedeckt, die Wände mit herrlichen Statuen geziert, und an der Decke prangte ein gewaltiges Mosaik; es zeigte die ›Wahl des Paris‹, als die Göttinnen Athene, Aphrodite und Hera um die Gunst den trojanischen Prinzen warben und dieser sich für Aphrodite entschied, die Göttin der Schönheit, nachdem sie ihm die schönste Jungfrau der Welt zur Gattin versprochen hatte: Helena.

Philipp kam sich angesichts all dieser Pracht beinahe fehl am Platze vor. Er stellte fest, daß seine schmutzigen Stiefel Schlammspuren auf den kostbaren Teppichen hinterlassen hatten und daß seine Hände mit Ruß verschmiert waren.

»Elyphion!« brüllte er, daß es durch die große Halle schallte. Aus verborgenen Türeingängen stürmten Diener hervor, die Augen vor Entsetzen weit aufgerissen. Einer von ihnen, ein schmächtiger junger Bursche mit goldblondem Haar, prallte in seiner Panik gegen Antipatros und stürzte vor ihm zu Boden. Der Krieger half ihm auf die Beine.

»Tötet mich nicht!« flehte der Junge.

»Dir wird kein Leid geschehen«, sagte Antipatros. »Hol deinen Herrn, den Statthalter. Sag ihm, der König ist hier.«

»Ja, Herr.« Der Junge ging auf die Treppe zu, drehte sich dann aber um. »Verzeihung, Herr, aber ... welcher König?«

»Der König von Macedonien«, erwiderte Antipatros.

Ein älterer Mann trat vor und verbeugte sich vor Philipp. »Herr, vielleicht möchtest du im *andron* warten. Ich lasse dir und deinen Begleitern Erfrischungen reichen.«

»Wenigstens gibt es hier *einen* Diener«, sagte Philipp, »der seine fünf Sinne beisammen hat.« Die Gruppe folgte dem Mann in ein langes Zimmer zur Rechten, das mit seidenbespannten Liegen möbliert war, an den Wänden befanden sich herrliche Gemälde mit Jagdmotiven: Reiter, die einen weißen Hirsch verfolgen; Herkules, wie er den nemeischen Löwen erwürgt; Bogenschützen, die mit ihren Pfeilen auf einen riesigen Bären schießen. »Bei allen Göttern«, sagte Philipp, »dieser Palast läßt meinen in Pella wie eine Strohhütte erscheinen. Wenn er nicht mit meinem Gold erbaut worden wäre, könnte ich direkt neidisch werden.«

Der Diener brachte ihnen Wein, der von Elyphions eigenem Weingut stammte – rot und schwer, süß und berauschend. Philipp machte es sich auf einer der Liegen bequem, legte die Füße mit den schmutzigen Stiefeln auf die kostbare Seidenbespannung und beschmutzte sie absichtlich mit feuchtem Schlamm.

Der König war düsterer Stimmung, und so schwiegen seine Begleiter, während sie auf den Hausherrn warteten. Schließlich erschien Elyphion, der Statthalter. Attalos hatte den Mann als fett bezeichnet, was sich jedoch als glatte Untertreibung erwies: Elyphion war unförmig und aufgedunsen; sein Dreifachkinn wabbelte bei jedem Schritt, und unter seinem blauen persischen Umhang wölbte sich ein gewaltiger Schmerbauch. Sein Haar war kurzgeschnitten und saß wie eine kleine, schlecht sitzende Kappe auf seinem runden Kopf. Elyphion versuchte, sich zu verbeugen, was ihm seines fetten Wanstes wegen aber nicht recht gelang.

»Willkommen, mein König«, sagte er zu Philipp. »Hätte ich doch nur von deinem Besuch gewußt! Ich hätte dir einen wahrhaft königlichen Empfang bereitet.« Seine Stimme war tief und wohlklingend, und trotz seines unförmigen Äußeren war der Blick aus den großen braunen Augen gewinnend und anziehend, wie Philipp bemerkte.

»Ich bin gekommen, mir die Minen anzuschauen«, sagte Philipp.

»Warum das, mein König? Für einen gebildeten Mann von edler Herkunft gibt es dort wenig zu sehen. Nur große, tiefe Löcher in der Erde, und ein paar Stollen voll stinkender Luft. Ich würde mich glücklich schätzen, dir statt dessen die Schmelzereien zeigen zu dürfen.«

Philipps Stimme klang leise und eisig, und in seinen Augen blitzte es gefährlich auf, als er erwiderte: »Du wirst mir zeigen, was ich sehen will. Du *selbst*, Elyphion, denn du bist mein Diener. Los jetzt, führe mich zu den Minen.«

Der König erhob sich.

»Ja, gewiß, mein König. Ich kleide mich nur rasch um. Es dauert nicht lange.«

»Attalos!« rief Philipp schneidend.

»Ja, Herr?«

»Sollte dieser fette Narr mir noch einmal den Befehl verweigern, dann nimm deinen Dolch und schlitz ihm den Bauch auf – von der Kehle bis zum Wanst.«

»Jawohl, mein König«, erwiderte Attalos mit einem Blick auf den zu Tode erschrockenen Elyphion.

»Also dann«, sagte Philipp zum Statthalter. »Auf zu den Minen.«

»So . . . sofort, mein König«, stammelte Elyphion. Der fette Mann rief nach seiner Kutsche, und binnen wenigen Augenblicken hatten Diener ein prächtiges Gespann vor dem Palast aufgefahren. Vier schwarze Wallache waren vor die Kutsche gespannt, die einem riesigen Streitwagen ähnelte – nur daß dieses Gefährt mit weichen, gepolsterten Sitzen ausgestattet war. Elyphion nahm darin Platz; dann setzte sich sein Diener an seine Seite und ruckte an den Zügeln. Die Kutsche rollte an.

Obgleich Attalos und Nikanor sich nach eigener Aussage nicht für die Minen interessierten, ritten sie dennoch hinter Philipp her, um an der Besichtigung teilzunehmen.

Nach fast einer Stunde Ritt gelangten sie in ein kleines Tal, dessen Sohle von Gruben und Löchern übersät war, als hätte sich hier ein Titan mit einer Hacke zu schaffen gemacht. Ein Stück voraus konnte Philipp Dutzende von Sklaven in der Erde wühlen sehen; andere hackten Stollen in die Felswände links und rechts der Talsohle.

Langsam ritten die Männer über das Gelände.

Nikanor ließ den Blick über die in kleinen Gruppen schuftenden Sklaven schweifen. Es waren sowohl Männer als auch Frauen, deren bis zum Skelett abgemagerte Körper in Lumpen gehüllt waren. Um sie herum standen Wachtposten, die mit kurzen, ledernen Peitschen bewaffnet waren. Die Besucher sahen, wie eine Frau, die einen mit schweren Steinbrocken gefüllten Strohkorb schleppte, ins Wanken geriet, zu Boden stürzte und sich den Kopf an einer Felswand blutig schlug. Sie gab keinen Laut von sich, sondern erhob sich mühsam, nahm den Korb und taumelte weiter.

Philipp schwang sich vor einem der Stolleneingänge vom Pferd; Attalos und Nikanor taten es ihn gleich.

Elyphion stieg schwerfällig aus der Kutsche. »Wie du befohlen hast, Herr«, sagte er mit weit ausholender Handbewegung. »Die Minen von Krousien!«

»Führe uns dort hinein«, sagte Philipp und zeigte auf den Stolleneingang.

»Hinein?«

»Bist du taub?«

Elyphion näherte sich langsam dem dunkel gähnenden Tunnel, trat zögernd hinein und blieb nach wenigen Schritten stehen, damit seine Augen sich an das Dämmerlicht gewöhnen konnten, das einige wenige Fackeln verbreiteten, die in Halterungen an den Wänden steckten. Wegen des dichten, erstickenden Staubes konnte man nur wenige Meter weit sehen. Elyphions Diener – jener Mann, der Philipp und seine Begleiter in den *andron* gebeten hatte – tränkte ein Leinentuch mit Wasser und reichte es seinem Herrn. Elyphion drückte sich das Tuch vor den Mund und setzte den Weg fort. Je weiter sie gelangten, desto größer wurde die Neigung des Stollenbodens, und die Luft wurde immer dicker und stickiger. Schließlich konnten sie weit voraus das Klirren von eisernen Hacken auf nacktem Fels hören.

Ein Steinschauer regnete von der Stollendecke und fiel prasselnd auf Attalos' bronzenen Brustpanzer. Mit nervösem Blick betrachtete der Krieger die hölzernen Stützbalken, welche die Decke trugen; einige waren morsch und an verschiedenen Stellen unter dem Gewicht zerbrochen.

Dennoch drang die Gruppe tiefer in den Stollen vor.

Sie kamen an der Leiche einer jungen Frau vorbei, die man achtlos in die Felswand gedrückt hatte. Eine dicke Staubschicht hatte sich auf ihre Augen gelegt und war in ihren weit aufgerissenen Mund gedrungen. Die Decke des Stollens wurde immer niedriger, so daß die Männer mit gesenkten Köpfen und schließlich nur noch geduckt vorankamen.

Elyphions blieb stehen. »Ich weiß wirklich nicht, was du hier sehen willst, mein König«, sagte er mit weinerlicher Stimme.

»Geh weiter!« befahl Philipp. Elyphion ging auf Hände und Knie nieder und kroch auf allen vieren voran. Philipp wandte sich an die anderen. »Wartet hier«, sagte er, dann folgte er dem Statthalter.

Nikanor blickte Attalos an. »Sollen wir nicht lieber ein Stück zurückgehen, wo die Decke nicht so niedrig ist? Was meinst du? Ob Philipp wohl etwas dagegen hätte?«

Schweiß lief über Attalos' ruß- und staubgeschwärztes Gesicht. Ihm war kalt, und er hatte Angst, doch er rührte sich nicht von der Stelle, sondern wandte sich an Antipatros. »Was meinst du dazu?« fragte er.

»Ich ... glaube nicht, daß der König etwas einzuwenden hätte«, erwiderte Antipatros. Langsam und vorsichtig bewegten die drei Männer sich im Stollen zurück, bis die Decke wieder höher wurde. Erst als sie in der Ferne das trübe Licht der Sonne sehen konnten, blieben sie stehen; an jener Stelle, an der die Leiche der jungen Frau lag. Nikanor konnte den Blick nicht von ihr nehmen.

»Warum begräbt man sie nicht?« fragte er.

»Du hast die Sklaven doch gesehen«, sagte Antipatros. »Sie sind so schwach, daß sie kaum gehen können.«

»Hier ist es wie in einem Tal der Verdammten«, flüsterte Nikanor. Hinter ihnen hallten Schritte durch den Stollen. Die drei Männer traten zur Seite, als eine lange Reihe von Sklaven mit leeren Strohkörben auf dem Rücken an ihnen vorüberwankte und in den düsteren Tiefen der Mine verschwand.

»Ich muß hier raus – an die Sonne, an die frische Luft«, sagte Nikanor. »Hier drinnen halte ich's nicht mehr aus.«

»Der König hat uns befohlen, zu warten«, erinnerte Attalos ihn. »Mir gefällt's hier auch nicht. Aber wir müssen ausharren.«

»Ich glaube, ich verliere den Verstand, wenn ich nicht sofort hier herauskomme«, erwiderte Nikanor mit seltsam schriller Stimme.

Antipatros legte dem jüngeren Mann den Arm um die Schultern. »Es sollte sowieso jemand nach draußen gehen und den Kameraden sagen, daß hier alles in Ordnung ist. Wir sind schon ziemlich lange hier drinnen, und die Männer machen sich vielleicht schon Sorgen. Warte draußen auf uns, Nikanor.«

Nikanor nickte dankbar und rannte durch den Stollen zum Licht. Attalos starrte Antipatros wütend an. »Für wen hältst du dich, daß du den Befehlen des Königs zuwider handelst?« stieß er hervor.

»Nikanor stand kurz vor dem Zusammenbruch. Hätte ich ihm nicht die Erlaubnis gegeben, diese Höhle zu verlassen, wäre er wahrscheinlich ins Freie geflüchtet.«

»Ach? Er wäre ins Freie geflüchtet? Und was hast du damit zu tun?«

Antipatros schüttelte den Kopf. »Ich wollte nicht, daß er als Feigling dasteht und in Ungnade fällt. Bei allen Göttern, Attalos, hast du denn gar keine Freunde? Gibt es niemanden, der dir etwas bedeutet?«

»Nur ein schwacher Mann braucht Freunde, Antipatros. Und ich bin nicht schwach.«

Antipatros erwiderte nichts, und die beiden Männer warteten

schweigend im Halbdunkel des Stollens. Momente dehnten sich zur Ewigkeit. Dann endlich erschien die unförmige Gestalt Elyphions im Dämmerlicht. Sein blauer Umhang war rußverschmiert. Hinter ihm kam Philipp; sein Gesicht war verzerrt. Mit schweren Schritten ging er an den beiden Gefährten vorbei und winkte ihnen, ihm nach draußen ins Licht zu folgen. Als sie aus dem Stolleneingang ins Freie traten, atmeten die Männer tief durch und blinzelten im grellen Sonnenschein. Dann trat Philipp auf Elyphion zu. Der fette Mann wankte einen Schritt zurück, als er die lodernde Wut in den Augen des Königs sah.

»Was ist denn, mein König? Was habe ich getan? Ich bin dir treu ergeben, das schwöre ich!«

Philipp brachte kein Wort hervor. Plötzlich fuhr sein Kopf zu seinen Männern herum. »Holt mir etwas zu trinken!« rief er ihnen zu. Nikanor beeilte sich, einen mit Wasser gefüllten Ziegenbalg zu holen, und reichte ihn Philipp. Der König spülte sich den Mund aus und spuckte den Schluck Wasser auf den Boden. »Das ist eine meiner Goldminen«, sagte er schließlich zu Elyphion. »Eine *meiner* Minen. Eine der Minen Macedoniens! Beantworte mir eine Frage, du gefräßiger, hirnloser Fettwanst. Was braucht man, um das Gold aus den Minen zu holen?«

»Werkzeuge, Herr. Hacken, Schaufeln ... Strohkörbe ...«

»Und wer benutzt diese Werkzeuge?«

»Die Sklaven, wie du siehst. Es sind Verbrecher. Diebe, Mörder. Sobald jemand für schuldig befunden wird, ob Mann oder Frau, schickt man ihn hierher.«

»Du siehst es nicht, oder?« brüllte Philipp ihn mit Donnerstimme an. Um sie herum war alle Arbeit zum Erliegen gekommen. Die Wachtposten hatten die Peitschen sinken lassen und beachteten die Sklaven gar nicht mehr, die ihre Werkzeuge fallen ließen und erschöpft zu Boden sanken. Aller Augen waren auf den unglückseligen Elyphion gerichtet.

»Was soll ich sehen?« wimmerte der Dicke. »Ich sehe nur, daß ich mein Bestes gegeben habe. Die Minen sind nicht mehr so ergiebig wie früher, aber ist das meine Schuld? Die Goldadern liegen zu tief im Gestein. Wir kommen nicht mehr an sie heran.«

Philipp drehte sich zu einigen Wachtposten um. »Ihr da!« rief er. »Holt alle Sklaven aus sämtlichen Stollen. Bringt sie alle ans Tageslicht. Los!« Die Männer verbeugten sich und rannten in verschiedenen Richtungen davon. »Elyphion«, sagte der König leise. »Ich könnte dir deine Habgier verzeihen, dein unstillbares Verlangen nach Reichtum und Luxus. Ich könnte dir sogar verzeihen, daß du mein Eigentum gestohlen hast. Aber deine Dummheit kann ich dir nicht verzeihen. Hier braucht man *Werkzeuge*, das stimmt. Aber kann jemand so närrisch sein, seine Arbeitsgeräte derart zu vernachlässigen? Oder ist er blind, daß er's nicht sieht? Halb verhungert, halb verdurstet, in Lumpen gekleidet, freudlos, hoffnungslos – wie sollen diese Menschen gute Dienste leisten? Stollen zu graben, Erz zu hauen, Körbe zu schleppen ist harte Arbeit. Man braucht starke Arme und einen kräftigen Rücken. Darum müssen diese Menschen jetzt erst einmal Nahrung bekommen. Reichliche, kräftige Nahrung, und Wein, der den Geist belebt. – Attalos!«

»Ja, mein König?«

»Du wirst sofort die Oberaufsicht über die Minen übernehmen. Ich werde dir hundert Soldaten hierlassen. Sorge dafür, daß die Sklaven zwei Wochen von der Arbeit ruhen, und laß ihnen reichlich zu essen und zu trinken geben. Such dir einen tüchtigen Vorarbeiter aus und teile die Arbeitslast so ein, daß niemand länger als zwölf Stunden am Tag zu tun hat.« Philipp blickte dem Krieger in die Augen, und plötzlich lächelte er. Attalos gefiel sein Auftrag nicht, und er zeigte es auch. »Außerdem«, sagte der König abschließend, »darfst du den hundertsten Teil des Goldes behalten, das aus sämtlichen Minen gewonnen wird.«

»Ich danke dir, mein König«, sagte Attalos, doch in seinen Augen lag ein boshaftes Funkeln, als er sich verbeugte. »Und was soll mit Elyphion geschehen?« fragte er.

»Wer ist der oberste Richter in Macedonien?« stellte Philipp die Gegenfrage.

»Der König.«

»So ist es. Wegen seiner Habgier verurteile ich Elyphion hiermit zu fünf Jahren Arbeit in den Minen. Du sorgst mir dafür, daß er kräftig zulangt, Attalos.«

Elyphion ließ sich auf die Knie fallen. »Gnade, mein König! Ich gelobe . . .«

»Schafft ihn mir aus den Augen!« befahl Philipp angewidert. Drei Soldaten zerrten den wimmernden Mann davon.

»Und was ist mit seinen Frauen?« fragte Nikanor.

»Kaufe ihnen ein Haus in Krousien und setze ihnen eine Leibrente aus. Die Schätze aus dem Palast werden nach Pellas gebracht. – Wo ist der Diener, der uns in den *andron* geführt hat?«

»Hier bin ich, mein König!« rief der Mann, trat vor Philipp und verbeugte sich. »Ich heiße Paralos.« Philipp blickte dem Diener in die Augen. Er war mittelgroß, mit Hakennase, kurzem, gelocktem Haar und dunkler Haut.

»Bist du Perser?«

»Phrygier, mein König.«

»Wie lange stehst du in Elyphions Diensten?«

»Seit er mich vor elf Jahren gekauft hat. Damals war ich zwölf.«

»Welche Dienste hast du für ihn verrichtet?«

»Zuerst war ich sein Lustknabe – einer von vielen. Dann hat er mich gelehrt, seine Bücher zu führen.«

»Wo hat er das gestohlene Gold versteckt?«

»Hinter dem Palast ist ein Lagerraum.«

»Attalos! Laß dieses Lager leerräumen und alles, was ihr darin findet, zu mir bringen – bis auf den hundersten Teil, der dir gehört. Und du, Paralos, hast jetzt einen neuen Herrn. Wirst du ihm ein guter Diener sein?«

Der Mann blickte von Philipp zu Attalos und wieder zurück. »Mein König, Elyphion hat mir die Freilassung aus der Sklaverei versprochen, sobald ich fünfundzwanzig geworden bin, und wollte mir dann meinen Lohn für die elf Jahre Arbeit auszahlen. Gilt sein Versprechen noch? Oder bleibe ich auch unter meinem neuen Herrn ein Sklave?«

»Ich gebe dir ein besseres Versprechen. In drei Monaten wirst du ein freier Mann sein. Ab sofort wird Attalos dich bezahlen. Wieviel, hängt davon ab, welchen Wert er deiner Arbeit beimißt. Und jetzt frage ich dich noch einmal: Wirst du uns ein guter Diener sein?«

»Das werde ich, mein König – und ein ehrlicher dazu.«

»Das hoffe ich für dich«, sagte Philipp.

Illyrien, im Herbst 359 v. Chr.

Bardylis saß regungslos da, als die messerscharfe Klinge die Haare rund um den geflochtenen Zopf abrasierte, den der König sich mitten auf der Schädeldecke hatte wachsen lassen. Die Kopfhaut war weich und faltig, doch die Hand des Dieners blieb wunderbar ruhig, als er die Klinge über die Haut gleiten ließ.

»Nur eine winzige Schnittwunde, und ich lass' dir beide Hände abhacken«, sagte Bardylis unvermittelt. Der Diener erstarrte für einen Augenblick; dann rieb er dem König rasch noch mehr Öl ins Gesicht und auf die Kopfhaut, damit die Klinge besser glitt und die borstigen Haare sauberer abrasierte. Das kleine Messer strich sanft über die Haut, dicht über Bardylis' rechtem Ohr; dann trat der Diener vor den König und begutachtete sein Werk.

»Leg bitte den Kopf zurück, edler König«, sagte er. Bardylis musterte den Mann; dann tat er wie geheißen und bot dem Diener die Kehle dar. Mit leisem Kratzen fielen ein paar Stoppeln auf dem Kehlkopf der

Klinge zum Opfer. Schließlich sagte der Diener: »Fertig, mein Gebieter.«

Bardylis rieb sich mit der Hand über Gesicht, Hals und die kahlgeschorene Kopfhaut rund um den Zopf. »Das hast du gut gemacht, Boli«, sagte er schließlich. »Aber sag mir eins: Warum hat meine Drohung deine Hand nicht zittern lassen?«

Der Mann zuckte mit den Achseln. »Das weiß ich nicht, mein König.«

»Dann will ich's sagen«, erwiderte Bardylis lächelnd. »Hättest du mich geritzt, hättest du mir augenblicklich die Kehle durchgeschnitten, so daß ich dir nicht die Hände abhacken lassen kann. Dann hättest du dich aus dem Staub gemacht und wärst um dein Leben gerannt.«

Boli riß die Augen auf, und Bardylis erkannte, daß er ins Schwarze getroffen hatte. Er lächelte und erhob sich. »Aber keine Angst, dir geschieht nichts.«

»Warum hast du mir gedroht, wenn du vorher gewußt hast, wie gefährlich es ist, Herr?«

»Ein wenig Gefahr würzt das Leben. Und – bei den Hoden des Zeus – wenn man dreiundachtzig ist, braucht das Leben sehr viel Würze. Schick mir jetzt Grigerios herein.«

Bardylis trat vor einen bronzenen Spiegel und betrachtete sein Greisengesicht. Bei allen Göttern, wie er die schlaffe Haut haßte! Seinen faltigen Hals, die dünnen Arme und die weißen Haare seines langen Schnauzbartes. Immer öfter gab es Tage, da er sich wünschte, in seinem langen Leben nicht immer so geschickt gewesen zu sein, wenn es darum gegangen war, Verräter zu entlarven. Dann wäre ihm dieser Anblick erspart geblieben. Vielleicht, dachte er mit einem Anflug von Traurigkeit, hätte ich zulassen sollen, daß Bichylis mich tötet. Sein Sohn war ein gewaltiger Krieger gewesen, groß und stark und stolz; doch der Arme war fünfzig Jahre alt geworden, und sein Vater hatte *immer noch* auf dem Thron gesessen und das Szepter über die Dardanoi geschwungen. Dann – endlich – hatte Bichylis einen Aufstand angezettelt. Einen sehr kurzlebigen Aufstand allerdings: Sein Heer war vernichtend geschlagen worden, und Bardylis hatte zugeschaut, wie sein rebellischer Sohn langsam zu Tode stranguliert worden war.

Bardylis wandte sich vom Spiegel ab, als jener Mann das Zimmer betrat, der seinen Sohn damals zum Hades geschickt hatte. Grigerios war hochgewachsen, breitschultrig und schmalhüftig. Obwohl auch er einen geflochtenen Zopf auf dem ansonsten kahl rasierten Schädel trug, wie bei den Dardanoi üblich, hatte Grigerios sich keinen Bart wachsen lassen; sein markantes, bleiches Gesicht war glattrasiert, wie es bei den Griechenvölkern im Süden üblich war.

Grigerios verbeugte sich. »Guten Morgen, mein König. Ich hoffe, es geht dir gut.«

»Ja, ganz gut – solange ich nicht in den Spiegel schaue. Für die Alten hat das Wort ›Wohlbefinden‹ eine andere Bedeutung als für deinesgleichen. Ist Philipp schon eingetroffen?«

»Ja, Gebieter. Aber er ist mit nur vier Begleitern gekommen.«

»Vier? Oh! Da hat er offenbar keine zwanzig Mann gefunden, die mutig genug sind, nach Illyrien zu kommen, was?«

Grigerios kicherte. »Sieht ganz so aus.«

»Wer sind die vier?«

»Einer ist ein gemeiner Soldat namens Theoparlis. Der zweite ist der Liebhaber Philipps, Nikanor. Der dritte heißt Antipatros – er ist jener Offizier, der den Angriff auf das paionische Heer geführt hat. Und der vierte ist ein Söldner. Parmenion heißt er.«

»Den Namen kenne ich«, sagte Bardylis. »Ich habe ihm mal ein Angebot gemacht, als Offizier in mein Heer einzutreten.«

»Er hat in Diensten des persischen Großkönigs gestanden, soviel ich weiß. Und er war mit dem Thebaner Epaminondas befreundet.«

»Mehr noch«, sagte Bardylis. »Er war in Leuktra dabei, als die Spartaner vernichtet wurden. – Was gibt es sonst noch für Neuigkeiten?«

»Nichts von Bedeutung, Herr. Neoptelemos ist einverstanden, seine Tributzahlungen zu erhöhen. Aber damit hast du ja gerechnet.«

»Natürlich. Jetzt, da seine Armee vernichtet ist, bleibt ihm ja kaum etwas anderes übrig.«

»Ach ja – er hat dir eine seiner Töchter zur Heirat angeboten, edler König.«

»Was soll ich denn mit dem Mädchen anfangen? Der Mann ist ein Narr. Mein Interesse an Frauen ist schon vor mehr als zehn Jahren erloschen ... sosehr ich das auch bedaure. Kommen wir zu wichtigeren Dingen. Ich möchte, daß Philipp gut behandelt wird – andererseits muß ihm unmißverständlich klargemacht werden, wer hier der Herr im Hause ist.«

»Wie soll ich *das* denn bewerkstelligen, mein König?«

»Indem du höflich zu Philipp bist ... und seine Begleiter beleidigst und lächerlich machst, sobald er dir den Rücken zukehrt. Ich möchte, daß du einen von diesen Macedoniern so sehr reizt, daß er dich zum Zweikampf fordert. Dann hätte ich nämlich keine andere Wahl, als dem Mann die Gelegenheit zu geben, Genugtuung von dir zu fordern, nicht wahr? Und dann könntest du ihn töten – nach Recht und Gesetz.«

»Wer soll der Ärmste sein, Gebieter?«

»Nikanor schon mal nicht«, sagte Bardylis. »Den hat Philipp zu sehr ins Herz geschlossen. Wenn Nikanor stirbt, wird Philipp wütend reagieren, und Wut kann einen Mann zu Dummheiten verleiten. Nein, es muß eine *kleine* Demütigung sein. Ich glaube, dieser Soldat ist der richtige, dieser Theoparlis. Und laß Parmenion ausrichten, daß ich ihn heute abend in meinen Gemächern erwarte. Aber sorg dafür, daß Philipp nichts von dieser Einladung erfährt.«

»Willst du Parmenion wieder ein Angebot machen?«

»Warum nicht? Das wäre ein zweiter Schlag ins Gesicht dieses macedonischen Emporkömmlings. Sag mal, was hältst du eigentlich von ihm?«

»Phillip ist eifrig bemüht, unsere Sympathien zu erlangen. Aber diesen Mann einzuschätzen ist schwierig. Er ist freundlich und hat ein sehr einnehmendes Wesen, und das weiß er geschickt zu nutzen. Aber seine Augen – sie sind kalt wie Eis. Ich würde ihm nur ungern im Zweikampf gegenübertreten. Aber was sein Wesen betrifft ... ich weiß es nicht.«

»Sein Bruder war ein Dickkopf. Aber er war ein energischer, kraftvoller Mann«, sagte Bardylis. »Ich möchte zu gern wissen, warum Perdikkas Philipp am Leben gelassen hat. Entweder hat er Philipp nicht als Bedrohung betrachtet, oder er war ein Narr. In diesem Zusammenhang stellt sich auch die Frage, warum Philipp den Sohn des Perdikkas nicht beseitigt hat. Die Macedonier sind sonst nicht so zimperlich, wenn es um die Thronfolge geht.«

»Immerhin hat Philipp seinen Stiefbruder ermorden lassen«, stellte Grigerios fest.

»Ich weiß.« Bardylis seufzte und nahm auf seinem Thron Platz. »Ach, wenn ich doch nur sicher sein könnte, daß Philipp eine Bedrohung für mich ist! Wie gern würde ich ihn abschlachten lassen. Aber ich hätte nie damit gerechnet, daß er sich für meine Tochter Audata interessiert ... daß sich überhaupt jemand für sie interessiert. Lade ihn zu einem privaten Treffen ein. Führe ihn in einer Stunde zu mir.«

Nachdem Grigerios gegangen war, ließ Bardylis Audata zu sich kommen. Sie war eine sehr große, knochige Frau mit vorstehender Nase. Bardylis wußte, daß die meisten sie als häßlich betrachteten, doch für ihn war sie immer noch das kleine Mädchen geblieben, das er seit seiner Geburt geliebt hatte. Sie betrat den Thronsaal und umarmte ihn.

»Hast du ihn schon gesehen?« fragte Bardylis und hielt die Hand seiner Tochter.

»Ja! Er sieht gut aus! Aber ich fürchte, er ist . . . ein ganzes Stück kleiner als ich.«

»Ich möchte dich glücklich sehen«, sagte der König. »Und ich bin mir immer noch nicht sicher, ob Philipp der richtige Mann für dich ist.«

»Ich bin siebenundzwanzig, Vater. Mach dir keine Sorgen um mich.«

»Du redest, als wärst du mit siebenundzwanzig Jahren schon eine alte Frau. Dabei hast du noch Zeit, gesunde, kräftige Söhne zu bekommen und sie aufwachsen zu sehen. Und so will ich es. Ich will, daß auch du die Freuden kennenlernst, die du mir gemacht hast, als ich dich großgezogen habe.«

»Ganz, wie es dir gefällt« sagte sie. Audata und Bardylis nahmen Platz und unterhielten sich, bis Grigerios zurückkam und feierlich Philipps Erscheinen ankündigte. Audata verließ hastig den Thronsaal, blieb aber draußen auf dem Flur stehen und beobachtete durch den Türspalt, was sich drinnen abspielte.

Bardylis stellte sich kerzengerade vor seinen Thron, als Philipp den Raum betrat. Der Macedonier ging bis zum Thronsessel und kniete vor Bardylis nieder, nahm die Hand des Alten und küßte sie.

»Kein wahrer König sollte vor einem anderen auf die Knie fallen«, stichelte Bardylis.

»Aber ein Sohn vor seinem neuen Vater«, erwiderte Philipp und erhob sich.

»Das war gut gesprochen«, erwiderte Bardylis und winkte Grigerios aus dem Thronsaal. »Komm und setz dich her. Wir haben viel zu besprechen.«

Parmenion streute die Sylphiumblätter in kochendes Wasser und rührte es mit der Dolchklinge um. »Was ist das?« fragte der illyrische Diener, der Parmenion das Wasser gebracht hatte. »Kräuter aus Macedonien. Wenn man sie aufkocht, bekommt man ein erfrischendes Getränk. Danke für das Wasser.«

Parmenion ging zur Liege hinüber, setzte sich und wartete, daß der Sud sich abkühlte. Mothac hatte vor Wut getobt, als er erfahren hatte, daß er zu Hause bleiben mußte, und er hatte Parmenion wie ein alter Hausdrachen in den Ohren gelegen. »Denk daran, den Trank jeden Abend zu dir zu nehmen, bevor du ins Bett gehst! Heißes Wasser, die Kräuter hinein und dann verrühren. Vergißt du es auch nicht?«

»Natürlich werde ich's nicht vergessen.«

»Aber in Ägypten hast du's mal vergessen. Drei Tage lang! Als ich krank mit Fieber im Bett lag.«

»Weil ich andere Dinge im Kopf hatte. Bei den Göttern, wir wurden belagert!«

Mothac brummte irgend etwas in seinen Bart und sagte dann mit der Beharrlichkeit eines zänkischen Eheweibs: »Du hast für fünf Tage Sylphium dabei. Höchstens für sechs! Denk daran.«

»Ich paß schon auf, Mutter. Ich verspreche es dir.«

»Ja, verspotte mich nur! Du sollst dich schämen. Es geht hier um dein Leben, Parmenion, falls du das vergessen hast.«

Parmenion dachte lächelnd an diese Unterhaltung zurück und schwang die Beine auf die Liege, entspannte sich und nahm einen Schluck vom mittlerweile lauwarmen Sud. Wie viele andere Völker im Süden Griechenlands tranken die Illyrer aus flachen Schalen. Nur in Theben hatten die persischen Trinkbecher sich als Gegenstand des täglichen Gebrauchs durchsetzen können. Parmenion trank die Schale leer und legte sich zurück. Seine Muskeln waren müde vom langen Ritt. Der König hatte seine zweihundert Krieger in der Nähe des Berges Mamouna im Süden zurückgelassen und den Männern versprochen, in spätestens fünf Tagen wieder zurück zu sein. Doch der Ritt bis zu Bardylis' Palast war lang und anstrengend gewesen, und Parmenion war schon Stunden bevor das große, eingeschossige Gebäude in Sicht kam, müde gewesen. Der Palast war kahl und schmucklos. Hier gab es keine Statuen und keine Gärten – nur ein paar Ställe für die Pferde des Königs. Doch die Räume, in denen man die Gäste aus Macedonien untergebracht hatte, waren groß und gemütlich eingerichtet, und jedem war ein Diener zugeteilt worden.

Parmenion hatte sich gerade auf die Seite gelegt, um zu schlafen, als er hörte, wie jemand leise an die Tür seines Zimmers klopfte. »Wer ist da?« fragte er.

»Grigerios, Herr. Der König verlangt dich zusehen.«

Parmenion setzte sich auf und rieb sich die Müdigkeit aus den Augen. Er warf einen raschen Blick auf seinen Brustharnisch und Helm, die neben seinem Schwert auf dem Fußboden lagen; dann stand er auf, ging zur Tür und öffnete. Grigerios verbeugte sich, und der Spartaner verließ das Zimmer und folgte dem illyrischen Krieger über die kahlen Korridore bis zu den Gemächern des Königs. Der hochgewachsene, breitschultrige Illyrer hatte den geschmeidigen Gang einer Raubkatze, der perfekte Körperbeherrschung und gewaltige Kraft verriet. Der Mann war ein Athlet, wie Parmenion erkannte, und mehr noch – ein Krieger, den man im Auge behalten mußte.

Grigerios bat Parmenion, in einem Vorzimmer zu warten, kündigte ihn bei Bardylis an und führte ihn dann in den Thronsaal, in dem sich der König – zu Parmenions Überraschung – alleine aufhielt. Bardylis saß auf einer Liege. Er erhob sich nicht, als sein Gast eintrat und sich verbeugte, sondern erwiderte diese Geste mit einem knappen Wink.

»Willkommen in meinem Heim, Parmenion. Es ist mir eine Ehre, einen so berühmten Feldherrn in Illyrien begrüßen zu dürfen.«

»Die Ehre ist ganz auf meiner Seite, edler Bardylis. Nur wenigen wird die Gunst zuteil, von einem so ruhmreichen König zu einer Privataudienz gerufen zu werden.«

»Sehr schöne Worte, Spartaner. Aber lassen wir diese unsinnigen Schmeicheleien«, sagte der alte Mann. »Komm her, setz dich neben mich und sag mir, was du in Macedonien treibst.«

Parmenion nahm neben Bardylis auf der Liege Platz. »Ein General«, sagte er, »begibt sich dorthin, wo es etwas für ihn zu tun gibt. Ich fürchte, in Persien habe ich die Gastfreundschaft des Großkönigs beinahe über Gebühr in Anspruch genommen. Meine Feldherrenkunst wurde dort nicht mehr gebraucht, wohingegen König Philipp mir ein verlockendes Angebot gemacht hat, für eine bestimmte Zeit in seine Dienste zu treten.«

»Für eine bestimmte Zeit?«

»Ich soll ein paar hundert Krieger für ihn ausbilden. Soviel ich weiß, werden diese Männer später die Grenze zu Paionien sichern. Außerdem hat Philipp mir den Auftrag erteilt, ihm eine Leibgarde zu schaffen.«

Der König lächelte und zeigte dabei seine schiefen, altersfleckigen Zähne. »Und was ist mit Illyrien? Wie denkt Philipp über diese Grenze?«

Parmenion legte sich rasch die Antwort zurecht.

»Natürlich ist er mit der derzeitigen Lage unzufrieden – doch würdest du an seiner Stelle anders darüber denken? Aber ich habe ihm gesagt, daß er nur wenig unternehmen kann. Denn dazu bräuchte er sehr viel Geld und eine Söldnerarmee, und selbst dann hätte er nur sehr geringe Erfolgsaussichten.«

»Du bist ein ausgesprochen weitsichtiger Mann«, sagte der König beeindruckt.

»Das alles sind ja keine Geheimnisse, edler Bardylis. Außerdem kann ich irgendwie ... spüren, daß es nicht recht und außerdem gefährlich wäre, dich zu belügen.«

»Würdest du in meine Dienste treten?«

»Natürlich. Aber ich habe Philipp mein Wort gegeben, seine Krieger ein Jahr lang auszubilden und ihm eine Leibgarde zu schaffen. Wenn ich diese Pflicht erfüllt habe, muß ich mich nach neuen Aufgaben umsehen. Aber ich glaube nicht, daß du mich brauchst. Für gewöhnlich nehmen Verlierer meine Dienste in Anspruch. Nur wenige Sieger, wie du einer bist, haben Verwendung für einen Söldnergeneral.«

»Das stimmt«, erwiderte Bardylis. »Sag mal, kannst du Philipp leiden?«

»Ja, sehr sogar. Er ist ein freundlicher, in gewisser Weise sogar sanftmütiger Mensch, wie ich ihn trotz meiner Reisen in viele Länder nur selten getroffen habe.«

»Ist Philipps Sanftmut der Grund, daß er Perdikkas' Sohn nicht getötet hat?«

»Ich glaube schon, edler Bardylis. Aber was im Kopf eines Königs vor sich geht, bleibt den meisten gewöhnlichen Menschen verschlossen.«

»Eine letzte Frage, Parmenion: Falls Philipp ein Heer aufstellt – würdest du es gegen mein Land führen?«

»Aber gewiß. Ich wäre ein seltsamer General, würde ich es nicht tun.«

Bardylis kicherte. »Ich könnte dich töten lassen, weißt du das?«

»Natürlich. Nichts ist unmöglich«, gab Parmenion zurück und blickte dem alten König scharf in die Augen. »Aber ich glaube nicht, daß du es tust.«

»Wieso?«

»Weil es sinnlos ist, mein König, und weil es mit Macedonien ein schönes Stück Land zu erobern gibt . . . zumal Philipp eine so lächerliche Bedrohung darstellt.«

»Du bist ein kluger Kopf. Ich glaube, ich sollte dich im Auge behalten. Geh jetzt und genieße deinen Aufenthalt in Illyrien.«

In den nächsten drei Tagen verwöhnte Bardylis seinen Gast Philipp mit Feiern, festlichen Gelagen, sportlichen und soldatischen Schaukämpfen, Tanzveranstaltungen und der Aufführung einer korinthischen Komödientruppe im Theater am Rande der Stadt. Der macedonische König schien das alles in vollen Zügen zu genießen, doch für Parmenion schleppten sich die Tage immer langweiliger und lästiger dahin. Theoparlis, der hünenhafte Krieger, machte jedoch einen ungewohnt gereizten, angespannten Eindruck, nachdem Parmenion ihn zweimal beim Gespräch mit dem höhnisch lächelnden Grigerios beobachtet hatte.

Nach der Aufführung der Komödie, als die Zuschauermenge das Theater verließ, trat Parmenion an Theos Seite.

»Stimmt irgendwas nicht?« fragte er.

»Mir geht es gut«, erwiderte Theoparlis kurz angebunden und ging weiter.

Parmenion zuckte mit den Achseln und schob den Gedanken an Theo zurück, als Philipp auf ihn zutrat und sich bei ihm einhakte. »Ein schönes Stück, findest du nicht auch?« fragte der König.

»Komödien mag ich nicht besonders.«

Philipp raunte ihm ins Ohr: »Wenn man ein so häßliches Weib wie Audata heiraten will, bei deren Anblick sogar die Medusa die Flucht ergreifen würde, *muß* man Komödien lieben.«

Parmenion lächelte. »Zur Liebe gehört mehr als nur Schönheit.«

»Stimmt, aber das Auge möchte schließlich auch etwas geboten bekommen. Gestern habe ich zwei Stunden mit ihr zusammengesessen und verzweifelt nach irgendeinem äußerlichen Merkmal gesucht, auf das sich ein Kompliment gründen ließe.«

»Und hast du eins gefunden?«

»Ich habe ihr gesagt, daß sie sehr schöne Ellbogen hat.«

Parmenion lachte und spürte, wie die innere Spannung von ihm abfiel. »Und was ist dann geschehen?«

»Dann haben wir Liebe gemacht.«

»*Was?* Im Palast ihres Vaters? Vor der Hochzeit? Und wie hast du das überhaupt zustande gebracht? Mit verbundenen Augen?«

Plötzlich blickte Philipp ernst drein. »Ich hatte einen Traum, Parmenion. Von einer Frau, deren Aussehen ich mir genau eingeprägt habe. Diese Frau werde ich in knapp zwei Jahren auf der Insel Samothrake treffen.« Auf dem Weg zum Königspalast erzählte Philipp dem Spartaner von seiner mystischen Begegnung mit der schönen Unbekannten.

»Und du bist sicher, daß es ein Omen war?«

»Ich würde mein Leben darauf verwetten – und ich würde mein Leben dafür *hergeben*, diesen Traum Wirklichkeit werden zu lassen. Sie war unbeschreiblich schön, die schönste Frau, die ich je gesehen habe ... Sie ist ein Geschenk der Götter, Parmenion. Ich weiß es. Sie hat versprochen, mir einen Sohn zu schenken. Ein Kind, aus Größe und Erhabenheit geboren.«

Als sie sich dem Palast näherten, nahm der König Parmenion beim Arm und hielt ihn fest. Die beiden Männer blieben stehen. »Heute nachmittag«, sagte Philipp, »soll ich mir auf Bardylis' Wunsch die illyrischen Truppen anschauen. Es dürfte sehr aufschlußreich sein.«

»Da bin ich sicher«, stimmte Parmenion ihm bei. »Aber warum machst du dann einen so bekümmerten Eindruck?«

»Es geht um Theoparlis. Er ist sehr mürrisch geworden. Ich glaube, dieser Grigerios macht sich einen Spaß daraus, Theo zu beleidigen. Er darf sich aber nicht so sehr reizen lassen, daß er Grigerios zum Zweikampf fordert. Antipatros hat Erkundigungen über diesen Mann eingezogen. Er scheint der Liebling des Königs zu sein, und mit dem Schwert kann er angeblich wie ein Dämon kämpfen.«

»Ich werde dafür sorgen, daß es zwischen Macedoniern und Illyrern nicht zum Kampf kommt«, versprach Parmenion.

»Gut. Hast du dich in der Zwischenzeit mal wieder mit Bardylis getroffen?«

»Nein. Ich bin ziemlich sicher, er ist überzeugt davon, daß es von unserer Seite keine kriegerischen Absichten gibt.«

»Sei nur nicht zu sicher«, warnte Philipp ihn. »Ich halte diesen Mann für einen Hexenmeister und Gedankenleser.«

Am Nachmittag schauten Philipp und seine Begleiter zu, wie die illyrische Reiterei auf einem riesigen Übungsplatz einen Angriff führte. Die Lanzenspitzen der Krieger funkelten im Sonnenlicht. Die Fußsoldaten marschierten in geschlossener Phalanx voran. Die illyrischen *Hopliten* waren mit Speer, Kurzschwert und quadratischen, bronzeverstärkten Schilden ausgerüstet; jeder Soldat trug einen Helm mit Federbusch, einen Brustharnisch und Beinschienen, die jedoch die Oberschenkel ungeschützt ließen. Der General der Fußsoldaten brüllte einen Befehl, und die Phalanx formierte sich mit einem geschmeidigen, hundertfach geübten Manöver um: Die Männer marschierten nun statt zu sechst nur noch zu dritt nebeneinander und bildeten eine beeindruckend lange Reihe. Mit gesenkten Speeren rückten die Krieger im Gleichschritt voran. Philipp und seine Macedonier standen am Rand des Übungsplatzes, als der König plötzlich bemerkte, daß die Illyrer, die rechts und links neben ihnen standen, wie auf ein Zeichen zurückwichen.

»Rührt euch nicht vom Fleck, gleichgültig was geschieht«, raunte Philipp.

Mit donnerndem Schlachtruf griffen die Hopliten an. Philipp beobachtete, wie die vordersten Krieger mit wurfbereiten Speeren brüllend auf ihn zugerannt kamen, und er fragte sich, ob sein letztes Stündlein geschlagen hatte.

Es schien, als könnte nichts und niemand die heranstürmende Menschenmasse aufhalten, und als würde seine ungeschützte Brust jeden Augenblick von einer der funkelnden Speerspitzen durchbohrt. Doch er stand ganz ruhig da, die Hände in die Hüften gestemmt, den Blick fest auf die angreifenden Krieger gerichtet.

Im allerletzten Moment kam die Phalanx zum Stehen. Die Schreie verstummten abrupt. Eine riesige Staubwolke senkte sich langsam in der plötzlichen Stille.

Philipp blickte auf die Speerspitze eines Kriegers hinunter, die nur eine Handbreit vor seiner Brust schwebte. Langsam hob er die Rechte und rieb mit dem Daumen über das Metall. Dann blickte er dem Krieger in die Augen.

»Die Spitze rostet, Mann«, sagte er leise. »Du solltest deine Waffen besser pflegen.« Und damit drehte er sich um.

Keiner der Macedonier hatte bei dem Angriff auch nur mit der Wimper gezuckt, was ihren König mit Stolz erfüllte. Bardylis winkte ihm, und Philipp und die anderen gingen zum greisen Illyrerkönig hinüber und setzten sich zu ihm an einen Tisch, der üppig mit Speis und Trank gedeckt war.

Parmenion wollte gerade Platz nehmen, als er Grigerios und Theo sah, die ungefähr zwanzig Schritt entfernt standen. Wieder einmal machte der Illyrer irgendeine herablassende Bemerkung, und sogar aus der Entfernung konnte Parmenion erkennen, wie Theos Gesicht rot anlief und seine Hand zum Schwertgriff zuckte.

»Theo!« brüllte er, und der Soldat erstarrte. Parmenion ging zu den beiden Männern hinüber.

»Was ist hier los?« fragte er.

»Der räudige Hund hat mich herausgefordert«, sagte Grigerios.

»Dann werde ich's ihm verbieten, damit *dir* nichts geschieht«, erwiderte Parmenion.

»Hier in Illyrien hast *du* gar nichts zu verbieten«, stieß Grigerios hervor, und in seinen Augen loderte Zorn.

Parmenion holte tief Luft. »Hat Theoparlis dich geschlagen?« fragte er leise.

»Nein.«

»Siehst du. Das hätte sich nämlich *so* angefühlt.« Und damit holte Parmenion aus und schlug Grigerios mit dem Handrücken so heftig ins Gesicht, daß es den Krieger von den Beinen riß. Unter den illyrischen Offizieren, die beim König am Tisch saßen, erhob sich erregtes Gemurmel. Parmenion schenkte Grigerios, der sich benommen aufrappelte, keine Beachtung und kehrte zu Bardylis zurück. Er blieb vor dem König stehen und verbeugte sich tief.

»Ruhmreicher Bardylis, ich möchte mich für diesen unliebsamen Zwischenfall entschuldigen. Aber dein Vertrauter, Grigerios, hat mich zum Zweikampf herausgefordert, und ich bitte um deine Erlaubnis.«

»Mit dir wollte ich doch gar nicht kämpfen!« rief Grigerios.

»Du willst nicht gegen einen Mann antreten, der dich geschlagen hat?« fragte Parmenion.

»Ja ... nein ... ich meine ...« Grigerios warf Bardylis einen hilfesuchenden Blick zu.

»Alle hier haben gesehen, wie dieser Streit angefangen hat«, sagte Bardylis. »Jetzt sollte er auch zu Ende geführt werden. Ich erteile euch hiermit die Erlaubnis zum Zweikampf.«

»Danke, edler König«, sagte Parmenion. »Darf ich – als Gast – eine Bitte äußern? Mir scheint es nur recht und billig, dir nicht nur eine Demonstration von Kraft und Geschicklichkeit, sondern auch von Mut zu bieten, da wir dein üppiges Gastmahl gestört haben. Hast du etwas dagegen, wenn mein Gegner und ich unseren Kampf nach Art der mesopotamischen Adeligen vor den Augen ihres Königs austragen?«

Bardylis starrte Parmenion argwöhnisch an. Er hatte keine Ahnung, wie mesopotamische Adelige kämpften, aber er hatte erst recht nicht die Absicht, dies zuzugeben.

»So sei es«, sagte er.

»Dann laß alles vorbereiten«, sagte Parmenion.

»Wie war das noch gleich ...?« sagte Bardylis.

»Nun, du mußt ein Kohlenbecken auf Armeshöhe mit glühenden Kohlen füllen lassen.«

»Ach, ja«, sagte Bardylis und gab zwei Dienern den Befehl, ein Kohlenbecken herbeizuschaffen. Parmenion trat ein paar Schritte vom Tisch weg, und Philipp und die anderen gesellten sich zu ihm.

»Was, beim Hades, soll das werden?« fragte Philipp.

»Mir blieb nichts anderes übrig, mein König. Ich habe dir versprochen, jeden Kampf zwischen Macedoniern und Illyrern zu vermeiden. Ich habe dieses Versprechen gehalten. Denn was immer hier geschehen mag, ist eine Sache zwischen einem Spartaner und einem Krieger des Bardylis.« Er wandte sich Theo zu. »Auf dem Tisch steht eine Schale Honig. Hol sie her – und dazu einen Krug Rotwein und Verbände. Dann tränkst du die Verbände mit dem Wein.«

»Was ist das denn für eine Art Kampf?« wollte Antipatros wissen.

»Etwas ganz Neues«, erwiderte Parmenion.

»Du hast Bardylis doch nicht etwa belogen?« flüsterte Philipp.

»Ja. Aber zerbrich dir nicht den Kopf darüber, Herr. Der Alte kann nicht Gedanken lesen.«

Vier Diener schleppten auf einem Tragegestell aus Balken einen schweren, mit glühenden Kohlen gefüllten Rost auf das Übungsfeld. Parmenion legte seinen Brustharnisch und die Beinschienen ab, nahm den Helm vom Kopf und streifte sich den Umhang von den Schultern. Dann zog er sein Schwert und nahm vor dem Kohlenbecken Aufstellung. Sichtlich verdutzt legte auch Grigerios die Rüstung ab, nahm sein Schwert und stellte sich Parmenion gegenüber auf die andere Seite des Beckens. Der König und seine Offiziere bildeten einen Kreis um die beiden Gegner und warteten auf den Beginn des Kampfes.

»Brauchst du die heißen Kohlen, um deine morschen Knochen warmzuhalten, alter Mann?« fragte Grigerios.

»Sei lieber still und tu, was ich tue«, erwiderte Parmenion und stieß die Schwertklinge tief in die glühenden Kohlen hinein. Dann trat er einen Schritt zurück und verschränkte die Arme vor der Brust. Nun schob auch Grigerios sein Schwert in den hitzewabernden Kohlenhaufen.

»Und jetzt?« fragte der Illyrer.

»Warten wir«, erwiderte der Spartaner.

Quälend langsam verging die Zeit. Die Blicke der Zuschauer huschten zwischen den nackten Oberkörpern der beiden Gegner und den mittlerweile rotglühenden Schwertklingen hin und her.

Der Lederriemen, mit dem der Griff von Grigerios' Schwert umwickelt war, dehnte sich, platzte auf und verkohlte. Schwarzer Rauch stieg gen Himmel, und die letzten Lederreste fielen in die Flammen. Parmenions Schwert hatte einen Griff aus Metall, um den mit dünnem Golddraht ein Stück Schlangenleder gewickelt war. Das Schlangenleder ging in Flammen auf, und der Golddraht löste sich und fiel auf die schwelenden Kohlen.

»Wenn du bereit bist«, sagte Parmenion, »nimm dein Schwert und fang an.« Grigerios leckte sich über die Lippen und starrte auf die glühenden Schwerter.

»Fang du an«, sagte er.

»Ich glaube, wir sollten gleichzeitig anfangen. Bist du bereit?«

Grigerios' Hand legte sich um den Griff seines Schwertes, der aber so unerträglich heiß geworden war, daß er die Hand zurückriß und sie in der Luft schlenkerte. Er warf einen raschen Blick in die Runde und sah die faszinierten Gesichter der Umstehenden. Schließlich schaute er den König an, dessen Miene kalt und abweisend war. Grigerios wußte, was Bardylis von ihm erwartete, und schluckte schwer, als er wieder auf sein rotglühendes Schwert starrte.

»Je länger du wartest, desto heißer wird es«, sagte Parmenion.

»Du elender Hurensohn!« kreischte Grigerios, packte das Schwert und zog es aus dem Kohlenhaufen. Sein Gesicht verlor schlagartig alle Farbe, als das glühende Eisen sich zischend ins Fleisch seiner Handfläche fraß. Mit einem gellenden Schrei warf er die Waffe zur Seite. Parmenion streckte die linke Hand aus, zog sein Schwert aus den Flammen und ging auf Grigerios zu.

Auf dem Gesicht des Spartaners spiegelte sich kein Schmerz, doch sein Atem ging schnell und flach, und er biß die Zähne so fest zusammen, daß man sie knirschen hörte. Dann hob er die glühende Schwertklinge und fuhr Grigerios mit der Spitze über die Brust. Das Knistern versengten Haares und das Zischen verbrennenden Fleisches drang den Zuschauern in die Ohren. Schließlich sprang Grigerios nach hinten, geriet ins Stolpern und fiel rücklings ins Gras.

Parmenion drehte sich zu Philipp um und verbeugte sich; dann hob er das rotglühende Schwert und salutierte vor Bardylis. Parmenions Arm zuckte herunter, und die Schwertklinge fuhr dicht vor seinen Füßen tief in den Boden. Der Spartaner ging durch die staunende Menge zu Theo hinüber, der bereits mit dem Topf Honig auf ihn wartete. Er strich Parmenion die klebrige Masse über das verbrannte, noch dampfende Fleisch der Handfläche. »Die Verbände«, sagte Parmenion mit krächzender Stimme. Theo nahm sie aus einer großen, flachen, mit Wein gefüllten Schale, wrang sie aus und wickelte sie behutsam um die linke Hand des Spartaners.

»Wie hast du das gemacht?« fragte Theo.

»Kann ... im Moment ... nicht sprechen«, erwiderte Parmenion und schloß die Augen, als die kühlen Verbände die Hitze aus der Hand sogen. Ihm war übel, und seine Knie zitterten. Er nahm alle Kraft zusammen, blickte Theo an und sagte: »Jetzt geh und verarzte Grigerios genauso wie mich. Na los!«

Als Theo sich auf den Weg gemacht hatte, hörte Parmenion Schritte. Er wandte sich um und sah Bardylis und Philipp, die mit einer Gruppe Offiziere zu ihm kamen. »Du bist ein interessanter Mann, Parmenion«, sagte der alte König. »Ich hätte wissen müssen, daß nicht mal ein Illyrer so viel Schmerz ertragen kann wie ihr Spartaner, die ihr von Kind auf daran gewöhnt werdet. Ist deine Hand schwer verletzt?«

»Sie wird heilen.«

»Aber vorher warst du dir dessen nicht sicher, oder? Darum hast du die linke Hand benutzt.«

»Das stimmt.«

»Hast du noch Kraft genug, mit uns zu speisen?«

»Gewiß, edler König. Ich danke dir.«

Der Schmerz war unbeschreiblich, doch Parmenion bot all seine Willenskraft auf, mit den anderen zu essen und zu trinken. Und dabei half ihm die Genugtuung, daß Grigerios nirgends mehr zu sehen war.

Der Tempel, im Herbst 359 v. Chr.

Als Tamis' geistige Kräfte zunehmend schwanden, wurde das Leben für Derae immer schwerer. Die alte Frau verbrachte jetzt die meiste Zeit damit, im Garten vor dem Tempel zu sitzen. Oft führte sie Selbstgespräche, und manchmal war es unmöglich, auch nur ein vernünftiges Wort mit ihr zu wechseln. Tamis' unerklärliche Angst und Verzweiflung waren weiter gewachsen, und die priesterlichen Pflichten im Tempel lasteten nur noch auf Deraes Schultern. Und jeden Tag kamen Scharen von Heilsuchenden – lange Warteschlangen von Kranken und Verkrüppelten, Armen und Reichen warteten vor dem Tempel auf die Berührung durch Deraes heilende Hände.

Die viele Arbeit brachte Derae bald an den Rand der völligen Erschöpfung, zumal auch der alte Helfer Naza gestorben war, so daß Derae sich nun auch um die Pflege des Gartens und die Aufzucht und Ernte von Obst, Gemüse und Kräutern kümmern mußte.

Nur noch sehr selten fand sie die Zeit, Parmenion zu beobachten – und noch seltener brachte sie die Kraft dazu auf.

Woche um Woche, Monat um Monat schuftete sie.

Bis jener Tag kam, als sie krank wurde. Das Fieber stieg schnell; sie fühlte sich elend, schwach und benommen. Trotz all ihrer Macht konnte sie sich nicht selbst heilen, und auch die Kranken warteten vergeblich vor den verschlossenen Toren des Tempels. Tamis war keine Hilfe mehr, denn als Derae sie verzweifelt zu sich rief, schien die alte Frau sie gar nicht zu hören.

Elf Tage lag Derae krank und hilflos darnieder und dämmerte in seltsamen Fieberträumen dahin, und selbst die Zeit, in der sie wach war, ähnelte mehr und mehr wirren Traumbildern: Einmal sah sie einen Mann neben ihrem Bett stehen, als sie die Augen aufschlug; er hatte ihr die Hand unter den Kopf geschoben und fütterte sie mit einer Fleischbrühe. Dann schlief Derae wieder ein.

Bis sie erwachte und mit lange vermißter Klarheit das Sonnenlicht sah, das durchs offene Fenster fiel. Sie wußte nicht, wieviel Zeit vergangen war; sie wußte nur, daß sie sich zwar noch schwach, aber nicht mehr krank fühlte. Die Tür ihres Schlafraums wurde geöffnet, und ein Mann trat ein. Er war sehr groß, mit grauem Bart, und trug eine Tunika von verblaßter roter Farbe. Der Fremde kam mit einem Becher Wasser an Deraes Bett und half ihr, zu trinken.

»Fühlst du dich besser, Priesterin?« fragte er.

»Ja. Danke. Deine Stimme kenne ich doch? Aber ich kann mich nicht erinnern ...«

»Ich heiße Leukion. Ich bin vor langer Zeit einmal hier gewesen, und du hast mir den Rat gegeben, nach Tyre zu gehen. Ich habe diesen Rat befolgt, und in Tyre habe ich Liebe und eine gute Frau gefunden. Wir haben prächtige Söhne und zwei Töchter großgezogen.«

Derae legte sich zurück und schaute mit ihren körperlosen Augen zu dem Mann empor. Sie erkannte ihn wieder, und sie erinnerte sich an den Ausdruck auf seinem Gesicht, als er versucht hatte, sie zu vergewaltigen. »Ich kann mich erinnern. Warum bist du zurückgekommen?«

»Meine Frau ist gestorben, Priesterin, und nun ist mein ältester Sohn das Familienoberhaupt. Aber ich habe dich nie vergessen. Ich wollte ... Ich wollte dich wiedersehen. Weil ich dich um Verzeihung bitten möchte. Doch als ich hierherkam, warst du krank, und niemand hat dir geholfen. Deshalb bin ich geblieben.«

»Wie lange habe ich im Bett gelegen?«

»Zwölf Tage«, sagte Leukion. »Zuerst glaubte ich, du mußt sterben, aber ich habe es geschafft, daß du Nahrung zu dir nimmst. Ich habe auch die alte Frau gefüttert, aber ich glaube, sie weiß nicht einmal, daß ich hier bin.«

»Zwölf Tage? Wie kommt es, daß meine Bettwäsche dann so sauber ist?«

»Ich habe sie für dich gewechselt und die durchgeschwitzten Laken gewaschen. Wenn du wieder ganz gesund bist, werde ich von hier fortgehen.«

Derae nahm die Hand des Mannes. »Ich danke dir für deine Hilfe, und ich bin froh, daß du zurückgekommen bist. Und ich freue mich, daß du ein glückliches Leben geführt hast. Solltest du Vergebung suchen – ich habe dir schon vor langer Zeit verziehen, Leukion.«

»Vor dem Tempel warten viele Leute auf dich. Was soll ich ihnen sagen?«

»Sag ihnen, daß ich morgen bei ihnen sein werde.« Derae schob die Laken zur Seite und erhob sich; ihre Beine waren schwach, aber sie konnte spüren, wie die Kraft in ihre Glieder zurückströmte. Leukion brachte ihre Kleidung und erbot sich, ihr beim Anziehen zu helfen. »Ist schon gut, Leukion. Ich bin zwar blind, aber ich kann mich allein ankleiden.« Sie wählte eine schlichte weiße Tunika, streifte sie über und ging hinaus in den Garten, wo Tamis neben dem Brunnen saß.

»Bitte, hasse mich nicht!« flehte die alte Frau mit hoher, schwacher Greisenstimme.

Derae drückte Tamis' Kopf an die Brust und streichelte ihr Haar. »Du siehst müde aus, Tamis. Warum ruhst du nicht?«

»Alles ist falsch. Alles. Ich habe gar nicht dem Licht gedient! Es ist mein Fehler, Derae.« Die jüngere Frau nahm Tamis beim Arm und führte sie auf deren Zimmer. Tamis ließ sich aufs Bett sinken und schlief sofort ein.

»Quält sie dich immer noch?« flüsterte Derae und setzte sich neben die alte Priesterin auf die Bettkante. »Laß mich schauen.« Sie löste sich aus ihrem Körper und schwebte umher, blickte sich um, doch in der Nähe war niemand zu sehen, und auch die dunkle, vermummte Frau konnte Derae nicht entdecken oder *spüren.* Warum, fragte Derae sich, ist Tamis dann so verzweifelt? Da die alte Priesterin in tiefen Schlaf gefallen war, entschloß sie sich, die Antwort auf diese Frage zu suchen. Nie zuvor war sie in Tamis' Gedanken eingedrungen, ohne daß die alte Frau davon gewußt hätte; nun aber tat sie es nach kurzem Zögern. Derae ließ ihren Geist in Tamis' Körper fließen, und ihr Inneres verschmolz mit dem der alten Frau. Sie sah viele Jahre wie im Flug vorüberhuschen; sie konnte Tamis' Hoffnungen spüren, ihre Träume und ihre Verzweiflung; sie sah, wie ein Kind, das eine einzigartige Gabe besaß, zu einer Frau mit Macht und Einfluß wurde; Derae schaute, wie dieses Mädchen heranwuchs, beobachtete – und teilte – mit ihr die Liebhaber, ihre Gefühle, Freude, Trauer und Schmerz. Und schließlich erlebte sie Tamis' erste Vision der Geburt des Dunkles Gottes ... und beobachtete voller Entsetzen, wie Tamis den Tod jenes persischen Mädchens verursachte, welches das Kind zur Welt bringen sollte.

»Wir können die Waffen des Feindes nicht benutzen«, hatte Tamis gesagt. Und dennoch war die Seherin vor fünfzig Jahren in den Geist der jungen Perserin eingedrungen und hatte die Gewalt über deren Körper übernommen. Dann hatte Tamis die junge Frau zur Spitze eines Turms geführt, hatte sie gezwungen, auf den Dachfirst zu klettern und in den Tod zu springen. Derae erschauderte bei diesem Anblick, und sie riß sich gewaltsam davon los und setzte die Reise in die Tiefen der Erinnerungen der alten Seherin fort. Als weitere Jahre vorüberzogen, verdüsterte sich die Atmosphäre – Tamis' Geist – immer mehr. Sie hatte begonnen, in den Ablauf bestimmter Ereignisse einzugreifen. Tamis war es gewesen, die Xenophon dazu gebracht hatte, den jungen Parmenion Taktik und Strategie zu lehren; Tamis hatte ihre Gabe dazu benutzt, Parmenion in den Kasernen in Sparta zum verachteten ›Mischling‹ und Außenseiter zu stempeln, um ihn von den anderen Jungen fernzuhalten.

Doch das Schlimmste kam erst noch – als Derae ein altes Geheimnis aufdeckte und die Antwort auf eine Frage fand, die sie fast ihr ganzes Leben lang beschäftigt hatte.

Obwohl sie Parmenion von Herzen liebte, hatte sie nie begriffen, warum er so leichtsinnig, ja, so dumm gewesen war, als sie sich im Hause Xenophons geliebt hatten.

Jetzt sah sie es ...

Jetzt wußte sie es ...

Denn Tamis hatte über ihnen beiden geschwebt – genauso, wie die vermummte Frau in Tamis' Traum. Und sie hatte ihre Gabe dazu benutzt, die beiden Liebenden blind vor den Gefahren zu machen; sie hatte ihre Leidenschaft geschürt und sie und Parmenion ins Verderben gestürzt. Und schlimmer noch ... die alte Seherin hatte es den Wegelagerern ermöglicht, Derae zu entführen. Tamis hatte Deraes Pferd stürzen lassen, so daß es kein Entrinnen gab. Und es war Tamis gewesen, die den Haß in Nestos entfacht hatte, den brennenden Wunsch, Derae als Opfer an Kassandra darbringen zu lassen und Parmenion im Zweikampf zu töten.

Das alles war Tamis' Werk.

Und sie hatte auch über Parmenions Schicksal bestimmt, hatte ihn gelenkt und geleitet ... nach Theben, nach Persien, nach Macedonien.

Doch die letzte Lüge war die schrecklichste von allen. Derae beobachtete, wie sie gegen die Fesseln kämpfte, nachdem man sie über Bord des Schiffes geworfen hatte. Die Lederriemen hatten sich im Wasser gedehnt und sich schließlich gelöst, und Derae war fernab vom davonsegelnden Schiff an die Wasseroberfläche gestoßen und um ihr Leben geschwommen. Damals war sie jung und kräftig gewesen; sie hatte das felsige Ufer schon dicht vor Augen, als sie von einer Woge gepackt und gegen eine Klippe geschleudert wurde. Sie hatte das Bewußtsein verloren ... und Momente später war Naza erschienen, war ins Wasser gewatet und hatte Derae an den Strand getragen.

»Sie lebt!« hatte der alte Mann gesagt.

Und Tamis hatte befohlen: »Bring sie zum Tempel.«

Sie lebt. Sie war damals gar nicht ertrunken ...

Lügen, Lügen, Lügen! Sie hätte den Tempel jederzeit verlassen können, ohne daß ihr das Fleisch von den Knochen gefault wäre. Sie hätte all die Jahre jederzeit zu Parmenion gehen und ihm und sich ein leeres, einsames Leben voller Schmerz ersparen können.

»Bitte, hasse mich nicht!«

Derae löste sich aus Tamis' Geist und flüchtete zurück in ihren Körper. Sie erhob sich und blickte auf die schlafende alte Frau hinunter. Sie wollte sie schlagen, sie wachrütteln und ihr die Wahrheit ins Gesicht schreien.

Tamis – eine Dienerin des Lichts? Eine Frau, die an die Macht der Liebe glaubte, wie sie so oft gesagt hatte.

Derae taumelte zurück, entsetzt über die schreckliche Kraft ihres Hasses. Sie stürmte aus dem Zimmer – und prallte gegen Leukion, der über den Flur zu ihr kam. Beinahe wäre sie gestürzt, doch starke Arme packten sie und hielten sie fest.

»Was ist mit dir, ehrwürdige Priesterin?«

»Es ist Lüge«, flüsterte Derae. »Alles ist Lüge.«

Und dann kamen die Tränen.

Pella, im Frühjahr 358 v. Chr.

Philipp beobachtete, wie die tausend Mann starke *Hopliten*-Einheit ein geschlossenes Rechteck bildete und dann im Sturmangriff über das Übungsfeld rannte. Parmenion rief mit Donnerstimme einen Befehl, und augenblicklich kam die Phalanx zum Stehen, noch immer in perfekter Formation; dann schwenkte sie geschlossen nach links.

Die Disziplin war hervorragend, und der König war hochzufrieden. Er sah, wie die Krieger nun ihre *sarissen* aufnahmen – Lanzen von gut fünf Meter Länge. Diese Waffen waren Philipps Erfindung: Jede Lanze besaß eine eiserne Spitze und war in Höhe des Griffs mit einem Dorn versehen, ebenfalls aus Eisen. Die Krieger in der vordersten Reihe der Phalanx hielten die *sarissa* in der rechten Armbeuge, während die Männer direkt hinter ihnen das Gewicht der mächtigen Lanze trugen, um sie in die Leiber der Soldaten in der vordersten feindlichen Kampflinie zu stoßen. Die Länge der *sarissen* verhinderte, daß der Gegner sich zum Nahkampf stellen konnte. Diese neu entwickelten Lanzen waren ihrer Länge wegen schwer und unhandlich, doch Philipp war der Überzeugung, daß sie den im Kampf noch unerfahrenen macedonischen *Hopliten* in den ersten Schlachten einen taktischen Vorteil verschaffen konnten. Denn die Phalanx würde gegen einen Feind vorrücken, der damit rechnete, dem Gegner im Nahkampf mit Schwert und Schild zu begegnen. Die *sarissen* aber, so glaubte Philipp, würde die vordersten Reihen des Feindes lichten, bevor es zum Kampf Mann gegen Mann kam.

Parmenion war sich da nicht so sicher. »Die *sarissen* sind ausgezeichnete Waffen, mein König. Aber nur beim Frontalangriff. Wenn der Feind über die Flanken attackiert, sind die Lanzen so gut wie nutzlos.«

»Das stimmt, *strategos.* Aber um einen Flankenangriff führen zu können, muß der Feind die Taktik für sein ganzes Heer umstellen – und die *Hopliten*taktik hat sich seit mehr als hundert Jahren nicht geändert.«

»Trotzdem sollten wir uns eine zusätzliche, unterstützende taktische Maßnahme einfallen lassen«, sagte Parmenion.

Und diese Maßnahme trug er Philipp einige Tage später vor.

Die macedonische Reiterei würde nicht mehr wie seit langem üblich einen Frontalangriff auf die feindliche Phalanx führen. Dieser Angriff sollte in Zukunft von den Fußsoldaten vorgetragen werden, während die Reiterei den Gegner an der rechten und linken Flanke attackierte, in die Zange nahm und zur Mitte drängte – wo die mit den neuen *sarissen* bewehrten *Hopliten* ihre Angriffswucht dann voll entfalten konnten.

Im Herbst und im Winter dieses Jahres wurde das macedonische Heer Tag für Tag stärker. Dorfbewohner und Bauern strömten nach Pella und unterzogen sich der harten Ausbildung, um dann als Lohn die neue phrygische Rüstung in Empfang zu nehmen: den schwarzen Brustharnisch und den Helm mit rotem Federbusch. Zur Mitte des Winters hatte Parmenion jene Männer ausgewählt, aus denen er die neue königliche Leibgarde bilden wollte; diese Elitesoldaten trugen schwarze Umhänge aus feinster Wolle und einen Schild mit bronzener Umrandung, auf dessen Mitte der Stern von Macedonien abgebildet war. Sämtliche Rüstungen waren von dem Gold erworben worden, das nun wieder reichlich aus den Minen von Kreusien strömte, seit Attalos dort die Aufsicht übernommen hatte. Und Philipp sparte an nichts, wann immer es galt, das neue Heer auszurüsten: mit phrygischen und böotischen Rüstungen, mit thrakischen Kriegspferden, mit Waffen aus dem Süden Griechenlands, mit Kleidung aus Theben;

neue Wohngebäude wurden von athenischen und korinthischen Architekten und Arbeitern errichtet.

Die Kaserne war mittlerweile fertiggestellt und bereits von der königlichen Garde bezogen worden. Diesen Männern wurde reichliches und kräftiges Essen vorgesetzt, und sie wurden nur mit den besten Weinen versorgt; doch für diese bevorzugte Behandlung zahlten sie einen hohen Preis, indem sie unter den Argusaugen Parmenions den härtesten Übungen unterzogen wurden.

Nach Philipps Rückkehr aus Illyrien waren Theoparlis und Achillas in hohe militärische Ränge aufgestiegen. Beide Männer hatten ihre Familien in Pelagonien besucht und ihnen soviel Geld gegeben, daß sie in den Wintermonaten reichlich versorgt waren. Mittlerweile befehligte jeder der beiden eine zweitausend Mann starke *Hopliten*-Einheit.

Achillas hatte sich bereits in Paionien Ruhm erworben, als Philipp im vergangenen Herbst seine neue Armee gegen die Erzfeinde Macedoniens ins Feld geführt hatte. Der paionische König hatte in der Schlacht sein Leben gelassen, und sein Heer war in die Flucht geschlagen worden. Philipp hatte Achillas mit einem Schwert mit goldenem Griff belohnt.

Als der König den Soldaten nur eine Weile bei ihren Manövern zugeschaut hatte, stieg er auf seinen schwarzen Hengst und ritt zum Palast nach Pella zurück.

Dort wurde er bereits von Nikanor erwartet.

»Die Königin hat ihr neues Heim auf deinen Gütern bei Aigai bezogen«, berichtete Nikanor. »Simiche läßt dir ihren Dank ausrichten, daß sie nun so nette Gesellschaft hat.«

»Also ist Audata wohlbehalten in Aigai eingetroffen?«

»Ja. Der Ritt hat ihr zwar zu schaffen gemacht, aber es geht ihr schon wieder besser. Die Ärzte kümmern sich um die Königin, nur macht ihnen immer noch Audatas Alter und ihr enges Becken Kummer. Aber die Seher prophezeien ihr eine problemlose Schwangerschaft. Und sollte Diomakos recht behalten, wird sie dir eine Tochter schenken.«

»Sie tut mir leid«, sagte Philipp. »Sie wäre gern in Pella geblieben, doch ich habe ihr gesagt, das Klima im Süden ist besser für sie.« Er seufzte. »Sie ist mir ein gutes Weib, Nikanor. Aber ich kann sie hier in Pella nicht gebrauchen. Dieser Palast ist für eine ganz besondere Frau vorgesehen.«

»Ist sie dir wieder im Traum erschienen?«

»Ja. Es geschieht immer öfter. Und der Traum ist immer wirklicher.

Ich kann die Frau mittlerweile deutlicher sehen als dich, der du jetzt vor mir stehst.«

»Das ist Zauberwerk, Philipp!« sagte Nikanor, und auf seinem Gesicht spiegelte sich Besorgnis.

»Falls sie eine Zauberin ist, sind die Träume, die sie mir schickt, so wundervoll, daß ein Mann dafür sterben würde – oder töten. Sie sagt, sie wird mir einen Sohn schenken – der zu einem Mann von unvergleichlicher Größe heranreift. Ich glaube ihr. Und darum muß ich meinem Sohn ein Reich hinterlassen, das eines mächtigen Königs würdig ist. Aber solange ich Bardylis einen so hohen Tribut zahlen muß, schaffe ich das nicht.«

»Was wirst du tun?«

Philipp lächelte. »Ich habe es schon getan. Die Tributzahlungen sind eingestellt worden.«

»Weiß Parmenion davon?«

»Ist er der König?« erwiderte Philipp scharf.

»Nein, Herr, so habe ich das nicht gemeint. Aber du läßt Bardylis nun keine andere Wahl mehr, als Macedonien anzugreifen. Können wir einem Angriff jetzt schon standhalten?«

»Ich bin ziemlich sicher«, sagte Philipp. »Jetzt ist Macedoniens Zeit gekommen. Und ich werde nicht als eines anderen Mannes Vasall nach Samothrake reisen. Wenn ich die Frau aus meinem Traum hierher nach Pella bringe, wird sie den Boden eines mächtigen Königreichs betreten ... oder ich werde tot sein und brauche mir über Söhne, Macht und Ruhm keine Gedanken mehr zu machen.« Philipp nahm Nikanor beim Arm, beugte sich zu ihm hinüber und raunte ihm ins Ohr: »Alles, was ich gerade zu dir gesagt habe, geht niemanden etwas an.«

»Ich werde kein Wort darüber reden«, versprach Nikanor.

Philipp nickte. »Macedonien wird frei sein«, sagte er.

Später, als Nikanor gegangen war, trat Philipp an das lange Fenster in der nach Westen gelegenen Wand des Palasts und beobachtete, wie die Sonne hinter den fernen Bergen unterging.

Er hatte Nikanor nicht alles anvertraut – und er hatte auch nicht die Absicht.

Die Verwirklichung seines großen Eroberungsplans hatte begonnen. Zuerst Bardylis, dann Thessalien im Süden, dann Thrakien im Osten.

Und dann ...?

Seit er den Traum zum erstenmal geträumt hatte, war Philipps Ehrgeiz von Tag zu Tag gewachsen. Er hatte die Fähigkeit entwickelt, Ereignisse auf unterschiedlichste Weise zu betrachten und in größeren

Zusammenhängen. Seit Jahrhunderten hatten die mächtigen Stadtstaaten in Griechenland versucht, den Rivalen ihren Willen aufzuzwingen – und sie alle hatten versagt: das gewaltige Sparta, unbesiegbar in der Feldschlacht; Athen, die Königin der Meere; Theben, der mächtige Herrscher Böotiens. Sie alle hatten nur kurzzeitige Erfolge errungen. Und so würde es auch in Zukunft bleiben; das wußte Philipp. Denn keine dieser mächtigen Städte hatte einen wirklich *großen* Traum; sie alle blickten letztendlich nur mit kleinlichem Neid und Eifersucht auf die Nachbarn und waren nur auf den eigenen Vorteil bedacht.

Doch wenn ein Staat wahre Größe erlangen und stark, selbstbewußt und vorausschauend werden sollte, war die Macht der Stadtstaaten endgültig gebrochen; alle Griechen würden die Freiheit haben, sich zusammenzuschließen, um von einem einzigen Kriegskönig in die Schlacht geführt zu werden.

Und die Welt würde erzittern.

Philipp schauderte. Was für ein gewaltiger Gedanke! ging es ihm durch den Kopf. Warum hast du diese Wahrheit nicht schon früher erkannt?

Weil du erst jetzt ein wahrer König bist, flüsterte eine leise Stimme in seinem Innern. *Weil du ein Mann mit Macht und Weitsicht, Mut und Klugheit bist.*

Als Parmenion kam, um Philipp Bericht zu erstatten, hatte der König bereits mehrere Becher Wein geleert. Er war gehobener, herzlicher Stimmung, witzig und leutselig, doch der Spartaner spürte die Anspannung hinter dieser Fassade. Die beiden Männer machten es sich auf Liegen bequem und tranken und redeten fast bis Mitternacht; dann erst stellte der König die Frage, auf die Parmenion gewartet hatte.

»Sag mir, *strategos,* sind die Männer bereit?«

»Bereit wofür?« fragte Parmenion zurück, obwohl er die Antwort kannte.

»Bereit, für die Freiheit Macedoniens zu kämpfen.«

»Männer sind immer und zu allen Zeiten bereit, für die Freiheit zu kämpfen. Aber wenn deine Frage darauf hinausläuft, ob wir die Illyrer besiegen können ... ich weiß es nicht. In sechs Monaten haben wir weitere zweitausend Mann ausgebildet und unter Waffen; dann würde meine Antwort ja lauten.«

»Uns bleiben keine sechs Monate mehr«, sagte Philipp und füllte seinen Becher nach.

»Warum nicht?« fragte Parmenion leise.

»Ich zahle Bardylis keinen Tribut mehr. In spätestens sechs Wochen wird das illyrische Heer über die Berge kommen und uns angreifen.«

»Warum hast du die Tributzahlungen eingestellt?« wollte Parmenion wissen.

»Weil ich das Geld für Rüstungen und Waffen brauche. Da bleibt für Bardylis nichts übrig. Können wir ihn besiegen?«

»Das hängt davon ab, für welche Taktik er sich entscheidet und welches Terrain er als Schlachtfeld wählt. Wir brauchen ebenes Gelände für unsere *Hopliten* und an den Flanken Platz genug, so daß unsere Reiterei die Flügel des feindlichen Heeres angreifen kann. Letztendlich aber wird der Kampfgeist unserer Krieger den Ausschlag geben.«

»Kannst du dir vorstellen, wie die Schlacht sich entwickeln wird?«

Parmenion zuckte mit den Achseln. »Die Illyrer werden voller Selbstvertrauen in den Kampf ziehen, da sie mit einem weiteren leichten Sieg rechnen. Das wird ein Vorteil für uns sein. Aber sobald wir uns gegen die Illyrer stemmen, werden sie ihre gefürchtete Kampfformation einnehmen – eine gewaltige, quadratische Phalanx. Dann liegt es an unseren Kriegern, an ihrer Kraft, ihrem Mut und ihrem Willen. Es werden zwei ungeheure Blöcke gegeneinander drücken ... bis einer dieser Blöcke zu bröckeln beginnt und zerbricht ... ihrer oder unserer. Die Entscheidung ist gefallen, sobald der erste Krieger sich herumwirft und flieht ... dies wird dann wie ein Flächenbrand um sich greifen. Die Gefechtslinien werden auseinandergezogen, bis sie zerreißen. Ihre oder unsere.«

»Ich kann nicht gerade behaupten, daß du mir Mut machst«, murmelte Philipp und nahm einen Schluck Wein.

»An Vertrauen in unsere Krieger mangelt es mir nicht, mein König. Doch die Illyrer haben mindestens so viele Männer wie wir – über den Sieg entscheiden die Götter allein.«

»Was macht deine Hand?« fragte Philipp und wechselte plötzlich das Thema.

Parmenion hob die Linke und spreizte die Finger, so daß Philipp die vernarbte Handfläche sehen konnte. »Sie ist ganz gut verheilt, Herr. Jedenfalls reicht es, um einen Schildgurt halten zu können.«

Philipp nickte. »Die Männer reden immer noch über diesen Zweikampf. Sie sind stolz auf dich, Parmenion. Für dich würden sie gegen den Kriegsgott selbst kämpfen, und sie werden nicht weichen, solange du nicht weichst. Sie werden dich suchen, dich anschauen, sich an dir aufrichten – du wirst den Kampfgeist Macedoniens verkörpern.«

»Nein, mein König – wenn ich dir auch für diesen lobenden Vergleich danken möchte. Aber die Krieger werden nur für einen Mann Augen haben: für den König.«

Philipp lächelte; dann lachte er laut auf. »Schenk mir diesen einen Sieg, *strategos*. Macedonien braucht ihn. *Ich* brauche ihn.«

»Ich werde mein Bestes geben, Herr. Aber vor langer Zeit habe ich erleben müssen, was für ein Risiko man eingeht, wenn man alles auf eine Karte setzt.«

»Du hast trotzdem gesiegt«, erwiderte Philipp.

»Ja«, sagte Parmenion und schwang sich von der Liege. Er verbeugte sich und verließ den Palast. Seine Gedanken waren in hellem Aufruhr.

Warum war der König ein so schreckliches Risiko eingegangen? Warum schob er den Feldzug nicht auf, bis die Chancen besser für ihn standen? Philipp hatte sich verändert, seit ihm die Frau im Traum erschienen war; seither wurde er häufiger ernst, launisch und unberechenbar.

Am nächsten Morgen rief Parmenion seine wichtigsten Offiziere zu sich und ging mit ihnen auf den Übungsplatz vor den Toren Pellas. Die Gruppe umfaßte zwölf Mann, doch die wichtigsten waren Achillas und Theoparlis – zwei der ersten Rekruten Parmenions in Macedonien.

»Heute werden wir mit einer Reihe neuer Übungen beginnen«, sagte er zu den Männern, »und die Krieger werden so hart arbeiten wie nie zuvor.«

»Gibt es irgend etwas, das wir wissen sollten?« fragte Theo.

»Die Armee ist wie ein Schwert«, erwiderte Parmenion. »Nur in der Schlacht kann man ermessen, was es wert ist. Und jetzt stellt keine Fragen mehr. All eure Aufmerksamkeit darf nur noch den Männern gelten, die ihr befehligt. Ihr müßt feststellen, wer von diesen Kriegern schwach ist, und sie aus euren Einheiten herausnehmen. Es ist besser, in der Unterzahl zu sein, als mit einem Feigling in die Schlacht zu ziehen.«

Langsam ließ er den Blick in die Runde schweifen und musterte jedes einzelne Gesicht.

»Schärft das Schwert«, sagte er leise.

Auf der Ebene von Lynkestia, im Sommer 358 v. Chr.

Auf einer staubigen Ebene im Norden Macedoniens, einen Tagesritt von Pella entfernt, wurden die beiden Heere zusammengezogen und nahmen in Schlachtordnung Aufstellung. Mit zehntausend Fußsoldaten und tausend Mann Reiterei waren die Illyrer den Macedoniern beinahe zwei zu eins überlegen.

Philipp stieg vom Pferd und ging zu den Kriegern der königlichen Garde hinüber, die ihn mit einem donnernden Jubelruf begrüßten, als er seinen Schild in die Höhe reckte und inmitten ihrer Reihen Aufstellung nahm. Parmenion blieb auf seinem Pferd sitzen, wie auch Attalos und Nikanor neben ihm; hinter diesen dreien warteten geduldig vierhundert Reitersoldaten. Der Spartaner blickte über die drei Phalanxen hinweg auf Antipatros, der an der rechten Flanke weitere dreihundert macedonische Kavalleristen befehligte; der schwarzbärtige Krieger erteilte seinen Männern noch einige letzte Befehle.

»Bei Hekate«, flüsterte Attalos und starrte auf die illyrischen Gefechtsreihen, »das sind mehr als genug von diesen Hurensöhnen.«

»Bald sind es sehr viel weniger«, versicherte Parmenion ihm. Der Spartaner zog den Kinnriemen seines Helms straff und blickte noch einmal auf die feindlichen Linien, die weniger als eine halbe Meile entfernt waren.

Bardylis hatte seine Krieger zu einer riesigen, quadratischen Phalanx zusammengezogen; zur Rechten befand sich seine Reiterei. Parmenion wußte, daß der alte Wolf sich damit einen ersten Vorteil verschafft hatte, denn dieser Wall aus Leibern würde sich kaum zersplittern lassen, und das konnte die Kampfmoral der macedonischen Krieger gerade zu Beginn der Schlacht entscheidend schwächen.

»Vorwärts!« brüllte Philipp, und die Krieger der königlichen Garde hoben ihre *sarissen* und marschierten auf den Feind los; dicht dahinter folgten die Phalanxen Theos und Achillas'. Parmenion hob den Arm und stieß seinem Hengst die Fersen in die Flanken; die Reiterei rückte zur linken Seite hinüber, bis neben die voranmarschierenden *Hopliten.*

Eine gewaltige Staubwolke wirbelte auf, doch der kräftige Wind verwehte sie rasch, so daß für die beiden feindlichen Heere klare Sicht herrschte. Parmenion beobachtete, wie die Gardesoldaten in Laufschritt verfielen, und sein Herz schlug schneller, als er die Gefechtsreihen der Gardetruppe beobachtete: sie waren trotz des schnellen Angriffs noch fest und geschlossen. Er flehte die Götter an, daß es so bleiben möge.

»Sie greifen an!« rief Attalos plötzlich, Parmenion riß den Blick von der Gardetruppe und sah, daß die illyrische Reiterei über die Ebene herangeprescht kam. »Keilformation!« brüllte Parmenion, hob seinen Speer und trieb den Hengst zum Galopp.

Die Macedonier jagten hinter ihm her.

Näher und näher kamen sich die feindlichen Reitersoldaten; sie hielten ihre Speere stoßbereit gesenkt. Parmenion hob seinen Schild, nahm einen Gegner ins Visier und riskierte vor dem Angriff noch einen blitzschnellen Blick nach links und rechts. Attalos und Nikanor jagten, ein Stück zurück, dicht neben ihm dahin, und die Reitersoldaten bildeten einen Keil, der einer gewaltigen Speerspitze ähnelte. Sofort richtete Parmenion den Blick wieder nach vorn; sein Gegner, ein Reiteroffizier in einem gelben Umhang, preschte auf einem dunkelbraunen Wallach auf ihn zu. Parmenion behielt die Lanze des Angreifers, die quer über den Nacken seines Pferdes gelegt war, genau im Auge; als der Mann die Lanze nach vorn schwenkte und die metallene Spitze aufblitzte, riß Parmenion seinen Hengst mit einem brutalen

Zügelruck nach links, und die Lanzenspitze des Illyrers zischte dicht an seinem Gesicht vorbei. Im gleichen Augenblick stieß der Spartaner dem Gegner den Speer in die Kehle. Der Mann wurde vom Rücken seines Pferdes geschleudert. Momente später mußte Parmenion den Lanzenstoß eines anderen Illyrers abblocken; dann rammte er dem Gegner den Speer in die ungeschützte Brust. Als der Illyrer zu Boden stürzte, brach Parmenions Waffe entzwei. Der Spartaner zückte sein Schwert und kämpfte sich eine Schneise in die Reihen des Feindes.

Der Angriffskeil der Macedonier stieß tief in den Block der illyrischen Reiterei hinein, der vergeblich versuchte, auszuschwärmen und sich neu zu formieren. Als es den Reitern schließlich unter schweren Verlusten gelungen war, griffen Antipatros und seine Berittenen von der rechten Seite mit verheerender Wucht die Flanke des Feindes an. In die Zange genommen, kämpfte die illyrische Kavallerie jetzt nur noch ums Überleben.

Eine Schwertklinge traf Parmenions Helm, und ein Speer schmetterte dröhnend gegen seinen Brustpanzer, prallte ab und riß ihm eine klaffende Wunde am Oberschenkel. Er hob das Schwert, schlug zu und wurde vom Blutschwall übergossen, der aus dem Rumpf des enthaupteten Illyrers schoß.

Langsam wurde die feindliche Reiterei zu einer Masse aus Pferdeleibern zusammengedrückt, bis der größte Teil der illyrischen Berittenen die Waffen nicht mehr einsetzen konnte – so dicht standen die Pferde beisammen. Die illyrischen Krieger waren hilflos den macedonischen Attacken ausgeliefert. Getötete Pferde stürzten zu Boden, zertrampelten im Todeskampf schreiende Soldaten oder begruben sie unter sich. Die Reste der illyrischen Reiterei versuchten, in Panik zu fliehen; einigen Gruppen gelang es, sich in südlicher Richtung einen Fluchtweg freizukämpfen. Doch Antipatros und dessen Berittene nahmen sofort die Verfolgung auf, während Parmenion, Attalos und Nikanor ihre Einheiten zurückriefen, um sie hinter den Kampflinien neu zu formieren.

Philipp hatte die vernichtende Niederlage der illyrischen Reiterei nicht beobachtet. Als er sich mit seiner Garde bis auf dreißig Schritt den feindlichen Linien genähert hatte, befahl er: »Halt!« Die donnernden Schritte verstummten; die Phalanx blieb stehen. Augenblicke später rückte Theos Phalanx von der linken Seite heran und schloß zu Philipps Elitesoldaten auf, während Achillas seine Einheit auf der rechten Seite gut dreißig Schritt von der Garde entfernt halten ließ, um auf diese Weise einem Angriff der Illyrer auf die rechte Flanke des macedonischen Heeres begegnen zu können.

Die Macedonier standen der Hauptstreitmacht des Feindes nun so nahe gegenüber, daß sie die Gesichter der Feinde sehen konnten – und den drohenden Schutzwall aus Speeren und Schilden.

»Sieg!« rief Philipp mit donnernder Stimme.

Die macedonischen Phalanxen rückten langsam wieder vor: dreitausend *Hopliten* – zehn Gefechtslinien von je dreihundert Mann in der Breite. Doch bevor die Krieger auf das illyrische Verteidigungsgeviert prallten, hielt die Phalanx noch einmal inne. Langsam richteten die Krieger in der vordersten Reihe die langen *sarissen* aus. Die eisernen Spitzen funkelten im Sonnenlicht. Die Soldaten in der zweiten macedonischen Kampflinie hoben die Schäfte der etwa fünf Meter langen Lanzen, so daß die Vordermänner ihre Stöße gezielt führen konnten. Dann, nach einem lautstarken Befehl Philipps, griffen sie an und rammten die langen Lanzen in die erste illyrische Verteidigungslinie. Die Stoßkraft der schweren *sarissen* war so gewaltig, daß sie die Schilde und Brustpanzer der feindlichen Krieger durchstießen und ein schreckliches Blutbad unter den Illyrern anrichteten. Nach dem ersten Angriff zogen die Macedonier sich ein paar Schritt zurück – und stürmten wieder vor, um mit den *sarissen* nun die zweite illyrische Verteidigungslinie zu zerschlagen.

Philipp war sicher, daß die Streitmacht der Illyrer schon nach der ersten Angriffswoge zerbrechen und fliehen würde, denn der Feind hatte kaum mehr die Möglichkeit, sich zu verteidigen. Dann aber packte einer der illyrischen Soldaten, dessen Leib von der *sarissa* durchbohrt worden war, mit letzter Kraft den Schaft der langen Lanze und klammerte sich im Todeskampf daran fest. Andere Krieger, die die todesverachtende Tat ihres Kameraden beobachtet hatten, taten es ihm gleich; sie packten die Schäfte der Lanzen und machten auf diese Weise viele *sarissen* wirkungslos.

»Die Lanzen herunter!« rief Philipp, worauf die Krieger in den beiden vorderen Linien die *sarissen* zu Boden fallen ließen, ihre Kurzschwerter zückten oder die Speere hoben. »Angriff!« brüllte Philipp. Wieder stießen die Macedonier vor und stürmten über die Leichen der gefallenen Feinde hinweg. Nun aber schien sich das Blatt zu wenden, denn ohne *sarissen* war der illyrische Verteidigungswall ungleich schwerer zu überrennen; der Angriff prallte an der dichten Mauer aus Schilden ab, und viele macedonische Krieger fielen den Speeren und Schwertern von Bardylis' *Hopliten* zum Opfer.

Doch nun griff Achillas, der seine Phalanx auf der rechten Seite in Reserve gehalten hatte, in die Schlacht ein, die plötzlich wieder auf des Messers Schneide stand.

»Die Speere senken!« rief er. »Angriff!« Vom unerwarteten, wuchtigen Ansturm der zweitausend Mann starken Phalanx wurden die Illyrer erneut zurückgetrieben; wieder lichteten die tödlichen *sarissen* ihre Reihen, bis sich auch hier illyrische Krieger mit Todesverachtung in die Lanzen stürzten und die Waffen wirkungslos machten. Und nun entbrannte eine furchtbare Schlacht mit Schwert und Speer zwischen den drei macedonischen Phalanxen und der zahlenmäßig immer noch überlegenen Abwehrformation der Illyrer.

Parmenion und seine Reitertruppe warteten und beobachteten den Kampf mit wachsender Besorgnis.

»Sollten wir nicht angreifen?« fragte Nikanor.

»Noch nicht«, erwiderte Parmenion.

»Aber sie drängen uns zurück ... sie haben immer noch tausend Krieger mehr. Wenn unsere Soldaten dem Druck nicht standhalten können, kommt es zum Gegenangriff.«

»Wir warten«, wiederholte Parmenion.

Der Spartaner blickte auf die wimmelnde Masse der Leiber und verspürte den Wunsch, an der Seite seiner Krieger zu kämpfen. Er flehte zu den Göttern, daß Theo sich an jene Manöver erinnerte, die sie so häufig exerziert hatten.

Dann schien sich eine Katastrophe anzubahnen, als die vorderste macedonische Angriffsreihe von einer illyrischen *Hopliten*-Einheit durchbrochen wurde. Philipp, der sich in der zweiten Kampflinie befand, setzte sich an die Spitze seiner Männer und trieb sie nach vorn. Er stieß einem illyrischen Angreifer das Schwert in die Gedärme, und der Mann ging mit einem furchtbaren Schrei zu Boden. Philipp sprang über den Gefallenen hinweg und rammte einem weiteren Feind den Schild ins Gesicht. Zur Linken und zur Rechten des Königs schlossen die Gardekrieger immer wieder Lücken, die von den Illyrern gerissen wurden. Doch nun befand Philipp selbst sich in der vordersten Gefechtslinie und sah sich den Schwertern und Speeren der Feinde gegenüber.

Plötzlich hallte von der linken Seite des macedonischen Heeres ein Befehl Theos über die Schreie und das Waffengeklirr hinweg – jener Befehl, auf den Parmenion flehentlich gewartet hatte.

»Rechte Seite – rückt vor! *Rechte Seite – rückt vor!*«

Die Männer auf der linken Flanke zogen sich zurück, während die Krieger zur Rechten ihre Schilde aneinander hielten und in dichter Formation vorrückten. Theos Phalanx schwenkte langsam herum und löste sich von den macedonischen Gardesoldaten ... und augenblicklich strömten die illyrischen Krieger durch die Lücke, die sich bei diesem Manöver bildete, wie das Meer sich durch einen fortgespülten Damm ergießt.

»Jetzt!« brüllte Parmenion. Die macedonischen Reitersoldaten trieben ihre Pferde zum Galopp, hielten genau auf die Lücke zu und fuhren wie ein Sturmwind in die Reihen der feindlichen Krieger. Zu spät erkannten die Illyrer die Gefahr. Hastig versuchten sie, sich zu formieren, doch erneut saßen sie in der Zange: die Reiterei war vor ihnen – und hinter ihnen die drei macedonischen Phalanxen, die, vom feindlichen Druck befreit, herumgeschwenkt waren.

Die Illyrer waren tapfere, in vielen Schlachten gestählte Krieger. So gut sie konnten, bildeten sie einen Schildwall. Doch die Angriffswucht der macedonischen Reiterei sprengte diese Mauer, und die Krieger brachen bis ins Herz der feindlichen Truppen durch.

Damit war das gefürchtete quadratische Abwehrbollwerk der Illyrer, das so lange standgehalten hatte, endgültig zerschmettert. Die macedonischen Phalanxen, noch immer dicht und geschlossen, rückten unaufhaltsam vor und machten die illyrischen Krieger nieder, die ihnen von Parmenions Reiterei vor die Waffen getrieben wurde. Die vordersten macedonischen Reihen waren Bardylis und seinen Offizieren schon bedrohlich nahe gekommen.

Der greise König aber hielt die Stellung. Seine Gardesoldaten bildeten einen Verteidigunggswall um ihn herum. Doch mittlerweile war aus der Schlacht ein Massaker geworden; das in Auflösung begriffene illyrische Heer konnte kaum noch Widerstand leisten.

Bardylis versuchte ein letztes verzweifeltes Manöver und schickte seine Garde zum Angriff gegen Philipp, doch Theoparlis' und Achillas' Männer waren bereits so weit vorgedrungen, daß sie Bardylis' Elitesoldaten abfangen und niedermachen konnten. Dann wichen die Macedonier auf einen Befehl Philipps vor dem nunmehr schutzlosen Bardylis zurück.

»Tritt vor, alter Mann«, rief der macedonische König. Bardylis seufzte. Er zog sein Schwert aus der Scheide, ging an seinen letzten überlebenden Getreuen vorbei und blieb schließlich vor seinem Schwiegersohn stehen.

»Ich nehme an, ich soll jetzt vor dir niederknien«, sagte der Alte.

»Kein König sollte vor einem anderen niederknien«, erwiderte Philipp und schob sein Schwert in die Scheide zurück. »Das hast du selbst mir einmal gesagt.«

»Was verlangst du von mir?«

»Daß du mir die macedonischen Gebiete zurückgibst, die deine Truppen erobert haben – mehr nicht. Und daß alle Illyrer und jeder,

der illyrischer Abstammung ist, in die Heimat zurückkehren muß. Die Höhe der Tributzahlungen bleibt bestehen – nur daß du den Tribut jetzt an mich entrichtest.«

»Du hast in kurzer Zeit einen langen Weg zurückgelegt, mein Sohn. Und du hast tapfer gekämpft. Was soll nun mit Audata geschehen? Wirst du sie töten lassen?«

Philipp sah die Angst in den Augen Bardylis', trat auf ihn zu und legte dem alten Mann die Hände auf die Schultern. »Audata ist mir lieb und teuer«, versicherte Philipp ihm.

»Und sie ist schwanger. Sie wohnt nun auf einem eigenen Anwesen im Süden, an der Küste. Aber ich werde sie zu dir schicken, sobald das Kind geboren ist.«

Bardylis nickte; dann wandte er sich Parmenion zu, der vom Pferd gestiegen war und neben den beiden Königen stand. »Ich hätte dich gut gebrauchen können, Spartaner«, sagte er und zwang sich zu einem Lächeln.

Parmenion verbeugte sich tief, erwiderte aber nichts.

Der alte Mann wandte sich ab und ging zu den Überlebenden seiner Garde hinüber.

Und in diesem Moment donnerte ein gewaltiger Jubelsturm aus Tausenden macedonischen Kehlen über die Ebene. Einige Soldaten der königlichen Garde hoben Philipp auf ihre Schultern und trugen ihn mit Hochrufen davon.

Parmenion blieb stehen und ließ den Blick über das Schlachtfeld schweifen. Er sah Leichen über Leichen, stöhnende Verwundete, Pferdekadaver. Er schauderte; in diesem Augenblick glaubte er, daß so viele Männer gefallen waren, daß man sie gar nicht zählen konnte. Später sollte er erfahren, daß siebenhundert Macedonier ihr Leben gelassen hatten, darunter Achillas und Petar. Doch was waren diese siebenhundert Gefallenen gegen die sechstausend Toten, die der Feind zu beklagen hatte. Die Macht Illyriens war an diesem Sommertag für alle Zeiten zerbrochen. »Hilf mir«, hörte Parmenion plötzlich eine schwache Stimme ein paar Meter entfernt. Er wandte den Kopf und sah Grigerios am Boden liegen. Sein Antlitz war blutüberströmt. Ein Schwerthieb hatte den Illyrer im Gesicht getroffen. Er hatte beide Augen verloren, und in seinem Unterleib war eine klaffende Wunde, aus der das Blut und das Leben strömten.

Parmenion kniete sich neben ihn und drückte den Kopf des Sterbenden an seine Brust.

»Haben wir gesiegt?« fragte Grigerios.

»Ja, wir haben gesiegt«, sagte Parmenion.

»Wer bist du?« fragte der Illyrer mit flüsternder, ersterbender Stimme und krümmte sich.

»Ich bin . . . Savra.«

»Bei allen Göttern, ich kann nichts sehen. Wisch mir das Blut aus den Augen.«

»Ruhe jetzt, mein Freund. Leg dich zurück. Und kämpfe nicht mehr. Für dich ist der Kampf bald zu Ende.«

Grigerios lag plötzlich ganz ruhig, und Parmenion glaubte schon, einen Toten in den Armen zu halten. Dann aber flüsterte der Illyrer: »Ich . . . dachte schon . . . wir würden besiegt. Weißt du, wie sie Parmenion nennen . . . diesen Spartaner? Den . . . Tod der Staaten. Er hat seine Heimatstadt zerstört. Wohin er auch geht . . . schreitet der Tod an seiner Seite. Aber . . . jetzt nicht mehr. Nicht wahr . . . Savra?«

Grigerios' Kopf sank zur Seite, und er tat einen letzten, rasselnden Atemzug.

Parmenion traten die Tränen in die Augen, und er blickte zum Himmel auf.

Wo schon die Aasvögel kreisten und auf ihr Festmahl warteten.

Der Tempel, im Sommer 357 v. Chr.

Derae saß an Tamis' Bett und wartete auf das Unabwendbare. Die alte Frau hatte seit über einer Woche nichts gegessen und seit Tagen kein Wort mehr gesprochen. Derae nahm ihre Hand; sie fühlte sich heiß und trocken an, und die Haut spannte sich über den Knochen. Das Fleisch war regelrecht von Tamis' Körper geschmolzen, und in den Augen lag ein gehetzter, verängstigter Blick, der Derae mit Sorge erfüllte.

Sie versuchte, der sterbenden Frau durch ihre Geisteskräfte Lebensenergie zuzuführen, spürte aber, wie Tamis sich dagegen wehrte.

Kurz vor Mitternacht starb die alte Priesterin. Kein Geräusch, keine Bewegung hatte erkennen lassen, daß sie verschieden war. Nur für einen winzigen Augenblick war der Geist der alten Frau noch einmal schwach erstrahlt – um im nächsten Moment zu verlöschen. Derae weinte nicht, wenngleich sie tiefe Trauer verspürte. Sie zog Tamis behutsam das Laken übers Gesicht und kehrte auf ihr Zimmer zurück.

Leukion hatte ihr einen Krug Wasser und eine Schale Obst neben das Bett gestellt. Doch Derae verspürte weder Hunger noch Durst. Kaum hatte sie sich aufs Bett gelegt, fiel sie in einen unruhigen Schlaf.

Plötzlich hörte sie Musik. Sie erwachte, schlug die Augen auf und sah eine seltsame Szene. Sie befand sich am Ufer eines Sees, der in einer natürlichen Senke inmitten hoher, schneebedeckter Berge funkelte. Neben ihr saß eine Frau von unbeschreiblicher Schönheit. Sie war schlank und hochgewachsen und in einen langen, golden schimmernden *chiton* gekleidet.

»Tamis?« flüsterte Derae.

»Ja, wie ich vor langer Zeit gewesen bin«, erwiderte die Priesterin, streckte die Hand aus und nahm Derae zögernd beim Arm. »Was soll ich dir nur sagen?« fragte sie. »Wie kann ich dich um Verzeihung bitten? Ich hätte dich niemals belügen sollen. Und ich hätte keinen Einfluß auf dein Leben nehmen dürfen. Stolz gehört nicht zu den Gaben, die der Quell der Macht spendet; dennoch bin ich ein Opfer meines Stolzes geworden. Aber uns bleibt nur wenig Zeit, Derae, und ich habe dir viel zu erzählen. Die uralten Pforten, die ich dir gezeigt habe und hinter denen die Wege liegen, die über Kontinente und Meere hinwegführen – du brauchst nicht hindurchzugehen. Du mußt dich gegen den Dunklen Gott wappnen oder gegen seine Diener. Sie werden versuchen, dich durch Verlockungen auf ihre Seite zu ziehen.«

»Ich kann allein gegen sie kämpfen«, sagte Derae. »Dafür hast du mich ausgebildet.«

»Bitte, Derae, hör mir zu. Verlasse den Tempel. Mach dich auf die Suche nach Parmenion. Tu, was immer du tun möchtest – aber folge mir nicht auf meinen Wegen.«

Derae lachte. »Wo waren denn deine Skrupel, Tamis, als du die Marodeure auf meine Fährte gebracht hast? Als der Anführer mich mit einem Seil um den Hals hinter sich her zerrte? Warum hast du in Xenophons Haus über mir geschwebt, hast mir die Angst genommen und mich dazu getrieben, mit Parmenion zu schlafen, obwohl du gewußt hast, daß es unser beider Verderben bedeutete?«

Tamis schlug die Hände vors Gesicht. »Nein, bitte! Ich habe dich um Vergebung gebeten. Ich . . . ich . . .«

»Ach, Tamis, alte Freundin«, sagte Derae sanft, doch ihre Augen blickten kalt. »Ich vergebe dir. Aber ich habe gesehen, auf welche Weise du die letzte Dunkle Geburt verhindert hast. Wie zartfühlend von dir, den Geist des Mädchens zu übernehmen und sie dazu zu bringen, sich vom höchsten Turm zu stürzen. Vielleicht mache ich es diesmal genauso. Ich werde darüber nachdenken.«

»Hör auf! Ich bitte dich, Derae. Ich hatte mich geirrt. Mach du nicht die gleichen Fehler.«

Derae schloß die Augen. »Ich muß die Dunkle Geburt verhindern. Du hast mein Leben zerstört, Tamis – du hast gelogen und verführt, gelenkt und geleitet. Sollte der Dunkle Gott den Sieg davontragen, ist alles umsonst. Und das lasse ich nicht zu! Ich bin Spartanerin. Ich gebe mich niemals geschlagen. Also«, sagte sie und legte der Frau die Hand auf die Schulter. »Sag mir alles, was du über die Dunkle Geburt weißt.«

»Das kann ich nicht!«

»Du schuldest es mir, Tamis! Für alles, was ich verloren habe. Erzähle mir, was ich wissen will. Oder ich werde Tod über Philipp von Macedonien bringen – und über all die anderen Diener des Dunklen Gottes. Das schwöre ich.«

Tamis liefen Tränen über die Wangen. »Du, Derae, bist meine Bestrafung«, flüsterte sie. »In dir bin ich wiedergeboren, und in dir lebe ich weiter.«

»Sag mir, was ich wissen muß!«

»Versprichst du mir, niemanden zu töten?«

»Ich verspreche dir, daß ich Mord niemals als Mittel einsetzen werde, meine Ziele zu erreichen.«

Tamis seufzte. »Dann will ich dir vertrauen, obwohl meine Seele auf ewig verdammt ist, solltest du mich täuschen. Hast du gesehen, was in Macedonien geschehen ist? Natürlich – was für eine dumme Frage. Der Aufstieg Philipps, die Geburt eines Staates. Und diese Geburt kündet von der Ankunft des Dunklen Gottes. Sein fleischlicher Körper wird auf der Insel Samothrake gezeugt, im Hochsommer, in der Nacht des Dritten Mysteriums. Nichts und niemand kann es mehr verhindern. Die Mutter wird Olympias sein, die Tochter des Neoptelemos, des Königs von Epiros. Und Philipp wird der Vater sein. Er ist besessen, verhext. Aber du hast eine – eine! – Möglichkeit, doch noch zum Erfolg zu kommen. Um das Leben des Kindes dem Dunklen Gott zu weihen, muß die Empfängnis während einer bestimmten Zeitspanne stattfinden: wenn die Sterne in einer Konstellation am Himmel stehen, wie sie nur alle fünfzig Jahre zu sehen ist. Und das wird in jener Nacht auf Samothrake der Fall sein – aber nur eine Stunde lang. Wenn du entschlossen bist, deinen Weg weiter zu gehen, mußt du nach Samothrake reisen und die Zeremonie unterbrechen.«

»Aber dann bleiben mir nur noch zehn Tage«, sagte Derae. »Wie kann ich so schnell nach Samothrake gelangen?«

»Die uralten Pforten, die ich dir gezeigt habe, führen auf Pfade, die

zwischen den Welten verlaufen und zwischen den Zeiten. Hör mir gut zu, Derae, denn hier und jetzt siehst du mich zum letztenmal, und du mußt dir genau einprägen, was ich dir nun sage!«

Derae schlug die Augen auf und sah, wie das Licht am Himmel immer heller wurde. Der neue Tag brach an, und die Sterne verblaßten. Derae erhob sich, schenkte sich einen Becher Wasser ein und trank ein paar Schluck.

Samothrake, die Insel der Mysterien. Sie erschauderte. Tamis hatte diese Insel einmal als das Reich des Dunklen Gottes bezeichnet. Der Gedanke an die Reise erfüllte Derae mit nie gekannter Furcht, beinahe mit Entsetzen ... aber Parmenion wird ja dort sein, versuchte sie sich zu beruhigen. Zum erstenmal seit fast einem Vierteljahrhundert würden sie wieder zusammen sein. Aber was dann? Sie war nicht mehr das leidenschaftliche, hübsche Mädchen von damals, und er war nicht mehr der junge, schüchterne Krieger. Und es war nicht die Zeit allein, die sie mittlerweile trennte. Aber der bloße Gedanke, Parmenion wiederzutreffen, erfüllte Derae mit unbändiger Freude.

Doch sie hatte mit gemischten Gefühlen die Erfolge beobachtet, die Parmenion für Philipp errungen hatte. Zuerst den triumphalen Sieg über die Illyrer im vergangenen Jahr; dann den Einmarsch in Thessalien, die Sicherung der Grenzen nach Süden, die Invasion in Paionien und die Belagerung der Stadt Amphipolis.

Nun betrachteten die Wölfe in den großen und mächtigen Städten das einst unbedeutende Macedonien mit anderen Augen. Was einst ein Lamm gewesen war, das sie mühelos hätten schlachten können, war zu einem Löwen geworden – jung, kraftstrotzend und selbstbewußt.

Deshalb war Deraes Stolz auf Parmenions Erfolge von Kummer getrübt – denn je mächtiger Macedonien wurde, um so tödlicher war dessen Macht, wenn erst der Dunkle auf dem Thron saß.

Eisige Furcht durchfuhr sie. Derae kam sich wie ein Kind vor, das einen ungeheuren Waldbrand beobachtete; eine riesige Flammenwand, die sich weiterfraß und die ganze Welt zu verschlingen drohte. Was kann ich tun, diese Flammen zu löschen? fragte sie sich. Sie blickte auf den Becher Wasser, den sie in der Hand hielt, lächelte über sich selbst und ging zu Tamis' Zimmer.

»Ich werde mein Versprechen halten, alte Freundin. Ich werde keinen Mord begehen. Doch falls die Diener des Dunklen Gottes mich angreifen, wird es ihr Tod sein. Denn ich lasse mich nicht aufhalten.«

Das Bettlaken verdeckte immer noch Tamis' Körper. Derae schlug das Laken zurück – und sah ein morsches, zerfallenes Skelett. Als sie das Laken vom Bett zog, rollte der Schädel vom Kissen, fiel zu Boden und zersplitterte.

Samothrake, im Sommer 357 v. Chr.

Die Überfahrt war ruhig und ungestört verlaufen. Das Schiff glitt langsam auf die Anlegestelle zu; die Männer auf den drei Ruderbänken verringerten seine Geschwindigkeit. Mit einem sanften Stoß legte das Schiff längsseitig an. Seeleute warfen den Männern, die am hölzernen Kai warteten, Seile zu, und die große Triere wurde fest vertäut.

Philipp stieg als erster die Laufplanke hinunter, gefolgt von Parmenion.

»Beim Busen der Aphrodite, ich kann meine Aufregung kaum im Zaum halten«, sagte Philipp, als die beiden Männer festen Boden unter den Füßen hatten und auf die bewaldeten Hügel blickten. »Was meinst du, ob sie wohl schon da ist?«

»Das weiß ich nicht, mein König«, erwiderte Parmenion, »aber es gefällt mir nicht, daß du dich ohne Gardesoldaten auf den Weg machst. Hier könnten überall gedungene Mörder lauern, und Feinde hast du genug.«

Philipp lachte und schlug Parmenion freundschaftlich auf die Schulter. »Du machst dir zu viele Sorgen. Wir sind Reisende, nichts weiter. Wandersleute. Fahrende Händler. Nur wenige Menschen wissen, warum ich wirklich hier bin.«

»Nur wenige? Antipatros, Attalos, Nikanor, Theoparlis, Simiche ... und Zeus allein mag wissen, wer sonst noch«, erwiderte Parmenion leise. »Ein falsches Wort genügt.«

Philipp lächelte. »Das wird nicht geschehen, mein Freund. Ich bin auf Geheiß der Götter hier. Und vor allem habe ich dich als Beschützer an meiner Seite – den Löwen von Macedonien.« Philipp lachte, als er Parmenions Unbehagen sah. »Soll ich dir mal was sagen? Du solltest dir endlich eine Frau nehmen– oder einen Liebhaber. Du wirst immer ernster und düsterer.«

Eine Frau in schwarzen Umhängen kam zu ihnen und verbeugte sich tief.

»Willkommen auf Samothrake, König Philipp«, sagte sie.

»Na, großartig«, murmelte Parmenion. »Womöglich haben die hier sogar ein Fest geplant.« Die Frau blickte ihn fragend an; dann wandte sie sich wieder Philipp zu.

»Heute abend findet zu deinen Ehren ein Fest statt, und morgen eine Jagdpartie droben im Hügelland.«

»Ich hab's doch gewußt«, flüsterte Parmenion seufzend.

Philipp nahm die Hand der Frau und deutete einen Kuß an. »Ich danke dir. Euch allen. Es ist mir eine Ehre und Auszeichnung, von einer schönen und anmutigen Frau wie dir begrüßt zu werden. Wie hast du so schnell von meiner Ankunft erfahren?«

Die Frau lächelte, gab aber keine Antwort.

Sie führte die beiden Männer durch die belebte Hafengegend in eine Gasse, in der zwei weitere Frauen warteten, die zwei Schimmelhengste an den Zügeln hielten. »Eure Zimmer sind schon bereit, edle Herren«, sagte eine der Frauen und zeigte auf einen weißen Palast, der sich etwa eine Meile entfernt in nördlicher Richtung befand. »Ich hoffe, die Pferde gefallen euch.«

»O ja«, log Philipp. Denn die Tiere sahen zwar prächtig aus, doch ihre Muskeln waren nur schwach ausgebildet und die Brüste schmal, was auf kleine Lungen und schwache Herzen und somit auf wenig Kraft und Ausdauer hindeutete.

Philipp und Parmenion schwangen sich auf die Rücken der Hengste und ritten langsam in Richtung Palast; die Frauen folgten ihnen zu Fuß.

Auf den Wiesen zu beiden Seiten der Straße standen grasende Pferdeherden. Auch diese Tiere waren mager und schwach; viele waren dickbäuchig, und bei anderen wiesen die Schulterblätter nach unten; es war eine schlechte Zucht.

Philipp, der Pferdenarr, konnte seinen Widerwillen nicht im Zaum halten. »Wieso, beim Zeus, züchtet man hier derart häßliche Klepper?« raunte er Parmenion zu.

Der Spartaner wies mit einer knappen Kopfbewegung auf den Hafen hinter ihnen. »Ich könnte mir vorstellen, daß es Karrengäule sind, Herr, und keine Reitpferde. Offenbar hat die Reiterei auf Samothrake keine Bedeutung.«

Der König murmelte eine abfällige Bemerkung. Für einen Macedonier war eine schlechte Pferdezucht geradezu schändlich.

Doch Philipps Laune besserte sich zusehends, als sie vor dem Palast von drei wunderschönen Frauen in gelben und grünen Roben im Empfang genommen wurden. »Gibt es hier keine Männer?« fragte Philipp lächelnd.

»Nur dich und deinen Begleiter, ehrenwerter König«, erwiderte eine der Frauen. Philipp und Parmenion wurden in prunkvolle Gemächer mit seidenbespannten Liegen und goldbesetzten Vorhängen geführt.

»Falls du irgendeinen Wunsch hast, Herr, brauchst du es nur zu sagen«, sagte eines der Mädchen, ein junges Ding mit rabenschwarzem Haar.

Philipp lächelte und packte sie bei den Hüften. »Jeden Wunsch?« fragte er.

Ihre Hand glitt unter seinen Umhang und streichelte seine nackten Oberschenkel. »Gewiß, mein König«, sagte sie. »Auch *diesen* Wunsch.« Parmenion trat ans Fenster, schob den Vorhang zur Seite und blickte hinaus auf die Wiesen und Weiden. Er war müde und hatte nur noch den Wunsch, zu baden und dann zu schlafen. Als er das schwarzhaarige Mädchen kichern hörte, fluchte er leise vor sich hin.

»Was ist los mit dir, *strategos?«* fragte Philipp. Der Spartaner wandte sich um und sah, daß die Mädchen verschwunden waren.

»Ich bin nur ein wenig erschöpft, mein König.«

»Dann will ich dir einen Rat geben. Nimm dir eins von den Mädchen. Das muntert den Körper auf und ist gut fürs Gemüt.«

»Vielleicht werde ich deinen Rat befolgen«, erwiderte Parmenion.

Auf einem Tisch stand ein Krug Wein. Philipp schenkte zwei Becher voll und reichte einen Parmenion. »Setz dich ein Weilchen zu mir, mein Freund«, sagte der König und führte Parmenion zu einer Liege. »Als ich in Theben war, habe ich erfahren, daß du dort einst eine Priesterin namens Thetis geliebt hast . . .«

»Ich möchte nicht über sie reden, mein König.«

»Du hast mir nie von ihr erzählt . . . und auch nicht von den anderen Frauen in deinem Leben. Warum nicht?«

Parmenion schluckte schwer und wandte den Blick zur Seite. »Welchen Sinn hat es, über die Vergangenheit zu reden? Was erreicht man damit?«

»Manchmal erleichtert es das Herz, Parmenion.«

Der Spartaner schloß die Augen und kämpfte gegen die anstürmende Flut der Erinnerungen. »Ich . . . habe zwei Frauen geliebt. Beide sind für mich gestorben, auf verschiedene Weise. Die eine hieß Derae. Sie war Spartanerin. Unserer Liebe wegen wurde sie der Kassandra . . . geopfert. Man hat sie vor der Küste Asiens von Bord eines Schiffes geworfen. Die zweite Frau war Thetis; sie wurde von Meuchelmördern getötet, die Agesilaos ausgeschickt hatte. Derae und Thetis waren die einzigen Frauen in meinem Leben. Nie wieder soll jemand, den ich liebe, für mich sterben. Und jetzt, Herr, laß uns bitte von etwas anderem reden, denn . . .«

»Nein«, erwiderte Philipp. »Ich möchte mit dir darüber sprechen. Denn der Tod gehört zum Leben – auch der Tod geliebter Menschen. Meine erste Frau, Phila, ist ein Jahr nach unserer Hochzeit gestorben. Ich habe sie vergöttert. In der Nacht, als sie starb, wollte ich mir die Kehle durchschneiden und ihr in den Hades folgen. Wie du siehst, habe ich es nicht getan – und nun werde ich bald die Frau meiner Träume treffen.«

»Das freut mich für dich«, antwortete Parmenion mit kalter Stimme. »Aber du und ich – wir sind verschiedene Männer.«

»So verschieden sind wir gar nicht«, erwiderte Philipp. »Aber du trägst einen Panzer, sowohl am Körper als auch an der Seele. Ich bin jünger als du, mein Freund, aber in diesem Fall bin ich für dich wie ein Vater zu seinem verängstigten Sohn. Du brauchst eine Frau. Du brauchst Söhne. Mach dir um die Liebe keine Gedanken. Dein Vater, wer immer er gewesen sein mag, hat der Welt ein Geschenk hinterlassen, als er dich zeugte. Du bist deines Vaters Unsterblichkeit. Und gleiches würde für deine Söhne gelten. Aber ich möchte dir fürs erste nicht länger predigen, was gut für dich wäre. Ich werde baden und dann nach diesem schönen, schwarzhaarigen Mädchen schicken lassen. Und du, nehme ich an, wirst dir die Umgebung des Palasts ansehen, die Verteidigungsanlagen begutachten und nach versteckten Meuchelmördern Ausschau halten.«

Parmenion mußte lachen – nach langer Zeit aufrichtig und voller Humor. »Du kennst mich wirklich sehr gut, mein König.«

»Jedenfalls gut genug, dich von Herzen zu mögen. Und das ist selten genug bei den Menschen, die ich kenne«, erwiderte Philipp.

Der Spartaner verließ die Gemächer, schlenderte durch die Palastgärten und stieg dann ein Stück in die Hügel hinauf, von deren Kuppen man über die Bucht blicken konnte. Er sah eine Schafherde, die von einem Jungen gehütet wurde. Der Junge winkte Parmenion, und der Spartaner lächelte ihm im Vorübergehen zu und folgte weiter dem steinigen Pfad, der sich in Kehren und Windungen bis hinauf zum höchsten Punkt des Hügels schlängelte. Dort angekommen, ließ Parmenion sich im Schatten eines kleinen Waldstücks nieder. Die Äste der Bäume bogen sich unter der Last der üppigen weißen und lilafarbenen Blütenpracht, und Wind flüsterte in den Zweigen. Parmenion döste ein.

Als er erwachte, sah er eine hochgewachsene, schlanke Frau auf sich zukommen. Er stand auf, und seine Augen wurden schmal, als er die Frau betrachtete; denn für einen Augenblick hatte er den Eindruck gehabt, daß ihr Haar ganz plötzlich die Farbe gewechselt hatte: zuerst war es ihm rotblond erschienen, mit silbernen Strähnen; nun aber war es dunkel. Es muß am Lichteinfall liegen, dachte Parmenion, am Spiel von Sonne und Schatten. Er stand auf und verbeugte sich, als die Frau näher kam. Aus größerer Entfernung hatte ihr Umhang so schwarz wie die Nacht ausgesehen; nun aber, als die Frau ins Licht trat, erkannte Parmenion, daß der Stoff von einem schimmernden, tiefen Blau war – die Farbe des Meers beim Sonnenuntergang. Das Gesicht war verschleiert; wie bei Frauen üblich, die um einen kürzlich Verstorbenen trauerten.

»Willkommen, Fremder«, sagte sie. Ihre Stimme klang eigenartig vertraut und seltsam erregend.

»Bin ich auf deinem Grund und Boden?« fragte Parmenion. »Dann verzeih. Ich wußte ja nicht . . .«

»Nein, nein«, erwiderte die Frau. »Alles Land hier, soweit dein Auge reicht, gehört der Fürstin Aida. Auch ich bin fremd auf dieser Insel. Woher kommst du?«

»Aus Macedonien«, antwortete er.

»Bist du immer dort gewesen?«

»Nein. Ich stamme aus Sparta und war lange Zeit in Theben.«

»Du bist Soldat, nicht wahr?«

»Ist das so deutlich zu sehen?« fragte Parmenion, denn er war nur mit einem blaßblauen *chiton* und Sandalen bekleidet.

»Die Haut auf deinen Schienbeinen ist heller als die an deinen Oberschenkeln. Da liegt der Schluß nahe, daß du oft Beinschienen trägst.

Und einen Helm, denn deine Stirn ist längst nicht so braun wie dein Gesicht.«

»Du hast eine sehr gute Beobachtungsgabe.« Er versuchte, ihr Gesicht unter dem Schleier zu erkennen, doch es war unmöglich. Nur die Augen glaubte er sehen zu können; sie schienen dunkel zu schimmern, wie Opale. »Möchtest du dich nicht zu mir setzen?« sagte er plötzlich und war von dieser Frage selbst überrascht.

»Es ist schön hier«, erwiderte die Frau leise. »Gut, ich werde dir ein wenig Gesellschaft leisten. Was hat dich nach Samothrake geführt?«

»Ich habe einen Freund, der hier seine Braut treffen möchte. – Woher kommst du?«

»Von weit her, aus Asien. Aber ich reise oft. Es ist lange her, daß ich Sparta besucht habe. Wann bist du dort gewesen?«

»Ich habe in Sparta meine Kindheit verbracht.«

»Ist deine Frau Spartanerin?«

»Ich habe keine Frau.«

»Magst du Frauen nicht?«

»Doch, gewiß«, erwiderte er rasch. »Es ist nicht so, wie du vielleicht glaubst ... daß ich Knaben ... Ich hatte eine Frau. Vor langer Zeit. Sie hieß Thetis. Sie ist tot.«

»War sie deine große Liebe?« wollte die Fremde wissen.

»Nein«, gab Parmenion zu, »aber sie war eine gute Frau. Sie hat mich geliebt, und sie war treu und ehrlich. Aber warum reden wir nur von mir? Du trägst einen Schleier. Bist du in Trauer? Oder könntest du den Schleier ... abnehmen?«

»Nein. Ich bin in Trauer. Wie heißt du, Soldat?«

»Meine Freunde nennen mich Savra«, sagte er, denn er wollte seinen wahren Namen nicht nennen, dessen Ruhm in allen Staaten und Städten der Erde verbreitet war.

»Ich wünsche dir Glück, Savra ... Glückseligkeit«, sagte sie und erhob sich anmutig.

»Mußt du schon gehen? Ich ... es ist schön, mit dir zu reden«, sagte er unbeholfen.

»Ich muß gehen.«

Er stand auf und reichte ihr die Hand. Die Frau zögerte für einen Moment; dann berührte sie seine Finger. Parmenion spürte, wie sein Herz plötzlich rasend schnell schlug, und er hatte das Verlangen, ihren Schleier zu lüften. Er hob ihre Hand an die Lippen und küßte sie sanft; dann ließ er sie widerwillig los.

Ohne ein Wort zu sagen, ging die Frau davon. Parmenion setzte sich wieder zu Boden und schüttelte den Kopf. Was für eine seltsame

Begegnung, dachte er bei sich. Samothrake ist wahrhaftig eine Insel der Mysterien. Die Frau war mittlerweile hinter dem Hügelhang verschwunden. Parmenion sprang auf und lief bis zum Rand der Hügelkuppe, um einen letzten Blick auf die Frau zu werfen.

Sie näherte sich einem fernen Waldstück, und das Sonnenlicht fiel auf ihr Haar. Und diesmal erkannte er ganz deutlich, daß es von rotgoldener Farbe war.

Als die Krämpfe im linken Arm einsetzten, erwachte Philipp. Es war eine Stunde nach Anbruch der Morgendämmerung. Er blickte auf das junge blonde Mädchen, dessen Kopf auf seinem linken Oberarm lag. Behutsam zog Philipp den Arm frei – als er spürte, wie sich rechts von ihm jemand bewegte. Ein zweites Mädchen, hübsch und dunkelhaarig, schlug die Augen auf und blickte ihn an.

»Hast du gut geschlafen, Herr?« fragte sie und ließ die Finger sanft über seinen Unterleib gleiten.

»Sehr gut«, erwiderte Philipp und packte ihr Handgelenk. »Aber jetzt möchte ich Antworten auf ein paar Fragen.«

»Hat das nicht Zeit?« flüsterte sie, drehte sich auf die Seite und bot ihm ihren nackten Körper dar.

»Nein«, erwiderte Philipp ernst. »Es hat keine Zeit. Wem gehört dieser Palast?«

»Der Fürstin Aida.«

»Diesen Namen kenne ich nicht.«

»Sie ist die Hohepriesterin der Mysterien«, erwiderte das Mädchen.

»Dann geh jetzt und sag ihr, daß ich sie sehen möchte.«

»Ja, Herr.« Das Mädchen schlug die Laken zur Seite und stieg geschmeidig aus dem Bett. Philipp betrachtete ihre langen, schlanken Beine und ihre schmale Taille, die bronzefarbene Haut und die kleinen, festen Brüste. Sie bemerkte es und lächelte zaghaft.

»Geh!« sagte er, schärfer als beabsichtigt. *»Jetzt sofort.«*

Das blonde Mädchen erwachte und gähnte. »Raus mit dir!« sagte Philipp schroff. »Und schick mir einen Diener mit einem Becher kaltem Wasser.« Nachdem die beiden Mädchen verschwunden waren, schloß Philipp die Augen und rieb sich die Stirn, als könnte er auf diese Weise die hämmernden Kopfschmerzen vertreiben. Schließlich erhob er sich stöhnend und zog die Vorhänge vor dem breiten Fenster auf.

Die Sonnenstrahlen stachen ihm wie Speere aus Licht ins Hirn, und er drehte sich fluchend um und starrte ins Halbdunkel des Zimmers.

Der Wein war stark gewesen, doch viel lebendiger war seine Erinnerung an die seltsamen dunklen Samenkörner. Die Mädchen hatten sie in kleinen silbernen Schatullen mit aufs Zimmer gebracht und sie Philipp angeboten, nachdem er mit beiden das erste Mal Liebe gemacht hatte. Die Körner hatten ihm den Mund trocken werden lassen, fiel ihm jetzt erst wieder ein, doch sie hatten auch seine Leidenschaft aufs neue entfacht, hatten Geist und Körper mit frischer Kraft erfüllt. Alle Farben waren ihm unglaublich intensiv erschienen, und die Sinne waren zu einer einzigen, allumfassenden Empfindung verschmolzen: Berührungen, Geschmack, Gehör, Geruch.

Jetzt aber hämmerte sein Schädel schmerzhaft, und alle Kraft war aus seinen Gliedern gewichen.

Er zog sich einen dunkelgrünen *chiton* über, setzte sich auf eine Liege und wartete auf den Becher Wasser, den das dunkelhaarige Mädchen ihm brachte und den Philipp mit gierigen Zügen leerte. Dann hielt das Mädchen ihm die silberne Schatulle hin und klappte den Deckel auf, so daß Philipp die dunklen, getrockneten Samenkörner sehen konnte.

»Nimm«, sagte das Mädchen. »Sie werden dich schnell wieder zu Kräften bringen.«

Philipp war versucht, ihrer Aufforderung nachzukommen, winkte dann jedoch ab. »Wo bleibt die Hohepriesterin?« fragte er.

»Sie kommt gegen Mittag, Herr. Ich werde sie sofort zu dir bitten.«

»Wie viele andere Gäste sind hier im Palast?«

»Außer dir zur Zeit nur einer, Herr. Die Prinzessin Olympias.«

»Olympias? Woher kommt sie?«

»Aus Epiros, Herr. Sie ist die Tochter des Königs.«

»Dann werde ich ihr meine Aufwartung machen«, sagte Philipp.

Das Mädchen starrte ihn an – zuerst entsetzt, dann verängstigt. »Das ist verboten, Herr. Die Prinzessin nimmt an einem Ritual teil, bei dem Männer nicht zugegen sein dürfen. Vor der Nacht der körperlichen Vereinigung darf kein Mann sie sehen – erst recht nicht ihr Bräutigam. Sonst würden die Götter ihn mit Blindheit schlagen!«

»Schick Parmenion zu mir.«

»Er ist nicht im Palast, Herr. Er ist ins Hügelland gegangen, kurz nach Tagesanbruch.«

»Dann sage es ihm, sobald er zurück ist!« befahl Philipp mit scharfer Stimme. »Und jetzt laß mich allein!«

Als das Mädchen gegangen war, bedauerte Philipp für einen Augenblick, sie so schroff behandelt zu haben, doch er war noch immer so benommen und verwirrt, daß seine Reue schnell schwand.

Eine Stunde lang ging er im Zimmer auf und ab; dann aß er ein kärgliches Frühstück aus Pfirsichen und Schafskäse und schlenderte über die Wiesen hinter dem Palast. Seine schlechte Stimmung besserte sich auch beim Anblick der Pferde nicht, die auf den Wiesen des Palasts weideten, denn wieder waren es schmalbrüstige Tiere mit dünnen Beinen. Seufzend setzte er sich auf die oberste Stange eines Gattertores und blickte zu einem der Hügel hinauf, auf dem eine Schafherde graste, die von einem schlanken Jungen gehütet wurde.

Was ist nur los mit dir, Philipp? fragte er sich. Die Frauen hier sind schön und willig und in der Liebe äußerst einfallsreich. Für gewöhnlich würde er sich nach einer solchen Nacht wie ein junger Herakles fühlen. Es muß an diesen verfluchten Samenkörnern liegen, dachte er. Nie wieder!

Plötzlich sah er, wie Parmenion den Hügelhang herunterlief, und rief ihn an. Der Spartaner verfiel in Schrittempo und kam zu ihm.

»Guten Morgen, mein König. Du bist früh auf den Beinen.«

»Ich bin schon seit Stunden wach«, sagte Philipp. Parmenion lehnte sich gegen den Gatterzaun und reckte und dehnte seine Muskeln. »Du bist immer noch ein schneller Läufer, Leon«, sagte Philipp. »Ich glaube, du könntest es noch heute mit den Besten aufnehmen.«

»Schön wär's, mein König. Aber ich mache mir nichts vor. – Was ist mit dir?«

»Kann man es so deutlich merken?«

»Schon auf zehn Schritt genügt ein Blick in dein Gesicht.«

»Das endlose Warten, Parmenion. Seit zwei Jahren habe ich diesen Tag herbeigesehnt, und nun, da ich hier bin, kann ich's nicht länger ertragen. Die Frau ist im Palast! Sie heißt Olympias ... und ich darf nicht zur ihr. Beim Hades! Ich bin Philipp! Ich nehme mir, was ich will!«

Parmenion nickte. »Aber wir sind erst gestern angekommen. Hab noch Geduld. Wie du selbst gesagt hast – du bist auf Geheiß der Götter hier. Du darfst nicht in den Lauf der Dinge eingreifen.«

»Du hast recht, mein Freund.« Philipp blickte über die Schulter auf den Palast aus weißem Marmor, der in der Morgensonne zu glühen schien. »Im Vergleich zu diesem Schloß ist mein Palast in Pella eine armselige Behausung«, sagte er. »Selbst die Götter würden sich glücklich schätzen, in einem solchen Palast wohnen zu dürfen. Doch eines Tages wird alles mir gehören, Parmenion.«

»Mehr willst du nicht, mein König?«

»Nein. Was kann ein Mann sich mehr wünschen? Macht. Reichtum. Schöne Frauen. Ich muß oft an Bardylis denken – er ist alt und schwach und steht an der Schwelle des Todes. Aber sieh mich an, Parmenion. Jung und stark. Aber keine Angst, ich lasse mich dadurch nicht täuschen. Ich bin kein Gott. Auch ich bin sterblich. Auch ich werde eines fernen Tages grau und alt und schwächlich sein. Bardylis ist ein Spiegelbild meiner selbst – sofern die Götter mir ein so langes Leben schenken. Doch dieses Leben, Parmenion, will ich in all seiner Fülle auskosten. Ich möchte im Alter nicht bereuen müssen, irgend etwas versäumt zu haben.«

»Du verlangst sehr viel, Philipp«, sagte Parmenion leise. »Kein Mensch bleibt von Reue verschont – nicht einmal der König.«

Philipp blickte Parmenion an und lächelte. »Schon vor zwei Jahren habe ich dich gebeten, mich mit Philipp anzureden, wenn wir unter uns sind. Dennoch hast du bis gerade eben damit gewartet. Warum?«

Der Spartaner zuckte mit den Achseln. »Es sind . . . seltsame Tage angebrochen. Gestern etwa hast du wie ein Vater zu mir gesprochen. Dann habe ich eine Frau getroffen und eine Erregung verspürt wie seit Jahrzehnten nicht mehr. Und heute komme ich mir . . . anders vor. Als wäre ich nach langer Zeit wieder ein Mann geworden, der die Gefühle eines Mannes verspürt, verstehst du?«

»Dann hast du die Frau genommen, hoffe ich.«

Parmenion lächelte. »Genau diese Bemerkung habe ich von dir erwartet, Philipp. Manchmal weiß ich im voraus ganz sicher, was du tun oder sagen wirst. Nein, ich habe die Frau nicht genommen. Aber ich hätte es gern getan, um die Wahrheit zu sagen. Und dieses Begehren habe ich seit langer Zeit nicht mehr verspürt, seit zu langer Zeit. Wo wir gerade beim Thema sind – wie viele Frauen waren letzte Nacht eigentlich auf deinem Zimmer? Den Geräuschen nach muß es ein halbes Bataillon gewesen sein.«

»Nur zwanzig oder dreißig«, erwiderte Philipp grinsend. »Sag mal, wie hieß denn die Fremde, der du begegnet bist?«

»Das weiß ich nicht.«

»Wo wohnt sie?«

»Das weiß ich auch nicht.«

»Verstehe. Aber meinst du nicht auch, daß diese Fragen hilfreich gewesen wären, wenn du diese Frau wiedersehen möchtest? Wie sah sie aus?«

»Sie trug einen Schleier.«

»Oh. Der Feldherr Parmenion hat sich in eine Frau verliebt, deren Namen er nicht kennt und deren Gesicht er nicht gesehen hat. Dann verstehe ich wirklich nicht, warum sie so großen Eindruck auf dich gemacht hat. Hatte sie wenigstens schöne Füße?«

Parmenion lachte laut auf, legte sich ins Gras und blickte zum Himmel. »Ihre Füße! Darauf habe ich ja gar nicht geachtet«, sagte er schließlich und fing wieder an zu lachen – so herzhaft, daß Philipp davon angesteckt wurde. Seine düstere Stimmung hellte sich auf.

Nach einer Weile kehrten die beiden Männer zum Palast zurück, wo Philipp ein zweites, reichlicheres Frühstück einnahm. Kurz nach Mittag kam das schwarzhaarige Mädchen in seine Gemächer. »Fürstin Aida ist jetzt bereit, dich zu empfangen, edler König«, sagte sie ernst. Philipp folgte ihr einen langen Korridor hinunter in einen Raum mit hoher Decke, dessen Wände von Statuen gesäumt waren, die junge Mädchen zeigten. Am nach Süden liegenden Fenster stand eine Frau; sie drehte sich zu Philipp um, als dieser den großen Raum betrat. Die Frau trug einen schwarzen Umhang mit Kapuze, und ihr Gesicht war so weiß wie Elfenbein. Philipp schluckte schwer, als er erkannte, daß es die Frau aus seinen Träumen war.

»Endlich treffen wir uns«, sagte sie.

»Wo ist meine Braut?« flüsterte Philipp.

»Sie muß noch auf dich warten«, sagte die schwarzgekleidete Frau. »Morgen, in der Nacht des dritten Mysteriums, wird man sie auf dein Zimmer bringen. Aber wenn sie dir einen Sohn schenken soll, mußt du eine bestimmte Anweisung befolgen, König von Macedonien.«

»Was meinst du damit?«

»Du wirst erst zu ihr gehen, wenn die dritte Stunde nach Mitternacht angebrochen ist; vorher wirst du sie nicht sehen. Erst in der dritten Morgenstunde ist die Zeit gekommen, da sie deinen Sohn empfangen kann – keine Stunde früher und keine Stunde später. Ihr werdet euch in der dritten Morgenstunde vereinigen. Geschieht das nicht, findet keine Hochzeit statt.«

Philipp lachte. »Zweifelst du an meiner Manneskraft?«

»Es hängt sehr, sehr viel davon ab, daß alles so geschieht, wie es geschehen soll«, antwortete die Frau mit kalter Stimme. »Dein Sohn wird mächtiger sein als jeder König vor ihm . . . aber nur dann, wenn er in der dritten Morgenstunde gezeugt wird.«

»Wie ich schon sagte, edle Frau – es gibt keinen Grund, sich Sorgen zu machen.«

»Nein? Dann will ich dir gleich zwei Gründe nennen. Solltest du versagen, werden all deine Träume von Macht und Größe niemals erfüllt; die Götter werden dich verlassen. Zweitens hast du bereits einen Sohn: Arrhidaeos. Er ist von schwachem Verstand, und seine Glieder sind kraftlos; deine Frau Phila ist bei der Geburt gestorben. Hier auf Samothrake wirst du zum letztenmal Gelegenheit haben, einen Sohn zu bekommen, Philipp; denn in Zukunft kannst du nur noch Töchter zeugen. Ich bin gekommen, dir eine Chance anzubieten – deine einzige Chance –, einen Sohn zu zeugen, der zu einem Feldherrn wird, wie ihn die Welt noch nicht gesehen hat.«

»Woher wußtest du von Arrhidaeos?« flüsterte Philipp.

»Ich kenne all deine Geheimnisse. Ich kenne die Geheimnisse der Welt. Sei gut vorbereitet, König von Macedonien. Olympias wird dich erwarten.«

Aida beobachtete, wie der Macedonier sich umwandte und auf sein Zimmer zurückkehrte. Als er die Tür hinter sich schloß, ging die Fürstin wieder zu ihrem Stuhl mit der hohen Lehne und setzte sich; ihre Gedanken waren wirr, ihre Gefühle in Aufruhr.

Philipp war ein kräftiger Mann von anziehendem Äußeren, mit starker Persönlichkeit und großer Ausstrahlung . . . aber irgend etwas stimmte nicht, und Aidas Unbehagen wuchs. Es hing viel, so viel von der Vereinigung mit Olympias ab; Pläne, die über Jahrzehnte hinweg gereift waren.

Aida war noch ein Kind gewesen, als die Mutter ihr zum erstenmal von ihrem Traum erzählt hatte – dem Traum von der Dunklen Geburt und den vielen Fehlern, die anschließend begangen worden waren. Nur einmal, in fünfzig Jahren währenden Zyklen, wurde die Harmonie des Universums gestört – für einen winzigen Augenblick geriet das wunderbare Gleichgewicht des Planetensystems ins Wanken.

Als diese Konstellation zum letztenmal am Himmel über Mesopotamien stattgefunden hatte, war Aida vierzehn Jahre alt gewesen. Ihre Mutter hatte den Großkönig verhext und ein Mädchen von unglaublicher Schönheit zu seiner Braut erkoren. Die Hochzeitsnacht hatte stattgefunden, und alles verlief wie geplant; dann aber war das Mädchen – von Drogen benommen – auf einen Turm gestiegen und hatte sich in den Tod gestürzt; ihr Körper war auf den marmornen Platten des Hofes zerschmettert. Aidas Mutter war völlig verzweifelt gewesen; zwei Monate hatte sie sich geweigert, mit irgend jemand zu sprechen. Dann, als sie sich langsam von dem Schock zu erholen schien, hatte sie sich mit einem Messer aus Bronze die Kehle aufgeschlitzt.

Seither waren fünfzig Jahre vergangen, und die Nacht, in der die Harmonie des Universums für einen Augenblick ins Wanken geriet, stand kurz bevor. Und Olympias sollte nicht die Gelegenheit bekommen, sich von einem Turm zu stürzen oder sich sonstwie ein Leid zuzufügen. Und Philipp war ein ... Bock, der keine Hilfe brauchte, um seine ... notwendige ... Aufgabe zu erfüllen.

Aber warum machte sie sich dann Sorgen? Aida wußte es nicht. Und dennoch spürte sie die eisige Berührung der Angst.

Sie schloß die Augen und entließ ihren Geist aus dem Körper. Er stieg hoch über den Palast auf und schwebte dann über grüne Hügel hinweg – spähend, suchend, doch ohne zu wissen, wem oder was diese Suche galt.

Die Meuchelmörder, die aus Olynthos geschickt worden waren, stellten keine Gefahr mehr dar. Sie waren tot; ihr Schiff war bei einem verheerenden Sturm gesunken. Nur einer hatte die Küste von Samothrake erreicht, doch zwei von Aidas Akolythen hatten den Schädel des Mannes mit einem schweren Stein zertrümmert. Nein, von Meuchlern drohte keine Gefahr mehr; das wußte Aida.

Dennoch konnte sie ihre Ängste nicht verleugnen. Ihrer Gabe und ihrer Intuition konnte sie trauen. Obgleich sie nicht über die Pfade zu wandeln vermochte, die in die Vergangenheit und in die Zukunft führten, besaß sie ungeheure Macht: Sie konnte in den Herzen und Köpfen der Menschen lesen und die Zukunft voraussagen. Die Ratsherren der Stadt Olynthos fürchteten Philipp. Es war nicht schwer gewesen, Rückschlüsse daraus zu ziehen, was die Absichten dieser Männer betraf – besonders zum gegenwärtigen Zeitpunkt nicht, da der einstige Günstling des Königs, Nikanor, in seinem Haus in Pella einen Liebhaber aus Olynthos beherbergte.

Doch den Sturm zu entfachen, der das Schiff der gedungenen Mörder vernichtete, hatte Aida viel Kraft gekostet – zwei ihrer Akolythen hatten geopfert werden müssen; ihnen waren die Herzen aus dem Leib gerissen worden. Aber diese Mühen und Opfer waren ein Nichts – wenn sie nur dazu beitrugen, daß der Herr des Feuers in fleischlicher Gestalt geboren wurde! Aida hätte ganze Staaten geopfert, wäre es nötig gewesen, um dieses Wunder geschehen zu lassen.

Ihr Geist kehrte in den Körper zurück, und sie schlug die Augen auf.

Wo lauerte die Gefahr?

Denk nach, Aida! Gebrauche deinen Verstand! Sie suchte die ganze Insel ab, die siebzehn Dörfer und die vier Häfen. Nichts. Sie dachte an Tamis und wünschte sich beinahe, die alte Frau wäre noch am Leben, so daß sie, Aida, all ihren Haß auf die Seherin hätte richten können.

Hätte ich dich doch ein dutzendmal getötet! dachte sie. Die alte, mächtige Priesterin war jahrzehntelang eine ständige Gefahr gewesen. Seltsamerweise hatte nicht einmal Tamis' Tod Aidas Haß auf sie mildern können.

Auch die andere, junge Priesterin, Derae, hatte Aida anfangs Sorgen gemacht, aber sie war nicht so stark wie erwartet.

Wo also lauerte die Gefahr?

Wieder schloß Aida die Augen, löste sich aus ihrem Körper und jagte übers Meer hinweg, bis sie über dem Tempel schwebte. Ein großer, starker Mann arbeitete im Garten, doch vor den Toren waren keine Kranken versammelt, die auf Deraes heilende Hände warteten. Rasch wappnete Aida sich mit schützenden Bannsprüchen; dann schwebte sie ins Innere des Tempels. Doch niemand hielt sich dort auf.

Wo bist du, meine kleine Taube? dachte sie.

Aida kehrte nach Samothrake zurück und schwebte noch einmal spähend über die ganze Insel hinweg – sorgfältig durchsuchte sie jeden Hügel, jedes Waldstück.

Schließlich schwebte sie erschöpft und müde in den Palast und ihren Körper zurück und begab sich zum Zwinger gleich unterhalb der Mauern. Die schwarzen Hunde begannen zu bellen, als Aida näher kam. Sie zog das hölzerne Tor auf, betrat den Zwinger und kauerte sich inmitten der tobenden und kläffenden Tiere nieder. Sie rief sich das Bild Deraes ins Gedächtnis und prägte es den Hunden ein, brannte es ihnen ins Hirn, bis ihr Gebell verstummte. Dann hob sie den Arm und wies auf das offene Tor des Zwingers.

»Sucht sie!« rief Aida. »Zerfetzt ihr Fleisch! Trinkt ihr Blut! *Fangt sie!*«

Derae saß in einer Mulde unter den Ästen einer blühenden Buche. All ihre Sinne waren gespannt. Sie spürte die suchenden Blicke des Hexenauges und entdeckte Aidas Geist, als er sich über den Palast erhob. Derae kämpfte die aufkeimende Angst und das Entsetzen nieder und drückte sich mit dem Rücken gegen den Baumstamm, die Arme vor der Brust verschränkt und die Hände auf die Schultern gelegt. Sie ließ ihren Geist mit dem Baum verschmelzen, ertastete sich den Weg vom Wurzelgeflecht durch den Stamm und die Rinde bis zur Krone und in die feinsten Äderchen, welche die Blätter und Blüten mit Wasser versorgten – bis sie und der Baum ein Wesen waren. Sie war nicht mehr Derae. Sie war der Baum, dessen Wurzeln tief und fest in die dunkle, feuchte Erde reichten, in dessen Ästen und Zweigen der Wind flüsterte, auf dessen Blättern warm die Sonne schien und auf dessen Blüten sich Insekten tummelten. Die Buche war eine alte, stille, friedvolle Wesenheit . . . so friedvoll.

Dann löste sie ihren Geist aus dem Baum und begab sich auf die

Suche nach Aida, nachdem die Hexe in den Palast zurückgekehrt war. Derae erhob sich und ging langsam über die Wiesen, wobei sie sich in der Nähe jenes Waldstücks hielt, in dem die Akolythen in dieser Nacht das Ritual des dritten Mysteriums abhalten würden.

Derae schöpfte mit der hohlen Hand Wasser aus einem Bach und stillte ihren Durst, als sie plötzlich Hundegebell vernahm. Offenbar wurden Tiere zur Jagd bereit gemacht.

Sie rückte den Schleier vor ihrem Gesicht zurecht, setzte sich auf einen Felsblock und wartete, ohne in jene Richtung zu blicken, aus der er kommen würde, wie Derae wußte. Seine Schritte waren leise, kaum zu vernehmen.

»Du bist hier?« sagte er voll freudiger Überraschung, und Derae wandte den Kopf.

»Wie geht es dir, Savra?«

»Gut, danke – vor allem jetzt, wo ich dich getroffen habe.«

Ihr körperloses Auge betrachtete sein Gesicht. Alle Jungenhaftigkeit war längst daraus verschwunden; Derae sah ein hageres, wettergegerbtes, männliches Antlitz mit tiefen Falten. Dennoch war es unverkennbar das Gesicht des jungen Mannes, den sie in Erinnerung hatte – das Gesicht Parmenions.

»Du redest nicht wie ein Soldat«, sagte sie.

»Jedenfalls nicht immer«, erwiderte Parmenion. »Und schon gar nicht in deiner Gegenwart. Wie heißt du?«

Beinahe hätte sie ihm ihren Namen genannt und ihren Schleier gelüftet, so sehr verlangte es sie danach, sich ihm zu erkennen zu geben, ihm ihr Gesicht zu zeigen und ihm zu sagen, wie sehr sie ihn in all den einsamen Jahren vermißt hatte. Doch sie wandte den Kopf zur Seite. »Laß uns keine Namen nennen«, flüsterte sie.

»Stimmt etwas nicht?« fragte er unbeholfen und rückte näher an sie heran.

»Es ist ... alles in Ordnung«, antwortete sie stockend. »An einem so wunderbaren Tag ...«

Ein riesiger schwarzer Hund kam aus einem Waldstück getrottet, sah die beiden Menschen und kam mit gewaltigen Sätzen näher. Das Tier stieß ein tiefes Grollen aus, fletschte die Zähne und entblößte seine mörderischen Fänge. Parmenion sprang auf und stellte sich zwischen den Hund und die Frau; seine Hand zuckte zum Dolchgriff.

»Verschwinde!« brüllte er das Tier an. »Zurück!« Der riesige Hund hielt inne, warf sich auf den Hinterläufen herum und schlug einen Kreis, wobei er den Mann nicht aus den Augen ließ. Dann, urplötzlich, griff das Tier Derae an. Parmenions Dolch blitzte auf; er warf sich gegen den Körper des Hundes, schlang ihm den Arm um den Hals, riß ihn zu Boden und stieß ihm den Dolch in den Leib. Kaum hatte er sich erhoben, als zwei weitere Hunde aus dem Waldstück gestürmt kamen.

Parmenion fuhr herum, als er ein Geräusch hörte. Er sah, daß die Frau auf den Palast zuging und schon ein gutes Stück entfernt war. Sofort jagten die Hunde auf sie zu.

»Nein!« rief Parmenion verzweifelt, als er erkannte, daß er die Frau nicht mehr rechtzeitig erreichen konnte. Doch in dem Augenblick, als die Tiere zum Sprung ansetzten, stürzten sie zu Boden. Die Frau wandte sich nicht einmal um, dieses offensichtliche Wunder zu bestaunen; statt dessen setzte sie ihren Weg zum Palasttor fort, als wäre nichts geschehen.

Parmenion ging zu den Hunden hinüber. Die Tiere schliefen friedlich. Verwirrt schob Parmenion den Dolch in die Scheide zurück, rannte durchs Palasttor und blickte gehetzt über den Hof.

Die Frau war nirgends zu sehen.

Sieh dir das mal an«, sagte Philipp und zeigte auf einen langen weißen Umhang und einen silbernen Helm mit Gesichtsschutz, die auf dem Bett in seinem Zimmer lagen. »Das soll ich tragen, *während* ich mit der Frau schlafe! Kannst du dir so etwas vorstellen?«

Parmenion nahm den Helm und betrachtete ihn. Es war eine wunderschöne Arbeit, aus schimmerndem Silber gehämmert und mit Verzierungen aus Gold; die Ohrenschützer waren Gestalten nachgebildet, die wie jagende, mit gezackten Dolchen bewehrte Dämonen aussahen. Als Nackenschutz dienten silberne Platten, die nicht breiter als der Daumen eines Mannes waren. Und statt eines Federbuschs ragten an beiden Seiten des Helms zwei schwarze, nach unten gekrümmte Widderhörner hervor, die von den Schläfen bis zum Hals reichten.

»Ein phantastischer Helm«, sagte der Spartaner, »und sehr alt. Solche Kunsterfertigkeit findet man heutzutage nur noch selten.«

»Selten?« stieß Philipp wütend hervor. »Ja, selten – kann sein. Aber daß man einen Mann auffordert, eine Frau zu besteigen und dabei dieses Ding als Brauthut zu tragen, ist wohl noch viel seltener!«

Parmenion lächelte. »Du hast doch selbst gesagt, daß du diese Frau auf Geheiß der Götter heiratest. Da mußt du schon damit rechnen, daß irgendein ... Ritual stattfindet. Als du Bardylis' Tochter geheiratet hast, haben die Zeremonien doch auch einen ganzen Tag gedauert – mit Tänzen, Reden, athletischen Wettkämpfen zwischen seinen Gardesoldaten . . .«

»Ja, das stimmt«, sagte Philipp. »Aber dabei habe *ich* im Mittelpunkt gestanden. Hier komme ich mir wie ein Zuschauer vor. Wie ein Nebendarsteller in einem Theaterstück!« Er ging ans Fenster und starrte hinaus über die im Abenddunkel liegenden Wälder und die fernen Feuer. Parmenion trat neben ihn. »Kannst du sie auch hören?« fragte der König, als der Wind aus den Wäldern gedämpftes Gelächter und die Klänge von Musik an ihre Ohren trug. »Weißt du, was sie dort draußen tun?«

»Nein, Herr.«

»Ich auch nicht . . . und das ärgert mich, Parmenion. Vielleicht tanzen sie nackt um die Feuer herum. Und ich stehe hier und warte, daß man mich zu meiner Braut führt wie einen preisgekrönten Bullen zur Kuh. Bin ich denn so häßlich, daß ich mein Gesicht unter diesem Helm verstecken muß?«

»Ich glaube, du bist zu nervös«, sagte Parmenion beruhigend. »Und du solltest nicht so viel Wein trinken. Du hast den Krug heute abend fast schon geleert.«

»Unsinn! Ein paar Becher Wein machen mir nichts aus«, erwiderte Philipp gereizt. »Komm, wir schleichen uns zu ihnen und beobachten, was sie treiben. Was hältst du davon?«

»Ich glaube nicht, daß es klug wäre.«

»Bei den Göttern, ich glaube, du wirst alt!« Philipp ließ sich auf eine Liege fallen und schenkte sich den Rest aus dem Weinkrug ein. »Würdest du mir wenigstens etwas zu trinken besorgen, alter Freund?«

Parmenion ging hinaus auf den menschenleeren Korridor und stieg die Treppe bis zu den Küchen hinunter. Es war kurz vor Mitternacht, und sogar er wurde nun von wachsender Unruhe und Erregung gepackt, was die in wenigen Stunden bevorstehende Hochzeit betraf.

Die Mysterien faszinierten Parmenion ebenso wie die uralte Kultur dieser vulkanischen Insel. Einst war auch Xenophon hierher nach Samothrake eingeladen worden, aber er hatte Parmenion sehr wenig über die Zeremonien erzählt – nur soviel, daß sie irgendwie mit dem geheimen Wissen um das Wesen der ›Älteren Götter‹ zu tun hatten. Eine dieser Gottheiten war, wie Parmenion sich erinnerte, Kadmilos – der widderhörnige Unsterbliche, der Geist des Chaos.

Parmenion betrat die leeren Küchenhallen, entdeckte einen Krug Wein und kehrte damit auf die Zimmer des Königs zurück, wo er Philipp grinsend vor einem gerade erst gefüllten, goldenen Becher sitzen sah.

»Wo hast du den Wein entdeckt?« fragte Parmenion.

»Den hat mir eine Frau gebracht. Über mangelnde Gastfreundschaft kann man sich hier wirklich nicht beklagen, Parmenion. Das ist der beste Wein, den ich je getrunken habe. Probier mal.«

»Ich habe gar keine Frau gesehen, Herr. Woher ist sie gekommen?« Philipp zuckte mit den Achseln. »Keine Ahnung. Dieser Palast ist wie ein Irrgarten. Komm, trink.«

Parmenion schenkte sich einen Becher von dem Wein ein, den angeblich die Frau gebracht hatte, und nahm einen Schluck. Der Wein war stark, schwer und süß. In diesem Augenblick hörte Parmenion den Gesang. Er stellte den Becher ab und ging zum Fenster. Eine Prozession bewegte sich, geisterhaft von Fackelschein beleuchtet, durch die Dunkelheit; sie kam aus den Wäldern auf den Palast zu. »Deine Braut kommt, Herr«, sagte der Spartaner. Philipp trat ans Fenster und beugte sich hinaus; seine Hände krampften sich nervös um den steinernen Sims.

An der Spitze des Zuges ging ein Mädchen von atemberaubender Schönheit. Ihr Haar war flammend rot, und sie war wie eine minoische Prinzessin aus grauer Vorzeit gekleidet; das Haar wurde von goldenen Schleifen gehalten, die Brüste waren nackt und rot bemalt, und um die Hüften trug sie einen dünnen, wehenden Rock aus Seide.

»Bei allen Göttern des Olymp!« flüsterte Philipp. »Eine so schöne Frau habe ich nie gesehen.«

Parmenion schluckte schwer. Das Mädchen sah der jungen Derae zum Verwechseln ähnlich; die Augen, das Gesicht, die Figur und die Art, wie sie sich bewegte. Der Spartaner wandte hastig den Blick ab und trat vom Fenster weg – der Anblick schmerzte ihn zu sehr. Die Prozession zog nun ins Innere des Palastes; der Gesang wurde durch die Mauern gedämpft und schien plötzlich aus weiter Ferne zu kommen. Philipp goß sich schon wieder den Becher voll Wein und leerte ihn auf einen Zug.

»Es ist gleich soweit, Herr«, sagte Parmenion. »Du solltest dich jetzt bereitmachen.«

»Ja«, erwiderte Philipp mit schwerer Zunge. »Be... reitmachen.« Umständlich streifte er seinen *chiton* ab, ging mit schwankenden Schritten zum Bett hinüber, auf dem der weiße Umhang und der Helm lagen, und fiel dabei auf eine Liege. »Verflucht«, murmelte er. »Meine Beine ... wollen nicht mehr.« Parmenion war mit ein paar schnellen Schritten bei ihm.

»Was ist?«

»Ich ... ich weiß nicht, Hilf mir ... hoch.« Parmenion packte Philipp bei den Schultern und half ihm, sich aufzusetzen. »Gleich geht es mir . . . wieder besser. Hol mir einen Becher Wasser.«

Parmenion hörte, wie sich draußen auf dem Korridor Schritte näherten, und lauschte, als die Tür zum Schlafgemach gleich nebenan geöffnet wurde. Er ging zu den Vorhängen, welche die beiden Zimmern trennten, und zog sie zu; dann brachte er dem König den Becher Wasser. Philipps Augen waren trübe und gerötet. »Sie sind da, Herr«, flüsterte Parmenion. »Du mußt dich zusammenreißen.« Philipp nahm den Becher und leerte ihn so gierig, daß ihm das Wasser aus den Mundwinkeln über die nackte Brust lief. Dann fiel seine Hand plötzlich herab, sein Kopf sank zur Seite, und der Becher rollte über den Boden.

Parmenion fluchte leise. Er konnte es nicht fassen. Er hatte Philipp bei vielen Saufgelagen erlebt; der König war für seine Trinkfestigkeit beinahe schon berühmt. So wie jetzt hatte Parmenion ihn noch nie gesehen. Und das nach zwei Bechern von dem Wein, den die unsichtbare Dienerin ihm gebracht hatte? Es war unglaublich.

Der süßliche Geruch von Weihrauch drang zwischen den Vorhängen hindurch und erfüllte das Zimmer, und Parmenion hörte, wie die Akolythen sich aus dem Schlafgemach zurückzogen. Langsam ging er zu den Vorhängen und zog sie einen Spalt weit auf. Der dahinter liegende Raum wurde von Öllampen in gelbliches Licht getaucht, und die nur schemenhaft erkennbare Gestalt Olympias' lag nackt auf dem breiten Bett. Sie wand sich und stöhnte leise.

Parmenion fluchte noch einmal und kehrte zum König zurück.

Die Zeit drängte.

Und Philipp war sinnlos betrunken.

Derae schlüpfte durch das Palasttor ins Freie, kaum daß die Prozession an ihr vorübergezogen war. Rasch gelangte sie ins Hügelland und an ihr Ziel: einen uralten Kreis aus Feldsteinen, der halb zwischen den Bäumen eines Obstgartens versteckt war. Ihr Triumph erfüllte sie mit tiefer Genugtuung, und sie konnte sich nur mit Mühe zurückhalten, vor Freude über den Sieg laut zu jubeln.

»Ich hab's geschafft, Tamis«, flüsterte sie. »Ich habe ihn aufgehalten. Der Dunkle Gott wird nicht geboren!«

Sie eilte einen Hügelhang hinunter und blickte auf die Bäume, die schwarz in den Nachthimmel ragten, als ihre körperlosen Augen eine huschende Bewegung in den Schatten ausmachten. Sofort ließ sie sich auf die Knie fallen, wartete und beobachtete den Waldrand.

Da! Im Unterholz, auf der rechten Seite.

Deraes Geist stieg in den Nachthimmel, huschte zu der Stelle hinüber, wo sie die Bewegung gesehen hatte, und verharrte schwebend über den Baumwipfeln. Eine junge Frau in schwarzem Umhang saß in den Schatten und wartete. In der Rechten hielt sie einen Dolch. Derae huschte zur linken Seite, aber auch dort kauerte eine Frau, ebenfalls bewaffnet.

Derae kehrte in ihren Körper zurück und entfernte sich rückwärts gehend von den Bäumen, bis sie die Kuppe des Hügels erreicht hatte; dort angelangt, rannte sie nach links. Der Steinkreis befand sich nur noch ein paar hundert Schritt entfernt; war sie erst dort angelangt, konnte kein Meuchelmörder ihr mehr etwas antun.

Dann hörte sie die Verfolger. Sie brachen durchs Unterholz und riefen anderen, unsichtbaren Gefährten die Richtung zu.

Plötzlich spürte Derae Aidas Gegenwart.

Und Finsternis fiel über Derae, als hätte man ihr einen schwarzen Umhang über den Kopf geworfen. Ihr körperloses Auge war geblendet. Von Entsetzen gepackt, ließ sie sich auf Hände und Knie fallen und kroch verzweifelt durch die Dunkelheit voran. Plötzlich streiften Zweige ihr Gesicht. Ihre Finger ertasteten ein dichtes, hohes Gebüsch. Sie wühlte sich tief hinein, zog die Zweige um ihren Körper herum und warf tote, welke Blätter und Staub über ihren Umhang. Dann ließ sie ihren Geist wieder frei.

Derae war noch immer geblendet, doch nun war sie tief konzentriert. Lodernde Blitze zuckten aus ihren Augen und zerrissen den Bannspruch der Finsternis.

Eine schuppige Hand schlug nach ihrem Gesicht, und scharfe Krallen gruben sich tief ins Fleisch ihres Geistkörpers. Der Schmerz war unbeschreiblich, doch Derae schaffte es, die Rechte zu heben und das Gelenk der Reptilienhand zu umklammern. Grelle Flammen rasten den schuppigen Arm hinauf, erfaßten den Körper des Dämons und hüllten ihn ein.

Binnen eines Wimpernschlags war Derae mit einem Brustharnisch, einem spartanischen Helm und silbern strahlenden Beinschienen gepanzert, und in der rechten Faust hielt sie ein Schwert aus blendendem Sternenlicht.

»Wo bist du, Aida?« rief sie. »Tritt mir gegenüber, wenn du den Mut hast!«

»Ich habe den Mut, kleines Mädchen«, erklang Aidas flüsternde Stimme in Deraes Rücken. Sie fuhr herum und sah die schwarzgewandete Frau hinter sich schweben. Aida lächelte. »Du dummes Ding«, sagte sie. »Wie konntest du nur in Fleisch und Blut hierherkommen? Jetzt lasse ich dich in Stücke schneiden. Und du kannst nichts dagegen tun.«

»Ich habe dich besiegt«, rief Derae. »Es spielt keine Rolle mehr, wenn ich jetzt sterben muß.«

»Du glaubst, du hast mich besiegt, Kind? Ich bin *hier.*«

»Aber die Dunkle Geburt wird nicht stattfinden«, erwiderte Derae und blickte auf die dolchbewehrten Akolythen hinunter, die auf der Suche nach ihrem Körper durchs Unterholz brachen und ihrem Versteck immer näher kamen. Sie wollte nicht sterben und versuchte, sich ihre Angst nicht anmerken zu lassen.

Aidas Lachen durchfuhr sie wie eine kalte Messerklinge. »Glaubst du wirklich, ein Kind – und sei es so begabt und stark wie du – könnte der Kraft des Kadmilos widerstehen?« Sie hob die Arme. Ihre Finger verwandelten sich in schwarze, sich windende Schlangen, die durch die Dunkelheit schossen und Derae unter der wimmelnden, zischelnden Masse sich krümmender Körper begruben. Sie rissen die Mäuler auf, und ihre Giftzähne schimmerten im Mondlicht.

Derae ignorierte den Schmerz und schloß die Augen. Die Schlangen veränderten ihre Farbe von schwarz zu glutrot; knisternd verbrannten sie zu winzigem, schwelendem Gewürm, bis sie als Ascheklumpen von Deraes Körper fielen.

»Du kannst mir nichts anhaben«, sagte Derae leise. »Ich hingegen ...«

Aida wurde in eine gleißend helle Lichtglocke gehüllt, die urplötzlich erstrahlte und sie gefangen hielt. Deraes Geist jagte in dem Moment in ihren Körper zurück, als die Akolythen ihn entdeckten.

Schon zuckte die erste Dolchklinge hinunter, als Derae das Handgelenk der Frau packte, ihr die Faust ins Gesicht schlug und sie zurückschleuderte. Dann sprang sie auf und rannte zum Steinkreis hinüber.

Hinter ihr kreischten die Verfolger vor Haß und Wut. Derae stürmte voran. Ein Dolch zischte an ihrem Kopf vorbei, als sie mit einem letzten Sprung über eine umgestürzte marmorne Säule das Zentrum des Kreises aus Steinen erreichte. Keuchend drehte sie sich um und hob die Arme. Die Welt erstrahlte in schimmerndem Licht. Als die Pforte sich hinter Derae schloß, hörte sie Aidas Stimme in ihrem Innern flüstern.

»Es gibt ein nächstes Mal, mein Täubchen!«

Olympias lag auf dem mit Seide bespannten Bett. Ihr Körper trieb in einem Meer aus Lust; ihre Haut brannte, und vor ihrem geistigen Auge explodierten farbige Blitze. Sie leckte sich die Lippen, strich sich mit den Fingern über die Brüste und den Leib und wand sich vor beinahe schmerzhafter Begierde.

»Philipp«, flüsterte sie. Das Zimmer drehte sich in rasendem Wirbel um sie herum, als die Wirkung der Drogen sich voll entfaltete. Olympias hatte im Feuer getanzt, hatte vom süßen, schweren Wein getrunken und war von den Berührungen, den Liebkosungen und Zärtlichkeiten der Akolythen mit schier unstillbarer Lust erfüllt worden. Die Geheimnisse des dritten Mysteriums hatten sich ihr aufgetan – mit den Berührungen, der nächtlichen Musik und dem sanften warmen Wind, der aus der Ferne kam, vom heiligen Gipfel des Korifi Fengari, und der ihren Körper gestreichelt hatte. Sie würde einen Gottkönig zur Welt bringen, einen Mann mit schrecklichen und einzigartigen Gaben. Ein Mann, der die Geschichte der Welt verändern würde und dessen Name auch nach Tausenden von Jahren noch voller Staunen und Ehrfurcht genannt werden sollte; ein Mann, dessen gewaltige Taten unerreicht bleiben würden, solange die Sterne am Himmel funkelten.

Doch selbst im Drogenrausch spürte die junge Frau, wie die Zeit verrann; sie spürte, daß die mystische Stunde sich ihrem Ende näherte. »Philipp!« rief sie und drehte sich auf die Seite.

Die Vorhänge teilten sich.

Und da stand er – nackt bis auf einen weißen Umhang und den Helm des widdergehörnten Gottes Kadmilos. Er kam zu ihr und breitete die Arme aus. Für einen Augenblick blieb er neben dem Bett stehen und starrte auf ihren Körper hinunter; dann legte er sich zu ihr und drang in sie ein – wild und ungestüm, ohne jede Zärtlichkeit. Sie schrie; ihre Fingernägel zerkratzten seinen Rücken, und sie spürte die eisige Kälte des silbernen Helms auf ihrem Gesicht.

Ihre Finger wanderten höher, berührten das Metall, streichelten die schwarzen, gekrümmten Hörner. Er hob den Kopf, und sie starrte in die Augen hinter dem Visier. Dann wurde die Wirkung der Drogen so übermächtig, daß sie in bodenloser Schwärze versank. Und ihr letzter Gedanke, bevor die Finsternis sie einhüllte, war seltsam …

Im Licht der Öllampen schienen Philipps Augen, die von intensivem Grün waren, plötzlich – unerklärlich – in einem blassen Blau zu strahlen.

Der Tempel, im Sommer 357 v. Chr.

Derae erwachte kurz vor Mittag. Sie warf die Decke zurück, schwang sich aus dem Bett, trat ans Fenster und blickte voller Freude hinaus auf die blühenden Wiesen. Sie war Parmenion begegnet, und sie hatte Aidas Pläne durchkreuzt. Heute würde sie den Tempel verlassen und nach Macedonien reisen, um dort auf Parmenions Rückkehr zu warten.

Sie wußte jetzt, daß sie ihn immer noch liebte, und die Götter würden ihnen noch lange, gemeinsame, glückliche Jahre schenken. Derae fühlte sich wieder jung, voller Leben und Heiterkeit.

Es war so leicht gewesen, die Droge in Philipps Wein zu mischen. All die Jahre der Angst hatten sich als überflüssig erwiesen.

Die Sonne schien warm auf Deraes Gesicht – doch plötzlich spürte sie einen eisigen Hauch im Rücken und fuhr herum. An der Wand neben der Tür bildete sich ein Schatten, wurde größer und dunkler und nahm die Gestalt eines geflügelten Dämons an. Derae wappnete sich gegen den Angriff, doch er blieb aus; statt dessen verwandelten sich die wirbelnden Schatten in einen schwarzen Umhang, der Aidas Geistkörper verhüllte.

»Was willst du hier?« fragte Derae.

»Ich möchte dir danken«, antwortete die Fürstin. »Ohne deine Hilfe – und die deiner jämmerlichen Vorgängerin – wären meine Träume nicht in Erfüllung gegangen.« Die Dunkle Frau lachte schrill. »Du kannst doch die Wege in die Vergangenheit und die Zukunft beschreiten, nicht wahr? Dann tu es! Tu es und weine, mein Täubchen!«

Und damit verschwand der Schatten.

Derae setzte sich aufs Bett, schloß die Augen und ließ ihren Geist noch einmal in den Palast auf Samothrake reisen. Dort angelangt, ertastete sie sich den Weg zurück in die vergangenen Stunden. Sie sah sich selbst, wie sie Philipp den Wein brachte und ihm einschenkte; sie beobachtete, wie er den Becher leerte. Sie sah ihre Flucht aus dem Palast, ihren Kampf mit Aida ...

Und kehrte blitzschnell in den Palast zurück, von schrecklichen, dunklen Vorahnungen erfüllt. Sie sah, wie Parmenion sich um den von Drogen berauschten Philipp kümmerte, ihm auf die Beine zu helfen versuchte. Sie schrie auf, als sie sah, wie sich Parmenion schließlich erhob, sich entkleidete, den Widderhelm aufsetzte und den weißen Umhang überstreifte, der vom Geist des Chaos beseelt war.

»Bei allen Himmeln«, flüsterte sie, als Parmenion das nackte Mädchen umarmte.

Sie konnte den Anblick nicht ertragen. Binnen eines Lidschlags war sie zurück im Tempel, in ihrem Körper, und schlug die Augen auf.

»Ohne deine Hilfe ... hätten meine Träume nicht in Erfüllung gehen können.«

In diesem Augenblick erkannte Derae alles; die ganze Wahrheit ... die Überheblichkeit – die Dummheit.

Tamis hatte eine Vision gehabt: Sie hatte die Dunkle Geburt gesehen – und dann das Gesicht Parmenions. Tamis hatte geglaubt, Parmenion zu einer Waffe gegen die Mächte der Finsternis schmieden zu können. Sie hatte tief in Parmenions Leben eingegriffen, hatte seine Zukunft bestimmt und ihn gezwungen, einen Weg voller Haß und Bitterkeit zu gehen. Sie hatte ihn zu einem perfekten Krieger geformt ... zu einer perfekten tödlichen Waffe, die gegen die Menschheit gerichtet werden konnte ...

Zum perfekten leiblichen Vater des Dunklen Gottes.

Lodernde Wut schoß in Derae empor. All die Jahre der Hingabe, des

Heilens und des Helfens, der Hoffnungen und der Träume – sie waren sinnlos gewesen.

Es gab kein gemeinsames Leben mit Parmenion mehr, keine Reise nach Macedonien, keine Liebe. Kein Licht am Ende dieses endlosen Tunnels aus Finsternis.

Sie starrte aus dem Fenster, über die Wiesen und Wälder hinweg zu den Hügeln und den blauen Gipfeln der Berge in weiter Ferne, doch sie sah etwas ganz anderes: eine Vision, die sie seit Jahrzehnten verfolgt und gequält hatte . . . riesige Armeen, die über blutige Schlachtfelder marschierten, Witwen, Waisenkinder, brennende, zerstörte Städte, zerschmetterte Weltreiche . . . Manchmal war der Dunkle Prinz in Deraes Visionen ein Grieche gewesen, manchmal Perser – ein parthischer Adeliger, ein junger Prinz aus einem der Volksstämme im hohen Norden. Einmal war er sogar schwarz wie ein Mohr gewesen und war mit seinen Armeen aus den feuchten, schwülen Urwäldern hervorgebrochen, die weit im Süden Ägyptens lagen. All diese Visionen hätten Wahrheit werden können; die Zukunft hätte Myriaden verschiedener Möglichkeiten geboten – bis vor wenigen Augenblicken. Und nun sah Derae zum erstenmal den Dunklen Gott: einen jungen Mann mit blondem Haar und hübschem Gesicht in einer golden funkelnden Rüstung.

Nun aber waren die verschiedenen Möglichkeiten der Zukunft beschränkt. Immer stand Derae ein Bild vor Augen: die marschierenden Armeen Macedoniens, gewaltige Heere, und die Waffen der Krieger waren rot von Blut.

Und in jeder dieser möglichen – sogar wahrscheinlichen – Zukunftsvisionen betrachtete Derae die goldschimmernde Gestalt. Und immer sah sie das gleiche Bild – einen triumphierenden Dunklen Gott, der Unsterblichkeit erlangte; ein Geschöpf aus Blut und Feuer, von dem das Fleisch herunterbrannte, so daß die abscheuliche Gestalt des Widdergehörnten zum Vorschein kam, der auf sämtlichen Königsthronen der Erde saß. Trotz ihrer Verzweiflung setzte Derae ihre Suche fort – und fand schließlich einen schwachen Hoffnungsschimmer, so zart wie das letzte, erlöschende Abendrot eines Wintertages.

Das Kind war in dem Augenblick empfangen worden, als die dritte Stunde der Nacht, diese unheilige Stunde, abgelaufen war, so daß dieses Kind, der Sohn Olympias' und Parmenions, zumindest einen Funken Menschlichkeit besaß. Das Kind trug zwar die Macht des Dunklen Gottes in seinem Innern, war aber nicht der Dunkle Gott selbst in fleischlicher Gestalt. Nein, das Kind würde zum Manne reifen, altern und sterben. In diesem Augenblick entschloß sich Derae, all ihre Kraft auf den Funken Menschlichkeit zu richten, den dieses Kind in sich trug, um zu verhindern, daß dieser Funke erlosch; sie würde versuchen, Wärme und Güte in ihm zu nähren und die finsteren Kräfte, von denen er beseelt war, zu bekämpfen.

»Am Ende hast du doch recht gehabt, Tamis«, sagte Derae traurig. »Wir können sie nicht mit ihren eigenen Waffen bekämpfen. Wir würden sie niemals besiegen.« Und wie die alte Priesterin betete nun auch Derae um Rat und Hilfe.

Und sie sah – wie auch Tamis es gesehen hatte –, daß ein Mann an der Seite des Dunklen Gottes stand. Ein starker, tapferer und guter Mann.

Parmenion – der Löwe von Macedonien.

Am Prespasee, zur Mitte des Winters 356 v. Chr.

Phaedra schloß die Augen und versuchte festzustellen, aus welcher Richtung Gefahr drohen mochte. Die Geräusche um sie herum deuteten jedoch auf keine Bedrohung hin; Phaedra vernahm nur das ständige, monotone, rhythmische Pochen der Pferdehufe auf dem steinigen Boden, hörte die Gespräche und das Lachen der Reiter – Krieger der königlichen Garde – und vernahm das gedämpfte Rumpeln der messingbeschlagenen Räder der geschlossenen Kutsche, in der sie und ihre Freundin saßen.

Doch irgendwo tief in ihrem Innern konnte Phaedra die Schreie der Sterbenden hören, und vor ihrem geistigen Auge sah sie schreckliche Szenen von Blut, Tod und Gewalt... und sie konnte die Bilder nicht vertreiben. Phaedra schlug die blaßblauen Augen auf und blickte zur gegenüberliegenden Bank im Innern der Kutsche, auf der Olympias schlief, gebettet auf weichen, mit Seide bespannten Daunenkissen. Phaedra hatte den plötzlichen Wunsch, den Arm auszustrecken und der Prinzessin das Gesicht zu zerkratzen. Doch die Seherin kämpfte den aufflackernden Zorn rasch nieder. Olympias war immer noch wunderschön ... aber die *makellose* Schönheit war dahin – zerstört durch die Heirat mit diesem Barbaren aus Pella und durch ihren schwangeren, unförmigen Leib. Phaedra nahm den Blick vom Gesicht der Schlafenden.

»Ich werde lernen, dich wieder zu lieben«, flüsterte die Seherin, als könnte sie dieser Lüge dadurch Wahrheit verleihen, indem sie die Worte aussprach. Doch es war nicht mehr als eine schwache Hoffnung.

Jetzt sind wir wieder Schwestern, dachte Phaedra, mehr nicht. Die tiefe Liebe war so tot wie die Blüten des vergangenen Sommers. Die Seherin seufzte, als sie an ihre erste Begegnung mit Olympias zurückdachte, vor nunmehr drei Jahren. Damals waren sie zwei vierzehnjährige Mädchen gewesen, die im Königspalast gespielt hatten, Phaedra schüchtern und dennoch gesegnet – oder verflucht? – mit der Gabe der Seherinnen; Olympias von strahlender Schönheit und Heiterkeit und beginnender fraulicher Reife.

In Olympias' Gegenwart hatte Phaedra sich immer wohl gefühlt, denn nie hatte sie das Leben der Prinzessin *sehen* können, und auch die Geheimnisse in den dunklen Winkeln ihres Geistes waren Phaedra verborgen geblieben. Olympias hatte ihr das Gefühl vermittelt, ein ganz normales Mädchen zu sein, und das war ein unbezahlbares Geschenk.

Denn niemand konnte die Einsamkeit einer Seherin begreifen. Jede bloße Berührung rief bei Phaedra Visionen hervor. Wenn ein junger, gutaussehender Mann ihr die Hand küßte, sah sie den Verführer, den Beherrscher, den Besitzer. Wenn eine ältere Frau sie anlächelte und ihr den Arm tätschelte, spürte Phaedra den Haß und Neid ob ihrer Jugend. Vor einem Seherinnenauge wurde das häßliche Spinnennetz der menschlichen Seele bloßgelegt. Phaedra schauderte.

Nur bei Olympias war es ganz anders gewesen. Keine Visionen, keine bedrückenden Gedanken. Nur Liebe. Zuerst schwesterliche Liebe, und dann ...

Die Kutsche wurde durchgeschüttelt, als ein Rad über einen Steinblock holperte. Phaedra zog den schwarzen Vorhang vor dem Fenster zur Seite und blickte hinaus. Zur Linken lag der stille, schimmernde Prespasee; dahinter ragten die Gipfel des Pindosgebirges auf, das die Grenze zwischen Macedonien und Illyrien bildete.

Olympias gähnte und reckte sich. Sie fuhr sich mit der Hand durch ihr flammend rotes Haar, setzte sich auf und lächelte Phaedra an. »Wo sind wir?«

»Es ist nicht mehr weit bis zur Ebene«, erwiderte Phaedra. »Dort werden wir von der königlichen Eskorte in Empfang genommen.«

»Mir ist so heiß«, sagte Olympias, »und ich bin durstig. Und diese schaukelnde Kutsche macht mich krank.«

Phaedra erhob sich, schlug die Plane auf dem Dach zurück und rief dem Fahrer zu, daß er halten solle. Der Mann zerrte an den Zügeln, und die Kutsche kam zum Stehen. Olympias stieg aus und trat hinaus ins Sonnenlicht. Sofort schwang der Hauptmann der königlichen Garde von Epiros sich vom Pferd, füllte aus einem Ziegenbalg einen silbernen Becher mit Wasser, kam zur Kutsche und reichte ihn Olympias. Sie lächelte. »Danke, Herkon. Du bist sehr aufmerksam.«

Phaedra sah, wie der junge Mann errötete. Sie brauchte ihn nicht zu berühren, um seine Gedanken zu lesen. Auch Phaedra stieg nun aus der Kutsche und trat neben die Königin – als die Vision von Blut und Gewalt sie mit schrecklicher Wucht überfiel. Sie sah Reiter die Berghänge hinuntergaloppieren und die Kutsche überfallen, und Herkon lag tot am Boden, mit aufgeschlitzter Kehle...

Sie schrie auf und verlor das Bewußtsein.

Als Phaedra erwachte, sah sie das Gesicht eines Mannes, der sich über sie beugte und ihr mit einem wassergetränkten Tuch das Gesicht abtupfte. »Sie kommen« flüsterte Phaedra.

»Wer kommt? Was redest du da?« fragte Herkon.

Plötzlich war die Luft von donnerndem Hufschlag erfüllt. Für einen winzigen Augenblick glaubte Phaedra, erneut die schreckliche Vision zu haben; dann aber sprang Herkon auf, und das Schwert glitt aus der Scheide an seinem Gürtel.

Hunderte von Reitern kamen die Berghänge heruntergeprescht; ihre leuchtend bunten Umhänge flatterten wie Banner im Wind. »Illyrer! rief Herkon und rannte zu seinem Pferd. Die fünfzig Soldaten aus Epiros zogen die Waffen – dann waren die Angreifer heran. Olympias lief zu Phaedra, die noch am Boden lag, und zerrte sie an den Schultern unter die Kutsche. Eine riesige, erstickende Staubwolke wirbelte auf. Olympias hielt sich ein Tuch aus Leinen vor den Mund; dann kauerte sie sich neben die Freundin. Die beiden Frauen hörten das Klirren der Waffen und die Schreie der Sterbenden. Ein Pferd stieß mit dumpfem Knall gegen die Kutsche, und der Reiter stürzte kopfüber zu Boden, prallte mit dem Gesicht auf ein Wagenrad und blieb regungslos liegen, nur zwei, drei Schritte von den Frauen entfernt.

Es war Herkon. Seine Kehle war aufgeschlitzt, und seine erloschenen Augen starrten Olympias an, die entsetzt den Blick abwandte.

Der Kampf schien eine Ewigkeit zu dauern, doch schließlich senkte sich der Staub. Schemenhafte Gestalten wurden erkennbar – Illyrer, die sich zwischen den verwundeten Soldaten aus Epiros bewegten und ihnen mit scharfen Dolchen den Todesstoß versetzten. Olympias zog ein Messer mit dünner Klinge aus einer Scheide, die sie an einem Lederriemen um den Oberschenkel trug, und wartete. Phaedra schloß die Augen. Sie konnte den schrecklichen Anblick nicht mehr ertragen.

»Seht mal, was wir hier haben!« rief ein Krieger, ging in die Hocke und starrte unter die Kutsche. Dann ließ er sich auf Hände und Knie fallen, kroch auf die beiden Frauen zu und streckte grinsend die Hand aus. Olympias stieß ihm die Messerklinge ins Auge, und der Mann stürzte nach vorn aufs Gesicht, ohne einen Laut von sich zu geben. Beim Aufprall drang ihm das Messer bis zum Heft ins Hirn. Olympias stand auf. In ihren grünen Augen loderte Zorn, und sie stand stolz und hoch erhobenen Hauptes da.

»Dafür werdet ihr sterben«, sagte sie.

»Niemand wird sterben. Du nicht, und wir nicht«, sagte ein hochgewachsener, gutaussehender Krieger mit blondem Haar und einem gezwirbelten Bart. »Aber Philipp von Macedonien wird ein reichliches Lösegeld für dich und deine Gefährtin bezahlen. Wenn du nett zu mir bist, Prinzessin, könnte dein kurzer Aufenthalt bei uns sehr angenehm für dich sein.«

Olympias schaute mit offensichtlicher Verachtung in die Gesichter der Umstehenden. Dann warf sie über die Gruppe hinweg einen raschen Blick zu den Hügeln im Osten. Eine Kette von Reitern war dort erschienen; in ihrer Mitte saß ein Krieger auf einem riesigen grauen Pferd. Der Mann trug eine schimmernde Rüstung aus Bronze und einen Helm mit weißem Federbusch aus Pferdehaar.

»Ich glaube«, sagte Olympias, »ihr werdet gleich merken, daß Philipp den Preis für meine Befreiung schon festgesetzt hat – euer Leben.«

»Arketas! Sieh doch!« rief ein Mann und zeigte auf die Krieger, die haltgemacht hatten. Arketas fluchte und ließ den Blick über die macedonische Reiterkette schweifen. Er schätzte, daß der Trupp etwa siebzig Mann stark war. »Auf die Pferde!« brüllte er. »Es sind zu wenige, um es mit uns aufzunehmen. Haut sie in Stücke!«

Die Illyrer schwangen sich auf die Pferderücken und preschten in wildem Galopp auf die wartenden Macedonier zu.

»Schau zu, Phaedra«, flüsterte Olympias und setzte sich neben die von Furcht zitternde Seherin. »Jetzt sieh dir an, wie mein Mann zu kämpfen versteht!« Phaedra schlug die Augen auf, und ihr erster Blick fiel auf die im Sonnenlicht schimmernde Bronzerüstung des Macedoniers auf dem riesigen grauen Pferd. Der Mann zog sein Schwert und reckte es in die Höhe.

Und die Macedonier ritten an und jagten den Berghang hinunter, attackierten den zahlenmäßig überlegenen Gegner. Sie bildeten einen Keil, an dessen Spitze der Krieger auf dem Grauen ritt. Die Formation fuhr wie die Schneide einer Axt in die dichten Reihen der Illyrer, sprengte die Gruppe auseinander, raubte ihr die Angriffswucht. Olympias sah, wie der bärtige Arketas versuchte, sich zu dem Krieger auf dem grauen Pferd durchzukämpfen. Staub wirbelte auf und hüllte die Männer ein. Nur das Klirren der Waffen und die gellenden Schreie ließen erkennen, welch heftiger Kampf tobte. Doch Olympias hatte keine Zweifel, wie diese Schlacht enden würde – und keinen Augenblick fürchtete sie um das Leben des Kriegers auf dem grauen Pferd. Sie wartete nur; wartete auf das Unvermeidliche, Unabänderliche: den Tod der Illyrer. Dann lichteten sich die Staubschleier, und Olympias jubelte laut auf, als der Krieger in der Bronzerüstung Arketas den Kopf abschlug, daß er in den Staub rollte und ein Blutschwall aus dem Rumpf des Getöteten in die Höhe schoß.

»Da hast du dein Lösegeld, du Sohn einer Hure!« rief sie.

Schließlich ergriffen die Illyrer entsetzt die Flucht, doch augenblicklich formierten die Macedonier sich um und nahmen die Verfolgung auf. Nur der Reiter auf dem grauen Riesenpferd kam in Begleitung einiger Offiziere zur umgestürzten Kutsche geritten.

»Philipp!« rief Olympias und lief ihm entgegen.

»Nein, meine Königin«, sagte der Krieger und nahm den Helm ab. »Ich bin es, Parmenion.«

In einem Waldstück unweit des Flusses Haliakmon schlugen sie ihr Lager auf. Parmenion ging zu den verwundeten Kriegern, die ein Stück vom Lagerplatz entfernt untergebracht waren, damit die Frauen die Schreie nicht hören konnten, wenn die Feldärzte ans Werk gingen. Die Macedonier hatten siebzehn Mann in der Schlacht verloren, und sieben Krieger waren verwundet. Die Illyrer aber hatten eine vernichtende Niederlage hinnehmen müssen; mehr als achtzig Krieger waren gefallen. Parmenion kniete sich neben einem jungen Soldaten nieder, der im Kampf drei Finger der rechten Hand verloren hatte. Vom Schock und vor Schmerz war das Gesicht des Jungen grau und schweißglänzend.

»Jetzt bin ich nutzlos geworden«, sagte er mit schwacher Stimme. »Was soll ich nur tun?«

»Die Götter haben dir zwei Hände gegeben, Peris – du mußt lernen, die Linke zu benutzen. Es ist gar nicht so schlimm. Du bist kein *Hoplit,* also brauchst du dir keine Gedanken darüber zu machen, wie man mit dem Schild eine Phalanx bildet. Du bist Reitersoldat – und ein sehr guter noch dazu. Und du bist viel zu mutig, als daß du dich von einer so kleinen Verwundung unterkriegen ließest.«

»Aber ich kann mit der linken Hand das Schwert nicht so gut führen, General.«

»Das werden wir üben. Du und ich.«

Parmenion ging zum nächsten Verwundeten, aber der Mann war bereits verblutet. Der General bedeckte das Gesicht des Toten mit dessen Umhang und ging weiter.

Der Feldarzt, Bernios, erhob sich, um Parmenion zu begrüßen, als er seinen Rundgang beendet hatte. »Wir haben gut gekämpft«, sagte Bernios und wischte sich mit einem blutigen Tuch den Schweiß von der Glatze.

»Wären wir eine Stunde früher dort gewesen, hätte die Schlacht gar nicht erst stattgefunden«, erwiderte Parmenion. »Das wäre mir lieber gewesen, mein Freund.«

»Mir auch, General«, sagte Bernios. »Aber«, der Arzt zuckte mit den Achseln und breitete die Arme aus, »es hätte uns sehr viel schlimmer treffen können. Denn wären wir eine Stunde *später* gekommen, hätten die Illyrer die Braut des Königs entführt. Und dann, glaube ich, wäre Philipp ziemlich wütend gewesen – gelinde gesagt.«

Parmenion lächelte. Er klopfte dem Arzt auf die Schulter und kehrte ins Hauptlager zurück. Die beiden Frauen waren – sicher bewacht – ein Stück abseits zwischen den Bäumen untergebracht, neben der Kutsche, so daß sie möglichst ungestört blieben, während die einundfünfzig überlebenden Krieger um vier Lagerfeuer herum saßen. Parmenion rief Nikanor zu sich und bedeutete dem jungen Mann, ihm zu folgen.

»Hast du Späher ausgeschickt?« fragte Parmenion.

»Ja, Herr. Sechs Mann reiten im Hügelland Patrouille, und drei weitere stehen am nördlichen, östlichen und westlichen Rand des Waldstücks auf Posten.«

»Gut. Du hast heute ausgezeichnet gekämpft. Der König wird stolz auf dich sein.«

»Mit Verlaub, Parmenion, aber dem König bin ich seit langem gleichgültig«, erwiderte Nikanor mit einem schüchternen Lächeln. »Aber, ehrlich gesagt, es ist mir gleichgültig, solange ich meine Pflicht erfülle und selbst zufrieden mit mir bin. Du weißt, daß ich eine Zeitlang Philipps Geliebter war. Jetzt haben andere meinen Platz eingenommen. Ich werde zu alt, weißt du. Ich bin jetzt siebenundzwanzig.« Nikanor zuckte mit den Achseln. »Aber Olympias ist eine wunderschöne Frau, findest du nicht auch?«

»Ja«, erwiderte Parmenion kurz angebunden. Nikanor blickte ihn verdutzt an, doch der Spartaner wandte sich um. »Du kümmerst dich um die Frauen!« sagte er über die Schulter und ging zu seiner Deckenrolle.

Nikanor nahm einen mit Wein gefüllten Ziegenbalg und schritt zum Feuer am Rand des Lagers, an dem die beiden Frauen saßen. Die Königin hatte auf einigen der weichen Kissen Platz genommen, die man aus der Kutsche geholt hatte, während das Mädchen, das Nikanor für Olympias' Zofe hielt, trockene Äste nachlegte.

»Darf ich euch einen Schluck Wein anbieten, edle Damen?« fragte Nikanor höflich und verbeugte sich tief.

Olympias lächelte ihn betörend an. »Und wer bist du, edler Herr?« fragte sie.

»Nikanor. Ich bin Parmenions erster Offizier.«

»Setz dich zu uns, Nikanor«, befahl die Königin. Er gehorchte, schenkte den Frauen Wein ein und goß Wasser hinzu. Dann faltete er seinen Umhang zu einem behelfsmäßigen Sitzkissen zusammen. »Warum ist Parmenion nicht selbst gekommen?« fragte Olympias.

»Er ist ... müde, meine Königin«, stammelte Nikanor. »Er hat ... gestern schlecht geschlafen. Er hat sich Sorgen gemacht, nicht rechtzeitig zum Treffpunkt mit eurer Kutsche zu gelangen, zumal er befürchtet hat, daß die ... die Illyrer euch angreifen könnten – und er hat ja recht behalten. Er hat fast immer recht; es ist fast schon unheimlich.« Er lächelte. »Manchmal sogar ärgerlich.«

»Und trotzdem magst du ihn?«

»O ja. Er ist ein großartiger Feldherr – der beste, den es gibt. Er hat aus Philipps kleinem Heer eine Armee geformt, die auf der ganzen Welt gefürchtet ist und ihre Feinde erzittern läßt.«

»Aber er ist kein Macedonier, nicht wahr?« sagte Olympias.

»Seine Mutter war Macedonierin«, erwiderte Nikanor. »Er ist aber in Sparta aufgewachsen.«

»Dann sollten wir ihm wohl verzeihen, daß er uns nicht Gesellschaft leistet. Spartaner sind nicht gerade für ihre Höflichkeit berühmt.«

»Oh, er meint es gewiß nicht unhöflich, meine Königin«, sagte Nikanor. »Im Gegenteil. Er hat mir befohlen, mich um euch zu kümmern. Wahrscheinlich ist er nicht selbst gekommen, weil er glaubte, daß ihr schon schlaft. Schließlich habt ihr eine lange Reise und den Überfall der Illyrer hinter euch, und er wollte euch nicht zur Last fallen.«

Olympias lächelte, streckte die Hand aus und berührte Nikanors Arm. »Du bist ein guter Freund deines Generals – und sein wortgewandter Verteidiger. Du hast recht, ich sollte ihm verzeihen, daß er nicht gekommen ist. Und nun, Nikanor, möchte ich schlafen.«

Der junge Mann stand auf, verbeugte sich, nahm seinen zusammengefalteten Umhang und ging zurück ins Lager.

»Du solltest dich schämen«, sagte Phaedra. »Du hast diesen netten jungen Mann ziemlich durcheinandergebracht.«

Olympias' Lächeln erlosch. »Wir sind hier in einem fremden Land«, sagte sie leise. »Ich werde Freunde brauchen. Warum ist Parmenion nicht selbst gekommen?«

»Weil er müde ist und weil er Rücksicht auf uns nehmen möchte. Du hast doch gehört, was der Offizier gesagt hat.«

»Er hat nicht die Wahrheit gesagt. Deshalb ist er meinem Blick ausgewichen. Aber was spielt es für eine Rolle? Wir sind in Sicherheit, und eine strahlende Zukunft liegt vor uns.«

»Liebst du Philipp?« fragte Phaedra plötzlich.

»Liebe? Er ist mein Ehegatte – und der Vater des Kindes, das in meinem Leib heranwächst. Was hat das mit Liebe zu tun? Und überhaupt . . . ich bin ihm erst einmal begegnet. In unserer Hochzeitsnacht auf Samothrake vor sieben Monaten.«

»Die Insel der Mysterien«, sagte Phaedra leise. »Ich habe dich nie danach gefragt, aber . . . wie war es damals eigentlich? In der Nacht, als Philipp dich geliebt hat?«

Olympias lehnte sich zurück und lächelte, in Erinnerungen versunken. »Beim erstenmal war es wie ein Zauber . . . seltsam, unheimlich. Aber am Morgen war es ganz normal, nehme ich an. Wie bei allen Männern. Er hat gestöhnt, und dann hat er sich auf die Seite gerollt, ist eingeschlafen und hat geschnarcht wie ein Eber.« Die beiden Frauen kicherten. »Gib mir meine Decke, Phaedra«, sagte Olympias schließlich und gähnte. »Und noch ein paar Kissen. Ich möchte jetzt schlafen.«

»Du solltest in der Kutsche schlafen. Es ist wärmer drinnen.«

»Ich möchte die Sterne sehen«, erwiderte Olympias. »Ich möchte die Jägerin betrachten.«

Olympias legte sich nieder; Müdigkeit überkam sie, und ihre Gedanken schweiften träge in die Vergangenheit, nach Samothrake, in die Nacht der Mysterien. Die Frauen hatten in Gruppen um die Feuer in den Wäldern getanzt – getrunken, gelacht und die heiligen Kräuter gekaut, welche die Visionen brachten: lebendige Träume voll leuchtender Farben. Dann war die Prozession im Fackelschein zum Palast gezogen, und Olympias konnte sich erinnern, daß die Akolythen sie ins Schlafgemach gebracht und auf Philipps Bett gelegt hatten.

Und dort hatte sie gewartet. Benommen, von wirren Gedanken erfüllt, und die Farben waren unnatürlich intensiv gewesen... rote Vorhänge, gelbe Seide, goldene Becher.

Und dann war er zu ihr gekommen. Und sein Gesicht war – wie das Ritual es vorschrieb – unter dem Helm des Chaos verborgen gewesen. Sie hatte kaltes Metall an der Wange gespürt, während sein Körper den ihren bedeckt hatte wie ein über offenen Flammen erhitzter Umhang.

In ihre Decken gewickelt, schlief die neue Königin von Macedonien unter den Sternen.

Parmenion lag wach und blickte ebenfalls zum Himmel. Er sah dieselben Sterne wie Olympias und rief sich dieselbe Nacht in Erinnerung. Das Gefühl der Scham, das er dabei verspürte, war tief, beinahe schmerzhaft. Er hatte im Leben vieles getan, das ihn mit Kummer und Reue erfüllte – und andererseits vieles von anderen Menschen hinnehmen müssen, das Narben auf seinem Körper und seiner Seele hinterlassen hatte. Aber Scham war für den Spartaner ein bislang ungekanntes Gefühl.

Es war eine Nacht wie diese gewesen; die Sterne hatten wie funkelnde Gemmen am Himmel gestanden, und die Luft war klar und kühl gewesen. Philipp hatte sich betrunken, als er auf seine Braut wartete, und war dann auf einer Liege zusammengebrochen – in jenem Augenblick, als die Akolythen seine neue Frau in sein Schlafgemach gebracht hatten.

Parmenion hatte durch einen Spalt in den Vorhängen ins angrenzende Zimmer geblickt und Olympias nackt auf dem Bett liegen sehen, ihren sich vor Lust windenden Körper, der auf den Gatten wartete... wartete...

Er versuchte sich einzureden, daß es von größter Wichtigkeit sei, die Vereinigung in dieser Nacht, in der dritten Morgenstunde, zu vollziehen – Philipp selbst hatte ihm das alles erzählt.

»Falls die Vereinigung nicht während der heiligen Stunde stattfindet, ist die Ehe nichtig. Kannst du dir so etwas vorstellen, Parmenion?«

Aber das war nicht der wirkliche Grund dafür gewesen, daß Parmenion sich das weiße Gewand übergestreift und den uralten Helm aufgesetzt hatte. Er hatte die nackte Frau gesehen – und hatte sie besitzen wollen. Er hatte sie begehrt, wie er nur Derae begehrt hatte, die man ihm ein Vierteljahrhundert zuvor genommen hatte. Er hatte diese Frau genommen und war, als sie schlief, auf Philipps Zimmer zurückgekehrt, wo er dem immer noch bewußtlosen König den Umhang angelegt und den Helm aufgesetzt und ihn aufs Bett gelegt hatte, zu Olympias. *Du hast den König betrogen, dem zu dienen du geschworen hast. Wie willst du diese Schuld jemals begleichen?*

Die Nacht war eisig kalt. Parmenion schlug seine Decke zurück und erhob sich. Er zog seinen schwarzen, wollenen Umhang straff um die Schultern und ging zu den Soldaten, die an den Waldrändern auf Posten standen.

»Ich bin wach, Herr«, sagte der erste Krieger, den Parmenion in der Dunkelheit nicht erkannte.

»Das bezweifle ich nicht«, gab der General zurück. »Du bist macedonischer Soldat.« Er durchquerte das Waldstück und ging zum Ufer des Haliakmon. Das Wasser war so schwarz wie das des Styx, über den die Seelen ins Totenreich gebracht werden, doch es schimmerte im Sternenlicht. Parmenion setzte sich auf einen Felsblock und dachte an Derae.

Fünf Tage der Liebe – stürmischer, leidenschaftlicher Liebe. Und dann hatte man ihm das Mädchen genommen und sie vor die Küste Asiens gebracht, wo man ihr die Hände im Rücken gefesselt, sie ins Meer geworfen und ertränkt hatte. Als Opfer für die Götter, zum Schutz Spartas.

Und wie sehr Sparta Schutz gebraucht hatte! Parmenion erinnerte sich an die Schlacht von Leuktra, wo sein strategisches Genie die spartanische Armee vernichtet und alle Träume Spartas von Macht und Größe zerstört hatte.

»Du bist Parmenion, der Tod der Staaten«, hatte die alte Seherin zu ihm gesagt. O ja, eine treffende Bezeichnung! Im vergangenen Jahr hatte er die Macedonier gegen den illyrischen König Bardylis geführt und dessen Heer zerschlagen. Sieben Monate nach der Schlacht war der greise König vor Kummer gestorben, und sein Reich lag in Trümmern.

Parmenion blickte hinauf zu den Sternen und stellte sich Deraes Gesicht vor, ihr rotblondes Haar, ihre grünen Augen. »Was bin ich ohne dich?« flüsterte er.

»Führst du Selbstgespräche, General?« fragte eine Stimme in seinem Rücken. Ein junger Soldat trat aus den Schatten am Flußufer.

»So etwas geschieht, wenn ein Mann alt wird«, erwiderte Parmenion. Der Mond erschien zwischen den Wolken, und der Spartaner erkannte Kleiton, einen jungen Krieger aus dem Osten Macedoniens, der erst im vergangenen Herbst ins Heer eingetreten war.

»Eine stille Nacht, Herr«, sagte Kleiton. »Hast du gebetet?«

»In gewisser Weise. Ich habe an ein Mädchen gedacht, das ich vor langer Zeit gekannt habe.«

»War sie schön?« fragte der junge Mann, lehnte seinen Speer gegen einen Fels und setzte sich dem General gegenüber.

»Sie war wunderschön... Aber sie ist gestorben. Bist du verheiratet?«

»Ja, Herr. Ich habe eine Frau und zwei Söhne in Krousien. Sie werden nach Pella kommen, sobald ich es mir leisten kann, dort ein Haus zu mieten.«

»Das kann noch eine Weile dauern.«

»Oh, das glaube ich nicht, Herr. Bald wird ein neuer Krieg ausbrechen. Und vom Sold und dem Anteil an der Beute kann ich Lakia und die Kinder vielleicht schon in einem halben Jahr nach Pella kommen lassen.«

»Wünschst du dir einen Krieg?« fragte Parmenion.

»Natürlich, Herr. Wir sind stark wie nie zuvor. Die Illyrer und die Paioner sind besiegt. Der nächste Feldzug führt uns gewiß nach Osten, gegen die Thraker. Oder nach Süden, gegen Pherai. Oder vielleicht gegen Olynthos. Philipp ist ein Kriegerkönig. Er wird schon dafür sorgen, daß die Waffen seiner Soldaten keinen Rost ansetzen.«

»Da hast du sicher recht«, sagte Parmenion und erhob sich. »Und ich hoffe, daß du dir bald das Haus in Pella mieten kannst.«

»Danke, Herr. Gute Nacht.«

»Gute Nacht, Kleiton.« Der General ging zu seiner Deckenrolle zurück und legte sich nieder, doch sein Schlaf war unruhig und voller Träume. Er sah Derae durch grünes Hügelland laufen; ihre Augen waren vor Angst weit aufgerissen. Parmenion versuchte, zu ihr zu eilen, ihr zu sagen, daß sie keine Furcht zu haben brauchte, doch als er sich näherte, schrie sie auf und rannte davon. Er folgte ihr, konnte sie aber nicht einholen und gelangte an das Ufer eines Flusses. Er blieb stehen und betrachtete sein Spiegelbild auf der Wasseroberfläche. Aus der bronzenen Maske des Chaos starrten ihn blasse Augen an. Er riß sich den Helm vom Kopf und rief Derae hinterher.

»Bleib stehen! Ich bin's, Parmenion.«

Doch sie hörte ihn nicht und verschwand außer Sicht.

Parmenion fuhr aus dem Schlaf und setzte sich. Sein Rücken tat weh, und in seinem Kopf war ein beständiges, schmerzhaftes Pochen. »Du Narr«, murmelte er vor sich hin, »du hast vergessen, den Sylphiumsud zu trinken.« Über einem der Feuer hing ein Kessel mit heißem Wasser. Parmenion tauchte einen Becher hinein und hätte sich beinahe die Finger verbrüht. Er gab die getrockneten Kräuter in den Becher, rührte das Wasser mit seinem Dolch um und wartete dann, bis der Sud sich soweit abgekühlt hatte, daß er ihn trinken konnte. Fast augenblicklich verebbte der Schmerz.

Bernios trat zu ihm. »Du siehst schrecklich aus, mein Freund«, sagte der Arzt. »Schläfst du eigentlich nie?«

»Nur, wenn es sein muß.«

»Nun, dann muß es jetzt sein. Du bist kein junger Mann mehr. Dein Körper braucht Ruhe.«

»Ich bin dreiundvierzig«, erwiderte Parmenion gereizt. »Ist man in diesem Alter schon ein Greis? Ich kann immer noch zwanzig Meilen rennen, ohne eine Pause einzulegen.«

»Ich habe ja nicht gesagt, daß du ein alter Mann bist. Ich wollte dir nur zu verstehen geben, daß dein Körper nicht mehr die Kraft der Jugend besitzt. Und du bist heute nacht reichlich mürrisch – ein typisches Zeichen des Alters.«

Beide Männer lächelten. »Mein Rücken schmerzt, Bernios«, sagte Parmenion schließlich. »Jetzt sag mir bloß nicht, das liegt am Alter. Unter meinem Schulterblatt steckt eine alte, abgebrochene Speerspitze – das ist der Grund. Aber was ist mit dir? Warum schläfst du nicht?«

»Vorhin ist wieder einer unserer Verwundeten gestorben. Ich habe bei ihm gesessen, bis er's überstanden hatte«, sagte Bernios. »Kein Mensch sollte ganz allein sterben. Der Mann war von einem Speer durchbohrt worden, in Höhe des Rippenfells; es gibt keinen schrecklicheren Schmerz. Aber er hat nicht gejammert und nicht geklagt – erst ganz zum Schluß.«

»Wer war dieser Krieger?«

»Ich habe ihn nicht gefragt – tadele mich jetzt nicht dafür. Ich weiß, wie wichtig dir so etwas ist, aber ich kann mir nicht alle Namen merken.«

»Was hast du ihm gegeben?«

»Einen Extrakt aus Mohn«, erwiderte Bernios. »Eine tödliche Dosis.«

»Das ist gegen das Gesetz. Wenn du so etwas noch einmal tust, dann sag es mir lieber gar nicht erst.«

»Dann *frag* doch gar nicht erst!« erwiderte der Arzt zornig, holte tief Luft und seufzte. »Tut mir leid, Parmenion. Auch ich bin müde und erschöpft. Aber du machst mir Kummer. Seit Tagen scheint dich irgend etwas zu quälen. Willst du es mir nicht sagen?«

»Es ist nicht wichtig.«

»Unsinn. Du bist viel zu klug, als daß du dir über Unwichtiges den Kopf zerbrichst. Möchtest du nicht darüber reden?«

»Nein.«

»Schämst du dich für irgend etwas?«

»Ja«, gab Parmenion zu.

»Dann behalte es für dich. Man behauptet zwar oft, daß es hilft, wenn man sich gewisse Dinge von der Seele redet, aber das stimmt nicht. Es ist die Mutter allen Schmerzes. Wie viele Menschen wissen von deiner . . . Schande?«

»Niemand außer mir.«

»Dann ist es gar nicht geschehen, und du brauchst dich nicht zu bekümmern.«

»Wenn es doch nur so einfach wäre«, sagte Parmenion.

»Es ist so einfach – sofern man es nicht kompliziert *macht.* Du stellst zu hohe Erwartungen an dich selbst, mein Freund. Ich fürchte, ich habe schlechte Neuigkeiten für dich: auch du bist nicht vollkommen. Und jetzt versuch zu schlafen.«

»Begleite mich ein Stück«, befahl Olympias dem Spartaner, nachdem sie am nächsten Abend in einer Senke auf der Ebene von Emanthia ihr Lager aufgeschlagen hatten. Parmenion folgte der Königin, als sie zu dem kleinen Feuer hinüberging, an dem Phaedra saß. Olympias bemerkte das offensichtliche Unbehagen des Spartaners. Sieh an, auch der große Parmenion ist für meine Schönheit empfänglich, dachte sie nicht ohne Stolz. »Warum bist du mir aus dem Weg gegangen, General?« fragte sie lächelnd.

»Ich bitte um Verzeihung, wenn ich diesen Eindruck gemacht haben sollte, meine Königin. Gewiß bin ich dir keine gute Gesellschaft gewesen. Aber meine erste Pflicht besteht darin, dich sicher zu deinem Gatten nach Pella zu bringen. Etwas anderes darf mich nicht kümmern, und sei es mein eigenes Leben.«

Olympias setzte sich auf die Seidenkissen und legte sich einen goldbestickten wollenen Schal um die Schultern.

»Erzähl mir von Philipp«, sagte sie. »Ich weiß nur sehr wenig über ihn. Ist er freundlich zu seinen Dienern? Schlägt er seine Frauen?«

Parmenion nahm neben dem Feuer Platz. »Wo soll ich anfangen? Er ist ein König, und er verhält sich wie ein König. Jedenfalls«, er lächelte leicht, »schlägt er seine Frauen nicht, und seinen Dienern ist er ein milder Herr. Aber er kann auch hart und unduldsam sein. Er hat nur eine zweite Frau, Audata, die Tochter des Königs Bardylis. Aber sie wohnt nicht in Pella, sondern auf den königlichen Gütern in Pelagonien . . . auf ihre eigene Entscheidung hin.«

»Sie hat ein Kind mit Philipp, nicht wahr?« sagte sie und betastete ihren schwangeren Leib.

»Ja, eine Tochter. Ein sehr hübsches Kind.«

»Hübsch?« sagte Olympias mit scharfer Stimme, bevor sie sich zurückhalten konnte. »Bei einer so häßlichen Mutter?«

»Es gibt viel Arten von Schönheit, meine Königin, und nicht alle sind so schnell vergänglich wie das Fleisch«, erwiderte Parmenion kühl.

»Verzeih«, sagte sie rasch. »Die Eifersucht läßt sich nur schwer verbergen. Und ich möchte, daß wir Freunde sind, du und ich. – Werden wir Freunde sein?« fragte sie plötzlich, den Blick aus den grünen Augen fest auf Parmenions Gesicht gerichtet.

»Ja. Unser Leben lang«, erwiderte er schlicht.

Nachdem Parmenion sich verabschiedet hatte, um die Posten zu kontrollieren, setzte Phaedra sich neben die Königin. »Du solltest den anderen Männern keine schönen Augen machen, Olympias. Nicht diesen barbarischen Macedoniern.«

»Unsinn. Ich wollte ihm keine schönen Augen machen ... obgleich er ein gut aussehender Mann ist. Aber Philipp ist ein Kriegerkönig, und er wird sich viele Frauen nehmen. Ich muß sichergehen, daß mein Sohn der einzige wahre Thronerbe bleibt, und um dafür zu sorgen, kann man gar nicht früh genug Verbündete gewinnen. Parmenion hat das gefürchtete Sparta zerstört und Theben zur Macht geführt. Letztes Jahr hat er die illyrische Armee zerschlagen. Und in den Jahren zuvor stand er in Diensten des Großkönigs. Niemals ist Parmenion auf dem Schlachtfeld besiegt worden. Einen solchen Mann *muß* ich mir zum Freund machen, meinst du nicht auch?«

»Du hast viel dazugelernt«, flüsterte Phaedra.

»Oh, ich weiß noch mehr. Der König hat drei Ratgeber, denen er mehr als allen anderen vertraut. Zuallererst Parmenion, der unbesiegte *strategos.* Dann Attalos, kalt und tödlich, der für Philipp jeden Mord begehen würde. Und schließlich Antipatros, nächst Parmenion sein oberster Feldherr – ein erfahrener, tüchtiger General.«

»Was ist mit den Frauen?«

»An Frauen denkt Philipp nur wenig – bis auf Simiche, die Witwe seines Bruders. Sie bedeutet ihm sehr viel. Und er vertraut ihr. Ich werde Simiche zu meiner guten Freundin machen.«

»Du scheinst dir deine Pläne sehr genau zurechtgelegt zu haben«, sagte Phaedra leise.

»Nicht ich habe sie zurechtgelegt, sondern die Fürstin Aida – schon damals, auf Samothrake. Sie weiß alles, und sie kann in die Vergangenheit und in die Zukunft schauen. Ich bin die Erwählte – und ich werde Aida nicht enttäuschen.«

»War sie deine Geliebte?« fragte Phaedra.

»Bist du eifersüchtig, alte Freundin?«

»Ja, auf alle, die dich berühren – oder dich auch nur anschauen.«

»Du solltest dir einen Mann nehmen. Ich kann einen schönen jungen Fürsten für dich aussuchen, wenn du möchtest.«

»Ich könnte mir nichts Schlimmeres vorstellen«, sagte die Seherin und schmiegte sich eng an ihre Freundin.

In diesem Augenblick erklang vom Lagerfeuer der Soldaten Musik; eine wunderschöne, klare Stimme sang ein Lied, begleitet von den schwebenden, hellen Tönen einer Hirtenflöte. Es war kein Schlachtengesang, sondern ein Liebeslied – seltsam sanfte Klänge für diese rauhen Krieger. Olympias erhob sich und ging zwischen den Bäumen hindurch zum Feuer. Die Soldaten saßen in einem großen Kreis um den Sänger und den Flötenspieler herum. Sie schauderte, als sie das Bild sah: Martialische Krieger in Brustpanzern und Beinschienen, die Schwerter und Dolche am Gürtel, lauschten andächtig einem Lied, das die traurige Geschichte zweier Liebender erzählte. Der Sänger war Nikanor. Er sah die beiden Frauen näher kommen und verstummte. Die Soldaten sprangen ehrerbietig auf, als sie ihre neue Königin erblickten, die nun mitten unter sie trat.

»Nein, bitte«, sagte Olympias, »sing weiter, Nikanor. Es ist so schön.« Er lächelte und verbeugte sich; der Flötenspieler setzte das Instrument an die Lippen, und Nikanor ließ seine wunderbare klare Stimme wieder erklingen. Olympias nahm im Kreis der Soldaten Platz; Phaedra setzte sich dicht neben sie. Die Seherin schauderte in der abendlichen Kälte; Olympias nahm ihren goldbestickten Schal ab und legte ihn der Freundin um, die daraufhin den Kopf an die Schulter der Königin lehnte. Nikanor sang länger als eine Stunde. Die Soldaten jubelten nicht, noch klatschten sie in die Hände, als das Lied endete – sie saßen ganz still da. Dennoch spürte Olympias die Atmosphäre der Wärme und der Freundschaft, und sie fühlte sich unter diesen rauhen Reitersoldaten so sicher und geborgen wie ein Kind im Schoß der Familie. Phaedra war eingeschlafen; ihr Kopf ruhte immer noch auf Olympias' Schulter.

Parmenion erschien am Feuer, kauerte sich neben den beiden Frauen nieder und wies auf Phaedra. »Ich werde sie zu eurem Lager tragen«, sagte er leise, um die Seherin nicht zu wecken.

»Ja, danke«, erwiderte Olympias. Als Parmenion die Seherin behutsam auf die Arme nahm, murmelte sie irgend etwas, schien aber nicht zu erwachen. Die Soldaten warfen trockene Äste ins Feuer, gingen zu ihren Deckenrollen und wickelten sich darin ein, während Parmenion mit den beiden Frauen zur Kutsche ging. Nikanor, der ihn begleitet hatte, öffnete die Tür, und Parmenion legte die Seherin auf die mit Kissen belegte Bank im Innern der Kutsche und deckte sie mit zwei wollenen Umhängen zu.

»Du hast eine wunderschöne Stimme, Nikanor«, sagte Olympias. »Ich werde sie wie einen Schatz in meinem Gedächtnis hüten.«

Der Offizier errötete. »Die Männer hören solche Lieder gern; die Geschichten erinnern sie an ihre Frauen und Kinder in der Heimat. Ich ... ich kann dir gar nicht sagen, wie sehr ich mich freue, daß es dir gefallen hat.« Er verbeugte sich und ging zum Lager. Parmenion wandte sich um, Nikanor zu folgen, doch Olympias rief ihn zurück.

»Möchtest du mir ein wenig Gesellschaft leisten, General?« fragte sie.

»Wenn du es wünschst«, erwiderte er. Das Feuer war niedergebrannt; Parmenion goß ein wenig Öl in die Glut, legte trockene Äste und Zweige nach, und die Flammen loderten wieder auf. Der kalte Winterwind jagte über die Ebene, und die schneebedeckten Gipfel der Berge schimmerten silbern. »Wovor fürchtest du dich?« flüsterte Parmenion.

»Warum sollte ich mich vor irgend etwas fürchten?« erwiderte sie und setzte sich dicht neben ihn.

»Du bist jung, meine Königin. Ich bin's nicht mehr. Du versteckst deine Furcht gut, aber ich kann sie spüren.«

»Ich habe Angst um meinen Sohn«, sagte sie so leise, daß ihre Stimme kaum zu hören war. »Er wird ein großer König sein – falls er lange genug lebt. Er *muß* leben!«

»Ich bin Soldat, Olympias. Ich kann dir nicht versprechen, daß er allzeit sicher ist. Aber ich werde ihn schützen, so gut ich nur kann.«

»Warum?«

Es war eine einfache Frage; dennoch fuhr sie wie eine flammende Peitsche durch Parmenions Inneres. Er konnte die Frage nicht sofort beantworten; statt dessen starrte er ins Feuer und stocherte mit einem Ast darin herum. »Weil ich Philipp diene. Und er ist Philipps Sohn«, sagte er schließlich.

»Dann bin ich's zufrieden. In Epiros wird erzählt, daß Macedonien bald die Städte in Chalkidike angreifen wird. Man sagt, daß Philipp nach der Herrschaft über ganz Griechenland strebt.«

»Wer bin ich, über die Absichten des Königs zu urteilen«, antwortete Parmenion ausweichend. »Außerdem kenne ich nicht all seine

Pläne. Soviel ich weiß, versucht Philipp nur, die Grenzen Macedoniens zu sichern. Das Land ist zu lange von anderen beherrscht worden, und seine Sicherheit war immer vom Wohlwollen Athens, Thebens und Spartas abhängig.«

»Und trotzdem hat Philipp Amphipolis erobert – eine unabhängige Stadt?«

»Niemand ist unabhängig. Amphipolis war so etwas wie ein athenischer Außenposten, der den Athenern die Möglichkeit bieten sollte, in Macedonien Fuß zu fassen«, erwiderte Parmenion, der sich bei Olympias' direkten Fragen unbehaglich fühlte.

»Aber was ist dann mit dem chalkidischen Bund und mit Olynthos? Sind sie keine Bedrohungen? Olynthos hat enge Bindungen zu Athen – genauso wie Pydna und Methone.«

»Du beschäftigst dich mit solchen Fragen, wie ich sehe, und du ziehst kluge Schlüsse daraus. Aber, verzeih, du hast noch nicht gelernt, daß man über bestimmte Dinge besser nicht in der Öffentlichkeit reden sollte. Setz nicht zuviel Vertrauen in mich, Olympias. Ich bin nicht der König, sondern sein Diener.«

»Aber sein erster Diener, und deshalb vertraue ich dir«, erwiderte sie. »Ich bin Philipps Gattin. Das Leben meines Sohnes hängt von Philipps Überleben ab. In Macedonien ist es doch üblich, sämtliche Thronerben zu ermorden, wenn der König stirbt, nicht wahr?«

»In früheren Zeiten, meine Königin. Und wie du sicher weißt, hat Philipp den kleinen Sohn seines Bruders nicht töten lassen. Aber was ich dir sagen möchte – traue niemandem! Mir nicht, Nikanor nicht ... niemandem. Stelle deine Fragen nur an Philipp.«

»Ich habe verstanden, Parmenion, und ich werde mich bessern. Kannst du mir verzeihen?« Ihr Lächeln war betörend, und es fiel Parmenion schwer, dem Zauber nicht zu erliegen.

»*Das* ist eine der Waffen, die du einsetzen solltest – dein Lächeln.«

»Danke für den Rat. Und welche Waffen habe ich noch?«

»Deine Schönheit. Deine Klugheit. Ich glaube, du wirst den König für immer an dich fesseln können. Aber mache keinen Fehler. Auch Philipp ist klug, und er hat ein feines Gespür.

»Soll das eine Warnung sein, General?«

»Es ist der Rat eines Freundes.«

»Hast du viele Freunde?«

»Zwei. Der eine heißt Mothac, der andere ist Bernios, der Arzt. Freundschaft ist ein Geschenk, das ich nur wenigen Menschen mache.«

»Dann fühle ich mich geehrt. Aber zählst du Philipp nicht zu deinen Freunden?«

»Könige haben keine Freunde, Olympias. Sie haben nur treue Diener und erbitterte Feinde. Manchmal können Freund und Feind austauschbar sein – und je besser ein König dies erkennt, ein um so besserer König ist er.«

»Du bist ein guter Lehrer«, sagte Olympias. »Aber darf ich dir noch eine letzte Frage stellen?«

»Ja – solange sie nichts mit Strategie zu tun hat«, sagte er lächelnd.

Für einen Augenblick schwieg sie verblüfft. Das Lächeln hatte sein Gesicht verändert; es hatte beinahe jungenhaft ausgesehen. »Es geht nicht um Strategie . . . nicht direkt. Es geht um dich, Parmenion. Welche Ziele verfolgt ein Mann von deinem Ruf?«

»Ja, welche Ziele?« murmelte er. Er stand auf, verbeugte sich, wandte sich um und ging in Richtung Lager zurück, um die Wachtposten zu kontrollieren, bevor er sich in seine Deckenrolle hüllte, um ein wenig Schlaf zu finden.

Im Innern der Kutsche lag Phaedra hellwach und mit klopfendem Herzen auf der Bank. Als Parmenion sie in die Arme genommen hatte, war sie von der Kraft seines Geistes aus dem Schlaf gerissen worden – ein so übermächtiger Geist, daß Phaedra nicht darin hatte lesen können; statt dessen war sie von einer Flutwelle aus Bildern von überwältigender Intensität hinweggerissen worden. Doch eine atemberaubende Vision hatte alles überstrahlt, so hell, daß ihr Herz jetzt rasend schnell schlug, daß ihr Mund trocken war und ihre Hände zitterten.

Ihr Leben lang hatte Phaedra gewußt, daß es nur eine einzige Möglichkeit gab, sich vom Fluch des *Sehens* zu befreien. Ihre Mutter hatte es ihr erzählt.

»Wenn du dich einem Mann hingibst, wird deine Gabe verdorren und sterben wie eine Rose im Herbst.«

Dieser Gedanke war so abstoßend gewesen, daß Phaedra sich entschlossen hatte, lieber ihr Leben lang den Fluch des *Sehens* zu tragen, als sich auf diese Weise davon zu befreien. Ja, der Gedanke, sich von einem Mann besteigen zu lassen, war widerlich – aber der Lohn war so verlockend! Wieder ließ sie die Vision vor dem geistigen Auge erstehen und betrachtete all den Ruhm und die Herrlichkeit der Zukunft.

Sie mußte ihren Abscheu überwinden.

Phaedra setzte sich auf, legte sich den Schal um die Schultern und blickte durch das Fenster der Kutsche zum Sternenhimmel auf. Sie konnte hören, wie Olympias und Parmenion sich am Lagerfeuer unterhielten. Seine Stimme war leise, beinahe sanft, doch seine Worte waren voller Nachdruck und aus einer ruhigen, inneren Kraft geboren.

»Ich kann lernen, ihn zu lieben«, machte Phaedra sich Mut. »Wenn ich es nur *will.*« Doch sie glaubte nicht daran. »Es spielt auch keine Rolle!« beschwor sie sich. »Ich *brauche* ihn nicht zu lieben.«

Sie wartete, bis Parmenion gegangen war; als Olympias in die Kutsche stieg, stellte sie sich schlafend. Quälend langsam zog die Zeit dahin. Schließlich nahm Phaedra allen Mut zusammen, stieg so leise wie möglich aus der Kutsche, schlich wie ein Dieb in der Nacht zum Lager der Soldaten hinüber, suchte Parmenion und fand ihn, in seine Schlafrolle gehüllt, ein Stück von den Kriegern entfernt in einer geschützten Mulde. Als Phaedra auf die schlafende Gestalt hinunterblickte, hätte sie beinahe der Mut verlassen, doch sie gab sich einen Ruck, streifte ihre Gewänder ab, legte sich neben ihn und zog vorsichtig ein Stück seiner Decke über ihren nackten, schlanken Körper. Dann lag sie eine Zeitlang regungslos da; sie brachte nicht den Mut auf, ihn zu wecken. Doch dann überkam sie erneut die Vision – noch überwältigender als zuvor. Sanft streichelte sie ihm über die Brust. Sie konnte immer noch nicht in ihm *lesen,* doch Bilder und Szenen blitzten in seinem Geist auf, immer mehr und immer deutlicher, bis sie schließlich aus seinem Innern strömten, Phaedras Geist überfluteten und ihr die Sinne raubten.

Ihre Hand glitt tiefer, streichelte seinen flachen Leib, glitt noch tiefer – und für einen Augenblick zuckte Phaedra bei der Berührung seiner Männlichkeit zurück. Dann aber spürte sie, wie sein Körper auf die Liebkosung ragierte. Parmenion wachte auf und drehte sich zu ihr um. Er legte den Arm um sie, zog sie zu sich, und seine Hand berührte ihre Schulter, streichelte ihre Brüste.

Jetzt gehörst du mir! dachte Phaedra triumphierend. Jetzt bist du mein! Und unser Sohn wird der Gott-König, der Beherrscher der Welt!

Und wieder erschien vor ihrem geistigen Auge die Vision: das Bild des Kriegerkönigs, der mit seinen Heeren den Lauf der Geschichte und das Gesicht der Erde verändert.

Parmenions Erstgeborener.

Mein Sohn!

Der Tempel – Kleinasien, im Winter 356 v. Chr.

Derae lag auf ihrem Bett, löste die Ketten ihrer Seele, schwebte aus dem Tempel und stieg hoch hinauf zum blauen Winterhimmel. In der Ferne türmten sich Wolkenberge auf, die einen Sturm ankündigten, doch hier, am Meer, war es ein strahlend schöner Tag. Möwen schwebten zum Greifen nahe an Deraes unsichtbarer Geistergestalt vorbei oder jagten kreischend in die Tiefe, und sie genoß ihre schwerelose, körperlose Freiheit.

Dann schoß sie schnell wie ein Gedanke über das Meer und die wie ein Dreizack geformte Landmasse von Chalkidike hinweg, bis sie nach Pella gelangte, wo sie – wie immer – den Geliebten suchte, den das Schicksal ihr genommen hatte. Sie fand ihn im Thronsaal ... und wünschte sich, einen anderen Tag für ihre Reise gewählt zu haben. Denn neben ihm stand Olympias.

Tiefe Trauer überkam Derae.

Die Mutter des Dunklen Gottes!

Die Mutter von Parmenions Kind.

Die Trauer wurde von Haß verdrängt, und das Bild wurde verschwommen. »Hilf mir, Herr aller Himmel«, betete sie.

Sie beobachtete, wie Olympias zum Thron ging und von Philipp umarmt wurde, und sie sah den flüchtigen Augenblick, als sich auf Parmenions Gesicht Eifersucht spiegelte.

Was hast du mir angetan, Liebster, dachte sie und erinnerte sich an all die Jahre des Kampfes, die sie mit Tamis verbracht hatte, an all die Schlachten, die sie geschlagen hatten, um die Empfängnis des Dunklen Gottes zu verhindern. Wenn Tamis recht hatte, war Parmenion doch das Schwert des Quells der Macht – der einzige Mann, der verhindern konnte, daß der widdergehörnte Kadmilos in fleischlicher Gestalt geboren wurde. Wie eitel sie doch gewesen waren ... und wie dumm. Tamis hatte im geheimen Parmenions Leben gelenkt und geleitet und ihn zu einem Krieger geformt, wie die Welt ihn noch nicht gesehen hatte; ein Genie in der Kriegskunst – das alles, um durch Parmenion die Pläne des Dunklen Gottes zu vereiteln. Und nun war statt dessen das Gegenteil eingetreten.

Deraes Zorn wuchs, und sie war versucht, ihre Kraft gegen Olympias zu richten und das Ungeborene im Mutterleib zu töten. Doch sie durfte nicht ... konnte nicht. Verzweifelt flüchtete sie zurück in den Tempel.

Und ihr Zorn verwandelte sich in Trauer, als sie schwebend über ihrem Körper verharrte und hinunter auf ihr Gesicht blickte, das von Kummer gezeichnet war, und auf ihr allmählich ergrauendes Haar. Einst war sie eine Schönheit wie Olympias gewesen. Einst hatte Parmenion sie geliebt. Das alles war nicht mehr. Nein, dachte sie, wenn er dich jetzt sehen könnte, würde er sich abwenden und den Blick auf junge, blühende Frauen richten ... wie Olympias, die Buhlin der scheußlichen Gottheit.

Sie verschmolz mit ihrem Körper und schlief zwei Stunden.

Leukion weckte sie. »Ich habe dir ein Bad bereitet«, sagte er. »Und vom Markt habe ich dir Stoff für ein neues Gewand mitgebracht.«

»Ich brauche keine neue Kleidung. Und ich habe kein Geld, sie zu bezahlen.«

»Deine Sachen sind zerlumpt, Derae. Du siehst wie eine Bettlerin aus. Und um Geld brauchst du dich nicht zu sorgen. Die Stoffe sind bezahlt.«

Für einen Augenblick dachte sie darüber nach, ob sie Leukion zurechtweisen sollte; dann verwarf sie diesen Gedanken. Er war ein Krieger, der aus freien Stücken hierher in den Tempel gekommen war, um ihr zu dienen, und der keine Gegenleistung erwartete.

»Warum bleibst du hier, Leukion?« fragte sie. »Die Welt dort draußen kann dir viel mehr bieten.«

»Ich bleibe, weil ich dich liebe«, antwortete er. »Das weißt du doch. Ich habe es dir oft genug gesagt.«

»Und ich frage dich immer wieder danach, weil ich eitel bin«, gab sie zu. »Aber ich mache mir Vorwürfe, denn ich werde dir nie mehr geben als jetzt. Wir werden immer nur wie Bruder und Schwester sein.«

»Das ist mehr, als ich verdient habe.«

Sie blickte ihn an, musterte sein Gesicht mit ihren körperlosen Augen, streichelte es mit ihren körperlosen Fingern. »Du hast viel mehr verdient. Du darfst nicht immer an unsere erste Begegnung denken – der Mann von damals warst nicht du selbst. Es gibt Mächte, die uns benutzen, mißbrauchen und dann fortwerfen wie nutzlosen Tand. Damals warst du besessen, Leukion.«

»Ich weiß«, sagte der silberhaarige Krieger. »Auch ich habe die Mysterien studiert. Der Dunkle Gott kann nur in Besitz nehmen, was schon existiert. Ich hätte dich damals beinahe vergewaltigt, Derae, und anschließend getötet. Ich wußte nicht, daß es in meiner Seele so finstere Abgründe gibt.«

»In jeder Seele gibt es Finsternis, aber auch Licht. Und in deinem Innern war das Licht letztendlich stärker. Du kannst stolz auf dich sein. Du hast mir das Leben gerettet. Du bist der letzte Freund, den ich noch habe, und ich hoffe, daß es so bleibt.«

Leukion seufzte; dann lächelte er. »Das genügt mir«, log er.

Der Krieger entfachte ein Feuer. Derae setzte sich vor die wärmenden Flammen, und Leukion ließ sie allein. Ihre Gedanken waren in weiter Ferne, und ihr körperloses Auge betrachtete die tanzenden Schatten.

»Ich brauche Hilfe«, flüsterte sie. »Wo bist du, Tamis?«

Plötzlich loderten die Flammen hell auf, schlugen hoch empor und bildeten das Gesicht einer Frau. Derae hob die Hände. Sanftes Licht strömte aus ihren Fingern und hüllte sie in einen Schild aus Helligkeit.

»Du brauchst dich nicht vor mir zu schützen«, sagte das Gesicht im Feuer. »Und Tamis kannst du nicht mehr rufen. Aber mich – Kassandra.«

Das Gesicht nahm deutlichere Konturen an; selbst das Haar bildete sich aus kleinen, züngelnden Flammen. Zögernd ließ Derae den schützenden Lichtschild verblassen.

»Bist du die trojanische Priesterin?«

»Ja. Und vor langer, langer Zeit«, erwiderte Kassandra, »habe ich

Tamis vor ihrer Torheit gewarnt. Aber sie wollte nicht auf mich hören. Als Parmenion den Dunklen Gott gezeugt hat, war Tamis von Verzweiflung erfüllt. Ihre Seele ist jetzt weit fern von uns, zerbrochen wie Kristall, verzerrt wie das Spiegelbild des Mondes auf einem windgepeitschten See.«

»Kannst du ihr helfen?«

»Nein. Obwohl alle anderen ihr vergeben haben – sie selbst kann sich nicht verzeihen. Vielleicht wird sie rechtzeitig ins Licht zurückkehren, doch ich bezweifle es. Aber was ist mit dir, junge Spartanerin? Wie kann ich dir helfen?«

»Indem du mir sagst, wie ich das Böse bekämpfen kann, das kommen wird.«

»Zu meinen Lebzeiten war mir bestimmt, die Zukunft zu sehen und die Wahrheit zu prophezeien – wohl wissend, daß niemand mir glaubte. Das ist ein bitteres Los, Derae. Aber immer habe ich die Gebote des Quells der Macht beachtet. Tamis hat sich von Stolz verblenden lassen. Sie war der Überzeugung, daß sie *allein* die Waffe sei, mit der Kadmilos vernichtet werde könne. Doch der Stolz gehört nicht zu den Gaben, die der Quell der Macht seinen Dienern verleiht. Indem Tamis dich die Mysterien lehrte, hat sie denselben Stolz in dein Inneres gesät und heranreifen lassen. Du willst einen Rat? Ich werde ihn dir geben. Tu gar nichts. Arbeite weiter, als Heilerin. Nehme dich jener an, die Schmerz erleiden.«

»Das kann ich nicht!« rief Derae. »Mich trifft genau soviel Schuld wie Tamis. Ich muß wenigstens versuchen, diese Schuld zu tilgen.«

»Ich weiß«, sagte Kassandra traurig. »Dann benutze deinen Verstand. Du hast Aida gesehen – und ihre Verderbtheit. Und sie hat dich gesehen. Du weißt, daß sie danach trachtet, dich zu töten?«

»Ja«, sagte Derae. »Aber sie ist nicht stark genug.«

»Tamis«, seufzte die Frau aus Flammen. »Siehst du, was du mit deinem Stolz angerichtet hast? Hör zu, Derae. Aida hat viele Diener, und sie besitzt die Kraft, Geister zu rufen . . . Dämonen. Mächtige Dämonen – die wirkliche Gefahr! Glaub mir, Derae.«

Derae spürte plötzlich den eisigen Hauch des Windes im Rücken, der durch das geöffnete Fenster wehte, und Angst stieg in ihr auf. »Was kann ich tun?« flüsterte sie.

»Was alle Menschen tun können. Kämpfen und beten, beten und kämpfen. Doch wenn du den Kampf mit Aida aufnimmst, wird sie triumphieren. Denn um in diesem Kampf zu siegen, muß man töten, und das Töten ist die Freude und Lust der Finsternis. Wenn *du* tötest, dienst du dem Dunklen Gott. Aber es gibt eine winzige Möglichkeit . . . die

Schlacht zwischen Licht und Finsternis ist keine gewöhnliche Schlacht, wie Krieger sie schlagen. Du mußt deinen Instinkten folgen, Derae. Noch einmal mein Rat: Gebrauche deinen Verstand. Denk darüber nach, was Aida tun muß, um ihre Träume in Erfüllung gehen zu lassen. Es gibt einen mächtigen Feind, den sie töten muß.«

»Parmenion?«

»Jetzt spricht die Stimme der Liebe aus dir«, sagte Kassandra. »Nein, nicht Parmenion. Wer ist der große Feind, Derae?«

»Ich weiß es nicht! Es gibt so viele Männer und Frauen auf der Welt, und sie alle haben eine unterschiedliche Zukunft. Wie soll ich da wissen, wer . . .«

»Denk an eine Festung mit hohen Mauern. Wo würde der Feind sich dort am liebsten aufhalten?«

»Im Innern dieser Festung«, antwortete Derae.

»Richtig«, sagte Kassandra. »Und nun denk nach. Denk nach!«

»Das Kind!« flüsterte Derae.

»So ist es. Das goldene Kind«, sagte Kassandra. »Zwei Seelen in einem Körper, die Finsternis und das Licht. Solange der Geist des Kindes lebt, kann Kadmilos den Körper nicht gänzlich erobern. Es gibt einen Vogel, Derae, der kein Nest baut. Er legt sein Ei in das Nest eines anderen Vogels. Wenn das Junge schlüpft, ist es größer und stärker als die Küken der Zieheltern, und es stößt sie eins nach dem anderen aus dem Nest in die Tiefe, so daß sie zu Tode stürzen. Bis es der einzige Überlebende ist.«

»Und so wird es Kadmilos mit der Seele des Kindes tun? Er wird sie aus dem Körper stoßen und ihren Platz einnehmen? Aber eine Seele ist unsterblich. Was wird mit ihr geschehen? Wie kann ich sie schützen?«

»Du kannst sie nicht schützen, Derae. Du hast keine Verbindung zu ihr. Wenn die Geburt des Kindes naht, wird sein Geist in die Unterwelt gestoßen, in die dunklen Höhlen des Hades, in die ewige Leere. Dort wird der Geist des Kindes leuchten wie eine helle Flamme – für kurze Zeit.«

»Und dann?«

»Das Licht wird die Kreaturen der Finsternis anlocken, und sie werden den Geist vernichten.«

»Es muß eine Möglichkeit geben, das zu verhindern!« rief Derae und sprang auf. »Ich kann nicht glauben, daß alles so endet!« Sie ging zum Fenster, spürte die kühle Brise auf dem erhitzten Gesicht und versuchte, sich zu beruhigen.

»Ich habe keine Verbindung zur Seele des Kindes, hast du gesagt«, wandte sie sich schließlich an das Gesicht im Feuer. »Gibt es jemand anderen?«

»Ja. Den Vater, wen sonst?«

»Aber . . . wie kann Parmenion in die Unterwelt reisen?«

»Indem er stirbt, Derae«, sagte Kassandra leise.

Der Tempel, im Frühjahr 356 v. Chr.

Wochenlang mußte Derae an die Worte Kassandras denken; im Traum wie im Wachen kehrten sie immer wieder, bedrückend und quälend. Und trotz aller Bemühungen gelang es Derae nicht mehr, die Frau im Feuer noch einmal herbeizurufen.

»Vielleicht war sie ein Dämon«, sagte Leukion, nachdem Derae ihn schließlich ins Vertrauen gezogen hatte.

»Ich wollte, es wäre so«, erwiderte Derae. »Dann könnte ich ihre Prophezeiungen vielleicht als Lüge abtun. Nein, Leukion, sie war kein Dämon. Ich hätte das Böse gespürt. Was soll ich nur tun?«

Der Krieger zuckte mit den Achseln. »Nicht alle Probleme auf der Welt sind auch deine Probleme, Derae. Laß andere diese Schlacht schlagen. Ich weiß nur wenig über die Götter und welche Macht sie besitzen. Die Götter haben sich nie sonderlich für mich interessiert, und ich bin dankbar dafür. Und was mich betrifft – mich kümmern sie schon gar nicht. Aber soviel weiß ich – daß die Götter allein sich dem Kampf stellen müssen gegen den ... Geist des Chaos?«

»Du kennst nicht die ganze Geschichte, Leukion, und ich werde sie dir auch nicht erzählen«, sagte Derae. »Aber Tamis und ich tragen einen Großteil der Verantwortung, daß nun das Böse naht, in Fleisch und Blut. Kassandra hat mir einen ähnlichen Rat gegeben wie du. Aber siehst nicht einmal du ein, Leukion, daß ich diesen Rat nicht befolgen kann? Ich lebe, um zu heilen. Ich diene den Mächten der Harmonie aller Dinge. Wie könnte ich den Rest meines Lebens mit dem Wissen verbringen, daß ich es war, die einem solchen ... Ungeheuer das Tor in diese Welt geöffnet hat?«

Leukion schüttelte den Kopf. »Es gibt Fehler, die nicht mehr rückgängig zu machen sind. Und selbst wenn es so wäre, wie du sagst – warum solltest du dir Vorwürfe machen? Den Mächten der Finsternis hast du nie gedient und nie dienen wollen.«

»Das stimmt«, erwiderte sie. »Aber ich bin in Sparta aufgewachsen, Leukion, und ein Spartaner gibt niemals einen Kampf auf, bis er gesiegt hat oder tot am Boden liegt. Es muß eine Möglichkeit geben, das Ungeborene zu retten. Falls die Seele noch lebt, wenn das Kind geboren wird, ist Kadmilos gezwungen, den Körper des Kindes mit seiner Seele zu teilen – so hat Kassandra es ausgedrückt. Noch besteht also die Möglichkeit, dem Kind zu helfen und den Geist des Chaos in die Schranken zu weisen.«

»Aber dann muß der Mann, den du liebst, sterben«, sagte Leukion. Derae schloß die Augen und schwieg. »Ich beneide dich nicht«, sagte der Krieger, »aber irgendwie scheint mir hier ein Widerspruch zu liegen. Du darfst in diesem Kampf nicht töten, hat Kassandra gesagt, denn *wenn* du tötest, dienst du der Finsternis. Doch um zu siegen – wenn auch nur vorübergehend –, *mußt* du töten, nämlich Parmenion. Das begreife ich nicht.«

Derae erwiderte nichts; sie wandte sich ab, trat ans Fenster und blickte über die Wiesen und Hügel auf das ferne Meer. Leukion zuckte mit den Achseln, verließ den Tempel und ging in die Gärten. Die Rosensträucher wuchsen nun wild; die Blumenbeete waren eine Symphonie aus Farben und wucherten über die Wege. Leukion schlenderte zum östlichen Mauerwall, setzte sich auf die Brustwehr und blickte hinaus auf die Felder. Plötzlich runzelte er die Stirn.

Ein Mann war mitten auf der Wiese erschienen und kam in Richtung Tor. Verblüfft ließ Leukion den Blick über die Wiese schweifen. Es gab dort keine Bodensenke, keinen Graben oder sonst eine Vertiefung, das wußte er. Also hätte er den Mann schon viel früher sehen müssen. Woher war der Fremde so plötzlich gekommen? Der Mann trug eine leuchtend gelbe Tunika; sein Haar war grau und kurzgeschnitten und sein Bart nach persischer Mode gelockt.

Er kann doch nicht vom Himmel gestiegen sein! dachte Leukion. Es sei denn ... Plötzlich wurde dem Krieger der Mund trocken, und seine Hände zitterten.

Es sei denn, der Fremde war ein Gott – oder ein Dämon.

Leukion stieß einen Fluch aus, weil er seinen Dolch nicht bei sich führte. Er stürmte die Treppe der Brustwehr hinunter und rannte zum Osttor, das keine Tür oder ein Gitter besaß und von der Wiese her frei zugänglich war. Dann trat er hinaus und stellte sich dem Fremden in den Weg.

»Mögen die Götter des Olymp dein heiliges Heim segnen«, sagte der Ankömmling freundlich.

»Du darfst nicht herein«, erwiderte Leukion. »Mach, daß du weiterkommst.« Der Schweiß lief ihm von der Stirn und brannte in den Augen, und er blinzelte ihn fort. Der Fremde schien unbewaffnet zu sein, aber das war für Leukion nur ein schwacher Trost. Falls der Ankömmling ein Dämon war, brauchte er kein Schwert, um einen Gegner aus Fleisch und Blut in Stücke zu reißen.

»Ich möchte die Heilerin besuchen«, sagte der Mann. »Ist sie da?«

»Hier ist niemand außer mir. Und jetzt geh – oder verrichte dein Dämonenwerk, töte mich und sei verflucht!«

»Ah«, sagte der Mann lächelnd. »Du hast mich offenbar kommen sehen. Ich bin keine Gefahr, weder für dich noch für die Seherin, die in diesem Tempel wohnt. Du kannst mich als Freund betrachten. Als Verbündeten.«

Leukions Gesicht lief dunkel an. »Du bist wohl schwerhörig, *Freund.* Wenn du nicht auf der Stelle verschwindest, mußt du mit mir kämpfen.

Der Fremde trat einen Schritt zurück. »Wie kann ich dich überzeugen, daß ich nicht der bin, für den du mich hältst? Moment mal! Ich hab's.« Der Mann legte die Hand auf die Brust und schloß die Augen. Plötzlich spürte Leukion, wie irgend etwas Schweres in seiner rechten Faust lag. Er senkte den Blick und sah, daß seine Hand den Griff eines funkelnden Kurzschwerts umklammerte. »Bitte schön«, sagte der Fremde. »Fühlst du dich jetzt sicherer?«

»Wer bist du?«

»Ich heiße Aristoteles. Und nun bedenke, mein Freund, daß ich das Schwert auch in dein Herz hätte stoßen können, statt es dir in die Hand zu geben, hätte ich dir Böses gewollt. Und vergiß nicht, daß auch die Seherin sich zu schützen versteht. Ich weiß, daß vor vielen Jahren ein Krieger mit seinen Freunden hierher kam, um sie zu vergewaltigen und dann zu töten. Du kannst dich doch erinnern? Damals hat die Seherin keine Hilfe gebraucht, dich und deine Freunde zu vertreiben, nicht wahr, Leukion?«

Leukion ließ das Schwert fallen und taumelte zurück. »Ich . . . Ich habe versucht, für diesen verfluchten Tag zu büßen . . .«

»Und das hast du gut gemacht«, sagte der Mann und kam durch den Torbogen. »Führe mich jetzt zur Heilerin. Doch wie ich sehe, brauchst du das gar nicht.«

Leukion fuhr herum und sah Derae auf dem Weg stehen. Sie trug ein neues Gewand aus jenem Stoff, den Leukion ihr gekauft hatte – eine Tunika von schimmernder grüner Farbe, und Deraes Haar leuchtete golden und silbern im Sonnenlicht. In Leukions Augen war sie unbeschreiblich schön.

»Was willst du von ihr?« fragte er den Fremden.

»Über Zeiten der Gefahr reden, mein Freund.«

»Du bist nicht vom Quell der Macht gesandt«, sagte Derae mit kalter Stimme.

»Und auch nicht vom Geist des Chaos. Ich bin mein eigener Herr.«

»Das ist unmöglich«, erwiderte sie.

»Nichts ist unmöglich. Aber ich möchte es einmal so ausdrücken: Ich wandle zwischen den Grenzen von Licht und Chaos, diene aber weder dem einen Herrn noch dem anderen. Dennoch haben wir ein gemeinsames Ziel, Derae. Auch ich möchte verhindern, daß Kadmilos in fleischlicher Gestalt geboren wird.«

»Warum bist du zu mir gekommen?«

Aristoteles lächelte. »Laß endlich diese dummen Fragen. Eine alte Freundin hat mich gebeten, zu dir zu gehen und dir zu helfen, wenn es in meiner Macht steht. Ihr Name ist . . . war? . . . Kassandra. Also, können wir jetzt hineingehen? Ich habe Hunger und Durst, denn die Reise war lang und beschwerlich.«

Derae schwieg für einen Moment. Sie schloß die Augen und ließ ihre Seele frei, um sie in Gedankenschnelle mit der des Fremden zu verschmelzen. Doch so schnell sie auch war – der Mann war noch schneller; er versperrte Derae riesige Bereiche seiner Erinnerungen und Erfahrungen, verschloß sie vor ihr und erlaubte ihr nur einen flüchtigen Blick auf wichtige Ereignisse in seinem langen Leben. Derae zog sich aus seinem Innern zurück und wandte sich an Leukion.

»Aristoteles wird für kurze Zeit unser Gast sein, mein Freund. Ich wäre dir dankbar, wenn du ihn höflich behandelst.«

Leukon verbeugte sich tief. »Wie du wünschst, Herrin. Ich werde ihm ein Zimmer herrichten.«

Als Leukion verschwunden war, ging Derae zu dem Schwert hinüber, das Aristoteles wie aus dem Nichts geschaffen hatte. »Ein kleiner, nicht sonderlich wirkungsvoller Beweis der Macht«, sagte er.

»Nicht klein – groß«, erwiderte Derae, »und laß einmal sehen, wie wirkungsvoll die Waffe in Wahrheit ist.« Sie kniete nieder und hielt die Hand über die Klinge, die daraufhin erglühte und sich in eine lange, schwarze Schlange verwandelte. »Hätte Leukion versucht, dich anzugreifen, wäre die Schlange herumgezuckt und hätte ihn getötet«, sagte Derae.

»Aber er hat mich nicht angegriffen«, erwiderte Aristoteles.

»Hör zu, was ich dir jetzt sage, und merke es dir gut! Wäre Leukion gestorben, hätte ich deine Seele in den finstersten Abgrund des Hades verbannt.«

»Ich habe verstanden«, sagte er ernst.

»Dann richte dich danach.«

Pella, Macedonien

»Ich werde ein Weltreich für ihn erobern«, sagte Philipp zu Olympias, als sie auf dem breiten Bett lagen. »Er wird alles bekommen, was er braucht.«

»Damals, bei unserem ersten Zusammensein auf Samothrake, warst du überwältigend«, sagte sie.

»Ja? Um so bedauerlicher, daß ich mich an nichts mehr erinnern kann. Nur an den Morgen danach. Du hattest seit zwei Jahren wie Feuer in meinem Blut gebrannt – seit ich zum erstenmal von dir geträumt hatte. Nur die Götter wissen, wie sehr ich dich in den letzten sieben Monaten vermißt habe. Warum bist du so lange in Epiros geblieben?«

»Ich hatte Probleme mit der Schwangerschaft. Hätte ich die Reise früher angetreten, wäre das Leben unseres Sohnes in Gefahr geraten.«

»Dann war es klug zu warten. Alles, was ich aufgebaut habe, ist für dich – und für ihn.«

»Wird er dein Thronerbe?« fragte sie, und ihre Stimme war kaum mehr als ein Flüstern.

»Der erste und einzige, das verspreche ich dir.«

»Und was ist mit den Söhnen, die andere Frauen dir in Zukunft schenken werden?«

»Keiner von ihnen wird seinen Platz einnehmen.«

»Dann bin ich's zufrieden, Philipp. Glücklich und zufrieden. – Wirst du Olynthos angreifen?«

Philipp lächelte, als sie so plötzlich das Thema wechselte. Er setzte sich auf. »Parmenion hat mir schon erzählt, daß du dich für Strategie und Kriegskunst interessierst«, sagte er. »Ich wollte es ihm nicht glauben. Warum beschäftigst du dich mit solchen Dingen?«

Ihre grünen Augen funkelten plötzlich kalt. »Mein Vater war König – mit einer langen königlichen Ahnenreihe. Glaubst du, ich hätte lernen sollen, wie man stickt oder Blumen pflegt? Nein, Philipp, es wäre kein Leben für mich gewesen, mich mit Frauenarbeiten zu befassen. Also, erzähl mir, welche Pläne du mit Olynthos hast.«

»Nein«, sagte er und stieg aus dem Bett.

»Warum nicht? Hältst du mich für dumm? Ich möchte dir helfen. Ich möchte an deinen Plänen teilhaben.«

»Du *bist* ein Teil meiner Pläne – der wichtigste«, erwiderte er und blickte sie ernst an. »Du bist die Mutter meines Sohnes. Genügt dir das nicht? Ich habe viele Ratgeber, aber es gibt nur wenige, die meine wahren Absichten kennen. Und weißt du, warum? Weil niemand meine Pläne verraten oder vereiteln kann, wenn er nicht ihr volles Ausmaß kennt.«

»Glaubst du etwa, ich würde dich verraten?« fragte sie zornig.

»Keine Frau weiß, wann sie den Mund zu halten hat!« brüllte er. »Und du machst da keine Ausnahme!« Philipp warf sich einen Umhang über die Schultern und stapfte aus dem Zimmer.

Es war kurz vor Mitternacht. Auf dem Korridor war niemand zu sehen, und nur zwei der sieben Fackeln erhellten die Dunkelheit mit ihrem flackernden Licht. Der König ging den Korridor hinunter und riß die Tür auf. Die zwei Wachtposten, die draußen standen, nahmen Haltung an. Philipp beachtete sie gar nicht, sondern ging hinaus in die vom Mondlicht beschienenen Gärten. Die beiden Posten warfen sich einen raschen Blick zu; dann folgten sie Philipp.

»Laßt mich allein!« fuhr er sie an.

»Das dürfen wir nicht, Herr. Attalos hat befohlen . . .«

»Wer ist der König?« brüllte Philipp und starrte sie an. Die beiden Krieger blickten unbehaglich drein, und Philipps Zorn verrauchte. Er konnte ihre Zwangslage verstehen. Wenn er allein durch die nächtlichen Gärten schlenderte und dabei ermordet wurde, würden auch ihre Köpfe rollen, und wenn sie ihren Posten an der Tür verließen, war dies ein Verstoß gegen Attalos' Befehl. »Tut mir leid, Männer«, sagte der König. »Mir sind die Nerven durchgegangen.« Er seufzte. »Frauen! Sie schaffen es immer wieder, das Beste wie auch das Schlechteste in einem Mann zu erwecken.« Die beiden Krieger lächelten zögernd. »Also gut. Begleitet mich zu Parmenion.«

Der halbnackte König und die beiden Gardesoldaten in ihren schwarzen Umhängen durchquerten den Garten und gingen zum Westflügel des Palasts hinüber. In Parmenions Zimmern brannte noch Fackellicht; daher klopfte der König gar nicht erst an, sondern betrat durch einen Seiteneingang die Zimmer seines Generals.

Parmenion saß mit dem Thebaner Mothac zusammen, seinem Diener und Freund. Beide Männer hatten Karten vor sich liegen. Der Spartaner blickte auf, zeigte aber keine Überraschung, als der König zu so später Stunde unangemeldet erschien.

»Was für Karten sind das?« wollte Philipp wissen, trat neugierig auf den Tisch zu, an dem die beiden Männer saßen, und starrte auf die Karten hinunter.

»Sie zeigen den Oberlauf des Axios, im Norden der Bora-Berge«, sagte Parmenion. »Die Karten sind heute gekommen. Ich habe letztes Jahr befohlen, sie anfertigen zu lassen.«

»Rechnest du damit, daß es in dieser Gegend irgendwelche Schwierigkeiten gibt?« fragte Philipp.

»Die Illyrer haben einen neuen starken Mann, einen Krieger namens Grabos. Er versucht, ein Bündnis mit den Paionern zu schließen. Falls ihm das gelingt, könnte es gefährlich werden.«

Philipp setzte sich auf eine Liege und blickte Mothac an. »Hol mir einen Becher Wein, Thebaner«, befahl er.

»Wieso?« erwiderte Mothac mit funkelnden Augen. »Wollen deine Beine dich nicht mehr tragen?«

»Was?« rief Philipp. Sein Gesicht lief rot an, und sein eben erst verrauchter Zorn flammte wieder auf, stärker als zuvor.

»Ich bin kein Macedonier – und somit auch nicht dein Diener«, sagte Mothac.

Philipp sprang auf.

»Genug jetzt!« rief Parmenion mit schneidender Stimme und trat zwischen die beiden Männer. »Was soll dieser Unsinn? Mothac, laß uns allein!« Der Thebaner setzte zu einer Erwiderung an; dann aber drehte er sich um und verließ das Zimmer. »Es tut mir leid, Herr«, sagte der Spartaner zum König. »Ich weiß nicht, was in ihn gefahren ist. Ich werde ihn zurechtweisen, damit so etwas . . .«

»Der Mann wird hingerichtet!« sagte Philipp kalt.

»Beruhige dich, mein König. Warte, *ich* hole dir einen Becher Wein. Bitte, setz dich wieder hin.«

»Versuch gar nicht erst, mich zu beschwichtigen, Parmenion«, sagte Philipp leise, ließ sich aber wieder auf die Liege sinken und nahm den silbernen Becher von Parmenion entgegen. »Für heute habe ich's satt, mich über andere zu ärgern.«

»Hast du dich . . . mit der Königin gestritten?« fragte Parmenion unbeholfen und versuchte, das Thema zu wechseln.

»Sie ist in meinem Innern . . . im Blut, im Kopf, in der Seele. Wenn ich zum Himmel schaue, sehe ich ihr Gesicht. Ich kann nicht essen, ich kann nicht schlafen. Sie hat mich verhext. Jetzt soll ich ihr von all meinen Plänen erzählen. Aber das werde ich nicht!«

Parmenion behielt seine gleichmütige Miene bei. »Sie ist sehr jung, Philipp. Aber sie ist die Tochter eines Königs. Sie hat hervorragende Lehrer gehabt, und sie hat einen scharfen Verstand.«

»Ihr Verstand interessiert mich nicht. Ich habe genug scharfsinnige Ratgeber. Eine Frau muß schön, freundlich und gehorsam sein, mehr nicht. Kannst du dir vorstellen, daß sie die Stimme gegen mich erhoben hat? Daß sie mit mir *gestritten* hat? Mit mir! Es ist nicht zu fassen.«

»In Sparta werden die Frauen sogar ermuntert, ihre Gedanken auszusprechen. In allen Belangen – außer im Krieg – sind sie den Männern gleichgestellt.«

»Soll ich mich etwa *rechtfertigen?* Niemals! Wir sind hier nicht in Sparta. Macedonien ist ein Reich der Krieger – errichtet von Männern, beherrscht von Männern, geschaffen für Männer.«

»Macedonien ist *dein* Königreich«, sagte Parmenion. »Und es wird nach *deinem* Willen beherrscht.«

»Jawohl! Denk immer daran!«

»Gewiß, mein König.«

»Wirst du deinen Diener bestrafen?«

»Nein, mein König, denn er ist kein Diener. Aber ich entschuldige mich für sein unhöfliches Benehmen. Mothac ist ein einsamer Mann, von Leid zerfressen und von sprunghaftem Temperament. Wenn man ihn herablassend behandelt, reagiert er unbeherrscht.«

»Du stellst dich auf seine Seite – gegen *mich?*«

»Ich werde immer auf deiner Seite stehen, und das weißt du, Philipp. Du bist schon voller Zorn hierhergekommen, und in deiner Wut hast du Mothac wie einen Sklaven behandelt. Ist es da nicht verständlich, wenn er auf eine Art und Weise reagiert, wie er es sonst niemals tun würde? Er hat nicht nachgedacht, Philipp, er hat *reagiert.* Falsch, wie ich zugeben muß. Aber Mothac ist treu und zuverlässig und der beste Freund, den man sich wünschen kann.«

»Du brauchst nicht für mich das Wort zu ergreifen«, sagte Mothac, der im Türrahmen erschien. Er ging zu Philipp und kniete vor ihm nieder. »Ich bitte um Verzeihung ... mein König. Was ich getan habe, war dumm und unbedacht. Und es tut mir leid, daß ich dadurch Schande über das Haus meines Freundes gebracht habe.«

Philipp blickte auf den knienden Mann hinunter, noch immer voller Zorn. Doch er zwang sich zu einem Lächeln. »Vielleicht war es gut, was du getan hast.« Er erhob sich und half Mothac auf die Beine. »Manchmal, mein Freund, kann eine Krone einen Mann zur Überheblichkeit und zu falschem Stolz verleiten. Das habe ich heute abend gelernt, und ich werde es mir merken. Gut ... nun möchte ich *dir* einen Becher Wein einschenken, Thebaner. Und dann schlaft wohl, meine Freunde.«

Philipp goß einen Becher voll Wein und reichte ihn dem völlig verblüfften Mothac. Dann verbeugte er sich und verließ das Zimmer. Parmenion sah ihn im Mondlicht davongehen, flankiert von den Gardesoldaten.

»Er ist ein großer Mann«, sagte Mothac, »aber ich kann ihn nicht leiden.«

Parmenion stieß die Tür zu und blickte seinem Freund in die Augen. »Jeder andere König hätte dich hinrichten lassen, Mothac. Bestenfalls wärst du ausgepeitscht oder verbannt worden.«

»O ja, klug ist er, das muß man ihm lassen«, erwiderte der Thebaner. »Denn er weiß, was du wert bist – als Freund und als Feldherr. Und er hat die Kraft, seinen Zorn und seine Rachegelüste zu unterdrücken, wenn es ihm Vorteile bringt. Aber was für ein Mann ist er wirklich, Parmenion? Was will er? Macedonien ist mächtig, das weiß die ganze Welt. Und dennoch wird das Heer größer und größer, und die Rekrutierungsoffiziere ziehen von Dorf zu Dorf.« Mothac nahm einen kleinen Schluck Wein; dann leerte er den Becher auf einen Zug. Er setzte sich auf die Liege und zeigte auf die Karten, die ausgebreitet auf dem großen Tisch lagen. »Du hast mich gebeten, dafür zu sorgen, daß dir aus allen Ländern, mit denen Macedonien eine gemeinsame Grenze hat, die neuesten Meldungen zugehen zu lassen. Ich habe dafür gesorgt. Jetzt werden wir ständig auf dem laufenden gehalten – von Söldnern, Kaufleuten, Händlern, Schauspieltruppen, Baumeistern und Dichtern. Kannst du mir sagen, was im Norden Macedoniens vor sich geht?«

»Natürlich«, erwiderte Parmenion. »Philipp läßt eine Kette von befestigten Städten errichten, um die Grenze für alle Zeiten gegen die Illyrer zu sichern.«

»Das stimmt. Aber zugleich läßt er jeden, in dessen Adern illyrisches Blut fließt, aus Gegenden vertreiben, die diese Menschen seit vielen Generationen bewohnt haben. Riesige Waldgebiete, Wiesen- und Weideland, Berge und Täler werden ihren rechtmäßigen Eigentümern gestohlen. Einige der Vertriebenen haben sogar in der macedonischen Armee gedient!«

Parmenion zuckte mit den Achseln. »Illyrer und Macedonier sind seit Hunderten von Jahren Todfeinde. Philipp will der Bedrohung im Norden ein Ende machen – ein für allemal.«

»O ja!« sagte Mothac verächtlich. »Das sehe ich – so dumm bin ich nun auch wieder nicht. Aber wer nimmt sich dieses Land? Der König oder Attalos. Letzten Monat hat man drei Holzhändlern aus Pelagonien alles weggenommen – ihr Geld, ihr Land, ihre Häuser. Sie haben ein Bittgesuch an den König gerichtet, doch bevor das Schreiben in seine Hände kam, wurden sie auf mysteriöse Weise ermordet – und ihre Familien gleich dazu.«

»Es reicht, Mothac!«

»Allerdings«, erwiderte der Thebaner. »Also, ich frage dich noch einmal: Was *will* Philipp?«

»Ich weiß es nicht. Ich glaube, nicht einmal Philipp selbst könnte dir diese Frage beantworten. Aber überleg doch mal, mein Freund. Das Heer braucht gewaltige Mengen Nahrungsmittel. Die Krieger müssen ihren Sold bekommen. Philipps Schatzkammern aber sind nicht unerschöpflich. Also muß er seine Soldaten ins Feld schicken. Sein Heer ist so stark, daß es nur noch Siege kennt. Und Siege ermöglichen Plünderungen, und das wiederum füllt die macedonische Staatskasse, so daß die Soldaten bezahlt werden können. Also muß Macedonien wachsen, um zu leben. Und ein Staat ist nur dann stark, wenn er wächst. Danach beginnt der Zerfall. Das ist der Lauf der Welt, Mothac, und kein Grund, betrübt zu sein. Hat Athen anders gehandelt, als es noch mächtig war? Oder Theben? Nein. Deine Heimat Theben hat nach der Herrschaft über ganz Griechenland gestrebt. Was hat sich denn so sehr geändert?«

»Nichts«, sagte Mothac, »nur daß ich älter und, wie ich hoffe, weiser geworden bin. Macedonien ist groß und reich an guten Böden – Theben war es nicht. Würden die Äcker vernünftig bestellt, könnte Macedonien ganz Griechenland ernähren. Aber wer soll die Äcker bestellen, wenn alle jungen Männer aus den Dörfern nach Pella geholt werden, um der Armee beizutreten? Und anstelle von Rindern und Schafen werden Kriegspferde gezüchtet. Wenn ich in die Zukunft blicke, sehe ich nur Blut und Krieg. Und nicht etwa deshalb, weil Macedoniens Grenzen geschützt werden müssen, sondern um die Machtgier und Ruhmsucht eines Barbarenkönigs zu befriedigen. Du brauchst mir gar nicht zu sagen, was Philipp wirklich will. Er will Griechenland erobern. Ich fürchte, Theben wird bald wieder eine besetzte Stadt sein. Nur sind es diesmal nicht die Spartaner, sondern die Macedonier. Philipp wird uns alle zu Sklaven machen.«

Der Thebaner stellte den Becher ab und erhob sich mühsam.

»Er ist nicht so schlecht, wie du glaubst«, sagte Parmenion.

Mothac lächelte. »Versuche nicht, ihn wie ein Spiegelbild deiner selbst zu betrachten, Parmenion. Du bist ein guter Mensch, aber du bist seine Schwertklinge. Schlaf gut, mein Freund. Morgen sollten wir uns über erfreulichere Dinge unterhalten.«

Schwere, dunkle Wolken hatten sich über Pella zusammengebraut, und in der Ferne erklang dumpfes Donnergrollen, als Olympias mit vorsichtigen Schritten zu einer Bank ging, die im südlichen Teil der Palastgärten in einem Eichenhain stand. Sie bewegte sich langsam, die rechte Hand unter den schwangeren Leib gelegt, und blieb immer wieder stehen, um den schmerzenden Rücken zu entspannen.

Ihr Verhältnis zu Philipp war seltsam schwankend: Es gab Tage und Nächte voller Wärme und zärtlicher Worte; dann wieder war er unbeherrscht und rücksichtslos, tobte mit funkelnden grünen Augen und vor Wut rotem Gesicht.

Wäre ich noch schlank, hätte ich wieder Macht über ihn, dachte Olympias bei sich. Doch wenn das Kind erst geboren ist, bin ich wieder so schön und begehrenswert wie damals. Es war lästig und ärgerlich, daß ihre anmutigen Bewegungen zu einem unbeholfenen Watscheln geworden waren ... vor allem aber, daß sie ihren Mann nicht mehr umarmen konnte. Denn nur wenn sie seine Leidenschaft zu entflammen vermochte, hatte sie Macht über ihn, und ohne diese Macht fühlte sie sich hilflos und unsicher.

Die Bank im Eichenhain war mit weichen Kissen bedeckt. Olympias legte sich darauf, streckte sich aus und seufzte. Die letzten Tage waren schlimm gewesen. Jeden Morgen hatte sie sich übergeben müssen, und jede Nacht war sie vor Übelkeit, mit schmerzendem Magen und dem bitteren Geschmack von Galle im Mund aus dem Schlaf gerissen worden.

Und erst ihre Träume... schreckliche Träume, in denen sie das Ungeborene wie aus weiter Ferne hatte schreien hören. Und jeden Morgen war sie mit dem entsetzlichen Gedanken erwacht: das Kind in meinem Leib ist tot.

Sie hatte Trost bei Phaedra gesucht, doch die Freundin hielt sich in letzter Zeit nur noch selten im Palast auf. Immer häufiger begleitete sie Parmenion – eine Beobachtung, die Olympias in ungläubiges Staunen versetzte, wußte sie doch, wie sehr Phaedra immer die Gesellschaft von Männern gemieden, ja gehaßt hatte.

Allmählich setzte Regen ein, und bald rauschte es in den Kronen der Bäume, und schwere Tropfen prasselten auf die gepflasterten Wege. Doch unter der großen Eiche fühlte Olympias sich geschützt; die Äste waren dick und weit ausladend und so dicht, daß sie keinen Regentropfen hindurchließen.

Parmenion rannte über einen der Wege zu seinen Zimmern; dann sah er Olympias auf der Bank liegen, kam zu ihr und verbeugte sich.

»Das ist kein sicherer Ruheplatz, meine Königin. Das Gewitter kommt näher, und Bäume ziehen Blitze an. Komm, ich lege dir meinen Umhang über und führe dich in den Palast.«

»Noch nicht, General. Setz dich eine Weile zu mir«, sagte sie und lächelte zu ihm auf. Er schüttelte grinsend den Kopf, nahm auf der Bank Platz, streckte seine langen Beine aus und wischte sich die Regentropfen von den Schultern und Armen.

»Ihr Frauen seid seltsame Geschöpfe«, sagte er. »Du hast die schönsten Gemächer, die man sich wünschen kann, warm und trocken, und dennoch liegst du hier draußen in Kälte und Nässe.«

»Weil es hier so schön und friedlich ist, findest du nicht auch?« erwiderte sie. »Um uns herum tobt das Unwetter, doch unter dem alten Baum sind wir trocken und sicher.«

Ein gezackter Blitz zuckte über den dunklen Regenhimmel, und einen Moment später ließ rollender Donner die Erde erbeben.

»Der Anschein von Sicherheit«, murmelte Parmenion, »bedeutet nicht immer, daß man in Sicherheit ist – manchmal das genaue Gegenteil. Du siehst bedrückt aus«, sagte er plötzlich und nahm ihre Hand, ohne daß es ihm bewußt wurde. Ihr Lächeln verblaßte, und er sah, daß sie gegen die Tränen ankämpfte.

»Ich bin nicht bedrückt«, log sie. »Aber ich... Ich fühle mich immer noch wie eine Fremde in einem fremden Land. Ich habe keine Freunde. Mein Leib ist unförmig und häßlich geworden, und Philipp gegenüber finde ich nie die richtigen Worte. Aber wenn das Kind erst einmal da ist, wird sich das alles ändern.«

Er nickte. »Du sorgst dich um das Kind, ich weiß. Philipp hat mir erzählt, daß du manchmal vom Tod des Kindes träumst. Aber ich habe erst gestern mit Bernios gesprochen, und er hat gesagt, daß du gesund und stark bist, und daß dein Kind sich ganz normal entwickelt hat. Auf Bernios' Worte kann man sich verlassen. Er ist ein sehr guter Arzt. Und er würde mich niemals belügen.« Als das Gewitter schließlich über dem Palast tobte und der Wind heulend durch die Krone der Eiche fuhr und die Äste schüttelte, half Parmenion der Königin auf die Beine, legte ihr seinen Umhang über Kopf und Schultern und führte sie zum Palast.

Nachdem er sie in ihre Gemächer gebracht hatte, wandte Parmenion sich zum Gehen. In diesem Augenblick schrie Olympias auf und drohte, zu Boden zu fallen. Mit zwei schnellen Schritten war Parmenion bei ihr und hielt sie im letzten Moment fest. Er nahm sie bei den Armen und führte sie zu einer Liege.

Ihre Hand krallte sich in seine Tunika. »Mein Sohn!« schrie sie. »Mein Sohn ist tot!«

»Beruhige dich«, sagte Parmenion und streichelte ihr übers Haar. »Ich hole Bernios.«

Der Spartaner schickte Olympias' drei Zofen zu ihr aufs Zimmer, sich um die Königin zu kümmern; dann befahl er einen Boten zu Bernios.

Binnen einer Stunde war der Arzt im Palast. Er gab Olympias einen Schlaftrunk, bevor er sich auf den Weg zu Philipp machte, um ihm Bericht zu erstatten. Der König saß im Thronsaal, Parmenion an seiner Seite.

»Es besteht kein Grund zur Sorge«, versicherte der glatzköpfige Arzt dem König. »Das Kind ist gesund; sein Herz schlägt deutlich spürbar. Ich kann mir wirklich nicht erklären, wie die Königin auf den Gedanken kommen konnte, das Kind sei tot. Aber sie ist jung und reagiert wahrscheinlich überängstlich.«

»Sie ist mir alles andere als ängstlich erschienen, als wir hierher gereist sind«, sagte Parmenion. »Als sie von der Kriegerschar angegriffen wurde, hat sie einen der Männer getötet und den anderen furchtlos gegenübergestanden.«

»Ich stimme mit dem Arzt überein«, sagte Philipp. »Sie ist wie ein edles Pferd – schön und schnell, aber auch nervig. Wann, glaubst du, wird sie das Kind zur Welt bringen?«

»In spätestens fünf Tagen, mein König. Wahrscheinlich eher«, erwiderte Bernios.

»Gut«, sagte Philipp. »Ich danke dir.« Nachdem er den Arzt verabschiedet hatte, wandte er sich zu Parmenion um. Der Spartaner stand auf die hohe Lehne des Stuhls gestützt, auf dem der König saß. Sein Gesicht war gespenstisch blaß, und Blut strömte ihm aus Ohren und Nase.

»Parmenion!« rief Philipp, sprang auf und steckte die Arme nach ihm aus. Der Spartaner versuchte, ihm irgend etwas zu sagen, doch es kam nur ein tiefes Stöhnen über seine Lippen. Er stürzte nach vorn, in Philipps Arme, und spürte noch, wie eine Woge grellen Schmerzes sein Hirn überflutete.

Dann stürzte er in einen Abgrund ...

... und die Finsternis lockte.

Deraes Geist schwebte über Parmenions Bett. Sie spürte die unsichtbare Wesenheit Aristoteles' neben sich.

»Jetzt ist der Augenblick der größten Gefahr gekommen«, flüsterte seine Stimme in ihrer Seele.

Derae gab keine Antwort. Neben dem Bett saßen Mothac und Bernios. Beide schwiegen und rührten sich nicht. Parmenion atmete nur noch sehr schwach. Die Seherin ließ ihren Geist in den Körper des Sterbenden fließen und wich seinen Erinnerungen aus, als sie in sein Allerinnerstes vordrang, um die immer schwächer flackernde Flamme seines Lebens zu entfachen. Sie spürte seine Angst und sein Entsetzen, als das dunkle Geflecht des Geschwürs in seinem Hirn wieder zu wuchern begann. Es war sehr einfach gewesen, die hemmende Kraft des Sylphiums unwirksam zu machen, doch sogar Derae war erstaunt, mit welcher Geschwindigkeit das Geschwür sich nun ausbreitete. Sie wußte, daß die meisten Geschwülste nur häßliche, obszöne Nachahmungen von Leben waren, die aber ihre eigene Blutzufuhr schufen, sich vom gesunden Blut ernährten und ihre Existenz so lange aufrecht erhalten konnten, wie der Wirtskörper sie duldete. Aber diese Art von Geschwür war anders: die Zellen vermehrten sich mit beängstigender Geschwindigkeit, und das Geflecht breitete sich so weit im Hirn aus, daß einige Fäden nicht schnell genug ernährt werden konnten, abstarben, verfaulten und das umliegende Gewebe entzündeten, bis ein neuer, stärkerer Strang den Platz des abgestorbenen Fadens einnahm, tiefer vordrang und seinerseits Fäden wuchern ließ.

Parmenion stand bereits an der Schwelle zum Tod. Entzündete, brandige, infizierte Zellen gerieten in seinen Kreislauf, verbreiteten die Fäulnis und bildeten an den verschiedensten Stellen im Körper Tochtergeschwülste.

Derae machte verzweifelt Jagd auf sie, zerstörte ein Geschwür nach dem anderen, doch Parmenions Blut war bereits derart verseucht, daß sie nicht schnell genug war und dem Geschwür unterliegen mußte.

Allein schaffe ich es nicht! wurde ihr mit plötzlichem, lähmendem Entsetzen klar.

»Du bist nicht allein«, sagte Aristoteles mit ruhiger Stimme. »Ich werde das Wachstum des Muttergeschwürs im Hirn aufhalten.«

Derae rief sich zur Ruhe und drang bis ins Herz vor. Sie wußte, daß dieses Organ besonders stark sein mußte, wenn der Körper diese Torturen durchstehen wollte. Da Parmenion sein Leben lang die Laufübungen beibehalten hatte, war sein Herz außergewöhnlich groß und kräftig. Dennoch hatte sich im Innern der Venen und Arterien verhärtetes, gelbes Fett abgelagert und die Adern verengt, so daß es dem Herzen erschwert wurde, das Blut hindurchzupumpen; zudem war der Herzschlag schwach und unregelmäßig. Hier nahm Derae die Arbeit auf: Sie stärkte die Herzmuskeln, reinigte die Gefäße und entfernte die blaßgelben Ablagerungen, die dann vom Blut, das nun wieder ungehindert strömen konnte, fortgeschwemmt und zu den Nieren transportiert wurden. Seine Lungen waren stark und gesund, so daß Derae hier gar nicht erst verweilte und sich statt dessen der Gallenblase zuwandte; hier hatten bestimmte Stoffe im Blut sich zu harten, gezackten Steinen verfestigt. Derae zerschmetterte sie zu Staub.

Und jagte sofort weiter durch den Körper. In den Adern, den Nieren, dem Magen und dem Darm zerstörte sie die vergifteten Zellen, um schließlich ins Hirn zurückzukehren, zur Muttergeschwulst, die Aristoteles hatte bekämpfen wollen.

Und tatsächlich war es ihm gelungen, das Wachstum des Geschwürs zum Stillstand zu bringen. Doch es war immer noch nicht besiegt, sondern hatte sich im Hirn festgesetzt, wo es wie eine Spinne lauerte, sich aus dem Würgegriff Aristoteles' befreien zu können.

»Er ist jetzt an der Grenze zwischen Leben und Tod«, sagte Aristoteles. »Du mußt ihn in diesem Grenzbereich halten, wenn ich mich nun in der ewigen Leere auf die Suche nach ihm begebe. Schaffst du das?«

»Ich weiß es nicht« gab Derae zu. »Ich kann spüren, wie er über dem Abgrund des Todes schwebt . . . aber ein winziger Fehler . . . und ich bin so erschöpft. Ich weiß es nicht, Aristoteles.«

»Sein und mein Leben liegen jetzt in deiner Hand, Frau. Denn sein

Körper ist meine einzige Brücke zu den Lebenden. Falls er in der ewigen Leere stirbt, werde ich für alle Zeit dort gefangen sein. Sei stark, Spartanerin!«

Und dann war sie allein.

Parmenions Herzschlag blieb schwach und unregelmäßig, und sie konnte spüren, wie die Fäden der Geschwulst erzitterten, um sich Bahn zu brechen und wieder zu wuchern und zu wachsen.

Er hatte weder das Gefühl des Erwachens, noch war er schläfrig. Für einen winzigen Moment war ... nichts – und im nächsten Augenblick ging er durch eine Landschaft ohne Farben unter einem leblosen grauen Himmel. Er blieb stehen, verwirrt und benommen.

Soweit er sehen konnte, gab es hier kein Leben, kein Wachstum. Er erblickte Bäume, die seit langer Zeit tot waren, nackt und skelettiert, gezackte Felsblöcke, kahle Hügel und ferne dunkle Berge. Alles war Schatten.

Angst durchfuhr ihn, und seine Rechte zuckte zum Schwert.

Schwert?

Langsam zog er es aus der Scheide und blickte darauf hinunter, auf jene Waffe, die den stolzesten Augenblick seiner Jugend verkörperte, auf die schimmernde Klinge und den goldenen, wie einen Löwenkopf geformten Knauf. Das Schwert des Leonidas.

Aber wie war er an diese Waffe gekommen? Wie hatte er sie erworben? Und wo war er, beim Hades?

Das Wort hallte in seinem Innern wider: *Hades!*

Er schluckte schwer, als er sich an den furchtbaren Schmerz erinnerte, an die plötzliche Finsternis.

»Nein«, flüsterte er. »Nein, ich kann nicht tot sein!«

»Das stimmt – glücklicherweise«, sagte eine Stimme. Parmenion fuhr herum und hieb aus der Drehung blind mit dem Schwert zu. Aristoteles sprang zurück. »Bitte, sei vorsichtig, mein Freund. Der Mensch hat nur eine Seele.«

»Wo sind wir?« fragte Parmenion den *magus.*

»Im Land jenseits des Styx. Im ersten Kreis des Hades – der ewigen Leere«, erwiderte Aristoteles.

»Dann *muß* ich tot sein. Aber ich kann mich nicht an den Fährmann erinnern. Wie bin ich ans andere Ufer gekommen?«

Aristoteles nahm ihn beim Arm und führte ihn zu einer Gruppe Felsblöcke, wo sie unter dem seelen-losen Himmel Platz nahmen. »Hör mir gut zu, Spartaner, denn wir haben nur wenig Zeit. Du bist nicht tot – ein Freund hält dich genau in diesem Augenblick an der Grenze zwischen Leben und Tod. Aber hier wartet eine Aufgabe auf dich.« Rasch erzählte Aristoteles dem Spartaner von der verlorenen Seele des Kindes und den Gefahren im Lande der ewigen Leere.

Parmenion hörte schweigend zu. Er ließ dabei den Blick über die seltsam verzerrte Landschaft schweifen, die sich in jeder Richtung bis in die Unendlichkeit erstreckte. In weiter Ferne konnte er Gestalten erkennen, dunkle Schatten, die über das triste, graue Land huschten.

»Wie kann man an einem solchen Ort eine bestimmte Seele finden?« fragte er schließlich.

»Sie strahlt wie ein Licht, Parmenion. Und sie muß in der Nähe sein, denn du bist eng mit ihr verbunden.«

»Was meinst du damit?« fragte der Spartaner, und in seinen Augen lag Angst.

»Du weißt genau, was ich meine. Du bist der Vater des Jungen.«

»Wie viele Menschen wissen das?«

»Ich – und noch jemand: der Heiler, der deinen Körper am Abgrund des Todes schweben läßt. Dein Geheimnis ist sicher.«

»Kein Geheimnis ist jemals sicher«, flüsterte Parmenion, »aber jetzt ist nicht die Zeit, darüber zu streiten. Wie können wir dieses Licht finden?«

»Das weiß ich nicht«, gestand Aristoteles. »Und ich weiß auch nicht, wie wir es schützen können – falls wir es schützen können.«

Parmenion stand energisch auf und blickte entschlossen in alle Richtungen. »Wo ist der Styx?« fragte er.

»Im Osten«, antwortete Aristoteles.

»Und woher sollten wir wissen, wo Osten liegt? Es gibt keine Sterne, bis auf einen, und keine Orientierungspunkte, an die ich mich erinnern könnte.«

»Warum möchtest du denn zum Fluß der Toten?«

»Weil wir irgendwo mit der Suche beginnen müssen, Aristoteles. Wir können nicht kreuz und quer über diese endlose Ebene ziehen.«

Aristoteles erhob sich. »Soweit ich mich erinnern kann, befindet sich der Styx hinter zwei spitzen Gipfeln, die höher sind als die umliegenden Berge. Warte mal . . .« Plötzlich blickte der *magus* Parmenion ins Gesicht. »Moment! Wie war das mit den Sternen?«

»Ich sehe nur diesen einen«, erwiderte der Spartaner und zeigte auf einen winzigen, flackernden Lichtpunkt am bleigrauen Himmel.

»In der ewigen Leere gibt es keine Sterne. Das ist das Licht! Die Seelenflamme des Kindes.«

»Wie kann man zu einem Stern gelangen?«

»Es ist kein Stern! Schau genau hin. Siehst du die Umrisse des hohen Berges? Dort oben ist dieses Licht. Komm. Mach schnell. Denn das Licht wird das Böse anlocken, und wir müssen vor ihm dort sein.«

Die beiden Männer liefen los. Ihre Füße wirbelten grauen Staub auf, der lange Zeit hinter ihnen schwebte, bevor er sich langsam wieder zu Boden senkte, denn hier wehte nicht der kleinste Windhauch.

»Sieh nur!« rief Aristoteles, als sie über die Ebene rannten. Links, in weiter Ferne, verschmolzen die Schatten, und riesige, mißgestaltete Kreaturen krochen zum Lichtpunkt. »Es zieht die Bestien durch die Kraft des Schmerzes an. Sie müssen es auslöschen, vernichten.«

Die Zeit schien stillzustehen, während die beiden Männer auf ihr Ziel zuhielten, doch die Berge ragten düster und bedrohlich über ihnen auf, als sie deren Ausläufer erreichten. Und vor ihnen lag ein Wald aus toten Bäumen; die Stämme und Äste hatten die Farbe gebleichter Knochen. Parmenion bog nach links ab, um einen Weg zu suchen.

»Nicht dort entlang!« rief Aristoteles verzweifelt.

Parmenion wollte sich herumwerfen, doch schon legte sich ein langer Ast um seine Kehle, und Zweige, die wie Klauen geformt waren, gruben sich ins Fleisch seines Geistkörpers. Ein wuchtiger Schwerthieb durchtrennte den Ast, und Parmenion warf sich zu Boden – wo weiße, knochengleiche Wurzeln den toten Erdboden durchstießen; Skelettfinger, die nach ihm packten.

Aristoteles sprang mit ausgestreckten Armen vor. Ein gleißender Lichtblitz zuckte aus seinen Händen und hüllte Parmenion in eine leuchtende Aura. Die Wurzeln zerfielen augenblicklich zu Staub, und der Spartaner erhob sich schwankend.

»Das hätte nicht geschehen dürfen«, sagte Aristoteles. »Je deutlicher wir unsere Macht zeigen, desto mehr treiben wir unsere Feinde zur Eile an.«

Das Schwert in der Faust, folgte Parmenion dem *magus* den Berghang hinauf in Richtung Licht. Als sie sich einer Halde aus Felstrümmern näherten, erhoben sich dunkle Schatten von den Geröllbrocken und flatterten zum Himmel auf. Parmenion sah, daß es Vögel ohne Federn, Haut und Fleisch waren – schwarze Skelette, die nun über ihnen kreisten.

Ein dumpfes Stöhnen drang aus den Tiefen der Geröllhalde. Parmenion hielt inne und suchte nach der Kreatur, die den Laut ausgestoßen hatte.

»Wir haben keine Zeit!« rief Aristoteles.

Parmenion beachtete den *magus* nicht und näherte sich den Felstrümmern, umrundete die Halde . . .

... und inmitten eines Kreises aus Steinen lag eine junge Frau. Ihre Arme waren mit Ketten aus Feuer an den Fels geschmiedet. Einige skelettierte Vögel pickten in ihrem Fleisch und rissen Stücke heraus, doch die Wunden schlossen sich augenblicklich wieder. Parmenion stürmte auf die Bestien zu; er schrie und schwenkte die Arme. Die Kreaturen ließen von der Frau ab und flatterten kreischend auf. Mit einem Schwerthieb zerschmetterte der Spartaner eine der Bestien; die anderen entkamen. Er kniete nieder und hob den Kopf der Frau behutsam an.

»Dich kenne ich doch!« sagte er, als sie die Augen auf ihn richtete.

»Ja«, erwiderte sie mit schwacher, traumgleicher Stimme. »Ich habe dir meine Jugend gezeigt, als du in Theben warst. Bist du ein Trugbild, Parmenion?«

»Nein.« Er reckte das Schwert vor und berührte die Feuerketten mit der Klinge, worauf sie zerbarsten. Dann schob er die Waffe in die Scheide und half Tamis, aufzustehen.

Aristoteles kam herbeigerannt. »Hörst du nicht? Wir haben keine Zeit mehr! Die Dämonen versammeln sich.«

»Ist das Kind geboren?« fragte Tamis.

»Noch nicht«, antwortete Parmenion. »Komm mit uns.« Er nahm sie beim Arm und führte sie den Berghang hinauf. Weit hinter ihnen vereinten sich die Schatten, verschmolzen und strömten wie ein dunkler Fluß auf die Berge zu.

Sie stiegen immer höher hinauf. Ein kalter Wind flüsterte zwischen den Felsen. Das Licht war jetzt näher – eine reine, weiße Flamme von der Größe eines Mannes, die auf einem schwarzen Felsblock brannte, umkreist von Skelettvögeln, deren hohe, schrille Schreie durch die kahlen Schluchten hallten.

Ein Schatten, dunkler als alle anderen, bildete sich neben dem Feuer ... wuchs, nahm feste Formen an.

»Aida!« flüsterte Tamis und eilte nach vorn.

Die dunkle Frau hob die Arme. Düsternis strömte aus ihren Fingern und legte sich wie ein Mantel über das Feuer; die Flammen flackerten, wurden kleiner und kleiner, schrumpften bis zur Größe einer Kerzenflamme ...

»Nein!« rief Tamis. Aida fuhr herum. Schwarze Speere zuckten aus ihren Händen ... doch vor Tamis' linkem Arm war schon ein goldener Schild erstrahlt, an dem die Speere abprallten. Aristoteles riß seine Tunika an der Brust auf. Seine linke Hand legte sich um einen winzigen goldenen Stein, den er an einer Kette aus Silber um den Hals trug. Augenblicklich schoß die Flamme auf dem Felsblock in die Höhe und durchstieß die Hülle aus dunklem Schleim, die sie zu ersticken drohte.

»Nimm die Flamme, Parmenion!« rief der *magus.* Der Spartaner eilte zum Felsblock, und die Flamme schwebte auf seine ausgestreckte Rechte zu, senkte sich auf die Handfläche. Parmenion spürte keine Hitze, keinen Schmerz, doch eine innere Wärme durchströmte ihn bis ins Herz. Das Feuer loderte auf; die Flammen schlugen nach innen, vereinten sich und bildeten eine Kugel aus weichem weißem Licht.

Tamis und Aida jagten aufeinander zu. Blitze zuckten aus Tamis' Augen, durchschlugen die schwarzen Gewänder der Dunklen Frau, verschmorten Stoff und Haut. Aida wurde zurückgeschleudert – und verschwand. Die Seherin drehte sich zu Parmenion um und hielt die zitternden Hände über die Kugel aus Licht.

»Es ist das ungeborene Kind«, sagte sie, »dein eigen Fleisch und Blut. Jetzt verstehe ich. Kadmilos muß es töten oder für immer den Körper mit ihm teilen.« Dann berührten Tamis' Finger die Kugel, und Licht floß über ihre Hände. »O Parmenion. Es ist wunderschön . . .«

»Was können wir tun?« wollte der Spartaner wissen. Er blickte über die Schulter den Berghang hinunter, auf dem das Dämonenheer näher rückte – einige Kreaturen gingen, andere krochen, wieder andere flossen wie eine dunkle, flüssige Masse über die Steine hinweg, und ihre Schreie wehten durch den kalten Wind.

»Der *magus* trat neben Parmenion. »Ich glaube, der Berg Thanatos ist ganz in der Nähe. Soviel ich weiß, ist er eine Pforte, die auf die Elysischen Felder führt, in die Halle der Heroen. Aber es kann sein, daß man uns nicht hindurchläßt.«

»Warum nicht?« fragte Parmenion.

»Weil wir nicht tot sind«, erwiderte der *magus* und rang sich ein Lächeln ab. »Jedenfalls noch nicht.«

»Seht nur!« rief Tamis und wies den Berghang hinunter. Schattenhafte Krieger mit schwarzen Waffen, die auf skelettierten Pferden saßen, ritten auf sie zu.

»Los, zu dieser Pforte!« rief Parmenion. Die Kugel in seiner Hand erstrahlte in hellem Licht, als er den Hang hinauf in Richtung Gipfel eilte. Die beiden Seher folgten ihm dichtauf.

Samothrake

»Sie mischt sich immer noch ein!« stieß Aida hervor, kaum daß sie in ihren Körper zurückgekehrt war. Sie schlug die Augen auf und erhob sich vom Thron aus Ebenholz.

»Was ist geschehen, Fürstin?« flüsterte Poris, ihre Akolythin. Die Frau in den schwarzen Gewändern starrte auf das Mädchen hinunter, das vor ihr kniete.

»Es sind drei, die gegen uns kämpfen und versuchen, das Kind am Leben zu halten. Tamis – sie sei verflucht! – und dieser Parmenion. Und da ist noch ein Mann, aber ich kenne ihn nicht. Du wartest hier bei mir!« Die Dunkle Frau setzte sich wieder auf den schwarzen Thron und schloß die Augen. Das schlanke Mädchen nahm die Hand der Fürstin und berührte sie sanft mit den Lippen.

Eine Zeitlang saß das Mädchen neben Aida und streichelte deren Finger; dann seufzte die Dunkle Frau. »Der Mann ist ein *magus.* Sein Körper liegt im Tempel der Heilerin ... und auch der Leib der Frau,

Derae . . . ihre Seele aber ist in Pella und hält Parmenions Körper an der Grenze zwischen Leben und Tod. O ja, sie sind ein großes Wagnis eingegangen, meine kleine Freundin. Aber jetzt sind sie verwundbar. Es ist an der Zeit, ihnen den Tod zu bringen.«

»Wirst du die Jäger der Finsternis zum Tempel schicken, Fürstin?«

»Ja. Drei sollten genügen. Die Körper im Tempel werden nur von einem alten Mann bewacht. Komm mit mir, meine Hübsche.«

Poris folgte ihrer Gebieterin aus dem Thronsaal in die kalten, steinernen Korridore des Palasts und die von Fackelschein erleuchteten, unterirdischen Gewölbe. Aida öffnete eine Tür, die wie ein Blatt geformt war, und betrat einen kleinen Raum. Er war bis auf eine granitene Platte, die auf einem Steinblock lag, vollkommen leer. Aida ließ die Finger über die Schriftzeichen gleiten, die in die Platte eingemeißelt waren. »Weißt du, was diese Inschrift besagt?« fragte sie Poris.

»Nein, Herrin.«

»Es ist sind akkadische Schriftzeichen. Sie wurden lange vor Anbruch der Morgenröte unserer Geschichte in diese Platte eingemeißelt. Es ist eine Beschwörungsformel. Sag mir, Poris«, fragte sie das Mädchen und legte ihm eine Hand auf die Schulter, »liebst du mich?«

»Mehr als mein Leben«, versicherte das Mädchen ihr.

»Gut«, erwiderte Aida, umarmte Poris und zog sie dicht an sich. »Und du, mein Kind, bist mir so lieb wie eine Tochter. Aber wir müssen Kadmilos dienen, und sein Wohlergehen bedeutet mir mehr als alles andere.« Die lange, schmale Dolchklinge fuhr Poris in den Rücken und drang bis ins Herz. Das Mädchen erstarrte; dann sank es in Aidas Arme.

Die Dunkle Frau hob den Leichnam auf die Granitplatte und begann, die Worte der Macht zu sprechen. Rauch stieg aus den eingemeißelten Schriftzeichen und hüllte das tote Mädchen ein. Fauliger Geruch breitete sich im Raum aus – der Gestank nach Zerfall und Verwesung. Aida hob die Hand, und der Rauch wurde von den Schriftzeichen aufgesogen. Auf der Granitplatte lag nur noch eine dünne Schicht weißgrauer Asche.

Schatten tanzten an den dunklen Wänden – gräßlich verzerrte Gestalten, die einst Menschen gewesen waren.

Aida ging von einem zum anderen und legte die Hand auf jeden der scheußlichen Schädel. »Der Tempel ist ohne Schutz«, sagte sie zu den Kreaturen. »Zerstört den Körper der Frau mit Namen Derae. Verschlingt ihr Fleisch – und das Fleisch aller, die bei ihr sind.«

Die Schatten verblaßten.

Aida trat an die Granitplatte und stieß den Zeigefinger in die Asche. »Ich werde dich vermissen, Poris«, murmelte sie.

Die drei Gejagten hatten den Kamm des Berges überstiegen und flüchteten nun den geröllbedeckten Hang auf der anderen Seite hinunter. Tamis stürzte und rutschte auf einen Abgrund zu, doch Aristoteles warf sich ihr in den Weg, packte ihren weißen Umhang und zerrte sie zurück.

Die Flucht ging weiter, das Gekreische und Gekeife der Verfolger aber kam näher und näher. Über ihnen erklang plötzlich das Rauschen lederner Schwingen. Parmenion blickte empor und sah riesige Schatten am Himmel schweben – Bestien mit geschuppter Haut und von gräßlich verzerrter, annähernd menschlicher Gestalt. Der Spartaner wappnete sich, doch die Kreaturen griffen nicht an.

»Nach links!« rief Aristoteles und wies auf einen Paß zwischen zwei steil aufragenden Gipfeln.

Die geisterhaften Reiter hinter ihnen waren bedrohlich nahe gerückt, wie Parmenion mit einem gehetzten Blick über die Schulter feststellte. Dann schaute er zur Paßhöhe hinauf.

Sie konnten es nicht schaffen. Mit einem lauten Fluch blieb der Spartaner stehen. Er drehte sich um, das Schwert in der Faust, und stellte sich den Verfolgern. Es waren mehr als zwanzig Reiter, deren Gesichter unter den geflügelten Helmen nicht zu erkennen waren. Sie hielten rot flammende Schwerter in den Fäusten, die wie Fackellicht flackerten.

Tamis trat an Parmenions Seite. »Geh weiter«, sagte sie drängend. »Ich werde sie aufhalten.«

»Nein! Du wirst nicht allein gegen sie kämpfen.«

»Geh!« rief die Seherin. »Die Seelenflamme ist überall.«

Parmenion zögerte für einen Moment; dann warf er sich herum und rannte in Richtung Paßhöhe. Sofort änderten die Reiter die Richtung und hielten auf ihn zu. Die Seherin hob die Hände; weiße Flammensäulen rasten über den Geröllhang hinweg und schleuderten vier Dämonen von den Knochenpferden. Doch unbeirrt setzten die anderen den Angriff fort. Wieder zuckten die weißen Flammen auf und mähten die vordere Reihe der dämonischen Krieger nieder; die skelettierten Pferde brachen in die Knie und überschlugen sich, und ihre Knochen zerbarsten und zersplitterten.

Zwei Reiter attackierten die Seherin. Den ersten schleuderte Tamis mit einem Lichtspeer vom Rücken seines Tieres, doch der zweite stieß ihr sein Flammenschwert durch die Brust, daß es am Rücken wieder hervordrang, und ihren Umhang in Brand setzte. Tamis taumelte, aber sie fiel nicht. Auch der zweite Angreifer wurde von einem gleißend hellen Speer aus Licht zerfetzt. Mühsam wandte Tamis sich halb um und sah, daß Parmenion und Aristoteles die Paßhöhe erreicht hatten.

Die überlebenden Geisterkrieger beachteten die sterbende Frau nicht weiter und setzten den beiden Männern nach. Tamis sank in den Staub und schloß die Augen. Noch einmal sah sie ihren Tod auf Erden, erinnerte sich an den Schmerz und die Bitterkeit. Ihre Seele war in die entferntesten Abgründe der ewigen Leere geflohen, allein, verloren und verzweifelt. Dort hatten die Diener des Kadmilos sie aufgestöbert und sie mit Ketten aus Feuer an einen Fels geschmiedet und die Totenvögel ausgeschickt, die Tamis bis in alle Ewigkeit das Fleisch vom Geisterkörper fressen sollten. In ihrer Verzweiflung hatte sie nicht mehr die Kraft aufgebracht, sich dieser Kreaturen zu erwehren.

Sie packte den Griff des Flammenschwerts, das sie durchbohrt hatte, zog es aus ihrem Körper und schleuderte es zur Seite.

So viele Fehler, Tamis, schalt sie sich selbst. Jetzt aber, zum Schluß, hast du dafür gebüßt und bist frei – vielleicht. Weit voraus sah sie, wie die Seelenflamme das Elysische Tor erreichte. Die Reiter des Hades hatten in einiger Entfernung ihre Knochenpferde gezügelt, denn ohne ausdrücklichen Befehl konnten sie das letzte Stück bis zum Paß und zum Tor nicht überqueren.

Nun ist die Suche an dir, Parmenion, mein Sohn, dachte Tamis. Und trotz all meiner Fehler habe ich dich gut auf deine Aufgaben vorbereitet.

Mit diesem allerletzten, tröstlichen Gedanken ergab Tamis sich dem zweiten – endgültigen – Tod.

Das Tor war in glänzendes schwarzes Gestein gehauen – so hoch wie drei ausgewachsene Männer und so breit wie zehn. Dahinter lagen grüne Felder, blühende Bäume, erhabene Berge mit schneebedeckten Gipfeln, die in einen strahlend blauen Himmel ragten. Parmenion sehnte sich danach, endlich durch das Tor hindurchzutreten und den grauen, seelen-losen Schrecken der ewigen Leere hinter sich zu lassen.

Doch am Tor standen zwei Wachtposten.

»Du darfst nicht hindurch«, sagte der eine.

Parmenion trat auf den Wächter zu, der eine uralte, archaische Rüstung trug: einen vergoldeten Brustharnisch, einen riesigen, ovalen Schild aus Bronze und einen Helm mit rotem Federbusch und geschlossenem Visier. Nur die blauen Augen des Mannes waren durch die Sehschlitze zu erkennen.

Parmenion hob die Hand, in der er die Flamme hielt. »Das ist die Seele eines Kindes. Sie ist in großer Gefahr. Der Beherrscher des Chaos will in fleischlicher Gestalt auf Erden erscheinen, indem er diesem Kind das Leben und den Körper raubt.«

»Die Welt der Lebenden bedeutet uns nichts mehr«, sagte der zweite Wachtposten.

»Ist denn jenseits dieses Tores niemand, den wir um Hilfe bitten könnten?« fragte Aristoteles.

»Ihr könnt nicht hindurch«, wiederholte der erste Posten. »Nur die Seelen toter Helden dürfen den Weg durch das Elysische Tor beschreiten, und diese Toten tragen einen strahlenden Stern auf ihrer Stirn.«

Parmenion hörte Geräusche hinter sich und wandte sich um. Die Reiter hatten sich wieder in Bewegung gesetzt und näherten sich. Und hinter ihnen strömte ein riesiges Heer abscheulicher Dämonen zum Paß hinauf.

»Dann nehmt wenigstens die Seele des Kindes zu euch!« bat Aristoteles die Wächter.

»Das können wir nicht. Sie ist von Leben erfüllt . . . wie auch ihr.«

Parmenion eilte zu einem Felsblock in der Nähe des Tores, öffnete die Faust und befahl der Flamme durch die Kraft seines Willens, sich aus seiner Hand zu lösen. Das weiße Licht schwebte zum Tor hinüber. Augenblicklich überkam Parmenion tiefe Trauer, als hätte er einen geliebten Menschen auf immer verloren. Doch entschlossen zog er sein Schwert. Er beachtete die Posten nicht, als er nun vor das Tor trat, den Angreifern zugewandt, um seinen letzten Kampf zu bestehen.

»Was ist das?« rief der erste Posten. »Wie kommst du an dieses Schwert?«

»In der Welt der Lebenden hat es einst mir gehört«, erwiderte Parmenion.

»Wie du an dieses Schwert gekommen bist, habe ich gefragt.«

»Ich habe es vor langer Zeit in Sparta gewonnen, als ich meinen Gegner im Feldherrnspiel besiegte. Diese Waffe hat einst der größte Held Spartas besessen – Leonidas, der Schwertkönig. Er ist vor mehr als hundert Jahren an den Thermopylen gefallen, als er sich einer persischen Übermacht in den Weg stellte.«

»Bist du Spartaner?«

»Ja.«

»Dann wirst du nicht alleine kämpfen«, sagte der Mann, trat durch das Tor und nahm links von Parmenion Aufstellung.

»Geh zurück«, sagte der Spartaner, den Blick auf das näher rückende Dämonenheer gerichtet. »Es genügt, wenn ich sinnlos sterben muß, weil ihr mich nicht durch das Tor laßt. Auch zwei Schwerter können diese Horde nicht besiegen.«

Der Posten lachte. »Zwei Schwerter? Es werden gleich sehr viel mehr sein, Bruder. Boleos ist schon unterwegs, die anderen zu holen.« Der Mann hatte kaum geendet, als Parmenion schwere Marschtritte hörte. Dreihundert bewaffnete Krieger kamen durch das Felsentor gezogen und nahmen in drei Gefechtsreihen an der Paßhöhe Aufstellung.

»Warum tust du das für mich?« fragte Parmenion.

»Weil du meine Waffe trägst«, erwiderte der legendäre Schwertkönig, »und weil du Spartaner bist. Jetzt tritt mit deinem Freund hinter uns zurück und beschütze die Flamme. Solange wir kämpfen können, werden diese Kreaturen den Paß nicht erobern.«

Hinter ihnen verschwand das Tor. Eine hohe Felswand ragte auf, schwarz und undurchdringlich.

»Du hast mächtige Freunde, wie mir scheint«, sagte Aristoteles, nahm Parmenion beim Arm und führte ihn zu der Stelle, wo das Licht auf einem Felsabsatz ruhte.

Der Spartaner war immer noch benommen. »Er ist . . .«

»Ich weiß, wer er ist – Leonidas, der Schwertkönig. Und die Krieger, die du jetzt siehst, sind jene dreihundert Männer, die mit ihm an den Thermopylen gefallen sind. Sie setzen ihren ewigen Frieden für dich aufs Spiel, Parmenion. Ein überwältigender Gedanke. Aber die Spartaner waren schon immer ein seltsames Volk.«

»Das kann ich nicht zulassen«, flüsterte Parmenion. »Diese Männer sind für Sparta gestorben und für Griechenland. Sie wissen nicht einmal, wer ich bin. Ich habe ihre Heimatstadt gedemütigt, ihre Macht und Größe zerbrochen. Ich muß sie retten!«

»Diese Männer wissen alles, was sie wissen müssen«, sagte Aristoteles streng und drückte den Arm des Spartaners. »Das Kind ist wichtig, nichts anderes!«

Parmenion riß sich los . . . und sah, wie die Lichtkugel erstrahlte. Die Seele eines Kindes. *Seines Kindes!* Er warf einen raschen Blick nach links auf die spartanischen Linien, die zum Kampf bereitstanden – die Schilde geschlossen, die Speere vorgestreckt –, und das riesige Dämonenheer, das plötzlich haltgemacht hatte.

Leonidas legte Schwert und Schild zu Boden und kam zu Parmenion. »Sie warten mit dem Angriff«, sagte er. »Ich kann dir rasch noch ein paar Fragen stellen. Wie heißt du, Bruder?«

»Savra«, sagte Aristoteles hastig.

Doch der Spartaner schüttelte den Kopf. »So hat man mich als Jungen genannt«, sagte er leise. »In Wahrheit heiße ich Parmenion.«

Der Schwertkönig schwieg für einen Moment; dann hob er die Hand und nahm den Helm ab. Sein Gesicht war kantig und zerfurcht, sein Haar lang und goldblond, und seine Augen hatten das Blau des Sommerhimmels. »Ich habe von dir gehört. Du hast viele spartanische Brüder durch das Elysische Tor zu uns geschickt.«

»Ja. Ich wünschte, wir hätten Zeit genug, dir die ganze Geschichte zu erzählen. Kannst du nicht das Tor öffnen und dich mit deinen Krieger zurückziehen?«

»Nein. Und selbst wenn ich es könnte – ich würde bleiben. Es würde nichts mehr ändern, Parmenion. Wir stehen jetzt zusammen, du und meine Männer.«

»Das verstehe ich nicht«, sagt Parmenion leise.

»Weil du aus einem anderen Zeitalter kommst, Bruder. An den Thermopylen haben wir uns mit einer kleinen, vereinten griechischen Streitmacht den Persern gestellt, und wir sind gefallen. Glaub mir, wir sind nicht gern in den Tod gegangen, aber willentlich – Bruder neben Bruder. Du bist Spartaner, und das genügt uns. Unser Blut fließt in deinen Adern.«

»Du respektierst mich als *Spartaner?«* flüsterte Parmenion, und die Erinnerungen an all die Verzweiflung und die Qualen, die er in der Kindheit und Jugend hatte ertragen müssen, überfluteten ihn wie eine Woge – die Ablehnung, die Schläge und die endlosen Demütigungen.

Leonidas legte Parmenion die Hand auf die Schulter und lächelte. »Komm und kämpf an meiner Seite, Bruder. Diese Scheusale sollen erleben, wie wir Spartaner unsere Schlachten schlagen.«

In diesem Augenblick schwand aller Haß und alle Bitterkeit, die Parmenion sein Leben lang gequält hatten – als hätte ein kräftiger Frühlingswind die spinnwebhaften Erinnerungen in den Tiefen seines Geistes ein für allemal zerrissen.

Anerkennung! Vom größten spartanischen Helden, der je gelebt hatte.

Parmenion zog sein Schwert und folgte dem König in die Gefechtsreihen.

Der Tempel

In seinem ganzen Leben hatte Leukion nie einen schöneren Nachthimmel gesehen: klar wie Kristall und von einer samtenen Schwärze. Die Sterne funkelten wie Diamanten, und die Scheibe des Vollmonds sah wie eine riesige, schimmernde Silbermünze aus – wie jene, die Leukion vor langer Zeit bekommen hatte, als er in Ägypten in persischen Diensten als Söldner kämpfte. Die Münze stammte aus Susa, erinnerte er sich, doch weil die meisten Söldner Athener gewesen waren, hatten die Perser der Münze eine Eule eingeprägt, das Wahrzeichen Athens. Leukion hatte die Münze gleich in der ersten Nacht an eine numidische Hure bezahlt.

Heute aber, da er vom Wehrgang der Tempelmauer aus zum Mond hinaufblickte, wünschte er sich, diese Münze behalten zu haben. Seufzend wandte er sich um und stieg die Stufen zum Garten hinunter.

Er ging durch die tiefe Stille der Nacht zum Tempel. Die Rosensträucher schimmerten in verschiedenen, unglaublich zarten Grautönen, und der Duft war beinahe überwältigend. Leukion stieg die Treppe zu Deraes Zimmer hinauf und setzte sich zwischen die zwei Betten, die in dem kleinen Raum standen. Auf dem einen Bett lag Aristoteles, der Seher. Er hatte die Arme vor der Brust gekreuzt. Seine rechte Hand lag um den Stein, den der *magus* an einer dünnen Kette um den Hals trug. Auf dem anderen Bett lag Derae, noch immer mit dem Gewand aus jenem grünen Stoff bekleidet, den Leukion ihr auf dem Marktplatz gekauft hatte. Er streckte die Hand aus und streichelte ihre Wange so liebevoll wie ein Vater seine Tochter.

Sie rührte sich nicht. Ihr Gesicht war blaß, und sie atmete kaum merklich. Seit zwei Tagen lag sie schon wie tot auf dem Bett, doch Leukion machte sich keine Sorgen. Es dauert fünf Tage, hatte sie gesagt; dann würde sie zurückkehren, und alles würde wieder sein wie früher – sie würde Kranke heilen und mit ihm, Leukion, abendliche Spaziergänge durch den Garten machen, Gespräche führen, von Freund zu Freund ...

Der Seher stöhnte leise, und seine rechte Hand löste sich von der Halskette. Leukion stand auf und betrachtete den goldenen Stein. Er war von dünnen schwarzen Äderchen durchzogen und schien ganz schwach zu leuchten. Leukion wandte sich wieder zu Derae um – und war aufs neue tief von ihrer Schönheit beeindruckt, eine Schönheit, die ihn in den Bann schlug wie ein Zauber – schmerzhaft und dennoch willkommen.

Leukion wandte sich zum Gehen und stieß dabei mit der Schwertscheide gegen einen Stuhl. Bei dem dumpfen Geräusch fuhr er zusammen und schüttelte den Kopf. Du bist alt geworden, sagte er sich. Die vielen Jahre im Tempel haben deine Fähigkeiten und Instinkte als Krieger abstumpfen lassen. Und dabei hatte der Seher ihm ausdrücklich ans Herz gelegt, er müsse die ganze Zeit über die beiden Körper wachen, sie schützen!

Wovor schützen? hatte Leukion gefragt.

Aristoteles hatte achselzuckend erwidert: »Vor dem Unvorhersehbaren.«

Leukion ging zur Tür ... und erstarrte.

Die Tür war verschwunden. Statt dessen stand er vor einem langen, düsteren Stollen, der in blasses, schimmerndes Gestein gehauen war. Der silberhaarige Krieger zog sein Kurzschwert und den Dolch und versuchte, im Halbdunkel des Ganges irgend etwas zu erkennen – als sich plötzlich zwei Schatten aus den Wänden lösten: riesige, mißgestaltete Kreaturen, die sich langsam auf ihn zubewegten. Die Köpfe und Schultern waren geschuppt, während der Torso, die Arme und

Beine die gräßliche, stumpfgraue Farbe verwesender Körper aufwiesen; die krallenbewehrten Füße der Kreaturen kratzten auf dem steinernen Boden. Als die Bestien näher kamen, sah Leukion mit Entsetzen, daß die Mäuler faulige, fleckige Raubtiergebisse besaßen.

Er wich zurück, bis er mit den Beinen gegen das Bett stieß, auf dem Derae lag.

Als einer der Dämonen sich auf Leukion stürzte, erwachte er aus seiner Erstarrung. Mit einem gellenden Schrei stieß er der Bestie das Kurzschwert in den Leib, riß die Klinge nach oben und schlitzte den Körper auf, zerschnitt das Herz des Scheusals. Die Klauen krampften sich im Todeskampf um Leukions Schultern, gruben sich in Fleisch und Muskeln und brachen ihm die Schlüsselbeine. Als die eine Bestie zu Boden stürzte, sprang der zweite Dämon vor, packte Leukion und zerfetzte ihm die Hüfte. Doch der Krieger stieß dem Scheusal den Dolch seitlich in den Hals, dicht unter dem geschuppten Ohr. Eine graue, schleimige Masse quoll aus der Wunde, strömte über die Hand des Kriegers und verätzte ihm die Haut. In Todeszuckungen schleuderte die Bestie Leukion von sich. Der Krieger stürzte zu Boden und verlor dabei das Schwert und den Dolch.

Blut strömte aus Leukions Schulterwunden, und die zerfleischte Hüfte schmerzte fast unerträglich. Dennoch kämpfte er sich auf die Beine.

Er nahm sein Kurzschwert vom Boden und verlagerte das Körpergewicht auf den linken Fuß, um sich erneut zum Kampf zu stellen. Die zwei Dämonen waren verschwunden, doch immer noch gähnte der gespenstische Stollen vor Leukion.

»Ich habe es geschafft?« flüsterte er. »Ich habe sie gerettet.«

Fünf Krallen, jede von der Länge eines Schwerts, trafen Leukion wie ein Hammerschlag in den Rücken, traten vorn aus der Brust und zerfetzten sie, bevor die Krallenhand sich schloß und den Krieger nach hinten zerrte.

Ein Blutschwall schoß aus Leukions Leib, und sein Kopf fiel nach vorn. Der Dämon schleuderte den Körper über das Bett, auf dem der Seher lag. Leukions schlaffer Arm fiel auf den goldenen Stein auf Aristoteles' Brust, und das Kleinod glühte auf. Neue Kräfte durchströmten die Glieder des Sterbenden. Er stieß der Kreatur das Schwert ins Gedärm.

Wieder schlug die Bestie mit ihren scharfen Klauen zu, hob Leukions Körper vom Bett und trennte dem Krieger den Kopf vom Rumpf.

Der Dämon ließ den Leichnam fallen und drehte sich wankend um.

Der Blick aus den gelben Augen unter den geschuppten Lidern fiel auf Derae. Übelriechender Speichel tropfte von den Reißzähnen der Bestie, als sie sich dem Bett näherte.

Das Dämonenheer hatte sich unterhalb der Paßhöhe versammelt. Die Kreaturen standen regungslos da; ihre Augen waren auf die dreihundert Krieger in ihren blutroten Umhängen gerichtet, die ihnen den Weg ins Licht versperrten.

»Warum warten sie? Was meinst du?« fragte Parmenion den Schwertkönig.

»Sie warten auf *ihn*«, flüsterte Leonidas und wies mit der Klinge auf eine wirbelnde dunkle Wolkenwand in der Ferne, die einen Sturm anzukündigen schien.

»Ich sehe niemanden.«

Der Schwertkönig schwieg, als die Wolke näher kam, sich über das Land bewegte und den bleigrauen Himmel bedeckte. Bald erkannte Parmenion, daß es sich nicht um eine Wolke handelte, sondern um Finsternis – eine so tiefe Schwärze, wie er sich niemals hätte vorstellen können. Die Bestien duckten sich ängstlich oder flüchteten hinter Geröllblöcke und in Felsspalten.

Die Finsternis breitete sich langsamer aus, als sie die Paßhöhe erreicht hatte; dann fuhr ein heftiger Wind über die reglos wartenden Krieger hinweg. Es war eine Böe des Todes, die den eisigen Hauch des Schreckens mit sich trug – und alle Ängste, die einen Menschen befallen konnten, sämtliche Greuel und Scheußlichkeiten der Finsternis. Die Verteidigungslinien begannen zu wanken. Parmenion spürte, wie seine Hände zitterten, und das Schwert fiel zu Boden.

»Haltet aus, Spartaner!« rief der König. Seine Stimme klang dünn und schwach, aber fest – es war immer noch die Stimme des Königs von Sparta. Klirrend schlossen die Krieger ihre Schilde zu einem Wall aus Bronze zusammen.

Parmenion kniete nieder, um sein Schwert aufzuheben. Sein Mund war trocken. Er wußte mit schrecklicher, niederschmetternder Gewißheit, daß nichts und niemand den Mächten der Finsternis standhalten konnte.

»Jetzt ist alles verloren«, flüsterte Aristoteles, lief durch die Reihen der Krieger zu Parmenion und packte den Arm des Spartaners. »In Seinem Königreich sind wir Ihm wehrlos ausgeliefert. Komm, fort von hier, Mann! Noch kann ich dich zurück in deinen Körper bringen!«

Parmenion schüttelte die Hand des *magus* ab. »Geh. Aber ohne mich«, sagte er entschlossen.

»Du Narr!« rief Aristoteles. Seine Hand legte sich um den Stein an seiner Brust – und augenblicklich war er verschwunden.

Die Finsternis hatte derweil die gesamte Paßhöhe eingehüllt, und aus dem Innern der Wolke erklang rhythmischer, dumpfer Trommelschlag, lauter als Donner, der den Boden erbeben ließ.

»Was ist das für ein Geräusch?« fragte Parmenion mit zitternder Stimme.

»Der Herzschlag des Chaos«, erwiderte der Schwertkönig. Immer noch standen die Reihen der Spartaner unerschütterlich und geschlossen da.

Das Dämonenheer jedoch ergriff die Flucht, denn die Wand aus Schwärze rückte auf sie zu. Die Kreaturen kamen auf die Paßhöhe geströmt.

Parmenion spürte plötzlich Wärme im Rücken – die Wärme des Lebens. Er fuhr herum und sah, wie die leuchtende Kugel zu riesiger Größe anwuchs, bis sie sich über die Felswand erhob und das Gestein in gleißendes Licht tauchte, und wie sie in die Höhe stieg und einer Sonne gleich über dem Paß erstrahlte.

Die Dämonen wichen taumelnd zurück, wimmernd und kreischend, und beschirmten die Augen vor der blendenden Helligkeit. Von einem Moment zum anderen spürte Parmenion, wie das erdrückende Gewicht der Angst von ihm abfiel. Der Herzschlag des Chaos dröhnte lauter, schneller; die Wolke aus Schwärze blähte sich auf und jagte auf die leuchtende Kugel zu.

Und über der Paßhöhe prallten die Kräfte des Lichts und der Finsternis, des Schreckens und der Hoffnung aufeinander, vermengten sich, dehnten und wanden sich, stiegen höher und höher in den Himmel und verschmolzen zu einer gewaltigen, pulsierenden, rasend schnell umherwirbelnden Sphäre, in deren Innerem Lichtblitze zuckten.

Die Heere des Hades verharrten; aller Augen waren auf die unvorstellbare Schlacht gerichtet, die am Himmel geschlagen wurde. Zuerst schien die Finsternis das Licht einhüllen zu können, doch flammende Lanzen bohrten sich in die Schwärze, und ein Gebrüll wie aus tausend Kehlen ertönte. Das Licht kam aus der sich windenden Schwärze frei, bis die ungeheure Kugel den Paß wieder mit flackerndem, goldenem Schein überflutete, als flammende Feuersäulen in die Finsternis schlugen.

Immer höher stiegen Licht und Dunkelheit; ferner und ferner tobte die Schlacht, bis schließlich nur noch winzige Funken aufleuchteten.

Dann, urplötzlich, war nichts mehr – bis auf den endlosen, bleigrauen Himmel des Hades. Leonidas schob das Schwert in die Scheide und wandte sich Parmenion zu.

»Wer ist dieses Kind?« fragte er. Seine Stimme bebte vor ehrfürchtigem Staunen.

»Der Sohn des macedonischen Königs«, antwortete Parmenion.

»Ich wünschte, er wäre Spartaner. Ich wünschte, ich würde ihn kennen.«

»Was ist geschehen?« fragte Parmenion, als die dämonischen Heere zurückwichen und sich auflösten; die Kreaturen des Hades krochen geschlagen in die ewigen Schatten und die Düsternis zurück.

»Das Kind ist geboren«, sagte der Schwertkönig.

»Und ist der Dunkle Gott vernichtet?«

»Ich fürchte, nein. Sie sind eins im Körper und der Seele dieses Kindes, und so wird es bleiben. Sie werden sich bekämpfen, solange der Junge lebt. Aber er wird zu einem mächtigen Mann heranwachsen. Zu einem Eroberer, wie die Welt ihn noch nicht gesehen hat.«

»Dann habe ich versagt«, flüsterte Parmenion.

»Versagt? Nein. Er wird ein Kind des Lichts und der Finsternis sein. Er wird Freunde brauchen, die ihn lehren und leiten, die ihm helfen und ihm Kraft geben. Und du wirst an seiner Seite sein, Parmenion.«

Die Felswand schimmerte, und das Tor zu den Elysischen Feldern erschien. Sonnenlicht fiel hindurch, still und erhaben. Der spartanische König nahm Parmenions Hand. »Das Leben ruft nach dir, Bruder. Geh zurück.«

»Ich weiß nicht, wie ich dir danken soll«, flüsterte Parmenion. »Du hast mir mehr gegeben, als ich in Worte fassen kann.«

Leonidas lächelte. »Du würdest für einen Landsmann dasselbe tun, Parmenion. Geh. Beschütze das Kind. Es wird die Welt verändern.«

Aristoteles schlug in dem Moment die Augen auf, als der Dämon die Krallenhand nach Derae ausstreckte.

»Nein!« rief er. Ein flammender Pfeil fuhr der Kreatur in die Brust, und der Gestank nach verbranntem Fleisch breitete sich aus. Die Bestie wurde gegen die Wand geschleudert; Flammen schlugen aus der Wunde, und die Schuppen verglühten prasselnd, als das Scheusal vom Feuer umhüllt wurde. Schwarzer Rauch erfüllte das Zimmer.

Der *magus* stieg vom Bett. Ein Schwert aus goldenem Licht erschien in seiner Faust. Er trat auf die Bestie zu und berührte den brennenden Körper mit der Klinge. Augenblicklich verging das dämonische

Wesen. Und der düstere Stollen verschwand; die Wände des Zimmers erschienen wieder. Aristoteles blickte auf den zerfleischten Leichnam Leukions hinunter.

»Du hast tapfer gekämpft«, flüsterte der *magus*, »denn es waren gewiß mehr Gegner als dieses eine Scheusal.« Das Schwert in Aristoteles' Faust verwandelte sich in eine flammende Kugel, die er auf Leukions Brust legte. Als das Licht verblaßte, hatten die gräßlichen Wunden sich geschlossen, und der Kopf des alten Mannes saß wieder auf seinen Schultern, »Es ist besser für Derae, wenn sie dich so sieht«, sagte Aristoteles und strich dem Toten die Lider zu. Aus einem Beutel am Gürtel holte er einen silbernen Obolos und schob ihn dem Toten in den Mund. »Für den Fährmann«, sagte er leise. »Möge deine Reise im Licht enden.«

Dann trat er an Deraes Bett, nahm ihre Hand und rief sie nach Hause.

Pella, im Frühling 356 v. Chr.

Mothac stand neben dem Bett, als das Wunder geschah. Die Farbe floß in Parmenions Gesicht zurück, und auch seine Haut spannte und straffte sich, aber es geschahen noch andere Dinge. Parmenions Haar wurde dichter und dunkler, die Falten um seine Augen, seine Nase und seinen Mund wichen zurück und verschwanden ganz.

Parmenion sah jünger aus, wie ein Mann in den Zwanzigern. Mothac konnte nicht glauben, was er da mit ansah. In dem einen Augenblick lag sein Herr im Sterben, im nächsten aber sah er stärker und kräftiger aus als in den letzten zwei Dekaden.

Er nahm Parmenions Arm und fühlte seinen Puls. Der Puls war kräftig und regelmäßig.

Im nächsten Moment hallten die lauten Jubelrufe der Soldaten durch den Palast.

Parmenion bewegte sich und schlug dann die Augen auf. »Bei allen Göttern im Olymp, ich glaube es nicht«, rief Mothac.

Parmenion setzte sich auf und umarmte den Freund. Feucht spürte er Mothacs Tränen auf seinem Gesicht. »Ich bin zurück, und mir geht es gut. Warum jubeln die Soldaten?«

»Der Sohn des Königs ist geboren«, sagte Mothac.

Parmenion warf die Decke zurück, die ihn bedeckt hatte, und schritt zum Fenster. Tausende von Soldaten säumten den Palast und riefen den Namen des neugeborenen Thronfolgers.

»Alexander! Alexander! Alexander!«